Grenaa
NEMARK
Roskilde
Lund
Schonen
Seeland
Mare Baltic
Bornholm
Arkona
Rügen
PRUSS
Kolberg
Mecklenburg
Dobin
Schwerin
Demmin
Torgelow
Stettin
Hzm. Pommern
Elbe
Prignitz
Havelberg
Oder
Weichsel
Krzyszkowo
Posen
Altmark
Nordmark
Köpenick
Spandau
Brandenburg
Lebus
Warthe
Magdeburg
Jüterbog
Hzm. Polen
Elbe
Aschers-leben
Mark Lausitz
Cottbus
Sorau
Sagan
Glogau
Plötzkau
Petersberg
Wettin
Landsberg
Torgau
Mansfeld
Halle
Eilenburg
Land Bautzen
Oder
Bunzlau
Merseburg
Leipzig
Mark
Görlitz
Bautzen
Breslau
Groitzsch
Meißen
Meißen
Naumburg
Cam burg
Altenburg
Pleißenland
Chemnitz
Schwarzburg
Vogtland
Krakau
Elbe
Prag
Egerland
Bamberg
Mgft.
Olmütz
Mähren
Hzm. Böhmen
Sulzbach
Nürnberg
Cham
Regensburg
Donaustauf
Kelheim
Vohburg
Hzm.
Passau
Wien
Donau
Freising
Österreich
Hzm. Bayern
Buda
Pest
Wolfratshausen
Salzburg
KGR.
UNGARN
Inn
Breitenwang
Donau
Theiß
Innsbruck (Wilten)
Hzm.
Kärnten
Brenner
Moosburg
Drau
Brixen
Bozen
Pécs
Drau
Trient

KNAUR

SABINE EBERT

Schwert und Krone

ZEIT DES VERRATS

HISTORISCHER ROMAN

KNAUR

Besuchen Sie uns im Internet:
www.knaur.de

FSC
www.fsc.org
MIX
Papier aus verantwortungsvollen Quellen
FSC® C014496

Originalausgabe November 2018

Ein Imprint der Verlagsgruppe Droemer Knaur GmbH & Co. KG, München

Ein Projekt der AVA International
Autoren- und Verlagsagentur
www.ava-international.de
Redaktion: Silvia Kuttny-Walser
Covergestaltung: ZERO Werbeagentur, München
Coverabbildung: FinePic®, München / shutterstock
Landkarte: Verantw. Redakteur: Prof. Dr.-Ing. Andreas Kowanda
Kartograph: M. Eng. Thomas Zimmermann
Stammtafeln: Verantw. Redakteur: Stefan Auert-Watzik
Satz: Wilhelm Vornehm, München
Druck und Bindung: GGP Media GmbH, Pößneck
Printed in Germany
ISBN 978-3-426-65445-3

2 4 5 3 1

Dramatis Personae

Historisch belegte Personen der Handlung:

Staufer

Friedrich I., römisch-deutscher König und Kaiser (später genannt Friedrich Barbarossa)

Adela von Vohburg, seine erste Gemahlin

Beatrix von Burgund, seine zweite Gemahlin

Friedrich IV. (von Rothenburg), minderjähriger Sohn des vorherigen Königs Konrad von Staufen, Herzog von Schwaben (unter Vormundschaft Barbarossas)

Heinrich von Babenberg, genannt Jasomirgott, Halbbruder des verstorbenen Königs Konrad, Herzog von Bayern und Markgraf von Österreich, später Herzog von Österreich

Theodora, Gemahlin von Heinrich Jasomirgott und Nichte des Kaisers von Byzanz, Manuel Komnenos

Weltliche Verbündete:

Otto von Wittelsbach, Bannerträger Friedrichs und enger Freund

Markwart von Grumbach

Graf Ulrich von Lenzburg, Vertrauter des Kaisers

Graf Sizzo von Schwarzburg-Käfernburg

Welfen

Heinrich der Löwe, Herzog von Sachsen und Bayern

Clementia von Zähringen, seine erste Gemahlin

Welf VI., jüngerer Bruder des 1139 verstorbenen Thronanwärters Heinrich der Stolze, Oheim und Ratgeber Heinrichs des Löwen

Uta von Calw und Schauenburg, seine Gemahlin

Welf VII., ihr Sohn

Weltliche Verbündete:

Herzog Konrad I. von Zähringen

Graf Adolf II. von Schauenburg, Holstein und Stormarn

Graf Heinrich von Weida, Ratgeber Heinrichs des Löwen

Dietho von Ravensburg, Ministerialer, später zweiter Gemahl Adelas von Vohburg

Askanier

Albrecht von Ballenstedt, Markgraf der Nordmark, Graf von Ballenstedt, ehemals Herzog von Sachsen (später Markgraf von Brandenburg), genannt Albrecht der Bär

Sophia von Winzenburg, seine Gemahlin

Otto, Hermann, Adalbert, Dietrich, Siegfried, Heinrich und Bernhard – beider Söhne

Hedwig, beider Tochter, Verlobte und später Gemahlin Ottos von Wettin, künftige Markgräfin von Meißen

Weltliche Verbündete:

Graf Otto von Hillersleben, Vertrauter Albrechts

Bertha von Hillersleben, seine Gemahlin

Wettiner

Konrad von Wettin, Markgraf von Meißen und der Lausitz (später Konrad der Große)

Otto, sein ältester Sohn (später Markgraf Otto der Reiche)

Dietrich, sein zweitältester Sohn (später Markgraf Dietrich von Landsberg)

Dobroniega, Dietrichs Gemahlin, Schwester der Herzöge von Polen

Gertrud, beider Tochter

Kunigunde von Plötzkau, Witwe Graf Bernhards von Plötzkau, Dietrichs Geliebte

Dietrich, außerehelicher Sohn von Dietrich und Kunigunde

Dedo, Heinrich, Friedrich – weitere Söhne Konrads

Adele, Tochter Konrads und künftige Braut König Svens von Dänemark

Oda, Bertha, Gertrud, Agnes, Sophia – Konrads weitere Töchter

Gräfin Mathilde von Seeburg, Konrads Schwester

Graf Konrad von Seeburg, Mathildes ältester Sohn

Werner von Brehna, Konrads Marschall

Ludowinger

Landgraf Ludwig II., genannt der Eiserne

Judith, Tochter Herzog Friedrichs II. von Schwaben und Schwester Barbarossas, Ludwigs Gemahlin (später Jutta Claricia von Thüringen)

Slawen

Niklot, Fürst der Abodriten

Wertislaw und Pribislaw, seine beiden ältesten Söhne

Petrissa, Witwe des Fürsten Pribislaw, genannt Heinrich, der Brandenburg und Spandau Albrecht dem Bären vererbte

Jacza, Neffe von Heinrich und Petrissa, Fürst von Köpenick

Agatha, seine Gemahlin, Tochter des Grafen von Breslau Peter Wlast

Ein Sohn von Jacza und Agatha (Name unbekannt; im Buch: Slawomir)

Geistlichkeit

Eugen III., Papst (bis 1153)

Anastasius IV., Papst (bis 1154)

Hadrian IV., Papst (ab 1154)

Rainald von Dassel, Dompropst zu Hildesheim, später Kanzler Friedrich Barbarossas und Erzbischof von Köln

Wichmann, erst Dompropst, dann Bischof von Naumburg-Zeitz, dann Erzbischof von Magdeburg, Sohn Mathildes von Seeburg und Neffe des Markgrafen von Meißen und der Lausitz

Abt Wibald von Stablo und Corvey, Leiter der königlichen Kanzlei, Benediktiner

Heinrich, Erzbischof von Mainz und Reichsverweser

Arnold von Selenhofen, sein Nachfoger

Hillin, Erzbischof von Trier

Hartwig, Erzbischof von Bremen

Anselm, Bischof von Havelberg

Eberhard, Bischof von Bamberg

Ulrich, Bischof von Halberstadt

Otto, Bischof von Freising, Halbbruder Konrads von Staufen

Rahewin, Schreiber Ottos von Freising

Byzantinisches Reich

Manuel I. Komnenos, Kaiser

Irene, seine Kaiserin, unter dem Namen Bertha von Sulzbach erst Schwägerin, dann Adoptivtochter Konrads III.

Frankreich

Ludwig VII., König

Eleonore von Aquitanien, Königin

Dänemark

Sven Estridsson, Sohn des Königs von Dänemark, später König (Sven III., Sven Grathe)

Adele, Tochter Konrads von Wettin, des Markgrafen von Meißen und der Lausitz, seine Gemahlin

Knut Magnusson, mit Sven Mitbewerber um den Thron und späterer König

Waldemar, dritter Thronprätendent und später König Waldemar I.

Polen

Herzog Bolislaw VI. (genannt Kraushaar)

Herzog Mieszko III. (genannt der Alte), sein Bruder

Kazimir, ihr jüngerer Bruder

Wladislaw II. (genannt der Vertriebene), ihr ältester Bruder, Schwager König Konrads, nach Versuch der Entmachtung seiner Brüder im Exil in Altenburg

Wichtige fiktive Personen:

Ulrich von Lauterstein, Vertrauter des Königs

Christian, Knappe und später Ritter am Hof des Markgrafen von Meißen, Sohn des hingerichteten Spielmanns Lukian und der Stickerin Hanka

Raimund, Richard und Gero, seine Freunde

Randolf, Knappe und später Ritter am Hof des Markgrafen von Meißen, Christians Erzfeind

Luitgard, junges Mädchen am Meißner Hof

Josefa, Heilerin in Meißen, genannt »die alte Muhme«

Prolog

Aachen, 9. März 1152

Noch sechs Stufen. Dann war er am Ziel seiner ehrgeizigen Träume. Als gesalbter König auf dem Thron, auf dem schon Karl der Große gesessen hatte. Und seither alle Könige und Kaiser des Reiches.

Friedrich von Staufen, ein auffallend gut aussehender Mann von knapp dreißig Jahren mit rotgoldenem Haar, wäre die sechs Stufen am liebsten emporgestürmt. Doch mit Rücksicht auf die Erhabenheit des Moments, den schweren Krönungsmantel und die mit Perlen und Edelsteinen übersäte Krone schritt er würdevoll Stufe für Stufe hinauf, dem monotonen Gleichmaß der liturgischen Gesänge folgend.

Als er vor dem schlichten Marmorthron stand, verharrte er kurz mit dem Rücken zu den Anwesenden, das Zepter in der Linken, den goldenen Reichsapfel in der Rechten erhoben. Dann drehte er sich um und hielt erneut inne, den Blick triumphierend und streng auf die bedeutendsten Männer des Reiches gerichtet.

Bis er sich setzte und damit eine weitere Welle von Gebeten und feierlichen Gesängen auslöste.

Ein berauschendes Gefühl durchströmte ihn … Allmacht, Unfehlbarkeit, Stolz. Fast war ihm, als könnte er die Präsenz Karls des Großen spüren. Er, Friedrich, würde das Reich einen und wieder zu kaiserlichem Glanz führen! Zwischen Himmel und Erde thronte er nun und sah auf die Fürsten in der Galerie herab, die ihn anstarrten und gleich lobpreisen würden. Und während er von einem zum anderen blickte, wusste er schon, wie er sie alle seinem Willen unterwerfen würde: mit Geschenken, mit Land und Titeln – oder mit eiserner Hand.

Er, Friedrich der Erste, König von Gottes Gnaden. Und schon bald Kaiser.

ERSTER TEIL

MACHTPROBEN

Todesträume

Markgraf Albrecht der Bär und seine Gemahlin Sophia; Königspfalz Aachen, Nacht zum 10. März 1152

Mit einem gellenden Schrei fuhr Sophia aus dem Schlaf und setzte sich jäh auf; schweißgebadet und mit wild hämmerndem Herzen.

Sofort war auch ihr Gemahl hellwach. Er riss seinen Dolch hinter den Kissen hervor, zerrte die Bettvorhänge auseinander und warf sich schützend vor seine Frau. Fürst Albrecht der Bär war trotz seines Alters immer noch ein gefürchteter Krieger.

Ein rascher Blick durch die vom Mondlicht erhellte Kammer bestätigte ihm jedoch, dass kein Angriff drohte.

Also wieder ein Alptraum. Sophia litt seit Wochen darunter. Seit sie erfahren hatte, dass ihr Bruder und seine hochschwangere Frau auf ihrer eigenen Burg in ihren Betten ermordet worden waren.

»So entzündet doch endlich ein Licht!«, schnauzte der Markgraf die Diener an, die nachts mit dem Fürstenpaar dieses Gemach der Aachener Königspfalz teilten, sich nun aufrappelten und schlaftrunken nach Kleidern und Schuhen tasteten.

Die Wachen vor der Tür hatten ausdrückliche Order, nur dann in die Kammer zu stürmen, wenn der Markgraf selbst sie hereinrief. Der gesamte askanische Hofstaat wusste von den Schreckensträumen der Fürstin seit der schaurigen Bluttat. Nicht nur Sophia schlief unruhig seitdem, und es wurde viel gewispert auf askanischen Burgen. Doch Albrecht wollte hier in Aachen vor all den anderen hohen Gästen kein Gerede auf-

kommen lassen, der Markgraf der Nordmark bange um sein Leben. Er fürchtete sich vor nichts und niemandem!
Mit hellem, klickendem Geräusch wurden Schlageisen und Feuerstein gegeneinandergeschlagen, Funken sprühten auf. Als der Zunder endlich zu glimmen begann, blies einer der Diener die Glut an, bis er einen Holzspan entzünden konnte und mit dem wiederum eine Kerze zum Brennen brachte.
Albrecht der Bär, ein Hüne trotz seiner mehr als fünfzig Jahre, warf noch einmal einen prüfenden Blick in alle Winkel der Kammer und vergewisserte sich, dass keine Gefahr drohte. Dann zog er seine vor Schreck und Kälte zitternde Gemahlin an die dicht behaarte Brust.
»Wieder dieser Traum?«, murmelte er, während er ihr Herz hämmern fühlte. Ihr blondes, zu Zöpfen geflochtenes Haar war an den Schläfen schweißverklebt.
Verzweifelt nickte Sophia.
»Raus, ihr alle, wartet vor der Tür!«, befahl der Fürst.
Obwohl es tief in der Nacht war und auf den Gängen Eiseskälte herrschte, widersprach niemand. Wortlos rafften die Bediensteten ihre Umhänge und Schuhe zusammen und huschten hinaus, so müde sie auch sein mochten.
»Sagt der Kräuterfrau, sie soll eurer Herrin unverzüglich einen Schlaftrunk brauen!«, rief Albrecht ihnen noch mit dröhnender Stimme hinterher.
»Wieder dieser Alptraum?«, fragte er erneut, als sie endlich allein waren.
Die Markgräfin nickte; das Entsetzen stand ihr noch ins Gesicht geschrieben.
»Es ist … so grauenvoll …«, brachte sie stockend hervor und stieß Atemwölkchen in der Kälte aus. »Eine Schwangere und ihr Ungeborenes im Mutterleib mit Schwertern zu durchbohren!«
Schauder jagten durch ihren Körper. »Müssen auch wir um unser Leben fürchten? Um das unserer Kinder? Wem dürfen

wir überhaupt noch trauen, sobald wir uns zum Schlafen niederlegen?«

Albrecht, ansonsten ein Haudrauf von unbekümmertem Wagemut, fühlte sich hilflos wie selten. Kein Keiler war ihm zu wild, um sich ihm mit der Saufeder entgegenzustellen, kein Gegner zu stark, ihn zum Schwertkampf zu fordern. Doch dass seine innig verehrte Gemahlin, die Mutter seiner zehn Kinder, seit Wochen unter solchen Angstträumen litt, machte ihn ratlos.

Sophia von Winzenburg hatte in ihrem Leben schon viel Schlimmes ertragen müssen: die Gefangennahme und Ächtung ihres Vaters, die vom Kaiser befohlene Zerstörung seiner Burg, der Stätte ihrer Kindheit. Um ihre Ehe mit dem ungestümen Bären, der durch einen Schurkenakt zum Herzog aufstieg und jäh wieder fiel, wobei die meisten seiner Burgen niedergebrannt wurden, würde sie auch keine andere Fürstin beneiden. Mit alldem hatte sie zurechtkommen müssen und dabei Jahr um Jahr auch noch ein Kind ausgetragen.

Doch der letzte Axthieb fällt den Baum, heißt es. Und so verlor Sophia gänzlich den Halt, als ein entsetzter Bote in Aschersleben eintraf und berichtete, ihr Bruder Hermann von Winzenburg und seine Gemahlin Luitgard von Stade seien in der Nacht zum 30. Januar von Ministerialen des Hildesheimer Bischofs erschlagen worden. Schlafend, in ihren Betten. Albrecht wollte damals gerade zur Wahl des neuen Königs nach Frankfurt und der Krönungsfeier in Aachen aufbrechen, doch die sonst so sanfte Markgräfin hatte sich strikt geweigert, in Aschersleben zurückzubleiben. Und auch zum Begräbnis ihres Bruders wollte sie nicht reisen.

»Ehe die Mörder nicht gefunden und gerichtet sind, setze ich keinen Fuß in die Winzenburg!«, hatte Sophia geschrien. Zum ersten Mal in ihrem Leben widersprach sie laut. »Und um nichts in der Welt bleibe ich allein hier! Wer sagt mir, dass diese Schlächter nicht auch unsere Kinder in Stücke hauen wollen?«

Widerwillig und nur ihr zuliebe unterdrückte der Bär die Antwort, dass er schließlich nicht so ein Tölpel war wie sein Schwager und mit seinem Schwert jeden Schurken niederstrecken würde, ehe der sich seiner Gemahlin auch nur nähern konnte. Doch einfach so abtun durfte er Sophias Bedenken nicht. Es war ein unerhörter Vorfall, dass sich Dienstmannen zusammenschlossen, um hochrangige Adlige zu ermorden.

»Nichts täte ich lieber, als sofort loszustürmen und ein Blutgericht zu halten, von dem man noch in hundert Jahren spricht«, hatte er ihr versichert. Sein Schwager war ihm zwar zutiefst verhasst gewesen, weil der Winzenburger ihn in den Kämpfen um das Herzogtum Sachsen verraten hatte. Doch der Mord an einem Grafenpaar durfte nicht ungesühnt bleiben.

Nur lag das leider nicht in seinen Händen. *Noch* nicht.

»Das darf ich erst, *nachdem* mir der König Winzenburg übertragen hat«, musste Albrecht zähneknirschend einräumen. »Bis dahin ist es Sache Seiner Majestät, die Bluttat zu ahnden.«

Er hätte nicht den geringsten Skrupel gehabt, das Mörderpack selbst aufzuspüren und zu richten. Es war gegen Gottes Ordnung, dass sich Ministeriale gegen adlige Herren erhoben und diese auch noch in ihrem eigenen Bett abschlachteten. Wohin sollte so etwas führen, wenn man nicht sofort mit eiserner Hand durchgriff und ein Exempel statuierte? Notfalls auch an ein paar Unschuldigen.

Nur argwöhnte der Bär, dass hinter diesen Meuchelmorden tatsächlich die Hildesheimer Kirche steckte, der Winzenburg noch bis vor kurzem gehörte … Hatten sich die Pfaffen etwa zunutze gemacht, dass sein Schwager ein Narr war und die Schwägerin ein bösartiges Weib, das mit übertriebener Härte die Dienerschaft gegen sich aufbrachte? Wollten sie die Geburt eines legitimen Erben für das reiche Winzenburg verhindern? Der Verdacht war so offensichtlich, dass Albrecht zögerte zu handeln, obwohl langes Nachdenken sonst nicht seine Art war. Er wollte nicht exkommuniziert werden.

Was sind das für beschämende Zeiten, wo ein Mann, ein *Fürst*,

sein Recht nicht mit dem Schwert durchsetzen darf?, grollte er in Gedanken, während er der verstörten Sophia einen Pelz um die immer noch bebenden Schultern legte.
Mit dem alten König Konrad von Staufen hätte ich mich einigen können! Doch unglücklicherweise war der vorigen Monat verstorben. Und dann wurde in Frankfurt überraschend nicht wie geplant Konrads achtjähriger Sohn zum König gewählt, sondern sein Neffe, dieser ehrgeizige junge Heißsporn Friedrich von Schwaben. Der griff nicht nur mit unerhörter Dreistigkeit nach der Krone, er begünstigt auch meine ärgsten Feinde, die Welfen, in unverschämter Weise, dachte Albrecht mit erneut aufflammendem Grimm.
Der Bär hatte nur für den jungen Staufer gestimmt, damit kein Welfe auf den Thron gelangte. Doch die schwirrten nun um den neuen König herum und wurden mit großzügigsten Versprechungen bedacht.
So dass der hünenhafte Askanier ganz gegen seine Gepflogenheiten *taktieren* musste, wollte er in den Besitz der verwaisten Grafschaften Winzenburg und Plötzkau gelangen. Auf die konnte er berechtigten Anspruch erheben, fand Albrecht.
Allerdings glaubte sein Erzfeind Heinrich der Löwe dies ebenso. Und der würde es auch tun.
Gestern war der neue König in Aachen gesalbt und gekrönt worden, und in wenigen Stunden würde der erste Tag seiner Regentschaft anbrechen. Da galt es für Albrecht wie für alle anderen Fürsten, Machtpositionen und Vorrechte abzustecken, Zusagen einzuheimsen. Und den Hochfahrenden in die Schranken zu weisen. Höflich, aber unmissverständlich.
Mag sich der Staufer noch in seinem Sieg sonnen – als König wird er vom ersten Tag an eine starke Opposition zu spüren bekommen, setzte Albrecht seine einmal in Gang gebrachte Gedankenkette fort, während Sophias Atem ruhiger wurde. Vorausgesetzt, dass meine Mitstreiter nicht den Schwanz einziehen.

Aber jetzt musste er erst einmal seine Gemahlin trösten.

»Fürchte dich nicht, ich bin doch bei dir«, brummte er leise und strich sich ratlos durch den zottigen Bart. »Und unsere Kinder sind in Sicherheit.«

Die dreizehnjährige Hedwig, seine Lieblingstochter, schlief nebenan, die zwei jüngsten Mädchen hielten sich im Quedlinburger Damenstift in der Obhut ihrer Tante auf, der Äbtissin Beatrix, seine Söhne waren entweder schon Ritter und in seinem Gefolge, oder sie dienten als Knappen an befreundeten Höfen.

Unbeholfen umfasste Albrecht seine Gemahlin und spürte mit Bestürzung durch ihr Untergewand, dass sie in den letzten Wochen bis auf die Knochen abgemagert war.

Nach all den Ehejahren schliefen sie immer noch in einer gemeinsamen Kammer. Doch seit Sophia nicht mehr gebären konnte, verschonte er sie mit seinen fleischlichen Gelüsten, weil sich das seiner Ansicht nach so gehörte. Die konnte er schließlich mit anderen Frauen ausleben, mit Mägden, Huren, willigen jungen Witwen. Eine Fürstin war kein Zeitvertreib für männliche Wollust, sondern ein kostbares Gefäß, um Erben auszutragen. Dreizehn Kinder hatte Sophia ihm geboren, von denen zehn überlebten, und damit vorbildlich ihre Pflicht erfüllt.

Außerdem liebte er sie mehr, als jemand diesem Raubein zugetraut hätte. Vielleicht, weil sie so sanft war. Ganz anders als seine Mutter Eilika, Gott hab sie selig, sofern sie nicht gerade mit Petrus am Himmelstor stritt. Das würde ihn nicht wundern. Eilika war eine zähe, dürre Witwe gewesen, mit Haaren auf den Zähnen. Vor ihr hatte sich der Bär stets wie ein kleiner Junge gefühlt, auch wenn er zwei Köpfe größer und doppelt so breit war wie sie.

Dass Sophia nun dermaßen vom Fleisch fiel, bemerkte er erst jetzt, weil sie bis gestern getrennt gereist waren.

Sie hatten nicht gemeinsam nach Frankfurt ziehen können, denn von dort aus wollte – nein, musste! – Albrecht mit dem neuen König auf den schnellen, harten Ritt zur Krönung in Aachen. Zumeist junge Begleiter hatte sich der Schwabe dafür auserkoren, unter denen Albrecht wie ein Greis gewirkt hätte, wäre er nicht so riesig gewesen und trotz seiner mehr als fünfzig Jahre so vor Kraft strotzend.

Dieser neue, junge König umgab sich gern mit Gleichaltrigen. Was die Graubärte, die ihre Ländereien und Titel noch von Konrad von Staufen verliehen bekommen hatten, mit großer Sorge erfüllte. Deshalb musste Albrecht in der Nähe des neuen Herrschers bleiben und beweisen, dass er mit den Jungen mithalten konnte.

Nach ihrem energischen Protest hatte er Sophia und seine Lieblingstochter Hedwig also direkt von Aschersleben hierher nach Aachen geschickt, geleitet von seinem zuverlässigsten und kampferfahrensten Mann, dem Grafen von Hillersleben, und einer handverlesenen Wachmannschaft, während er selbst zur Königswahl nach Frankfurt ritt. Gestern waren Frau und Tochter wohlbehalten in Aachen eingetroffen.

Unglücklicherweise würden sich seine und Sophias Wege in ein paar Tagen schon wieder trennen, wenn er den König auf dem traditionellen Umritt durchs Land begleitete.

Wo konnte er nun noch Gemahlin und liebstes Kind sicher unterbringen? Nicht hier in Aachen. Er brauchte einen Ort mit zuverlässigen Verbündeten, mit Männern, die er kannte und denen er trauen konnte.

»Ist die Heilerin endlich mit dem Schlaftrunk da?«, brüllte der Markgraf in Richtung Tür, weil ihm keine Lösung einfiel.

Zaghaft klopfte jemand an, und eine der Wachen ließ nach seiner Aufforderung die Wehmutter ein, die Sophia bei fast allen Entbindungen beigestanden hatte.

Sunhild, die weise Frau, hatte ihre Hände schützend um das Gefäß mit dem Trank gelegt, verneigte sich und wartete auf die Erlaubnis, näher zu treten. Mitfühlend reichte sie der Markgräfin den Becher, aus dem im Kerzenlicht noch etwas Dampf aufstieg.

»Dies wird Euch zu gutem Schlaf verhelfen, Durchlaucht«, flüsterte sie – als ob nicht ohnehin in diesem Teil der Pfalz alle wachgebrüllt worden waren.
Albrecht scheuchte die Heilkundige mit einer Handbewegung hinaus, verwies den Rest der Dienerschaft wieder auf die Schlafplätze, ließ seinen mit Fehwerk gefütterten Umhang über die fröstelnde Gemahlin legen und die Kerze löschen.
Es konnte nicht mehr lange dauern, bis der Morgen anbrach. Dann musste er einen Plan haben, wo er Frau und Tochter sicher unterbrachte, bis sie gemeinsam auf eine der askanischen Burgen zurückkehrten.
Außerdem musste er überlegen, wie er morgen diesem hochmütigen neuen König Paroli bot, ohne ihn sich gleich zum Feind zu machen. Er, Albrecht der Bär, Markgraf der Nordmark, Fürst von Brandenburg und Graf von Weimar-Orlamünde, wollte allerhand von diesem König einfordern.
Ehe ihm eine Lösung für beide Probleme einkam, fielen dem alternden Herrscher die Augen zu.
Doch zur Morgendämmerung erwachte Albrecht mit dem guten Gefühl, wenigstens für Frau und Tochter die perfekte Lösung gefunden zu haben.

Lebenspläne

Hedwig von Ballenstedt; Aachen, 10. März 1152

Jedermann in Aachen redete nur noch über den neuen König. Auch die jungen Mädchen und Edeldamen von Sophias Gefolge, die gerade nach der Morgenandacht mit dem askanischen Hauskaplan beim Frühmahl saßen. Das Markgrafenpaar nahm derweil noch an der festlichen Messe in der Pfalzkapelle teil und würde später an der Tafel des Königs speisen.

Die Gespräche, seit das Tischgebet verklungen war, bestanden aus zahllosen Variationen von: »Er sieht so wunderschön aus! So jung. So stattlich. So würdevoll!«, begleitet von verträumten Blicken und Seufzern.
Selbst Gräfin Bertha von Hillersleben, welche die Mädchen und jungen Damen sonst sehr gewissenhaft beaufsichtigte, lächelte mild und gebot der hemmungslosen Schwärmerei keinen Einhalt.
Doch Hedwig, die dreizehnjährige Tochter von Albrecht dem Bären und seiner Gemahlin Sophia, lauschte nur mit halbem Ohr dem Schmachten und Kichern der Mädchen. Sie machte sich ihre eigenen Gedanken über diesen neuen König Friedrich. Dabei träufelte sie genüsslich Honig auf ein Stück von dem noch warmen weißen Brot. Es war Fastenzeit, schon seit mehr als vier Wochen, und sie verabscheute gesalzenen oder gedörrten Fisch zum Morgenmahl. Doch selbst wenn es frischen Fisch gäbe – würde sie welchen essen wollen aus einem Fluss, der »Wurm« hieß?
Sie leckte einen Tropfen Honig ab, der an ihrem Daumen herabrann, und wandte ihre Gedanken erneut Friedrich zu, ohne auf das Geplapper ihrer Begleiterinnen zu achten.
Er war der erste König überhaupt, den sie mit eigenen Augen gesehen hatte. Bisher hatte sie stets als zu jung gegolten, um ihre erlauchten Eltern auf einen Hoftag zu begleiten. Das blieb ihren älteren Brüdern als künftigen Erben vorbehalten, die sie heftig darum beneidete. Und hätte ihre Mutter nach den grausigen Morden an Hedwigs Oheim und Tante nicht darauf bestanden, dass sie Aschersleben auf der Stelle verließen, wäre die Tochter des Bären jetzt immer noch in askanischen Landen und könnte sich von all den aufregenden Ereignissen erst mit mehreren Wochen Verspätung berichten lassen.
Dieser König ist tatsächlich eine eindrucksvolle Erscheinung, dachte Hedwig, während sie gemächlich kaute.
Sie durfte ihn gestern sogar aus nur wenigen Schritten Abstand

betrachten, als er aus der Kirche St. Marien trat. Wie aufregend, geradezu atemberaubend!
Der Graf von Hillersleben und seine Ritter hatten ihr Platz in der ersten Reihe der Zuschauer verschafft; dafür reichten ein paar finstere Blicke und ein gebrüllter Befehl. Schließlich war sie die Tochter eines mächtigen Reichsfürsten, und ihr erlauchter Vater erlebte dort drinnen gerade als Zeuge, wie der neue Herrscher auf den Thron geleitet wurde und den uralten Krönungseid schwor: die Kirche und ihre Diener, das gesamte Volk und besonders die Witwen und Waisen zu schützen, den Frieden herzustellen und zu wahren.
Als die Teilnehmer der Zeremonie endlich – nach Stunden, wie ihr schien – aus der Kirche herausströmten, hatte sie den jungen König anfangs kaum ausmachen können, weil etliche Geistliche und Ritter der Prozession voranliefen. Und dann folgte ein Fürst, der mit stolzgeschwellter Brust das Reichsschwert trug; an seinen Namen konnte sie sich nach all den überwältigenden Eindrücken nicht mehr erinnern.
Sie stellte sich sogar auf die Zehenspitzen, um so viel wie möglich zu erspähen.
Bis der Moment gekommen war, vor dem neuen König in größter Anmut auf die Knie zu sinken. Hedwig blickte dabei zwar demütig zu Boden, wie es sich geziemte. Doch ihre Neugier war so groß, dass sie einen kurzen Augenaufschlag wagte, um den Vielgerühmten von Nahem zu mustern.
Vielleicht richtete er sogar einen Blick auf sie? Schließlich kniete sie in der ersten Reihe, und ihr offenes blondes Haar, ihr prächtiges rotes Kleid, der mit Eichhörnchenfellen gefütterte Umhang und die gut gerüsteten Wachen um sie herum zeigten an, dass sie eine Jungfrau von edlem Stand war.
Zu ihrer unendlichen Enttäuschung schien Friedrich sie jedoch überhaupt nicht wahrzunehmen. Feierlich starrte er geradeaus, an ihr vorbei.
Aber *sie* hatte ihn gesehen.

Genau so hatte sich Hedwig in ihren Tagträumen stets einen König vorgestellt. *So* sollte ein König ihrer Meinung nach aussehen.
Und nicht wie der alte König Konrad, von dem ihr Vater sagte, er sei schon weißhaarig und in den letzten Jahren häufig so krank gewesen, dass er nicht mehr zu Pferd reisen konnte. Wie wollte ein siecher König ein Reich regieren?
Konrads Vorgänger, Kaiser Lothar von Süpplingenburg, zählte sogar über *sechzig* Jahre, als er starb! Hedwig wusste keinen Menschen sonst, der ein so unvorstellbar greisenhaftes Alter erreicht hatte. Zumindest fiel ihr gerade keiner ein.
Der neue König war zwar fast doppelt so alt wie die zierliche Fürstentochter mit ihren dreizehn Sommern, aber dennoch jünger als ihr Verlobter Otto, der Sohn des Markgrafen von Meißen und der Lausitz. Dabei galt Otto mit reichlich dreißig Jahren geradezu als jung für einen markgräflichen Bräutigam. Doch sah er bei weitem nicht so überwältigend gut aus wie dieser König mit den rotgoldenen Locken und den ebenmäßigen Zügen.
Wenn ich Otto heirate und er von seinem Vater die Mark Meißen erbt, überlegte sie mit der Süße des Honigs am Gaumen, bin ich die Markgräfin von Meißen. Dann werde ich als Fürstin an der Seite meines Gemahls an den Hof reisen, und der neue König muss mich sehr wohl wahrnehmen! Anders als gestern.
Helles Gelächter rief Hedwigs Aufmerksamkeit zurück zu ihrer Gesellschaft. Eines der Mädchen hatte versehentlich das Zopfende in ihren Becher getunkt und beim Herausziehen der Strähne auch noch das Kleid ihrer Nachbarin besprenkelt. Doch schon brachte die sommersprossige Johanna erneut die Rede auf den König, diesmal auf seinen roten Bart.
»Es ist doch eher ein Gekräusel als ein richtiger Bart!«, widersprach Hedwig brüsk, der endlosen Lobgesänge leid. »Und der König ist auch nicht sehr groß.«

Fassungslos schnappten die Mädchen und Damen nach Luft.
»Nun, kaum ein Mensch ist so hochgewachsen wie Euer erlauchter Herr Vater«, wandte schließlich Mechthild zaghaft ein, die junge Frau eines Ritters.
»Mein Verlobter ist *auch* größer«, trumpfte Albrechts Tochter auf.
Das stimmte: Otto von Meißen war zwar nicht so riesig wie ihr Vater, aber größer und breitschultriger als dieser Schwabe Friedrich.
Hedwig war Konrads ältestem Sohn im Alter von acht Jahren versprochen worden, um das Bündnis der Häuser Anhalt und Wettin zu erneuern. In ein paar Jahren sollte die Vermählung stattfinden. Ihre Eltern zeigten bislang keine Eile, sie aus dem Haus zu geben, obwohl sie seit kurzem als heiratsfähig galt. Sie war Vaters Augenstern, die erste, lang ersehnte Tochter nach sieben Söhnen. Und die Mutter wollte nicht, dass sie schon so früh ins Brautbett gelegt wurde. Gebären war eine gefährliche Angelegenheit, ganz besonders für blutjunge, zierliche Bräute.
Die Fürstentochter leckte sich einen letzten Honigtropfen vom Finger und räumte dann gnädig ein: »Der neue König sieht sehr stattlich aus. Er ist jung, aber kein Kind wie sein Vetter. Ein bewährter Heerführer und erfahrener Herrscher.«
Erleichtert ließen die Damen den angehaltenen Atem wieder strömen, während Hedwig vor sich hin lächelte.
»Es heißt, er lasse sich für die Ehre des Reiches das Kinnhaar so oft stutzen«, versuchte die Tochter des Marschalls, den Streit um des Kaisers Bart beizulegen.
»Was versteht ihr Gänse schon von der Ehre des Reiches und davon, was ein König tut?«, wies die Hillerslebenerin die geschwätzige Runde streng zurecht.
»Das, was Ihr und der Kaplan uns beibringt«, konterte Hedwig keck.
Die am Tisch versammelten Mädchen senkten hastig die Köpfe, um ihr Schmunzeln zu verbergen.

»Und natürlich *das,* was mein erlauchter Vater mich lehrt«, ergänzte die Tochter des Bären bedeutungsschwer. »Wenn das Reich einen neuen Herrscher bekommt, ist nicht wichtig, welche Farbe sein Bart hat, sondern was er *tun* wird.«
Und die Frage, was dieser König wohl tun würde, furchte tiefe Sorgenfalten ins Gesicht ihres Vaters – das war Hedwig nicht entgangen. Auch deshalb hatte sie am Vortag diesen Friedrich so gründlich betrachtet.
»Freigiebig gegenüber den Armen soll ein König sein. Seine Männer warfen gestern viele Münzen in die Menge«, lobte die sommersprossige Johanna.
»Doch was bedeutet dann dieser … Zwischenfall? Bitte, Durchlaucht, erzählt uns mehr davon, Ihr habt es gesehen!«, drängte die schielende Tochter des Marschalls. »Verweigerte Seine Majestät tatsächlich einem reumütigen Sünder die Begnadigung?«
Sofort stand die Szene wieder vor Hedwigs Augen.
Sie hatte in dem Gedränge und unter all den Jubelrufen keinen Blick von Friedrich gelassen, solange es ging. Und nebenher noch versucht, sich Details seiner prunkvollen Kleidung einzuprägen – auf der Suche nach Mustern für ihr nächstes Festgewand, das zwar kein Königinnenkleid, aber ein Brautkleid sein würde.
Doch dann war etwas geschehen, das Anlass zu wildesten Mutmaßungen darüber bot, wie Friedrichs Regenschaft wohl verlaufen würde. An Vaters Stelle würde sie sich darüber auch große Sorgen machen.
Also berichtete sie: »Einer der Dienstmannen des neuen Königs, der für ein Vergehen bestraft worden war, hatte sich ihm während der Prozession plötzlich zu Füßen geworfen und um Gnade gefleht.«
Sie erinnerte sich noch gut an den Ausdruck des Widerwillens auf dem Gesicht des jungen Regenten … und die Verzweiflung des Büßenden.
Jedermann erwartete, dass ein König unmittelbar nach seiner

Krönung Milde walten ließ, sich gnädig zeigte. Doch Friedrich wirkte erbost. Vielleicht weniger wegen des ursprünglichen Vergehens, sondern darüber, dass jemand die Festprozession störte, *seinen* feierlichen Auszug als frisch gesalbter und gekrönter König. So jedenfalls kam es Hedwig vor.

»Er sagte, der Mann sei zu Recht bestraft worden; das könne er nicht wieder aufheben«, zitierte die Markgrafentochter den Ausspruch des Regenten, der seitdem die Runde durch Aachen machte. Und der ihren Vater zu der mürrischen Bemerkung veranlasst hatte, jetzt brächen eindeutig neue Zeiten an. Strenge Zeiten.

Nach einem Moment bedrückten Schweigens beschloss Mechthild, lieber das Gespräch in andere Bahnen zu lenken.

»Ob der König eine byzantinische Prinzessin heiratet?«, überlegte sie laut. »Stellt euch vor, was für ein glanzvolles Fest das gäbe!«

»Ja, wer wird jetzt unsere Königin?«, rief die noch junge Johanna aufgeregt.

»Er ist doch vermählt, ihr Gänse! Mit Adela von Vohburg, der Tochter des Markgrafen auf dem Nordgau«, wies Hedwig beide zurecht.

Ihre Eltern achteten darauf, dass der Kaplan und der Magister Ruthard ihr Namen, Titel und Verwandtschaftsverhältnisse aller bedeutenden Hochgeborenen beibrachten. Als künftige Markgräfin durfte sie sich nicht bei Hofe blamieren.

»Aber … wenn er bereits vermählt ist … wo war dann die Königin?«, fragte die Tochter des Marschalls verwirrt.

Genau das fragte sich Hedwig schon seit gestern.

Unverhofft sprang ihr Bertha von Hillersleben bei.

»Gewiss wird Adela nachträglich gekrönt, da sie wegen der Entfernung und des unerwarteten Ausgangs der Wahl nicht in Aachen sein konnte.«

Dann wies die Gräfin mit gerümpfter Nase Mechthild zurecht: »Dem Papst dürfte es ganz und gar nicht gefallen, wenn unser

König und künftiger Kaiser eine Byzantinerin zur Frau nähme. Es herrscht erbitterter Streit zwischen Rom und Byzanz, das ist nun wirklich kein Geheimnis. Selbst du solltest das wissen!«
Noch ehe jemand etwas darauf erwidern konnte, klopfte es an der Tür, und eine Männerstimme rief, ein Ritter des Grafen von Hillersleben bringe eine dringende Nachricht für die junge Markgräfin.
Hedwig setzte sich zurecht und rief den Boten herein. Der Mann kam in Begleitung eines übellaunig wirkenden Knappen, der die Kammer jedoch nicht betrat.
Der Ritter näherte sich auf fünf Schritte, sank auf ein Knie und sagte: »Durchlaucht, Euer erhabener Herr Vater wünscht Euch zu sprechen. Umgehend.«
Jemand hat ihm das mit der Katze verraten!, argwöhnte Hedwig sofort, sah wütend auf den Knappen und tauchte ihre Finger in eine Schale mit Rosenwasser.
Aber ich habe richtig gehandelt. Und Vater ist mir sowieso nie lange böse, überlegte sie, während sie sich die Hände abtrocknen ließ, ihr blondes Haar nach hinten warf und ihr krapprotes Kleid glatt strich, um einen guten Eindruck vor ihrem Vater zu machen. Sie funkelte den Knappen grimmig an, reckte das Kinn und folgte dem Ritter.

Hedwigs Eltern schienen gerade von der Morgenandacht in der Pfalzkapelle zurückgekehrt zu sein; Albrecht und Sophia trugen beide noch ihre Umhänge. Die Fürstin fror sichtlich, ihr Gemahl blickte streng.
Ja, er weiß von der Sache mit der Katze, dachte das Mädchen missmutig, während es gehorsam niederkniete, dem hünenhaften Markgrafen zulächelte und ihn und ihre Mutter mit ehrerbietigen Worten begrüßte.
»Mir kam eine unglaubliche Geschichte zu Ohren: Du hättest drei Knappen zum Mäusejagen verurteilt. Ist das wahr?«, hob der Bär an. Doch er klang eher belustigt als erzürnt.

Dadurch ermutigt, hob Hedwig den Kopf.
»Liebwerter Vater, sie haben aus purem Übermut mit Pfeilen auf eine Katze geschossen. Katzen sind nützlich, denn sie halten Mäuse und Ratten von den Vorräten fern.«
Bis hierhin hatte sie recht, das wusste sie. Doch ob ihr Vater auch mit ihrem weiteren Vorgehen einverstanden war, stand in den Sternen.
»Und deshalb hast du den Knappen befohlen, so lange jeden Tag Mäuse und Ratten zu erlegen, bis die Katze es wieder selbst tun kann?«, fragte der Bär, und seine massigen Schultern begannen vor unterdrücktem Lachen zu beben.
»Sie müssen sie ja nicht *essen!* Sie sollen sie nur jagen und von den Speichern fernhalten«, beharrte Hedwig, die spürte, sie hatte gewonnen. Nur ließ sie sich besser ihren Triumph nicht anmerken.
Natürlich durfte ein dreizehnjähriges Mädchen den Knappen keine Befehle erteilen. Das oblag den Rittern und dem Waffenmeister. Aber sie war die Tochter des Markgrafen. Und wenn der Vater ihr Handeln nachträglich billigte, konnten diese dummen Burschen Mäuse jagen bis zu ihrer Schwertleite.
Der Bär brach nun in glucksendes Gelächter aus.
»Sie müssen sie also nicht *verspeisen,* weder roh noch gebraten? Wie großzügig von dir, Kind! Mein alter Freund, der Markgraf von Meißen, wird begeistert sein, wie energisch du seine Vorratskammern und Speicher hüten wirst, wenn du erst mit seinem Sohn vermählt und auf dem Meißner Burgberg eingezogen bist.«
Hedwig atmete innerlich auf und wagte ein keckes Lächeln.
»Ihr seid mir stets ein Vorbild darin, Gerechtigkeit zu üben, mein Herr und Vater. Und meine erlauchte Mutter darin, die Vorräte zu verwalten, wenn ich einmal für den Hausstand meines Auserkorenen verantwortlich bin.«
»Ich kann mich nicht erinnern, dass deine Mutter je so etwas befohlen hätte, weil jemand einen Stein nach einer Katze warf«,

hielt der Vater ihr vor. Er tauschte einen Blick mit Sophia, die ganz im Gegensatz zu ihm ernst und bleich dasaß, ohne eine Miene zu verziehen.

»Keinen Stein! Sie benutzten Jagdbogen«, verteidigte sich Hedwig.

»Du unterschätzt die Katze, mein Liebling«, meinte der Markgraf belustigt. »Ich sah die Spuren, die ihre Krallen auf dem Gesicht eines der Nichtsnutze hinterlassen haben.«

Nun lächelte der Bär breit und ließ seine Pranken auf die Schenkel sinken. »Sollen diese Dummköpfe drei Tage lang Mäuse jagen! Und beim nächsten Mal lasse ich sie die auch *essen*«, kündigte er grimmig an. Dann tat er die Angelegenheit mit einer Geste als erledigt ab.

Er fuhr sich mit der Hand übers Gesicht, und jäh schwand das Lächeln von seinen Zügen, als habe er es fortgewischt.

»Lasst uns allein!«, befahl der Fürst allen im Raum außer Tochter, Gemahlin und dem Grafen von Hillersleben.

Plötzlich schien es eiskalt in der Kammer zu werden.

Jetzt – das wusste Hedwig sofort – ging es nicht mehr um Katzen und Mäuse. Sondern um etwas viel Größeres.

Als alle Hinausbefohlenen gegangen waren und die Tür hinter sich geschlossen hatten, ermunterte der Markgraf seine Tochter, näher zu treten, und griff nach ihren Händen.

Sophia saß mit versteinerter Miene neben ihrem Gemahl, der Graf von Hillersleben stand etwas seitlich, wachsam wie immer, das Gesicht finster und auf einer Seite vernarbt.

Albrecht holte tief Luft und umklammerte Hedwigs Hände noch fester. Als fürchte er, sie könnte fortlaufen nach der nun bevorstehenden Eröffnung.

Ungewohnt ernst sah er ihr in die Augen. »Weshalb ich dich rufen ließ, mein liebes Kind, mein Herz …«

Er stockte, zögerte – völlig untypisch für ihn – und setzte erneut an, nun mit der ihm eigenen Ungeduld.

»Bei allen Heiligen, wir können uns jetzt nicht mit langen

Reden aufhalten! Gleich ruft der neue König die Großen des Reiches zusammen, um mit ihnen zu beraten, und ich muss dabei sein …«

»Natürlich, Vater«, sagte Hedwig betont ruhig, weil sie das Gefühl hatte, sie müsse *ihn* ermutigen statt andersherum.

»Es sind stürmische Zeiten, Kind, und gefährliche. Haus Anhalt und Haus Wettin müssen enger denn je zusammenstehen. Sonst haben wir keine Chance gegen diesen neuen König und seine mächtigen Welfenfreunde. Verstehst du das, meine Tochter?«

»Ja, Vater.«

Die Feindschaft ihres Vaters mit den Welfen währte schon länger, als Hedwig lebte. Sie hatten ihm den Titel eines Herzogs von Sachsen geraubt, das würde er nie vergessen und verzeihen. Wobei zur ganzen Wahrheit gehörte, dass dieser Titel rechtmäßig den Welfen zustand und Albrecht ihn für einen unerhörten Friedensbruch erhielt, mit dem er Konrad von Staufen auf den Thron verholfen hatte.

»Dazu kommt, dass sich deine Mutter um deine Sicherheit und die deiner Geschwister sorgt«, fuhr der Bär unruhig fort.

Hedwig nickte wortlos.

Seit dem Gemetzel auf Winzenburg war Mutter nicht mehr sie selbst und fürchtete sich vor dem Schatten an der Wand.

Die Morde an Oheim und Tante entsetzten auch Hedwig. Doch beide waren böse, grausame Menschen gewesen. Jedes Mal, wenn sie mit ihren Eltern die Winzenburg besucht hatte, wurden Mägde für kleinste Vergehen blutig gepeitscht, Knechte tagelang in den Stock gesperrt, bis sie vor Qual fast starben, oder andere harte Strafen verhängt.

Natürlich war auch ihr Vater von gefürchteter Strenge. Aber wenn er gut gelaunt war, brachte er die Menschen mit derben Sprüchen oder Scherzen zum Lachen. Anders als ihr künftiger Schwiegervater Konrad von Meißen. Über ihn hieß es, er lächle nie.

Von ihrer Mutter hatte Hedwig als aufmerksame Beobachterin

gelernt, einen wütenden oder aufbrausenden Herrn mit ein paar sanften Worten und einem Lächeln milder zu stimmen. Eine große Kunst. Und eine bedeutende. Die Dreizehnjährige war fest entschlossen, es darin zur Meisterschaft zu bringen.
Albrecht kratzte sich am Kinn, dann griff er wieder nach den Händen seiner Tochter.
»Also habe ich Folgendes entschieden«, erklärte er und atmete tief durch.
An der Miene ihrer Mutter erkannte Hedwig, dass diese bereits wusste, was nun kam, und sich deshalb sorgte.
Dem Mädchen war längst klar, dass es den Vater nicht beim Königsumritt durch das Reich begleiten konnte. Eine so lange und schnelle Reise bewältigten nur sehr gute und ausdauernde Reiter. Außerdem wollten die Männer unter sich sein, wenn sie Herrschaftsangelegenheiten berieten.
Was also würde Vater befehlen? Sollten sie hier in Aachen bleiben und sich die alten Römerbäder anschauen? Oder zurück nach Aschersleben reiten, was ihre Mutter nicht wollte? Auf die Brandenburg? Aber dort wimmelte es von heimlichen Anhängern des Slawenfürsten Jacza von Köpenick, die nur auf eine Chance warteten, im einstigen Slawenland wieder heidnische Sitten und Götzendienste durchzusetzen.
Albrecht räusperte sich und verkündete dann mit befehlsgewohnter Stimme: »Der Graf von Hillersleben wird deine Mutter und dich nach Meißen geleiten, zu meinem alten Freund Konrad von Wettin. Auf dem Meißner Burgberg seid ihr sicher. Pfingsten kommt ihr gemeinsam mit Konrad und seinen Söhnen zu dem großen Hoftag nach Merseburg. Dort treffen wir uns wieder. Und sobald die offiziellen Angelegenheiten des Hofes erledigt sind, wird dich Otto als seine Braut heimführen.«
Er sah seiner Tochter in die Augen. »Die Lage hat sich geändert, diese Hochzeit muss bald stattfinden. Eher, als mir lieb ist – und auch deiner Mutter.«

Albrecht beobachtete aufmerksam, ob sich im Gesicht seiner Tochter etwas regte. Ob sie sich vor der Vermählung fürchtete in ihrer jugendlichen Unschuld. Sein künftiger Schwiegersohn Otto gab sich zwar alle Mühe, freundlich zu seiner kleinen Braut zu sein, sonst würde er auch gewaltigen Ärger mit seinem zukünftigen Schwiegervater bekommen. Aber Konrads ältester Sohn war häufig missgelaunt und streitsüchtig.

Eindringlich wiederholte Albrecht deshalb: »Das Fortbestehen unserer Häuser hängt davon ab. Gemeinsam müssen wir uns gegen die welfische Übermacht behaupten, die nun unter diesem König eintreten wird. Verstehst du das, Tochter?«

Er zwang sich zu einem Lächeln. »Freu dich, bald bist du eine Braut in einem wunderschönen Kleid!«

»Hab keine Angst!«, sagte nun die Mutter, deutlich angespannter.

»Ich habe keine Angst«, versicherte Hedwig, auch wenn das nicht ganz stimmte. »Ist es nicht meine Pflicht, dazu beizutragen, dass unsere Häuser fortbestehen?«

Als sie verlobt worden war, hatte sie es weder recht verstanden noch irgendwie belastet. Sie zählte erst acht Jahre damals, war fast noch ein Kind. Die Kindheit galt nach dem sechsten Lebensjahr als beendet.

Als sie dann älter wurde, begann es durchaus, sie zu beunruhigen. Aber Hedwig war klug. Sie hatte gründlich überlegt, wie sie mit ihrem künftigen Gemahl zurechtkommen konnte.

Und wenn Sophia schon die Mitmenschen erstaunte, weil sie es schaffte, den ungestümen Bären mit einem Blick oder ein paar sanften Worten zu Milde zu bewegen – die Tochter war ihre aufmerksame Schülerin gewesen.

Von klein auf hatte sie gelernt, ihren Vater um den Finger zu wickeln; mit einem Lächeln, einem Augenzwinkern, einer fröhlichen Bemerkung … Da würde sie es gewiss auch bei Otto schaffen. Außerdem hatte sie noch sieben größere Brüder, zwischen denen sie sich behaupten musste.

Sie wollte nicht so eine Ehe wie ihre Mutter führen: stets nachgiebig und ständig schwanger. In den letzten Jahren hatte sie viele Schicksale hochgeborener Frauen aufmerksam verfolgt, um daraus zu lernen.

Und dann gab es da noch die wilden Geschichten über ihre kämpferische Großmutter Eilika. Trug sie nicht auch deren Blut in sich?

»Braves Kind, ich bin stolz auf dich!«, sagte Albrecht über alle Maßen erleichtert, wobei er das eisige Schweigen seiner Gemahlin geflissentlich ignorierte. »Ich werde meinen schnellsten Reiter schicken, um meinen Freund Konrad von eurer bevorstehenden Ankunft in Kenntnis zu setzen.«

Nun redete er sich in Schwung, schließlich musste er gleich zum König.

»Es gibt keine Markgräfin mehr auf dem Meißner Burgberg, wie ihr wisst, weil sich Konrad nach dem Tod seiner Gemahlin nicht erneut vermählen wollte. Doch er wird seine Schwester Mathilde von Seeburg rufen lassen, damit sie sich um den weiblichen Hofstaat kümmert. Du wirst dich mit Adele anfreunden, Ottos Schwester, die ebenfalls noch dieses Jahr heiraten soll …«

Und walte Gott, dachte er, ohne es auszusprechen, dass dir die Peinlichkeiten mit Ottos Bruder Dietrich, seiner hasserfüllten Gemahlin und seiner Geliebten samt Bastard in Eilenburg erspart bleiben! Zum Glück ist Eilenburg zwei Tagesritte von Meißen entfernt.

Doch Hedwig wusste längst davon.

Natürlich kannte sie ihren künftigen Schwager Dietrich, der ihr viel besser gefiel als Otto. Nur war er unglücklich mit einer polnischen Herzogstochter vermählt. Und so hatte Dietrich eine junge Witwe als seine offizielle Geliebte zu sich geholt. Hedwig verfolgte das Schicksal dieser Kunigunde von Plötzkau aufmerksam, denn Plötzkau grenzte an die askanischen Besitzungen.

Ebenfalls dreizehnjährig war Kunigunde einst dem viel älteren, groben Grafen von Plötzkau zur Frau gegeben worden. Nach

dessen Tod entschied sie sich dafür, Dietrichs Geliebte zu werden, statt erneut irgendeinen fremden Mann heiraten zu müssen, weil sie den Markgrafensohn schon lange liebte. Sie hatte ihm inzwischen einen Jungen geboren, und Ottos Bruder hatte seinen Bastard sogar offiziell anerkannt.
Außerdem war Kunigunde mit Adela von Vohburg befreundet, der Gemahlin des Königs. Vielleicht konnte sie das Rätsel lösen, warum Adela nie an Friedrichs Seite erschien und auch nicht gekrönt worden war.
Hedwig wollte sie alle gern näher kennenlernen.
Auch Dietrichs polnische Gemahlin, deren Schwester Judith mit Hedwigs ältestem Bruder vermählt war. Und Ottos fetten Bruder Dedo und seine gefürchtete Tante Mathilde, von der es hieß, sie ähnele Großmutter Eilika.
Wie aufregend das alles sein würde!
Nur vor dem strengen Markgrafen Konrad graute ihr ein wenig. Der würde sich wohl kaum von ihr um den Finger wickeln lassen. Aber er war immerhin der Freund ihres Vaters.
»Gutes Kind, ich bin stolz auf dich«, wiederholte Albrecht erleichtert, tätschelte ihr den Kopf, stand auf und ging mit dem Hillerslebener zur Tür.
»Der König ruft. Und ich furchte, er ist nicht sehr geduldig, unser junger neuer Regent«, erklärte er mürrisch.
»Geht nur, Vater! Ich werde für Euch beten!«, rief Hedwig.
Dann war sie mit ihrer Mutter allein.
Und sofort fühlte sie sich unwohl.
Sie wollte jetzt nicht mit der Mutter über ihre vorgezogene Vermählung sprechen. Erst hatte sie über einiges nachzudenken.
Doch nun war es Sophia, die ihre Tochter bei den Händen nahm und zu sich zog.
»Sunhild wird dir erklären, was du wissen solltest, ehe du deinem Gemahl ins Ehebett gelegt wirst«, sagte sie leise.
Sophia hatte diese Dinge nie hören wollen, sie waren sündig

und ein gefährliches Geheimnis. Lieber trug sie Jahr für Jahr ein Kind aus. Aber sie war auch nicht dreizehn gewesen bei ihrer Vermählung, sondern siebzehn. Ihre Tochter sollte nicht im Kindbett sterben, weil sie noch zu jung zum Gebären war. Sunhild konnte das verhindern.

Kalter Guss für Seine Majestät

Friedrich I.; Königspfalz zu Aachen, 10. März 1152

Zornig krallte Friedrich beide Hände um die Lehnen seines reichverzierten Stuhls und starrte auf die vor ihm stehenden kostbar gekleideten Männer im Festsaal der Pfalz.

So hatte er sich den Beginn seiner Regentschaft nicht vorgestellt!

Da hatte er die Edelsten des Reichs zur Beratung über seine Vorhaben und Pläne eingeladen. Und dann so etwas!

Nicht dass er ihren Rat brauchte. Aber die Tradition und die Macht der Fürsten erforderten, dass er sich mit ihnen besprach. Um ihre Zustimmung einzuholen und vor allem ihre tatkräftige Unterstützung zu erwirken.

Doch zu seinem wichtigsten Vorhaben, seiner baldigen Kaiserkrönung, hörte er heute statt jubelnder Zustimmung nur Einwände, Bedenken und Absagen.

»Nein, Majestät! – Das ist zu früh, Majestät! – Ihr könnt jetzt nicht das Reich verlassen.«

Oder aber: »Es ist zu spät, um dieses Jahr unsere Truppen für einen Romzug zu den Bannern zu rufen.«

War das denn zu fassen? Sie alle trugen noch den schweren Weihrauchgeruch von seiner gestrigen Krönungszeremonie in den Prunkgewändern – und dennoch verweigerten sie sich ihm. Memmen!

Es wurde höchste Zeit, diese ängstlichen Greise durch junge, kühne Männer zu ersetzen.
Seine Zukunftspläne waren klar und detailliert, auch wenn er vieles davon vorerst für sich behalten würde. Friedrich besaß ein ausgezeichnetes Gedächtnis für Gesichter, er vergaß weder Treue noch Widerspruch und würde etliche Rechnungen begleichen, so oder so.
Natürlich war ihm bewusst, dass sein traditioneller Königsumritt durch das Reich mehrere Monate in Anspruch nahm. Doch er würde an allen Orten ausgiebig Recht sprechen, was seine Kasse füllte, und einen allgemeinen Landfrieden anordnen.
Konnte es danach Dringenderes geben, als nach Rom zu reiten und sich zum Kaiser krönen zu lassen? Ganz zu schweigen von den schon lange geplanten Kriegszügen gegen Géza von Ungarn und Roger von Sizilien?
Auch diese beiden Vorhaben fanden bei seinen Fürsten keine Zustimmung. Einzig die im Saal anwesenden Geistlichen hatten den Romzug befürwortet. Doch auf sie konnte er nicht zählen, ausgenommen den Bischof von Bamberg.
Seinen Zorn mühsam verbergend, starrte er auf die vor ihm Stehenden und resümierte voller Sarkasmus: »Verstehe ich Euch richtig, edle Herren? Ihr *weigert* Euch, noch dieses Jahr unter meinem Kommando mit Euren Heeren nach Rom zu reiten, um dem Papst endlich Einzug in die Stadt zu verschaffen? Und mir, Euerm König, die Kaiserkrone?«
Nun beugte er sich vor und rief: »Habt Ihr denn gar nichts gelernt aus dem Dilemma meines Oheims, des verblichenen Königs Konrad?«
Dieses Dilemma sollte jedem hier die Schamröte ins Gesicht treiben, dem etwas an der Ehre des Reiches lag.
In den neun Jahren seiner Herrschaft hatte es Konrad von Staufen als einziger römischer König nicht geschafft, sich zum Kaiser krönen zu lassen. Ständig kam etwas dazwischen: Kriege, Fehden, der Kreuzzug, seine schwere Krankheit …

Und nicht zuletzt der Umstand, dass der Papst nicht nach Rom durfte, weil ihm die rebellischen Stadtbewohner den Zutritt verweigerten, denn Rom sei wieder eine Republik.
Das führte vor fünf Jahren während des Kreuzzugs zu der demütigenden Situation, dass sich der Kaiser von Byzanz weigerte, Konrad als Gleichrangigen zu empfangen, obwohl der sogar sein Schwiegervater war! Wochenlang lagerte das königliche Heer vor Konstantinopel und durfte doch die byzantinische Hauptstadt nicht betreten, da keine Einigung über die Begrüßungsformalitäten erzielt werden konnte. Konrad sei nur König, beharrte Manuel Komnenos, weshalb er als Kaiser eine Geste der Unterwerfung von ihm forderte. Was der Staufer wiederum empört ablehnte.
Damit hatte der jahrhundertelange Streit zwischen Rom und Byzanz, welche Kirche und welcher Kaiser bedeutender sei, eine seiner absurdesten Possen hervorgebracht. Auf Kosten Konrads, auf Kosten der Ehre des Reiches.
Und Friedrich musste es mit ansehen.
Zielstrebig suchte er unter den Männern vor sich nach Kreuzzugsteilnehmern, sprach diesen und jenen mit Namen an.
»Habt Ihr nicht als Pilger in Waffen die Schmähung König Konrads vor Konstantinopel erlebt?«, grollte er und ballte die Rechte zur Faust. »Und Ihr anderen wisst allesamt davon, auch wenn Ihr nicht dabei wart. Die Kaiserkrönung *muss* stattfinden, damit sich solche Schande nicht wiederholt.«
Seine Worte waren kaum verhallt, da brach Tumult im Saal los.
»Wir weigern uns doch nicht, Euer Majestät!«, riefen die Fürsten durcheinander, und jeder wollte der Lauteste sein. Doch zunächst müsse der Friede im Reich wiederhergestellt werden. Der König dürfe das zerrüttete und von vielen Nöten geplagte Land nicht jetzt schon verlassen. Und so schnell könnten sie auch keine großen Heere zusammenrufen.
Kurzum: Sie wiederholten genau die Argumente, die sie gerade schon einmal vorgetragen hatten.

Friedrich hob gebieterisch die Hand, um die Männer zum Schweigen zu bringen. Schlagartig trat Stille ein.
Er tauschte einen kurzen Blick mit Otto von Wittelsbach, dem von ihm frisch ernannten Bannerträger des Reiches, der sich daraufhin rücksichtslos zwischen den anderen nach vorn drängte. Das fiel dem Wittelsbacher nicht schwer, denn er war so hoch gewachsen, dass ihn in diesem Saal einzig Albrecht der Bär überragte.
Otto von Wittelsbach war ein Verwandter Friedrichs, etwa in seinem Alter, und trug trotz seiner schwarzen Locken den Beinamen »Rotkopf«, weil er leicht in Rage geriet und sein Gesicht dann schnell eine purpurne Farbe annahm. Aber jetzt lächelte er gut gelaunt und listig.
»Wartet noch ein wenig, Euer Majestät! Wartet darauf, dass der Papst Euch als Retter ruft, damit Ihr ihm Zutritt nach Rom verschafft und ihm die Sizilianer vom Hals haltet!«, schlug er vor. »Lange kann es nicht dauern. Dann wird Euer Licht noch heller strahlen.«
Was jeder im Saal in Gedanken sofort korrekt übersetzte: Dann steht der Papst in Eurer Schuld und wird viel eher geneigt sein, Eure Wünsche und Forderungen zu erfüllen.
Deshalb erntete der Vorschlag des Wittelsbachers den begeisterten Zuspruch der Fürsten, auch wenn sie für den neuen Bannerträger selbst wenig Begeisterung empfanden. Noch so einer von den vielen jungen Freunden und Verwandten des neuen Königs, die plötzlich mit bedeutenden Positionen und Ämtern geehrt wurden!
Friedrich und Otto von Wittelsbach hatten sich diesen Einwurf gestern für den Fall ausgedacht, dass es Widerspruch gab, damit Friedrich sein Gesicht wahren konnte.
Denn er provozierte die im Saal versammelten Fürsten bereits mit der von ihm sorgfältig festgelegten Platzordnung ganz bewusst, um jedem die neuen Kräfteverhältnisse unter seiner Regentschaft klar vor Augen zu führen.

Links neben ihm, auf einem kleineren Stuhl, saß der achtjährige Friedrich, sein Vetter, der einzige noch lebende Sohn Konrads von Staufen.
Eigentlich hätte der schmächtige blonde Junge in Frankfurt zum König gewählt und in Aachen gekrönt werden sollen.
Aber Friedrich von Schwaben und Bischof Eberhard von Bamberg hatten am Totenbett des Königs übereinstimmend verkündet, der Dahingeschiedene wolle seinen kriegs- und herrschaftserfahrenen Neffen auf dem Thron sehen und habe ihm die Reichsinsignien übergeben. Wer konnte widersprechen, da es keine Zeugen gab?
Der alte Erzbischof von Mainz tat es, der als Reichsverweser nur zu gern bis zur Volljährigkeit des noch unmündigen Prinzen die Regentschaft übernommen hätte.
Sein wütender Protest – er sprach sogar von Thronraub! – und sein demonstratives Fernbleiben von der Krönung würden vor allem zu einem führen: dem Verlust seiner Stellung. Eines von Friedrichs dringenderen, aber noch geheimen Vorhaben.
Wer wollte jetzt dem gewählten und gesalbten König noch Thronraub vorwerfen, da er seinem jungen Vetter den Ehrenplatz neben sich einräumte, während alle anderen stehen mussten, die Vormundschaft für ihn übernahm und ihm vor aller Ohren und Augen Rothenburg *und* obendrein das Herzogtum Schwaben übertrug?
So saß der kleine Herzog von Schwaben erhöht unter der Obhut seines königlichen Verwandten, baumelte gelangweilt mit den Beinen und sah abwechselnd zu seinem treuen Leibwächter Ulrich von Lauterstein, der Konrad viele Jahre ein enger Vertrauter gewesen war, und zum neuen König. Er mochte die beiden viel lieber als den alten, säuerlich riechenden Mainzer Erzbischof und war froh, nicht die schwere Krone tragen zu müssen. Viel lieber würde er nachher mit Ulrich ausreiten oder den Falkner aufsuchen und den kostbaren Gerfalken bewundern, den der König vom byzantinischen Kaiser als Geschenk erhalten hatte.

Die meisten Fürsten erleichterte es ebenfalls, keinen Kindkönig unter der Fuchtel eines machtgierigen und streitsüchtigen alten Erzbischofs vorgesetzt zu bekommen.
Doch dass links und rechts von König und Königssohn zwei Welfenfürsten standen und damit die ehrenvollsten Plätze zugeteilt bekamen, während sich die anderen Hochgeborenen im Halbkreis vor dem König aufreihen mussten, war für viele ein Affront.
Hieß es nicht, Friedrich – von Geburt halb Staufer, halb Welfe – sollte als König die jahrelangen Kriege beenden, die zwischen den beiden Häusern herrschten und die das Land zerrissen und verwüstet hatten?
Stattdessen zeigte er sich demonstrativ als bester Freund der beiden machtbewussten Welfen und gewährte ihnen großartige Versprechungen – während ihre einstigen Gegner, die Staufertreuen, um Ländereien und Titel bangten.
Sollten sie sich sorgen!
Das war Friedrichs Botschaft.
Sein Blick richtete sich wie von selbst auf Albrecht den Bären, der durch seine Körpergröße aus den Reihen der Fürsten herausragte. Und als ausgezeichneter Menschenkenner wusste der junge König genau, was Albrecht dachte.

Die ganze Zeit schon überlegte der erboste Markgraf der Nordmark, wie er seinem abwesenden Freund Konrad, dem Markgrafen von Meißen und der Lausitz, den Ernst der Lage in aller Eindringlichkeit klarmachen konnte.
Friedrich schart jetzt neue, junge Leute um sich, und wir Alten müssen sehen, wie wir unsere Besitzstände wahren, grollte er in Gedanken. Doch das Schlimmste: Wohin man sah, nur noch Welfen!
Da vorn steht dieser Heinrich der Löwe mit seinen kaum zwanzig Jahren, die Arme lässig vor der Brust verschränkt, grinst mich – seinen alten Rivalen – an und sieht sich schon als

Herzog von Sachsen *und* Bayern! Sachsen hat einmal *mir* gehört! Und Bayern gehört Heinrich Jasomirgott, der wird es nicht freiwillig hergeben. Aber Jasomirgott zählt zum babenbergischen Zweig der Staufer; die werden wohl bald nicht mehr viel zu sagen haben.

Und welchen Herzogstitel wird Friedrich dem sechsten Welf zuschanzen? Sie sind die besten Freunde, haben gemeinsam gekämpft, sind fast gleichaltrig und eher Brüder als Oheim und Neffe …

Friedrich war, als könne er in den Kopf des Bären hineinschauen. Er hatte längst Pläne, den Askanier und auch den Meißner Markgrafen zufriedenzustellen, denn er brauchte sie zum Schutz der östlichen Gebiete des Reiches. Das würde er auf dem großen Pfingsthoftag in Merseburg tun. Aber erst einmal sollten sie sich ein wenig sorgen, das konnte nicht schaden. Die Vehemenz, mit der ihm heute die weltlichen Fürsten den Romzug versagten, erforderte eine kluge Taktik seinerseits. Und deshalb würde der Bär Winzenburg nicht bekommen, selbst wenn er es sehr begehrte und schon lauthals gefordert hatte. Nein, Winzenburg würde er Heinrich dem Löwen geben – zum Trost, weil er ihm noch nicht gleich Bayern übertragen konnte. Sollte sich Albrecht dafür mit Plötzkau vergnügen!

Der Mundschenk wollte Friedrich den mit Edelsteinen besetzten Becher nachfüllen, doch er schickte ihn mit einer Geste fort. Das hiesige Starkbier – es war immer noch Fastenzeit und Wein daher verboten – schmeckte gut. Aber wenn sich die Beratung noch länger hinzog, würde es ihm bald aus den Ohren laufen.

Stattdessen dachte er an den Vorschlag, den der Wittelsbacher ausgesprochen hatte.

So eilig er auch zum Kaiser gekrönt werden wollte – wenn der Papst ihn *riefe,* böte das enorme Vorteile bei den Verhandlungen. Er, Friedrich, hatte allerhand Wünsche und Forderungen an Seine Heiligkeit.

Die Frage war nur: Wie eilig hatte es Seine Heiligkeit?
Der König lehnte sich zurück und unterdrückte ein Lächeln. Was jetzt kam, würde seiner Herrschaft einen besonderen Platz in der Geschichte sichern. Auch wenn das bisher außer ihm nur ein einziger Mann im Saal genau wusste. Und der war deshalb bis in sein tiefstes Inneres erschüttert.

Die zwei Schwerter der Macht

Friedrich I. und Wibald von Stablo und Corvey; Aachen, 10. März 1152

Friedrich sah in die Runde seiner Fürsten und resümierte scheinbar versöhnlich: »Da also nach Eurer mehrheitlichen Ansicht ein sofortiger Romzug nicht möglich ist, sollten wir natürlich Seine Heiligkeit von meiner Wahl und Krönung durch ein offizielles Schreiben in Kenntnis setzen.«
Das lenkte die Blicke sofort auf zwei Männer, die sich direkt gegenüberstanden, aber größtmöglichen Abstand hielten und sich mit deutlichem Misstrauen maßen: Bischof Eberhard von Bamberg rechts und Abt Wibald von Stablo und Corvey links in dem Halbkreis vor dem König.
Der grauhaarige Abt, der schon unter Kaiser Lothar und König Konrad als Ratgeber und Leiter der Hofkanzlei gedient hatte, sorgte sich seit Tagen, ob er dieses hohe Amt wohl weiter ausüben dürfte. Denn Friedrich hatte in Eberhard von Bamberg einen Verbündeten gefunden, weil der ihm durch das schnelle Begräbnis Konrads in Bamberg Wahl und Krönung zu den längst festgelegten Terminen ermöglichte. Eberhard war dafür mit der einträglichen Abtei Niederaltaich belohnt worden. Sehr zu Wibalds Grimm.
Doch gestern war Wibalds sonst wohlgeordnete Welt vollends

aus den Fugen geraten, als er in einer Privataudienz dem König seinen Entwurf des Schreibens an den Papst vorstellte.
Der Herr über den Schriftverkehr des Reiches hatte eine Wahlanzeige verfasst, so wie sie unter Friedrichs Vorgängern üblich gewesen wäre. In kunstvoll gesetzten Worten bat der König darin den Papst um Erlaubnis und Bestätigung der Wahl.
Was Friedrich glattweg verwarf.
»Ich brauche seine Erlaubnis nicht!«, hatte der junge Herrscher selbstbewusst verkündet. »Denn ich bin König von *Gottes* Gnaden. Papst und Kaiser sind einander gleichberechtigt, und jeder kümmere sich um seine Zuständigkeiten. Setzt Seine Heiligkeit von meiner Wahl in Kenntnis. Und ich schwöre ihm, dass ich die Heilige Mutter Kirche als treu ergebener Sohn achten und für ihren Schutz sorgen werde.«
Friedrich sah sehr wohl, dass sich der papsttreue Wibald unter diesen Worten krümmte.
Doch es kümmerte ihn nicht. Es musste Schluss sein damit, dass sich der Papst über den weltlichen Herrscher erhob! Dies war seine ganz entschiedene Meinung und sein Ziel. Erst seine beiden Vorgänger hatten es überhaupt so weit kommen lassen. Kaiser Lothar erniedrigte sich sogar zu solchen Demutsgesten vor dem Papst, wie ihm die Steigbügel zu halten. Das würde *er* niemals tun! Ein Papst und ein Kaiser mussten sich auf Augenhöhe begegnen.
»Erinnern wir uns wieder an das Prinzip der zwei Schwerter, das weltliche und das geistliche! *Gleichberechtigt, nebeneinander und unmittelbar zu Gott*«, hatte er den fassungslosen Abt instruiert. Der jetzt im Festsaal stand und fürchtete, der junge König würde seine ungeheuerlichen Ansichten laut verkünden.
Damit niemand sah, dass seine faltigen Hände zitterten, schob Wibald sie in die Ärmel seiner Benediktinerkutte und bereitete sich auf das Schlimmste vor.
Doch dann glaubte er seinen Ohren nicht zu trauen.

In ausgesuchter Höflichkeit wandte sich der König an ihn und lobte ihn vor allen anwesenden Edlen.
»Der ehrwürdige Abt von Stablo und Corvey als Leiter der Hofkanzlei und Vertrauter des Papstes hat gestern auf meine Bitte bereits eine entsprechende Anzeige entworfen, wofür ihm der Dank des Reiches gewiss ist.«
Wibald verneigte sich verwirrt und mit einem Anflug von Hoffnung, dieser anmaßende neue König hätte über Nacht seine Meinung geändert beziehungsweise etwas abgemildert. Oder würde er jetzt vor allen Fürsten erklären, warum er eine Neufassung forderte?
»Ich habe die ganze Nacht an dem Dokument geschrieben und lege es Euch gern vor, wenn Ihr wünscht, Euer Majestät«, sagte Wibald deshalb rasch und verbeugte sich erneut, still um Gottes Beistand bittend.
»Unser Dank ist Euch gewiss, geschätzter Abt!«, wiederholte der König freundlich, um die Würde des alten Mannes vor den Anwesenden zu wahren, die von dem Streit um die Formulierung nichts wussten.
Oder hatte der sich schon herumgesprochen? Man konnte nie wissen … Die Wände hatten Ohren.
»Die Verdienste des Abtes von Stablo und Corvey um das Reich sind unbestritten, und ich werde zum Dank dafür das Kloster Corvey mit weiteren Privilegien ausstatten«, verkündete der König.
Der Benediktiner bedankte sich ergebenst.
Von der Ehrung ermutigt, nahm Wibald alle Kraft zusammen und brachte nach einem tiefen Atemzug heraus: »Wenn es Euer Majestät beliebt, leite ich auch gern die Gesandtschaft, die Seiner Heiligkeit die frohe Kunde überbringt. Wie Ihr wisst, Majestät, stehe ich seit vielen Jahren in höchstem Ansehen beim Papst.«
Seine Stimme geriet ins Zittern, ohne dass er es verhindern konnte. Stand er in der Gunst des neuen Königs, oder würde er

bald abgelöst? Er *musste* zum Papst, um ihn zu beschwichtigen und einige mildernde Erklärungen zu diesem Pergament anzubringen! Dafür würde er notfalls sogar die Reisekosten vorstrecken, obwohl er gemäß den Regeln seines Ordens kein wohlhabender Mann war.

Friedrich lächelte sein freundliches, einnehmendes Lächeln. »Wer wüsste das nicht, ehrwürdiger Abt! Ihr habt vielen Königen treu gedient, aber am treuesten stets dem Papst.«

Eine Schmeichelei von gefährlicher Doppeldeutigkeit.

Das war jedem im Saal bewusst, der genau hingehört hatte.

»Eure Verdienste sind unschätzbar, und wir hoffen auch weiterhin auf Euern weisen Rat und Eure tatkräftige Hilfe«, fuhr Friedrich fort.

Nun setzte er eine besorgte Miene auf. »Doch da Ihr gerade erst im Februar, mitten im Winter, von einer Gesandtschaft jenseits der Alpen zurückgekehrt seid, wollen wir Euch die Beschwerlichkeiten eines sofortigen erneuten Aufbruchs nicht zumuten.«

Die Enttäuschung Wibalds war noch größer als sein Entsetzen. »Ich fühle mich durchaus in der Lage zu reisen, Euer Majestät!«, widersprach er leidenschaftlich und flehend zugleich. »Mit Verlaub, eine solch bedeutende Angelegenheit solltet Ihr erfahrenen Männern überlassen, die wissen, wie man sich vor Seiner Heiligkeit verhält und mit ihm spricht und die Eure Botschaften so überbringen, dass auch die beste Wirkung erzielt wird.«

»Gewiss, geehrter Abt. Und aus Eurer Klugheit und Euren Erfahrungen sollen die Gesandten Nutzen ziehen. Der Bischof von Bamberg wird die Abordnung leiten. Der neue Erzbischof von Trier soll ihn begleiten und kann sich dann gleich von Seiner Heiligkeit im Amt bestätigen lassen. Mit ihnen soll der Zisterzienserabt Adam von Ebrach reisen, ein Ordensbruder des Papstes. Ihr seht also, die Gesandtschaft ist sorgfältig zusammengestellt. Und wir werden mit Euch alle Einzelheiten besprechen.«

Ausgerechnet Eberhard von Bamberg!, dachte Wibald entsetzt. Ich habe es geahnt.
Verzweiflung stand in seinen Augen, als er antwortete: »Wie Ihr wünscht, Euer Majestät.«
Friedrich war insgeheim leicht amüsiert.
Alle Einzelheiten würde er ganz sicher nicht mit dem papsttreuen Wibald besprechen.
Denn die Gesandtschaft hatte nicht nur das Pergament zu überbringen, das Eugen über die Krönung *in Kenntnis setzte.* Sie sollte mündlich auch einige höchst brisante Punkte aushandeln, von denen der in Kirchenkreisen äußerst einflussreiche Wibald nichts wissen durfte.
Der Abt bedankte sich noch einmal höflich für die zugesagten Privilegien für sein Kloster, während ihm die Gedanken kreuz und quer durch den Kopf schossen.
»Genug für den Moment, wir beraten am Nachmittag weiter«, verkündete Friedrich zur Erleichterung aller Herren, die dem Starkbier kräftiger als er zugesprochen hatten.
Und Gesprächsstoff gab es nun auch reichlich.
Schließlich hatte gerade vor ihren Augen ein Machtwechsel unter den geistlichen Ratgebern des Herrschers stattgefunden.

Der König ermutigte Wibald, ganz nach Belieben zu ruhen, sich an einer Erfrischung zu laben oder ein Gebet zu sprechen. In einer Stunde erwarte er ihn mit der Neufassung des Schreibens.
Wibald zog das Gebet vor, fand aber nicht die dafür nötige innere Einkehr. Ich muss dem Papst schreiben, Seiner Heiligkeit alles erklären und vermitteln, dachte er. Am besten schicke ich gleich zwei Boten mit Briefen. Und diesen Eberhard muss ich erst einmal belehren, wie man vor einem Papst auftritt und eine königliche Botschaft überbringt! Offensichtlich werden erfahrene Männer nun nicht mehr benötigt und stattdessen Personen geschickt, die noch grün hinter den Ohren sind.

Zur verabredeten Zeit stellte er sich beim König ein. Sein grauer Haarkranz um die Tonsur war zerrauft, und Schweißtropfen standen ihm auf der Stirn, als er die Neufassung verlas. Doch die fand Friedrichs Wohlwollen.
Der Schriftgelehrte atmete erleichtert auf, als er dies und warme Dankesworte des Königs zu hören bekam.
Vielleicht wurde ja doch noch alles gut!
»Abt, erinnert Ihr Euch noch an die kleine Bitte bezüglich meiner Ehe? Genauer gesagt: bezüglich meiner hoffentlich baldigen Scheidung?«, fragte Friedrich beiläufig, als die Audienz fast beendet schien.
Bedauernd breitete der Geistliche die Arme aus. »Euer Majestät, ich schrieb die ganze Nacht an der Urkunde. Und solch ein heikles Unterfangen wie die von Euch gewünschten Nachforschungen möchte ich niemandem sonst auftragen. Trotzdem habe ich die Dokumente durchgesehen, die mir hier zugänglich sind. Eine Verwandtschaft zwischen Euch und Eurer Gemahlin ist nicht leicht nachzuweisen. Bis zum fünften Grad bin ich bisher vorgedrungen, ohne etwas zu finden. Aber ich werde mein Bestes tun, Euer Majestät.«
Er räusperte sich und steckte seine tintenbekleckten Finger wieder in die Ärmel seiner Kutte.
»Dessen bin ich mir gewiss«, beschwichtigte ihn der König. »Vorrang hat natürlich das Schreiben an den Papst. Aber wäre es nicht schön, dieses persönliche Anliegen gleich auch noch Seiner Heiligkeit vortragen zu lassen? Das heißt, sofern wir Beweise finden.«
Friedrich lächelte.
Wibald versicherte noch einmal, sein Bestes zu geben, verneigte sich und wollte sich mit Erlaubnis des Königs entfernen.
Er hatte noch keine zwei Schritte getan, als Friedrich erneut wie beiläufig sagte: »Fast hätte ich es vergessen … Helft mir mit einem Namen aus, ehrwürdiger Abt! Während ich ins Heilige Land zog, gab es einen Disput auf einem päpst-

lichen Konzil in Reims, bei dem ein noch sehr junger Subdiakon oder Dompropst für enormes Aufsehen sorgte. Es ging um …«
Er strich sich über den kurzen rötlichen Bart und tat, als müsse er überlegen. »Ja, um bunte Pelze! Ahnt Ihr, von wem die Rede sein könnte? Ihr seid mit ihm gut bekannt, hörte ich.«
»Ich weiß, wen Ihr meint, Majestät«, antwortete Wibald erfreut, helfen zu können. »Diese Sache sorgte tatsächlich monatelang für Gesprächsstoff. Er ist jetzt Dompropst von Hildesheim, zweiter Sohn eines Grafen von der Weser. Ein äußerst gelehrter junger Mann, studierte in Paris und spricht Latein und Französisch, als seien es seine Muttersprachen.«
»Weilt er jetzt hier? Dann würde ich ihn gern kennenlernen«, meinte Friedrich.
»Wie Ihr wünscht, Euer Majestät. Sein Name ist Rainald von Dassel.«

Bunte Pelze

Friedrich I. und Rainald von Dassel,
Aachen, 10. März 1152

Ein Reiter hätte keine Viertelmeile in der Zeitspanne zurücklegen können, nach der die Bediensteten dem König bereits den Dompropst von Hildesheim meldeten.
Wibald hatte es wohl aus durchsichtigen Gründen sehr eilig, seinem König einen Gefallen zu tun. Oder Rainald von Dassel war längst darauf vorbereitet, zu dem neuen Regenten gerufen zu werden. Wahrscheinlich beides.
Rainald mochte in Friedrichs Alter sein, hatte blondes Haar und eine Statur, die verriet, dass er seine Zeit nicht nur im Gebet, sondern häufig auch in Rüstung zubrachte und wenn

nötig selbst ein Heer in den Krieg führen würde. Das allein hätte genügt, ihn dem neuen König sympathisch zu machen. Aber vor allem die Legende mit den bunten Pelzen weckte große Neugier in Friedrich, diesen jungen Geistlichen kennenzulernen, der einen blaugefärbten Pelz über den Schultern trug und auch ansonsten prächtige Gewänder zu schätzen schien. Ein würdiger Nachfolger Alberos von Trier, dachte Friedrich ironisch.

»Ich bin Euch noch Dank schuldig, dass Ihr meine Wahl zum König unterstützt habt«, eröffnete er, nachdem sich Rainald vor ihm verneigt hatte.

»Ich diene Gott – und dem Reich«, erwiderte Rainald von Dassel nüchtern. »Und das Reich braucht nach Jahrzehnten verheerender Kriege einen König, der Frieden schaffen kann. Kein Kind auf dem Thron und keinen selbstsüchtigen Reichsverweser, der mit allem und jedem im Streit liegt, sogar mit dem Papst.«

Rainalds ernste Miene und seine ganze Erscheinung verrieten: Dies war keine Schmeichelei, sondern seine feste Überzeugung.

»Lagt Ihr nicht selbst einmal mit dem Papst im Streit?«, provozierte Friedrich. »Und wie ich hörte, wart Ihr in Paris ein Schüler Abaelards, der für seine aufrührerischen Reden zu Klosterhaft und ewigem Schweigen verurteilt wurde, während seine Bücher auf dem Scheiterhaufen landeten.«

»Eine andere Zeit, ein anderer Papst«, meinte von Dassel achselzuckend. »Doch Abaelards Kritik und seinen Appell an die Vernunft habe ich nicht vergessen.«

Nun lächelte er. »Ich vermute, worauf Ihr anspielt, Euer Majestät, ist mein Disput mit Papst Eugen um das Färben von Pelzen für die Geistlichkeit.«

Da konnte sich auch Friedrich ein Lächeln nicht verkneifen.

Zum Zeichen dafür, dass nun der zwanglose Teil der Unterhaltung folgte – soweit eine Unterhaltung mit einem König zwanglos sein konnte –, lud er den Dompropst mit einer Geste ein, sich auf dem Stuhl ihm gegenüber niederzulassen.

»Als ich auf meiner bewaffneten Pilgerfahrt im Heiligen Land weilte, sah und erlebte ich viele unglaubliche Dinge«, begann Friedrich. »Einige auch, als ich zurückkehrte. Zu den unglaublichsten gehört die Geschichte, die mir über Euch zu Ohren kam: dass ein noch ganz junger, unbekannter Dompropst bei einem Konzil dem Papst offen widerspricht und seine Meinung sogar durchsetzt. Wie – bei allen Heiligen! – habt Ihr das fertiggebracht?«

Neugierig beugte er sich ein wenig vor.

»Eugen wollte den Geistlichen eine Vielzahl von Dingen verbieten, darunter das Tragen gefärbter Pelze, nicht wahr? Seid Ihr einfach nach vorn getreten und habt gesagt: Euer Heiligkeit, das könnt Ihr nicht tun! Und selbst wenn, würde niemand Euer Verbot befolgen?«

Friedrichs Interesse war echt, denn die darüber kursierenden Berichte wichen stark voneinander ab. Doch ihn amüsierte die Vorstellung, dass dieser Rainald, damals kaum Mitte zwanzig, völlig unbekannt und lediglich in Vertretung seines fast blinden, greisen Bischofs dort anwesend, kühn aussprach, was alle dachten. Während die alten Erzbischöfe und Äbte trotz ihrer Wut über die neue Vorschrift ängstlich schwiegen und um ihre Prachtgewänder zitterten.

Nun lächelte auch Rainald.

»Naheliegend wäre es gewesen«, meinte er, kaum weniger belustigt. »Das war es doch, was jeder dachte: Das kann er nicht tun!«

Er lächelte und zupfte seine kostbaren Kleider zurecht – eine Geste, die Friedrich erneut an den verstorbenen Erzbischof Albero von Trier denken ließ. Der sortierte auch stets erst umständlich seine prächtigen Gewänder, wenn er irgendwo Platz nahm. Doch das eitle Gehabe täuschte. Friedrich wusste, dass Alberos raffinierte Intrigen Konrad auf den Thron ge-

bracht hatten, und auch sonst schien er für jede Lage einen Plan und einen Ausweg vorbereitet zu haben.
»Mächtige Männer sind eitel«, fuhr Rainald fort. »Sie *müssen* es sein, müssen ihre Macht und ihre Stellung vor dem einfachen Volk durch ihre gesamte Erscheinung ausdrücken. Auch durch ihre Kleidung. Selbst wir Geistlichen. Wir sind vielleicht sogar besonders eitel, denn wir dürfen uns im Gegensatz zu Euch weder mit schönen Frauen schmücken noch mit Turniersiegen. Also bleiben uns nur die bunten Pelze. Rot auf karmesinroten Mänteln für die Bischöfe und Erzbischöfe, Blau für die Chorherren, Äbte und sonstige hochrangige Kleriker. Nur konnte ich vor dem Papst natürlich nicht mit Eitelkeit argumentieren, einer Todsünde. Aber alles ist bloß eine Frage der Formulierung.«
Er zuckte mit den Schultern und verzog ironisch einen Mundwinkel.
»Was also habt Ihr gesagt?«, drängte Friedrich.
»Ich erinnerte Seine Heiligkeit an die überwältigende und erbauliche Wirkung, wenn ein einfacher Bauer aus einem kleinen Dorf voll krummer Lehmkaten eine prachtvolle, in den Himmel ragende steinerne Kirche sieht und sie betritt. Wie sehr das seinen Glauben an Gott stärkt. Und so müssen ihn auch die hohen Geistlichen durch ihr würdevolles Auftreten überzeugen. Das geht nicht, wenn sie sich ein filziges Schaffell über die Schultern hängen, wie der Bauer es auch trägt.«
Friedrich brach in schallendes Gelächter aus.
»Ihr habt den Verstand und den Mut, dem Papst zu widersprechen und ihn sogar zu überzeugen, statt Euch still zu ducken. Das gefällt mir. Ich brauche Männer wie Euch als Verbündete.«
»Zählt auf mich, Euer Majestät«, versicherte Rainald von Dassel.
Jäh wurde der König ernst, stand auf und begann, in der Kammer herumzulaufen, was den Hildesheimer zwang, sich umgehend ebenfalls zu erheben.

»Ihr habt es heute erlebt: Ich konnte die weltlichen Fürsten nicht bewegen, dem Papst so schnell wie möglich zu Hilfe zu eilen. Die Welt ist aus den Fugen, das Reich ist in einem erbärmlichen Zustand nach jahrelangen Kriegen, Fehden, Hungersnöten. Kürzlich erhielt ich einen Brief von dieser bemerkenswerten Äbtissin von Bingen, der Visionärin Hildegard.«
Friedrich suchte auf einem Tisch zwischen mehreren Rollen nach dem Pergament, doch Wibald hatte es wohl bereits in der Kanzlei einsortiert, und da der König ohnehin weder lesen noch schreiben konnte, zitierte er einige Sätze aus dem Gedächtnis.
»Sie schreibt, die Länder seien verdunkelt von Ränken. Und dass Räuber und Abirrende den Weg des Herrn zerstören … Schwarz und schmutzig seien die Sitten der Fürsten … und so weiter …«
Er wandte sich nun direkt seinem Besucher zu und sagte: »Ihr werdet mir zustimmen: nicht nur die Sitten der *Fürsten*. In ein paar Tagen reite ich nach Utrecht und muss dort Gericht halten, weil das Volk seinen Bischof vertrieben hat. Doch warum tat es das? In Winzenburg wurde das Grafenpaar von den eigenen Ministerialen ermordet, und man munkelt, auch Eure Hildesheimer Kirche sei darin verwickelt …«
»Wir töten keine ungeborenen Kinder«, protestierte der Dompropst sofort. »Eine Untersuchung wird die Schuldigen finden: nämlich Leute von der Burg oder aus dem Dorf. Vielleicht geschah es aus Geldgier; die Winzenburger galten als überaus reich. Vielleicht aus Rache, denn sie haben ihre Untergebenen äußerst hart behandelt.«
»Ich werfe Eurer Diözese nichts vor«, beschwichtigte Friedrich und hob abwehrend beide Hände. »Doch dass solch ein Verdacht überhaupt aufkommt, zeigt, in welch schlechtem Ruf Teile des Klerus stehen. Wohin man blickt, raufen sich weltliche und geistliche Herrscher um die Macht, um Burgen, Ländereien, Vorrechte. Ihr selbst erwähntet die Zanksucht des Erzbischofs von Mainz. Oder nehmt den würdelosen Streit in Magdeburg, wo seit Wochen keine Einigung um die Nachfolge

des verstorbenen Erzbischofs erzielt wird. Die weltlichen Fürsten muss *ich* zur Ordnung rufen und werde das auch tun. Doch die geistlichen … Das kann nur der Papst. Und hier kommt womöglich Ihr ins Spiel, Rainald von Dassel.«

»Ich sagte, Ihr könnt auf mich zählen, Euer Majestät«, bekräftigte der noch junge Dompropst.

»Ihr seid der Mann, der sogar den Papst überreden kann«, meinte Friedrich lächelnd. »Ihr denkt kritisch, Ihr sorgt Euch um den Zustand des Reiches. Also wisst Ihr, dass auch die Kirche von einigen verderbten Subjekten befreit werden muss. Nur dann kann ich mit einem Heer nach Rom ziehen und dem Papst zur Rückkehr in seine Stadt verhelfen.«

Rainald begriff sofort: Hier ging es zuallererst um den Erzbischof von Mainz. Aber nicht nur um ihn. Wollte der neue König den Papst dazu bringen, all jene Geistlichen aus den Ämtern zu werfen, die in Opposition zur Krone standen?

»Es sollen also die Ställe des Augias ausgemistet werden«, meinte er.

Als der König ihn irritiert ansah, erklärte er: »Eine Sage der alten Griechen über ihren Helden Herakles, einen Sohn des Zeus, der zwölf unlösbar scheinende Aufgaben übertragen bekam. Eine davon bestand darin, an einem einzigen Tag die Ställe des Augias auszumisten, des Königs von Elis, in denen dreitausend Rinder standen und die zuvor noch nie gesäubert worden waren.«

»Wie löste er diese unlösbare Aufgabe?«, erkundigte sich Friedrich interessiert.

»Er riss eine Wand ein und leitete zwei Flüsse durch die Ställe, die allen Unrat fortspülten.«

Friedrich staunte, dann seufzte er. »Überaus gewitzt, Euer griechischer Held. Wir haben auch jede Menge Unrat fortzuspülen, doch so leicht und an nur einem Tag wird uns das nicht gelingen. Das Reich ist in desolatem Zustand.«

»Ihr könnt auf mich zählen«, sagte Rainald ein drittes Mal.

Friedrich nahm Platz und deutete wieder einladend auf den Stuhl ihm gegenüber.
Erneut zupfte von Dassel die Lagen seiner prächtigen Gewänder zurecht.
»Ihr seid mit Abt Wibald schon einmal zu Papst Eugen gereist?«, vergewisserte sich Friedrich, der dieses eitle Hantieren mit innerer Belustigung betrachtete.
»Ja, vor Jahren. Ich achte den ehrwürdigen Abt sehr für seine Weisheit und sein Tun. Doch eine durchgreifende Erneuerung des Klerus werdet Ihr mit ihm nicht bewirken, Majestät. Dazu braucht Ihr jüngere und der Welt stärker zugewandte Männer. Wichmann, der Bischof von Naumburg, wäre so einer.«
Sofort erinnerte sich Friedrich an ein Gespräch mit Dietrich von Meißen. »Er ist mir bereits empfohlen worden.«
Rainald nickte, dann sagte er nachdenklich: »Ich grüble noch, ob Ihr Euch bei den Verhandlungen mit dem Papst Euer gutes Verhältnis zum Kaiser von Byzanz zunutze machen solltet. Denn das wird den Papst sehr beunruhigen. Oder ob Ihr lieber Abstand nehmt von einer byzantinischen Hochzeit. Schon die Absicht könnte die liebliche Maria Komnena in Gefahr bringen.«
Friedrich war beeindruckt und bestürzt zugleich, wie weit voraus und auf welchen Pfaden Rainald dachte.
Er hatte Manuel Komnenos und Kaiserin Irene, seine Tante, in einem ausführlichen Schreiben darüber informiert, weshalb *er* nun auf dem Thron saß und nicht Konrads Sohn, wie beide erwartet hatten. Und er hatte Interesse an einer Heirat mit Manuels junger Nichte Maria Komnena bekundet. Dass der kluge Dompropst sofort befürchtete, jemand könne diese Verbindung durch Gift verhindern wollen …
Es hatte in den letzten Jahren mehrere rätselhafte plötzliche Todesfälle gegeben, die eine Schicksalswende herbeiführten. Der Welfenherzog Heinrich der Stolze starb kerngesund über Nacht – genau zu dem Zeitpunkt, als feststand, dass Konrad von Staufen ihn nicht bezwingen konnte. Und der junge

Thronerbe Heinrich-Berengar starb mit nur dreizehn Jahren ebenso plötzlich – kurz nachdem er seinen ersten Schlachtenruhm erworben hatte.

»Warten wir den Verlauf der Verhandlungen ab«, entschied Friedrich nicht ohne Sorge. »Ich vertraue da ganz auf Bischof Eberhards Verhandlungsgeschick. Und was er nicht erreicht, könnt künftig vielleicht Ihr bewirken.«

»Ihr ehrt mich durch Euer Vertrauen, Majestät«, versicherte Rainald.

Bevor Friedrich das aufschlussreiche Gespräch beendete, brannte ihm noch eine Frage auf der Seele.

»Es heißt, Ihr führt ständig Bücher mit Euch, selbst auf Reisen. Weshalb?«

Der Hildesheimer grinste flüchtig.

»Nachts, wenn die anderen ins Hurenhaus schleichen, sind die Bücher meine Geliebten, meine Begleiter, und ich finde sie weitaus unterhaltsamer«, antwortete er. »Ich liebe es, über den Einband zu streichen, über die schön illuminierten Seiten, über jeden einzelnen perfekt geschriebenen Buchstaben. Fast alle Novizen meinen, auch ein Buch schreiben zu können, doch viele vermögen kaum, gute Tinte zu kochen. Die meisten begonnenen Weltenchroniken schaffen es nicht einmal bis zur Vertreibung aus dem Paradies, dann geben die ruhmsüchtigen Schreiberlinge auf.«

Nun trat in seine Augen ein schwärmerischer Glanz.

»Bücher – wenn ihre Verfasser klug waren – lehren uns vieles. Allein die Schriften der alten Griechen über Arithmetik, Heilkunst, Philosophie! Ein gutes Buch kann man hundert Mal studieren und wird immer wieder etwas Neues dabei entdecken.«

Das Schwärmerische schwand aus seiner Stimme, als er bedeutungsschwer anfügte: »Ganz zu schweigen vom praktischen Gewinn …«

»Ihr meint Nutzungsrechte für Wälder und Teiche, Besitzübertragungen und dergleichen?«

Friedrich hatte es nie für nötig gehalten, Lesen und Schreiben zu lernen. Dafür waren schließlich die Geistlichen da.
Rainald zog die Augenbrauen hoch und lächelte kühl.
»Ich hörte ein Wispern im Wind, dass Ihr auf der Suche seid nach … ähm … Gewissheit, dass Eure Ehe mit Adela von Vohburg nicht blutschänderisch ist und es keinerlei Verwandtschaft zwischen Euch beiden gibt. Sofort von Unruhe geplagt – schließlich ist dies eine Frage von großer Bedeutung für das Reich –, suchte ich in Urkunden und Büchern danach. Und offenkundig war es Gottes Wille, dass gerade unter denen, die ich hier bei mir führe, eines ist, das uns endgültig Aufschluss gibt.«
Friedrich verschlug es vor Verblüffung fast die Sprache.
»Nun sagt schon!«
Triumphierend berichtete Rainald: »Einer Eurer Ururgroßväter war der Bruder einer der Urururgroßmütter Adelas. Das ist eine Verwandtschaft siebten Grades und somit Grund zur Scheidung dieser Ehe.«
»Woher wisst Ihr das? Ist das auch ganz sicher? Hat Wibald Euch mit Nachforschungen beauftragt?«, fragte der König aufgeregt.
»Nein, Abt Wibald verriet kein Wort. Aber ich bin nicht blind und taub. Außerdem wollte er sich von mir ein bestimmtes Buch leihen, was mir sofort Aufschluss darüber gab, wonach er sucht. Nur sind dafür umfangreichere Nachforschungen nötig, und ich hatte schon eher mit der Suche begonnen.«
»Ein Mann, der weiß, was zu tun ist!«, lobte Friedrich beeindruckt. »Seid Ihr sicher, dass Ihr für den Rest Eures Lebens Bischof von Hildesheim werden wollt?«
»Nun, vorerst lebt der greise und fast blinde Bischof Bernhard noch und braucht meine Hilfe. Außerdem plane ich einige Erweiterungen für Hildesheim. Und dann werden wir sehen, auf welchen Platz mich Gott stellt – und mein König. Wo ich Gott und dem Reich am besten dienen kann.«
Wieder verneigte er sich tief.
»Rainald von Dassel, wir verstehen einander.«

Des einen Freud …

Friedrich I. und sein Oheim Welf VI.; Aachen, 10. März 1152

Der Dompropst von Hildesheim hatte den Raum kaum verlassen, als Friedrich die Diener hereinrief und befahl, unverzüglich den Grafen von Ravensburg aufzuspüren und ihm auszurichten, sein König wünsche ihn zu sehen.

Der sechste Welf war schnell gefunden; er ließ sich in seinen Gemächern gerade für das königliche Festmahl am Abend ankleiden und trug nun einen Bliaut aus blauem Silberbrokat, der am Halsausschnitt mit einer rubinbesetzten goldenen Fibel verschlossen wurde.

Schwungvoll trat der gefürchtete Kämpfer ein und sank vor dem König, seinem nur um wenige Jahre jüngeren Neffen, pflichtgemäß auf ein Knie.

»Euer Majestät!«, sagte er und sah den Freund fragend an.

Der scheuchte umgehend alle Diener mit einer Handbewegung wieder hinaus, schnellte aus seinem Stuhl, zog den Welfen hoch und schloss ihn in seine Arme.

»Wenn wir unter uns sind, musst du das nicht!«, versicherte er. »Du bist und bleibst mein Freund und Verwandter, mein Kampfgefährte und Bruder, auch wenn du eigentlich mein Oheim bist. Wir fochten Seite an Seite gegen die Feinde der Welfen, wir kämpften Seite an Seite auf dem Kreuzzug. Und so schnell ich es vermag, werde ich dafür sorgen, dass du den Herzogstitel bekommst, der dir zusteht.«

»Das freut mich zu hören«, meinte der sechste Welf mit leichtem Grinsen. »Dies alles, nicht nur der letzte Satz.«

Er war dunkelhaarig wie alle Welfen, groß, breitschultrig und ein geachteter Feldherr. Seinem inzwischen verstorbenen älteren Bruder Heinrich dem Stolzen, ihm und seinem Neffen Heinrich dem Löwen hatten die Staufer bei ihrer Machtergreifung schweres Unrecht zugefügt, das Friedrich nun beheben wollte. Auch wenn dies nicht so leicht zu bewerkstelligen war, ohne sich die übrigen Fürsten zum Feind zu machen.

Friedrich ließ den Freund los und lud ihn mit einer Geste ein, sich mit ihm an den Tisch zu setzen, wo ein Krug und silberne Becher standen. Sie machten es sich bequem, Welf übernahm das Einschenken.

»Auf deine Herrschaft und die Erneuerung des Reiches!«, sagte er und hob seinen Becher.

Friedrich dankte und trank durstig. Dann legte er die Beine ächzend auf den nächsten Stuhl.

»Der beste Schuhmacher von Frankfurt hat mir diese Schuhe angemessen, und die Nähte drücken immer noch«, beschwerte er sich.

»Ja, es ist gar nicht so leicht, ein König zu sein«, spottete der sechste Welf. »Das hat sich heute Vormittag gezeigt.«

»Da ist man nun König und kann seinen Fürsten nicht einmal einen Kriegszug befehlen!«, entrüstete sich Friedrich. »Sondern muss warten, bis sie einen mehrheitlichen Beschluss darüber fassen. Die Könige von England und Frankreich werden mich verspotten, sobald sie davon hören!«

»Das ist der Nachteil, wenn ein König *gewählt* wird«, meinte Welf. »Aber du weißt doch längst, wie du sie für dich gewinnst.«

»Ja. Ich werde Konrads Fehler nicht wiederholen. Man muss sich die Fürsten als Verbündete *kaufen:* mit Land, Titeln, Privilegien. Jeder hat seinen Preis.«

»Und mancher wird einen Preis *zahlen* – für Verweigerung«, prophezeite Welf. Er wusste schon, wem dieses Schicksal blühte.

»Am liebsten würde ich jetzt ausreiten, um den Kopf freizubekommen«, meinte Friedrich sehnsüchtig. »Begleitest du mich? In einer Stunde erwarten mich meine widerspenstigen Fürsten zum abendlichen Festmahl, und ich habe heute wirklich keine Lust, noch länger in ihre mürrischen Gesichter zu starren. Wir könnten deinen Sohn mitnehmen, der nun als frisch ernannter Knappe in meinen Diensten steht …«

»Nein, *mein König,* davor kannst du dich nicht drücken«, meinte der Ältere grinsend. »Wenn du jetzt ausreitest und dich verspätest – was dir als Regent durchaus zustünde –, würdest du sie noch mehr verprellen. Und stell dir erst das Gerede und Gewisper vor. Lass das Pferd im Stall, meinen Sohn bei seinen Pflichten, geh zum Mahl und mach gute Miene zum bösen Spiel! Das wirst du als König noch oft tun müssen.«

Er trank einen Schluck und versprach: »Der junge Löwe und ich sitzen an deiner Seite und halten dich nach Kräften von den alten Erzbischöfen fern, und der Bär wird sowieso im Nu betrunken sein. Obwohl …«

Welf hielt kurz inne, weil ihm etwas einfiel. »Er hat seine Gemahlin dabei. Und sein Töchterchen, wie ich hörte. Sie soll bildschön sein, die kleine Hedwig. Aber schon dem ältesten Wettinersohn versprochen. Und das Mädchen wird natürlich nicht zur Tafel kommen.«

Welf hatte ein großes Herz für hübsche Frauen, auch wenn er seine Gemahlin Uta von Calw sehr mochte.

»Ich wollte nach all dem Getöse der letzten Tage wenigstens einmal allein sein mit jemandem, der mich versteht«, gestand Friedrich. »Mit einem Freund. Und ein König hat in der Regel wenig Freunde. Ich meine: *wahre* Freunde.«

Er trank noch einen Schluck, dann beugte er sich vor, plötzlich übers ganze Gesicht strahlend.

»Es gibt eine wunderbare Neuigkeit, die ich umgehend mit dir teilen wollte. Deshalb ließ ich dich eigentlich rufen, und irgendwie sind wir davon abgekommen …«

»Ich höre«, meinte Welf gespannt.

»Genau genommen, sogar zwei wunderbare Neuigkeiten!«, triumphierte sein königlicher Neffe. »Zum einen haben wir in diesem Hildesheimer Dompropst Rainald genau den richtigen Mann, um unsere Interessen beim Papst durchzusetzen, sobald

es besonders heikel wird. Er war gerade hier, und wir führten ein äußerst … zukunftsträchtiges Gespräch.«
Friedrich erlaubte sich ein vielsagendes Grinsen.
»Gut!«, sagte Welf erleichtert, der Erkundigungen über diesen Mann eingezogen hatte und Friedrichs Meinung über ihn teilte.
»Und unser schlauer Propst – stell dir vor, er besitzt sogar eine eigene Büchersammlung, hat man so etwas je gehört? – schaffte es, eine Verwandtschaft siebten Grades zwischen der Vohburgerin und mir auszugraben! So kann ich den Papst gleich noch um meine Scheidung ersuchen. Die Scheidung des französischen Königs Ludwig von seiner Eleonore wurde von Eugen doch auch soeben genehmigt. Und die beiden haben sogar Kinder miteinander! Aber Ludwig ist ein Schwächling. Erinnere dich, wie wir ihn auf dem Kreuzzug erlebten! Eleonore ist eindeutig die Klügere von beiden, so ungern ich das zugebe. Ich glaube, *sie* wollte ihn loswerden und hat ihn beschwatzt.«
Schwungvoll stellte Friedrich die Beine wieder auf den Boden und beugte sich noch weiter vor.
Welf musterte ihn nachdenklich.
»Bevor ich dir gratuliere, weil du es dir ja so sehr wünschst, schon vom Tag deiner Hochzeit an … Macht dich nicht stutzig, dass dieser Rainald von deinem Ansinnen wusste, in das doch angeblich nur Wibald von Stablo eingeweiht war? Der es sicher geheim hielt, weil er es selbst lösen und deine Dankbarkeit gewinnen möchte?«
Friedrich tat den Einwand mit einer lässigen Geste ab.
»Rainald rechnet eben zwei und zwei zusammen. Und wenn er es ausspioniert hat – umso besser! Das Reich braucht dringend wieder jemanden wie Albero von Trier, Gott hab ihn selig. Jemanden, der zehn Züge vorausdenkt und still im Hintergrund tut, was getan werden muss. Für den Vernunft und das Wohl des Reiches an vorderster Stelle stehen, nicht persönliche Interessen.«

Der Welfe verzog das Gesicht bei der Erwähnung des kürzlich verstorbenen Albero von Trier.

»Wir reden hier von abgefeimten Intrigen, vielleicht sogar vom Auftrag zum Mord.«

Widerwillig räumte Friedrich ein: »Ja, es stimmt – Albero hat deinem Bruder auf hinterlistige Weise den Thron gestohlen. Aber sag ehrlich: Wäre Heinrich der Stolze ein guter König geworden?«

»War denn Konrad von Staufen ein guter König?«, konterte Welf hart.

Friedrich verdrehte die Augen.

»Wir jungen Mächtigen, die neue Generation, werden das Reich umgestalten, die Gleichberechtigung zwischen geistlicher und weltlicher Macht wiederherstellen. Die Welt ist voller Intriganten in diesem Kampf um Einfluss und Silber. Es geht nicht ohne sie. Also lass uns wenigstens die klügsten haben, die geschickteren!«

»Dann soll dieser Rainald gefälligst dafür sorgen, dass vor aller Welt *deine* Hände rein bleiben bei dem, was er treibt«, mahnte Welf eindringlich, strich sich durchs dunkle Haar und beugte sich auch etwas vor, den Becher umklammernd.

»Und da wir gerade bei deinem Ansehen sind: Was planst du mit deiner Gemahlin bezüglich der Scheidung? Wann und wie willst du sie informieren? Und was soll mit ihr danach geschehen? Schickst du sie in ein Kloster, oder vermählst du sie neu?«

Jetzt wurde seine Miene hart, seine Stimme streng.

»Adela war stets loyal dir gegenüber, ganz gleich, wie eiskalt du sie behandelt hast, wie sehr du sie durch deine Nichtbeachtung gedemütigt hast. Ohne ein einziges Wort der Klage erträgt sie deine Hartherzigkeit gegen sie, obwohl sie zweifellos sehr leidet. Außerdem stehst du in ihrer Schuld, weil sie sich um deine kleinen Vettern gekümmert hat, als wir mit Konrad auf dem Kreuzzug waren. Um den jungen Mitregenten Heinrich-Berengar, Gott hab ihn selig, und dein jetziges Mündel, auf dessen

Thron du nun sitzt. Während die Ratgeber und die Dienerschaft die beiden Königssöhne sträflich vernachlässigten. Du hast es gesehen, leugne es nicht!«

Friedrich legte beide Hände vors Gesicht und stöhnte: »Bei allen Heiligen, darüber habe ich noch gar nicht nachgedacht! Nur darüber, wann ich sie endlich loswerde und wie ich zu einer byzantinischen Braut komme ...«

»Wie und wann wirst du es ihr sagen? Von Angesicht zu Angesicht oder nur durch einen Boten? Jetzt gleich? Oder soll sie es erst durch Getuschel erfahren?«, bohrte der Ravensburger unnachgiebig.

Friedrich nahm die Hände vom Gesicht und überlegte.

»Ich muss sie wohl ins Kloster stecken.«

Welf hob entrüstet die Augenbrauen.

Bevor er Protest einlegen konnte, argumentierte der König: »Mein Mündel, Konrads Sohn, liebt sie wie eine Mutter. Sie hat ihn praktisch aufgezogen, als er noch ganz klein war, seine Mutter tot und sein Vater auf dem Kreuzzug. Wenn ich sie jetzt irgendwohin schicke, wo sie gesehen wird, wo sie Einfluss hat ... Dann geben wir denen eine Waffe in die Hand, die meinen, ich hätte dem Jungen den Thron gestohlen.«

Zweifelnd lehnte sich Welf in seinem Stuhl zurück.

»Adela wird loyal bleiben, da bin ich sicher. Es wäre grausam, sie für den Rest ihres Lebens hinter Klostermauern zu begraben, nachdem du sie schon die letzten Jahre auf Hagenau quasi eingesperrt hast. Sie durfte die Burg kaum verlassen. Und gemütlich ist es dort nicht, es ist eine lärmende Baustelle. Von deiner Stiefmutter Agnes weiß ich auch, dass die Hofdamen ihr mit Inbrunst das Leben schwer machen. Sie fühlen sich durch dein Verhalten dazu ermutigt. Gönn ihr nach all dem Kummer ein besseres Leben, such ihr einen guten Mann!«

»Ich hab sie nie gewollt!«, rief Friedrich. »Auf Befehl meines Vaters musste ich sie heiraten und die Ehe vollziehen ...«

»... und hast sie nach der Brautnacht nie mehr angesehen.

Damit hast du sie vor dem ganzen Reich gedemütigt. Und ihr Erbe, das Egerland, wurde von der Krone eingezogen. Was sagt das über dich aus?«

»Ich mochte sie nicht, also ließ ich sie in Ruhe. Ich habe sie nie geschlagen und meine Affären nicht öffentlich geführt. Hätte ich mich ihr im Bett aufdrängen sollen? Wäre *das* ritterlich gewesen?«, regte sich Friedrich auf.

»Vielleicht hättest du dir die Zeit nehmen sollen, sie kennenzulernen! Sie ist ein liebenswerter Mensch«, hielt ihm sein Oheim vor. »Ich habe meine Frau wohl auch an die hundert Mal betrogen und bin nicht stolz darauf, denn ich schätze Uta sehr. Aber ich hätte sie nie so eiskalt behandelt wie du Adela. Und das jetzt ist … abscheulich und deiner nicht würdig.«

Noch vor wenigen Wochen hätte Welf in einem solchen Moment seinem Neffen den Arm auf die Schulter gelegt, ihm tief in die Augen gesehen und ihm ins Gewissen geredet.

Doch obgleich Friedrich vorhin gesagt hatte, sein Freund und Verwandter müsse ihn nicht mit »Majestät« ansprechen, wenn sie unter sich waren, so würde er solche Vertraulichkeiten jetzt nicht mehr dulden.

Erst einen Tag König – und schon ein anderer Mensch, dachte Welf. Aber durfte ich etwas anderes erwarten? Macht verändert den, der sie besitzt.

Der sechste Welf stand auf, von Unruhe getrieben, und sah dem Jüngeren hart ins Gesicht.

»Wir sprachen davon, dass deine Hände rein bleiben müssen. Du bist der König. Wie werden die Leute urteilen, wenn du so rüde mit deiner Gemahlin umgehst, nachdem eine Verwandtschaft siebten Grades *rein zufällig* gerade jetzt entdeckt wurde? Bist du als Adelas König nicht auch ihr Beschützer, selbst nachdem ihr geschieden seid?«

»Ich könnte ihr die Wahl lassen: Schleier oder Neuvermählung«, räumte Friedrich zögernd ein. »Neuvermählung natürlich erst neun Monate nach der Scheidung, damit es keinerlei

Zweifel und mögliche Ansprüche gibt, sollte sie ein Kind gebären. All das will bedacht sein«, überlegte er laut. »Und sie muss einen Mann bekommen, der so niederen Standes ist, dass sie nie wieder bei Hofe auftaucht.«

»Manchmal bist du mir wirklich unheimlich in deiner Kaltblütigkeit«, sagte Welf kopfschüttelnd. »Hast du ihr nicht schon genug angetan?«

»Ich bin ein König. Ich darf mir Gefühle nicht erlauben«, erwiderte Friedrich schroff. »Eher früher als später werden sich die Leute zusammenrotten, die meinen, der Thron stehe rechtmäßig Konrads kleinem Sohn zu. Der Erzbischof von Mainz wird keine Ruhe geben, solange er sein Amt innehat. Ihm und seinen Helfershelfern können wir nicht noch mit Adela Argumente in die Hand geben. Sie darf den Jungen nie wieder zu Gesicht bekommen.«

»Du bist ein König«, bestätigte Welf mit finsterer Miene. »Vergiss nur eines nicht: Ein König muss gefürchtet sein, aber die Menschen wollen ihn auch lieben. Und *noch* lieben sie dich. Jedenfalls die meisten. Verspiele das nicht durch übermäßig harten Umgang mit deiner Gemahlin.«

Auch Friedrich stand nun auf und wanderte unruhig in der Kammer hin und her.

»Wie wirst du es ihr sagen?«, fragte sein Freund erneut.

»Nicht persönlich. Ich bin sehr beschäftigt«, redete er sich heraus. »In ein paar Tagen beginnt der Umritt durchs Reich, und mein Weg führt mich nicht nach Hagenau. Nicht, solange sie noch dort ist. Ich entsende einen Boten.«

»Dann wähle dafür wenigstens nicht irgendeinen, sondern jemanden, der es ihr schonend beibringt«, mahnte der Oheim.

»Wie schonend kann man einer Frau so eine Nachricht beibringen?«, fragte Friedrich zynisch.

»Schick den Lautersteiner! Sie haben gemeinsam während unseres Kreuzzuges deine Vettern behütet. Sie schätzen einander. Und er verehrt sie. Ich sah doch, wie er sie anblickt.«

»Ja, bestens, damit sich alle zusammenfinden, die der kleine Rothenburger liebt!«, höhnte Friedrich.
Doch dann überlegte er es sich anders.
»Warte! Vielleicht ist das gar nicht so schlecht … Dann wäre der Lautersteiner fort von dem kleinen Friedrich. Wenn er sie *verehrt*, wie du sagst« – er verdrehte die Augen –, »hält er vielleicht sogar um ihre Hand an. Dann hätte ich beide vom Hals. Wir schicken sie auf ein winziges Gut im entferntesten Winkel des Reiches, wo niemand sie aufspüren kann.«
Er ging zur Tür und riss sie auf. »Ich muss für das Festmahl umgekleidet werden. Doch zuerst holt sofort den Ritter von Lauterstein.«
Welf unternahm keinerlei Anstalten zu gehen. Für das Mahl war er bereits gewandet, auch wenn ihm der Appetit während dieser Unterhaltung vergangen war. Doch um Adelas willen beschloss er, bei der nun folgenden Unterredung anwesend zu bleiben, sofern er nicht fortgeschickt wurde. So gut er sich sonst mit seinem Neffen verstand – in dieser Angelegenheit würden sie wohl noch viel streiten.

Ulrich von Lauterstein, ein hagerer grauhaariger Ritter, der nach einer Kriegsverwundung ein Bein leicht nachzog, erschien binnen weniger Augenblicke und sank vor dem König auf ein Knie.
»Mein König! Graf Welf!«, begrüßte er die beiden Hochgeborenen.
»Ich habe einen Auftrag für Euch. Ihr werdet heute noch nach Hagenau reiten und meiner Gemahlin eine Botschaft überbringen.«
»Euer Majestät, wollt Ihr mich von meinem Auftrag als Leibwächter für Euren jungen Vetter entbinden?«, fragte Ulrich entsetzt. So gern er Adela wiedersehen würde – Konrad von Staufen, dem er lange Jahre Vertrauter, Leibwache und Berater war, hatte ihm das Leben seines Sohnes anvertraut. »Ich schwor

Euerm königlichen Oheim einen heiligen Eid, für die Sicherheit des Jungen zu sorgen.«
Schneidend scharf fragte Friedrich: »Wollt Ihr etwa andeuten, dass mein geliebter Vetter in meiner persönlichen Obhut in Gefahr wäre?«
Ulrich senkte den Kopf. »Natürlich nicht, Euer Majestät.«
»Wie schön. Und nun hört die Botschaft, die Ihr Adela überbringen sollt. Persönlich und unter vier Augen, das ist auch in ihrem Interesse. Habt Ihr verstanden?«
»Ja, Euer Majestät«, bestätigte Ulrich von Lauterstein.
Beim Zuhören gefror ihm das Herz.

... ist des anderen Leid

Adela von Vohburg und Ulrich von Lauterstein;
Burg Hagenau, Ende März 1152

Dies war einer der Tage, an denen dunkle Wolken keinen Sonnenstrahl auf die Erde lassen und Düsternis jene Menschen ausfüllt, die ohnehin von Kummer gequält sind. Einer von vielen solcher Tage in diesem grauen März auf Hagenau für Adela, die Gemahlin des Herzogs von Schwaben. Richtiger: die Gemahlin des neuen Königs. Und dennoch keine Königin.
Strömender Regen hatte die von Friedrich befohlenen Bauarbeiten auf der Burg unterbrochen. Anstelle der Meißelklänge, Hammerschläge und Rufe der Handwerker, der Scherze der Stallknechte und ruppigen Kommentare der Ritter zu den Waffenübungen der Knappen drang nur das monotone Rauschen des Regens in die Kemenate.
Sogar die Hunde hatten sich an einen trockenen Ort verzogen und gaben keinen Laut von sich.
Adela saß über eine Stickerei für ihren Gemahl gebeugt. Sie

verzierte einen Almosenbeutel aus feinstem weißen Ziegenleder mit Löwen und Adlern, was große Sorgfalt und Kunstfertigkeit erforderte. Dabei fragte sie sich, ob Friedrich dieses Stück wohl je an seinem Gürtel tragen würde.
Sie konnte sich Zeit lassen mit ihrer Handarbeit, denn vor dem Herbst würde ihr Gemahl kaum in Hagenau erscheinen. Als frisch gewählter und gekrönter König befand er sich jetzt auf einem Umritt durch sein Reich und hielt an vielen Orten Hof. Sie gab sich keiner Hoffnung hin, dass er sie zu sich rief. Er würde höchstens einen Boten mit Anweisungen schicken. Brachte der dann die Befehle, die sie von seiner Burg verwiesen? Obwohl sie seine vor Gott angetraute Ehefrau war?
Wie lange würde sie das noch sein?
Als ihre Schwiegermutter Agnes von Saarbrücken ihr die Nachricht von der überraschenden Königswahl und Krönung Friedrichs brachte, war Adela mit einem Schlag klar geworden: Sein gesamtes Verhalten ihr gegenüber in dieser arrangierten Ehe war darauf ausgerichtet, sie bei passender Gelegenheit wieder loszuwerden. Deshalb hatte er nach dem Vollzug der Ehe in der Hochzeitsnacht ihr Bett nie wieder aufgesucht, ließ er sie fast die ganze Zeit in Hagenau, während er von Hoftag zu Hoftag reiste.
Er hatte immer etwas Besseres als sie gewollt, obwohl sie doch eine Markgrafentochter war und die Erbin des Egerlandes. Ihr Vater, Markgraf Diepold, war gestorben, ihre Brüder standen ihr nicht bei und würden sie schon gar nicht bei sich aufnehmen, denn sie stritten ums Erbe, und das Egerland gehörte nun der Krone. Ihr blieb nichts, nicht einmal ihr Wittum, wenn Friedrich sie fortschickte, denn noch war sie ja keine Witwe. Und die Morgengabe – durfte sie die behalten nach einer Scheidung? Sie wusste es nicht. Scheidungen waren äußerst selten und wurden nur in allerhöchsten Kreisen erlaubt.
Jetzt würde sich Friedrich eine Königstochter als Gemahlin suchen.

Bei jedem Nadelstich war Adela zumute, als durchbohre sie damit ihr eigenes Herz.
Stumm nähte sie weiter, obwohl ihre Finger vor Kälte schon ganz klamm waren. Der Wind trieb kalte Böen und feinen Sprühregen durch das Fenster, so dass sich auf dem Platz neben ihr schon eine Lache auf der steinernen Bank gebildet hatte. Auch ihre Kammerdamen schwiegen und schienen ganz auf die eigenen Handarbeiten konzentriert. Nur dann und wann musterte eine von ihnen ihre Herrin verstohlen, was Adela keineswegs entging. Deshalb tat sie auch so, als gäbe es im Moment nichts Wichtigeres als die Löwentatze, die sie gerade mit feinem Garn ausfüllte.
Sie wusste genau, dass die Frauen der Ritter genüsslich und mit Häme vermerkten, dass ihre Herrin als Gemahlin des nunmehrigen Königs von diesem mit keinem Wort, mit keiner Nachricht bedacht wurde. Geschweige denn an seine Seite gerufen und ebenfalls gekrönt.
Längst wisperten die Damen, dass Adelas Tage als Friedrichs Ehefrau gezählt waren. Einem König stand eine Prinzessin zu. Gerade wieder rieb sich eine von ihnen demonstrativ stöhnend den geschwollenen Leib und streckte ihn vor, zwei andere lächelten ihr zu und plapperten über die Mühen einer Schwangerschaft.
Ihre Ehemänner waren zwar keine Könige. Aber dafür teilten sie das Bett mit ihren Gemahlinnen und zeugten Nachkommen, statt sie mit Nichtachtung zu strafen.
Adela achtete sorgsam darauf, den Kummer und die Kränkung zu verbergen. Denn eines wusste sie genau: Anvertrauen durfte sie sich hier niemandem.
Sie drehte sich ein wenig zur Fensterluke, fort von den anderen, als ob sie mehr Licht für ihre Stickerei brauchte. Nun erst nahm sie wahr, dass der beständige Regen aufgehört hatte. Doch der Himmel war immer noch von dunklen Wolken verhangen.

Die Ankunft eines Reiters auf dem Hof erregte ihre Aufmerksamkeit. Als sie ihn an der Statur und dem leichten Hinken erkannte, erstarrte sie mitten in der Bewegung, und ihr Herzschlag schien kurz auszusetzen.
Ulrich brachte Nachricht von Friedrich, dem neuen König. Und ganz sicher keine gute. Musste sie packen lassen und sich in ein Kloster begeben? Vielleicht heute noch?
Mit einstudierter Gelassenheit wartete sie, bis ein älterer Page eintrat und einen Boten Seiner Majestät meldete.
»Er sei willkommen«, antwortete Adela scheinbar gleichgültig, legte ihre Stickerei beiseite und verschränkte die Hände auf dem Schoß.
Als Ulrich eintrat, tropfte Regenwasser aus seinem grauen Haar und von seinem schlammbespritzten Umhang.
Der alternde Ritter hatte nur Augen für Adela, als er auf sie zuschritt und dann in respektvollem Abstand auf ein Knie ging. Er bringt schlechte Kunde, las sie sofort auf seinem Gesicht. Zu ernst wirkte er, geradezu kummervoll.
»Durchlaucht. Seine Majestät der König entbietet Euch durch mich seine freundlichsten Grüße«, begann der Lautersteiner, während die Hofdamen vor Neugier erstarrten und mucksmäuschenstill lauschten.
Freundlich. Nicht ergeben oder gar herzlich. Wahrscheinlich hat Friedrich sogar nur »höflich« oder gar nichts gesagt, und Ulrich gibt sein Bestes, um mir die Demütigung zu ersparen. Aus Mitleid.
Die Zeit machte uns zu Verbündeten, als wir in Nürnberg für den jungen Mitregenten und dessen kleinen Bruder sorgten, während König Konrad und mein Gemahl auf dem Kreuzzug waren. Doch Heinrich-Berengar ist tot, als Dreizehnjähriger gestorben, der arme Junge. Und was mochte mit dem kleinen Friedrich sein, der eigentlich zum König gewählt werden sollte? Ulrich hätte nie aus freiem Willen sein Wort gebrochen, den Jungen zu beschützen.

Besorgt zog Adela ihre Stirn in Falten, ohne es zu merken.
»Ich danke Euch, Herr von Lauterstein, und schicke Seiner Majestät meine ergebensten und innigsten Grüße. Nun erhebt Euch schon und lasst Euch ein Bad bereiten und in trockene Gewänder kleiden, während der Küchenmeister ein Mahl für Euch bereitet. Ihr seid ja völlig durchnässt und sicher auch durchgefroren nach dem langen Ritt durch den Regen.«
Die junge Frau rang sich ein Lächeln ab.
»Sorgt Euch nicht um mich, Durchlaucht, auch wenn ich Euch für Eure Güte und Freundlichkeit danke«, erwiderte Ulrich. »Bad und Mahl können warten. Zuvor muss ich Euch eine Nachricht des Königs überbringen. Vertraulich.«
Der Ritter wusste alle Augen und Ohren in der Kemenate in größter Neugier auf sich gerichtet. Selbst wenn Adela jeden hier hinausschickte – sie würden an der Tür lauschen.
Er sandte ihr einen warnenden Blick. Doch die unglückliche Herzogin war gewappnet.
»Nun, der Regen hat aufgehört, und da Ihr ohnehin durchnässt seid, geschätzter Ritter von Lauterstein, lasst uns die Zeit nutzen, bis der Badezuber gefüllt ist, um in den Hof zu gehen. Dort kann ich Euch die Fortschritte bei den Bauarbeiten zeigen. Es wird Seine Majestät sicher erfreuen, davon zu hören.«
Erleichtert stimmte Ulrich diesem Vorschlag zu.
»Bringt meinen Umhang und richtet meinen Schleier!«, befahl Adela ihrer Kammerfrau, die wortlos gehorchte, dabei aber immer wieder Ulrich mit neugierigen Blicken maß.
»Sie werden uns aus allen Fenstern nachstarren«, warnte Adela leise, während sie mit Ulrich hinunter in den Hof stieg. »Gehen wir in den Kräutergarten! Dort hört uns niemand, selbst wenn sie uns beobachten, damit uns keiner etwas nachsagen kann. Und wenn Ihr vor mir steht, ist mein Gesicht den anderen verborgen. Denn ich vermute doch richtig, dass Ihr schlechte Neuigkeiten bringt, Ulrich? Wieso seid Ihr nicht an der Seite von Konrads Sohn?«

»Euer Gemahl hat ihn unter seinen Schutz genommen, während ich als Bote reise. Das gefällt mir nicht. Aber ich kann nicht öffentlich behaupten, er wäre unter dem Schutz des Königs nicht sicher, sonst würde ich wegen Hochverrats hingerichtet. Ich glaube ja auch nicht, dass er in Gefahr ist«, räumte er rasch ein.

»Will er Euch von dem Jungen trennen?«, argwöhnte Adela, während sie den schmalen Pfad an einer Steinmauer entlang zum Kräutergarten gingen. Schlamm spritzte unter ihren Füßen auf und sog sich im Saum von Adelas Kleid fest.

Im nassen Gras entdeckte Ulrich ein paar kleine frühe Blüten, die er gern gepflückt hätte für die Frau, die er insgeheim seit Jahren liebte. Doch Hagenau gehörte dem König, und das galt auch für jede noch so kleine Pflanze, die hier wuchs.

Er schob den Gedanken beiseite und beantwortete ihre Frage, die er sich auch schon gestellt hatte.

»Es ist wohl eher eine freundliche Geste von ihm, *mich* zum Überbringer der schlechten Nachricht an Euch zu machen und nicht jemanden, der diesen Moment womöglich noch genießt.«

»So sehr ich mich freue, Euch zu sehen, Ulrich …« Die Kälte und eine Vorahnung ließen sie zittern. »Eure Worte machen mir Angst. Freundliche Gesten meines Gemahls mir gegenüber sind nicht seine Art. Wie lautet die Botschaft?«

Sie wandte dem Turm den Rücken zu, so dass niemand außer dem Ritter ihr Gesicht sehen konnte. Der stellte sich vor sie, damit sein breiter Rücken und der weite Umhang Adela vor neugierigen Blicken verbargen.

Ulrich holte tief Luft und ballte die behandschuhten Finger.

»Ich verspüre nicht die geringste Lust, das alles in schöne Worte und geheucheltes Bedauern zu verpacken, wie ich es soll«, sagte er wütend. »Wollt Ihr die nackte Wahrheit hören, ohne wohltönende Floskeln und hohles Geschwafel?«

»Ja«, entschied sie sofort. »Und ich glaube kaum, dass Ihr mich überraschen werdet.«

Ulrich sah sie erstaunt und fast erleichtert an, trotz seiner Bitterkeit.
»Die Schriftgelehrten haben so lange gesucht, bis sie eine Verwandtschaft siebten Grades zwischen Euch und dem König nachweisen konnten. Und so wird der König den Papst um die Scheidung ersuchen.«
»Dass er mich loswerden will, weiß ich schon lange«, sagte Adela kühl. »Und da die Ehe nachweislich vollzogen ist, bleibt nur die Scheidung. Zumal wir keine Kinder haben.« Wie auch, wenn er nicht in ihr Bett kam? »Ich bin es leid, von ihm als unsichtbare Person behandelt zu werden. Doch seit wann sind wir *verwandt*? Und wie?«
»Der Ururgroßvater des Königs war ein Bruder Eurer Urururgroßmutter, behaupten die Gelehrten.«
»Das ist ja fast so, als wären wir Geschwister!«, höhnte Adela. Doch für die Kirche galt Verwandtschaft bis zum siebten Grad als blutschänderisch.
»Er hat sie sicher gut für diese Entdeckung bezahlt, und so wird der Papst der Scheidung zustimmen.«
»Ihr seid wirklich nicht überrascht«, staunte Ulrich, der mit Tränen gerechnet hatte.
»Wärt Ihr es denn an meiner Stelle? Und würdet Ihr an meiner Stelle nicht auch diese Farce von einer Ehe beenden wollen? Er hat mir meine Jungfräulichkeit und das Egerland genommen, mehr wollte er nicht. Ich werde verspottet oder bemitleidet, ich vergeude mein Leben hier in der Verbannung. Fünf Jahre bin ich nun vermählt – und habe keine fünf Tage zusammen mit meinem Gemahl verbracht, weil der meinen Anblick offenbar nicht ertragen kann. Sagt, Ulrich, bin ich so hässlich? So dumm? So nutzlos? Dabei hatte ich ihn geliebt!«
Nun rannen doch Tränen über ihre Wangen.
Sie weinte nicht wegen der bevorstehenden Scheidung, sondern wegen der fünf verlorenen, in Einsamkeit verbrachten

Jahre. Und vor allem, weil sie einmal so dumm gewesen war zu glauben, Friedrich sei die Liebe ihres Lebens.
Ulrich wollte die Hand nach ihr ausstrecken, da plötzlich erstarrte ihr Gesicht bei einem Gedanken.
»Schickt er mich nach der Scheidung in ein Kloster? Als *Krönung* all dessen?« Sie lachte hart auf. »Wird das *meine* Krönung, den Rest meines Lebens hinter Klostermauern eingesperrt zu sein?«
»Nein«, antwortete Ulrich sanft. »Er lässt Euch die Wahl, ob Ihr den Schleier nehmen wollt oder er Euch – nach angemessener Frist – erneut vermählen soll.«
Er hoffte, das konnte sie ein wenig trösten. Dass dieser Alptraum hier ein Ende haben musste, das sah er auch.
»Die Scheidung wird mich befreien. Doch nur bis zum Tag meiner erneuten Vermählung«, konstatierte sie und raffte den Umhang enger um sich. Kalter Wind war aufgekommen und ließ ihre Kleider flattern.
»Nach alldem ... Glaubt Ihr da etwa, dass er mir einen guten Ehemann aussucht? Er will mich aus den Augen haben. Und es wäre nur folgerichtig, wenn er mich einem fetten, alten, widerlichen, unbedeutenden Grobian gibt. Oder einem Stallknecht.«
Ulrich ging vor ihr auf ein Knie, ungeachtet des durchnässten Bodens zwischen den Kräuterbeeten.
»Adela, Ihr wisst, dass ich Euch liebe, seit langem schon. Wäre ich dreißig Jahre jünger, nicht verkrüppelt und von höherer Geburt, so würde ich selbst um Eure Hand anhalten. Doch ich bin Eurer nicht würdig. Ich entstamme keinem uralten Adelsgeschlecht, sondern habe mir die Ritterschaft durch Tapferkeit erkämpft und besitze nur ein einziges Dorf, das ich seit Ewigkeiten nicht mehr aufsuchte. Ihr solltet Euerm Stand angemessen leben. Das kann ich Euch nicht bieten. Und sicher wünscht Ihr Euch Kinder.«
Er holte tief Luft, verdrängte die Bilder von einem gemeinsamen Leben mit Adela und erklärte: »Ich glaube, Ihr müsst nicht

fürchten, dass der König Euch einen so schrecklichen Mann aussucht.«

»Was veranlasst Euch zu dieser Meinung nach allem, was mir widerfahren ist?«, fragte sie zynisch.

»Ihr habt bei Hofe Fürsprecher in ranghoher Position«, verriet Ulrich zu Adelas Erstaunen. »Und die empfehlen dem König dringend, sich nach der Scheidung Euch gegenüber großzügig zu verhalten, damit es kein schlechtes Gerede über ihn gibt.«

»Oh, seine Ehre!«, höhnte sie. »Ja, die ist ihm natürlich wichtiger als alles andere.«

Sie nötigte Ulrich aufzustehen, und beide setzten sich auf eine niedrige Mauer.

»Ich danke Euch sehr für Eure gütigen Worte«, sagte sie bedrückt. »Ich wäre sogar bereit, Euch zu heiraten, weil ich Euch vertraue.«

Sie liebte ihn nicht so wie er sie, aber er war ein treuer, verlässlicher Freund. Der einzige, den sie hatte.

Ulrichs Augen weiteten sich.

»Doch das ist die Entscheidung des Königs, und er wird uns diesen Gefallen nicht erweisen. Er tut nichts ohne Hintergedanken. Und auf jeden Fall wird er verhindern, dass ich jemals noch am Hof auftauche. Was mir nur recht ist. Fort von dieser verlogenen Welt! Doch Ihr seid durch Euern Eid an Konrads Sohn gebunden und müsst bei ihm bleiben.«

Sie stand auf, drückte ihr Schapel fester auf den Kopf, damit der Wind den Schleier nicht fortwehte, und sagte tönern: »Diesem Gefängnis werde ich entrinnen … um in ein anderes gesteckt zu werden. Welche Befehle hat mein Gemahl bis dahin für mich?«

Auch Ulrich hatte sich erhoben und raffte seinen Umhang.

»Dass Ihr Stillschweigen bewahrt, bis der Papst die Scheidung bewilligt. Und so lange weiter hier auf Hagenau verbleibt.«

»Wie lange kann das dauern?«, fragte sie.

Der Ritter zuckte mit den Schultern. »Es wird gerade eine

Gesandtschaft zu Seiner Heiligkeit geschickt, die auch dieses Thema ansprechen soll. Aber wann der Papst seine Genehmigung erteilt? Er hat gerade erst die Ehe des französischen Königspaares geschieden und will sicher nicht, dass das Schule macht. Es wird wohl noch eine Weile hin und her verhandelt werden, fürchte ich.«
»Ich verstehe. So lange bleibe ich also hier. Und sage natürlich kein schlechtes Wort über meinen Herrn und König.«
Sie sah ihm ins Gesicht und lächelte ihm zu, so schwer es ihr in diesem Moment auch fiel.
»Ulrich, ich danke Euch. Ihr seid ein wahrer Freund. Und nun wärmt Euch im Bad, seid mein Gast beim Mahl. Wenn Ihr noch einen Tag bleibt – es wird ohnehin bald Nacht –, kann ich Euch die bis dahin fertige Stickerei für meinen Gemahl mitgeben. Noch ist er es ja«, sagte sie bitter. »Aber ich vermute, er wird das Stück achtlos wegwerfen. Oder einem Günstling geben, dessen Namen er längst vergessen hat.«
»Ihr wisst doch, dass er nie einen Namen vergisst«, erinnerte Ulrich trocken.

Geliebte

Dietrich von Meißen und Kunigunde von Plötzkau;
Gehöft an der Mulde bei Eilenburg, April 1152

Zärtlich hauchte Dietrich Küsse auf Gundas Hals, dann knabberte er an ihrem Ohrläppchen und strich durch ihr glänzendes schwarzes Haar.
»Ich würde so gern bleiben«, raunte er.
»Ich weiß«, sagte sie und schmiegte sich sehnsüchtig an ihn. Bis sie sich widerstrebend von ihm löste, sich aufsetzte und ihr hochgerutschtes Kleid zurechtzog.

»Ich weiß«, wiederholte sie wehmütig und griff nach Schleier und Schapel. »Aber dein erlauchter Vater ruft dich nach Meißen. Du musst die Braut deines Bruders und ihre Mutter willkommen heißen, die junge Hedwig und Markgräfin Sophia.«

»Das wird von mir erwartet«, stimmte er unwillig zu. »Außerdem bringen sie Nachrichten über den neuen König. Mein Vater wird uns einiges mitzuteilen haben.«

Unwillig schwang sich der zweitälteste Sohn des Markgrafen von Meißen und der Lausitz aus dem Bett, richtete seine Kleider und fuhr sich mit den Fingern durch das schulterlange braune Haar. Dann setzte er sich auf eine der Bänke, zog Gunda auf seinen Schoß und streichelte zärtlich ihren leicht gerundeten Leib. Einen Sohn hatte sie ihm zu seiner größten Freude schon geschenkt; vielleicht würden sie in ein paar Monaten auch noch ein Töchterchen haben. Ganz sachte machte sich das neue Leben schon bemerkbar, reagierte mit kaum spürbaren Bewegungen auf die Wärme und Schwere seiner Hand.

Dietrich war überglücklich, dass Gunda, seine große Liebe, so mutig gewesen war, ihr Leben mit ihm zu teilen, obwohl er schon vermählt war und sie nur zu seiner offiziellen Geliebten machen konnte. Er hatte eine aus politischen Gründen arrangierte Ehe mit einer polnischen Fürstentochter eingehen müssen, und seine Gemahlin empfand nicht den Funken eines freundlichen Gefühls für ihn.

Als Gunda vom Tod ihres ersten, ungeliebten und groben Mannes erfuhr, zögerte sie keinen Augenblick, sich mit der heiklen Stellung als Liebschaft eines Markgrafensohnes abzufinden, statt erneut mit einem Wildfremden vermählt zu werden. Sie liebten einander schon lange, auch wenn sie es sich erst nicht eingestehen wollten.

Dietrich sorgte für sie, so gut er konnte. Er hatte ihr dieses Gehöft in der Nähe der Eilenburg, wo er residierte, auf Lebenszeit überlassen und seinen außerehelichen Sohn nicht nur freudestrahlend anerkannt, sondern ihm sogar seinen Namen gegeben.

»Geht es dir wirklich gut? Ich werde länger als eine Woche fort sein«, fragte er zweifelnd.
Es waren zwei Tagesritte bis Meißen. Und was keiner von ihnen erwähnte: Dietrich würde auch seine Gemahlin mitnehmen müssen, damit sie Sophia und die junge Braut seines Bruders begrüßte. Dobroniega konnte den Tag kaum erwarten, da sie sich an einen Ort fernab von ihrem Gemahl zurückziehen konnte. Doch das war erst möglich, wenn sie ihm einen legitimen Erben gebar. Bisher hatten sie nur eine Tochter, in der Hochzeitsnacht gezeugt. Seit dieser Nacht teilten sie das Bett nicht mehr, und ihre tiefe Abneigung war von Stund an gegenseitig.
Bei Gunda fühlte sich Dietrich glücklich und genoss jeden Augenblick, den sie miteinander hatten.
»Es geht mir gut«, versicherte sie lächelnd und legte ihre Hand über die seine auf ihrem Leib. »Und auch unserem Sohn. Uns allen hier. Wir sind versorgt und geschützt dank dir. Doch ich werde dich vermissen.«
Das war ihr Schicksal als Geliebte, neben dem Gerede von Sünde, den bösen Blicken und der ungewissen Zukunft: Sie konnte Dietrich immer nur für ein paar Stunden sehen.
In Eilenburg musste er den Ausbau der Burg vorantreiben, und oft war er auf Reisen: in der Mark Lausitz, wenn sein Vater ihn nach Meißen rief oder wenn er ihn zu Hoftagen begleitete.
Gunda hatte auf dem Meißner Burgberg entbinden dürfen – mit Erlaubnis des Markgrafen, der meinte, einem Fürsten stehe eine Geliebte zu, und der seinen ersten Enkel von einer erfahrenen Wehmutter auf die Welt geholt wissen wollte. Aber bei hohen Festen oder Anlässen wie jetzt, da Ottos Braut eintraf, wurde sie nicht geduldet.
So bedrückend die Einsamkeit an diesen Tagen war, das Leben an einem fürstlichen Hof vermisste sie nicht. Dazu hatte sie zu viel Falschheit, Intrigen und Gewalt bei Hofe erfahren. Gunda war glücklich auf diesem kleinen Gut, glücklich mit Dietrich und ihrem Sohn. Und den Menschen, die hier mit ihr lebten.

Von draußen drang vielerlei Lärm in ihre Kammer. Kinderlachen und Toben, eine mahnende Frauenstimme, Übungsschwerter, die gegeneinandergeschlagen wurden, und Anweisungen für Schwertkampfmanöver. Vom flussseitigen Gatter hinter dem Haus erklang das Geschnatter der Gänse, und im Stall muhte eine Kuh.

Zusammen mit dem Gesinde lebten rund drei Dutzend Menschen auf dem Gehöft an der Mulde.

Zwei junge Edeldamen, Agnes und Judith, ebenfalls Witwen, hatten Gunda aus Plötzkau hierher begleitet, als sie nach dem Tod ihres kinderlosen Gemahls die Burg verlassen musste.

Dietrich hatte zwei seiner Ritter zum Schutz der Frauen auf dem Gut abgestellt und sie so überlegt ausgewählt, dass sie schon bald um die Hand der jungen Witwen anhielten. Und damit Reinhold und Rutger, die Ritter, auch genug zu tun bekamen, beorderte Dietrich noch ein halbes Dutzend Knappen zur Ausbildung her.

Es lebten auch etliche Kinder auf dem Gehöft: außer ihrem Sohn Dietrich, der jetzt knapp dreieinhalb Jahre zählte, noch diejenigen, die Agnes und Judith aus ihren ersten Ehen von Plötzkau mitgebracht hatten, die Kleinen, die sie ihren neuen Männern geboren hatten, und die Sprösslinge des Gesindes.

Die Jungen, die schon laufen konnten, bemühten sich gerade nach Leibeskräften, die Übungen der Knappen mit Holzstöcken nachzuahmen, was immer wieder zu Geschrei und Tränen und dem Eingreifen der Kinderfrau führte.

In all dem Lärm draußen erkannte Gunda die helle Stimme des kleinen Dietrich, der – gewiss mit einem Holzschwert oder Stock bewaffnet – rief: »Für den König!« Sie hörte kleine Füße trappeln und Agnes den Jungen zur Vorsicht mahnen.

»Du kennst ihn, den neuen König. Wie wird er regieren?«, fragte sie Dietrich und legte den Kopf ein wenig zurück.

»Du kennst ihn doch auch«, gab er lächelnd zurück.

»Ich sah ihn zum ersten Mal, als er sechzehn und gerade erst in

den Ritterstand erhoben worden war«, widersprach sie. »Das ist lange her. Männer verändern sich. Vor allem, wenn sie noch mehr Macht bekommen.«
»Dann hüte dich vor dem Tag, an dem ich Markgraf werde!«, scherzte er.
Sie ignorierte seinen Scherz und lächelte wehmütig.
»Ich werde diesen Tag nie vergessen. Ihr habt damals das Turnier gewonnen: Friedrich, Sven von Dänemark und du. Kaum dreizehn Sommer zählte ich damals. Und trotzdem habe ich mich Hals über Kopf in dich verliebt.«
Ihr Lächeln verblasste, denn nur wenig später wurde sie von einem Tag zum anderen mit dem viel älteren Grafen von Plötzkau vermählt.
Dietrich wusste sofort, woran sie dachte.
»Friedrich wird Plötzkau neu vergeben, vermutlich an Albrecht den Bären. Möchtest du dorthin zurück?«
Sie rückte von ihm ab und sah ihn entsetzt an.
»Schickst du mich fort?«
»Niemals!«
Er nahm ihr Gesicht in beide Hände und küsste sie innig. »Das weißt du doch. Du bist mein ganzes Glück. Du und der kleine Dietrich und alle Kinder, die du mir noch schenken willst.«
Seine Worte beruhigten sie. Doch der Gedanke, nach Plötzkau zurückzugehen, jagte ihr einen Schauer über den Rücken.
»Ich hatte nicht einen glücklichen Tag dort.«
Ein gewalttätiger Mann, das Gerede der Frauen, die ihr die Schuld an der Kinderlosigkeit ihrer Ehe gaben, die Verantwortung für Burg und Dorf in Hungersnot und Kriegszeiten, während ihr Gemahl mit den meisten seiner Bewaffneten in den Kampf zog und sie ohne ausreichenden Schutz und Silber zurückließ …
Zweimal war sie in Plötzkau unter besonders dramatischen Umständen mit Dietrich zusammengetroffen, derweil Graf Bernhard weit fort in Schlachten kämpfte.

Im Krieg zwischen Staufern und Welfen, als Burg Plötzkau vor Gundas Augen niedergebrannt wurde, hatte Dietrich auf der Seite der Belagerer gestanden und den Schutz der jungen Gräfin übernommen, nachdem diese mutig Kapitulationsbedingungen für ihre Untergebenen ausgehandelt hatte. Und Jahre später, als Gesetzlose die Burg belagerten und schon zu stürmen begannen, kam ihr überraschend ein Reitertrupp des Grafen von Seeburg zu Hilfe, dem sich auch dessen Vettern Dietrich und Otto von Wettin angeschlossen hatten. Die Fürstensöhne und ihr Vater, Markgraf Konrad, weilten zufällig gerade im nahen Seeburg.

Gunda verdrängte die Erinnerungen an die brennende Burg und die blutige Schlacht gegen die Gesetzlosen. Beide Male hatte Dietrich sie gerettet.

Doch waren fast zehn Jahre vergangen seit ihrer ersten Begegnung bis zu ihrer glücklichen Vereinigung. Zehn Jahre, in denen sie die Brutalität ihres Mannes und noch viel anderes Leid ertragen musste.

»An diesem Tag des Turniers verliebte sich Adela unsterblich in Friedrich«, erinnerte sie sich.

Adela von Vohburg war ihre Freundin unter den jungen Mädchen gewesen, die am Hof König Konrads erzogen wurden. »Und dann wurde sie sogar mit ihm vermählt! Sie war erst so glücklich darüber – und so unglücklich, seit sie seine Gemahlin ist. Ist sie inzwischen zur Königin gekrönt? Weißt du etwas darüber?«

»Ich werde in Meißen sicher etwas über das Schicksal deiner Freundin erfahren«, versicherte Dietrich. »Doch da sich der König von Frankreich kürzlich scheiden ließ, vermute ich, dass Friedrich das auch tun wird.«

»Sven, der dritte Turniersieger, ist König von Dänemark und soll womöglich deine Schwester heiraten. Glaubst du, *sie* könnten glücklich werden?«

Dietrich lächelte.

»Ich bin sicher, wenn Sven Adelchen sieht, wird er ganz verzaubert sein. Ich wünsche ihr von Herzen Glück. Ihnen beiden. Er ist ein stattlicher Mann, groß und blond.«
Macht ihn das zu einem guten König?, fragte sich Gunda, ohne es auszusprechen.
»Wird Friedrich ein guter König sein? Wenn er so hartherzig gegen seine eigene Frau ist?«, sagte sie stattdessen.
»Bin ich das nicht auch? Ich habe sogar ganz offiziell eine Geliebte.«
»Dobroniega will dich nicht, sie hasst dich, weil du nur ein zweitgeborener Sohn bist. Adela *liebt* Friedrich. Aber er beachtet sie gar nicht.«
»Die Menschen werden ihm zujubeln. Er hat eine sehr gewinnende Art, erscheint als strahlender Held, ist ein hervorragender Reiter und Schwertkämpfer«, versicherte Dietrich. »Damals, nach diesem Turnier in Bamberg, sagte er: Wir jungen Mächtigen werden einmal die Welt besser machen. Und ich bin überzeugt, das will und wird er tun. Nach all den Jahren, in denen nur Kriege herrschten und Hungersnöte, der vorige König oft durch schwere Krankheit regierungsunfähig war, wird er gründlich durchgreifen. Schon bald kommt er auf seinem Umritt in den Osten, zum großen Pfingsthoftag nach Merseburg. Dann werde ich sehen, ob er sich an das Turnier erinnert. Ich werde ihm den Treueid schwören. Und hoffe, dass er mir einmal nach Vaters Tod die Mark Lausitz überträgt.«
Dietrich küsste Gunda erneut und schob sie dann vorsichtig von seinem Schoß.
»Ich muss aufbrechen, Liebste, so schwer es mir fällt. Meine Männer warten in Eilenburg schon mit gesattelten Pferden und gepackten Wagen auf mich. Komm mit nach draußen, ich will mich noch von meinem Sohn verabschieden.«
Gemeinsam traten sie in den Hof und mussten erst einmal ins grelle Sonnenlicht blinzeln.
Hier wimmelte es vor Menschen: die Knappen bei den Übun-

gen unter den kritischen Augen von Reinhold und Rutger, die herumtollenden Kinder … Am Tor warteten die Reiter, die Dietrich begleitet hatten, und kommentierten mit groben Scherzen die Schwertübungen der Burschen. Eine Magd trug einen Korb mit Enteneiern zur Küche und knickste tief vor dem Markgrafen, und sein Knappe brachte ihm sofort sein Pferd, einen Grauschimmel.

»Dietrich, komm und verabschiede dich von deinem Vater!«, rief Gunda.

Der Kleine – schwarzhaarig wie seine Mutter, doch im Gesicht erkannte man deutlich die Züge des Vaters wieder – hielt mitten in der Bewegung inne, wirbelte herum und strahlte den älteren Dietrich an. Die Bundhaube hatte er wieder einmal verloren, sein linker Beinling hing nur noch an einem Nestelband. Würdevoll – was bei einem Dreieinhalbjährigen reichlich komisch wirkte – steckte er sein Holzschwert in den Gürtel und stakste los. Vor Dietrich hielt er inne und wollte sich verbeugen, doch sein Vater hob ihn hoch, nahm ihn auf den Arm und sah ihm ins Gesicht.

»Ich werde eine Weile auf Reisen sein. Von dir erwarte ich, dass du in dieser Zeit deiner Mutter nur Freude bereitest und gut auf sie aufpasst. Kann ich mich auf dich verlassen?«, fragte er mit gespielter Strenge.

Eifrig nickte der Junge. Dietrich setzte ihn wieder auf dem Boden ab und strich durch sein Haar.

»Und sprich deine Gebete!«

Da Dietrich ein außereheliches Kind war, blieb ihm später nur eine geistliche Laufbahn. Sein Vater war entschlossen, einmal einen Bischof aus ihm zu machen. Es gab viele Bischöfe, die ein durchaus weltliches Leben führten. Zum Beispiel sein Vetter Wichmann.

»Ja, Vater. Ich swöre es«, brachte der Junge mit holpriger Zunge heraus.

Dietrich gab ihm einen Kuss auf sein seidiges schwarzes Haar.

»Nun geh schon und kämpfe weiter!«, sagte er belustigt, wandte sich dann zu Gunda um und sah ihr in die Augen.

»Gott und die Heilige Jungfrau mögen dich segnen auf deiner Reise«, sagte sie, um den unvermeidlichen Abschied nicht noch weiter hinauszuzögern. »Komm bald zurück! Ich werde jeden Tag für dich beten.«

»Das weiß ich«, sagte er, lächelte und stieg in den Sattel.

Seine Männer folgten ihm, und bevor er anritt, winkte er Gunda und ihrem Söhnchen noch einmal zu.

Ich vermisse euch jetzt schon, dachte Dietrich.

Doch dann richtete er die Gedanken auf die bevorstehende Reise mit Dobroniega, die alle nur »Eisprinzessin« nannten, und die Neuigkeiten, die es wohl über Friedrich von Schwaben geben würde. Den Mann, dem er als Sechzehnjähriger bei einem Turnier womöglich das Leben gerettet hatte, mit dem er und Sven zusammen eine unvergessliche Nacht lang gefeiert hatten, mit den besten Weinen und den schönsten Huren.

Und der nun sein König war.

Ankunft in Meißen

Hedwig, Otto, Konrad;
Burgberg Meißen, Ende April 1152

Allen Beschwernissen zum Trotz genoss Hedwig die lange Reise quer durchs Reich, von Aachen bis nach Meißen: Regentage, schlammige oder von umgestürzten Bäumen versperrte Wege, Achsenbruch und häufige Zwangshalte mitten auf dem Pfad, weil eines der Scheibenräder ausgebessert werden musste. Oft versperrte ihnen ein entgegenkommender Karren den Weg, dessen Achse oder Rad zerbrochen war, bis ein paar Männer das Gefährt beiseitezerrten.

Sie übernachteten auf Burgen oder in Klosterherbergen, manchmal auch in Wirtshäusern. Nach einer Rast in einem überfüllten Quartier, aus dem erst ein paar Reisende zum Schlafen in den Stall gescheucht werden mussten, damit die hohen Gäste ein Bett bekamen, klagte die Gräfin von Hillersleben am Morgen über aufgelesene Läuse. Sie ließ sich das Haar mit Essig waschen und stundenlang mit einem feinzinkigen Kamm auskämmen, was den Aufbruch erheblich hinauszögerte.

Für Hedwig aber war die Reise ein großes Abenteuer.

Noch nie hatte sie so viel von der Welt gesehen. Große Städte, weite Landschaften, breite Flüsse, endlos scheinende Wälder brachten sie zum Staunen. Hinzu kamen die vielen Begegnungen mit anderen Reisenden: Händler, Ritter, Spielleute, Pilger, Bauern auf dem Weg zu einem Markt. All das beschäftigte ihren regen Geist.

So musste sie auch nicht über ihre vorgezogene Vermählung mit Markgraf Konrads Sohn nachdenken. Und darüber, was Sunhild, die weise Frau, ihr unter vier Augen und mit der Ermahnung zu strengster Verschwiegenheit erklärt hatte. Noch schob sie das alles von sich; sie waren schließlich hunderte Meilen und mehrere Wochen unterwegs.

Doch Hedwig sah nicht nur Schönes.

Immer wieder kamen sie durch Gebiete, in denen Felder verwüstet und Dörfer niedergebrannt waren, weil dort irgendwelche Ritter oder Grafen Fehde gegeneinander führten. Sie sah Menschen, die panisch wegrannten, als sich ihre große, bewaffnete Kolonne näherte, und andere, die sich ausgemergelt und verzweifelt auf die Knie warfen, ihnen vor Hunger greinende Kinder entgegenstreckten und um einen Kanten Brot baten. In mehreren Herbergen wurden sie gewarnt, dass im nächsten Wald Gesetzlose lauerten. Und manchmal, wenn diese Wälder groß und dicht waren, nahm der bis an die Zähne bewaffnete Graf von Hillersleben noch zusätzlich Männer in Sold.

Es stand nicht gut in deutschen Landen, das sah Hedwig deutlich. Zu viele verwüstete und verlassene Dörfer, zu viele hungernde Menschen, zu viele Diebe und Mörder. Zwar wagte niemand, ihre große und stark bewaffnete Reisegesellschaft anzugreifen. Aber täglich baten Händler, Pilger oder Bauern darum, unter ihrem Schutz reisen zu dürfen, und erzählten schreckliche Geschichten von erschlagenen und bis auf die nackte Haut ausgeraubten Opfern solcher Banden.
Krieg und Fehden sind die Übel dieser Welt, dachte Hedwig bedrückt. Und das ist es, was sie hervorbringen.

Heute, an diesem sonnigen Tag, würde die askanische Reisegesellschaft endlich Meißen erreichen. Weshalb Hedwigs Gedanken nun doch fast nur noch darum kreisten, was sie wohl bei ihrer Vermählung mit Otto und in ihrer Ehe erwartete.
Nun begann sie sich doch zu fürchten, denn ihr künftiger Gemahl war nicht nur fast zwanzig Jahre älter als sie, sondern auch groß, stämmig und kaum weniger streng und grimmig als sein Vater.
Der Hillerslebener hatte einen Reiter vorausgeschickt, um ihre baldige Ankunft auf dem Burgberg anzukündigen.
Hedwig war trotz allen Grübelns neugierig auf ihre künftige Heimat, die ganz anders aussah als die Landschaft am Rande des Harzes, in der sie aufgewachsen war. Die Hügel hier erhoben sich sanft beidseitig der Elbe entlang und waren mit Weinstöcken bepflanzt. Auf den Feldern war die Saat aufgegangen, Sträucher und wilde Obstbäume leuchteten in voller Blüte.
Eine ganze Weile schon ritt und fuhr die Kolonne auf einem Pfad neben der Elbe entlang, und Hedwig bestaunte die Breite des Flusses, der neben ihr strömte.
Von der Meißner Burg war noch nichts zu sehen. Ungeduldig starrte sie von ihrem erhöhten Platz auf einem der Wagen voraus. Ihre Mutter hatte gemeint, es sei zu anstrengend für sie, so viele hundert Meilen zu Pferde zurückzulegen, und würde alle

nur über Gebühr aufhalten. Hedwig war insgeheim froh darüber. So konnte sie sich ganz auf ihre Umgebung konzentrieren oder mit einer der jüngeren Hofdamen plaudern, die abwechselnd neben ihr saßen.

Sie sah, dass ihnen eine Reitergruppe unter dem meißnischen Banner entgegengaloppierte. Mit einem lauten Kommando befahl der Graf von Hillersleben der ganzen Kolonne Halt. Rasch erkannte Hedwig, wer da auf sie zuritt.

Otto, ihr Verlobter, kam höchstpersönlich, um sie und ihre Mutter zur Burg zu geleiten, und führte eine stattliche Begleitmannschaft mit sich – zum Zeichen des Respekts für die hohen Gäste.

Bei Ottos Anblick musste sie insgeheim lächeln. Die ganze Reise über hatten ihre jungen Begleiterinnen immer wieder gerätselt, ob ihr künftiger Gemahl wohl auch solch einen Bart wie der neue König trage. Doch Otto war glatt rasiert. Wie sie ihn von ihrer letzten Begegnung in Erinnerung hatte, die schon Jahre zurücklag.

Der älteste Sohn des Markgrafen brachte seinen Rappen zum Stehen und verneigte sich im Sattel vor Sophia und seiner Braut.

»Markgräfin, willkommen in Meißen! Und auch Ihr, liebste Hedwig, seid von Herzen gegrüßt. Graf, Gräfin!« Er nickte den Hillerslebenern zu. »Ich hoffe, Eure Reise verlief ohne größere Zwischenfälle.«

Die erschöpfte Sophia bedankte sich und erwiderte ein paar höfliche Sätze. Dann winkte Otto einen seiner Männer heran, der ein gesatteltes zweites Pferd am Zügel führte, einen ausnehmend hübschen, zierlichen Zelter von hellbrauner Farbe mit blonder Mähne.

»Erlaubt mir, Euch dieses Tier zum Geschenk zu machen, liebliche Hedwig«, sagte er zu seiner Braut. »Als künftige Markgräfin von Meißen solltet Ihr zu Pferde in die Burg einreiten.«

Er saß ab und half ihr vom Wagen herunter, dann winkte er

einen Knappen herbei, der die Hände verschränkte, damit Hedwig bequem in den Sattel steigen konnte.

»Es ist ein ruhiges Tier, das den Weg hinauf zur Burg genau kennt«, versicherte Otto.

Hedwig streichelte den Zelter, der Knappe wendete ihn und übergab dann die Zügel mit einer Verbeugung dem jungen Mädchen.

Otto, die Markgräfin der Nordmark und ihre Tochter setzten sich an die Spitze der Kolonne. Der Bannerträger ritt voraus, und gemeinsam legten sie das letzte Stück zurück.

Bald machten Weg und Fluss eine Biegung, und nun sah Hedwig Burg und Dom auf einem riesigen Felsplateau ins Land ragen, das zum Fluss hin steil abfiel. Majestätisch spiegelten sich Fels und Bauten im Wasser.

Der Anblick verschlug ihr den Atem, was Otto bemerkte, der sie aufmerksam beobachtet hatte.

»Ich wollte, liebste Hedwig, dass wir gemeinsam den Moment erleben, wenn ihr den Burgberg zum ersten Mal seht. Ein erhabenes Bild, nicht wahr?«

»Das ist es fürwahr. Ich danke Euch sehr«, erwiderte sie beeindruckt.

Bald näherten sie sich Meißen, einer großen Marktsiedlung, die sich den Burgberg hinaufwand. Im Hafen legte gerade eine Fähre an, die mit Menschen und Pferden beladen war.

Auch diese Stadt – obwohl dem Vernehmen nach Meißen noch kein Stadtrecht hatte – war ganz anders gebaut als die Ortschaften, die Hedwig von zu Hause kannte.

Die Gassen waren mit hölzernen Bohlen belegt, zu beiden Seiten standen Häuser, die komplett aus hölzernen Balken errichtet waren, eines direkt an das andere gebaut, mit hohen, spitzen Dächern.

Ehrfürchtig wichen die Menschen in den Gassen zurück, um der Kolonne Platz zu machen und vor dem Sohn des Markgrafen und seinen Gästen niederzuknien. Neben Hochrufen auf

Otto waren auch »Gott segne die schöne Braut unseres jungen Herrn!« und »Gott segne Haus Anhalt!« zu hören. Offenbar wussten die Meißner genau, wer hier kam.
Hedwig fühlte sich vor Staunen überwältigt.
Wie von Otto versprochen, brauchte sie sich um das ihr noch unvertraute Pferd keine Gedanken zu machen. Brav und trittsicher lief es die Gassen hinauf und war durch nichts aus der Ruhe zu bringen.
Sie ritten durch das Handwerkerviertel, wo Hornschnitzer, Bortenweber und Gürtler ihre Waren auf heruntergeklappten Fensterladen feilboten.
Dann überquerten sie den Marktplatz. Dort hatten Korbmacher, Töpfer, Wollfärber, Bäcker und Fleischhauer ihre Stände. Lebende Hühner und Singvögel in Käfigen, streunende Hunde, die immer wieder weggejagt wurden, und die Lobpreisungen der Händler für ihre Waren sorgten für ein lautstarkes Durcheinander.
Hedwig bewunderte die schönen Muster der Tonwaren, was ihr Verlobter ebenfalls bemerkte. Er dirigierte seinen Rappen etwas näher heran, der brave Zelter folgte ihm, und wies auf die Krüge und Becher. »Gefallen sie Euch? Dann lasse ich Euch ein Dutzend davon auf die Burg bringen. Die hiesigen Töpfer sind berühmt für ihre fein gearbeiteten Waren und die slawischen Muster.«
Hedwig bedankte sich schüchtern für das versprochene Geschenk. Ottos Freundlichkeit und Entgegenkommen überraschten sie. Das hatte sie in diesem Ausmaß nicht erwartet.
Über einen gewundenen Pfad gelangten sie zum Tor der Vorburg. Vorsichtig warf Hedwig noch einmal einen Blick zurück auf die Siedlung, die sich von hier bis ans Elbufer hinabzog. Der Anblick war ebenso atemberaubend wie von unten.
Sie ließen die Quartiere der Wachen hinter sich und gelangten zum Haupttor, passierten es und ritten auf das Plateau des Burgbergs.

»Der vordere Bereich gehört dem Burggrafen, den König Konrad von Staufen vor einigen Jahren hier eingesetzt hat«, erklärte Otto seinen Gästen. Wie sehr dies seinem Vater und auch ihm missfiel, war deutlich an seiner Miene und seinem Tonfall zu erkennen.
Am Dom wurde tüchtig gebaut, etliche Steinmetzen und Zimmerleute arbeiteten dort.
Und endlich gelangten sie in den hinteren Bereich des Plateaus, den markgräflichen. Es war der größte, und umringt von Holzhäusern stand der Palas als einziges Gebäude aus Stein.
Die Ritter und Bediensteten des Markgrafen hatten sich zum Spalier aufgestellt, Stallknechte nahmen den Ankommenden sofort die Pferde ab und führten sie in die Ställe.
Ein dünner älterer Mann in guter Kleidung, der sich als Truchsess Edwin vorstellte, verneigte sich und reichte Markgräfin Sophia mit ergebenen Worten den Willkommenspokal.
Dann kam ihnen sogar Markgraf Konrad persönlich entgegen, ein Mann Mitte fünfzig mit schmalem Gesicht und grauem Haar, nicht so hünenhaft wie Hedwigs Vater, doch zäh und kaum weniger furchteinflößend mit seiner stolzen Haltung und den eisgrauen Augen.
Ihm folgten seine rundliche Schwester Mathilde, drei seiner Söhne, eine wunderschöne junge Frau und ein hübsches Mädchen mit lockigem schwarzen Haar, das vielleicht drei oder vier Jahre älter als Hedwig sein mochte.
»Liebste Sophia, es freut mich außerordentlich, Euch, die Gemahlin meines guten Freundes Albrecht, wohlbehalten zu sehen«, begrüßte Konrad die Markgräfin der Nordmark und hauchte ihr einen flüchtigen Kuss auf die Wange, was bei seinen Begleitern einige Verwunderung auslöste, wie Hedwig bemerkte.
Dann war sie selbst an der Reihe. Sie sank in einen tiefen Knicks, und der Markgraf half ihr mit einem schmalen Lächeln auf. Was ebenfalls für Verwunderung sorgte. Schließlich hieß es ja, der Markgraf von Meißen und der Lausitz lächle nie.

»Ihr seid noch schöner geworden, süße Hedwig. Mein ältester Sohn darf sich glücklich schätzen, eine so bezaubernde Braut heiraten zu dürfen«, versicherte Konrad.
Dann stellte er den Gästen seine Schwester vor, die Gräfin von Seeburg, über die Hedwig hatte munkeln hören, dass sie ähnlich resolut und unverblümt wie ihre Großmutter Eilika sei. Und die drei Söhne, die hinter ihm standen und nun einzeln vortraten.
Der Markgraf hätte ihre Namen nicht zu nennen brauchen. Hedwig wusste auch so, wen sie vor sich hatte.
Dietrich, der Zweitälteste, war ein gut aussehender Mann. Ihn hätte sie viel lieber geheiratet als den stämmigen Otto. Doch sie wusste, Dietrich war mit einer polnischen Herzogstochter vermählt. Und hatte eine Geliebte – wie sündig!
Der Dicke, der ihr schüchtern entgegenlächelte, konnte nur Dedo sein. Und der Jüngste hieß Heinrich und war gerade erst in den Ritterstand erhoben. Wie Hedwig wusste, hatte Konrad noch einen Sohn, Friedrich, doch der diente als Knappe in Seeburg.
Die wunderschöne Frau mit der kühlen Miene trat hervor, und Hedwig sank auch vor ihr in einen tiefen Knicks.
»Liebste Dobroniega, ich soll Euch innige Grüße von Eurer Schwester Judith überbringen.«
Judith war mit Hedwigs ältestem Bruder vermählt, der auch Otto hieß. »Es geht ihr wohl. Sie trägt ein Kind unter dem Herzen, worüber sie und ihr Gemahl sehr glücklich sind.«
»So«, sagte Dobroniega nur mit hochgezogenen Augenbrauen. Doch bei der Erwähnung Judiths war kurz ein sehnsüchtiger Ausdruck über ihr Gesicht gehuscht.
»Ich danke Euch für die Grüße. Und ich hoffe, dass *Ihr* hier glücklich werdet.«
Dieser letzte Satz klang so zynisch, dass sich Dietrichs Miene verfinsterte und der Markgraf laut hüstelte, während er seiner Schwiegertochter einen finsteren Blick zuwarf.
Bevor verlegene Stille aufkam, drängte sich das schwarzlockige

Mädchen vor. Sie knickste tief vor der Markgräfin, dann nahm sie Hedwig fröhlich am Arm.
»Ich bin Adele, wir werden also bald Schwestern sein. Komm, ich bringe dich in deine Kammer.«
Konrads Tochter führte Hedwig zielstrebig Richtung Palas und plauderte gleich drauflos: »Gefällt dir das hübsche Pferdchen? Otto hat lange suchen lassen, bis er ein so schönes und ruhiges Tier für dich fand. Du darfst seinen Namen auswählen. Er gibt sich wirklich Mühe, mein Bruder, er will einen guten Eindruck auf dich machen.«
Adele verschwieg tunlichst, dass Otto von seinem Vater mit größter Strenge dazu verpflichtet worden war, seine Braut auf das Allerfreundlichste zu behandeln.
Markgraf Konrad hingegen lud sofort den Grafen von Hillersleben zum Gespräch, der Nachrichten von Albrecht dem Bären zu überbringen hatte. Die waren ihnen beiden so wichtig, dass der Graf gleich in Gambeson und Kettenhemd dem Fürsten in dessen Privatgemächer folgte.
Sie kannten einander seit vielen Jahren, und selbst für den strengen Konrad war Otto von Hillersleben einer der hartgesottensten Männer, die er je gesehen hatte. Er war mehr als gespannt, was Albrechts engster Vertrauter zu berichten hatte.

Zwei junge Bräute

Hedwig und Adele; Meißner Burgberg, Ende April 1152

Als die beiden Mädchen Hedwigs Gästekammer erreichten, waren die Dienstboten schon dabei, ihre Truhen auszupacken. Eine Bademagd goss dampfendes Wasser in einen Zuber.
»Du bist bestimmt froh, dich nach der langen Reise erfrischen zu können«, meinte Adele.

»Ja, ich bin ganz verschwitzt und staubig, die Beinlinge sind an den Sohlen ganz feucht. Mein Haar würde ich auch gern waschen«, sagte Hedwig sehnsüchtig. »Und saubere Gewänder anziehen …«

Schon trat eine der Mägde auf sie zu und half ihr aus Umhang, Bliaut und Unterkleid. Eine weitere holte Schüssel und Krug, um das lange blonde Haar der künftigen Braut zu waschen.

Also haben sie mindestens vier Badezuber auf dieser Burg!, dachte Hedwig beeindruckt. Denn ganz sicher wurde ihrer Mutter und Graf und Gräfin von Hillersleben ebenfalls ein Bad nach der Reise angeboten, als Zeichen der Gastfreundschaft für hohe Besucher.

»Wenn du willst, bleibe ich, während du das Wasser genießt, und erzähle dir etwas über die Burg und die Mark Meißen«, schlug Adele vor.

»O ja, bitte tu das! Ich möchte so viel wie möglich darüber erfahren«, versicherte Hedwig, während sie in den Zuber stieg, sich ins Wasser sinken ließ und vor Wohlbehagen die Augen schloss.

Adele machte es sich auf einer Truhe bequem und ließ die Beine baumeln.

»Ist es wahr? Hast du den neuen König gesehen? Und ist Friedrich der Staufer wirklich ein so schöner Mann, wie die Leute sagen?«, fragte sie aufgeregt.

»Er sieht sehr stattlich aus«, versicherte Hedwig überrascht, die Geschichten über die Mark Meißen erwartet hatte. »Die Menschen jubelten ihm begeistert zu, als er nach der Krönung aus der Kirche trat.«

»Ich wäre so gern dabei gewesen!«, meinte Ottos Schwester sehnsüchtig. »Mein Bruder – nicht dein Zukünftiger, sondern Dietrich – sagt, Friedrich sei auch ein ausgezeichneter Reiter und Schwertkämpfer. Vor mehr als einem Dutzend Jahren, da war ich kaum geboren und Dietrich gerade erst in den Ritterstand erhoben, kämpften beide zusammen in einem Buhurt.

Stell dir vor: Dietrich und der jetzige König haben ihn gewonnen, zusammen mit Sven von Dänemark!«
»Wirklich?«, staunte Hedwig und riss die Augen auf.
»Ja! In der Kammer meines erlauchten Vaters hängt ein Bild, eine sehr feine Stickerei, die diese Szene darstellt.«
»Dann darf ich mir vielleicht einmal anschauen, wie der neue König als ganz junger Ritter aussah? Wenn es dein erlauchter Vater gestattet?«
Hedwig lächelte bei dieser Aussicht und lehnte den Kopf über den Rand des Zubers, um sich den Staub aus den Haaren spülen zu lassen.
»Sie tragen Kettenhauben und Helme im Buhurt, von seinem Gesicht siehst du nicht viel«, wandte Adele achselzuckend ein. »Zu dritt siegten sie. Friedrich ist nun unser König, Sven König von Dänemark … Obwohl – noch nicht so ganz. Auf dem großen Pfingsthoftag in Merseburg soll der Streit zwischen ihm und seinen Rivalen Knut und Waldemar beigelegt werden. Vielleicht werde ich Sven heiraten. Dietrich sagt, er sei ein blonder Recke, ein richtiger Wikinger.«
Ihr Gesichtsausdruck wurde ganz schwärmerisch. »Vielleicht heirate ich einen König!«
»Wirklich?«, zweifelte Hedwig erneut. Es gab keine offensichtlichen Gründe für eine Verbindung zwischen Dänemark und Meißen. Aber natürlich würde es das Ansehen des Hauses Wettin beträchtlich erhöhen, falls Adele einen König heiratete. Und da Dietrich und Sven Freunde waren …
»Nun ja, einen König über ein kleines Land oder gar den Teil eines kleinen Landes«, räumte Adele ein. »Doch König ist König! Vater gibt mich Sven allerdings nur, falls dieser von Friedrich gekrönt wird. Wenn nicht, ende ich wohl als alte Jungfer und muss zu meinen Schwestern ins Kloster Gerbstedt.«
Wieder lachte sie. »Beten wir darum, dass König Friedrich zwischen den dänischen Thronanwärtern schlichten kann. Damit

Sven mich sieht, darf ich zu dem Pfingsthoftag mitreisen. Dann kann ich auch unseren neuen Herrscher bewundern.«

»Ich dachte, wir bleiben zusammen hier«, meinte Hedwig enttäuscht, während die Magd ihr vorsichtig lauwarmes Wasser über die langen Haare goss.

»Tante Mathilde wird sich um dich kümmern. Sie wird dich mögen, und du sie«, versicherte Adele. »Sie ist eine kluge Frau. Mein erlauchter Vater hört sogar in vielen Dingen auf sie. Und sonst hört er auf niemanden!«

Sie grinste verwegen.

Hedwig rieb sich Wasser aus den Ohren und erinnerte: »Du wolltest mir etwas über Meißen und die Burg erzählen.«

»Ach ja, natürlich. Das hier ist Grenzland, wie du sicher weißt. Einst siedelten hier Slawen. Doch vor mehr als zweihundert Jahren wurde die Burg auf Befehl des ersten Königs Heinrich erbaut. Bald entstand eine ganze Kette von Burgwarden und Burgen, um das Land gegen Angriffe der Böhmen und Polen zu sichern und unseren Glauben zu verbreiten. Aber diese hier ist natürlich die größte und bedeutendste. Auch in Meißen herrschte einmal heidnische Götzenanbeterei.«

Rasch bekreuzigte sie sich. »Doch jetzt sind alle brave Christen. Außer vielleicht in der Lausitz.«

»Bei uns gab es noch vor wenigen Jahren Krieg mit den Slawen. Sie sind immer wieder in unsere Grenzgebiete eingefallen«, berichtete Hedwig.

»Deshalb ritten unsere Väter vor fünf Jahren auch gemeinsam in diesem Wendenkreuzzug!«, erinnerte Adele. »Sind seitdem bei euch nicht alle Wenden bekehrt und getauft?«

»Die meisten. Es gibt auch zwei große, einst slawische Burgen, die uns gehören und schon länger christlich sind: Brandenburg und Spandau. Der alte Fürst von Brandenburg, der sich vor langer Zeit taufen ließ, ernannte noch vor meiner Geburt meinen Vater zu seinem Erben«, prahlte Hedwig, die unbedingt auch etwas Beeindruckendes erzählen wollte.

»Stell dir vor: Als er starb, hielt seine Witwe Petrissa, die Fürstin, seinen Tod drei Tage lang geheim, damit mein erlauchter Vater schleunigst hinreiten und die Burg übernehmen konnte! Denn dieser Fürst Heinrich und Petrissa haben einen Neffen, der über eine Wasserburg namens Köpenick herrscht, und dort bestehen die heidnischen Bräuche noch fort. Obwohl dieser Jacza mit einer frommen Polin verheiratet ist!«
Hedwig gab den Mägden ein Zeichen, dass sie aus dem Zuber steigen wollte, wurde in leinene Tücher gehüllt und abgetrocknet.
Ungläubig schüttelte Adele die schwarzen Locken.
»Sie hat den toten Fürsten drei Tage lang versteckt gehalten, und niemand bemerkte das? Auf einer bemannten Burg?«
»Es ist sogar eine riesige Burg. Doch Petrissa ist schlau. Sie herrscht heute immer noch dort stellvertretend für meinen Vater. Unter ihr werden sich die Heiden nicht behaupten.«
»Sie *herrscht* auf der Burg? Und die Männer *hören* auf sie? Das ist ja …« Adele fehlten die Worte.
»Ja, sie hat Haare auf den Zähnen.« Hedwig grinste fröhlich.
»Auch meine Großmutter Eilika herrschte als Witwe über eine Burg, die Bernburg«, erzählte sie weiter. »Aber die Bernburg wurde in den Kriegen gegen die Welfen niedergebrannt. Großmutter erhob deswegen Klage vor König Konrad. Leider habe ich sie nie kennengelernt, sie ist schon vor langer Zeit von uns gegangen …«
Solche Sitten wären hier undenkbar, dachte Adele, schwieg aber höflichkeitshalber und fragte stattdessen: »Welchen Bliaut möchtest du anziehen?«
Hedwig saß nun im Unterkleid vor ihr und ließ sich das Haar kämmen und zu Zöpfen flechten, damit man nicht so deutlich sah, dass es noch feucht war.
»Was meinst du? Welcher würde deinem Bruder gefallen?«, fragte die Jüngere, während ihr die Röte in die Wangen schoss.
»Hm …« Adele musterte die Gewänder, die über Truhen und

dem Bett ausgebreitet lagen. »Nimm das rote. Ich glaube, das steht dir besonders gut.«
Und während sich Hedwig in den schön bestickten Bliaut schnüren ließ, flüsterte Adele geheimnisvoll lächelnd: »Mein Bruder will dir etwas schenken, wozu dieses Rot gut passt.«
Hedwig warf ihr einen fragenden Blick zu.
»Es ist blau«, verriet Konrads Tochter und presste dann die Lippen zusammen. Mehr würde sie nicht verraten.
»Ich fühle mich wie neu«, stöhnte Hedwig genüsslich und drehte sich in dem frischen Gewand einmal um sich selbst.
»Hast du Hunger? Oder möchtest du ruhen nach der langen Reise?«, fragte Adele. »Das Festmahl wird wohl erst in einer Stunde beginnen.«
»Nein. Wenn es mir erlaubt ist, würde ich mich gern etwas auf dem Burgberg umsehen.«
»Dann komm!« Adele nahm sie bei der Hand. »Ich führe dich ein wenig herum, dann gehen wir in den Dom und sprechen ein Dankgebet für eure glückliche Ankunft. Oder wofür sonst du beten möchtest.«
Sie sandte der Jüngeren ein vielsagendes Lächeln. Schließlich würde Hedwig bald heiraten.
»Im Dom kannst du auch ein ganz besonderes Bild betrachten, von derselben Stickerin, die die Turnierszenen in Vaters Kammer angefertigt hat. Leider lebt sie nicht mehr, sie erfror vor einigen Jahren in einem schneereichen Winter. Das Bild zeigt den alten Meißner Bischof Benno, der schon vor so langer Zeit starb, dass sich nur noch die Greise an ihn als Lebenden erinnern. Aber die Hiesigen verehren ihn wie einen Heiligen. Stell dir vor, er ist beinahe *einhundert* Jahre alt geworden! Und er hat die Sprache der Slawen gelernt, um ihnen Gottes Wort zu bringen. Deshalb haben wir hier auch keine Heiden mehr. Anders als bei euch …«
»Was beweist, dass es besser ist, mit Worten zu bekehren als mit dem Schwert«, schlussfolgerte Hedwig scharfsinnig.
Wie oft hatte sie sich sorgen müssen, wenn ihr Vater zu einem

Kriegszug aufgebrochen war, ob er wohl auch wiederkäme, und wie viele seiner Begleiter lebend und unversehrt heimkehren würden. Es gab jedes Mal Tote, und ihre Frauen und Kinder gerieten als Witwen und Waisen in Not.

»Mein erlauchter Vater hofft auch darauf, dass endlich friedliche Zeiten anbrechen«, erzählte Adele. »Dann will er Siedler ins Land holen, die in den Wäldern roden, Felder anlegen und Dörfer errichten. Es leben nicht sehr viele Menschen in unseren Marken. Große Teile sind von Urwäldern bedeckt, in denen wilde Tiere hausen: Bären, Wölfe, Luchse ... Stell dir vor, manchmal werden sogar Auerochsen gesichtet!«

Sie ließ der Freundin einen Moment Zeit, diesen außergewöhnlichen Umstand zu bestaunen, ehe sie sagte: »Vielleicht bringt uns ja der neue König langen Frieden.«

Die schwere Tür zum Dom stand offen, und Adele führte ihre künftige Schwägerin in den Sakralbau.

Sie gingen zum Weihwasserbecken, bekreuzigten sich und knieten vor dem Altar nieder, dann zog Konrads Tochter die zierliche Askanierin zu einem der Seitenaltäre.

»Da ist es!«, flüsterte sie, um die Betenden nicht zu stören.

Sie führte Hedwig vor das Bildnis, die Mädchen knieten erneut nieder und hüllten sich in Schweigen.

Hedwig versank staunend in der Betrachtung des gestickten Porträts – sowohl wegen der Feinheit der Stiche als auch wegen der Faszination, die von den Gesichtszügen des alten Bischofs ausging.

Er wirkt so gütig, dachte sie. Heilige Jungfrau Maria, hilf mir, meinen künftigen Gemahl auch auf Dauer mild stimmen zu können.

Als sie aus dem Dom heraustraten, waren auf dem Hof die jüngsten Knappen mit Waffenübungen beschäftigt – etwas, das Hedwig von der Burg ihres Vaters kannte. Die meisten der Burschen waren dem Anschein nach nicht älter als vierzehn Jahre und gerade erst zu Knappen ernannt worden.

»Wollen wir ein wenig zuschauen?«, schlug Adele aufgeregt vor. »Uns bleibt noch Zeit bis zum Mahl, und wir sind schon frisch gekleidet und waren beten.«

Der Waffenmeister befahl seinen Schülern, sofort einzuhalten, damit sie vor der Tochter ihres Fürsten und der Tochter des Markgrafen der Nordmark auf ein Knie sinken konnten.

»Ich erwarte von euch Tölpeln, dass ihr der schönen Hedwig von Ballenstedt zeigt, dass wir hier nicht schlechter fechten als die Männer auf Burg Anhalt oder Aschersleben!«, rief er drohend. »Und wenn euch das als Ansporn nicht reicht: Die edle Jungfrau wird bald schon mit unserem Fürsten Otto vermählt. Ich glaube nicht, dass sie ihm verheimlichen darf, wenn ihr euch blamiert!«

Die Knappen stellten sich paarweise gegenüber auf und führten ein einfaches Entwaffnungsmanöver vor. Der Waffenmeister schien zufrieden. Nach einigen Durchgängen befahl er zwei der Jungen zu sich.

»Christian, Randolf, tretet vor! Ihr werdet jetzt vor den Augen aller zeigen, was ihr könnt!«

Zwei Burschen lösten sich aus den Reihen, und Hedwig sah etwas über ihre Gesichter flackern, bemerkte bedeutungsvolle Blicke und leises Gemurmel unter den Knappen.

»Ist das nicht ungerecht? Der da ist ja viel größer«, flüsterte sie ihrer neuen Freundin zu.

Einer von beiden – unter seiner Polsterhaube lugte weißblondes Haar hervor – wirkte gegen den anderen geradezu hünenhaft, er war mehr als einen Kopf größer.

»Warte nur ab!«, meinte Adele und lächelte. »Von den neuen Knappen sind diese zwei die besten mit dem Schwert, besser als viele Ältere. Was Randolf an Größe voraus hat, macht Christian durch Schnelligkeit wett.«

Auf das Kommando des Waffenmeisters begannen die beiden ihren Zweikampf, und zwar mit großer Verbissenheit. Doch sie waren wirklich gut dafür, dass sie erst seit kurzem zu den Knappen zählten und nicht mehr zu den Pagen. Hedwig konnte das beurteilen; schließlich war sie auf einer Burg aufgewachsen, auf der täglich gefochten wurde.

Der Größere versuchte natürlich sofort, den Gegner mit wuchtigen Oberhauen zu besiegen. Doch Christian, der Jüngere, war darauf vorbereitet und reagierte blitzschnell. Er schien immer schon zu erraten, was sein Gegenüber vorhatte, und wich mehrmals einfach mit einem Schritt zur Seite aus, wodurch der Angriff des Weißblonden ins Leere ging.

Nachdem sie drei, vier Mal gegenseitig Hiebe abgewehrt und kurz wieder auf Distanz zueinander gegangen waren, traf Randolf seinen Gegner heftig am linken Unterarm. Ohne den dicken Gambeson als Polster wäre der Arm sicher gebrochen. Christian stöhnte vor Schmerz auf, doch das schien ihn nur noch mehr herauszufordern.

»Reiß nicht vor mir aus, Hurensohn!«, keuchte der Große wütend. Er hatte es kaum ausgesprochen, da standen sich die beiden gegenüber, und jeder zielte mit seiner Schwertspitze auf den Hals des anderen.

Sofort befahl der Waffenmeister Einhalt.

»Randolf, hier sind zwei hochgeborene Jungfrauen, und du wirst dich bei ihnen auf der Stelle für deine Unflätigkeit entschuldigen«, forderte er missgelaunt.

Der Weißblonde kniete nieder, senkte den Blick und bat höflich um Verzeihung.

»Über die Strafarbeiten, die du dir damit zugezogen hast, reden wir gleich!«, schnauzte der Waffenmeister.

Er erklärte den Kampf für beendet, denn er sah, dass der Truchsess auf sie zukam.

»Ich bin auf der Suche nach den hochedlen Jungfrauen. Das Festmahl soll beginnen«, sagte Edwin nach einer tiefen Verbeugung vor den Mädchen.

»Wir kommen unverzüglich, Truchsess«, versicherte Adele leicht beschämt, und die Markgrafentöchter folgten dem höchsten Beamten des meißnischen Hofes.

Edwin jedoch warf noch einmal einen prüfenden Blick zurück auf die Knappen.

Er hatte darauf bestanden, dass Christian zusammen mit Randolf vom Pagen zum Knappen gemacht wurde, obwohl er eigentlich noch zu jung dafür war. Der Sohn eines Spielmanns und einer Stickerin, längst Vollwaise, zählte erst dreizehn Sommer, nicht vierzehn wie die anderen.

Edwin hatte es zu Christians Schutz getan. Denn die Knappen konnten jeden Pagen verprügeln, ohne dass der sich wehren durfte. Wenn Randolf Knappe war und Christian Page blieb, würde Blut fließen, das wäre nur eine Frage von Tagen oder gar Stunden. Aber wenn er jetzt sah, wie Christian die Zähne zusammenbiss, um sich den Schmerz im Arm nicht anmerken zu lassen, da fragte er sich, ob er nicht einen Fehler begangen hatte.

Am besten wäre es wohl gewesen, Christian nach Eilenburg zu schicken. Doch der Markgraf wollte ihn unbedingt in seiner Nähe haben. Was wiederum die Gerüchte schürte, Christian sei ein Bastard des Fürsten. Edwin wusste als Einziger außer dem Markgrafen über Christians niedere Herkunft Bescheid.

Zum Glück passt er genau auf, und seine Freunde stehen ihm bei, dachte der Truchsess. Aber ewig wird das nicht gut gehen.

Doch jetzt musste er sich darauf konzentrieren, dass das Festmahl zur Zufriedenheit seines Fürsten und der Gäste lief. Schließlich konnte dabei so viel schief gehen: stolpernde Diener, die Bier oder Wein vergossen, angebranntes Essen, unerwartete besondere Wünsche der Gäste … Wenn er nicht schon graue Haare hätte, würde er bei jedem solchen Anlass welche bekommen.

Meißnische Strategien

Hedwig, Konrad, Mathilde, Otto,
Dietrich, Otto von Hillersleben;
Burgberg Meißen, Ende April 1152

Beim Mahl durfte Hedwig an der Hohen Tafel sitzen, neben ihrem Verlobten Otto. Der hatte sie durch die ganze Halle am Arm dorthin geleitet, während die Männer und Frauen an den Tischen in Hochrufe auf das askanisch-wettinische Bündnis ausbrachen.

Und dann schenkte ihr Bräutigam ihr vor aller Augen einen wunderschön bestickten Almosenbeutel in leuchtendem Blau, über und über mit Ranken und Blüten verziert. Sie glaubte die »Handschrift« der Stickerin zu erkennen, die das Porträt von Bischof Benno gefertigt hatte. So filigrane Arbeiten brachten nur wenige zustande.

»Er hat meiner erlauchten Mutter gehört, Gott hab sie selig«, erklärte Otto. »Doch kam sie kaum dazu, ihn zu benutzen, denn sie starb, während sich mein Vater auf Pilgerfahrt befand. Ich würde mich geehrt fühlen, Hedwig, wenn Ihr ihn annehmen und tragen würdet.«

Nach Ottos Aufforderung öffnete sie den Beutel und sah hinein. Er war gefüllt mit den Kleinigkeiten, die eine adlige Dame bei sich trug: ein hohles Knochenröhrchen zur Aufbewahrung von Nadeln, eine kleine Schere, einige Münzen als Almosen für die Armen beim Kirchgang, ein Ohrlöffelchen und ein feinzinkiger beinerner Kamm.

Hedwig knickste, bedankte sich und befestigte den Beutel an ihrem Gürtel – gerührt darüber, dass Otto ihr ein Erinnerungsstück an seine Mutter überließ. Mehr als alles bisher zeigte ihr diese Geste, dass sie in die wettinische Familie aufgenommen war.

Sie nahm ihren Platz ein und sah verblüfft, dass der Becher, den

sie sich mit ihrem Verlobten teilen würde, das Muster trug, das ihr vorhin auf dem Markt so gefallen hatte.
Der Markgraf begrüßte seine Gäste in einer kurzen Rede, dann trat der Truchsess vor und rief die Speisenfolge aus, wonach diverse Gänge hereingetragen wurden: ein am Spieß gebratenes Wildschwein, das vier Männer unter dem Beifall der Anwesenden in die Halle schleppten, Braten vom Reh und vom Hirsch, die verschiedensten Arten von Fisch ...
Besondere Aufmerksamkeit erregten die Fasane und Schwäne, die nach dem Garen wieder in ihr Federkleid gehüllt worden waren, und die Wappen der Häuser Wettin und Anhalt als farbig verziertes Backwerk.
Der Kaplan segnete die Speisen und sprach das Tischgebet, Markgraf Konrad brachte einen Trinkspruch auf das meißnisch-askanische Bündnis aus, und dann begann das Mahl. Die meisten Gerichte waren während des aufwendigen Zeremoniells weitgehend erkaltet – wie üblich.
Knappen standen hinter den Edlen an der Hohen Tafel, um ihnen ihren Wünschen gemäß Fleischstücke abzuschneiden und vorzulegen.
Hedwig stellte verblüfft fest, dass der weißblonde Randolf ihren Verlobten bediente. Sollte der Bursche nicht bestraft werden? Warum bekam er stattdessen eine so ehrenvolle Aufgabe? Adele hatte schon auf dem Weg in die Halle erwähnt, dass dieser Randolf bevorzugt wurde, weil er aus einer reichen und alteingesessenen Familie stammte und sein Vater auf dem Wendenkreuzzug umgekommen war.
Für Hedwig schnitt ein Knappe mit braunem Lockenkopf die Fleischstücke zurecht. Raimund hieß er, so hörte sie, als er Anweisungen vom Truchsess entgegennahm.
Suchend hielt sie Ausschau nach Christian, dem jüngsten Knappen, der nicht für die Hohe Tafel eingeteilt war. Sie entdeckte ihn an einem der hinteren Tische, wo die Mädchen und jungen Frauen saßen, die mit ihr und ihrer Mutter aus Aachen

gekommen waren, und sah, dass er den Arm nur unter Schmerzen bewegen konnte. Sie wusste, dass die Knappen am Hof ihres Vaters ständig mit ihren blauen Flecken von den Übungsstunden prahlten oder darüber jammerten. Doch vorhin, so schien ihr, war sie Augenzeugin einer abgrundtiefen Feindschaft geworden. Mit der Zeit würde sie schon herausfinden, was es damit auf sich hatte.

Schließlich würde sie von nun an für immer hier leben: bis zur Vermählung unter der Obhut Mathildes, dann als Gemahlin Ottos. Und nach Konrads Tod als Markgräfin von Meißen.

Während die Menschen in der Halle lautstark feierten und sie sich bemühte, jedes Mal ein Lächeln aufzusetzen, wenn Otto sich an sie wandte, wurde ihr plötzlich mit niederschmetternder Wucht klar: Sie würde nie wieder nach Hause zurückkehren. Es sei denn, ihr Gemahl beschloss, einmal eine Burg ihres Vaters aufzusuchen, was nicht sehr wahrscheinlich war.

Sie fühlte sich jäh in eine fremde Welt geworfen und musste die Tränen zurückdrängen, die ihr in die Augen schossen.

Mühsam schob sie den Gedanken an all die Menschen und Dinge beiseite, die sie zurückgelassen hatte – Freundinnen, Vertraute, die gewohnte Umgebung –, und stocherte mit dem Essdorn zwischen den Fleischstücken herum.

Dabei hatte sie noch Glück; üblicherweise wurden die Mädchen viel früher aus dem Haus geschickt und an einem anderen Hof erzogen.

Doch ihr Abschied kam von einem Tag auf den anderen, ausgelöst durch die Ängste ihrer Mutter und den Entschluss ihres Vaters, sie sofort erst nach Aachen, dann nach Meißen zu schicken und die Vermählung vorzuziehen. Wann die Hochzeit stattfinden sollte, wusste sie noch nicht. Wahrscheinlich würden das die beiden Markgrafen in Merseburg absprechen.

Und plötzlich fühlte sie sich durch Ottos Größe und Masse erdrückt, obwohl sie nur neben ihm saß und er sich auch weiterhin sichtlich bemühte, zuvorkommend zu sein.

Wenn er wenigstens etwas mehr Abstand hielte, nur zwei Handbreit, damit ihr Luft zum Atmen blieb!
Da die Gäste eine weite Reise hinter sich hatten und der Markgraf noch eine wichtige Besprechung plante, hob Konrad die Tafel bald auf.
Hedwig wurde in ihre Kammer geleitet, von zwei jungen Kammerfrauen ausgekleidet, sprach ihre Gebete und schlief unerwartet schnell ein, übervoll von Eindrücken und erschöpft von der Reise. Sie hatte noch so viele Fragen. Morgen würde sie sie stellen.

Sobald er die Tafel aufgehoben hatte, rief Markgraf Konrad seine zwei ältesten Söhne, seine Schwester Mathilde und den Grafen von Hillersleben zur Beratung in seine Kammer.
Es gab einen neuen König, der sie zum Hoftag nach Merseburg beordert hatte, damit sie ihm huldigten. Das Haus Wettin musste Strategien entwickeln, wie es unter diesem König seine Interessen wahrte.
Seine jüngeren Söhne Dedo und Heinrich holte der Markgraf nicht hinzu, obwohl er sie nach Merseburg mitnehmen würde – zum einen wegen der geforderten Huldigung, aber auch, damit sie lernten, wie es bei Hofe zuging. Doch was es jetzt zu bereden galt, fand er noch zu heikel für die beiden.
Die erleichtert aufatmeten, sich entfernen zu dürfen, und das auch schleunigst taten. Dedo erwartete wieder einmal Schelte, weil er es einfach nicht schaffte, seinen üppigen Leibesumfang zu verringern. Und Heinrich war noch nie bei einer solchen Besprechung dabei gewesen und fürchtete, durch eine falsche Antwort den Zorn seines Vaters zu erregen. Er wusste, dass dieser bei solchen Gelegenheiten seine Söhne prüfte und ihre Meinung hören wollte, bevor er die seine äußerte, damit sie lernten, zu regieren.
Dedo und Heinrich konnten wirklich froh sein, dass ihnen die Zusammenkunft erspart blieb. Denn ihr Vater war schon

schlecht gelaunt, noch bevor sich alle an dem Tisch in seinem Gemach niedergelassen hatten.

Konrad rollte ein Pergament auseinander, das dort lag, und hielt es hoch.

»Das ist die Ladung zum feierlichen Pfingsthoftag für die sächsischen und östlichen Fürsten in Merseburg.« Er schnaubte verächtlich. »Der neue König, dieser rotbärtige Schwabe Friedrich, hält es doch tatsächlich für nötig, mich darauf hinzuweisen, dass wir in festlicher Kleidung erscheinen sollen!«

Der Meißner Markgraf hieb mit der flachen Hand auf den Tisch. »Ich bin schon in die Schlacht gezogen, da hing dieser Friedrich noch an der Brust seiner Amme. Und nun glaubt er, *mir* erklären zu müssen, wie man auf einem Hoftag vor seinen König tritt?«

Auch sein Ältester wirkte empört und wollte etwas sagen, doch Dietrich kam ihm zuvor.

»Pfingsten ist das höchste Fest. Friedrich will nur sicherstellen, dass es auf seinem ersten Pfingsthoftag besonders glanzvoll zugeht«, sagte er mäßigend.

Sein Bruder Otto sah ihn schief von der Seite an und murrte: »Verteidige ihn noch! Auf wessen Seite stehst du eigentlich?«

Betont sanft und mit einem Lächeln auf den Lippen antwortete Dietrich: »Auf der Seite unseres rechtmäßig gewählten, gesalbten und gekrönten Königs, dem wir alle in wenigen Tagen die Treue schwören werden.«

Mathilde schmunzelte, Konrad räusperte sich.

»Durch den Grafen von Hillersleben erhielt ich einige bemerkenswerte Nachrichten von Markgraf Albrecht aus Aachen … und auch einige von meinen Spionen.«

Er vergewisserte sich, dass alle aufmerksam zuhörten.

»Mit jedem neuen König ändert sich der Kreis seiner Vertrauten und Günstlinge. Dieser hier umgibt sich mit lauter jungen Freunden. Von den Älteren sind nur der Lenzburger und der Grumbacher geblieben. Wir Alten müssen achtgeben, dass wir nicht beiseitegedrängt werden«, begann Konrad grimmig.

Dann zählte er an den Fingern ab, während er die Lage messerscharf analysierte.
»*Gut* ist erstens, dass wir endlich wieder einen König haben, der auch fähig ist, einen Krieg zu *gewinnen,* wenn er schon einen führen muss. *Gut* ist zweitens, dass nicht dieser starrköpfige und streitsüchtige Heinrich von Mainz das Reich als Vormund eines Kindes regiert. Wobei wir Konrads kleinen Sohn gut im Auge behalten sollten, für alle Fälle …«
Er führte diese Andeutung mit Rücksicht auf Dietrich nicht weiter aus, der dem neuen König näher stand als sie alle. Jeder hier war fähig, selbst herauszulesen: Sollten wir unter Friedrichs Herrschaft in Bedrängnis kommen, können wir immer noch den Thronanspruch von Konrads Sohn als den wahren geltend machen.
»Begrüßenswert ist drittens, dass der neue König ein Staufer ist und kein Welfe, denn die Welfen sind die größten Feinde des Hauses Anhalt, mit dem wir verbündet sind, schon bald auch durch eine Eheallianz.«
Konrad warf einen strengen Blick auf seinen Ältesten.
»Otto, ich erwarte, dass du dir weiterhin alle Mühe gibst, deine zarte Braut nicht zu verschrecken! Eine zerstrittene Ehe in der Familie ist mehr als genug.«
Nun galt sein strafender Blick Dietrich, während Otto beflissen nickte.
»*Schlecht* ist, dass dieser neue Stauferkönig zwei Welfen mit noch viel mehr Macht ausstatten will, als sie ohnehin schon haben«, fuhr der Markgraf mit grimmiger Miene fort. »Das wird für uns alle sehr bald zu Problemen führen. Denkt an meine Worte!«
Krachend stellte er seinen Zinnbecher auf dem Tisch ab, ein Zeichen seines Zornes.
»Als wäre Heinrich der Löwe, dieser Jungspund, nicht schon hochfahrend genug, soll er neben Sachsen auch noch Bayern bekommen! Was ihn mit Abstand mächtiger macht als jeden

anderen Fürsten im Reich. Fast königsgleich. Bedenkt nur, welch riesige Gebiete im Norden er beim Wendenkreuzzug erobert hat – das ganze Abodritenland bis an die Grenze zu den Pommern. Und auch dem sechsten Welf hat Friedrich einen Herzogstitel zugesagt.«

Konrad legte eine kurze Pause ein, damit alle seinen Gedanken folgen konnten.

»Der König braucht also zwei Herzogtümer, um seine Versprechen einzulösen. Ich weiß nicht, woher er die nehmen will«, sagte er sarkastisch. »Denn Jasomirgott wird Bayern nicht freiwillig abtreten.«

»Er könnte es so machen wie sein Vorgänger mit Heinrich dem Stolzen«, warf die rundliche Mathilde ein und zog sich ihren Pelz enger um die Schultern. Das Gemäuer strahlte noch immer die Kälte des Winters ab. »Jasomirgott dreimal vorladen, doch er wird nicht kommen, weil es seiner Meinung nach über Bayern nichts zu verhandeln gibt. Dann kann der König ihn wegen dreimaligen Nichterscheinens trotz Ladung ächten und ihm das Herzogtum entziehen.«

Sie hielt kurz inne, verlagerte beim Suchen nach mehr Bequemlichkeit ihre Sitzposition etwas, weil ihre Knochen schmerzten, und fragte mit leicht geneigtem Kopf: »Wäre es nicht auch ein wenig ausgleichende Gerechtigkeit? Denn genau auf diese Weise sind die Welfen unter Konrad von Staufen um zwei Herzogtümer und die Toskana gebracht worden.«

Der Markgraf von Meißen und der Lausitz sah seine Schwester an, als habe sie den Verstand verloren. Doch er ignorierte ihren Einwurf über ausgleichende Gerechtigkeit, obwohl oder gerade weil sie so unrecht nicht hatte. Genau deshalb wollte er sie dabeihaben, obwohl solche Gespräche üblicherweise nicht in Anwesenheit von Frauen geführt wurden: weil Mathilde klug war und er ihre Meinung schätzte.

»Jasomirgott ist mit einer Nichte des Kaisers von Byzanz vermählt, also kann Friedrich ihn nicht einfach entmachten«, widersprach er energisch. »Das würde zu unwägbaren Streitigkeiten mit dem Byzantinischen Reich führen. Also bleibt die Frage: *Welche* zwei Herzogtümer? Woher will er die nehmen? *Wem* will er die nehmen?«

Konrad wusste alle Blicke auf sich gerichtet, als er erklärte: »Wir müssen achtsam sein und fest mit dem Haus Anhalt zusammenstehen.«

Er sah zu dem Grafen hinüber, der zustimmend nickte.

Wieder ergriff Dietrich das Wort zugunsten des neuen Königs. »Friedrich will das Reich erneuern, was nach all den Jahren mit Kriegen, Fehden und Hungersnöten dringend erforderlich ist. Dazu braucht er die Mitwirkung der Fürsten. Ich glaube nicht, dass er sie verprellen kann und will, indem er ihnen Titel und Ländereien entzieht, um sie den Welfen zu geben.«

»Da hat Dietrich recht«, bekräftigte sein Vater. »Der König muss die großen Häuser an sich binden. Mit Zusagen und Allianzen, auch mit Ländereien. Das müssen wir uns zunutze machen. Mein Freund Albrecht hofft, nun endlich Winzenburg und Plötzkau zu bekommen. Und auch wir können aus dem Wechsel auf dem Thron Vorteile ziehen. Friedrich will auf dem Merseburger Hoftag den dänischen Thronstreit beilegen, zugunsten von Dietrichs Turniergefährten Sven. Wir nehmen Adele mit und versuchen, ihre Verlobung mit diesem Sven anzubahnen, falls er König wird.«

Nun wandte er sich Mathilde zu.

»Außerdem, liebe Schwester, habe ich erfahren, dass dein Sohn Wichmann in Merseburg zu einer Privataudienz beim König eingeladen ist. Ich setze große Hoffnungen in diese Begegnung.«

Mathildes Zweitgeborener war als Bischof von Naumburg-Zeitz noch jung für sein Amt, aber überaus klug und voller Tatendrang.

»Wenn sie einander gut verstehen, womit ich fest rechne, erfüllt sich vielleicht meine Hoffnung, dass mein Neffe Erzbischof von Magdeburg wird. Denn das Amt ist immer noch unbesetzt.«

»Du weißt, Bruder, es wäre gegen die Regeln«, mahnte die verwitwete Gräfin von Seeburg und stopfte sich mit gequälter Miene das Kissen, auf dem sie gesessen hatte, in den Rücken.

»Dann lasst uns doch sehen, ob Friedrich bereit ist, sich gegen den Papst durchzusetzen, um einen guten Mann auf den richtigen Platz zu bringen!«, verkündete Konrad kämpferisch. »Er scheint mir ganz der Richtige dafür zu sein.«

»Sein Plan für einen schnellen Romzug wurde von den Fürsten abgelehnt«, erinnerte der Graf von Hillersleben mit wie üblich finsterer Miene. »Das hat weder Friedrich gefallen, noch wird es dem Papst gefallen. Er will natürlich bald nach Rom, der neue König, damit er zum Kaiser gekrönt wird.«

»Dafür muss er dem Papst den Zutritt zur Stadt erkämpfen. Aus dieser Sache halten wir uns heraus, solange es möglich ist«, erklärte der Markgraf mit Nachdruck. »Die Römer wollen den Papst nicht in ihren Mauern dulden. Ihn trotzdem dort hineinzubringen, wird vermutlich eine blutige Angelegenheit. Ihr kennt unsere Antwort auf solche Aufforderungen zur Heeresfolge: Wir haben die östlichen Grenzen des Reiches zu schützen.«

Der Markgraf von Meißen und der Lausitz lehnte sich zurück. »Reiten wir also nach Merseburg und sehen ihn uns an, den neuen König!«, beendete er die Zusammenkunft. »Den ersten König Friedrich. Und seine Welfenfreunde.«

Unerwarteter Besuch

Gunda und Dobroniega;
Gehöft an der Mulde nahe Eilenburg, Mai 1152

Kurz vor der Mitte des Monats Mai brach die Reisegesellschaft aus Meißen auf, die am großen Pfingsthoftag in Merseburg teilnehmen würde.

Hedwig blieb zurück – allein unter Mathildes Obhut in der von Edelleuten und Rittern weitgehend entblößten Burg. Bedrückt stand sie auf dem Hof und sah den Abreisenden nach. Wann würde sie wohl ihre Mutter wiedersehen, die jetzt mit den anderen nach Merseburg ritt, um dort den Vater zu treffen? Vermutlich erst bei ihrer Hochzeit.

Mathilde trat auf sie zu und legte ihr den Arm um die Schultern. »Es wird Zeit, Mädchen, dass wir dich mit den Geheimnissen dieser Burg vertraut machen.«

Sie lächelte, als sich Hedwigs Gesicht aufhellte.

»Heute erwarte ich zwei jüdische Händler, die uns Muster von Seide und Brokaten zeigen wollen. Immerhin müssen wir bald beginnen, dein Hochzeitskleid zu nähen. Ich denke, das wird uns Freude bereiten, meinst du nicht auch?«

Dietrich begleitete seine abweisende Gemahlin nach Eilenburg, bevor er zurück nach Meißen ritt und sich dort der Kolonne seines Vaters anschloss.

Sein ganzes Denken war ausgefüllt von den höhnischen Worten, die ihm sein Bruder Otto an den Kopf geworfen hatte, als sie unbelauscht waren: »Da nun meine Braut hier weilt, werde ich nicht Schande über sie bringen und das wettinisch-askanische Bündnis gefährden, indem ich dir deine Pflichten gegenüber Dobroniega abnehme. Deshalb musst du dich nun selbst bemühen, einen Sohn zu zeugen.«

Als Otto Dietrichs Miene sah, fügte er noch hämisch hinzu:

»Ich habe es ihr schon selbst gesagt. Du brauchst es ihr also nicht erst lange zu erklären.«
Wechselten er und Dobroniega sonst schon kaum ein Wort, so herrschte auf dieser zweitägigen Reise Grabesstille zwischen ihnen. Beschämt dachte Dietrich an das Arrangement, das er, sein Bruder und seine Gemahlin eines Abends in reichlich angetrunkenem Zustand getroffen hatten. Doch seit ihren hasserfüllten Worten in der Hochzeitsnacht war es ihm undenkbar, noch einmal das Bett mit ihr zu teilen. Nur brauchte er einen legitimen Erben!
Er brachte sie zur Eilenburg, dann wendete er seinen Schimmel und ritt sofort zu Gunda. Ein paar Stunden blieben ihnen noch, bis er zurück nach Meißen und von dort zum Hoftag aufbrechen musste.

Inzwischen, so rechnete Gunda still, würde Dietrich längst in Merseburg sein. Sie saß im Haus, nähte an einer Bundhaube für ihren kleinen Sohn und hörte von draußen die üblichen Geräusche: Kinderrufe, die Hunde, die Gänse, das Klappern der Holzschwerter der Knappen.
Dann kündigten Hufgetrappel und wiehernde Pferde an, dass sich eine Gruppe Reiter näherte.
Kommt Dietrich etwa schon zurück?, fragte sie sich voller Hoffnung und sah prüfend hinab auf das Kleid, das sie trug, rückte ihr Schapel zurecht.
Sie trat aus der Tür und erstarrte.
Rutger und Reinhold hatten sich bereits vor dem Tor aufgestellt, um den Neuankömmlingen den Zugang zu versperren. Doch die konnten sie einfach niederreiten, wenn sie wollten.
»Kinder, sofort ins Haus, alle!«, rief sie.
Agnes scheuchte die Kleinen zusammen und nahm den jungen Dietrich rasch an die Hand. Gunda raunte ihr zu: »Geht hinten zum Haus hinaus und versteckt euch auf dem Heuboden! Niemand darf einen Mucks von sich geben.«

Dann trat sie zwei Schritte vor.
Gekommen war nicht etwa Dietrich. Sondern Dobroniega mit vier Rittern und einem halben Dutzend Reisigen als Geleit.
Es war das erste Mal überhaupt, dass sich die zwei Frauen begegneten. Doch Gunda wusste genau, wen sie vor sich hatte. Weshalb war die Eisprinzessin gekommen? Bisher hatte sie sich nicht im geringsten um die Geliebte ihres Gemahls geschert. Hatte sie jetzt etwa beschlossen, die Rivalin nicht mehr zu dulden, vielleicht sogar dem Bastard ihres Mannes etwas anzutun? Mit hämmerndem Herzen schritt Gunda Richtung Tor, verständigte sich durch einen Blick mit Rutger und sank in einen tiefen Knicks vor der Herzogstochter.
»Euer Durchlaucht!«
Dobroniega stieg nicht aus dem Sattel, sondern sah kühl von oben auf sie herab.
»Mir kam zu Ohren, dass du den nächsten Bastard ausbrütest. Und da du nun schon so lange hier herumhurst, wollte ich einmal sehen, was er an dir findet. Und wie du langsam alt und fett wirst.«
Gunda schwieg, Dobroniega musterte sie von oben bis unten.
»Bittest du mich nicht herein? Bietest du mir keinen Trunk an? Wie es sich gehört, wenn deine Fürstin vor dir erscheint?«
Schon die Anrede mit »Du« war eine tiefe Demütigung – Gunda hatte als verwitwete Gräfin Anspruch auf das »Ihr«.
Rutger und Reinhold umklammerten jeder den Griff ihres Schwertes.
»Durchlaucht, wir erhielten strikten Befehl von Markgraf Dietrich, niemandem hier Einlass zu gewähren. Auch Euch nicht«, erklärte Rutger höflich.
»Einen Willkommenstrunk kann ich Euch bringen. Ans Tor«, sagte Gunda.
»Der auch noch von meinem Silber bezahlt ist!«, brauste Dietrichs Gemahlin auf.
»Das Gut trägt sich selbst. Wir haben Einnahmen durch die

Gänse und durch Butter und Käse, die vorige Ernte brachte guten Ertrag.«
Darauf hatte Gunda großen Wert gelegt; sie wollte sich nicht aushalten lassen. Web- und Spinnarbeiten aus der Ansiedlung wurden sogar in Eilenburg verkauft, und die Dörfler kamen zu ihr, wenn eine eitrige Entzündung behandelt werden musste oder sie einen Sud gegen Husten und Fieber brauchten. In Plötzkau hatte Gunda lernen müssen, kleinere Verletzungen und dergleichen bei der Burgbesatzung und den Armen im Dorf zu behandeln.
»Wen interessiert das?«, schrie Dobroniega. »Ich bin der Hurerei leid! Lass mich und meine Männer ein!«
Jetzt bereiteten sich unverkennbar auch die Knappen auf einen Kampf vor.
Gunda wollte sie schon zur Ordnung rufen, während in ihrem Kopf Schreckensbilder aufblitzten. Sie hoffte, die Kinder waren allesamt gut versteckt.
Sie hätte sich ja der wütenden Frau gestellt … wenn sie nicht schwanger wäre mit Dietrichs Kind.
Der Stallknecht trat auf den Hof, eine Heugabel in der Hand.
Doch Rettung kam von unerwarteter Seite.
Der Anführer von Dobroniegas Geleit räusperte sich und sagte: »Durchlaucht, wir sind nicht befugt, in dieses Gehöft einzudringen. Selbst wenn Ihr es befehlt. Und wir dürfen Euch auch nicht einlassen. Auf Anweisung Eures Gemahls.«
Die Herzogstochter warf ihm einen Blick zu, der hätte töten können.
Dann richtete sie ihre Augen wieder auf Gunda.
»Ich wollte nur sehen, was er an dir findet. Und ich sehe – nichts. Deine Zeit ist bald abgelaufen, Hure. Dann wirst du mit deinen Bastarden nackt zum Dorf hinausgepeitscht. Wie es eben solchen wie dir ergeht.«
Sie reckte den Kopf, dann wendete sie ihr Pferd und ritt zurück, gefolgt von ihren Geleitmännern.

Als sie außer Sichtweite waren, atmete Gunda tief durch.
»Ich danke euch aus vollem Herzen!«, rief sie zu Reinhold und Rutger hinüber. »Doch sorgt dafür, dass Dietrich nichts davon erfährt! Einer von euch muss gleich nach Eilenburg reiten, um das dem Anführer ihrer Leibwache auszurichten.«
Dann wandte sie sich zu den Knappen um. »Was fällt euch ein? Wolltet ihr ein Gemetzel provozieren?«
Verständnislos, beschämt oder trotzig starrten die Burschen sie an.
Mit großen Schritten lief Gunda zum Stall und rief hinauf zum Heuboden: »Ihr könnt herunterkommen. Aber passt auf mit der Leiter!«
Sie schickte den Stallknecht und die Milchmagd hinein, damit sie den Kindern herabhalfen. Am liebsten hätte sie sofort ihren kleinen Sohn an sich gedrückt, aber das konnte sie jetzt nicht. Noch nicht.
Sie rannte ins Haus, in ihre Kammer, sperrte die Tür zu und weinte bitterlich.
Nicht weil sie der Rivalin glaubte, Dietrich würde sie davonjagen. Sondern weil sich solche Zwischenfälle jederzeit wiederholen konnten, wenn Dietrich nicht da war. Oder noch schlimmere.

Silberträume

Konrad von Wettin und Albrecht der Bär;
kurz vor Merseburg, 16. Mai 1152

Endlich, nach fünftägiger Reise, sah die meißnische Gesandtschaft die Türme Merseburgs vor sich aus der Landschaft ragen.
Sie waren weit über einhundert Reiter und ein Dutzend Wagen

mit Truhen voller Kleider – prächtiger Kleider! – und allem, was sie sonst noch brauchten.

Gerade wieder schickte Konrads Marschall Werner von Brehna ein paar Berittene voraus, um Platz auf dem Weg zu schaffen, denn in großer Zahl strömten Bauern mit Tragekiepen, Handkarren oder sogar Ochsengespannen Richtung Stadt, um die erforderlichen Lieferungen an Eiern, Fleisch, Gewürzen, Bier, Korn, Federbetten, Nachttöpfen, Stroh und anderen wichtigen Dingen für die Teilnehmer des Hoftages abzuliefern. Auch lebendes Vieh wurde dorthin getrieben: Schweine, Ziegen, Schafe.

Wer der markgräflichen Kolonne im Weg war, musste zur Seite weichen und warten, bis die hohen Herrschaften und ihr Geleit vorbeigezogen waren.

Doch es war ein schöner Maientag mit strahlend blauem Himmel und Sonnenschein, da war den meisten die Pause willkommen. Mitunter ließ sich von den edlen Herren auch ein Almosen ergattern oder sogar ein kleiner Handel mit ihnen abschließen.

Konrad sah zu, wie der Graf von Hillersleben, dem das gemächliche Tempo der Kolonne sichtlich gegen den Strich ging, ein ganzes Stück voraustrabte, um weiter vorn mit ein paar unerbittlichen Befehlen dafür zu sorgen, dass ein schwer beladener Ochsenkarren den Weg frei machte.

Das erinnerte ihn an den Tag, als er den abgebrühten Kämpen und engsten Vertrauten des Bären zum ersten Mal gesehen hatte. Auch das war kurz vor den Toren einer Stadt auf dem Weg zu einem Fürstentreffen gewesen, doch in tiefem Schnee und eisiger Kälte nahe Quedlinburg. Anfang 1138, zwei Monate nach Kaiser Lothars Tod. Konrad reiste mit der Kaiserinwitwe Richenza, seiner Tante, die in Quedlinburg die sächsischen Fürsten auf ihren welfischen Schwiegersohn Heinrich den Stolzen als König einschwören wollte.

Konrad von Wettin und Albrecht der Bär waren in ihrer Jugend

einmal beste Freunde gewesen, doch bei jenem Treffen vor Quedlinburg schon seit Jahren zutiefst verfeindet.
Er, Konrad, fühlte sich seiner Tante verpflichtet, der Kaiserinwitwe. Während Albrecht den Welfenherzog als seinen ärgsten Feind betrachtete und – wie sich erst allmählich enthüllte – vor Quedlinburg einen ungeheuerlichen Schurkenstreich beging, um die Thronbesteigung Heinrichs des Stolzen zu verhindern.
Als hätte er ihn mit seinen Erinnerungen herbeigerufen, sah Konrad plötzlich, dass sich aus der Stadt eine kleine Reitergruppe mit Albrechts Banner näherte, dem roten Bären auf weißem Grund. Mehrfach blinzelte er gegen das Sonnenlicht, doch er irrte sich nicht: Hinter dem Bannerträger ritt Albrecht höchstselbst.
Was war geschehen? Er würde ihnen doch nicht in dieser Hast entgegenpreschen, nur um seine Gemahlin zu begrüßen?
Rasch sah sich Konrad nach Sophia um, die wohlbehalten neben seinem Marschall auf ihrem Zelter saß.
Er hob die Hand, um die ganze Kolonne zum Halten zu bringen, seine Männer brüllten das Kommando weiter.
»Wir rasten«, wies der Markgraf zur Verwunderung seiner Begleiter an, schließlich war Merseburg schon in Sichtweite. Doch die vorderen Reiter sahen bereits, was beziehungsweise wer auf sie zukam.
Konrad saß ab und führte seinen Hengst vom Weg, übergab ihn einem Knappen und ließ sich etwas zu trinken reichen. Sophia trat zu ihm und blickte ihn fragend an.
»Euer Gemahl kommt, Euch zu begrüßen«, erklärte er und wies mit dem Kinn nach vorn.
Verwundert hob Sophia die Augenbrauen.
Inzwischen brachten Diener Stühle für ihn und die Markgräfin.
»Ich denke, es steckt mehr dahinter«, sagte sie mit besorgter Miene und bestätigte damit die Vermutung des Meißners.
»Das werden wir gleich erfahren«, erwiderte Konrad scheinbar

gleichmütig. Dann starrten sie beide auf die Reiter, die nun ganz nah waren und ihre Pferde zügelten.
So schwungvoll, dass man ihm sein Alter wirklich kaum glauben mochte, saß Albrecht ab und kam ihnen mit Riesenschritten entgegen.
Staubbedeckt und hochrot im Gesicht – ob nun vor Aufregung, Zorn oder Anstrengung – stapfte er auf sie zu und scheuchte mit einem schroffen Winken beider Hände alle fort, die sich in Hörweite befanden.
»Mein Freund!«
Leidenschaftlich packte er Konrad bei den Armen.
Erst dann wandte er sich an Sophia. »Liebste Gemahlin, ich freue mich, Euch wohlauf zu sehen.« So viel sie ihm auch bedeutete – mehr als diese paar Worte hatte er für sie in diesem Moment nicht übrig.
»Was ist geschehen?«, fragte Konrad.
Noch ehe er zu Ende gesprochen hatte, schimpfte Albrecht schon los.
»Ich wollte dir erst einen Boten schicken … Doch dann dachte ich: Nein, das muss ich dir selbst erzählen. Stell dir vor: In Goslar vor ein paar Tagen …«
Er schnaufte und keuchte, so dass Sophia ängstlich mahnte: »Beruhigt Euch doch, mein liebster Gemahl!«
»Beruhigen?«, brüllte er. »Ich mich *beruhigen?* Angesichts dieser …«
Konrad ließ ihm einen Zinnbecher mit verdünntem Wein reichen, den der Bär jedoch nicht hinunterstürzte wie sonst meist, sondern nur einen Schluck nahm und ihn dann vergessen zu haben schien.
Er starrte dem Meißner in die eisgrauen Augen und wütete: »Unser neuer *König* hat dem Löwen die Rechte an den Goslarer Silberbergwerken übertragen! Die Reichsvogtei *und* den Silberbergbau!«
Das war wirklich ein Schlag, auch für Konrad.

Seit Urzeiten wurde in den Gruben am Rammelsberg Silbererz in gewaltigen Mengen gefördert. Wer das bekam, wurde unendlich reich.

»Als hätte er nicht schon genug! Die welfische Hausmacht … ganz Sachsen, das eigentlich mir gehören sollte! Die Eroberungen beim Wendenkreuzzug, Mecklenburg und all das Land bis ans Meer, Dithmarschen …«

Albrecht wusste sich vor Wut nicht zu fassen und schleuderte den Becher zu Boden, nachdem er ihn doch noch mit einem gewaltigen Schluck leergetrunken hatte.

Konrad hingegen – wie es seine Art war – hatte die wichtige Neuigkeit sofort ganz nüchtern analysiert.

Friedrich konnte dem Löwen Bayern noch nicht geben wie versprochen. Also musste er ihm andere Geschenke machen, damit er sich nicht gegen ihn stellte. Denn der Löwe hätte durchaus Anspruch auf den Thron geltend machen können. Und so gut Freund wie mit dem sechsten Welf war der König mit dem jungen Löwen bislang noch nicht.

»Wenn Heinrich all das Goslarer Silber zufließt …«, begann er ruhig und sachlich, doch kniff er die Lider ein wenig zusammen, was ihn noch gefährlicher aussehen ließ. »Dann kann er dem König, seinem Vetter, für den Romzug ein so großes Heer stellen, wie es keiner sonst vermag.«

Er legte eine kurze Pause ein, damit Albrecht seine Worte verdaute, und meinte dann, einen Mundwinkel zynisch herabgezogen: »Mir scheint, wir erleben gerade den Beginn einer wunderbaren Freundschaft.«

Jetzt wurde es wirklich bedenklich für sie, wenn sich Friedrich so eng mit *beiden* Welfen zusammenschloss und ihnen derartig viel Macht verlieh. Denn der König hatte auch verkündet, dass er dem sechsten Welf die Toskana und die Mathildeschen Güter in Ober- und Mittelitalien zusprechen und ihn zum Herzog von Spoleto ernennen würde.

Konrad half Sophia aus dem Stuhl auf und sagte tröstend zu

Albrecht: »Zumindest erhöht das deine Chancen auf Winzenburg und Plötzkau.«
Er hieb dem Bären auf die massige Schulter.
»Lass uns nach Merseburg reiten und mit eigenen Augen sehen, wie sich die Dinge entwickeln! Der erste Pfingsthoftag unseres neuen Königs verspricht nicht nur glanzvoll zu werden, sondern auch überaus interessant.«
Bevor er selbst wieder in den Sattel stieg, rief er seinen Sohn Dietrich zu sich und informierte ihn in kurzen Worten über die Neuigkeiten.
»Du musst unbedingt dafür sorgen, dass sich Friedrich an euren gemeinsamen Turniersieg erinnert!«, instruierte er ihn. »Und dass dieser Sven Adele zu Gesicht bekommt und sich für sie erwärmt.«
Konrad von Wettin sah Liebe als höchst überflüssig für eine Ehe an. Aber falls es Adele gelang, den dänischen König zu beeindrucken und für sich zu begeistern, würde Sven vielleicht mit einer weniger königlichen Mitgift für seine Braut vorliebnehmen.
Konrad hatte fünf Söhne und sechs Töchter zu vermählen oder ihnen den Eintritt ins Kloster zu bezahlen. Zwar herrschte er über zwei Markgrafschaften, doch die waren nur schwach besiedelt und bestanden zu großen Teilen aus Urwald und Sümpfen. Er war bei weitem nicht so reich, wie er es wünschte und brauchte, um seine Pläne durchzusetzen und seine Machtstellung angemessen zu repräsentieren.
Schon die Kosten für den Besuch des Hoftages waren gewaltig. Eine prunkvolle Hochzeit hatte er bereits ausgerichtet, zwei weitere standen in Kürze bevor. Beide würden die Position seines Hauses stärken. Doch wenn er dem neuen König Heerfolge leisten musste, hatte er Truppen aufzustellen und auszurüsten. Das kostete mehr, als seine Silberkammer hergab.
Eine Silbermine wie in Goslar, die käme mir jetzt sehr gelegen!, dachte er frustriert.

Königliche Pläne und noch mehr Silberträume

Friedrich I. und Heinrich der Löwe; Merseburg, 16. Mai 1152

Es könnte nicht besser laufen!, resümierte Friedrich froh den bisherigen Verlauf seines Königsumritts, während er mit Schwung und fast berstend vor Tatendrang durch die Merseburger Königspfalz schritt. Nach dem wenig glücklichen Start in Aachen übertraf der Umritt seine kühnsten Erwartungen.

König zu *sein* bedeutete noch lange nicht, auch als König zu *herrschen*. Am Beispiel seines Oheims Konrad konnte Friedrich das auf eindringliche Weise erleben. Um zu herrschen, musste man sich ständig gegen machtgierige und streitsüchtige Fürsten durchsetzen.

Doch bisher hatte er in Utrecht, Deventer, Köln, Dortmund, Soest, Paderborn und Goslar Hof gehalten, und überall waren die Großen dieser Regionen erschienen, hatten ihm gehuldigt und seine Gerichtsurteile akzeptiert.

Sie erkennen mich als König an!, dachte Friedrich überglücklich, während er so forsch ausschritt, dass sein Gefolge von Leibwachen, Dienern und Schreibern kaum nachkam und jemand sogar über ein loses Schuhband stolperte.

Wind blies durch die Fensteröffnungen und zerzauste sein Haar, doch das kümmerte ihn nicht. Alle seine Gedanken waren darauf gerichtet, diesen prachtvollen Pfingsthoftag in Merseburg zum Höhepunkt des ersten Jahres seiner Regentschaft zu machen. Hier würde er den Osten für sich gewinnen und noch mehr Großes bewirken.

Damit nichts den Glanz dieses Hoftages schmälerte, hatte er für diesen Vormittag seine wichtigsten Berater und Vertrauten zusammengerufen, um gemeinsam mit ihnen die ab morgen zu fällenden Entscheidungen, die zu schlichtenden Rechtsstreitigkeiten und den Ablauf der Zeremonien und Feierlichkeiten durchzugehen.

Die Männer erwarteten ihn schon vollzählig, als er die Ratskammer betrat, nachdem er mit den Fingern rasch sein Haar zurückgestrichen hatte, und begrüßten ihn ehrerbietig.

Der sechste Welf war zugegen und Heinrich der Löwe, sein frisch ernannter Bannerträger Otto von Wittelsbach, aber auch einige seiner älteren Vertrauten wie Ulrich von Lenzburg und Markwart von Grumbach, die schon unter Konrad gedient und zusammen mit Friedrich das Desaster des Kreuzzuges erlebt hatten. Mehrere geistliche Ratgeber vervollständigten die Runde: Wibald von Stablo, Otto von Freising, der ebenso weise wie dürre Anselm von Havelberg, Kanzler Arnold von Selenhofen, der aus Mainz kam …

Nur der Bischof von Bamberg fehlte, denn der verhandelte immer noch mit dem Papst. Und der König haderte mit jedem Tag mehr, wie lange es wohl noch dauern würde, bis er endlich Nachricht bekam. Er wollte eilig zum Kaiser gekrönt werden, und noch eiliger wollte er die Scheidung von Adela. Mehrfach hatte er schon bei Wibald nachgefragt, ob es nicht endlich Neuigkeiten gebe. Doch der Abt von Stablo und Corvey versicherte, es sei völlig normal, dass so etwas seine Zeit dauere. Schon wegen der Entfernung. Und weil Papst Eugen sorgsam abwog.

Tunlichst verschwieg der Benediktiner, dass er selbst die Fertigstellung der Wahlanzeige hinausgezögert hatte – aus Enttäuschung darüber, nicht die Gesandtschaft zum Papst anzuführen. Als Eberhard von Bamberg ihn deshalb mahnte, hatte Wibald die so erzwungene Begegnung genutzt, dem weltgewandten Bischof von oben herab einen belehrenden Vortrag zu halten, wie man sich gefälligst zu verhalten habe, wenn man Seiner Heiligkeit ein Schriftstück und eine Botschaft überbrachte. Als sei Eberhard ein Novize.

Er habe unter drei Königen derlei Dienste versehen, entrüstete

sich Wibald vor ihm, und nun beauftrage man gänzlich unerfahrene Leute damit! Doch großherzig und innerlich belustigt verzieh der Bamberger Bischof dem hochverdienten Abt diese Eskapade und schwieg dazu.
Friedrich wusste also von diesem kleinen Racheakt nichts.

»Merseburg wird der Glanzpunkt unseres Umritts«, eröffnete der junge König voller Zuversicht die Runde, während sein Mundschenk Hildebrand die Becher mit Bier statt mit Wein füllte. Es war Freitag, ein Fastentag.
»Nicht nur, weil Pfingsten das höchste Fest der Christenheit ist. Es liegt viele Jahre zurück, dass sich ein König so weit in sächsische Lande wagen durfte.«
Hämisch dachte Heinrich der Löwe: Weil ich und meine Verbündeten das nicht zugelassen haben!
Der junge Herzog von Sachsen stand gegen eine Säule gelehnt, die Hände vor der Brust verschränkt, wie er es oft tat.
Er war zur Wahl auf Friedrichs Seite getreten, weil der ihm das Herzogtum Bayern versprochen hatte – mit der Einschränkung, das ginge nicht über Nacht, dafür müssten erst einige Voraussetzungen geschaffen werden. Doch als Trost und Verheißung hatte er Heinrich vor wenigen Tagen die Goslarer Gruben übertragen.
Seitdem schwelgte der Herzog von Sachsen und künftig auch von Bayern in Tagträumen, was er alles mit dem Silber aus den reichen Bergwerken am Rammelsberg anfangen würde.
Bald ersetze ich die marode, uralte Braunschweiger Dankwartsburg durch eine neue Burg, groß und prächtig wie eine Königspfalz, malte er sich aus. Davon träumte schon Großmutter Richenza! Als künftiger Herrscher über zwei Herzogtümer *und* Nutznießer der Silberbergwerke am Rammelsberg kann ich mir das leisten. Dann mache ich Braunschweig zu meinem Hauptsitz … und lasse vielleicht gleich neben der Burg noch einen gewaltigen Dom errichten.

Derweil Heinrich von seinen Plänen für Braunschweig träumte, fuhr Friedrich bestens gelaunt fort: »Nahezu alle sächsischen Großen werden erscheinen: Bischöfe, Äbte, Markgrafen, Pfalzgrafen, etliche Grafen ... Und der Herzog ist ja schon hier«, meinte er mit humorvollem Blick zu seinem Vetter, dem Löwen, was ein verhaltenes, aber wohlmeinendes Lachen in der Runde auslöste.

Schon die rege Teilnahme und die damit verbundene Huldigung durch diese Fürsten waren ein riesiger Erfolg für den Beginn seiner Herrschaft. Und hier in Merseburg würde er Entscheidungen von großer Tragweite verkünden.

»Verzeiht, Eure Majestät, ich erhielt die glaubwürdige Nachricht, dass sich Vladislav von Böhmen trotz Eurer Vorladung weigert, zu erscheinen. Er behauptet, er habe mit Euch und diesem Hoftag nichts zu schaffen«, warf Abt Wibald vorsichtig ein.

»Dann sollten wir den Böhmen einen anderen Herzog geben, einen der Nachkommen des Soběslav«, meinte Friedrich kühl, aber erzürnt.

»Wartet noch ein wenig damit!«, schlug Wibald vor. »Bischof Daniel von Prag trifft morgen ein, und ich denke, mit ihm könnt Ihr eine gute Lösung aushandeln, was Böhmen und das Reich betrifft.«

Ich hätte ihn krönen können, diesen undankbaren Vladislav!, dachte Friedrich frustriert. Doch er ließ sich das nicht anmerken, sondern sagte stattdessen: »Vertagen wir also auf Anraten des geehrten Abtes die böhmische Frage.«

Ehe er seine nächsten Pläne ausführen konnte, berichtete Wibald auch noch, dass sich der polnische Herzog Bolislaw aus dem Hause Piast ebenfalls weigere, zu diesem Hoftag zu kommen und dem König zu huldigen.

»Das ist sehr unklug von diesem Bolislaw! Denn in Altenburg lebt sein älterer Bruder im Exil, der mit einer Babenbergerin verheiratet ist, einer Schwester meines Vorgängers König Konrad«, erklärte Friedrich verärgert. »Und dieser Wladislaw *der*

Vertriebene wartet nur darauf, nach Polen zurückzukehren, um wieder seinen rechtmäßigen Platz einzunehmen, den ihm seine jüngeren Halbbrüder vor Jahren genommen hatten. Wenn Bolislaw Kraushaar nicht einlenkt, werden wir wohl über kurz oder lang mit einem Kriegszug Wladislaws Ansprüche durchsetzen müssen. *Nach* meinem Romzug.«

»Bolislaw ist verschwägert mit Albrecht dem Bären und Konrad von Wettin«, erinnerte Ulrich von Lenzburg.

Friedrich zeigte sich unbeeindruckt von diesem Einwand.

»Im Zweifelsfall werden sie ihrem König und Kaiser folgen.«

Sein Tonfall ließ keinen Zweifel daran, dass die beiden alten Markgrafen alles andere schwer bereuen würden. Doch würde er sie hier schon auf seine Seite ziehen. Er musste Albrecht nur daran erinnern, dass Bolislaw und dessen Bruder Mieszko die mächtigsten Helfer des Köpenicker Slawenfürsten Jacza waren. Und für den Wettiner hatte er auch ein Lockmittel.

Seine gestrigen Gespräche mit diesem Wichmann von Naumburg – dem Neffen des Meißner Markgrafen – waren außerordentlich gut gelaufen. Ein überaus kluger und tatkräftiger Bischof, noch jung für sein Amt. Wie Rainald von Dassel nicht nur recht eitel, was seine Gewänder anging, sondern auch bereit und in der Lage, wenn nötig ein Heer in die Schlacht zu führen.

Mit solchen Männern kann ich erreichen, was ich will und muss, dachte der junge König zufrieden: die greisen, unfähigen und allzu papsttreuen Erzbischöfe und Bischöfe entmachten.

»Nachdem wir nun die Liste jener Fürsten aus den Nachbarländern abgearbeitet haben, die *nicht* kommen …«, verkündete der König ironisch und erntete dafür die erwartete Heiterkeit, »will ich Euch endlich Erfreuliches in der dänischen Frage berichten.«

Er sah kurz in die Runde, nun wieder mit ernster Miene.

»In zähen Verhandlungen konnte ich gestern ein Ende des Thronstreits bewirken. Sven wird König, Knut mit einem Landesteil abgefunden. Und auch Waldemar soll nicht leer ausge-

hen, der Sohn des alten Herzogs Knud Lavard. Sven wird auf dem Pfingstfest gekrönt und sich dem Reich unterstellen.«
Das bewirkte große Erleichterung bei den meisten Anwesenden. Der Streit zwischen Sven und Knut zog auch durch ihre Reihen einen tiefen Riss: Heinrich der Löwe unterstützte Knut und hatte ihn auch unter seinem Schutz hierhergeleitet, der mit Heinrich verfeindete Erzbischof Hartwig von Bremen leistete Sven diesen Dienst. Sven hatte vor zwei Jahren sogar Adolf von Holstein bekriegt, weil der Knuts Thronanspruch unterstützte.
In Wirklichkeit waren die gestrigen Verhandlungen nicht zäh, sondern äußerst kurz und gnadenlos gewesen. Sven war Friedrichs Jugendfreund, sie hatten ihre Knappenzeit gemeinsam verbracht, und nun wollte er ihn auf dem dänischen Thron sitzen sehen. Punktum.
Friedrich sah Missmut auf dem Gesicht des Löwen und wandte sich deshalb direkt an ihn.
»Von Sven wie von Knut höre ich Klagen über ständige Piratenangriffe auf die dänischen Küsten. Durch die Abodriten und die Pommern, die du doch angeblich auf dem Wendenkreuzzug unterworfen hast. Offenbar nicht gründlich genug, Vetter?«
Der junge Herzog von Sachsen verzog das Gesicht.
»Vetter, mit Verlaub … *Majestät!* Ihr alle hier habt keine Vorstellung, worauf wir uns da einlassen. Die meisten Überfälle kommen von den Ranen – ein äußerst kriegerisches Volk auf Rügen. Sie sind die besten Bootsbauer weit und breit, ihre Schiffe so unglaublich schnell, dass man im Küstennebel kaum erkennt, sind es Händler oder Piraten?, ehe sie schon heran sind. Und die Dänen haben bekanntlich ihre Flotte im Wendenkreuzzug eingebüßt.«
»Durch eigene Unachtsamkeit … und ebenfalls durch die Ranen«, erinnerte Friedrich.
Dieser kriegerische Stamm auf Rügen war während des Wendenkreuzzuges nicht angegriffen und unterworfen worden. Doch ranische Kämpfer hatten die in der Wismarer Bucht

zurückgelassenen und kaum bewachten dänischen Schiffe mit Freuden verbrannt und versenkt – im Auftrag der Abodriten, was jedoch nur deren Anführer Niklot wusste.
»Ihr habt recht, Majestät«, bestätigte der Löwe gallig. »Und bei der Belagerung von Dobin waren Knuts Truppen auch keine große Hilfe, sondern rannten beim ersten Ausfall der Slawen davon. Aber …«
Nun holte der junge Herzog von Sachsen tief Luft und hob seine Stimme: »Die Ranen sind das letzte Widerstandsnest der Götzenanbeter. Der Tag wird kommen, an dem wir sie vernichten. Doch noch können wir nicht zum großen Schlag ausholen. Uns fehlen Schiffe, und andere Kämpfe haben erst einmal Vorrang. Rom hat Vorrang. Außerdem willst du gegen die Ungarn und die Normannen ziehen, Vetter.«
Mit einem kühlen Lächeln räumte er ein: »Was allerdings die Abodriten betrifft … Nach dem Hoftag werde ich den Grafen von Holstein zu ihrem Anführer Niklot schicken, mit dem er sich ja angeblich so gut versteht. Soll er ihm die Order überbringen, die Angriffe einzustellen.«
Das würde dem Holsteiner gar nicht gefallen, was Heinrichs Freude an diesem Einfall noch steigerte.
»Gut!«, lobte Friedrich. »Ich sehe also, es steht einem glanzvollen Ergebnis dieses glanzvollen Hoftages nichts mehr im Weg.«
Er lächelte und fuhr sich durchs Haar.
Markwart von Grumbach brachte ein Vivat auf den König aus, die anderen stimmten ein, und zufrieden lehnte sich Friedrich in seinem Stuhl zurück.
Zu alldem konnte er hier auch noch seine Schatulle gründlich füllen. Denn während seines Aufenthalts in Merseburg standen ihm – wie bei jedem Hoftag – die Einnahmen aus Rechtsprechung, Zoll und dem Münzschlagen zu, außerdem die Einkünfte des äußerst ertragreichen Wirtschaftshofs und des Bischofsstuhls. Wie erfreulich.

Die Entscheidungen des Königs

Friedrich I., Sven I., Wichmann von Seeburg, Heinrich der Löwe, Albrecht der Bär; Merseburg, 17. Mai 1152

Ich bin höchst erfreut, so viele Fürsten – weltliche wie geistliche – hier versammelt zu sehen«, eröffnete Friedrich den Hoftag im Festsaal der steinernen Königspfalz nahe dem Dom. Das war er wirklich. Geradezu erleichtert ließ er seinen Blick über die Männer vor ihm streichen.

Dieser Merseburger Hoftag war zahlreicher und hochrangiger besucht als seine Wahl in Frankfurt und die Krönung in Aachen. Hier stand in äußerst prunkvoller Kleidung – sie schienen sich damit geradezu überbieten zu wollen – alles, was in Sachsen und östlich davon Rang und Namen hatte: neben dem Löwen, seinem herzoglichen Vetter, auch die Markgrafen Albrecht der Bär und Konrad von Meißen mit ihren ältesten Söhnen, der Erzbischof von Bremen, die Bischöfe von Halberstadt, Naumburg, Verden, Havelberg, Brandenburg, Minden, Paderborn, der Pfalzgraf von Sommerschenburg, Graf Adolf von Holstein … Und dazu die hohen Herren, die ihn bereits seit längerem auf seinem Umritt begleiteten: sein Kanzler Arnold von Selenhofen, den er nach der Absetzung des feindseligen Heinrich zum Erzbischof von Mainz machen wollte, der Abt von Stablo und Corvey, der Herzog von Zähringen und seine engsten Freunde: Welf, Ulrich von Lenzburg, Otto von Wittelsbach.

Zum Auftakt hatten ihm die sächsischen Großen nacheinander ihre Treue geschworen. Dafür erhielten sie ihre Fürstentümer vom König bestätigt. Und er sicherte ihnen zu, für Frieden im Reich zu sorgen.

»Zum ersten Mal seit langem«, so fuhr der König feierlich fort, »findet ein Reichstag in Sachsen statt, auf dem wir alle anstehenden Aufgaben und Probleme erörtern und lösen können.«

Zumindest die meisten, dachte er bei sich. Wenn ich sehe, wie grimmig der alte Bär den Löwen anstarrt, dann weiß ich, dass ich über Winzenburg und Plötzkau heute lieber nicht entscheide.

»Seit meiner Krönung habe ich zusammen mit geachteten Männern und meinen engsten Ratgebern den Westen des Reiches bereist, um dort Hof zu halten, die Huldigung der Fürsten entgegenzunehmen und Recht zu sprechen.«

Friedrich legte eine Pause ein, blickte in die Runde der in leuchtenden Farben herausgeputzten Teilnehmer des Hoftages. Irgendwo weiter hinten nieste jemand schallend, schniefte vernehmlich und wischte sich die triefende Nase mit dem Ärmel ab.

»Betrübt und erschüttert sah ich auf meinen Reisen und bei den Gerichtstagen, wie schlimm dieses Reich infolge langer Kriegsjahre zerrüttet ist, wie viel Streit es unter den Rittern gibt, aber auch zwischen weltlichen und geistlichen Herren. Wie die Bauern darben, weil ihnen Gesetzlose oder Fehdekämpfer die Saat vernichten und das Vieh stehlen. Dass jeder unbewaffnete Reisende Gefahr läuft, auf seinem Weg oder in seinem Quartier ausgeraubt und erschlagen zu werden. Damit muss Schluss sein! Deshalb lasst mich erklären, wie ich als Euer erwählter König vorgehen will, um den Frieden im Land wiederherzustellen.«

Er sah gespannt wirkende Gesichter vor sich.

»Im Anschluss an diesen festlichen Pfingsthoftag werde ich nach Erfurt reiten, um mich mit dem thüringischen Adel zu treffen, danach in verschiedenen Pfalzen für die Bayern, Franken und Schwaben Hof halten.«

Nun hob er seine Stimme.

»In Ulm will ich einen allgemeinen Landfrieden verkünden – nach ausgiebiger Beratung mit allen Fürsten, auch Euch hier. Meine Untertanen sollen sich sicher fühlen, in Städten und Dörfern wie auf Reisen. Ich will das Fehdewesen einschränken

und der Straßenräuberei Einhalt gebieten. Selbst eine Jungfrau soll künftig das Reich unbeschadet durchqueren können!«
Spätestens diese Ankündigung rief Skepsis oder gar ungläubige Belustigung auf einigen Gesichtern hervor. Doch Friedrich ließ sich davon nicht beirren.
»Als Euer *von Gott erwählter* König verfüge ich, dass künftig die Bauern keine Waffen mehr tragen dürfen, die Händler allerdings, um sich gegen Diebe zur Wehr zu setzen. Es werden harte Strafen für jeden Bruch des Landfriedens festgelegt, natürlich dem Stand des Schuldigen angemessen. Diese Regelungen werden schriftlich an alle Herzöge, Landgrafen, Markgrafen und Bischöfe gesandt – auf dass Ihr alle dazu beitragt, sie durchzusetzen, den Frieden im Reich herzustellen. Die Wahrung des Friedens und des Rechts sehe ich als meine heilige Pflicht als König von Gottes Gnaden.«
Darauf konnten die Fürsten nur zustimmend antworten. Auch wenn er etlichen die Zweifel ansah, wie sie wohl ihre Ritter davon abhalten wollten, gegeneinander Fehde zu führen.
»Ist hier jemand, der mir eine Bitte oder einen Rechtsstreit vortragen will, den ich als euer König entscheiden soll?«, fragte Friedrich und blickte auffordernd in die Runde.
»Ja, Majestät!«
Zwei Geistliche aus dem Erzstift Magdeburg traten vor und verneigten sich; beide hochbetagt, der eine kahl, der andere von erstaunlichem Leibesumfang. Sein Anblick warf bei so manchem im Saal die Frage auf, wie dieses Fass auf Beinen wohl vor dem Altar auf die Knie kam – und noch viel rätselhafter: Wie kam er nach dem Gebet wieder hoch?
Mit einer Geste erlaubte der König ihnen, ihr Anliegen auszuführen, von dem er natürlich bis in alle Einzelheiten wusste. Dafür würden die Magdeburger jetzt eine gewaltige Überraschung erleben. Und nicht nur sie. Er freute sich schon seit Tagen darauf und musste sich ein schadenfrohes Grinsen verkneifen, doch natürlich verzog er keine Miene.

Er war der König und handelte nicht aus Geltungssucht, sondern zum Wohle des Reiches!
»Wie Ihr wisst, Euer Majestät, ist Erzbischof Friedrich in hohem Alter und nach langem, segensreichen Wirken von uns gegangen, Gott sei seiner Seele gnädig«, erklärte ein dürrer Dritter, der sich als Fürsprecher zu den beiden gesellt hatte. »Trotz aller Bemühungen ist es uns nicht gelungen, einen Nachfolger zu wählen. Deshalb bitten wir Euch um eine Entscheidung. Dies sind die Bewerber: Propst Gerhard und Dekan Hazeko.«
Er deutete auf den Kahlen und den Fetten.
Friedrich runzelte die Stirn und sah alle drei missbilligend an.
»Soweit ich weiß, starb Euer Erzbischof bereits vor vier Monaten.«
Die Magdeburger Abgesandten nickten eifrig.
»Und in *vier* Monaten ist es Euch nicht gelungen, einen würdigen Nachfolger zu finden? Dieser wichtige Erzstuhl ist seit *vier* Monaten unbesetzt?«, fragte er scheinbar ungläubig, doch im Unterton drohend.
»Ich bedauere zutiefst, Euer Majestät, aber so ist es«, gestand der Dürre verlegen und verneigte sich erneut.
»Dann gibt es offenbar keinen würdigen Nachfolger innerhalb des Magdeburger Erzstifts«, schlussfolgerte Friedrich zur Fassungslosigkeit der Bewerber. »Also ernenne ich als Euer von Gott erwählter König Bischof Wichmann von Naumburg-Zeitz zum Erzbischof von Magdeburg.«
Das sorgte für Raunen und Proteste im Saal.
Propst Gerhard hob aufgeregt die plumpen Arme.
»Königliche Hoheit! Es widerspricht allen Regeln, jemanden für dieses Amt von einem Bistum in ein anderes zu versetzen. Und wenn, darf das nur der Papst«, klagte er mit zittriger Stimme.
Hart konterte Friedrich: »Da Ihr aber unfähig seid, in den eigenen Reihen jemanden zu finden, und *mich* um eine Entscheidung batet, so treffe ich diese.«

»Ich werde meine Befürworter auffordern, Ehrwürden Wichmann von Seeburg ihre Stimmen zu geben«, beeilte sich der zweite Bewerber zu sagen, der kahle Dekan. Das war natürlich vorher insgeheim mit ihm abgesprochen worden.
Friedrich forderte Bischof Wichmann auf, vorzutreten, und überzeugte sich mit einem kurzen Blick von der zufriedenen Miene Konrads von Wettin. Den Meißner hatte er somit auf seine Seite gezogen – und einen fähigen Verbündeten im Klerus gewonnen.
»Da ich mir natürlich nichts anmaßen will, was nur dem Papst zusteht, werden wir uns mit der hohen Geistlichkeit beraten«, verkündete Friedrich, und das Gemurmel und Gezischel der Kleriker verstummte.
»Als weltlicher Herrscher kann ich Wichmann jedoch alle *weltlichen* Güter und Rechte für dieses Amt verleihen. Er übt die Funktion aus, nennt sich offiziell aber erst Erzbischof, nachdem ihm Seine Heiligkeit das Pallium verliehen hat – was er sicher tun wird. Ich hoffe, wir einigen uns bald, denn die Zeit drängt«, sagte er streng.
Wichmann von Seeburg, nicht einmal halb so alt wie die beiden Bewerber und in äußerst farbenprächtige, golddurchwirkte Gewänder gekleidet, bedankte sich mit einer Verneigung, und alle traten zurück in ihre Reihen.
»Weitere Anliegen, die mir hier jemand zur Schlichtung vortragen möchte?«
Albrecht der Bär drängte sich vor und sank auf ein Knie.
»Euer Majestät, ich ersuche Euch ergebenst, mir die verwaiste Grafschaft Plötzkau zu übertragen, die direkt an meine Besitzungen grenzt, und Winzenburg, das mir durch Erb- und Verwandtschaftsrecht zusteht. Hermann von Winzenburg war mein Schwager, Gott hab ihn selig, der Bruder meiner teuren Gemahlin Sophia, und es wird höchste Zeit, dass die Mörder des Grafenpaares und ihres ungeborenen Kindes einer gerechten Strafe zugeführt werden.«

Gewisper hob an, der aufsehenerregende Fall war noch nicht vergessen.

Heinrich der Löwe zögerte keinen Augenblick, ebenfalls vorzutreten und auf ein Knie zu sinken.

»Majestät, aus dem gleichen Grund kann *ich* Anspruch auf Plötzkau erheben und tue es hiermit. Und ich ersuche Euch, *mir* Winzenburg zuzusprechen, denn es liegt in *meinem* Herzogtum. Wenn ein Haus erlischt, sollte sein Besitz an den Fürsten fallen, zu dessen Herrschaftsbereich es gehört. Seid versichert, dass ich umgehend und mit harter Hand für die Bestrafung der Mörder sorgen werde.«

Die Spannung im Saal schien nun geradezu mit Händen zu greifen. Jedermann wusste, wie verhasst sich Löwe und Bär waren. Zu wessen Gunsten der König jetzt auch entschied – den anderen machte er sich in jedem Fall zum Feind.

»Diese Angelegenheit will wohldurchdacht sein. Ich vertage die Entscheidung, um zu einem gerechten Entschluss zu kommen«, erklärte Friedrich deshalb – zur Enttäuschung vieler, wie ihm klar war, die auf eine Brüskierung oder gar einen unterhaltsamen Wutausbruch des einen oder des anderen Bewerbers gewartet hatten.

Doch wenn er Winzenburg *heute* dem Löwen gab, machte er sich den Bären sofort zum Gegner. Sein Vetter musste sich eben auch hierin noch etwas gedulden. Jetzt galt es, erst einmal Frieden zu schaffen.

Sichtlich unzufrieden nahmen Bär und Löwe das Vertagen der Entscheidung auf. Friedrich sah, dass Albrecht einen langen Blick mit seinem Freund Konrad von Wettin wechselte, bevor er sich wieder zu seinen Söhnen gesellte.

Wie gut, dass er Wichmanns Ernennung bewusst vorgezogen hatte! Mit seiner nächsten Entscheidung würde er den Meißner endgültig für sich gewinnen – nach allem, was er unter der Hand wusste. Und Konrad würde seinen guten Freund Albrecht schon im Zaum halten.

»Als Friedensstifter will ich für das Reich wirken«, erklärte der junge König feierlich. »Ich bin ersucht worden, auch im langen und blutigen dänischen Thronstreit Frieden zu stiften. Knut Magnusson erhebt Anspruch auf Thron und Sitz König Svens, und beide haben geschworen, meinen Schiedsspruch anzuerkennen. Tretet vor!«

Man hätte die beiden dänischen Thronprätendenten miteinander verwechseln können: beide groß, blond, jung, vor Kraft strotzend – die reinsten Wikinger.

Knut wurde von Heinrich dem Löwen nach vorn begleitet, Sven vom Bremer Erzbischof Hartwig, und die beiden Geleitpersonen maßen sich mit wenig freundlichen Blicken.

Konrad von Meißen ließ keinen Blick von den Dänen. Sein Neffe wurde Erzbischof, und sein potentieller Schwiegersohn hoffentlich unangefochtener König.

»Knut Magnusson, übergebt mir Euer Schwert!«

Der Aufgeforderte kniete vor Friedrich nieder und reichte ihm sein Schwert mit beiden Händen.

Dann forderte der Schwabe Sven auf, vor ihm niederzuknien, und legte ihm Knuts Schwert auf die offenen Handflächen.

»Ich schwöre Euch Treue und Gefolgschaft«, erklärte Sven feierlich.

»So erhebt Euch als König von Dänemark!«

Was Sven mit strahlender Miene tat.

»Ihr erhebt Euch als Herzog von Seeland«, forderte Friedrich Knut auf. »Und damit auf ewig Frieden herrsche, ernenne ich außerdem Waldemar, den Sohn Knud Lavards, zum Herzog von Schleswig.«

Ihn musste Friedrich auch in Abwesenheit abfinden, sonst würde nie Ruhe in dänischen Gefilden einkehren. Aber er hatte sie so als Gefolgsleute von Sven verpflichtet.

»Niemand geht leer aus, und jeder Streit sei begraben.«

»Und jeder Streit sei begraben«, wiederholten die beiden blonden Krieger.

Jetzt hielten die Anwesenden ihren Jubel nicht zurück.
Hatte die überraschende Ernennung eines Erzbischofs manchen noch verstört und manchen auch erfreut angesichts dieser Forschheit des neuen Königs gegenüber dem Papst, sahen sie in der vertagten Entscheidung um Plötzkau und Winzenburg nur einen faulen Kompromiss – im dänischen Thronstreit hatte Friedrich zweifelsohne Frieden geschaffen. Zumindest vorerst.
»Morgen, beim Pfingstgottesdienst, wird Sven Estridsson gekrönt«, kündigte Friedrich noch zu allseitiger Freude an, bevor er die Versammlung auflöste. Rasch suchte sein Blick nach Albrecht dem Bären, der ausgesprochen wütend wirkte.
Nun, das war nicht zu vermeiden gewesen.
In königlicher Würde lud er Sven von Dänemark zu einer Privataudienz, bevor all die hohen Herren den Saal verließen, um sich auf die erste Pfingstmesse vorzubereiten.

Sobald die einstigen Jugendfreunde unter sich waren, fielen sie sich ganz unköniglich in die Arme.
»Ich danke dir!«, brachte Sven tief bewegt heraus. »Aus eigener Kraft hätte ich mich nicht mehr lange halten können. Wir haben keine Flotte, wir haben kein Silber, wir werden ständig von Piraten heimgesucht …«
»Das Problem mit den Piraten werden wir lösen«, versicherte Friedrich lächelnd. »Auch wenn der Löwe nicht unbedingt dein Freund ist – ich habe ihn aufgefordert, die Abodriten zum Stillhalten zu zwingen.«
»Die Ranen sind noch viel schlimmer!«, stöhnte Sven. »Ehe du entscheiden kannst, ob es Handelsschiffe sind oder eine Kriegsflotte, schneiden sie dir schon die Kehle durch.«
»Um Rügen werden wir uns auch noch kümmern«, versicherte Friedrich. »Doch jetzt lass uns feiern!«
Sie stießen an und leerten gemeinsam ihre Becher. Einen, zwei …
»Weißt du noch … Als wir Knappen waren und im Winter

über die Alpen zogen, nach Kaiser Lothars verlorenem Italienfeldzug«, versank Sven in Erinnerungen. »Der Waffenmeister hatte uns zur Koppel geschickt, während in den zugeschneiten Zelten kräftig intrigiert wurde, wer Lothars Nachfolge antreten sollte.«

»Ich erinnere mich an diesen Tag, als sei es gestern gewesen«, meinte Friedrich lächelnd. »Damals schon hast du gesagt, dass dir Knut einmal die Thronfolge streitig machen wird. Du solltest recht behalten.«

»Ja, und du sagtest: Ich bin der Sohn des Herzogs von Schwaben und werde einmal Herzog von Schwaben. Nicht mehr und nicht weniger.« Der Wikinger schnaubte. »Du tatest so, als ob dich mehr nicht interessierte. Aber ich habe dich schon damals durchschaut.« Er grinste verwegen.

»Nun sitzen wir hier und sind beide Könige. Und du wirst bald Kaiser.«

Sven hob seinen Becher.

»Hoffentlich!«, seufzte Friedrich. »Das lässt sich alles schwieriger an als gedacht. Ich habe immer noch keine Nachricht vom Papst. Nicht einmal wegen meiner Scheidung!«

»Träumst du immer noch von einer zierlichen Jungfrau mit rotgoldenem Haar?«

Friedrich lächelte. »Die mag ich am liebsten. Aber jetzt erhoffe ich mir eine byzantinische Hochzeit. Also wird es wohl eher eine zierliche Dunkelhaarige. Und du?«

»Du weißt doch: schwarze Locken und eine fröhliche Natur«, meinte Sven grinsend. »Morgen werde ich von dir gekrönt, dann gehe ich auf Brautschau. Zu einem König wird keine nein sagen. Aber ich habe eine ganz Bestimmte im Sinn.«

Friedrich hob fragend die Augenbrauen, aber er wusste natürlich, von wem die Rede war. Die Aussicht auf die Krönung Svens dürfte auch bei Konrad von Meißen Freude ausgelöst haben – sofern sich dieser finstere, undurchschaubare Mann überhaupt über etwas freuen konnte.

»Ich will sie mir erst einmal ansehen«, wich Sven aus. »Vielleicht ist sie gar nicht so schön, wie ihr Bruder behauptet. Und wird ihre Mitgift groß genug sein, dass ich davon Schiffe bauen und Truppen ausrüsten kann? Davon hängt doch letztlich alles ab …«
Sie tranken aus, hieben sich auf die Schultern und gingen zur Messe in den Dom – zwei Könige, die schon als Knappen Seite an Seite gestanden hatten.

Hochzeitspläne und Hochzeitsüberraschungen

Adele und Dietrich von Meißen,
Konrad und Albrecht, Sven III., Friedrich I.;
Merseburg, 17. und 18. Mai 1152

Adele von Meißen hatte in dieser Nacht vor lauter Aufregung kaum geschlafen. Heute durfte sie ihren erlauchten Vater und ihre Brüder zur feierlichen Pfingstmesse begleiten. Sie würde zum ersten Mal den neuen König sehen. Und Sven! Ob sie ihm wohl gefiel? Ob ihr Vater einer Verlobung zustimmte?
Ich muss nicht vor dem Dom warten wie die kleine Hedwig in Aachen, um den König zu sehen, dachte sie triumphierend. *Ich* bin beim Festgottesdienst dabei!
Zum Frühmahl bekam die Siebzehnjährige kaum etwas hinunter, naschte nur da und dort ein paar Bissen. Stattdessen war sie hauptsächlich damit beschäftigt, ob ihr Kleid auch richtig saß und ob sie nicht auf den Umhang verzichten sollte, damit jedermann das wunderschöne neue Gewand sehen konnte. Zum ersten Mal trug sie einen Bliaut mit üppigen Goldstickereien und weiten Ärmeln bis zum Boden … ein Traum!

»Leg deinen Umhang an, Adelchen«, mahnte ihr Bruder Dietrich. »Es ist morgens noch kalt, auch im Dom wird es kühl sein. Und du wirst als unvollständig bekleidet auffallen, wenn du ohne Umhang gehst.«

Schmollend ließ sie sich das wärmende Kleidungsstück um die Schultern legen und ihr dunkellockiges Haar noch einmal kämmen. Doch sie war eitel genug, die Seiten des Umhangs sorgsam nach hinten zu drapieren, damit so viel wie möglich von ihrem schönen Gewand zu sehen war.

Gemeinsam begab sich die markgräfliche Familie auf den Weg zum Dom St. Johannes und St. Laurentius, angeführt von ihrem Bannerträger und Rittern als Geleit.

Unterwegs löcherte Adele ihre Brüder mit Fragen, ob denn stimme, was sie gehört habe: dass im Dom die in einer Schlacht abgeschlagene Hand des längst verstorbenen Königs Rudolf von Rheinfelden zu sehen sei. »Und es heißt, sie sei völlig unversehrt!«, erzählte sie staunend.

»Wer hat dir das denn erzählt?«, wollte Dietrich wissen.

»Ein Spielmann sang ein Lied darüber … Über diesen König und wie er im Kampf gegen seinen Rivalen starb. Er ist im Dom beigesetzt.«

»Sei lieber froh, wenn du heute nur lebendige Hände zu sehen bekommst! Und hör endlich auf, die ganze Zeit zu plappern!«, mischte sich Otto ein und deutete mit dem Kopf auf ihren Vater.

Markgraf Konrad wirkte deutlich schlecht gelaunt, und Adele fragte sich, warum. Von Dietrich wusste sie, dass ihr Vetter Wichmann tatsächlich Erzbischof von Magdeburg werden sollte. Das war doch ein Grund zum Staunen und zur Freude. Und wie würde sich erst Tante Mathilde freuen! Ob Vater schon einen Boten mit der guten Nachricht an sie geschickt hatte?

Adele konnte nicht ahnen, dass ihr Vater die halbe Nacht damit zugebracht hatte, auf den tobenden Bären einzureden, um ihn von Dummheiten abzuhalten. Albrecht verwand es nicht, dass ihm Plötzkau und Winzenburg immer noch vorenthalten wurden, obwohl sie ihm seiner Meinung nach zustanden. Er hatte das gestrige Festmahl nach der Messe fluchtartig verlassen, sobald die Tafel aufgehoben war, um sich ungestört und ohne Zeugen nach Leibeskräften zu betrinken und seiner Wut laut Ausdruck zu verleihen, was vor all den edlen Gästen und dem König nicht angeraten war.

Konrad wies seine Söhne an, beim Mahl zu bleiben und sich gut umzuhören, während er lieber dem alten Freund folgte, statt ihn allein seiner schlechten Laune zu überlassen.

Sophia hatte sich in ihr Gemach zurückgezogen, noch von der Reise erschöpft und nicht länger in der Lage, die Ausbrüche ihres Mannes zu ertragen. Sollte sich sein Freund Konrad darum kümmern, er würde diesmal mehr Erfolg haben.

»Ich warte noch die Heilige Pfingstmesse morgen ab … Morgen ist doch Sonntag?«, fragte der Bär im Zornes- und Weinrausch mit schwerer Zunge. »Dann reite ich mit meinen Söhnen los und rufe zu den Bannern. Wir werden dem Löwen ein paar unschöne Überraschungen bereiten.«

»Bist du völlig von Sinnen?«, rief Konrad entgeistert. »Erst heute kündigte der König an, einen allgemeinen Landfrieden auszurufen.«

»Er *hat* ihn aber noch nicht ausgerufen«, lallte der Markgraf der Nordmark und sah den Wettiner listig an. »Ehe Friedrich in Ulm ist und ehe jeder sein Schreiben mit den Bedingungen des Landfriedens in der Hand hält, habe ich mit meinen Männern längst wieder welfisches Gebiet verlassen – nachdem wir größtmöglichen Schaden angerichtet haben. Der König soll sich an mich erinnern! An mich und an meine Forderungen.«

Missbilligend hatte Konrad den Kopf geschüttelt.

»Du ruinierst alles, du bringst dich, deine Familie und deine Stellung in Gefahr!«, warnte er. »Der König reicht uns die Hand …«

»Dir vielleicht, er macht deinen Neffen zum Erzbischof«, schnappte Albrecht beleidigt und trank einen weiteren Becher leer.
»Wovon auch du dir Vorteile erhoffen darfst«, erinnerte Konrad, nahm ihm den Becher rigoros aus der Hand und stellte ihn außerhalb Albrechts Reichweite ab.
»Deine Ländereien gehören zum Erzbistum Magdeburg. Doch wenn du ausgerechnet jetzt, nach dieser Ankündigung des Königs, eine Fehde beginnst …«
»Ich hole mir Plötzkau und Winzenburg mit Gewalt, wenn Friedrich sie nicht freiwillig herausrückt«, beharrte der Bär stur.
»Damit stellst du dich gegen den rechtmäßigen König. Und kämpfst gegen die Welfen, die dich schon mehrfach besiegt haben«, hielt ihm der Meißner schonungslos vor Augen.
Um seinen Worten Nachdruck zu verleihen, stand Konrad auf und starrte den Askanier mit seinem typischen eiskalten Blick an.
»Wenn du das tust, riskierst du Acht und Bann. Dann kündige ich das Verlöbnis von Otto und Hedwig auf, so liebreizend deine Tochter auch sein mag«, drohte er. »Ich will meinen ältesten Sohn und Erben mit der Tochter eines Markgrafen vermählen, nicht mit der Tochter eines Geächteten.«
Doch Albrecht war vernünftigen Argumenten nicht mehr zugänglich. Also beschloss Konrad, gleich nach der Pfingstmesse mit Sophia zu sprechen, sollte der Bär immer noch nicht zur Einsicht gekommen sein. Vielleicht konnte sie ihren Mann von solchen Torheiten abhalten. Sofern er nicht schon welche begangen hatte.

Unter Glockengeläut erreichten die Gäste aus Meißen an diesem Pfingstsonntag die Königspfalz, das einzige steinerne Gebäude gleich neben dem Dom. Auf dem Vorplatz der Pfalz waren große Zelte und kleinere errichtet, vor denen bunte Banner wehten.

Die Ritter und Damen auf der Zeltwiese verneigten sich vor der markgräflichen Familie, und vor Aufregung zitternd betrat Adele hinter ihrem Vater und Seite an Seite mit ihren Brüdern den Dom.
Sie stellten sich neben das Markgrafenpaar der Nordmark mit seinen ältesten Söhnen Otto und Hermann. Und während weiter die Glocken läuteten, sah sich Adele mit großen Augen um. Dass ihr Vater der Markgräfin Sophia einen vielsagenden Blick zuwarf, entging ihr völlig. Dem vom nächtlichen Trinken immer noch wein- und schlaftrunkenen Albrecht übrigens ebenfalls.
Der Pfingstgottesdienst in diesem gewaltigen Dom mit all den Fürsten in ihren kostbarsten Gewändern, in leuchtenden Farben und mit Gold- und Silberfäden und Perlen bestickt, war das Erhabenste, was Adele bisher in ihrem Leben gesehen hatte. Doch ungeachtet der feierlichen Gesänge, des schweren Weihrauchdufts und der anderen überwältigenden Eindrücke waren ihre Augen die meiste Zeit auf den König gerichtet.
Er sah wirklich über die Maßen stattlich aus, fand sie. Zur Feier des Tages trug er heute sogar seine Krone. Ein unglaublich schönes Kleinod aus acht goldenen Platten, deren Form an Kirchentore erinnerte und die mit Perlen und Edelsteinen übersät waren.
Sie muss sehr schwer sein. Ob sie ihn wohl drückt?, überlegte Adele fasziniert.
Friedrich hätte ihr das beantworten können: Ja, sie drückt. Und man kann damit den Kopf weder nach oben noch nach unten, weder vor noch zurück bewegen. Doch er genoss dieses Gefühl. Und sollte die drückende Krone nicht auch an die Verantwortung gemahnen, die ein König oder Kaiser trug?
Endlich kam der Moment, auf den Adele im Innersten ihres Herzens gewartet hatte, auch wenn eine Stimme in ihrem Kopf drängte, sie solle dem Gottesdienst folgen.
Friedrich ließ Sven vor sich niederknien und krönte ihn vor den versammelten Großen des Reiches.

Er sieht aus wie ein König in den alten Heldengeschichten, dachte sie überwältigt beim Anblick des großen, blonden Dänen. Noch viel besser, als Dietrich ihn mir beschrieben hat. Heilige Jungfrau Maria, bitte sorge dafür, dass ich ihn heiraten darf!
Doch bin ich überhaupt gut genug für ihn?
Sie warf einen flehenden Blick zu Dietrich.
Hilf mir, Bruder, dass ich die Seine werde! Obwohl ich nur eine Markgrafentochter bin und er ein König.
Ein Einwand, den ihr Vater sofort damit entkräftet hätte, dass seine zwei Marken deutlich mehr Land umfassten als die Gebiete, über die Sven herrschen würde. Aber solch ein Gedanke kam dem Mädchen nicht in den Sinn.
Sie wäre vielleicht beruhigter – oder sogar noch aufgeregter – gewesen, hätte sie gewusst, dass unter Dietrichs tatkräftiger Vermittlung zwischen Sven und ihrem Vater schon vertrauliche Absprachen über ihre mögliche Vermählung stattgefunden hatten. Sven wollte sie erst sehen, ihr Vater machte Svens Krönung und die Schlichtung des Thronstreits zur Bedingung. Waren beide zufrieden, blieb nur noch die Mitgift auszuhandeln.
Während Konrad darüber nachdachte, ob die Verhältnisse in Dänemark jetzt wohl stabil genug waren, um seine Tochter dorthin zu schicken, ließ Adele kein Auge von dem stattlichen blonden Wikingerkönig.
Und dann … Sie wusste sich kaum zu fassen vor Begeisterung. Beim Ausmarsch des Königs durfte Sven Friedrich das Reichsschwert vorantragen. Welche Ehre! Und welch unvergesslicher Anblick!
Sie schmolz dahin und wünschte sich nur noch eines: bald Svens Gemahlin zu werden.

Friedrich hätte nach der Pfingstmesse zur Feier des Tages am liebsten ein Turnier veranstaltet. Zu gern würde er wieder einmal vor aller Welt sein Geschick mit Schwert und Lanze beweisen.

Doch er absolvierte gerade seinen traditionellen Königsumritt und hatte große Strecken von einem Ort zum anderen innerhalb eines strikten Zeitplans zurückzulegen. Überall wurde seine Ankunft, die seines Gefolges und der anderen hohen Herren an einem festgelegten Tag erwartet, darauf waren alle Vorbereitungen abgestimmt. Und überall galt es, viele Angelegenheiten zu regeln. So blieb keine Zeit für ein glanzvolles Turnier.

Außerdem hatte ihm der sechste Welf geraten, sich den Fürsten als ernsthafter Friedensstifter und nicht als jugendlicher Kämpfer zu präsentieren.

»Es würde sich beim Buhurt ohnehin keiner in deine Nähe wagen«, argumentierte er, und das überzeugte Friedrich letztlich, seinen Wunsch aufzugeben.

So blieb am Nachmittag Zeit, in der die Besucher des Hoftages im Kreuzgang des Domes oder zwischen den Zelten spazieren konnten, um Gespräche mit diesem oder jenem zu führen oder sich da und dort ein paar Zweikämpfe anzusehen.

An einer Stelle war auch eine Prügelei in Gange, die Friedrich mit einem donnernden Befehl beendete und den Beteiligten anschließend eine hohe Geldstrafe als Buße auferlegte.

Neben den Zelten standen mit Speisen beladene Tische, Diener und Schankmägde liefen mit schweren Krügen zwischen den Gästen umher und füllten jedem den Becher, der danach verlangte.

Sven – immer noch mit Krone – war im Kreuzgang von Fürsten umringt, die ihn beglückwünschten. Was Konrad von Meißen Gelegenheit gab, ein paar eindringliche Sätze mit der reichlich verzweifelten Sophia zu wechseln. Albrecht hatte seine gute Laune immer noch nicht wiedergefunden, starrte mürrisch vor sich hin und ließ sich von niemandem zu einer Unterhaltung hinreißen. Er schmiedete finstere Pläne und schien nicht bereit, sich davon abbringen zu lassen.

Konrad ließ ihn in seinem Groll stehen und gab Dietrich ein Zeichen.

Der winkte Adele an seine Seite, Otto schloss sich ihnen an, und gemeinsam gingen die Wettiner auf den dänischen König zu. Adeles Hände begannen vor Aufregung zu zittern. Sieht man den schönsten Zierrat an meinem Kleid?, fragte sie sich nervös. Sitzt meine Fibel gerade? Ist mein Haar noch ordentlich gekämmt? Rasch schüttelte sie die schwarzen Locken und legte einige Strähnen nach vorn.

Mit jedem Schritt wurden ihr die Knie weicher.

Und dann stand sie vor Sven, an der Seite ihres Bruders, der seinem einstigen Turniergefährten Glückwünsche aussprach und Adele noch etwas näher zog.

»Majestät, darf ich Euch meine Schwester Adele vorstellen?«

Sie hielt den Atem an und sank in einen tiefen Knicks.

Doch Sven hatte sie längst entdeckt und ließ kein Auge von ihr.

»Bitte erhebt Euch, liebliche Adele! Ihr seid noch schöner, als Euer Bruder versprach«, sagte er vollkommen fasziniert.

Dem Mädchen schoss die Röte in die Wangen.

»Ihr werdet bestimmt ein guter König sein«, brachte sie unter Aufbietung allen Mutes heraus.

»Mit Gottes Hilfe und mit Euren Segenssprüchen«, meinte der blonde Recke und lächelte strahlend.

Später, zum Auftakt des Mahls – beide Könige hatten ihre Kronen abgelegt –, bat Sven Friedrich vor allen Gästen darum, dass die schöne Adele von Meißen an seiner Seite sitzen dürfe.

Was die festgelegte Sitzordnung erheblich durcheinanderbrachte, denn dann hätte auch ihr Vater an der Hohen Tafel Platz nehmen müssen. Dort aber saßen außer den beiden Königen nur die höchsten Geistlichen und die Herzöge. Die Markgrafen hatten am nächsten Tisch ihren Platz.

Die Sitzordnung bei einem Hoftag war eine äußerst heikle Angelegenheit. Der Rang eines Mannes wurde an seiner Nähe zum König gemessen. Und niemand durfte vor den Kopf gestoßen werden.

Friedrich löste das Problem diplomatisch geschickt.
Er erzählte seinen Gästen mit viel Humor von dem Turnier in Bamberg, das er, Sven und Dietrich von Meißen als sechzehnjährige Jungritter gewonnen hatten.
»Da ich gern dem Wunsch König Svens entsprechen möchte, die reizende Adele beim Mahl an seiner Seite zu haben, hoffe ich auf Euer aller Einvernehmen, auch ihren Bruder Dietrich herzubitten, damit die Jungfrau wohlbehütet ist. So sind die Turniersieger von Bamberg wieder vereint.«
Wer hätte da widersprechen können?
»Ich will sie!«, raunte Sven seinem Jugendfreund Dietrich zu, als der sich vor ihm verneigte und dann Platz nahm. »Sag deinem Vater, ich muss unbedingt noch heute mit ihm darüber reden.«
»Das freut mich«, erwiderte Dietrich und sandte seinem Vater an der Tafel der Markgrafen einen bedeutungsschweren Blick und ein kaum erkennbares Nicken.
Der wirkte zufrieden und überhörte das Tischgebet, weil er sich in Gedanken schon auf die Mitgiftverhandlungen einstimmte.
Adele bekam von diesen versteckten Absprachen nichts mit. Ganz entrückt versuchte sie, im Gespräch mit Sven den besten Eindruck zu hinterlassen.
Sie fragte ihn nach Dänemark, wie es dort aussah und zuging und wie er seine Herrschaft gestalten wolle. Und während sie sich einen Becher teilten und Sven dafür sorgte, dass Adele die besten Kostproben von all den Gängen bekam, die hereingetragen wurden, erzählte er ihr von der Schönheit seines Landes und des Meeres.
»Ich habe noch nie das Meer gesehen«, gestand sie verträumt. »Nicht einmal vorstellen kann ich es mir: Wasser, so weit man blickt. Ich kenne nur Flüsse und Seen und weiß nicht, ob ich den Mut hätte, ein Schiff zu betreten, wenn es sich so weit vom Ufer entfernt, dass man nirgendwo noch Land sieht. Jetzt haltet Ihr mich bestimmt für eine Angsthäsin.«
Sven schenkte ihr einen tiefen Blick aus seinen blauen Augen.

»Ihr werdet es wunderbar finden, werdet die See und mein Land lieben! Und die Dänen werden *Euch* lieben. Ich werde bei Euerm erlauchten Vater um Eure Hand anhalten, und vielleicht können wir noch hier in Merseburg die Verlobung bekanntgeben. Sofern Ihr einwilligt, natürlich …«

»Nichts lieber als das!«, hauchte sie und wusste sich vor Glück kaum zu fassen.

In Gedanken flehte sie die Jungfrau Maria an, dass der Dänenkönig und ihr Vater bei den Mitgiftverhandlungen zu einer Übereinkunft kamen. Von Dietrich wusste sie, dass Sven eine Flotte bauen und bewaffnete Truppen in Sold nehmen musste. Das kostete viel Silber. Vermutlich mehr, als ihr Vater hatte.

Als das Mahl fortschritt, erteilte Friedrich die Erlaubnis, dass ein Harfner zu spielen begann.

Normalerweise mochte er keine Spielleute an seinem Hof. Er fand sie störend, laut, oft vulgär mit ihren Scherzen. Doch Welf hatte ihn ermahnt, dass an einen königlichen Hof auch Troubadoure gehörten. So ließ er den Grafen von Lenzburg nach ein, zwei guten Spielleuten Ausschau halten, die weder wild lärmten noch Zoten rissen, sondern ihre Instrumente beherrschten, gut sangen und auch die alten Heldenlieder vortragen konnten.

Der Harfner, ein blinder alter Mann, den ein junger Begleiter ehrfürchtig am Arm zu seinem Platz führte, spielte so meisterhaft, dass sich selbst Friedrich dem Zauber nicht entziehen konnte.

Die Gäste applaudierten begeistert, und der König ließ dem Blinden zum Dank für seine Kunst einen wollenen Umhang, neue Schuhe und Silbermünzen überreichen. Spielleute wurden an Höfen oft mit Kleidungsstücken belohnt. Außerdem erteilte er Weisung, den Harfner und seinen Begleiter für die Zeit ihres Aufenthaltes in Merseburg gut zu beköstigen.

Nun riefen mehrere Gäste nach einem Sänger, der ein Heldenlied vortragen konnte.

Ein noch junger Mann, dünn, rothaarig und mit einer mehrfach gebrochenen Nase, trat vor und verneigte sich tief, wobei sein Arm fast den Boden streifte. Dann sang er mit glasklarer Stimme, während der Harfner die Darbietung mit sanften Tönen untermalte:

»Fast zweihundert Jahre ist's her,
Ihr wohledlen Herren und Damen,
als vor der Schlacht auf dem Lechfeld
der große König Otto gelobte,
in Merseburg einen Dom zu errichten,
sollte Gott ihm den Sieg schenken
gegen die gar schrecklichen magyarischen Reiter.«

Sein Lied war nicht allzu lang, aber es stieß auf große Begeisterung bei den Zuhörern, zumal es folgendermaßen endete:

»Und so wurde Otto
zum Vater des Vaterlandes
und zum Kaiser.«

Die Spielmann verneigte sich erneut und schwenkte seinen Arm in Friedrichs Richtung, um an dessen bevorstehende Kaiserkrönung zu erinnern.

Adele hatte aufmerksam gelauscht. Während die Gäste applaudierten, flüsterte sie Dietrich zu: »Ob er wohl auch die Geschichte von diesem König Rudolf und der abgeschlagenen Hand vortragen wird?«

»Ganz sicher nicht«, raunte ihr Bruder. »Rudolf war ein Gegenkönig, er hatte sich gegen den Salier Heinrich den Vierten erhoben. Dieser Spielmann ist zu schlau, um Heldenlieder über einen Gegenkönig zu singen, wenn zwei wahre Könige an der Hohen Tafel sitzen.«

Adele beschloss, sich die Geschichte morgen erzählen zu las-

sen, die sicher jeder in der Stadt kannte. Sofern nicht morgen schon ihr Verlöbnis angebahnt wurde. Hoffentlich scheiterte die Ehe nicht an der Höhe der Mitgift!
Der rothaarige, sommersprossige Sänger bedankte sich beim Publikum für die gnädige und wohlwollende Aufnahme seiner Kunst.
»Eine Begebenheit aus längst vergangener Zeit«, resümierte er nach einer erneuten tiefen Verbeugung. »Wir Spielleute sorgen dafür, dass diese Geschichten nicht in Vergessenheit geraten und beim Volk lebendig bleiben.«
Nun nahm sein bislang feierliches Gesicht einen verschmitzten Ausdruck an.
»Doch erzählen und besingen wir auch die allerneuesten Neuigkeiten, denn wir reisen von Ort zu Ort und hören durch unsere Brüder Erstaunliches aus Nah und Fern, aus allen Himmelsrichtungen. Wenn es Euch beliebt, Eure Majestäten, hochwohledle Herren und Damen, hätte ich solch eine unglaubliche Geschichte für Euch, frisch wie der Morgentau: die vom traurigen König Ludwig.«
Friedrich, Welf und der Lenzburger tauschten Blicke.
Sie hatten den jungen Ludwig von Frankreich während des Kreuzzuges mehrfach getroffen und hielten ihn für schwach und wankelmütig, einen Betbruder, der sich willenlos von seinen kirchlichen Beratern lenken ließ.
Vor drei Monaten hatte der Papst die Scheidung des französischen Königs von Eleonore von Aquitanien genehmigt, obwohl Ludwig seine Frau verehrte. Friedrich und seine Freunde mutmaßten, die lebenslustige Aquitanierin habe ihren Gemahl irgendwie dazu überredet, weil sie seiner Frömmelei überdrüssig war.
»Vielleicht *erzählst* du uns lieber von dem traurigen Ludwig und seiner Eleonore«, schlug Friedrich vor, was natürlich als Befehl zu verstehen war. Er hatte genug von der Singerei. Doch ihn plagte die Neugier.

Was mochte der Spielmann wohl wissen? Die wirklich guten unter ihnen besaßen in der Regel beste Kenntnisse darüber, was anderswo geschah. Denn wie der Rotschopf gesagt hatte: Sie reisten ständig und tauschten sich untereinander aus. Einmal mehr verneigte sich der junge Sänger.
»Wie unser geliebter König wünscht. Also hört!«
Der Harfner verstummte, während der Rotschopf mit lebhaftem Mienenspiel seine Neuigkeiten zum Besten gab und die Gäste höchst interessiert lauschten.
»Ludwig ist traurig, denn er vermisst seine schöne Eleonore. Doch die scheint ganz und gar nicht traurig, denn sie ging auf Reisen. Wieso?, fragt Ihr Euch vermutlich, da das Reisen heutzutage doch ein gefährliches Unterfangen ist für eine Frau. Noch dazu für eine vermögende Frau. Zweimal versuchten mächtige Männer, sie zu entführen, um durch eine erzwungene Heirat an Eleonores Erbe heranzukommen: das schöne und reiche Aquitanien. Doch Gott hielt Seine schützende Hand über sie.«
Vielleicht sollte ich um sie freien?, überlegte Friedrich. Was für ein Landgewinn das wäre! Doch sie ist schon in meinem Alter und setzte ihrem Gemahl im Heiligen Land durch ihre Affäre mit Raimund von Antiochia Hörner auf. Seitdem lag sie Ludwig wegen der Scheidung in den Ohren, weil sie angeblich Blutsverwandte fünften Grades seien. Ein durchtriebenes Weib. Und ständig von Troubadouren umgeben. Söhne hat sie Ludwig auch nicht geschenkt, lediglich zwei Töchter.
All das brachte ihn schnell zu dem Schluss: Gott bewahre mich vor diesem Weibsbild!
»Wohin reist sie denn nun, die schöne Eleonore?«, fragte Sven, der nicht von Heiratserwägungen abgelenkt war wie Friedrich, denn *er* hatte seine Entscheidung bereits getroffen.
»In ein Kloster, um sicher zu sein und auch zu trauern wie Ludwig?«, schlug der etwas träge Herzog von Zähringen vor.
Der rothaarige Spielmann verneinte und zog ein Gesicht, das verhieß: Gleich folgt die Sensation!

Und da war sie auch schon.
»Nach England. Um Heinrich Plantagenet zu ehelichen, den noch nicht einmal zwanzigjährigen Herzog der Normandie und künftigen englischen König. Dem Vernehmen nach soll ihre Vermählung genau *heute* erfolgen, zum Pfingstfest.«
Hätte jemand eine wilde Hundemeute durch die Halle gejagt, der Tumult wäre kaum größer gewesen.
»Ist diese Kunde sicher?«, fragte Friedrich zweifelnd in den jäh ausbrechenden Lärm hinein. Wie konnte jemand so zeitig davon erfahren und die Nachricht auch noch über diese Entfernung hinweg verbreiten?
Der Spielmann nickte breit lächelnd.
»Sie stammt von den Troubadouren, die die schöne Eleonore begleiten, und jenen, die an den englischen Hof bestellt worden sind, um auf der Hochzeit des künftigen Königs zu singen.«
Das steigerte noch die Heiterkeit im Saal. Der temperamentvolle Otto von Wittelsbach warf sogar versehentlich einen Leuchter um. Seine Tischnachbarn löschten die aufflackernden Brandstellen beherzt mit dem Inhalt ihrer Becher. Ein paar der Herren wischten sich die Tränen aus den Augen, so sehr lachten sie über diesen Streich, den Eleonore Ludwig gespielt hatte. Denn eindeutig mussten sie und Heinrich Plantagenet diese Heirat schon lange *vor* ihrer Scheidung geplant haben. Welche Blamage für Ludwig!
An allen Höfen würde über ihn gespottet werden, so wie hier. Zudem büßte er beträchtliche Herrschaftsgebiete ein: Aquitanien, die Gascogne und die Touraine – die sich nun der englische Thronfolger zuschlagen durfte. Dass er zehn Jahre jünger war als Eleonore, hielt die beiden offenbar nicht von ihrer Hochzeit ab.
Wenn das stimmte …
Friedrich winkte den Spielmann zu sich an die Hohe Tafel und ließ sich genauer berichten, woher er das alles wusste. Aber seine Worte schienen glaubwürdig.

Friedrich rief sich seine erste Begegnung mit Ludwig während des Kreuzzuges in Erinnerung: jung und unsicher war er, trug Kutte und geschorene Tonsur. Fast tat er ihm ein wenig leid. Aber nur kurz. Was war das denn für ein König, der sich alles vom Klerus ins Ohr flüstern und sich von der eigenen Frau hinters Licht führen ließ?
Die Neuigkeit beherrschte von nun an die Gespräche, und Friedrich hob die Tafel bald auf, um mit seinen Beratern noch kurz darüber zu sprechen, wie man Gewissheit über diese unglaubliche Neuigkeit erlangen könnte und was dies für das Verhältnis zu England und Frankreich bedeutete.
Dietrich geleitete seine Schwester in ihr Schlafgemach.
Und Sven und Konrad verabredeten sich mit Blicken zu einem Gespräch unter vier Augen, um Adeles Mitgift, ihr Wittum und andere wichtige Details zu bereden.
Am nächsten Tag wurde das Verlöbnis zwischen König Sven von Dänemark und Adele von Meißen bekanntgegeben.

Tribute

Adolf von Holstein und Niklot, Fürst der Abodriten; auf der slawischen Mecklenburg zwischen Schwerin und Wismar, Ende Mai 1152

Mit gemischten Gefühlen näherte sich der Graf von Schauenburg, Holstein und Stormarn der größten und wichtigsten Burg der Abodriten, wo er Fürst Niklot anzutreffen hoffte. Er konnte es kaum erwarten, den Mann wiederzusehen, dessen Freundschaft ihm viel bedeutete.
Sie hatten sich ihr gutes Verhältnis bewahrt, obwohl sie im Wendenkreuzzug auf gegnerischen Seiten standen.
Doch die Botschaft, die er im Auftrag seines Herzogs über-

bringen sollte und deretwegen er sofort nach Ende des Hoftages von Merseburg Richtung Schwerin geritten war, würde Niklot nicht gefallen.
Die Mecklenburg war eine wehrhafte Siedlung, umgeben von Wall und starken Palisaden und spitzen, schräg in den Boden gerammten Pfählen gegen Reiterangriffe. Wie früher befand sich davor eine große Koppel. Die Abodriten waren für ihre Zucht kleiner, flinker Pferde berühmt, die gern auch von deutschen Rittern gekauft wurden. Doch diesmal grasten nicht sehr viele Tiere in der Koppel. Was vermutlich weniger an regen Geschäften lag, sondern an den hohen Tributen, die Heinrich der Löwe von den Abodriten nach deren Unterwerfung forderte.
Der Graf und seine Begleiter ritten zum Torhaus und äußerten ihr Begehr: ein Treffen mit *knes* Niklot.
Die Wachen kannten ihn, ließen die kleine Gruppe nach höflichem Willkommen passieren und schickten einen Boten los, der sie beim Fürsten ankündigte.
Die Besucher gaben ihre Pferde in die Obhut der Slawen und folgten einem der Männer zu Niklots Langhaus.
Auf dem Weg durch die Siedlung sah der Holsteiner, dass Brandschäden ausgebessert und anstelle der zerstörten Häuser neue errichtet worden waren. Doch die neuen Häuser waren kaum noch mit Schnitzereien verziert wie früher, und wenn die Bewohner auch weiter typisch slawische Kleidung trugen, so war diese nun nicht mehr so aufwendig geschmückt wie einst.
Vor den Häusern nutzten wie gewohnt Handwerker das Sonnenlicht, um ihrer Arbeit nachzugehen; der Schmied hämmerte auf einen Rohling ein, aus dem einmal eine Messerklinge werden sollte, Frauen töpferten, spannen oder webten. Ein paar Burschen übten sich im Bogenschießen.
Fürst Niklot erwartete ihn in seinem Haus, stand auf und ging ihm mit ernster, aber erfreuter Miene entgegen.
»Mein Freund!«

Sie umfassten sich an den Armen, und Niklot bemerkte zufrieden, dass sein Besucher den silbernen, spiralförmigen Reif um den Unterarm trug, den er ihm geschenkt hatte, als sie sich im Krieg mit ihren Heeren gegenüberstanden und einen Waffenstillstand aushandelten.
Das lag fünf Jahre zurück, und seitdem hatten sich einige neue Falten in das ausdrucksstarke Gesicht des Slawenfürsten gekerbt. Doch ansonsten hatte er sich kaum verändert. Er trug immer noch den blonden Bart nach slawischer Art zum Dreieck geformt, war breitschultrig, schien – obwohl Mitte vierzig – vor Kraft zu strotzen und strahlte mit jeder Faser seines Körpers die Autorität eines Anführers aus. Seine Kleidung war mit kunstvoll gestickten Wolfsköpfen und Drachen verziert, und an der Wand hing ein Schwert aus Damaszenerstahl.
Eine Frau in mittleren Jahren trat heran und bot Graf Adolf ein mit Met gefülltes Horn als Willkommenstrunk. Er dankte, nahm einen Schluck und reichte das mit Silber beschlagene Horn an seine Begleiter weiter, damit auch ihnen die symbolische Gastfreundschaft zuteilwurde. Dann kam eine dürre weißhaarige Frau zu ihnen und brachte Brot und Salz, und das Ritual wiederholte sich.
»Setzen wir uns ans Feuer«, lud Niklot ein. Der Holsteiner schickte seine Begleiter hinaus, ehe er der Einladung folgte.
Er beherrschte die Sprache der Slawen und würde das Gespräch auch in dieser führen. Vielleicht verstand der Abodritenführer den Wink und schickte seine Leute ebenfalls fort.
Dafür kamen kurz darauf seine Söhne Wertislaw und Pribislaw herein. Sie begrüßten den Grafen und nahmen ebenfalls am Feuer Platz, das in einer viereckigen Feuerstelle in der Mitte des Hauses brannte. An den Dachbalken darüber war ein Wildschweinfell befestigt, das Funkenflug vom reetgedeckten Dach fernhalten sollte.
Ein Sklave brachte eine Schüssel mit gebratenem Fleisch und entfernte sich nach einer stummen Verneigung wieder.

»Iss, mein Freund! Du warst lange unterwegs, und deine Miene sagt mir, du kommst nicht nur um unserer Freundschaft willen«, ermunterte Niklot seinen Gast.

Adolf von Holstein bedankte sich, griff nach einem Stück Wild und kaute bedächtig.

Die Slawen legten großen Wert auf solche Sitten. Hier wäre es unhöflich, gleich mit der Tür ins Haus zu fallen.

Niklot lehnte sich in seinem mit Schnitzereien verzierten, thronähnlichen Stuhl zurück.

»Ihr habt also einen neuen König«, begann er gelassen. »Überbringst du mir jetzt dessen Befehle? Damals in Dobin habe ich mich Heinrich dem Löwen tributpflichtig unterworfen. Und wir zahlen unsere Tribute, so unerträglich hoch sie auch sind. Sollte mir nicht *Heinrich* seine … Wünsche mitteilen?«

Der Abodritenfürst zog fragend die Augenbrauen hoch und klang reichlich sarkastisch beim letzten Satz.

Sein Gast schluckte den Bissen herunter und stellte die Schüssel beiseite.

»Der neue König hat den Streit um den dänischen Thron beigelegt. Er krönte Sven, der sich seiner Herrschaft unterstellte. Nun klagt Sven – übrigens ebenso wie Waldemar und Knut, denen Schleswig und Seeland zugesprochen wurden – über ständige slawische Überfälle, die ihrem Land großen Schaden zufügen. Und denen sie nichts entgegensetzen können, weil sie ihre Flotte eingebüßt haben.«

Niklot zuckte mit den Schultern.

»Wir waren im Krieg! Den größten Teil der dänischen Flotte haben außerdem die Ranen versenkt, die von Rügen kamen, nicht wir.«

Nur taten sie es in unserem Auftrag und leisteten gründliche Arbeit, dachte er zufrieden. »Wenn die Dänen unfähig sind, ihre eigene Flotte zu bewachen …«

Er beugte sich im flackernden Feuerschein vor und sah seinem Freund in die Augen. »Wie geht es Lübeck?«

Noch bevor der Kreuzzug gegen die Slawen offiziell eröffnet worden war, hatte Niklot mit seinen Männern schon den ersten Angriff geführt und Lübeck niedergebrannt, mitsamt der Handelsflotte im Hafen. Als Signal, dass die Abodriten die Vernichtung ihrer Kultur und ihres Glaubens nicht widerstandslos hinnehmen würden. Und um die Truppen des Grafen von Holstein zu binden. Der hatte das in früheren Kriegen zerstörte Lübeck erst vier Jahre zuvor neu erbauen lassen.
Nun war es an ihm, mit den Schultern zu zucken.
»Lübeck ist auferstanden, größer und schöner denn je.«
»Das freut mich«, erwiderte Niklot ohne jede Spur von Ironie. »Ich habe es nicht gern zerstört. Aber ich musste es tun.«
Adolf von Holstein verspürte keine Lust, dies jetzt zu erörtern, obwohl er auch schlecht etwas dagegen sagen konnte. So war Krieg nun einmal.
»Die Dänen ließen sich ihre Flotte in der Bucht von Wismar durch eigenen Leichtsinn abbrennen und versenken«, räumte er ein. »Ihr habt ihnen diese Niederlage bereitet und sie außerdem während der Belagerung von Dobin mit deinem kühnen Ausfall vertrieben. Du hast sie besiegt. Müsst ihr sie jetzt noch durch Piraterie heimsuchen?«
»Mein Freund, du weißt genau, dass wir das müssen und warum wir das müssen«, erklärte Niklot unnachgiebig und finster. »Dein Herzog Heinrich und all die vielen kleinen Herren, die er auf unserem Land zurückgelassen hat, fordern so hohe Tribute von uns, dass wir sie aus eigener Kraft nicht aufbringen könnten, ohne zu verhungern. Also müssen wir bei den Dänen plündern. Wir beherrschen das Meer. Das ist der einzige Vorteil, der uns geblieben ist. Mach uns keinen Vorwurf daraus, wenn wir ihn nutzen!«
»Ihr habt uns doch vor zwei Jahren selbst geholfen, die aufständischen Kessiner und Zirzipanen zu ihren Tributzahlungen zu zwingen«, erinnerte Wertislaw, Niklots ältester Sohn, der aussah wie das jüngere Abbild seines Vaters.

Damals hatten sich die beiden östlichen Slawenstämme gegen die abodritische Herrschaft erhoben, und Niklot musste Heinrich den Löwen als seinen Herzog um militärische Hilfe ersuchen. Die der Holsteiner dann leistete.

»Ich leugne nicht, dass wir die Küsten überfallen«, gab Niklot unumwunden zu. »Sag deinem jungen Löwen Folgendes: Wenn er seine Forderungen an uns verringert, halten wir uns auch bei den Raubzügen zurück. Das wird er nicht tun, wie wir beide wissen. Aber er könnte wenigstens all die kleinen Herren, die er auf unserem Land eingesetzt hat, davon abhalten, uns auch noch nach Leibeskräften auszuplündern.«

Nun beugte er sich vor, verschränkte die Hände locker auf den Knien. »Die meisten Überfälle gehen nicht von uns, sondern von den Ranen aus. Sie sind hervorragende Schiffsbauer und haben die schnellsten Boote. Also gebe ich deinem Herzog einen guten Rat, und sogar ganz umsonst, wie er die Ranen beruhigen kann.«

Nun öffnete er beide Hände.

»Bei ihnen treffen die Priester alle Entscheidungen – anders als bei uns, wo sich die Krieger mit den Priestern beraten. Und es heißt, je größer der Silberschatz ist, den jemand in ihrem wichtigsten Heiligtum in Arkona als Opfergabe darbringt, umso größer ist die Wahrscheinlichkeit, dass die Priester und damit die Götter seinem Anliegen günstig gesinnt sind. Die Dänen können sich ihren Frieden *erkaufen*.«

»Dem wird weder unser König noch der dänische zustimmen«, stellte der Holsteiner resigniert fest. »Das lässt ihre Ehre nicht zu.«

Niklot erstarrte und sagte mit rauer Stimme: »Und was war mit *meiner* Ehre, als ich vor dem jungen Löwen niederknien und mich unterwerfen musste, als ich mich sogar von euren Priestern taufen lassen musste? Und ebenso alle, die dabei waren?«

»Du hast damit dein Volk gerettet. Eure Lebensweise.«

Er hätte jetzt noch anfügen müssen: und euren Glauben. Doch

offiziell hatten die Abodriten bei der Massentaufe vor ihrer Fluchtburg Dobin am Schweriner See den christlichen Glauben angenommen. Dass sie weiter ihren alten Göttern huldigten und in der Mitte der Mecklenburg nach wie vor ihr Heiligtum stand, wurde in stillschweigendem Einverständnis ignoriert – solange die Abodriten die Tribute an den Herzog zahlten.

»Dann soll der Dänenkönig Sven nun *sein* Volk retten«, konterte Niklot hart und zynisch. »Und wir verlangen nicht einmal, dass er unseren Glauben annimmt.«

Nun konnten sich beide Männer ein Grinsen nicht verkneifen.

»Ich sehe, ich vermag hier nichts auszurichten«, resümierte Adolf von Holstein. Er hatte es auch nicht anders erwartet.

»Dein junger Herzog krallt seine Hand um unsere Kehle. Wir verhungern fast, mein Volk leidet unter den hohen Zwangszahlungen«, sagte Niklot bitter. »Nur mit unseren Ernten und Handelswaren könnten wir ihn nie zufriedenstellen. Hast du nicht gesehen, wie wir verarmen?«

»Ich sehe es, mein Freund und Bruder. Und ich sage dir als dein Freund: Solange bei euch noch etwas zu holen ist, wird man euch gewähren lassen und über eure Göttertempel hinwegsehen. Doch irgendwann …«

»Ich weiß. Irgendwann werden sie unsere Art zu leben nicht mehr dulden. Aber noch fehlt ihnen die Stärke, uns vollständig niederzuringen. Sie sind zu sehr mit ihren eigenen Streitigkeiten beschäftigt. Zu unserem Glück weiß ich eines sicher: Lange wird der Frieden zwischen Sven, Knut und Waldemar nicht halten. Schon bald fallen sie wieder übereinander her.«

Er lächelte bitter.

»Dann wird unsere Piraterie ihr geringstes Problem sein. Also darfst du deinem Löwenjungen ruhigen Herzens sagen: Du hast mir ins Gewissen geredet, und ich werde über seine Bitte nachdenken.«

Schließlich konnte er einem Herzog ja nicht ins Gesicht sagen lassen: Befehl abgelehnt.

Gespielt beiläufig fügte er an: »Vielleicht sollte ich es machen wie der junge Jacza von Köpenick und mir eine polnische Adlige zur Frau nehmen. Oder einer meiner Söhne tut es. Möglich, dass sie uns dann in Ruhe lassen, und wir hätten Verbündete im Osten. Doch für eine adlige polnische Braut sind wir nicht mehr standesgemäß – unterworfen und ausgeplündert, wie wir sind.«

Mit einer wegwerfenden Handbewegung erhob sich Niklot. Auch seine Söhne standen auf, beide mit finsteren Mienen.

»Der offizielle Teil deiner Reise ist somit erledigt. Lass uns zusammen auf die Jagd gehen wie früher. Hatten wir das nicht schon lange vor?«

Adolf von Holstein verstand das als Versöhnungsangebot, das nur an ihn persönlich gerichtet war.

»Von Herzen gern.«

»Und heute Abend gibt es ein Festmahl. Vorausgesetzt, wir erlegen etwas, das sich rasch zubereiten lässt.«

Der Slawenfürst lächelte und trat vor sein Haus, um dort eine ganze Reihe von Befehlen zu geben.

Die Frauen packten zusammen, was sie für den Jagdausflug brauchten, sie nahmen ihre Waffen, Niklot reichte dem Holsteiner noch einen Jagdbogen und einen Speer, dann gingen sie zu ihren Pferden.

Möge Gott ihm und seinen Söhnen beistehen, dachte Adolf von Holstein, der als zweitgeborener Sohn in einem Kloster erzogen worden war. Und er fragte sich, wie lange es wohl noch dauern würde, bis irgendjemand befand, es sei Zeit, die Abodriten ganz auszulöschen. Ob es nun die Dänen, die Bischöfe oder der Löwe war.

Der Tag würde kommen, und er schien ihm nicht mehr sehr fern.

Eine königliche und eine ungewisse Hochzeit

Die fürstlichen Familien Wettin und Anhalt; Lübeck, August 1152

Nie wieder setze ich meinen Fuß auf ein Schiff!«, stöhnte Otto, Konrads ältester Sohn, als er endlich festen Boden unter den Füßen hatte. Sein Knappe Randolf kniete neben ihm im feuchten Sand und würgte jämmerlich, wieder und wieder.

Jäh aufkommender Sturm hatte die Überfahrt von Dänemark für die nicht seetauglichen Meißner und Askanier zur Höllentour gemacht. Im tosenden Meer tanzte ihr Schiff wie eine Nussschale auf den haushohen Wellen, und die meisten Reisenden schlossen innerlich mit ihrem Leben ab. Mit grünlichen Gesichtern saßen sie betend unter Deck und erbrachen ihre Mahlzeiten, bis die Mägen leer waren und nur noch Galle kam. Oder sie spien über die Reling, solange der Wind nicht allzu stark war und der Kapitän sie nicht nach unten schickte.

Dabei beteuerte der Mann, den Sturm würden sie überstehen, sonst wäre er doch nicht losgesegelt, zumal mit so hohen Gästen an Bord. Der misstrauische Konrad von Wettin argwöhnte allerdings, der Kapitän sei in der Hoffnung auf viel Silber ein größeres Risiko eingegangen als sonst.

Ruhig war das Wasser erst geworden, als sie in die Travemündung segelten, um schließlich im Lübecker Hafen an Land zu gehen.

Die Familien der Markgrafen Albrecht und Konrad hatten für diesen Abschnitt ihrer Rückreise von der glanzvollen Hochzeit Svens mit Adele den Seeweg gewählt, um Zeit zu gewinnen. Denn beide Fürsten mussten pünktlich Mitte September auf dem Hoftag in Würzburg erscheinen und planten unterwegs noch einen Umweg – auf Albrechts Drängen. Was der Bär auf See wohl an die hundert Mal laut und vernehmlich bereut hatte.

»Zweiundzwanzig Tage dauerte meine Überfahrt, als ich ins Heilige Land pilgerte, und die war beileibe kein Vergnügen. Aber das hier war schlimmer!«, murrte nun auch der Meißner Markgraf, während die Stallburschen vorsichtig die ebenfalls arg mitgenommenen Pferde vom Schiff führten.

»Gedankt sei allen Heiligen, dass wir noch leben.«

Konrad blickte sich um und erklärte bestimmt: »Der Graf von Holstein wird nicht hier sein, um uns in seiner Burg zu begrüßen. Er ist inzwischen sicher wieder bei seinem Herzog und begleitet den König. Also schickt einen Boten mit Nachricht von unserer Ankunft an den Burgkommandanten! Wir rasten derweil in einem Gasthof.«

Nach und nach versammelte sich die kränkelnde Reisegesellschaft: Konrad, seine Schwester Mathilde, seine zwei ältesten Söhne, Dobroniega und Hedwig, Albrecht und Sophia mit ihren beiden ältesten Söhnen, und dann kam natürlich noch das Gefolge hinzu. Zumindest ein Teil davon; wer nicht mehr aufs Schiff gepasst hatte, musste den Landweg nehmen und würde irgendwann später zu ihnen stoßen.

Ihre Kleider waren feucht von der Gischt und salzverkrustet. Hedwig fror, obwohl die Sonne brannte und ihr unterwegs nicht so übel geworden war wie den meisten anderen. Trotzdem hatte ihr die Überfahrt zugesetzt.

In der Hoffnung auf ein Wirtshaus in der Nähe sah sie sich um. Der Lübecker Hafen lag nah am Markt, die ganze Siedlung war von zwei Flüssen umschlossen und ein Gasthaus zu ihrer Erleichterung schon in ein paar Schritten Entfernung zu finden.

»Es riecht nach Meer … und Rauch … und frisch geschlagenem Holz!«, sagte sie erstaunt, nachdem sie tief durchgeatmet hatte. Die Häuser wirkten allesamt noch recht neu.

»Die Slawen haben Lübeck während des Wendenkreuzzuges niedergebrannt«, erklärte ihr der Vater, der sich beneidenswert rasch erholte, seit er wieder festen Boden unter den Füßen spürte. Den alten Bären haute eben nichts so schnell um.

»Niklots Abodriten? Die jetzt die Dänen überfallen? Müssen wir uns vor ihnen fürchten?«, fragte Hedwig erschrocken. »Ist Adele in Gefahr?«

»Nein, Kind. Die Abodriten halten Frieden mit dem Holsteiner, dem die Stadt gehört und der sie wieder neu aufbauen ließ. Deshalb ist hier auch kein Haus älter als fünf Jahre. Und Sven wird sein Land wohl zu verteidigen wissen«, beruhigte Albrecht seine Tochter.

Das hoffte auch Konrad, denn er fand seinen königlichen Schwiegersohn reichlich unerfahren als Herrscher, selbst wenn er ein herausragender Kämpfer war. Einen Krieg gewann nie nur ein Mann allein. Und er hielt es für recht wahrscheinlich, dass Sven früher oder später Krieg führen musste, sofern er nicht sehr klug regierte.

Der strohblonde Wirt war Kundschaft in größerer Zahl gewohnt, sobald ein Handelsschiff im Hafen anlegte. Aber edle Reisende in so großer Zahl brachten ihn ins Schwitzen. Er zog sich die Bundhaube vom Kopf und knetete sie in seinen Händen.

»Seid willkommen, wohledle Fürsten und hohe Frauen!«

Er sah zu seinen Schankknechten und ruckte mit dem Kinn, damit sie drinnen schleunigst Platz schufen und alle nicht hinlänglich respektablen Gäste ohne großes Federlesen hinaustrieben.

»Wir brauen gutes Bier, wenn es genehm ist, und können den Herrschaften fürs Erste eine köstliche Fischsuppe bieten. Am Spieß stecken auch schon Hühner, aufs Feinste gewürzt. So tretet doch ein, hochwohledle Gäste!«

Die meisten würden sich nach zwei Tagen fast ununterbrochener Übelkeit ohnehin nur an Bier und Suppe wagen. Erleichtert setzten sie sich an die grob behauenen Tische. Vorsichtige probierten kleine Schlucke, um zu prüfen, ob sie die wohl im Magen behalten würden.

Ein Ritter, der sein Bier zu hastig getrunken hatte, schoss wür-

gend zur Tür hinaus, um sich hinter der Schenke zu übergeben. Den Geräuschen nach kam er nicht weit.
Hedwig fragte nach hellem Brot, doch das bot diese Wirtschaft nicht an. Feines, »schönes« Brot gab es nur für die Tafeln der Adligen.
Sie hatte die wirklich gute Fischsuppe kaum zur Hälfte gelöffelt, da erschien der hagere, im Gesicht faltenzerfurchte Burgkommandant namens Henning in Begleitung eines jungen Burgwächters.
»Erlauchte Gäste, willkommen! Eure Ankunft war uns nicht angekündigt, sonst hätten wir Vorbereitungen getroffen«, entschuldigte er sich. »Der Graf befindet sich mit dem Herzog beim König. Doch gebietet die Höflichkeit, dass wir Euch auf die Burg einladen. Falls Ihr Euch dahin bemühen wollt … Dort ist mehr Platz und auch eine bessere Unterkunft.«
Es spielte bei dieser Einladung keine Rolle, dass der Askanier noch vor kurzem Ländereien Heinrichs des Löwen überfallen hatte – Konrads Warnung zum Trotz. Die Kämpfe waren beendet, der König würde darüber richten, und es gehörte sich einfach, dass hochgestellten Reisenden auf Burgen Quartier geboten wurde, sofern sie nicht eine Klosterherberge bevorzugten.
»Wir danken Euch und dem Grafen von Holstein«, erwiderte der Meißner Markgraf.
»Erholt Euch erst noch ein wenig hier«, schlug der Burgkommandant vor, der die bleichen bis grünlichen Gesichter der Reisenden zu deuten wusste. »Ich lasse derweil ein paar Männer Eure Truhen und sonstiges Gepäck holen.«
Dann befahl er seinem schlaksigen Begleiter: »Piet, sag deiner Marieke, sie soll auf die Burg kommen, zusammen mit einem Dutzend weiterer tüchtiger Frauen, die sich um die Gewänder der Gäste kümmern und in der Küche helfen!«
Piet nickte und lief Richtung Markt, um seine Frau zu suchen. Auch der Kommandant ließ sich ein Bier reichen, derweil die Ankömmlinge noch aßen.

»Verzeiht, wenn Euch hier kein Wein geboten wird. Auf der Burg bekommt Ihr welchen«, versicherte er den hohen Gästen. »Die Stadt ist neu erstanden nach Überfall und Feuersbrunst, der Handel blüht. Doch die Lübecker hatten alles verloren, was sie besaßen, und mussten ganz von vorn beginnen. Selbst die tüchtigsten Kaufleute trinken hier nur Bier.«

Als alle Schüsseln leergegessen waren, schlug der Kommandant vor, die gebratenen Hühner vom Wirt auf die Burg liefern zu lassen, sobald sie fertig waren, und sich dorthin zu begeben, damit die Reisenden aus den feuchten und salzverkrusteten Kleidern herauskamen.

Der Vorschlag wurde dankbar angenommen.

Sie stiegen auf ihre Pferde, denen die Stallburschen inzwischen die geschwollenen Fesseln massiert und sie behutsam wieder ans Laufen gewöhnt hatten.

Die Meißner und auch die Askanier betrachteten die wiedererbaute Siedlung am Markt, passierten die ebenfalls noch nach frisch geschlagenem Holz duftende Vorburg und das Tor zur Burg, die durch Wall und Palisaden geschützt wurde.

»Es war einst eine alte Slawenfeste, sie heißt Buku«, erzählte der Kommandant.

Sie wurden von der Wachmannschaft feierlich begrüßt und von Henning in die Halle geleitet, während eine Gruppe munterer Frauen auftauchte, um Gästekammern für die beiden markgräflichen Familien herzurichten. Mehrere von ihnen hatten sogar Federbetten mitgebracht, eine winzige Frau balancierte irdene Nachttöpfe übereinander.

Die Ritter und Knappen hingegen würden in der Halle auf den Binsen schlafen müssen.

»Wir bleiben nur eine Nacht«, beschwichtigte Sophia den Kommandanten und lächelte matt. »Richtet dem Grafen unseren Dank für die freundliche Aufnahme aus.«

Erfrischt und in trockene Gewänder gekleidet, versammelten sich die Gäste wenig später in der größten Kammer, wo das

Essen aufgetafelt werden sollte. Becher und Krüge mit Wein standen bereits auf dem Tisch.

»Entschuldigt mich bitte, erlauchte Gäste, andere Pflichten rufen mich«, erklärte der Burgkommandant, der ahnte, dass die Besucher einiges unter sich zu bereden hatten. »In die Trave fahren mehrere große Boote ein, und ich muss mich überzeugen, dass damit alles seine Ordnung hat. Solltet Ihr meine Dienste benötigen, lasst nach mir rufen.«

Er verneigte sich und ging.

Tatsächlich hatten die Reisenden allerhand miteinander zu besprechen, wofür es auf See keine Gelegenheit gegeben hatte. Mathilde, Sophia und Hedwig machten es sich am Feuer bequem, in einigem Abstand setzte sich Dobroniega mit ihrer gewohnt abweisenden Miene dazu.

Dietrich hatte bei seiner Rückkehr aus Merseburg als Erstes von ihrem hässlichen Auftritt vor Gunda erfahren. Die Loyalität seiner Männer ihm gegenüber war größer als ihr Verständnis für Gundas Bitte, darüber zu schweigen.

In einem Zornausbruch, wie ihn noch nie jemand bei ihm erlebt hatte, drohte er Dobroniega, sie unter Bewachung an einem fernen Ort unterzubringen, sollte sie so etwas noch einmal auch nur erwägen. Deshalb hatte er darauf bestanden, dass sie zu Adeles Hochzeit mitkam, selbst wenn niemand ihre Gegenwart schätzte und er sie kaum ertrug.

Er konnte sie nicht mehr allein auf Eilenburg lassen. Zumal Gundas Niederkunft nahte.

Konrad und Albrecht ließen sich an den Stirnseiten des Tisches nieder, ihre ältesten Söhne einander gegenüber.

Ottos Knappe Randolf übernahm das Schenkenamt, obwohl er immer noch kreidebleich aussah. Aber vielleicht lag das auch an seinem weißblonden Haar.

»Ob Adelchen wohl glücklich ist?«, seufzte Mathilde am Feuer.

»Daran besteht kein Zweifel. Sie ist jetzt Königin und in ihren Gemahl vollkommen vernarrt«, versicherte Konrad, der Liebe

in einer Ehe nach wie vor für überflüssig hielt. Doch in Merseburg hatte ihm die Verliebtheit der Brautleute das Aushandeln der Mitgift beträchtlich erleichtert.
Sven erhoffte von seinem nunmehrigen Schwiegervater Silber, um eine Flotte bauen und Kämpfer ausrüsten zu können, außerdem militärischen Beistand im Fall eines Angriffs.
Letzteres hatte Konrad strikt abgelehnt. Keinesfalls würde er Truppen nach Dänemark schicken! Sven sollte gefälligst seine Probleme selbst lösen. Oder sich an Friedrich wenden, seinen guten Freund und König, dem er sich schließlich unterstellt hatte und auf dessen Hilfe er also zählen durfte.
Und auch die Mitgift konnte er ein Stück herunterhandeln, denn Sven *wollte* Adele. Offen war nur noch die Frage ihres Wittums. Adele sollte die in Frage kommenden Orte erst mit eigenen Augen sehen, bevor sie einen auswählte. Aber die Zahl der Bediensteten und die Ausstattung, die ihr im Fall von Svens Tod für ihren Witwensitz zustanden, hatten sie bereits vertraglich festgelegt. So war für seine Tochter gesorgt.
»Glücklich sind sie, das konnte niemand übersehen«, bestätigte auch Dietrich zufrieden.
»Bald bekommst du einen Prinzen als Enkel«, meinte der Bär fröhlich. »Das kann ich dir leider nicht bieten.«
»Ich bin schon zufrieden, wenn die Kinder von Hedwig und Otto keinen Geächteten zum Großvater haben«, knurrte Konrad ihn an.
Niemand von ihnen wusste, wie der König darauf reagieren würde, dass Albrecht nach dem Merseburger Hoftag Ländereien des Löwen angegriffen hatte. Deshalb war es wichtig, pünktlich in Würzburg zum Hoftag zu erscheinen, wo ganz sicher auch diese Angelegenheit verhandelt werden würde.
»Das war *vor* dem Ulmer Landfrieden!«, rechtfertigte sich der Bär, ohne dass Konrad die Überfälle eigens erwähnte. Es wusste sowieso jeder im Raum, wovon sie sprachen.
Womöglich wird Vater bestraft, dachte Hedwig bedrückt. Was

wird dann aus Mutter, aus meinen Geschwistern? Heilige Jungfrau, steh uns bei!
Nachdenklich sah sie zu Markgraf Konrad und ihrem Bräutigam, der gerade einen lauten Rülpser von sich gab.
Ob in diesem Fall mein Verlöbnis mit Otto gelöst wird?, fragte sie sich und nagte an der Unterlippe. Ihre Heirat war nach der Verlobung von Sven und Adele aufgeschoben worden, weil eine königliche Hochzeit Vorrang hatte.
Ganz sicher wollte der berechnende Meißner Markgraf abwarten, wie der König auf die Angriffe ihres Vaters reagierte. Deshalb sollte ihre und Ottos Hochzeit nun erst im Oktober stattfinden, nach der Rückkehr vom Hoftag in Würzburg. Falls ihr Vater in Ungnade fiel, würde Markgraf Konrad die Verbindung womöglich auflösen. Ein Verlöbnis galt zwar als bindendes Eheversprechen. Aber eine Ächtung ihrer Familie würde alles ändern.
Und so sehr Hedwig dies auch fürchtete – der Gedanke, Otto *nicht* heiraten zu müssen, weckte in ihr eine heimliche Hoffnung, die einfach nicht mehr schwinden wollte.
An ihrem Platz am Feuer dachte sie: Ich werde Otto nie so verliebt ansehen wie Adele ihren Sven. Ich werde nie solches Glück erleben wie die beiden. Das stimmte sie neidisch, vor allem aber traurig.
Es war ihre Pflicht und Lebensaufgabe, durch eine Ehe ein Bündnis zugunsten ihres Hauses zu schaffen. Und ihrem Gemahl Erben zu gebären. Das taten Fürstentöchter nun einmal.
Doch gab es vieles, was ihr unheimlich war in Meißen, so sehr sich Otto um sie bemühte.
Das war es eben: Er *bemühte* sich, freundlich zu ihr zu sein. Das war sonst nicht seine Art. Wie lange würde er das wohl noch durchhalten?
Sein Knappe war ihr auch nicht geheuer, dieser weißblonde Randolf. Und die Blicke, die Dobroniega ihr zuwarf, sprühten vor Hass. Sie machte ihr Angst.

Mathilde war ihr eine große Hilfe, doch sie würde sich bald wieder nach Seeburg zurückziehen. Hedwig mochte Dietrich, aber er und Otto lagen oft im Streit miteinander. Gern hätte sie Dietrichs Geliebte kennengelernt, die Gräfin von Plötzkau. Normalerweise musste sich Kunigunde von Meißen fernhalten. Doch sie würde im Oktober ihr zweites Kind zur Welt bringen, und das sollte auf Anweisung des Markgrafen wieder in Meißen geschehen, unter der Obhut der erfahrenen Wehmutter Josefa.
Hedwig war neugierig auf die junge Witwe aus Plötzkau, von der sie schon so viel gehört hatte. Auch wenn sie von den meisten als Sünderin verurteilt wurde.
Ich muss meine Angst bezwingen, wenn ich in meiner Ehe bestehen will, ermahnte sie sich.

Es klopfte, jemand bat um Einlass, und dann brachten ein halbes Dutzend Bedienstete Essen und Trinken für die Gäste.
Die Damen gesellten sich an die Tafel zu den Männern, Markgraf Konrad sprach das Tischgebet, da der Kaplan sich geweigert hatte, aufs Schiff zu gehen, und lieber den Landweg nahm. In Konrads Augen ein Zeichen mangelnden Gottvertrauens. Das würde noch Folgen haben!
Mit Genuss und wiedererwachtem Appetit verspeisten die Reisenden die gebratenen Hühner und was der Burgkommandant sonst hatte bringen lassen.
Das Mahl verlief still, bis plötzlich Konrad aussprach, was so mancher in der Runde dachte: »Ich frage mich, wie lange Sven den Frieden halten kann.«
Auf der Reise durch Dänemark hatten sie gesehen, wie sehr das Land durch Missernten, Fehden und Piratenangriffe auf die Küstendörfer verarmt war. Die Inseln sollten noch schlimmer betroffen sein, hieß es.
»In solch einer Lage die Steuern zu erhöhen, wie er es vorhat, wird die Leute sofort gegen ihn aufbringen.«

Dietrich sah das genauso. Doch der frisch gekrönte und vermählte Dänenkönig teilte diese Sorgen nicht.
»Meine Untertanen werden zu mir halten, weil der Thronstreit endlich beendet ist und ich eine so schöne Braut mitgebracht habe«, hatte er siegesgewiss verkündet. »Die Dänen werden Adele lieben. Erinnere dich, wie sie ihr zugejubelt haben und wie wunderschön sie an unserem Hochzeitstag aussah! Das sichert mir die Liebe des Volkes.«
»Beten wir für sie«, schlug Mathilde vor, ebenfalls nicht ohne Sorge. »Und dafür, dass König Friedrich Euch nichts verübelt, Markgraf Albrecht!« Wie immer hielt Konrads Schwester ganz ungeniert die Finger auf die wunde Stelle.
»Er wird es als meinen Protest zur Kenntnis nehmen und sich endlich herablassen, mir Plötzkau und Winzenburg zu geben, da bin ich völlig unbesorgt«, versicherte der Bär.
»Wie schön für euch«, spottete Mathilde. »Ich schlage vor, wir ruhen bald«, war das Erste und Einzige, was Sophia äußerte. »Es liegen anstrengende Tage hinter und noch eine lange Reise vor uns. Bei der wir uns sputen müssen, wenn wir den Umweg zur Brandenburg machen wollen.«
»Ich bestehe darauf!«, erklärte Albrecht und griff rasch noch nach einem Stück Fleisch. »Der König weigert sich, mich als Herrn von Brandenburg anzuerkennen. Deshalb muss ich mich dort wieder einmal blicken lassen und nachsehen, was Petrissa so treibt.«
Kauend wandte er sich den Meißnern zu. »Außerdem müsst ihr, Konrad und Otto, die Verhältnisse auf der Brandenburg kennen, bevor sich meine Hedwig mit eurer Familie verbindet. Ich sage es ungern, aber sollte sich auf der Brandenburg irgendwann slawischer Widerstand regen, zähle ich auf eure Hilfe.«
Otto, der sein Essen geradezu hineinschlang, schaute verblüfft auf. Gerade wollte er seinem Knappen ein Zeichen geben, ihm noch ein Stück Fleisch vorzulegen, und Randolf stellte sich wegen des Bratengeruchs schon darauf ein, seinen erneut revol-

tierenden Magen irgendwie zu beruhigen, da beendete Konrad abrupt das Mahl.
»Gehen wir zu Bett!«, verkündete er, weil er die indirekte Frage des Bären nicht beantworten wollte.
Er stemmte sich von seinem Platz hoch, kaum dass Albrecht den letzten Bissen hinuntergeschluckt hatte. Wehmütig starrte Otto auf das restliche Fleisch.
Draußen warteten die Frauen, die die Federbetten gebracht hatten, und ein paar Wachen, um die Gäste zu ihren Kammern zu geleiten.
»Ihr werdet warm und wohlig schlafen, Euer Durchlaucht«, sagte eine fröhliche junge Frau mit blonden Zöpfen, die vorhin kaum über das dicke Bettzeug hatte hinwegschauen können, zu Hedwig. Sie wurde Marieke gerufen und redete einen Dialekt, den das Mädchen kaum verstand. Aber es klang lustig, und die Augen der jungen Lübeckerin strahlten. Also lächelte Hedwig zurück und sprach in Gedanken einen Segen für das Kind, das Marieke unterm Herzen trug.

»Brauchen wir einen Schutzbrief, wenn wir durch Abodritenland reisen?«, erkundigte sich der Meißner Markgraf am Morgen beim Burgkommandanten, während alle Vorbereitungen für den Aufbruch getroffen wurden.
»Der würde Euch nichts nützen, denn die Abodriten haben keine Schrift«, erwiderte Henning. »Wenn Ihr wollt, gebe ich Euch einen Begleiter mit. Doch dazu besteht keine Notwendigkeit. Beruft Euch auf mich. Der Graf und Fürst Niklot stehen im Freundschaftsbündnis, und Niklot erwies sich als treuer Untertan Herzog Heinrichs. Ihr könnt ihm einen Höflichkeitsbesuch abstatten, wenn Ihr wünscht. Dann schicke ich einen Boten voraus, der Euch ankündigt. Die Mecklenburg liegt fast auf dem Weg, wenn Ihr zur Brandenburg wollt.«
»Wir sind in Eile, und ich halte einen Besuch bei Heinrichs

unterworfenen Slawen für überflüssig«, beschied ihm der Bär und grinste. »Ich habe meine eigenen.«
Der hagere Kommandant verzog dazu keine Miene und wünschte den Reisenden Gottes Segen auf ihrem Weg.

Begegnungen in Brandenburg

Petrissa, Jacza von Köpenick, Agatha, Hedwig und Albrecht; Burg Brandenburg, August 1152

Wir rasten hier, die Pferde brauchen Wasser und Futter«, befahl Markgraf Albrecht der Kolonne, der sich inzwischen auch diejenigen wieder angeschlossen hatten, die nicht mit dem Schiff gereist waren. »Doch seid beruhigt, es sind nur noch wenige Meilen bis zum Ziel.«
Er schickte zwei Reiter aus, um ein paar Scheffel Hafer von einem der nächstgelegenen Bauernhöfe zu besorgen. Ihre Vorräte waren aufgebraucht und die Garben schon von den Feldern geerntet.
Die Sonne sengte erbarmungslos an diesem heißen Sommertag. Hedwig war durstig und staubbedeckt wie alle Reisenden und froh, einmal absteigen zu können. Wenn sie sich noch lange unter freiem Himmel aufhielt, würde sie irgendwann braun gebrannt sein wie eine Bäuerin.
Erleichtert ließ sie sich aus dem Sattel helfen und wartete, dass die Knappen einen Baldachin errichteten, unter dessen Schatten sie flüchten konnte. Denn hier gab es sonst nichts, das Schatten spendete. Das Land war flach, oft sumpfig, von Bächen und Flussläufen durchzogen.
Ein Stallbursche führte ihr Pferd zum Tränken, das sie inzwischen liebevoll »Goldmähne« nannte.
Der Baldachin stand schon, kaum dass sich Hedwig die Füße

ein wenig vertreten und hinter einem Gebüsch erleichtert hatte. Felle wurden ausgebreitet und Stühle aufgestellt, damit die Fürstenfamilien bequem lagern konnten. Der Küchenmeister erhielt Order, nicht erst ein Feuer zum Kochen in Gang zu bringen, sondern nur einige kalte Bissen zu reichen, da man bald am Ziel war und dort ein üppiges Mahl auf sie wartete. Mit kühlem Quellwasser verdünnter Wein erfrischte die trockenen Kehlen.

Kaum hatten sie sich alle niedergelassen, führten ihr Vater und Markgraf Konrad auch schon angeregt die Unterhaltung weiter, in die sie bereits seit längerem vertieft waren, während sie nebeneinanderritten: wie sie Siedler in ihre Marken holen wollten, um Land urbar zu machen.

»Die Flamen sind Gold wert, sehr bewandert in der Kunst, Gräben zu ziehen und Sumpfland zu entwässern«, wiederholte ihr Vater gerade.

»Ich weiß, und ich werde auch Werber dorthin entsenden, denn in der Lausitz gibt es viel Sumpfland«, versicherte Konrad. »Doch in der Mark Meißen sind noch riesige Flächen von Urwald bedeckt, wo mühsam gerodet werden muss, um Felder anzulegen und Dörfer zu errichten. Dafür will ich Siedler aus Thüringen und Franken holen. Dort sind die Höfe so klein, dass sie nicht weiter geteilt werden können. Der älteste Sohn erbt, seine Brüder müssen sich bei ihm als Knechte verdingen. Wenn ich denen die Chance auf einen eigenen Hof biete und noch dazu auf zehn Jahre die Abgaben erlasse …«

»Zehn Jahre keine Abgaben?«, fragte Otto von Wettin fassungslos, der von seinem Vater herbeigerufen worden war, damit er durch Zuhören lernte.

»Wenn sie in den Urwald ziehen, um dort zu roden und Land urbar zu machen, Neffe, werden sie anfangs kaum genug zu essen haben, geschweige denn etwas, um dir Abgaben zu zahlen«, mischte sich Mathilde ein und tupfte sich mit dem Saum ihres Schleiers den Schweiß von der Stirn. »Für den Neubeginn wirst du ihnen sogar Unterstützung zukommen lassen müssen: Korn, Vieh, Eisen …«

»Aber es lohnt sich, auf Dauer gerechnet«, versicherte Konrad seinem Sohn. »Mehr Untertanen, mehr Dörfer, mehr Felder – das heißt auch irgendwann: mehr Silber.«

Hedwig lauschte diesen Gesprächen aufmerksam. Ihr künftiger Gemahl würde die Pläne seines Vaters sicher umsetzen müssen. Doch viel unterhaltsamer fand sie es, wenn Gräfin Mathilde, die oft an ihrer Seite ritt, Schnurren vom Meißner Hof und aus den Jugendjahren von Konrads Söhnen zum Besten gab.

»Ich habe übrigens diesen Jacza von Köpenick auf die Brandenburg beordert, den Neffen Heinrichs und Petrissas«, verkündete Albrecht genüsslich, nachdem er seinen meißnischen Begleitern höchst belustigt erzählt hatte, wie die durchtriebene Petrissa es geschafft hatte, dass er die Brandenburg kampflos übernehmen konnte. Während Jaczas slawische Verbündete dabeistanden und einsehen mussten, dass ihnen gegen die askanische Übermacht keine Chance blieb. Diese Geschichte von dem versteckten toten Fürsten kannte Hedwig schon durch Adele.

»Es wird ja so etwas wie ein Familientreffen, und Jacza soll ruhig sehen, dass seine Aussichten nun noch geringer sind, einmal die Brandenburg zu bekommen, auch wenn er sie als sein rechtmäßiges Erbe betrachtet«, erklärte der Bär.

Mathilde, die sich ob dieser Prahlereien langweilte, beschloss, den Askanier ein wenig zu provozieren.

»Wenn Ihr Euch immer noch gegen heidnische Slawen wappnen müsst, Markgraf, warum errichtet Ihr dann keinen Dom auf der Brandenburg?«, erkundigte sie sich mit gespielter Ahnungslosigkeit. »Ging es bei dem ganzen Wendenkreuzzug nicht *eigentlich* darum, die alten Bistümer wiederherzustellen, die nach dem Lutizenaufstand vor mehr als hundertfünfzig Jahren von den Slawen zurückerobert worden waren?«

Konrad erriet sofort, was Mathilde plante – eine gute Gelegenheit, den Freund zu ärgern.
»Anselm von Havelberg hatte einst so gebarmt, dass er sein Bistum ewig nicht betreten konnte. Doch jetzt baut er einen Dom in Havelberg und ist äußerst glücklich darüber«, unterstützte er seine Schwester.
Der Bär räusperte sich geräuschvoll.
»Bischof Wigger von Brandenburg hat sein Stift in Leitzkau, und ich fördere ihn großzügig, liebste Gräfin. Ich ließ ihn sogar eine kleine Abtei östlich der Burg bauen, um die wir heute aber lieber einen Bogen machen.«
»Liegt Ihr etwa im Streit?«, tat Mathilde verwundert.
Albrecht verzog das Gesicht.
»Das nicht. Aber es sind Prämonstratenser, sie leben äußerst streng nach den Augustinerregeln: Gebete, was natürlich selbstverständlich ist, Liebe und Eintracht, ebenso erstrebenswert, auch wenn es mir gelegentlich vielleicht *etwas* daran mangelt, Enthaltsamkeit, Verzicht auf jeglichen Besitz und völlige Unterordnung. Das ist alles fraglos sehr fromm, aber es verdirbt auch restlos jede Freude.«
Er breitete seufzend die Arme aus, dann wurde sein Gesicht finster.
»Was mich an ihren Regeln am meisten stört, ist *gegenseitiges Mahnen und Kontrolle*. Ich will nicht ständig jemanden um mich haben, der herumschnüffelt, ob wir wohl auch alle Gottesgebote Tag und Nacht einhalten. Deshalb ist es mir ganz recht, wenn Bischof Wigger seine spitze Nase in Leitzkau behält und dort für unser Seelenheil betet.«
»Ja, das kann ich mir gut vorstellen«, sagte Mathilde mit zufriedenem Lächeln.
Die Reiter, die Albrecht ausgeschickt hatte, um im nächsten Dorf oder Weiler Hafer für die Pferde zu besorgen, kehrten zurück. Sie brachten einen Bauern mit, der sich ihnen händeringend vor die Füße warf und ein klägliches Bild abgab: ängst-

lich, zerlumpt und tränenüberströmt. Er trug die typisch slawischen Wickelbänder um die Waden, sprach aber deutsch.
»Vergebt mir, Ihr edlen Herren!«, flehte er. »Unsere Ernte ist verloren.«
»Dies war ein guter Sommer, selbst der Regen kam zur rechten Zeit, also belüg mich nicht!«, herrschte Albrecht ihn an. »Wir zahlen für den Hafer.«
Der Bauer wischte sich mit dem Ärmel die Tränen ab und redete schluchzend und schniefend weiter.
»Als das Korn reif war, kurz vor der Ernte, tauchte immer wieder eine Gruppe von Reitern hier auf, und sie behaupteten, es gebe ein Gesetz des neuen Königs, nach dem jeder so viel Futter für seine Pferde von unseren Feldern nehmen darf, wie er vom Wegesrand aus mit seinen Armen umfassen kann«, begann er.
»Das stimmt«, bestätigte Albrecht. »So steht es im Ulmer Landfrieden, damit sie nicht länger eure Felder zerstampfen und von ihren Pferden kahl fressen lassen. Das Gesetz soll euch helfen, eure Ernten zu retten.«
»Ja, sicher, edler Herr. Aber wenn jeden Tag zehn Reiter kommen, die Halme mit ihren Armen umfassen und diese Menge abschneiden, dann ist mein kleines Feld im Nu kahl«, wehklagte der Bauer. »Ich habe nicht einmal mehr Saatgut. Lediglich etwas Stroh kann ich Euch bieten, Ihr guten Herren.«
Er kniete im Staub und knetete seine Bundhaube, die er unterwürfig abgenommen hatte.
»Bestraft mich, wenn Ihr wollt, hoher Herr, aber verschont meine Frau und meine Kinder! Sie hungern. Und wir wissen nicht, wie wir über den Winter kommen sollen ... Uns bleibt nur bitteres Eichelmehl.«
»So war der Befehl des Königs nicht gedacht«, räumte Albrecht übellaunig ein. »Weißt du, wer diese Männer waren? Erhebe Klage, und ich werde auf der Brandenburg einen Gerichtstag halten und sie bestrafen.«

Diese Aussicht schien den Bauern noch mehr zu erschrecken als alles andere.
»Bitte, guter, edler Herr … tut mir das nicht an! Sie werden sich an uns rächen.«
Albrecht war äußerst unzufrieden mit dieser Auskunft. Er befahl seinem Küchenmeister, dem Bauern einen Sack Korn und einen Korb Rüben zu geben, und drückte dem Geplagten noch ein paar Münzen in die Hand.
»Deine Familie soll nicht nur von Eichelmehl leben«, sagte er und erntete dafür überschwänglichen Dank und Freudentränen.
Dann winkte er den Hillerslebener herbei.
»Schick zwei Männer los, die ihn nach Hause bringen und herausfinden, wie diese Reiter aussahen und woher sie kamen. Ich bin sicher, er weiß, wer es war.«

Eine gute Stunde später erreichte die Reisegesellschaft die Brandenburg, eine einst slawische Rundburg mit Wall und Palisaden, sehr groß und nun mit einer Kirche in der Mitte statt eines Tempels. Hier trug niemand mehr slawische Kleidung wie Wickelbänder um die Waden, Stirnbänder mit Schläfenringen als Schmuck der Frauen, auf Leinen oder Tuch gestickte Wölfe und Drachen.
Die Wachen nahmen sie ehrerbietig in Empfang und geleiteten sie zur Burg.
Petrissa erwartete sie schon: alt, dürr, aber rege und mit klarem Blick.
»Albrecht, mein Wahlsohn«, begrüßte sie den Markgrafen mit durchtriebenem Lächeln. »Sophia, meine Liebe! Hermann, Otto. Und Hedwig, süßes Kind. Wie bist du gewachsen!«
Die Herrin der Brandenburg presste das Mädchen an sich, das dem muffigen Geruch zu entkommen suchte, der Petrissas Kleidern entströmte.
»Bald heiratest du, Liebes, wie schön! Und da ist ja auch die

erlauchte Familie des Zukünftigen … Markgraf Konrad, seid mir willkommen! Und Ihr müsst der glückliche Bräutigam sein – Otto, nicht wahr? Was für ein stattlicher Mann!«
Sie lächelte breit und zeigte, dass sie noch mehr Zähne besaß, als man bei ihrem Alter erwartet hätte. Aber vielleicht war sie ja gar nicht so alt, wie alle dachten.
»Mit Verlaub, edle Petrissa, ist meine Schwester Judith noch nicht hier?«, fragte Dobroniega enttäuscht und besorgt, nachdem sie sich umgesehen hatte. Da die Gemahlin von Albrechts ältestem Sohn schwanger war, hatte sie die beschwerliche Reise nach Dänemark nicht antreten können und sollte stattdessen zur verabredeten Zeit hierher kommen.
»Wir erwarten sie«, entgegnete die alte Fürstin kühl, die sehr wohl von Dobroniegas Unbeliebtheit wusste, auch wenn sie der bemerkenswert schönen Herzogstochter heute zum ersten Mal begegnete.
Als sich die Begrüßungsorgie ihrem Ende näherte, wies Petrissa mit kaum verhüllter Häme auf ein junges, festlich gekleidetes Paar mit einem blonden Kind von etwa anderthalb Jahren.
»Da dies ein ganz besonderes Familientreffen ist, habe ich auch meinen Neffen Jacza von Köpenick und seine Frau Agatha hergebeten, die Tochter des Grafen von Breslau.«
Zufrieden bemerkte Albrecht, dass Jacza diesmal nicht slawische Kleidung trug, sondern einen fein bestickten Bliaut, ähnlich dem seinen.
Agatha hielt den blonden Jungen auf dem Arm.
»Unser Sohn Slawomir, unsere ganze Freude«, sagte sie strahlend zu Hedwig und setzte den Kleinen auf dem Boden ab, damit auch sie jeden angemessen begrüßen konnte.
Hedwig hatte zwar schon viel über das junge Herrscherpaar von Köpenick gehört, es aber bisher noch nie getroffen. Sie war nur selten auf der Brandenburg gewesen.
Dobroniega, die nach Petrissas abweisender Auskunft ge-

schwiegen hatte, schien aus einer Starre zu erwachen und ging auf Agatha zu.
»Ihr seid die Tochter des Grafen von Breslau, Peter Wlast?«
Als Agatha bejahte, erklärte Dietrichs Gemahlin leidenschaftlich: »Mein verhasster Halbbruder Wladislaw beging großes Unrecht an Euerm Vater, als er ihn blenden ließ. Meine Brüder Bolislaw und Mieszko vertrieben ihn aus Polen für diese und andere Untaten. Er floh zu dem alten König Konrad, seinem Schwager, und lebt immer noch im Exil in Altenburg.«
Nun sank sie zu aller Erstaunen vor Agatha sogar auf die Knie. »Im Namen meiner Familie, des Hauses Piast, bitte ich die Eure um Verzeihung.«
»So erhebt Euch doch, bitte!«, rief die Breslauer Grafentochter erschrocken. »Es ist nicht an Euch, um Verzeihung zu bitten«, sagte sie dann sehr fest. »Auch wenn ich Euch für Eure Großherzigkeit danke. Die Untat beging Wladislaw. Und sollte er je wieder versuchen, Polen zu erobern, werden Eure Brüder es verhindern, mit uns und den Breslauern als Verbündete. Auch wenn mein armer Vater nun ein Leben als Blinder führen muss.«
»Genug der kämpferischen Reden!«, schnitt ihr Petrissa unwirsch das Wort ab. »Hier führt niemand Krieg.«
Agatha nahm nach einem finsteren Blick auf Petrissa ihren kleinen Sohn beschützend hoch und setzte ihn sich auf die Hüfte. Jacza legte seinen Arm ebenso beschützend um ihre Schulter. Der Kleine strahlte Hedwig so fröhlich an, dass Albrechts Tochter nicht widerstehen konnte, näher trat und ebenso fröhlich zurücklächelte.
»Was bedeutet sein Name?«, fragte sie neugierig.
»Ruhm und Frieden«, sagte Jacza stolz.
Jahrelang hatten sie vergeblich versucht, ein Kind zu bekommen, doch immer wieder verlor Agatha die Leibesfrucht nach wenigen Wochen. Slawomir war nun ihr ganzes Glück.
»Oh, die jungfräuliche Braut bekommt schon Lust auf Kin-

der!«, kreischte Petrissa anzüglich grinsend. »Sie wird Euch stramme Söhne schenken, Otto von Meißen. Und bildhübsche Töchter. Mindestens zehn, so wie ihre Mutter meinem Wahlsohn. Fruchtbare Sippe …«

Hedwigs Lächeln erlosch.

»Macht Euch nichts daraus. Sie ist ein Drachen«, flüsterte Agatha dem Mädchen zu und setzte den Kleinen wieder ab.

»Ich war noch nie auf Köpenick. Wie sieht es dort aus?«, erkundigte sich Hedwig. Schließlich war heute die letzte Gelegenheit, dies in Erfahrung zu bringen. In ein paar Tagen würde sie das Land ihres Vaters für immer verlassen, um in der Mark Meißen zu leben.

»Es ist eine doppelte Wasserburg, nur nicht so groß wie diese. Am Zusammenfluss von Dahme und Spree, umgeben von Wall und Graben«, beschrieb Jacza. »Von der ersten Insel gelangt Ihr über eine Brücke auf die zweite. Wir sind ein kleines Volk, doch noch können wir unsere Eigenständigkeit bewahren. Wir schätzen gute Nachbarschaft und halten uns aus Kriegen heraus.«

»Ich habe ein Hochzeitsgeschenk für Euch, Hedwig«, verriet Agatha.

»Hewi!«, versuchte Slawomir, den Namen nachzusprechen.

Die junge Mutter griff in ihren Almosenbeutel und holte eine silberne Fibel heraus, in die ein kunstvoll verschlungenes Muster eingraviert war.

»Und dies ist mein Geschenk an Euch«, sagte Jacza und entrollte ein Bündel, das er bei sich trug: ein Luchsfell, weich und fein gemustert.

»Da Ihr nun in ein anderes Haus einheiratet, wäre ein Bär nicht mehr angemessen«, meinte er lächelnd. »Ich habe ihn selbst erlegt. Nehmt es als Schutz und Omen. Seid stark und klug wie ein Luchs, gütige Hedwig!«

Sie bedankte sich voller Rührung und wünschte der jungen Familie Glück und Gottes Segen.

Wenn sie sah, wie liebevoll sich Jacza und Agatha in die Augen blickten, wurde sie schon wieder neidisch.
Bedrückt folgte sie den anderen in die Halle.

Nach der Sommerhitze draußen fühlte es sich innen besonders kühl und feucht an, und so mancher unter den Gästen begann bald zu frösteln.
Nach einer Stunde in diesem dumpfen Gemäuer werden meine Kleider genauso muffig riechen wie Petrissas, dachte Hedwig missmutig.
An der Hohen Tafel wisperte die alte Frau aufgeregt mit Albrecht und Konrad.
»Die dort drüben sitzen, sind immer noch Anhänger des alten Glaubens. Niemand weiß genau, wer hier noch eine kleine Götzenfigur bei sich trägt. So sehr sich mein Neffe auch herausgeputzt hat, so großzügig er die kleine Hedwig beschenkt, ich traue ihm nicht!«, zischte sie. »Er glaubt, die Brandenburg und Spandau sollten rechtens ihm gehören. Und eines Tages wird er versuchen, mich zu überrumpeln. Dann erwache ich mit seinem Dolch an der Kehle. Wenn nicht vorher *der da* sein Schwert an Jaczas Kehle setzt!«
Sie deutete auf den Hauptmann ihrer Wachen, einen grimmigen Mann namens Thietmar, und kicherte.
Mathilde sah die Gastgeberin kühl an, beinahe verächtlich.
»Plant Ihr noch weitere Verwandtenmorde, teure Petrissa? Nur um mich darauf einzustellen, da ich ja bald auch zu Eurer Verwandtschaft zähle …«
Die alte Witwe entblößte boshaft grinsend die Zähne. »Solange Ihr zur Jungfrau Maria betet und nicht zu drei Dutzend grausiger Götzen, seid Ihr außer Gefahr, teure Gräfin.«
»Wie beruhigend«, meinte Konrads Schwester sarkastisch und rollte mit den Augen.
Völlig ungerührt nahm Petrissa ihre leise Unterhaltung mit Albrecht und Konrad wieder auf.

»Der da, der Karl, ist Jaczas Spion hier, einer von vielen. Und der neben ihm sitzt, Jaro, ist sein bester Freund und vermählt mit einer Abodritin. Wer weiß, vielleicht ruft er auch noch diesen Niklot zu Hilfe, wenn sie meinen, sie könnten mich überlisten …«
»Liebe Petrissa, Ihr macht Euch zu viele Sorgen um unnütze Dinge. All das wird nicht eintreten. Sorgt Euch lieber um viel näher liegende Missstände!«, rügte der Bär.
»Hä?« Fragend sah die dürre alte Frau ihn an.
Markgraf Albrecht klopfte lautstark mit seinem Becher auf den Tisch, so dass die Unterhaltung überall rasch erstarb.
»Auf dem Weg hierher erfuhr ich von einem Vorkommnis, das mich sehr verärgerte«, rief er laut, damit jeder in der Halle es hören konnte. »Ich werde wohl demnächst hier einen Gerichtstag halten müssen. Doch diese Sache will ich gleich klären, um zu verhindern, dass sich so etwas wiederholt.«
Gespannt und ängstlich warteten die Männer und Frauen, was nun käme.
Albrecht, der durch den Hillerslebener gut unterrichtet war, deutete auf eine Gruppe bis eben noch lautstark feiernder Ritter, deren Wortführer auffällig rotes Haar und unzählige Sommersprossen hatte.
Der Markgraf befahl ihnen mit einer Geste, vorzutreten. Verwundert folgten sie dem Befehl.
»Auf die Knie!«, brüllte er sie an, und fast jedermann in der Halle zuckte erschrocken zusammen.
»Das neue Gesetz des Königs ist dazu gedacht, die Bauern und ihre Ernten zu schützen. Und ihr glaubt, euch einen Spaß daraus machen zu können, ihnen das Korn zu stehlen? Wer wird das Land ernähren? Ich sollte euch davonjagen … und vorher jedem die Hand abschlagen wie einem gewöhnlichen Dieb. Doch weil dies kein Gerichtstag ist, sondern ein Fest, will ich Gnade walten lassen – in Maßen.«
Auf den Gesichtern der Männer, die vor ihm knieten, wech-

selten Verwunderung, Angst, pures Entsetzen und Erleichterung.
»Gebt mir euer Silber!«, befahl der Bär, und eiligst leerten die Männer ihre Almosenbeutel.
Die Hälfte der Münzen behielt Albrecht für sich, die andere schob er Petrissa zu. »Sorg dafür, dass die Bauern, die durch diese Kerle ihre Ernte verloren, genug zu essen für den Winter haben.«
Ohne jegliche Regung strich sie das Geld ein.
»Und ihr schert euch aus meinen Augen! Höre ich noch einmal eine Klage über euch, kommt ihr nicht so leicht davon.«
Mit einer Handbewegung scheuchte er die Männer hoch, die sich sofort aus dem Staub machten.
Den Markgrafen und ihren Begleitern war die Feierlaune vergangen, und sie nutzten den Vorwand, morgen zeitig aufbrechen zu müssen, um sich in ihre Schlafkammern zurückzuziehen.
»Jetzt kann ich gut verstehen, dass Ihr Euch in diesem feuchten Gemäuer nicht niederlassen wollt«, sagte Mathilde im Gehen zu Albrecht.
»Gebe Gott, dass Petrissa hier alles in Schach hält«, antwortete der missgestimmt.
»Glaubt Ihr denn ernsthaft, dass Jacza riskiert, die Brandenburg zu erobern?« Skeptisch zog Mathilde die Augenbrauen hoch, auch wenn der Bär das nicht sehen konnte, weil er vor ihr mit einer Fackel durch den Gang stapfte.
»Es wäre sein Ende«, versicherte der Askanier. »Er würde nichts bewirken als ein Blutbad.«
»Dazu müsste schon etwas Außerordentliches geschehen«, meinte der nüchterne Rechner Konrad von Wettin, während er im flackernden Feuerschein an Mathildes Seite ging.
»Ich denke, solange ihn der König auf Köpenick gewähren lässt, bleibt er auf seiner Insel. Und den König plagen erst einmal ganz andere Sorgen. Vermutlich hat Friedrich von Köpenick ohnehin noch nie gehört.«

Dobroniega hatte um Erlaubnis gebeten, das Mahl zu versäumen, da sie in der Kirche beten und dann ruhen wolle, sie fühle sich nicht wohl.

Niemand vermisste sie bei Tisch.

Sie kniete eine Weile vorm Altar der Kirche mitten auf der Brandenburg und flüsterte ihre Not in Polnisch heraus, so dass niemand sie verstehen konnte.

Dann stand sie auf und wandte ihren wartenden Kammerfrauen wieder ein ausdrucksloses Gesicht zu.

Sie ließ sich auskleiden und ging zu Bett. Aber ihre Gedanken fanden keine Ruhe.

Der Lärm der Gesellschaft in der Halle drang bis hierher. Doch die Anstrengungen der Reise sorgten dafür, dass ihre Begleiterinnen nach und nach in Schlaf sanken, wie sie an den Atemgeräuschen erkannte.

Dafür hörte sie immer wieder plaudernde und mehr oder weniger angetrunkene Menschen durch den Gang poltern oder schlurfen.

Plötzlich klopfte es an der Tür ihrer Kammer.

Sie fuhr hoch und überlegte erschrocken, wer das sein könnte.

Dann hörte sie eine helle Frauenstimme leise ihren Namen rufen – auf Polnisch.

»Judyta!«, jubelte sie, sprang aus dem Bett, warf sich den Umhang gegen die Kälte über das Untergewand und stürzte zur Tür.

Glücklich umarmte sie ihre Schwester, während sich die Kammerfrauen langsam hochrappelten und sie anstarrten.

»Sucht euch alle einen anderen Schlafplatz, ich wünsche mit meiner Schwester allein zu sein!«, befahl sie den Dienerinnen.

Nur einer stummen alten Frau bedeutete sie, zu bleiben.

Sie zog die Jüngere in die Kammer und umarmte sie.

»Geht es dir gut? Hast du gegessen? Ich war so in Sorge, weil du nicht kamst!«

Nun betrachtete sie den gewölbten Leib ihrer Schwester genauer. Lange würde Judith wohl nicht mehr reisen können.

Die Schwiegertochter von Albrecht und Sophia lächelte, strich stolz über ihren Bauch und sagte: »Mein Gemahl und ich freuen uns sehr auf das Kind. Und ja, es geht mir gut. Ich kam nur so spät, weil wir oft rasteten, um das Ungeborene zu schonen. Ich habe schon alle begrüßt und etwas gegessen und gebetet. Doch jetzt wollte ich dich endlich sehen … und dann schlafen. Ich bin so furchtbar müde und erschöpft.«

Kraftlos ließ sie sich auf die Schlafstatt sinken.

Da Dobroniega die beiden Dienerinnen hinausgeworfen hatte, die zu ihren Füßen schliefen, war nun Platz genug im Bett für die beiden Piastentöchter.

»Und wie geht es dir?«, wollte Judith wissen, als sie sich unter den Decken aneinandergeschmiegt hatten – wie früher, als sie noch kleine Mädchen waren.

Hätten Dobroniegas Gedanken nicht schon stundenlang in immer dunkleren Abgründen gestrudelt, wäre ihr vielleicht eine ausweichende Antwort über die Lippen gekommen. So aber platzte sie heraus: »Ich bin so unglücklich! Ich habe alles verdorben.«

Sie wandte das Gesicht von der stummen Kammerfrau ab, damit die ihre Tränen nicht sah, und schüttete Judith ihr Herz aus, gab ihren ganzen Kummer preis …

Wie entsetzt sie gewesen war, als ihre Brüder sie aus dem Kloster zerrten, um sie zu verheiraten. Wie enttäuscht, dass ihr Gemahl nur ein zweitgeborener Sohn war. Wie garstig sie Dietrich behandelt hatte, obwohl er sich doch größte Mühe gab, höflich und liebevoll zu ihr zu sein … Und dass sie irgendwann begriff: Einen besseren Mann hätte sie kaum finden können.

»Glaubst du nicht, er könnte dir vergeben, ihr könntet von vorn beginnen?«, flüsterte Judith auf Polnisch. Der Kummer ihrer Schwester drückte ihr fast das Herz ab. Doch sie wollte einfach nicht glauben, dass es keine Hoffnung gab.

»Nein«, schluchzte Dobroniega. »Er liebt diese andere, er liebt sie wirklich. Er wird sie nie für mich aufgeben. Das weiß ich, seit ich sie gesehen habe. Und dann habe ich noch einen riesigen Fehler begangen und sie bedroht. Das wird er mir nie verzeihen.«

Kummervoll schmiegten sich die Schwestern aneinander, bis der Schlaf sie endlich übermannte.

Am Morgen zeigte sich die schöne Dobroniega allen anderen wieder mit der üblichen eiskalten und abweisenden Miene.

Ein ungeduldiger König, ein ungeduldiger Herzog und ein entrüsteter Papst

Friedrich I., Heinrich der Löwe, Welf VI., Ulrich von Lenzburg und Otto von Wittelsbach; Würzburg, Mitte September 1152

»Er ist nicht erschienen«, konstatierte Heinrich der Löwe kühl, der sich allein mit seinem königlichen Vetter in dessen Privatgemächern befand. Wie so oft lehnte er lässig an einer Wand und hatte die Arme vor der Brust verschränkt.

»Fürwahr.«

Mehr erwiderte Friedrich nicht.

Der derzeitige Herzog von Bayern, Heinrich Jasomirgott, war bisher nur ein einziges Mal zu einem seiner Hoftage gekommen, um dort kategorisch zu erklären, es gebe nichts zu verhandeln über Bayern. Folgerichtig blieb er also trotz Ladung dem Fürstentreffen in Würzburg fern.

»Wie soll ich so eine Übereinkunft mit ihm erreichen, damit ich mein Versprechen dir gegenüber einhalten kann?«, fügte der König schließlich frustriert an.

»Ganz einfach«, fand der Löwe. »Noch zwei Vorladungen, die

er ebenfalls ignorieren wird, und du kannst ihn bannen. Dann ist Bayern mein. Hat es dein Oheim, König Konrad, nicht ebenso mit meinem Vater gemacht?«
In diesem letzten Satz steckte reichlich Schärfe.
»Vetter, ich kann ein Unrecht nicht gutmachen, indem ich genau dieses Unrecht wiederhole!«, protestierte Friedrich. »Wollten wir nicht eine bessere Welt als unsere Vorgänger schaffen? Ich hatte dir von Anfang an gesagt, ich brauche Zeit, um die Voraussetzungen zu schaffen. Außerdem darf ich Jasomirgott nicht völlig verärgern – er ist mit einer Nichte des Kaisers von Byzanz vermählt, und ich brauche Manuel Komnenos. Er hatte enorme Gebietsforderungen an meinen Oheim für seine Hilfe während des Kreuzzuges. Und die will und muss ich mir als Mitgift für meine byzantinische Braut zurückholen. Abgesehen davon ist Manuel ebenso mein Verwandter wie Jasomirgott … über einige Umwege. Und der Babenberger steckt mit dem Böhmenherzog und den Ostsachsen unter einer Decke.«
»Was also wirst du tun, *Vetter*, damit ich endlich zu meinem angestammten Recht komme?«, fragte der Löwe harsch und fordernd. »Deinen Freund Welf, meinen Oheim, hast du doch auch gerade zum Herzog von Spoletò ernannt und ihm die Mathildeschen Güter und die Toskana überlassen!«
»Dieses neue Herzogtum muss er sich erst selbst einrichten, und die Mathildeschen Güter standen ihm zu.«
»Mir steht Bayern auch zu!«, rief der Löwe wütend.
Friedrich runzelte die Stirn und ging Heinrich betont langsam entgegen, den Blick starr auf ihn gerichtet.
»Ich habe dir die reichen Goslarer Bergwerke gegeben! Ich habe dir das reiche Winzenburg gegeben! Und nebenbei auch noch Frieden geschaffen mit deinem ärgsten Feind, dem Bären, der endlich schwor, seine Angriffe zu unterlassen«, sagte er scharf. »An dem völlig verarmten Plötzkau hättest du ohnehin keine Freude gehabt. Ich stopfte es dem Bären ins Maul, damit er aus Dankbarkeit dafür, dass ich ihn wegen der Überfälle auf dein

Land nicht ächte, endlich Ruhe gibt! Und auch der Wettiner, dein nächster Feind, wird sich künftig also ruhig verhalten.«
Er atmete tief durch und sah seinem jungen Vetter ins Gesicht. »Ist dir das *gar nichts* wert? Du bist doch ohnehin schon der reichste aller deutschen Fürsten! Du hast das Goslarer Silber und das Lüneburger Salz und hältst mehr Land als ich, der König!«
»Nachdem du dein Herzogtum Schwaben so großherzig an Konrads kleinen Sohn übertrugst«, spottete Heinrich. »Aber natürlich regierst du es weiter, bis der arme Junge volljährig ist …«
»Heinrich, treib es nicht auf die Spitze!«, warnte Friedrich. »Wenn ich dir *jetzt* Bayern gebe und damit Jasomirgott auch noch öffentlich demütige, wenden sich die Fürsten gegen dich. Dann kehren die alten Kriegszeiten zurück, die wir doch beenden wollten.«
»Gib mir Bayern, und ich schwöre, ich werde dir mit einer Streitmacht nach Rom folgen, wie kein anderer sie aufbieten kann: eintausend Ritter!«, rief der Löwe leidenschaftlich. Seine kühle Pose hatte er ganz aufgegeben.
»Ich brauche Zeit«, beharrte der König. »Und falls ich es bis zum Romzug nicht schaffe, so verspreche ich dir, dass du stattdessen noch einige außerordentlich attraktive Privilegien erhältst.«
»Privilegien? Welche?«, fragte Heinrich gierig.
Nun zwang sich Friedrich zu einem vagen Lächeln.
»Das bleibt vorerst mein Geheimnis.«

Sobald der Löwe das königliche Quartier verlassen hatte, wandte sich Friedrich an den siebten Welf, den Sohn seines Freundes und Oheims, den er als Knappe an seinen Hof geholt hatte.
Bisher hatte der Bursche still und reglos in einer Ecke darauf gewartet, dass ihm ein Befehl erteilt wurde.
Der erfolgte sofort.

»Such deinen Vater, den Grafen von Lenzburg und den Wittelsbacher. Sie sollen sich sofort hier einfinden. *Sofort!* Und du kannst dir in meinem Auftrag so viele Leute nehmen, wie du brauchst, um sie schnellstmöglich aufzutreiben.«
Der Vierzehnjährige nickte eifrig, verneigte sich tief und schoss davon.
Er war ein schlaues Bürschlein, dem Vater ganz aus dem Gesicht geschnitten, und Friedrich vertraute darauf, dass er die Gesuchten rasch bringen würde.
Tatsächlich trafen sie schneller bei ihm ein, als seine schlechte Laune verflogen war.
»Was ist geschehen?«, fragte der sechste Welf besorgt.
»Lasst uns ausreiten, jetzt gleich!«, forderte Friedrich. »Ich muss hier raus und endlich wieder einmal den Kopf freibekommen.«
Niemand von seinen drei Vertrauten kommentierte dies, denn sie kannten ihn und diese Gewohnheit.
Sie gingen hinunter auf den Hof , ließen sich ihre Pferde satteln und in Windeseile etwas Proviant zusammenpacken. Die königliche Leibwache erhielt Order, gebührenden Abstand zu wahren.
Es war ein schöner Herbsttag. Die Sonne stand tief und warf goldene Strahlen auf den Main, das Laub begann schon, sich zu färben.
Zu viert ritten sie aus der schon etliche hundert Jahre alten Stadt hinaus und dann in wildem Galopp ein Stück am Ufer des Mains entlang, an Weinbergen vorbei, bevor Friedrich in ein Wäldchen einbog.
Über einen schmalen Pfad gelangten sie auf eine Lichtung, und jeder von ihnen sog den würzigen Duft des Waldes nach Pilzen, Nadeln und feuchtem Laub ein. Tauben gurrten, ein Eichelhäher schrie und flog von dannen, ein Specht begann nach kurzer Pause erneut, Futter unter unter einer Baumrinde herauszuhämmern.

Sie banden die Pferde lose an und machten es sich auf umgestürzten Baumstämmen bequem. Otto von Wittelsbach hatte silberne Becher und einen Schlauch Wein mitgebracht und übernahm das Einschenken.

»Was ist los?«, bohrte Welf nun erneut.

Friedrich holte tief Luft und fuhr sich mit den Fingern durch die vom Wind zerzausten Locken.

»Seit einem halben Jahr reite ich durch das Land und halte Hof«, begann er. »Die Menschen achten mich als ihren König. Im Norden habe ich Frieden geschaffen mit Sven, im Osten gerade eben durch die Versöhnung von Löwe, Bär und Wettiner nach jahrelangem Streit. Doch wohin ich auch sonst blicke – nur Krieg und Streit.«

Er stand auf und ging ruhelos durchs raschelnde Laub, das Gesicht den anderen zugewandt und heftig gestikulierend.

»Ich habe in Ulm einen Landfrieden verkündet, aber ein paar Dummköpfe fallen ausgerechnet über Höxter her, das zu Wibalds Corvey gehört. Nun schickt er seine Klagen in alle Welt. Ich will den Magyaren ihren Angriff auf Konrad heimzahlen und kann es nicht, weil mir niemand Truppen stellt. Ich will Burgund wieder enger ans Reich binden und schaffe es nicht. Nun kommen auch noch die Italiener und wollen mich für ihre Streitigkeiten ausnutzen! Die einen erklären mir ihre Feindschaft, die anderen bieten mir ihre Freundschaft, wenn ich ihre Gegner bezwinge. Die Stadt Rom besitzt sogar die Frechheit, mich zu ihrem Feind zu erklären, nur weil ich dort vom Papst gekrönt werden will! Und von dieser Krönung bin ich weiter entfernt denn je …«

Wütend starrte er in die Luft.

Schon die Rückkehr der Gesandtschaft unter Eberhard von Bamberg aus Segni, wo der Papst derzeit residierte, war nicht so erfreulich verlaufen wie erwartet. Zumindest, was ihre Botschaften betraf.

Seine Heiligkeit *bestätigte* Friedrich als König, was dieser als

Frechheit empfand, weil Eugen das in seinen Augen nicht zustand. Der Papst war nur der Stellvertreter Gottes, nicht Gott selbst.
Und dann gab es zwar die schönsten Nettigkeiten in dem Pergament und in den mündlichen Botschaften, aber Eugen hatte jede Menge Forderungen und wollte Garantien.
»Vielleicht war der zerstörte Dom in Regensburg ein schlechtes Omen«, meinte der Lenzburger nachdenklich und schenkte sich nach, durstig vom Ritt. Friedrichs Festkrönung dort musste in die Klosterkirche St. Emmeram verlegt werden, weil der Regensburger Dom gerade Opfer einer Feuersbrunst geworden war. Ein wahrlich trauriger Anblick … Und genau während des Regensburger Hoftags war die Gesandtschaft vom Papst zurückgekehrt.
»Deine eigenmächtige Ernennung Wichmanns zum Erzbischof von Magdeburg hat Eugen sehr erzürnt«, erinnerte Ulrich.
»Ja, und dieser fette alte Propst, der das Amt wollte – wie hieß der doch gleich? –, ist auch sofort losgetippelt, um sich bei Seiner Heiligkeit zu beschweren«, meinte der Wittelsbacher verächtlich. »Mich wundert, dass er weiter als sechzig Schritte gekommen ist.«
Welf dagegen grinste genüsslich.
»Ich denke, viel schlimmer hat den Papst die Stellungnahme der Geistlichen dazu getroffen. Ist das nicht unerhört? *Drei Erzbischöfe* und *sieben Bischöfe* setzen sich in einem Schreiben für *deinen* Erzbischof Wichmann ein. Wenn das keine Revolte ist! Zur Strafe lässt dich der alte Mann eben zappeln … Ich meine: Seine Heiligkeit. Obwohl sich Rachsucht in seinem Amt eigentlich nicht ziemt. Sein Legat ist auch noch nicht eingetroffen.«
»Da seht ihr es wieder: Die alten Starrköpfe wollen um jeden Preis verhindern, dass junge, fähige Leute an die Macht kommen!«, grollte Friedrich. »Und so ist noch gar nichts entschieden, alles befindet sich in der Schwebe. Selbst über meine

Scheidung lässt er mich im Ungewissen, nur um das Bußgeld in die Höhe zu treiben!«

»Was hast du nun vor?«, fragte Ulrich von Lenzburg.

»Ich weiß es nicht«, gestand Friedrich, und dieses Eingeständnis fiel ihm schwer. Er war doch so voller kühner Pläne! Und Geduld gehörte nicht zu seinen Stärken.

»Die Zeit rennt mir davon. Ich brauche Ergebnisse. Und die Kaiserkrone. Ich muss wohl noch einmal eine Gesandtschaft zu Eugen schicken. Schluss mit unverbindlichen Nettigkeiten! Jetzt wird hart verhandelt.«

»Wen wählst du dafür aus?«, fragte Welf neugierig.

»Die Bischöfe von Havelberg und Konstanz, die ihn gut kennen, zwei von den Norditalienern … und Ulrich, wenn du mir diesen Dienst erweisen würdest?«

Er sah den Lenzburger fragend an.

Friedrich hatte auch an den schlauen Rainald von Dassel gedacht. Aber den wollte er sich für den Fall aufheben, dass gar nichts mehr voranging.

Verblüfft starrte Graf Ulrich auf Friedrich, mit dem er Seite an Seite das Fiasko des Kreuzzuges erlebt hatte. Schlimmer als dort kann es nicht werden, dachte er zynisch, behielt diese Überlegung aber für sich und verneigte sich.

»Es ist mir eine Ehre.«

Friedrich erhob sich, die anderen taten es ihm gleich, banden ihre Pferde los und ritten zurück.

In Würzburg wurden sie vermutlich schon dringend erwartet. Denn gleich begann die Zusammenkunft, in der die Fürsten den Eid leisten sollten, mit ihrem König nach Rom aufzubrechen. Wenigstens diesen Erfolg – neben der vorläufigen Aussöhnung von Löwe und Bär – konnte Friedrich erreichen.

Im Heerbann würden natürlich die Markgrafen von Brandenburg und Meißen fehlen, die sich wieder einmal darauf beriefen, die Ostgrenzen des Reiches mit ihren Truppen schützen zu müssen. Gnädig gab Friedrich ihnen darin nach. Weil sie ohnehin nicht viele Truppen stellen konnten und weil es nur Gezänk zwischen ihnen und Heinrich dem Löwen geben würde. Das konnte er in seinem Heer nun wirklich nicht brauchen.

Zurück in Meißen

Dietrich, Gunda, Hedwig, Christian und Josefa; Meißen, Oktober 1152

Endlich konnte die Kolonne der beiden Markgrafen und ihrer Begleiter den Meißner Burgberg vor sich sehen, und wohl jeder atmete auf, dem Ziel nah zu sein.

Sie reisten nun schon seit dem Sommer durch die Lande: Adeles Hochzeit in Dänemark, der Besuch auf der Brandenburg, von da aus nach Würzburg zum Hoftag, wo Albrecht zu aller Erleichterung für seine Angriffe auf welfisches Gebiet nicht bestraft wurde, sondern sogar Plötzkau zugesprochen bekam. Winzenburg durfte er nach seinen Verfehlungen natürlich nicht mehr erwarten. Das sah selbst der Bär ein. Er war noch einmal glimpflich davongekommen.

So konnten sie beruhigt allesamt nach Meißen reiten, um dort die Hochzeit von Otto und Hedwig zu feiern.

Beim Anblick der Burg beschleunigte die Kolonne unwillkürlich das Tempo. Wind wirbelte buntes Laub durch die Luft, dunkle Wolken ballten sich am Himmel, und bald würde ein Regenschauer niedergehen.

Der Burgberg war noch nicht lange in Sicht, als ihnen ein Reiter in einem Tempo entgegenpreschte, das nichts Gutes verhieß. Dies war kein Bote, der sie einfach nur willkommen heißen sollte. Mit gerunzelter Stirn starrte Konrad ihm entgegen und erkannte seinen Ritter Raimund von Muldental, dem er die

Kampfausbildung seiner Söhne Dedo und Heinrich anvertraut hatte. War einem von beiden etwas zugestoßen?
Doch Raimund verneigte sich ehrerbietig vor den Markgrafen und den edlen Damen, begrüßte sie und bat, eine dringende Nachricht an Fürst Dietrich überbringen zu dürfen.
Gunda!, war dessen erster und einziger Gedanke. In diesen Tagen sollte sie ihr zweites Kind zur Welt bringen. Seinen Sohn oder seine Tochter. Lebte sie? Lebte das Kind?
Er dirigierte seinen Hengst nach vorn, direkt an Raimunds Seite und außer Hörweite Dobroniegas, und forderte ihn auf zu sprechen.
»Gräfin Kunigunde ist niedergekommen. Doch es gibt … Schwierigkeiten«, raunte der Ritter bedrückt.
»Lebt sie? Ist die Wehmutter bei ihr?«, fragte Dietrich hastig und atmete auf, als Raimund beides bejahte. Josefa war eine überaus fähige weise Frau; sie hatte nicht nur ihn und alle seine Geschwister auf die Welt geholt, sondern auch seine Tochter Gertrud und den kleinen Dietrich, ohne dass die Wöchnerinnen im Kindbett starben. Was bemerkenswert war, denn sehr viele Frauen erlitten dieses Schicksal.
Der Sohn des Markgrafen wandte sich um.
»Erlauchter Vater, mit Eurer gütigen Erlaubnis reite ich voraus. Überaus dringende Angelegenheiten erfordern meine Anwesenheit auf dem Burgberg.«
Konrad nickte nur. Er ahnte schon, worum es sich handelte, und hoffte inbrünstig, Dietrichs Geliebte war zum Gebären in einer Gästekammer untergebracht, die weit von Dobroniegas Kemenate entfernt war. Ein Streit zwischen beiden Weibsbildern ausgerechnet vor der Hochzeit von Otto und Hedwig fehlte ihm gerade noch!
Dietrich gab seinem Hengst die Sporen und trieb ihn im Galopp den Burgberg hinauf. Raimund ritt vor ihm und schrie laut und warnend den Leuten in den Gassen entgegen: »Macht Platz! Macht Platz für den Sohn des Markgrafen!«

Im markgräflichen Bereich des Plateaus wartete bereits einer der jüngsten Knappen auf ihn, ein Freund von Raimunds gleichnamigem Sohn, um ihm das Pferd abzunehmen.
»Wenn Ihr es wünscht, Durchlaucht, geleite ich Euch umgehend zu der Wehmutter«, meinte der Knappe mit gedämpfter Stimme. »Ich muss nur noch Euer Pferd den Stallburschen übergeben.«
Dietrich sah sich ungeduldig nach einem solchen um und entdeckte dabei eine kleine Gestalt, die mit fliegenden Zöpfen auf ihn zugerannt kam.
»Vater!«, jubelte seine und Dobroniegas Tochter Gertrud und umklammerte seine Beine. Sie war in der Hochzeitsnacht gezeugt worden – das einzige Mal, dass Dietrich mit seiner Gemahlin das Bett geteilt hatte, bevor sie ihn mit ihrem Hass daraus vertrieb. Gertrud wurde in Meißen erzogen, nicht in Eilenburg, damit ihre Mutter ihr keinen Abscheu gegen den Vater einpflanzen konnte. Die schien ihre Tochter nicht zu vermissen.
Dietrich war jetzt zwar in höchster Sorge um Gunda und ihr Kind, doch er wollte die Fünfjährige nicht enttäuschen, die sich so freute, den Vater endlich wiederzusehen.
Er hob sie kurz hoch, küsste ihre Stirn und setzte sie dann schwungvoll wieder ab. »Hast du auch der Kinderfrau keinen Ärger bereitet?«, fragte er.
Energisch schüttelte Gertrud den Kopf, so dass ihre Bundhaube fast davonflog.
Dietrich fing die Kopfbedeckung auf, rückte sie zurecht und ging in die Knie, um auf Augenhöhe mit dem Kind zu sprechen. »Dann habe ich auch ein Geschenk für dich. Sogar zwei Geschenke!«
Gertruds Augen wurden kugelrund und strahlten.
Er zog aus seinem Almosenbeutel ein Kreuz aus Bernstein, das an einem Lederstreifen hing.
»Sieh, wie es leuchtet! Das sind die Tränen des Meeres«, sagte

er mit geheimnisvoller Stimme. »Du weißt doch, dass wir das Meer überquert haben, weil deine Tante Adele den dänischen König geheiratet hat.«
Fasziniert griff die Kleine nach dem Schmuckstück.
Das werden ihr die Nonnen in Gerbstedt wohl lassen und nicht als eitlen Tand verdammen, dachte Dietrich bedrückt. Wie alle Mädchen der Familie außer Adele würde Gertrud schon bald in diesem Frauenkloster erzogen werden, und die meisten seiner Schwestern zogen es vor, dort zu bleiben, statt sich zu vermählen. Oda, die Älteste, war schon Äbtissin.
Er band Gertrud das Kreuz um den Hals. Die kniff ein Auge auf sehr erheiternde Art zusammen, um durch den Bernstein hindurchzuschauen.
Dann zog er das zweite Geschenk aus seinem Almosenbeutel, eine silberne dänische Münze. »Sieh her, Liebes: Hier erkennst du Adeles Gemahl Sven, den König der Dänen. Bewahre die Münze gut auf, dann hast du immer eine Erinnerung an deine Tante, die dich sehr mag und dich grüßen lässt.«
Seine Lieblingsschwester hatte sich hier in Meißen überaus fürsorglich um die kleine Gertrud gekümmert.
Begeistert nahm die Fünfjährige die Münze in ihre von Süßwerk klebrige Hand und umschloss sie fest.
Erleichtert sah Dietrich nun den Knappen zurückkehren und hielt Ausschau nach der Kinderfrau. Die wartete ganz in der Nähe, fing seinen Blick auf, kam sofort heran, knickste tief und nahm Gertrud bei der Hand.
»Kommt nur, liebes Kind, Euer Vater muss sich jetzt um anderes kümmern«, sagte sie. Gehorsam folgte ihr das kleine Mädchen, drehte sich aber noch einmal um, rief »Danke!« und winkte ihrem Vater zu.
Doch da folgte Dietrich schon dem Knappen mit weit ausholenden Schritten.
»Wie ist dein Name?«
»Christian.«

Da der Junge keinen zweiten Namen nannte, der seine Herkunft verriet, war er vermutlich ein nachgeborener Sohn oder Bastard eines Ritters. Und offensichtlich war er noch keinem der Ritter fest zugeteilt; vielleicht deshalb.

»Wie geht es der Gräfin?«, fragte er ungeduldig.

»Gut angesichts … Gleich werdet Ihr sie sehen, Durchlaucht«, wich der Knappe aus.

Sie hatten einen Seitenflügel des Palas erreicht, wo Gunda auch schon bei ihrer ersten Niederkunft untergebracht worden war. Dietrich sandte ein stummes Gebet an die Heilige Jungfrau und wagte nicht, weiter zu fragen. Er konnte sich die Antwort denken und wollte die traurige Gewissheit noch ein wenig hinauszögern, wenn auch nur für diesen winzigen Moment.

Christian klopfte an die Tür und rief: »Josefa, Fürst Dietrich ist hier. Darf er hineinkommen?«

Statt einer Antwort hörten sie einen Schemel auf dem Boden scharren, dann wurde die Tür geöffnet, und die grauhaarige Heilerin mit dem gütigen Gesicht kam heraus.

»Durchlaucht!«, begrüßte sie den jungen Fürsten ehrerbietig und beantwortete gleich seine unausgesprochene Frage, während sie die Tür wieder hinter sich schloss.

»Der Gräfin selbst geht es gut … den Umständen entsprechend. Doch das Kind …«

Sie sah ihn an, zutiefst mitfühlend. »Es kam tot zur Welt, heute Morgen. Die Nabelschnur hatte sich um seinen Hals geschlungen.«

Als sie es bemerkte, hatte Josefa sofort ihre Finger vorsichtig unter die Nabelschnur geschoben, um dem Kind Luft zu verschaffen. Aber es war zu spät, das kleine Gesicht war blau angelaufen, das Neugeborene reglos.

»Ein Mädchen. Ich versuchte, ihm noch für einen winzigen Moment Atem einzuhauchen, damit der Kaplan es taufen konnte. Dann flog seine unschuldige Seele gen Himmel«, berichtete sie bedrückt.

Sie hatte das tote Neugeborene gewaschen und in Tücher gehüllt und dann der trauernden jungen Frau in den Arm gelegt, damit sie Abschied nehmen konnte von dem Wesen, das sie neun Monate lang unterm Herzen getragen hatte.
Inzwischen nahmen sich ein paar dienstbare Geister seiner an und bereiteten es für das Kinderbegräbnis vor.
»Geht es der Gräfin gut genug, dass ich zu ihr kann? Oder braucht sie weiter deine … Hilfe?«
Dietrich brachte die Worte kaum heraus, zerrissen von Schmerz und dem dringenden Wunsch, durch die Tür zu Gunda zu stürmen.
»Für den Moment habe ich alles getan, was nötig war«, antwortete Josefa leise. »Eure Gegenwart wird sie trösten. In der Nacht soll jemand bei ihr wachen. Morgen komme ich wieder, um nach ihr zu sehen.«
»Der Herr lohne es dir«, sagte Dietrich, so untröstlich er auch war. Wenigstens lebte Gunda.
Er wandte sich zu Christian um. »Da es schon dunkel wird, begleitest du die weise Frau hinunter ins Dorf.«
Dann griff er in seinen Almosenbeutel und bezahlte Josefa großzügig, außerdem wies er an, ihr auch Brot und Fleisch aus der Küche zu geben. Sie hatte getan, was sie konnte.
Knappe und Wehmutter verneigten sich und gingen.
Endlich betrat Dietrich die Gebärkammer, im Herzen wund.
Gunda lag in frische Unterkleider gehüllt, gewaschen und gekämmt im Bett. Kreidebleich war sie, und die Augen waren vom Weinen verquollen.
Dietrich stürzte zu ihr, griff nach ihren Händen, küsste sie und zog sie vorsichtig an sich. »Wir werden noch mehr Kinder haben, starke Söhne und hübsche Töchter«, sagte er hilflos.
Er holte tief Luft und brachte mühsam heraus: »Wie hast du sie genannt?«
»Ida, nach meiner Mutter«, flüsterte sie. Tränen rollten über

ihre Wangen. »Sie war so winzig, so klein. Und sie hatte schon so viele dunkle Haare.«
»Nun ist ihre Seele im Himmelreich beim Allmächtigen Vater.« Das war alles, was ihm einfiel, um sie zu trösten. Doch es gab keinen Trost für eine Mutter, die gerade ihr Kind verloren hatte. Und auch nicht für ihn – außer dass seine Geliebte noch lebte.
»Soll ich dir irgendetwas bringen lassen? Essen? Mehr Kissen und Decken? Jemanden, der dir aus der Heiligen Schrift vorliest? Oder möchtest du schlafen?«
»Bleib ein wenig bei mir, wenn du kannst. Bitte! Und dann geh in den Dom und sprich ein Gebet für unsere kleine Ida.«
Er nickte, setzte sich auf den Bettrand und ließ Gundas Hand nicht los, während er mit der anderen immer wieder tröstend über ihre Wange und ihr Haar strich.

Die Reisegesellschaft war inzwischen auf dem Burghof eingetroffen, und es herrschte das übliche Gewimmel von Angekommenen, Stallknechten, Dienern, die ächzend Truhen davonschleppten, und Menschen, die Ausschau nach Familienangehörigen hielten.
Christian trug eine Fackel und bedeutete Josefa, sich mit ihm am Rand vorbeizuschlängeln, damit sie unbehelligt zum Tor gelangten. Plötzlich trat ihm Randolf in den Weg, der gerade Ottos Hengst den Stallburschen übergeben hatte.
»Ist das dein Knappendienst, Bastard? Ein altes Kräuterweib ins Dorf zu bringen? Sie war wohl bei der Eilenburger Hu– «
»Vorsicht, Randolf!«, fiel ihm Christian scharf ins Wort. »Ich dachte, die Lektion wäre für dich einprägsam genug gewesen, dieses Wort nicht in Zusammenhang mit Gräfin Kunigunde zu verwenden.«
So etwas duldete Markgraf Konrad nicht, und das hatte Randolf einmal eine Tracht Prügel und jede Menge Strafarbeiten eingebracht.
»Aber wie sich gerade zeigt, bist du sogar zu dumm, dir das zu

merken.« Christian lachte den Größeren glatt aus und erklärte Josefa vergnügt: »Zwanzig Hiebe hat er vor den Augen aller bekommen – und er hat's *vergessen!*«
Dann wandte er sich wieder seinem Feind zu. »Weißt du wenigstens noch, wie du heißt und wozu ein Schwert gut ist, Schwachkopf?«
Randolf wollte mit der Faust ausholen und Christian niederschlagen, doch der schwenkte nur ein wenig die Fackel, um den Angriff aufzuhalten.
Überraschend für beide Knappen mischte sich nun Josefa ein.
»Ihr werdet mich eines Tages brauchen, junger Herr«, sagte sie bestimmt und sehr zur Verblüffung des Weißblonden. »Ob es nun ein Fieber ist, das nicht weichen will, eine eitrige Wunde … oder aber die Geburt Eures ersten und einzigen Sohnes.«
Randolf wurde blass.
»Du bist … eine Zauberin!« Rasch formte er mit den Fingern ein Zeichen gegen das Böse.
»Also lasst uns lieber unbehelligt gehen!«, mahnte Josefa. Überrumpelt trat Randolf beiseite.
»Und seid künftig vorsichtig mit diesem Wort«, riet sie noch, woraufhin der Weißblonde das Weite suchte.
»Lass dich nicht immer von ihm provozieren!«, schalt die weise Frau Christian – einen Jungen, den sie einst ebenfalls auf die Welt geholt hatte, als seine Eltern noch in der gleichen Gasse wohnten wie sie. Nur durfte das niemand wissen.
»Der Markgraf bevorzugt ihn, er stammt aus einer angesehenen Familie. Während du nicht einmal zugeben darfst, wer dein Vater war. Wenn jemand erfährt, wer du bist, wirst du vom Hof gejagt.«
»Das lässt der Markgraf nicht zu«, behauptete Christian überzeugt. »Ich *muss* mich gegen Randolf wehren, sonst stehe ich als Feigling da. Dann denkt er noch, er kann alles mit mir machen.«
»Und wenn der alte Markgraf stirbt? Wissen seine Söhne von

deinem Vater und Konrads Versprechen? Werden sie dich auch schützen?«, mahnte Josefa.

Christians Vater Lukian war ein Spielmann gewesen – und Markgraf Konrads bester Spion. Als Lukian entlarvt und grausam hingerichtet wurde für einen Mord, den er nicht begangen hatte, löste der Markgraf sein Versprechen ein und holte den damals siebenjährigen Sohn seines Spions auf den Burgberg, um ihm eine Zukunft als Ritter zu ermöglichen. Einzig Edwin, der Truchsess, wusste noch davon und tat sein Bestes, den übermütigen Jungen vor Leichtsinn zu bewahren.

»Ich kann auch wieder zum Schmied gehen und dort meine Lehre fortsetzen«, meinte Christian achselzuckend, während sie die gewundenen Gassen hinabgingen und die ersten Regentropfen fielen.

»Man wird dich einen Lügner und Betrüger schimpfen und zur Stadt hinausjagen, wenn nicht gar aufhängen«, warnte Josefa.

»Streiten wir nicht, liebe Muhme«, bat Christian. Die alte Muhme – so wurde Josefa von vielen Meißnern genannt.

»Ich möchte den Moment ganz auskosten, mit dir durch die Gassen zu unserer alten, windschiefen Kate zu laufen ... als würden dort noch Mutter und Vater auf mich warten«, gestand Christian wehmütig.

»Du vermisst sie sehr.«

»Ja. Und ich bete jeden Tag für ihr Seelenheil.«

Sie hatten nun die Gasse im unteren Viertel erreicht, in der Josefa lebte und in der auch Christian mit seinen Eltern gewohnt hatte. Zögernd ging er auf die Kate zu, die einmal sein Zuhause gewesen war und in der seine Mutter starb. Erfroren in einem eiskalten Winter. Ein bedauerlicher Unglücksfall, hieß es. Doch Christian und Josefa befürchteten insgeheim, dass Hanka selbst die Hintertür zum Garten geöffnet hatte, nicht der Sturm. Dann hatte sie sich ins Bett gelegt und gewartet, bis die hereinfegenden Schneewehen sie bedeckten. Sie konnte den grausigen Tod ihres Mannes und den Abschied von ihrem Sohn nicht verwinden. In ihrer Trostlosigkeit lud sie sogar die schlimmste Sünde auf sich, die ewige Verdammnis bedeutete: sich selbst das Leben zu nehmen.

Doch es waren ja Schnee und Kälte, die sie töteten, vielleicht ist ihre Seele doch gerettet, dachte Christian jeden Tag bei seinen Gebeten für sie. Wäre er nur bei ihr gewesen! Dann würde sie womöglich heute noch leben.

In dem Haus wohnte längst eine andere Familie, also folgte Christian Josefa in ihre Hütte.

Hier war noch alles so, wie er es in Erinnerung hatte: windschiefe Balken, Bretter voller Töpfchen und Tiegel, Kräuterbündel, die zum Trocknen von den Dachsparren hingen.

»Hungrig siehst du aus, Bursche. Man sollte nicht glauben, dass du auf einem Fürstenhof lebst«, spottete die weise Frau und schöpfte ihm eine Schale voll kalten Brei, gab sogar noch einen Klacks Honig darauf. Dann kramte sie zwischen ihren Tinkturen und Pulvern herum und rührte eine Salbe in Gänseschmalz an.

Sie reichte ihm den Tiegel und seufzte. »Beinwell. Das lässt Blutergüsse besser abheilen. Bei euren ständigen Prügeleien sollte ich dir einen Bottich voll mitgeben! Zumal jetzt, wo dieser Randolf wieder da ist.«

Christian grinste und schaufelte hungrig den letzten Löffel Brei in sich hinein.

»Dort in dieser Truhe findest du alles, was ich von den Besitztümern deiner Eltern retten konnte.«

Josefa deutete auf das Möbelstück und klappte den Deckel auf.

»Das meiste hatten sich die Nachbarn schon geholt. Und Hankas Stickgarne forderte ihr Vormund ein, dem durfte ich sie nicht verweigern. Das hier ist ihre letzte, unvollendete Arbeit. Es wagt sich niemand daran.«

Sie zeigte ihm ein Stück Leinen, das als Besatz für den Halsausschnitt eines Kleides gedacht war, opulent mit wunderbaren Blüten bestickt, aber kaum zur Hälfte fertig.

»Auf dem Boden der Truhe sind auch die Spielmannskleider deines Vaters und seine Flöte«, fuhr Josefa fort. »Du weißt also, wo du alles findest, wenn ich einmal sterbe.«

»Josefa, du wirst uns alle überleben, selbst mich!«, sagte Christian lächelnd, der seine Rührung angesichts der Erinnerungsstücke verbergen wollte.

Josefa erschrak und bekreuzigte sich hastig.

»Sag so etwas nicht!«, mahnte sie streng. »Man kann das Schicksal auch herbeireden. Damit ist nicht zu spaßen. Habe ich dich nicht schon oft genug gewarnt?«

Der Junge nickte reuevoll.

»Du musst jetzt los, sonst bekommst du noch Ärger auf der Burg, weil du herumgetrödelt hast«, drängte die Muhme und nahm ihm die leere Schüssel aus der Hand. »Es sind viele edle Herren und Damen angekommen, da gibt es jede Menge Arbeit für die Knappen. Sie werden dich schon suchen, und zwar sehr ungeduldig, wie ich vermute.«

Christian gab der weisen Frau einen Kuss auf die Wange und lief los. Josefa hatte recht, auf dem Burgberg würden sie schon wütend auf ihn warten.

Aber einen kleinen Umweg machte er doch noch, um am Grab seiner Mutter zu beten. Da es mittlerweile goss wie aus Kannen, würde ihn schon niemand entdecken

Vertrauliche Gespräche

Hedwig und Gunda; Meißner Burgberg, Oktober 1152

In einem hatte sich Josefa getäuscht. Christian wurde zwar dringend erwartet, aber nicht wütend auf dem Hof, sondern heimlich im Palas. Während in der Halle das Mahl lautstark seinen Lauf nahm, rief eine Mädchenstimme leise aus dem Gang nach ihm.

Christian trat näher und erkannte Hedwig, Ottos Braut. In ein paar Tagen sollte die Hochzeit gefeiert werden.

»Du bist doch der Knappe, der meinen künftigen Schwager Dietrich vorhin zur Gräfin Gunda geführt hat?«, fragte sie, ohne jedoch einen Zweifel daran zu lassen, dass sie das genau wusste – wer weiß, woher.

Zögernd bejahte Christian, während er auf ein Knie sank und den Kopf senkte.

»Nun, ich würde gern mit ihr sprechen, ohne dass es jemand mitbekommt. Bring mich zu ihr!«, befahl die Tochter des Bären und warf ihre langen blonden Zöpfe auf den Rücken.

»Euer Durchlaucht … Ich glaube nicht, dass ich das darf«, stammelte er.

»*Ich* glaube das durchaus«, widersprach sie schnippisch. »Ich bin eine Fürstentochter und in wenigen Tagen Ottos Gemahlin, also deine künftige Herrin. Und du bist ein Knappe. Du musst mir gehorchen.«

Sie wurde nun milder im Ton, lächelte sogar.

»Sei unbesorgt! Markgraf Dietrich wacht diese Nacht im Dom, um für das Seelenheil des armen Kindes zu beten.« Rasch bekreuzigte sie sich. »Wir stören also nicht. Und wenn wir vorsichtig sind, wird uns auch niemand in den Gängen sehen. Alle sitzen noch beim Mahl und denken, ich schlafe längst.«

Christian war mehr als verblüfft, was die zierliche Hedwig in der kurzen Zeit seit ihrer Ankunft alles herausgefunden hatte. Aber sie hatte schon vor der Reise einige Zeit hier gelebt und sicher nicht nur Augen und Ohren offen gehalten, sondern vermutlich auch heimliche Verbündete gesucht – und gefunden. Zu denen nun anscheinend auch er zählte.

»Wie Ihr wünscht, Durchlaucht«, gab er nach und führte Hedwig zu Gundas Kammer, wobei er vorausging und sorgsam darauf achtete, dass niemand sie sah.

Der Lärm der vielen Menschen in der Halle übertönte jedes Geräusch. Niemand bemerkte sie.

Hedwig klopfte ganz leise an die Tür für den Fall, dass die Gräfin schlief.

Eine Kammerfrau kam herausgehuscht, gab Auskunft, die Gräfin schlafe noch nicht, und bat nach kurzer Rücksprache Hedwig herein.

Christian stellte sich vor der Tür auf und hoffte inbrünstig, dass sich niemand in diesen Gang verirren würde.

Gunda lag immer noch totenblass und trauernd im Bett. Doch sie wurde sofort hellwach, als sie sah, wer ihre Besucherin war. Sofort scheuchte sie alle Frauen hinaus, bot Hedwig einen Platz an und sagte erschrocken: »Ihr solltet nicht hier sein!«

Die Dreizehnjährige schüttelte den Kopf.

»Zuallererst, liebe Gräfin, nehmt bitte mein Beileid zu Euerm Verlust entgegen. Die Heilige Jungfrau wird Euer kleines Mädchen liebevoll in ihre Arme schließen.«

»Ich danke Euch für Euer Mitgefühl. Und bitte verzeiht, wenn ich mich nicht erheben und Euch angemessen begrüßen kann. So setzt Euch doch!«

Kaum hatte Hedwig Platz genommen, fragte Gunda besorgt: »Fürchtet Ihr nicht, in schlechten Ruf zu geraten, wenn Ihr die *sündige Geliebte* Eures Schwagers aufsucht? Ich glaube nicht, dass Euer künftiger Gemahl diesbezüglich Nachsicht kennt.«

Plötzlich kam ihr ein alarmierender Gedanke.
»Oder« – sie richtete sich etwas auf – »besteht Ihr darauf, dass ich die Burg sofort verlasse, damit Eure Vermählung nicht von einem Ärgernis überschattet wird? Ich versichere Euch: Sobald ich in der Lage bin zu reisen, ziehe ich mich unverzüglich an die Mulde zurück, und Ihr werdet mich nie wieder zu sehen bekommen. Doch die Wehmutter riet mir dringend, noch einige Tage das Bett zu hüten.«
»Sorgt Euch nicht, das habe ich nicht vor«, beruhigte Hedwig sie sofort. »Ich würde Euch sogar sehr gern öfter treffen. Jedenfalls viel lieber als Dietrichs rechtmäßige Gemahlin.«
Hedwig zog einen Mundwinkel für einen winzigen Moment herab.
Dann lächelte sie ein wenig.
»Und abgesehen davon, dass mich niemand gesehen hat und dieser Knappe schweigen wird, wollte ich schon immer einmal die Gräfin von Plötzkau kennenlernen. Ich habe viel von Euch gehört, liebe Kunigunde, und ich weiß, dass Ihr, als Ihr nach Plötzkau verheiratet wurdet, so alt wart wie ich jetzt. Wie tapfer Ihr im Krieg gehandelt habt … Und später, als Ihr die Burg gegen den Angriff von Gesetzlosen verteidigen musstet.«
»Oh!«, war alles, was Gunda vor Überraschung herausbrachte.
Hedwig nestelte an ihrem Almosenbeutel.
»Ich bringe Euch ein Geschenk – dieses Bildnis der Heiligen Jungfrau. Ihr könnt es aufstellen und davor eine Kerze anzünden.« Sie zog einen kleinen Reisealtar aus dem Beutel hervor und reichte ihn Gunda, der schon wieder die Tränen in die Augen stiegen.
Die Wöchnerin betrachtete das Bild, und Hedwig las ihr den Wunsch vom Gesicht ab. Sie stellte den Altar auf einen Tisch und eine brennende Kerze dazu, so dass Gunda vom Bett aus beides sehen konnte. Dann sprachen sie gemeinsam ein Gebet für die kleine Ida.
Nach einem Moment der Stille sagte Hedwig: »Plötzkau ist auf

dem Hoftag in Würzburg gerade meinem Vater zugesprochen worden. Schmerzt Euch das?«

Verwundert sah Gunda sie an.

»Kein bisschen, glaubt mir! Möge Markgraf Albrecht damit froh werden. Ich hatte nicht einen glücklichen Tag dort.«

Hedwig verstummte und schluckte.

Dann brachte sie leise und besorgt heraus: »Ihr wart dreizehn, so wie ich jetzt, als Ihr mit dem alten Grafen Bernhard vermählt wurdet. Kein sehr freundlicher Mann, wie ich hörte. Doch fandet Ihr schließlich Euer Glück bei Dietrich.«

Sie zögerte und sprach noch leiser.

»In wenigen Tagen … soll ich einen Mann heiraten, der zwanzig Jahre älter ist als ich … und auch nicht besonders freundlich, obwohl er sich mir gegenüber sehr bemüht. Noch. Das tat Graf Bernhard anfangs sicher auch.«

Gunda nickte nur. Ihr war die Kehle wie zugeschnürt.

»Ich flehe Euch um Rat an, Kunigunde. Was kann ich tun, damit ich am Ende nicht sagen muss: Ich hatte nicht einen glücklichen Tag in Meißen?«

Gunda spürte die Verzweiflung des jungen Mädchens und überlegte fieberhaft.

Sofort stand ihr Isas Schicksal vor Augen, einer Freundin aus Plötzkau, so zierlich und blutjung wie ihre Besucherin, die von ihrem rücksichtslosen Gemahl geschwängert wurde und qualvoll starb, weil sie das Kind nicht zur Welt bringen konnte.

»Ihr solltet kein Kind austragen müssen, bevor Ihr etwas größer und fraulicher seid«, flüsterte sie. »Wenn Euer Gemahl nicht Euer Leben aufs Spiel setzen will, muss er Rücksicht auf Eure Jugend und Zartheit nehmen.«

Hedwig atmete tief durch. Das Gleiche hatten ihre Mutter und Sunhild auch gesagt. Doch was würde Otto dazu meinen? Wer durfte dieses Thema überhaupt vor ihm anschneiden?

Gunda überlegte, was sie der blutjungen Askanierin noch raten konnte, die in wenigen Tagen im Brautkleid vor die Kirchentür

treten würde und mit Markgraf Konrads ältestem Sohn vermählt werden würde, ohne sich dieses Schicksal und diesen Mann ausgesucht zu haben.
Die Väter der Brautleute wollten ein dynastisches Bündnis schließen. Wie es in ihren Kreisen üblich war. Persönliche Sympathien und Abneigungen spielten dabei keine Rolle. Sie selbst war einst als Mündel der Krone dem Grafen von Plötzkau gegeben worden, damit er treu zu König Konrad hielt.
Müde strich sie sich über die Augen.
»Vielleicht werdet Ihr mit Otto nicht solch ein Glück erleben wie ich mit Dietrich. Aber sicher auch nicht das Unglück, das mir mit Graf Bernhard auferlegt war. Nach allem, was ich weiß, verehrt Otto Euch, er ist wohl geradezu vernarrt in Euch. Sorgt dafür, dass dieser Zustand anhält, ganz gleich, wie Euch zumute ist. Lächelt ihn an, freut Euch über seine Geschenke, legt öfter Eure Hand auf seine … Kleine Gesten, die ihn glauben lassen, Ihr seid ihm zugetan. Sagt ihm, dass Ihr ihn vermisst, wenn er auf Reisen geht oder zur Jagd. Seht ihm in die Augen und lächelt, wenn Ihr das zustande bringt. Vor allem: Lasst ihn nie spüren, wenn Ihr ihn fürchtet! Das war mein größter Fehler.«
Sie verharrte einen Moment in schlimmen Erinnerungen und riss sich dann zusammen.
»Ich habe Graf Bernhard gefürchtet. Er wusste das und behandelte mich entsprechend. Überwindet Eure Furcht, sobald die Brautnacht vorbei ist. Diesen Schmerz müsst Ihr ertragen, doch dann wird es besser.«
Sie zögerte, suchte nach Worten.
»Werdet seine Gefährtin, seine Vertraute! Ihr seid klug, er ist impulsiv. Gebt ihm Ratschläge, aber vorsichtig, nie vor anderen, damit er sich nicht gedemütigt fühlt. So lernt Ihr, ihn zu lenken – zugunsten der Mark Meißen und ihrer Menschen. Und vielleicht …«
Gunda sank zurück in ihr Kissen und schloss kurz die Augen.

»Vielleicht beginnt Ihr beide mit der Zeit tatsächlich, einander zu verstehen und zu mögen.«

Auf eine Liebe wie zwischen Dietrich und ihr mochte sie der kleinen Hedwig keine Hoffnungen machen.

»Ihr werdet einmal Markgräfin sein, Euer Gemahl der Markgraf von Meißen. Das Land zu regieren, ist eine große Aufgabe, die ein Paar einen kann. Sorgt dafür, dass er Euch als seine Gefährtin sieht, als eine Ratgeberin an seiner Seite. Ihr könnt das!«

Das letzte und überzeugendste Argument hatte sich Gunda bis zum Schluss aufgehoben.

»Ihr seid die Tochter der Frau, die sogar den wilden Bären zu zähmen weiß. Ihr seid die Enkelin der kämpferischen Eilika. Von beiden habt Ihr gewiss eine Menge geerbt.«

Sie lächelte trotz ihrer Trauer.

Hedwig ließ die Worte auf sich wirken und fühlte sich in ihren Überlegungen bestätigt. Sie bedankte sich von Herzen.

»Jetzt solltet Ihr wirklich ruhen, Gräfin«, sagte sie und erhob sich.

Sie wies die draußen wartenden Kammerfrauen an, der Wöchnerin einen Schlaftrunk zu bringen. Dann ließ sie sich von dem Knappen Christian zu ihrer Schlafkammer führen – wo sie längst sein sollte, wie alle Welt dachte.

Scheidung in Konstanz

Friedrich I. und Adela von Vohburg; Konstanz am Bodensee, März 1153

Friedrich war nur mäßig glücklich über den Ausgang der neuerlichen Verhandlungen mit dem Papst hinsichtlich der Kaiserkrönung. Als dic Unterhändler mit Eugens Forderungen und Zusagen zurückkehrten, hatte er erst einmal geschluckt und tief durchgeatmet.

Der Papst lehnte Wichmanns Ernennung zum Erzbischof von Magdeburg strikt ab.

Doch dafür würde er den starrsinnigen, greisen Erzbischof von Mainz des Amtes entheben. Pfingsten in Worms sollte es geschehen. Friedrich freute sich schon auf das Gesicht des alten Widersachers. Den Bischöfen von Minden, Eichstätt und Hildesheim würde es ebenso ergehen.

Und was die Hauptsache war: Die Kaiserkrönung rückte in greifbare Nähe.

Heute nun sollte der Vertrag hier in Konstanz feierlich beschworen werden.

Wibald von Stablo hatte den Vertrag zu Pergament gebracht und dabei sein Geschick als Leiter der Hofkanzlei bewiesen, indem er Friedrich schon den Titel »Imperator« zuschrieb. Feierlich verlas der Abt die gesamte Urkunde vor allen Zeugen: den Unterhändlern, dem Erzbischof von Köln, dem Herzog Welf, dem Markgrafen von Baden und etlichen anderen edlen Herren.

Ungeduldig hörte sich Friedrich alles noch einmal in größter Ausführlichkeit an.

Dass er die aufständischen Römer unterwerfen und die Stadt wieder dem Papst übergeben werde, welcher ihn daraufhin zum Kaiser krönen würde. Dass er ohne Einwilligung des Papstes keinen Frieden mit Roger von Sizilien schließen solle –

was er ohnehin nicht vorhatte. Dass weder er noch der Papst Manuel Komnenos Land diesseits des Adriatischen Meeres überlassen sollte. Dies war schon heikler. Friedrich brauchte die byzantinische Hochzeit, um Konrads Vertrag nicht zu brechen. Doch die wollte Eugen ganz und gar nicht.

Dafür würde der Papst die Feinde des Reiches bannen und exkommunizieren. Wie praktisch!

Und dann gab es noch etwas, das Friedrich triumphieren ließ, obwohl es nicht in diesem Pergament stand.

Bei dem Gedanken daran musste sich der künftige Kaiser ein Lächeln verkneifen, während er weiter mit feierlicher Miene so tat, als lauschte er den Floskeln des Vertrages.

Endlich war seine Scheidung genehmigt!

Adela von Vohburg hatte sehr sorgfältig das Gewand für den Tag ausgewählt, an dem vor aller Welt im Konstanzer Münster ihre Ehe mit dem König geschieden werden sollte.

Nicht zu schlicht, denn immerhin war sie – oder nicht? – gerade eben noch die Gemahlin des Königs. Und für einen Kirchgang kleidete man sich festlich. Doch ihr Gewand war nur bestickt und nicht mit Edelsteinen besetzt, damit ihr niemand Eitelkeit oder gar Verschwendung von Friedrichs Besitz vorwerfen konnte. Sie hatte einen blauen Umhang gewählt. Blau wie der Umhang der Heiligen Jungfrau Maria, die Schutzpatronin des Konstanzer Münsters war. Vielleicht hatte die Gottesmutter ja Erbarmen mit ihr.

Während der Messe stand sie hinter einer der Säulen. Sie wollte den Leuten nicht noch mehr Schauspiel bieten, als es ohnehin schon der Fall war. Sie hatte bereits den Weg hinauf zum Kathedralenhügel allein zurücklegen müssen. Der König – ihr Gemahl – befand sich natürlich an seinem Ehrenplatz und suchte nicht ein einziges Mal ihren Blick. Dafür wusste sie hunderte andere Blicke auf sich gerichtet: hämische, neugierige und auch einige mitleidsvolle.

Nach der üblichen Liturgie verkündete Bischof Hermann mit lauter Stimme: »Wir haben hier und heute unter Gottes Augen noch eine Angelegenheit von großer Bedeutung für das Reich zu vollziehen.«

Jedermann hielt den Atem an, denn alle wussten, was nun kam.

»Adela von Vohburg, tretet vor, meine Tochter!«

Langsam und mit zitternden Beinen schritt sie vor aller Augen durch die Mitte des Ganges und kniete in gebührendem Abstand vor dem Altar nieder. Sie senkte den Kopf und zog den wollenen Umhang enger um sich, bevor sie die Hände faltete, denn ihr war eiskalt, und das nicht nur wegen der Temperaturen im Münster.

Mit akribischer Genauigkeit und äußerst langatmig las der Bischof ein Schreiben des Papstes vor, wobei er es gleich aus dem Lateinischen übersetzte: dass nach Feststellung einer Verwandtschaft siebten Grades zwischen Seiner Majestät König Friedrich, zum Zeitpunkt der Vermählung noch Herzog von Schwaben, und Adela von Vohburg, Tochter des Markgrafen Diepold auf dem Nordgau, eine Scheidung dieser Ehe unumgänglich sei. Der König selbst habe darum nachgesucht, um den sündigen Zustand zu beenden, sofort nachdem die Entdeckung gemacht worden sei, und der Papst habe seine Zustimmung erteilt, ebenso die Synode der hier zusammengetretenen Kleriker.

Dann richtete der Bischof seinen Blick auf Adela.

»Habt Ihr Einwände dagegen, meine Tochter? So bringt sie jetzt vor oder schweigt für immer.«

Totenstille herrschte im Münster, man hätte eine beinerne Nadel fallen hören. Nur weiter hinten hustete jemand erstickt.

»Nein, Hochwürden«, antwortete Adela mit brüchiger Stimme.

»Sprecht lauter, meine Tochter!«, forderte der Bischof. »Nicht jeder hier hat Eure Antwort gehört.«

»Nein, Hochwürden!«, wiederholte sie mit aller Kraft. »Die Eheschließung erfolgte auf Wunsch des Vaters Seiner Majestät,

unseres guten Königs Friedrich. Damals wusste oder ahnte niemand etwas von dieser uralten Verbindung zwischen beiden Häusern. Ich bedauere zutiefst, die Erwartungen nicht erfüllt zu haben, und danke Gott und der Heiligen Jungfrau für das Aufdecken dieses Ehehindernisses, was mich vor unwissend sündigem Tun bewahrt.«
Sie holte tief Luft, um auch noch die letzte Heuchelei herauszubringen.
»Ich danke unserem guten König Friedrich für seine Fürsorge und seinen Schutz. Gott segne unseren guten König Friedrich.«
»Gott segne unseren guten König Friedrich!«, wiederholten die Kirchgänger.
Und der »gute König Friedrich« dachte: In einem Jahr lassen sie mich als ihren Kaiser hochleben!
»Somit ist diese Ehe geschieden«, verkündete Bischof Hermann. »Als Untertanin des Königs steht Ihr natürlich auch künftig unter seiner Obhut und seinem Schutz.«
»Ich danke Euch und Seiner Majestät«, brachte Adela gerade noch heraus, bevor ihre Zähne vor Kälte zu klappern anfingen. Sie durfte sich erheben und an ihren Platz zurückgehen.
Doch wenn sie auch mit kältesteifen Beinen durch die Kirche stakste – diesmal versteckte sie sich nicht hinter einer Säule, sondern stellte sich für alle sichtbar zu den anderen Frauen.
Welch bittere Ironie, dass ausgerechnet diese Kirche der Heiligen Jungfrau geweiht ist!, dachte Adela. Wie kann die Gottesmutter so etwas dulden?
Vor rund einhundert Jahren, so hatte sie gehört, war das Langhaus des Münsters eingestürzt. Fast wartete sie darauf, dass so etwas nun wieder geschehen würde angesichts des Unrechts, das ihr zugefügt worden war. Doch ihr prüfender Blick zum Deckengewölbe, den alle für ein stilles Trostgebet halten mussten, ließ keine sich auftuenden Risse erkennen.
Natürlich musste sie jetzt vor aller Welt eine betrübte Miene aufsetzen. Insgeheim aber dachte sie bei jedem Schritt: Ich bin

frei! Ich dummes Ding hatte gedacht, ich heirate einen Traumprinzen. Endlich ist der Alptraum vorbei.
Fast hätte sie gelächelt.
Doch ihre Hochstimmung währte nur kurz, denn niemand hielt es für nötig, ihr Auskunft zu geben, was Friedrich künftig für sie plante. Sie hatte auf Hagenau den Befehl erhalten, sich in Konstanz einzufinden und ihre gesamte persönliche Habe mitzubringen: zwei Truhen voller Kleider, Leinen und Tuch, Schuhe, sogar das Federbett wurde ihr zugestanden.
Wohin würde er sie bringen lassen bis zu ihrer erneuten Vermählung? Wem würde er sie geben?
Illusionen machte sie sich keine mehr. Traumprinzen gab es nur in den alten Liedern und Geschichten.
Nach dem »Amen« und dem letzten Gesang der Mönche zogen die Kirchgänger langsam aus dem Münster.
Auch wenn viele Adela anstarrten, so bildete sich doch ein kleiner freier Raum um sie, als sei sie aussätzig.
Ich bin eine Ausgestoßene. Werden mich vor der Kirchentür ein paar Wachen in Empfang nehmen und in ein Kloster oder Damenstift eskortieren, damit ich dort verborgen bin, bis der König einen neuen Gemahl für mich bestimmt? Oder die Welt mich vergessen hat?
Doch statt der Wachen wartete Uta von Calw auf sie, die rothaarige Gemahlin des sechsten Welf. Als Herzogin und Frau eines so bedeutenden Fürsten hatte sie natürlich als eine der Ersten aus dem Münster ausziehen dürfen.
Mit warmem Lächeln ging sie nun auf Adela zu und nahm ihren Arm.
»Fürchtet Euch nicht, meine Liebe! Ihr kommt mit uns nach Ravensburg. Es ist eine schöne Burg, Ihr werdet dort alle Bequemlichkeiten genießen können. Dort ist es auch viel wärmer als hier. Es grünt und blüht schon alles.«
Uta war natürlich nicht entgangen, dass Adela nicht nur vor Kälte zitterte.

Die frisch geschiedene einstige Herzogin von Schwaben starrte sie fassungslos an.
»Wirklich?«, fragte sie, und das bezog sich nicht auf den Fortschritt der Vegetation.
»Wirklich!«, versicherte Uta aufmunternd. »Mein Gemahl und ich haben ein gutes Wort beim König für Euch eingelegt. Ihr sollt Euch wohlfühlen bei uns. Von dem Schrecken erholen. Und – seien wir ehrlich – von dieser Demütigung. Dort seid Ihr erst einmal weitab von allem höfischen Geschwätz und vor Neugierigen geschützt.«
Arm in Arm liefen sie den Kathedralenweg hinunter, gefolgt von Utas Hofdamen, bis sie an einen Platz kamen, wo mehrere Gespanne und zwei Dutzend Ritter und Reisige als Geleitschutz auf die Herzogin von Spoleto warteten.
»Adela, meine Liebe … Ich denke, Euch hält hier nichts mehr in Konstanz, und je eher Ihr aus den Augen der Klatschbasen verschwindet, umso besser ist es für Euch. Eure Truhen und sonstigen Besitztümer sind bereits aufgeladen, mein Reisegepäck und das meiner Damen auch. Also lasst uns gleich aufbrechen. Meint Ihr nicht?«
Ist das eine Falle?, dachte Adela, die ihr Misstrauen kaum ablegen konnte. Aber Uta galt als eine Frau, die sagte, was sie dachte, und die auch ihrem Mann Widerworte bot, wenn nötig. Von Ulrich wusste sie, dass der sechste Welf ihr einflussreicher Fürsprecher gewesen war.
Plötzlich fiel ihr eine riesige Last von den Schultern.
»Ich bin Euch so dankbar, Herzogin!«, sagte sie, und nun konnte sie die Tränen kaum zurückhalten.
Alle neugierigen Beobachter ignorierend, nahm Uta sie in den Arm und sagte: »Sobald wir diese Stadt hinter uns gelassen haben, könnt Ihr Euch richtig ausweinen. Und dann erholt Ihr Euch in Ravensburg, genießt die schöne Landschaft und den Frühling. Wir werden gemeinsam an einer Ausstattung für Euern künftigen Haushalt nähen. Und wer weiß, viel-

leicht findet sich dort sogar jemand, der Euer Herz erobern kann?«
Adela hob den Kopf und sandte ihr ein zweifelndes, eher verzweifeltes Lächeln.
Uta empfand tiefes weibliches Mitgefühl für die junge Frau. Sie war entrüstet, wie Friedrich mit ihr umsprang.
Doch wenn sie auch sonst zumeist freiheraus ihre Meinung sagte, diesen Gedanken behielt sie für sich: Wir werden ihr ein paar schlichte Kleider nähen müssen für das, was der König mit ihr vorhat.

ZWEITER TEIL

MACHTKÄMPFE

Verschiedene Hochzeitspläne

König Friedrich I. und Herzog Welf VI.;
Regensburg, September 1153

Der König war außerordentlich schlecht gelaunt, als er von der Beratung zurück in seine privaten Gemächer stürmte. Wütend zerrte er sich den Umhang von den Schultern, ohne die Hilfe des Kammerdieners abzuwarten, und warf ihn einem Pagen zu, der unter dem schweren Stück fast begraben wurde. In Friedrich kochte es.

Er ließ sich in einen breiten Stuhl fallen, der bedenklich unter der plötzlichen Last ächzte, und lockerte seinen mit silbernen Beschlägen verzierten Gürtel. Beim Heiligen Georg, wurde er etwa fett? Kaum etwas war würdeloser als ein fetter König. Wie sollte ein Fass auf dem Schlachtfeld voranreiten, seinen Rittern ein Vorbild sein?

Aber das Essen hier in Bayern war üppig und verlockend, die Tafel stets aufs Beste gedeckt, auch wenn die Gastgeber heimlich über die horrenden Kosten des königlichen Besuchs jammerten. Doch das taten sie auf allen seinen Reisestationen. Sofern er nicht als Zeichen besonderer Gunst die Ausgaben für die Hofhaltung während seines Aufenthaltes aus eigener Schatulle übernahm.

Er brauchte dringend mehr Gelegenheiten, zu seinen geliebten Ausritten aufzubrechen und zu harten Übungskämpfen mit Schwert und Lanze anzutreten! Seinen nächsten Zweikampf sollte er allerdings lieber an einem verschwiegenen Ort mit einem verschwiegenen Partner absolvieren, ehe sich noch herumsprach, der einst so gefürchtete Recke Friedrich von Schwa-

ben habe über dem Regieren sein legendäres Geschick im Umgang mit den Waffen verloren.
Seit seiner Wahl und Krönung trug er Kämpfe überwiegend mit Worten und durch geheime Pläne aus, da die Kriegszüge gegen Burgund und Ungarn von den Fürsten abgelehnt worden waren und sie erst in einem Jahr mit ihm nach Rom ziehen würden, noch später als beabsichtigt. Bis dahin waren schon mehr als zwei Jahre seit seiner Thronbesteigung vergangen!
Aber keinesfalls würde er sich ein weiteres Loch in seinen Gürtel stechen lassen. In den Kriegen, die unweigerlich auf ihn zukamen, musste er blitzschnell, stark und geschickt sein. Vor allem in Italien, denn wie sich herausgestellt hatte, würden ihn dort einige böse Überraschungen erwarten.
Friedrich schnallte den drückenden Gürtel ab und ließ ihn achtlos zu Boden fallen. Ein Page trat ängstlich näher, um ihn aufzuheben, rollte ihn ordentlich zusammen und legte das kostbare Stück in eine Truhe.
Dann ließ sich Friedrich einen Becher Wein einschenken und mit Wasser verdünnen, um noch einmal in Ruhe die eben erlittene Niederlage und die daraus drohenden Folgen zu durchdenken.
Erneut hatte es sein Babenberger Oheim Heinrich Jasomirgott abgelehnt, mit ihm über das Herzogtum Bayern zu verhandeln. Immerhin: Diesmal war der Herzog wenigstens *erschienen.* Regensburg war das Herz Bayerns, Jasomirgotts Herrschaftsgebiet. Aber bereits zum zweiten Mal berief sich der Babenberger nun darauf, dass die Vorladung nicht formgerecht sei und das Thema deshalb vertagt werden müsse.
Dieser fast schon kahle Grauschopf hatte ihn vorgeführt! Er spielte mit ihm Katz und Maus, um Bayern nicht an den Löwen abtreten zu müssen, dessen Vater und auch Großvater es einst gehört hatte. Bis es Konrad von Staufen seinem Halbbruder zuschanzte.

Vielleicht hatte sogar Theodora, Heinrichs wunderschöne, junge und sehr durchtriebene byzantinische Gemahlin, ihrem Herzog diesen Rat gegeben.
Nicht einmal der Wein wollte noch schmecken. Ungeduldig stellte der König den edelsteinbesetzten Becher ab.
Am liebsten hätte er seinen Kanzleileiter Wibald herbeordert und ihn angefaucht, wie einem im Verfassen von Schriftstücken so erfahrenen Mann eine dermaßen verhängnisvolle Peinlichkeit unterlaufen konnte.
Doch ein Rest von Anstand hielt ihn davon ab.
Wibald hatte gerade vom Tod seines engen Freundes und Ordensbruders Bernhard von Clairvaux erfahren und war nicht er selbst.
Ratlos starrte Friedrich vor sich hin.
Wie lange würde sich sein Vetter Heinrich, der junge Löwe, noch gedulden, wenn er nicht endlich bald Bayern bekam? Er brauchte Heinrichs Truppen in Italien!
Aber wenn er den Babenberger brüskierte, hatte er schlagartig nicht nur diesen großen Zweig der Familie Konrads von Staufen und die Sulzbacher gegen sich. Sie würden sofort weitere Anhänger sammeln, den Böhmenherzog und die beiden östlichen Markgrafen zuerst, um Konrads noch minderjährigen Sohn als wahren König auszurufen.
Außerdem provozierte er dadurch den Kaiser von Byzanz, der mit Konrads Adoptivtochter Bertha-Irene vermählt war und dem Babenberger mit Theodora eine seiner Nichten zur Frau gegeben hatte. Friedrich hatte dem Kaiserpaar nach seiner eigenen Krönung schon ein sehr ausführliches Schreiben nach Konstantinopel schicken müssen, um zu erklären, wieso er auf dem Thron saß und nicht der kleine Friedrich, ihr Neffe. Und sie erkundigten sich oft und drängend nach dem Schicksal des Jungen.
In seinem Zorn sprang der König auf und hieb mit der Faust gegen die Wand.

Durch das Fenster sah er den sechsten Welf auf dem regennassen Hof, der gerade mit lässigem Schwung aus dem Sattel stieg. Das brachte ihn auf einen Gedanken. Wenn er ohnehin schon schlecht gelaunt war, konnte er sich auch gleich dem nächsten ärgerlichen Anlass zuwenden – und danach diese leidige Angelegenheit ein für alle Mal vergessen.
»Ich will sofort den Herzog von Spoleto sprechen«, befahl er seinen Dienern. »Allein.«
Er deutete aus dem Fenster.
»Sputet euch, dann trefft ihr ihn auf dem Hof an.«
Sofort lief einer der Bediensteten nach einer tiefen Verbeugung los, derweil zwei andere ein Tischchen für das Treffen eindeckten: mit Wein- und Wasserkrügen, fein gravierten Bechern und einer Auswahl an kaltem Fleisch und Backwerk.
Es dauerte nicht lange, bis der sechste Welf kam.
Sofort zogen sich alle anderen Personen nach einer tiefen Verbeugung aus der Kammer zurück.
Welf sah seinen Neffen fragend an. Der schien etwas Dringendes von ihm zu wollen, wenn er ihm nicht einmal Gelegenheit ließ, die Sporen abzulegen und sich nach dem Ritt zu erfrischen.
»Es wird höchste Zeit«, begann Friedrich schroff. »Du reitest heute noch nach Ravensburg, jetzt sofort, und sorgst dafür, dass alle meine Befehle bezüglich der Vohburgerin ausgeführt werden. Bis ins Detail! Im Dezember vermählst du sie dann genau so, wie ich es dir jetzt sage. Und danach wird und darf sich kein Mensch je wieder an sie erinnern.«
Friedrich bot seinem Freund, Verwandten und Waffengefährten bei unzähligen Kriegszügen nicht einmal einen Platz an, während er die Einzelheiten aufzählte und Welfs Gesicht immer finsterer wurde.
»Ist das dein Ernst?«, fragte der Herzog seinen königlichen Neffen vorwurfsvoll, nachdem dieser geendet hatte.
»Ja.« Es klang unerbittlich.

Nach einem kurzen Atemzug bekräftigte Friedrich: »So und nicht anders. Sie *muss* heiraten, wenn sie nicht in ein Kloster will. Und selbst dann könnte ich sie höchstens in einen Schweigeorden schicken. Wäre dir *das* denn lieber?«
Da Welf nicht antwortete, fuhr der König streng fort: »Sie muss außerdem exakt neun Monate nach der Scheidung neu vermählt werden. Mit jemandem, der sie vollständig unter Kontrolle behält und der so unbedeutend ist, dass sie sich nie wieder am Hof oder auch nur in Kreisen von geringstem Einfluss blicken lassen kann. Niemand von Bedeutung soll je wieder von ihr hören, zu niemandem von Rang darf sie Zugang haben. Die Welt soll sie vergessen.«
Welf wandte sich ab, auch wenn dies vor einem König eigentlich nicht gestattet war, trat zum Fenster und starrte hinaus, ohne wirklich etwas zu sehen. So tief war sein Abscheu, den er nicht zeigen durfte.
Dann drehte er sich abrupt um.
»Neffe, sie wurde dir als Jungfrau anvertraut, und du hast die Ehe vollzogen. Obwohl du wahrscheinlich damals schon nur daran dachtest, sie möglichst schnell wieder loszuwerden.«
Er begann seinen Appell, so ruhig er es vermochte. »Sie war dir stets treu ergeben, ungeachtet deines Verhaltens, und sagt selbst jetzt kein einziges schlechtes Wort über dich, in all den Monaten und angesichts ihrer schrecklichen Demütigung.«
Nun beugte er sich leicht vor und rief leidenschaftlich: »Bei allen Heiligen, sie ist eine Markgrafentochter, sie sollte eine Herzogin und Königin sein! Und du befiehlst mir, sie mit einem *Ministerialen* zu verheiraten? Mit einem Unfreien? So weit unter ihrem Stand, dass ich sie auch gleich einem Stallburschen geben könnte? Und ihre Kinder mit dem Stallburschen wären wenigstens frei geboren!«
Er strich sich durch das dunkle Haar und sah dem Jüngeren in die Augen.
»Schämst du dich nicht wenigstens ein bisschen, *Majestät?*«

Dieses letzte Wort sprach er voller Hohn – der sicherste Weg, Friedrich in Rage zu bringen. Das wusste der sechste Welf nur zu gut. Aber er würde es darauf ankommen lassen.

Sie waren einmal fast wie Brüder gewesen. Ob sich Friedrich daran noch erinnerte? Mit verschränkten Armen, das Kinn vorgereckt, starrte Welf seinen Neffen und König an.

Ihn verstörte Friedrichs himmelschreiende Ungerechtigkeit, seine Härte gegen jemanden, der sie nicht im geringsten verdient hatte.

Außerdem würde er erheblichen Ärger mit seiner temperamentvollen Gemahlin Uta von Calw bekommen, wenn er ihr die Anweisungen des Königs überbrachte.

»Ich will nichts mehr davon hören!«, erwiderte Friedrich schroff. »Es ist eine Frage von enormer Bedeutung für das Reich, dass sie nie wieder in Erscheinung tritt. Eher früher als später werden sich Verschwörer zusammenrotten, die meinen, Konrads Sohn, der kleine Friedrich, sei der wahre Erbe des Throns. Sie hatte großen Einfluss auf ihn … Und irgendwann überkommt sie vielleicht das Bedürfnis, sich an mir zu rächen.« Hastig trank er nun doch einen Becher Wein leer.

»Wenn du sie dermaßen demütigst und ins Unglück stürzt«, hielt ihm Welf trocken vor, »fürchtest du dann nicht, dass es sich herumsprechen und deinen königlichen Glanz trüben könnte? Selbst wenn Uta und ich schweigen? Verschwörer, sofern sich welche finden, werden früher oder später nach deiner einstigen Gemahlin fragen.«

Es folgte eine lange Pause.

»Also gut«, lenkte Friedrich schließlich unwillig ein.

»Such ihr irgendeinen Ministerialen, und erklär ihn mit meinem Einverständnis für persönlich frei! Gib dem Brautpaar ein kleines Gut etwas abseits von Ravensburg, lass dir eine Mark Silber von meinem Kämmerer auszahlen, damit sie nicht in Lumpen gehen muss … Aber sag niemandem, dass es von mir ist. Zufrieden?«

Als Welf nickte – mehr ließ sich für Adela nicht heraushandeln –, schrie Friedrich wütend: »Und *dann* möchte ich nie wieder von ihr hören! Richte das auch deiner Gemahlin aus!«
Welf nickte erneut und verabschiedete sich.
Am besten, er ritt gleich nach Ravensburg. Ehe es sich der König noch einmal überlegte.

Zu seiner eigenen Überraschung war Friedrich immer noch verärgert, als er durchs Fenster beobachtete, wie Welf auf dem von Pfützen übersäten Hof Anweisungen für seine baldige Abreise erteilte. Er wollte die lästige Vohburgerin doch längst aus seinem Kopf verbannt haben!
Ob er mit ein paar Freunden zur Jagd ausritt? Aber es hatte die meiste Zeit des Tages in Strömen gegossen, alles würde vor Nässe triefen, der Boden war zu aufgeweicht.
Da kam ihm ein anderer Gedanke, der sofort seine Laune hob. Was konnte besser sein, als genau jetzt seine nächste Hochzeit zu planen? Ein König brauchte eine Königin an seiner Seite. Eine Jungfrau von edelstem Geblüt, die ihm Erben gebar.
»Ich wünsche den Bischof von Havelberg und den Grafen von Gravina in einer Stunde hier zu sprechen«, wies er die zurückgekehrten Diener an, von denen zwei umgehend wieder aufbrachen, diese Männer zu suchen.
Und da er keine Lust hatte, die Zeit bis dahin allein zu verbringen, beorderte er umgehend den Grafen Wilhelm von Mâcon zu sich, ebenfalls ein Verwandter, einer seiner zahllosen Oheime, diesmal aus Hochburgund. Sie hatten sich bei seinem Besuch dort während des Königsumritts bestens verstanden, obwohl der Graf fast doppelt so viele Jahre zählte wie der König.
Friedrich wollte das dreigeteilte Burgund fester ans Reich binden. Zu einem Krieg waren seine Fürsten nicht bereit, doch Wilhelm war dort sehr einflussreich und ein kluger Mann.
»Spielen wir eine Partie Schach?«, schlug der König vor, als der

Graf schon nach kurzer Zeit erschien. »Meine nächsten Besucher kommen erst in einer Stunde. Ich muss den Kopf freibekommen von all den hundert Fragen und Plagen. Doch für einen schnellen Ausritt sind die Wege zu durchweicht.«

»Nichts lieber als das! Es freut mich zu hören, dass meine Gesellschaft der eines Pferdes vorgezogen wird – wenn auch nur wegen des schlechten Wetters«, scherzte der Graf, der eine volltönende Stimme hatte und sich offenbar nicht die geringsten Sorgen machte, wenn er in den Gürtel, der unter seinem üppigen Bauch straff zusammengezogen war, ein zusätzliches Loch schlagen lassen musste. »Soweit ich mich erinnere, steht mir noch eine Revanche zu.«

Er überließ Friedrich Weiß und damit die Wahl des ersten Zuges und übernahm es, alle Figuren aufzustellen, die in einem mit Edelsteinen verzierten Kästchen lagen.

Der Schenk näherte sich und füllte die Becher, dann lehnte sich Wilhelm von Mâcon zurück und wartete auf Friedrichs ersten Zug.

Der schob lustlos einen Bauern vor, sie spielten ein paar Züge, doch plötzlich umfasste Friedrich alle Spielfiguren mit beiden Händen und schob sie in der Mitte des Brettes zusammen.

»Ich habe keine Ruhe dafür, mir geht zu viel durch den Kopf«, gestand er dem Älteren. »Das letzte halbe Jahr war sehr ereignisreich. Aber zu meinen Gunsten, oder nicht?«

Ganz in Gedanken suchte er die Türme heraus und stapelte sie aufeinander, bis sie umfielen, dann fuhr er mit der Hand durch die Figuren auf dem Spielbrett und bewegte sie in geräuschvollen, enervierenden Kreisen.

Vorsichtig begann der Graf, da und dort einen Bauern oder Springer, die etwas abseits lagen, einzusammeln und wieder in das Kästchen zu legen.

Friedrich verstand, ließ die Schachfiguren in Ruhe und lehnte sich zurück.

»Beginnen wir doch mit den schönen Momenten«, meinte

Mâcon grinsend. »Und der unbestreitbar schönste war der, als die Kardinäle Pfingsten in Worms den Erzbischof von Mainz absetzten.«

Das entlockte sogar Friedrich ein Lachen.

Der Papst hatte im Vertrag von Konstanz sein Einverständnis dazu erteilt, und Heinrich von Mainz fiel aus allen Wolken. Er klagte, drohte, schimpfte, bettelte … Nichts half.

Die Amtsenthebung ereilte mit Einverständnis des Papstes auch die unfähigen oder zu alt gewordenen Bischöfe von Minden, Eichstätt und Hildesheim.

Interessanterweise hatte Rainald von Dassel es abgelehnt, Bischof von Hildesheim zu werden, obwohl er als Dompropst der traditionelle Nachfolger gewesen wäre.

Wusste ich es doch: Er plant Größeres, der schlaue Bücherfreund, und früher oder später wird er sich hier bei Hofe einfinden, dachte Friedrich. Wenn ich ihn nicht selbst schon rufe.

»Also haben wir endlich einen tüchtigen neuen Mainzer Erzbischof und Erzkanzler, Arnold von Selenhofen«, resümierte Wilhelm von Mâcon. »Und das Magdeburger Problem wird nun sicher auch schnell behoben.«

Bei allem Entgegenkommen hatte sich Papst Eugen strikt geweigert, der Versetzung Wichmanns von Naumburg nach Magdeburg zuzustimmen. Doch Eugen III. war im Sommer verstorben.

»Sein Nachfolger Anastasius ist so alt … Wenn er es nicht mehr schafft, Wichmann zu weihen, dann tut es eben sein Nachfolger«, meinte Graf Wilhelm gelassen und klappte das mit Tuch ausgeschlagene Kästchen zu, nachdem er fast alle Figuren hineingetan hatte. Nur die Königin lag noch auf dem Brett. »Wer will schon eingestehen, dass es dreier Päpste bedurfte, bis diese Lappalie erledigt ist und ein tüchtiger Mann sein Amt mit allen Rechten und Pflichten ausüben kann?«

Es tat Friedrich gut, die Worte von dem Älteren zu hören, die er selbst schon oft genug gedacht hatte.

»Der neue Papst erkennt den Vertrag an, nächstes Jahr ziehen wir nach Rom«, sagte Friedrich und beschwerte sich: »Endlos muss ich auf die Kaiserkrone warten! Ich hatte auch keine Ahnung von den Zuständen, die uns in Oberitalien erwarten, bis zu diesem ungeheuerlichen Zwischenfall …«

Der harte und blutige Konsequenzen für seine Feinde nach sich ziehen würde; diese Drohung musste er hier gar nicht aussprechen.

Beim Hoftag von Konstanz hatten zwei Reisende aus Lodi unangekündigt auf sich aufmerksam gemacht, sich ihm mit riesigen Kreuzen wehklagend zu Füßen geworfen und unter Tränen den König um Hilfe angefleht. Die Mailänder hätten ihre Stadt zerstört und erlaubten ihnen nicht einmal ihren Markt am alten Platz, um das Leben wieder in Gang zu bringen.

Als König *musste* er den Frieden wahren, Recht und Gesetz durchsetzen. Also versprach er Beistand und schickte einen Boten mit dem schriftlichen Befehl nach Mailand, den Markt in Lodi zu dulden. Doch die Mailänder hatten das Pergament zu Boden geworfen und sogar das königliche Siegel *zertreten*. Welch unerhörte Frechheit!

Das Zertreten des Siegels mit dem königlichen Abbild war ein körperlicher Angriff auf den König selbst, ein Majestätsverbrechen!

Das würde natürlich eine Strafaktion nach sich ziehen.

»Wir müssen uns nicht nur durch Rom hindurchkämpfen für die Krönung, sondern auch durch den größten Teil von Oberitalien«, bestätigte der Graf von Mâcon, der die Verhältnisse dort besser kannte. »Die mächtigen Stadtstaaten kämpfen jeder gegen jeden. Macht man sich einen zum Freund, hat man den anderen sofort zum Feind. Stell dir die Gegend wie dieses Schachbrett vor: Verbündest du dich mit den Städten auf den weißen Feldern, hast du zwangsläufig die auf den schwarzen zum Gegner – und umgekehrt. Es gibt keinen Weg nach Rom, ohne feindliches Gebiet zu durchqueren.«

Und ich kriege Heinrichs tausend Ritter nur, wenn er bis dahin Bayern bekommt. Ohne ihn kann ich kein ausreichend großes Heer mobilisieren, dachte Friedrich verbittert.
Wilhelm von Mâcon schien seine Gedanken zu erraten.
»Erinnere dich an einen anderen guten Moment, Neffe: als du Vladislav von Böhmen mit der Schwester des Landgrafen von Thüringen vermählt hast.«
Das war wirklich ein gelungener Schachzug. Landgraf Ludwig von Thüringen war sein Freund und Schwager. Während die kurz zuvor verstorbene erste Gemahlin Vladislavs eine Babenbergerin gewesen war.
»Damit hast du Vladislav auf deine Seite gezogen und die Front aufgebrochen, die die Babenberger und Sulzbacher gegen dich zu bilden begannen«, lobte Wilhelm.
»Ihn und seine unbezwingbaren böhmischen Panzerreiter!«, fiel Friedrich mit leuchtenden Augen ein. »Sie werden mir gute Dienste leisten. Vor allem in Rom.«
»Und was Burgund betrifft …«
Demonstrativ griff Wilhelm nach der einzigen Figur, die noch nicht im Kästchen lag, und stellte sie auf das Spielbrett: die Königin.
»Mein Mündel Beatrix ist zwar noch sehr jung, aber auch sehr reich, und sie verspricht eine herausragende Schönheit zu werden. Durch sie bekämst du sehr viel Einfluss in Burgund.«
Nun sah er Friedrich direkt ins Gesicht.
Ich will keine Grafentochter, sondern eine Prinzessin, eine *byzantinische* Prinzessin!, dachte der trotzig. Um Konrads Vertrag einzulösen und Irenes Erbe zurückzuholen. Außerdem soll Maria Komnena eine ganz hinreißende Jungfrau von dreizehn Jahren sein …
Doch er wollte den Verwandten auf keinen Fall kränken. Deshalb fragte er: »*Wie jung* ist sie denn, deine Nichte Beatrix?«
»Zehn oder elf. Also bald heiratsfähig. Nicht nur schön, sondern auch klug. Und sie erhält eine außerordentlich große Mitgift.«

Friedrich räusperte sich.
»Ich brauche einen Erben. Ich muss sogar *sehr bald* einen Erben zeugen, sonst setzen meine Widersacher den kleinen Rothenburger auf den Thron, sollte mir etwas zustoßen. Und dieser und jener würde nur zu gern dafür sorgen, dass mir etwas zustößt. Ich habe nicht die Zeit zu warten, bis deine Beatrix gebären kann – so schön und klug und reich sie auch sein mag!«
Das Lächeln schwand aus dem Gesicht seines Gastes.
»Das bedauere ich sehr. Vielleicht änderst du ja deinen Standpunkt noch.«
Bischof Anselm und der italienische Graf wurden gemeldet.
Der Graf von Mâcon erhob sich, verneigte sich und ging hinaus. Die Spielfigur der Königin ließ er demonstrativ auf dem Schachbrett stehen.
Er dachte dabei an seine Nichte Beatrix.
Doch die beiden Männer, die der König nun empfing, sollten als Gesandte nach Byzanz reisen, damit sie bei Kaiser Manuel Komnenos für Friedrich um die Hand der schönen Maria Komnena warben.

Der dürre, aber sehr kluge und wortgewandte Bischof von Havelberg erschien in einer Kutte, deren Saum bis zum Knie klatschnass und sandig war und eine feuchte Spur auf dem Boden hinterließ. Vielleicht hatte er die Reparaturarbeiten am Regensburger Dom begutachtet, der im Vorjahr durch einen Brand stark beschädigt worden war.
Der Graf von Gravina, ebenso dünn und alt wie Anselm, wirkte wie gerade aus dem Schlaf gerissen. Die Augenwinkel waren noch von gelben Körnchen verklebt, auf seiner rechten Wange war der Abdruck eines Kissens zu sehen.
»Bald werdet Ihr durch sonnige Gebiete reisen«, begrüßte Friedrich sie freundlich mit Blick auf die feuchten Kleider des Bischofs. »Wann brecht Ihr auf?«

»In drei Tagen, wenn es Gott gefällt, Euer Majestät! Es sind viele Vorbereitungen zu treffen für solch eine lange Reise, und Eure kostbaren Geschenke für Kaiser Manuel müssen sorgfältig verpackt werden, damit nichts zerbricht oder verloren geht«, antwortete Anselm.

Geschenke! Allein diese Frage hatte Friedrich unendliches Kopfzerbrechen bereitet.

Die Byzantiner verfügten über Damaszenerklingen, die erleseneren Stoffe, die besseren Brokate, die edleren Rosse, die geschickteren Graveure, die teuersten Gewürze …

Er konnte ihnen nicht einmal exotische Tiere schicken, wie es unter Kaisern üblich war, denn die gab es hier nicht! Einen Gerfalken vielleicht, aber Manuel hatte ihm einen geschenkt, als er auf der Rückreise vom Kreuzzug in Konstantinopel weilte. Das entfiel also auch.

Er hatte schon erwogen, Sven zu bitten, das Fell eines dieser riesigen weißen Bären aufzutreiben. Lebten die überhaupt in Dänemark oder noch viel weiter im Norden? Doch was sollte der Kaiser im warmen Konstantinopel mit einem Bärenfell?

Zum Glück hatte Alexander von Gravina einen Rat für ihn, was es in Byzanz und im Morgenland nicht gab und was dort sehr begehrt war: Bernstein. Die Slawen trieben damit immer noch reichlich Handel. Also hatte er Schmuck aus Bernstein anfertigen lassen, dazu ganz aus Bernstein zusammengesetzte Kästchen und etliche andere Kostbarkeiten, als Blickfang ein eigroßes Stück, in dem ein libellenartiges Tier eingeschlossen war. So etwas galt als besonders rar und kostbar.

»Ja, daran tut Ihr recht; es soll natürlich nichts kaputtgehen von den wertvollen Geschenken. Und auch für Euer Wohlbefinden ist ausreichend gesorgt?«, vergewisserte er sich mit einem herzlichen Lächeln.

Die beiden zählten schließlich nicht mehr zu den Jüngsten, und die Reise war anstrengend. Aber sie waren überaus erfahrene und kluge Diplomaten, die sein Vertrauen genossen.

»So mögen Euch alle Heiligen auf dem Weg schützen. Übersendet dem Kaiser meine brüderlichen Grüße«, sagte er.
Nun hob er einen Finger.
»Denkt daran, für mich stets den Titel *Kaiser* zu verwenden, so wie es auch in den Pergamenten geschrieben steht! Der Papst hat mir die Krönung zugesagt, und ganz besonders Ihr, werter Graf, wisst, welche Komplikationen sich sonst ergeben könnten.«
Der inzwischen sehr wache Alexander von Gravina nickte nur und verkniff sich mit stoischer Miene jede Bemerkung. Er war auf dem Kreuzzug einer der Unterhändler gewesen, als sich König Konrad von Staufen und sein Schwiegersohn Kaiser Manuel wochenlang nicht über das Begrüßungsprotokoll einigen konnten.
Eigentlich eine Posse. Nur trieb man keine Scherze mit dem Gezänk von Kaisern und Königen. Zumindest nicht, wenn sich einer im Raum befand.
»Ich versichere Eurer Majestät, dass wir alles uns Mögliche tun werden, damit Manuel Eure ehrenvolle Anfrage annimmt«, brachte er mit größter Höflichkeit heraus.
Sie besprachen weitere Details, doch Friedrich hatte vor allem noch einmal die gewünschte Anrede betonen wollen.
Und nun durfte er sich dem erfreulichen Gedanken hingeben, bald die liebreizende Maria zur Frau zu nehmen, die eine atemberaubende Mitgift bekommen würde. Da diese auch noch zu erobernde normannische Gebiete einschloss, konnte der Papst doch eigentlich nichts dagegen haben.
So versank Friedrich inFantasien über Brautgewänder, Goldschmuck, Ritter auf edlen Pferden, jubelndes Volk …
Bis er sich schließlich eine hübsche Gespielin in seine Privatgemächer bringen ließ.
An Adela von Vohburg verschwendete er keinen einzigen Gedanken mehr.
Nie wieder. Wie er es vorgehabt hatte.

Das Arrangement des Herzogs

Welf VI. und Uta von Calw; Ravensburg, September 1153

Es war früher Nachmittag, und der sechste Welf fühlte sich erleichtert, als er den hohen Hügel aus der Landschaft ragen sah, auf dem die Ravensburg erbaut worden war, seit Generationen eine Stammburg der Welfen. Schon sein Urgroßvater hatte hier residiert.

Auch Welfs Begleiter – Ritter, Knappen, Pferdeknechte und Reisige – begrüßten den vertrauten Anblick mit frohen Rufen. Das Wetter so nah am Bodensee war zwar freundlicher als in den meisten Gegenden, die sie durchquert hatten. Aber so spät im September musste man mit Stürmen und Regengüssen rechnen. Doch heute erreichten sie ihr Ziel in trockenen Kleidern und freuten sich darauf, aus dem Sattel steigen zu können und mit einem guten Mahl bewirtet zu werden.

Ein Ehrengeleit aus einem Dutzend Rittern kam von der Burg herab, um den Herzog angemessen zu empfangen und mitzuteilen, dass es keinerlei größere Zwischenfälle während seiner langen Abwesenheit gegeben hatte. Auch die Herzogin befinde sich wohl.

Der Rappe des Welfen schnaubte ungeduldig während des anstrengenden Aufstiegs zur Burg; es zog ihn zu Stall und Futtertrog.

Auf dem Burghof wartete Uta in einem grünen, üppig bestickten Kleid, das ihre Augen und die roten Locken unter dem Schleier bestens zur Geltung brachte.

Sie reichte Welf den Willkommenspokal lächelnd, doch mit einem fragenden Blick, der nur für ihn bestimmt war, denn ihr Gemahl kam deutlich früher als erwartet zurück.

Hinter ihr standen mehrere Hofdamen, unter denen Welf auch Adela von Vohburg entdeckte, die wie stets hier ein nur schlicht

verziertes Kleid trug, um ja keine Blicke auf sich zu ziehen. Als könnte sie sich damit unsichtbar machen.
Die Ritter und das Gesinde knieten nieder, um den Herzog zu begrüßen.
»Ich freue mich, Euch bei guter Gesundheit zu sehen«, begrüßte er seine Gemahlin und küsste ihre Wange. »Unser Sohn richtet Euch seine gehorsamsten Grüße aus. Es gefällt ihm sehr am Hof des Königs, und er macht seine Sache dort gut.«
Suchend sah er sich nach einem bestimmten Gesicht um, und als er den Mann entdeckte, schickte er ihm ein anerkennendes Lächeln. Dann rief er laut über den Hof: »Heute Abend will ich die gesamte Burgbesatzung in der Halle versammelt wissen. Die Küche soll ihr Bestes geben, Bier und Wein sollen in Strömen fließen, denn Euer Herzog ist zurück!«
Diese Ankündigung wurde mit Begeisterung aufgenommen. Wonach alle, die in der Backstube oder in der Küche arbeiteten, sofort wieder an die Arbeit gingen. Ein Bote hatte zwar schon gestern diese Nachricht überbracht, so dass bereits vieles in den Kesseln brodelte, aber es gab noch jede Menge zu tun.
Knappen und Stallburschen führten die Pferde in die Stallungen, um sie zu versorgen, andere kümmerten sich um die Ausrüstung, mit der die Lastpferde beladen waren.

Der Herzog genoss das Bad, das für ihn vorbereitet war, während Uta auf einem Schemel neben der Wanne saß und ihm mit einem Krug warmes Wasser über die breiten, verspannten Schultern goss.
Die Dienerschaft hatte sie hinausgeschickt. Sie wollte ihm diesen Willkommensdienst selbst erweisen, dabei hören, wie es ihrem Sohn bei Hofe erging und was es mit Welfs vorzeitiger Rückkehr auf sich hatte. So sehr sie sich darüber freute – ihr schwante schon, das könne nichts Gutes bedeuten. Dafür kannte sie ihren Gemahl zu gut, sie las es aus seiner Miene.
Doch als sie danach zu fragen begann, sagte er nur: »*Das* will

ich dir lieber erst erzählen, wenn wir beide wieder in Kleidern hier sitzen.«

Urplötzlich erhob er sich mit einer kraftvollen Bewegung aus dem Zuber. Uta sprang auf, um nicht durchnässt zu werden, und reichte ihm ein Leinentuch, mit dem er sich flüchtig abtrocknete. Dann nahm er seine überraschte Frau in die Arme und trug sie zum Bett, wo er sie leidenschaftlich küsste und liebte, ohne ihr das Gewand auszuziehen; er schob nur ihre Röcke hoch.

Als der sechste Welf endlich erschöpft, befriedigt und immer noch nackt auf den Rücken sank, seufzte er erleichtert.

»Du hast mir gefehlt!«, gestand er, ein wenig auch als Entschuldigung für die Formlosigkeit seines Vorgehens.

»Das will ich hoffen«, entgegnete sie mit einem etwas angestrengten Lächeln.

Wie oft er sie auf seiner Reise betrogen hatte, wollte sie gar nicht wissen. Sie konnte ohnehin nichts dagegen tun. Aber er kam stets zurück und begehrte sie. Und vielleicht hatten sie gerade ein Kind miteinander gezeugt. Sie hatten nur eine Tochter, Elisabeth, die seit kurzem vermählt war, und einen Sohn, den siebten Welf, der nun als Knappe beim König diente. Sollte ihm etwas zustoßen, wäre ihr Gemahl ohne Erben.

Sie würde vermutlich nicht mehr lange gebären können. Und so gern wollte sie ihm weitere Söhne schenken! Wenigstens noch einen.

Uta drehte sich auf die Seite, stützte sich auf den Ellenbogen und betrachtete aufmerksam das Gesicht ihres Mannes, der sich ein Stück vom Laken über den Leib zog, um mit seiner Nacktheit nicht Anstoß zu erregen. Er strich sich die dunklen Haare zurück, aus denen immer noch Wasser tropfte.

»Was also ist es, das du mir nicht gleich sagen konntest?«, bohrte sie.

Welf schloss kurz die Augen, ergab sich in sein Schicksal, schwang sich aus dem Bett und rief nach seinem Leibdiener,

um sich ankleiden zu lassen. Als er vollständig gewandet und sein nasses Haar gekämmt war, schickte er ihn wieder hinaus.
»Das Folgende kann man nur in Kleidern besprechen«, wiederholte er zu Utas Verwunderung, lud sie mit einer Geste an den Tisch und begann, ihr von Friedrichs Befehlen zu berichten.
Er hatte sich unterwegs einiges zurechtgelegt, um dem Ganzen die Schärfe zu nehmen. Aber an den Worten des Königs konnte er nichts ändern.
Uta wurde erst bleich, dann schoss ihr die Zornesröte in die Wangen.
»Unser Neffe … der König … der mit *deiner* Hilfe auf den Thron kam …«, brachte sie heraus und suchte nach Worten.
»Mir sind wahrhaft in meinem Leben viele hartgesottene Kerle unter die Augen gekommen«, regte sie sich auf. »Aber dass jemand, der von aller Welt für seine Güte und Schönheit und Liebenswürdigkeit bewundert wird, so eiskalt im Herzen ist …«
Sie musste nach Luft schnappen. »Ich würde ja sagen: Es will mir nicht in den Sinn. Aber ich habe miterlebt, was er dem armen Mädchen antut. Und jetzt das … Wie kannst du da noch zu ihm stehen?«
Welf sah ihr in die Augen, die durch das Tageslicht gerade in einem besonders faszinierenden Grün schillerten.
»Er ist mein Neffe, für mich fast wie ein jüngerer Bruder. Und er ist unser gesalbter König. Wir dürfen nicht gegen seine ausdrücklichen Befehle verstoßen.«
Vorsichtshalber sah er zur Tür und senkte seine Stimme.
»Sonst lässt er sie womöglich noch ganz aus dem Weg räumen.«
Uta riss die Augen für einen winzigen Moment auf.
»Das will ich denn doch nicht glauben!«, widersprach sie.
Was ihren Gemahl ehrlich erleichterte. »Also lass uns tun, was wir können, um es für alle so erträglich wie nur möglich zu machen. Hilfst du mir?«
»Natürlich.«
»Dann begleite mich in die Halle.«

Als das Fürstenpaar prachtvoll gekleidet durch die Halle schritt, erhoben sich alle Anwesenden, und der Truchsess ließ die Ritter und Edeldamen Hochrufe auf Herzog und Herzogin ausbringen. Welf hatte alle Hofämter so besetzt, wie es auch ein König tat.

Das Paar und der Kaplan traten an die Hohe Tafel. Welf gab dem Schenk das Zeichen, ihm, seiner Gemahlin und dem Geistlichen die Becher zu füllen, danach forderte er mit einer Geste die Schankmägde und Knechte auf, auch allen anderen einzuschenken.

Dann hob er sein Trinkgefäß.

»Lange war ich fort, um meinen Neffen, unseren König Friedrich, dabei zu unterstützen, den Frieden im Land wiederherzustellen. Nun will ich hier wieder nach dem Rechten sehen. Wie ihr alle wisst, hat mein Sohn und Erbe die große Ehre, dem König als Knappe dienen zu dürfen. Und wenn Stolz auch eine Sünde ist, so wird mir Gott und vielleicht auch unser geehrter Kaplan heute vergeben, wenn ich euch voller Stolz berichte: Der König, der selbst für sein Geschick mit Schwert und Lanze berühmt ist, war des Lobes voll über das Können, das mein Sohn jetzt schon zeigt.«

Er sah in die Runde zufriedener, aber durstiger Gesichter, ließ jedermann auf das Wohl des Königs anstoßen und fuhr dann fort: »Seine Majestät beauftragte mich ausdrücklich, den Waffenmeister meines Sohnes zu loben.«

Alle Blicke richteten sich auf einen jungen Mann, der weit hinten saß.

»Dietho, tretet vor!«, rief der Herzog ihm zu.

Von ein paar Schulterklopfern auf seiner Bank ermutigt, ging der verblüffte junge Mann zwischen den Tischen entlang durch den Saal und kniete in gebührendem Abstand vor der Hohen Tafel nieder.

»Dietho, in Anerkennung Eurer Verdienste für mein Haus und Eurer außergewöhnlichen Fähigkeiten ermächtigte mich Seine

Majestät, der König, Euch aus dem unfreien Ministerialenstand in den eines Edelfreien zu erheben. Ihr bleibt in meinen Diensten, dürft aber fortan den Namen Dietho von Ravensburg tragen.«

Das sorgte für große Aufregung in der Halle. Der Betroffene kniete immer noch und sah drein wie vom Blitz getroffen.

»Außerdem«, fuhr Welf fort, »statte ich Euch mit einem Dorf in der Nähe der Burg aus. Ihr werdet künftig diesen Vorposten der Burg hüten, Euch aber auch weiter um die Ausbildung der Knappen auf der Burg kümmern. Die Einzelheiten Eurer künftigen Pflichten besprechen wir morgen.«

Der zum freien Ministerialen Erhobene konnte sein Glück kaum fassen.

»Ich danke Euch von ganzem Herzen, mein Fürst. Und ebenso Seiner Majestät. Ich schwöre, Euch auch weiterhin treue Dienste zu leisten.«

»Darauf trinken wir, und dann soll endlich das Mahl beginnen. Bringt das Essen herein!«, befahl der Herzog.

Dietho erhob sich, verneigte sich tief, ging zehn Schritte rückwärts, wobei er immer noch seinem Herrn zugewandt blieb, dann drehte er sich um und wollte auf seinen alten Platz zurückkehren.

Ein Ruf des Herzogs hielt ihn davon ab.

»Euer Platz ist nun natürlich nicht mehr am hintersten Tisch«, rügte ihn der sechste Welf. »Und da sonst niemand von euch behaupten kann, schon einmal vom König gelobt worden zu sein … Kommt zu uns an die Hohe Tafel zur Feier des Tages!«

Dietho fühlte das Blut in seine Wangen schießen. Beinahe wäre er über die eigenen Füße gestolpert.

»Mein Fürst … das kann ich nicht annehmen …«, stammelte er.

»Unsinn! Ihr seid der Held des Tages, frei und Herr eines Dorfes. Und nun gehorcht gefälligst, wie Ihr es geschworen habt«, befahl der Herzog grinsend. »Ihr zieht Euch sonst den Ärger der Männer im Saal zu, die schon vor Hunger ungeduldig werden.«

Dem von seinen Gefühlen überwältigten Mann blieb nichts übrig, als sich erneut zu bedanken und dann an der Hohen Tafel Platz zu nehmen.
Zum Glück lenkten die hereingetragenen Speisen die meiste Aufmerksamkeit auf sich. Als das Mahl nach dem langen Tischgebet des Kaplans endlich seinen Lauf nahm, saß Dietho von Ravensburg über einer gebratenen Forelle, brachte keinen Bissen hinunter und versuchte immer noch zu verstehen, was ihm eben widerfahren war.

Werbung auf Befehl

Dietho, Adela, Welf, Uta; Ravensburg, Oktober 1153

Am nächsten Morgen fand sich Dietho von Ravensburg wie befohlen bei seinem Herzog ein, um Einzelheiten darüber zu erfahren, welche Aufgaben mit seiner neuen Stellung einhergingen. Er war müde; seine Freunde hatten noch bis in die Nacht sein Glück mit ihm feiern wollen, und nur mit Verweis auf die am nächsten Tag anstehenden Pflichten kam er endlich ins Bett, konnte aber lange nicht einschlafen.
Er war frei und trug nun die Verantwortung für ein ganzes Dorf! Seine Gedanken kreisten darum, wie sich sein Leben verändern würde, bis er in traumlosen Schlaf fiel.
Als er sich nun aber beim Fürsten einfand und erfuhr, welcher besondere Auftrag mit seiner Erhebung einherging, war er schlagartig hellwach und meinte, seinen Ohren nicht zu trauen.
»Was …? Wie?«, stammelte er, um sich gleich darauf für sein formloses Verhalten vor seinem Dienstherrn zu entschuldigen.
Der sechste Welf lächelte, wiederholte seine Worte und sah aufmunternd auf den Gefolgsmann, der erschrocken zurückfuhr und dem jegliche Farbe aus dem Gesicht wich.

»Das kann ich nicht, durchlauchtigster Fürst, verzeiht mir!«
Nun sank er sogar auf beide Knie.

»Lieber nehmt mir Dorf und Titel wieder ab! Ich kann es einfach nicht. Sie ist eine Herzogin, eigentlich eine Königin – und ich bin so weit unter ihrem Stand, selbst nach Eurer gütigen Erhebung. Das ist undenkbar. Das ist gegen Gottes Ordnung der Welt!«, flehte er.

Welf blickte nun etwas strenger.

»Es ist der ausdrückliche Befehl des Königs. Dem König wollt Ihr doch nicht auch noch widersprechen?«

Er war sich selbst nicht ganz sicher, ob er Drohung oder Belustigung in diesen Satz legen sollte, entschied sich aber für die humorvolle Version.

»Und was Gott und seine Ordnung betrifft, so seid ganz unbesorgt, das handeln andere für uns aus.«

Dann strich er sich mit einer Hand übers Gesicht und wurde ernst. Es war tatsächlich eine heikle Angelegenheit.

»Dietho, Ihr seid einer meiner besten Gefolgsleute. Nicht nur ein guter Kämpfer, sondern auch zuverlässig, treu und von hervorragender moralischer Gesinnung. Sonst hätte ich meinen Sohn nicht immer wieder in Eure Obhut gegeben. Meinen einzigen Sohn! Und wie meine Gemahlin an Euren Blicken erkannte, hegt Ihr große Bewunderung für Adela. Frauen merken so etwas irgendwie …«

Er zuckte mit den Schultern. »Sie scheinen dafür einen besonderen Sinn zu haben. Es stimmt doch: Ihr mögt Adela?«

Nun wich die Blässe aus Diethos Gesicht, und das Blut schoss ihm in die Wangen.

»Mein Fürst, ich *bewundere* sie … Doch nur heimlich und aus der Ferne. Sie ist schön und klug und trägt ihr Schicksal nach außen hin mit so viel Fassung und Tapferkeit. Aber sie steht so weit über mir … Ich könnte nicht einmal das Wort an sie richten!«

Jetzt klang er geradezu verzweifelt.

Welf seufzte ungeduldig und hätte am liebsten geflucht. Aber das verkniff er sich.
»Nun denn, trotzdem werdet Ihr sie ehelichen!«, befahl er. »Die Anweisungen des Königs zur Wiedervermählung Adelas von Vohburg sind sehr genau und unerbittlich. Meine liebwerte Gemahlin und ich haben lange überlegt, wie wir sie am besten zu Adelas Wohl auslegen können. Und …«
Nun legte er eine bedeutungsschwere Pause ein.
»Ihr könnt Euch keiner anderen versprochen haben, dafür hättet Ihr mich um Erlaubnis fragen müssen.«
Das traf zu. Dietho hatte bisher eine Heirat nicht erwogen, obwohl ihm viele Herzen zuflogen, weil er einfach nicht die Mittel besaß, einen Hausstand zu gründen und eine Familie zu ernähren.
Ministeriale konnten zu großem Einfluss aufsteigen, und nun würde er sogar ein Dorf bekommen. Doch selbst ein Dorf reichte nicht aus, damit ein Ritter aus den Einnahmen drei Pferde, Waffen und Rüstung, Knappen und im Kriegsfall Reisige bezahlen konnte. Eisen und vor allem Schlachtrösser waren sehr teuer.
»Solltet Ihr andere ernsthafte Einwände vorbringen«, fuhr der Herzog ungerührt fort, »dann lasst mich rasch nachdenken, wer unter meinen Ministerialen noch zur Auswahl stünde. Da sämtliche Unverheirateten außer Euch noch zu jung sind, kommen also nur die Witwer in Frage.«
Welf zählte vor Diethos Gesicht an den Fingern ab: »Der fette Karl, der einarmige Karl, der alte Paul, wobei wir nicht wissen, ob er den Tag der Vermählung im Dezember noch erlebt, der krumme Hannes mit seinen elf rotznäsigen Kindern. Und Gerolf, der seine letzte Frau so verprügelt hat, dass sie an den Verletzungen gestorben ist. Wäre Euch lieber, wenn ich sie einem dieser fünf gäbe?«
Da dem immer noch knienden Dietho vor Schreck keine Antwort einfiel, beendete Welf das ihm äußerst unangenehme

Gespräch etwas schroff: »Nun ermannt Euch endlich und kleidet Euch angemessen für Eure Brautwerbung an! Die Ihr jetzt gleich vortragt. Ihr findet Eure Zukünftige in der Kemenate.« Mit dem Kopf wies er auf einen mit Borten verzierten Bliaut, neue Schuhe und einen neuen Gürtel, die auf einer Truhe lagen. Zu gern hätte er Uta diese heikle Unterhaltung überlassen. Doch die war längst auf dem Weg zu einem nicht weniger heiklen Gespräch.

Adela las gerade den jungen adligen Mädchen, die am Hof des Herzogs von Spoleto erzogen wurden, ein Stück aus einer Weltenchronik vor, die Geschichte von Adam und Eva. Und danach, wenn die Mädchen aufmerksam zugehört und gelernt hatten, würde sie ihnen ein weiteres Stück aus dem Hildebrandslied aufsagen. Sie waren schon gespannt, wie es weitergehen würde.

Uta von Calw war sich völlig im Klaren darüber, dass die meisten ihrer Hofdamen die unglückliche Vohburgerin heimlich oder auch ganz offen mit spitzen Bemerkungen und Blicken voller Häme traktierten, wenn sie selbst nicht dabei war. Deshalb hatte sie Adela Aufgaben zugeteilt, die keine andere übernehmen konnte – auch wenn sie damit noch mehr Neid provozierte. Die wissbegierige Adela hatte von dem jungen König Heinrich-Berengar Lesen und Schreiben gelernt, als sie ihn in Abwesenheit seines Vaters betreute. Das war ungewöhnlich, noch dazu für eine Frau.

Uta hoffe, dass diese Aufgaben Adela mehr Selbstsicherheit und Achtung einbrachten.

Doch heute sollte dies nicht gelingen. Denn bevor Friedrichs einstige Gemahlin zu dem Heldenlied übergehen konnte, auf dessen Fortsetzung die Mädchen schon begierig warteten, platzte eine kleine Blonde heraus, die erst vor zwei Tagen am welfischen Hof eingetroffen war: »Stimmt es, dass Ihr eigentlich Königin sein solltet und der König Euch verstoßen hat?«

Atemlose Stille senkte sich über die ganze Runde.
Dann schaute die älteste der anwesenden Hofdamen, die Witwe eines Grafen vom Bodensee, streng zu der blonden Berthild und keifte: »Zur Strafe für dein ungebührliches Verhalten wirst du sofort den Kaplan zur Beichte aufsuchen und heute Abend ohne Essen zu Bett gehen. Wärst du nicht erst zwei Tage hier, bekämst du Schläge. Merke dir das, bevor du noch einmal so etwas von dir gibst!«
Dem kaum sieben Jahre alten Mädchen standen Angst und Schrecken ins Gesicht geschrieben. Zögernd stand es auf und schlurfte weinend zur Tür.
Adela griff nicht ein, so gern sie es getan hätte. Das würde nichts nützen und den Skandal nur noch größer machen.
Ihr Groll galt nicht dem Mädchen, sondern den Hofdamen, die dafür gesorgt hatten, dass die Kleine gleich bei ihrer Ankunft mit bösartigem Gerede überschüttet wurde. Und die sich jetzt die größte Mühe gaben, sich ihre Schadenfreude nicht anmerken zu lassen.
Die arme Berthild war noch nicht einmal zur Tür hinaus, als überraschend Uta eintrat, die Herzogin.
»Ich muss die Lesestunde unterbrechen«, verkündete sie und erntete fragende Blicke. »Gräfin, seid so gütig und geht mit den Mädchen hinaus in den Kräutergarten, damit sie lernen, welche Heil- und Küchenpflanzen dringend in einer ordentlich geführten Burg angebaut werden sollten.«
Ihre Aufforderung galt der griesgrämigen hageren Witwe, die gerade die kleine Berthild so gescholten hatte. Utas Miene und Gestik machten jedoch klar, dass sich auch die anderen Hofdamen dorthin begeben sollten.
Missmutig ließen sie sich ihre Umhänge anlegen, sofern sie nicht ohnehin schon welche trugen. Es war kalt draußen, und wenn auch das Gemäuer einiges von der Wärme des vergangenen Sommers gespeichert hatte, strömte doch durch die Fensteröffnungen unaufhörlich kalte Luft herein.

»Adela, Ihr bleibt gütigerweise, ich brauche Euren Rat in einer besonderen Angelegenheit«, fuhr Uta ungeachtet der finsteren Blicke fort.
Adela, die wie alle beim Erscheinen der Herzogin aufgestanden war, verneigte sich und wartete. Behutsam klappte sie das Buch zusammen, das ihr der Kaplan geliehen hatte, und legte es mit Bedauern neben sich. Sie liebte es zu lesen. Schon der Anblick der sorgsam geschriebenen Buchstaben in ihrem Gleichmaß und die schönen Verzierungen spendeten ihr Trost und Ruhe.
Als sich die Schar der Frauen und Mädchen entfernt hatte und die Tür fest verschlossen war, wies Uta auf zwei Stühle vor dem Kamin. Sie setzen sich einander gegenüber, und die Herzogin ergriff Adelas Hände.
Die rechnete zwei und zwei zusammen, und ein eisiger Schauer rann ihr über den Rücken.
»Seine Durchlaucht brachte Order vom König wegen meiner Vermählung?«, vergewisserte sie sich und machte sich auf das Schlimmste gefasst.
»Ja, sie soll noch im Dezember stattfinden, vor dem Hohen Fest«, bestätigte Uta. Es hatte keinen Sinn, darum herumzureden.
»Und wen hat der König für mich zum Mann ausgewählt?«, fragte die Verstoßene und konnte die nächsten Worte vor Bitterkeit einfach nicht zurückhalten. »Sagt es nur, ich muss es ja so hinnehmen! Ist er alt, fett und hat faulige Zähne? Oder ist es jemand, der seine frühere Gemahlin grün und blau geschlagen hat?«
Uta fasste ihre Hände fester.
»Nein, so schlimm kommt es nicht, liebe Adela. Dafür haben mein Gemahl und ich gesorgt. Wir durften Euch den Bewerber aussuchen. Friedrich hatte nur eine einzige Bedingung: dass es jemand von nicht allzu hohem Stand ist.«
»Ich verstehe«, sagte die künftige Braut trocken. »Damit ich

nie mehr an den Hof komme und auch niemandem begegne, der je an den Hof reisen könnte.«
Sie lachte bitter auf. »Der Hof Friedrichs ist wahrlich der letzte Ort auf Erden, an dem ich weilen möchte!«
Doch fiel es ihr schwer, die Tränen zurückzudrängen.
»Wen also habt Ihr ausgewählt? Kenne ich ihn?«, fragte sie zaghaft und mit brüchiger Stimme.
Uta von Calw lächelte aufmunternd.
»Er wartet draußen und ist bereit, Euch seine Werbung vorzutragen. Und seid versichert, er war noch viel mehr überrascht, als Ihr es sein werdet. Aber er ist ein guter Mann. Und ich weiß, dass er Euch von Herzen liebt. Also trocknet Eure Tränen, fasst Euch … und dann hört ihn an.«
Die Herzogin stand auf, rückte Adelas Schapel gerade, zupfte den Schleier zurecht und sah ihr freundlich ins Gesicht.
»Ich gewähre Euch dieses Gespräch unter vier Augen, auch wenn dies gegen die Regeln verstößt.«
Die Herzogin schritt hinaus und schloss kurz die Tür.
Von draußen hörte Adela Gemurmel. Sie sah auf ihr Kleid hinab, strich es glatt und trat rastlos von einem Fuß auf den anderen in der Erwartung, was beziehungsweise wer nun kommen würde. Welche Entscheidung andere Menschen über ihr Schicksal getroffen hatten. Welchen Mann sie in ein paar Wochen heiraten sollte.
Sie, die Ausgestoßene.

Der Fluch der bösen Tat

Sven und Adele von Dänemark, Adolf von Holstein; kurz vor und in Segeberg, Oktober 1153

»Haltet an! Jetzt sofort! Ich kann nicht weiter!«, schrie Adele in den tosenden Wind, und jeder in der kleinen Reitergruppe dachte, die junge dänische Königin halte Kälte und Regen nicht mehr aus.

Doch dann krümmte sie sich vor Schmerz.

Der Ritter neben ihr brachte seinen Wallach zum Stehen, alarmierte die vorderen Reiter ihrer kleinen Gruppe und schwang sich aus dem Sattel, um der zusammensinkenden jungen Frau vom Pferd zu helfen.

Schon war Sven herangekommen, drängte seinen hilfsbereiten Gefolgsmann zur Seite und hob seine Gemahlin vorsichtig aus dem Sattel. Kraftlos ließ sie sich in seine Arme sinken – verlor sie das Bewusstsein?

»Was ist, Geliebte?«, fragte er bestürzt und bettete Adele sacht auf den Boden, nachdem einer seiner Männer einen dicken, filzigen Umhang über dem nassen Gras ausgebreitet hatte.

Sven blickte um sich, ob auch nirgendwo jemand war, der sie beobachtete, oder gar eine berittene Schar Verfolger auftauchte. Erst dann bedeutete er seinen wenigen Begleitern, einen schützenden Kreis um ihn und seine Gemahlin zu bilden.

»Wehen!«, stöhnte Adele weinend. »Anfangs hoffte ich noch, es wären nur Rückenschmerzen nach diesem langen Ritt … Aber jetzt sind sie so stark geworden und unverkennbar. Und es ist doch noch viel zu zeitig dafür!«

Plötzlich schrie sie auf und krümmte sich erneut. »Heilige Jungfrau, steht mir bei!«

Entsetzt starrte jedermann auf den immer größer werdenden Blutfleck mitten auf ihrem Kleid.

Adele verlor ihr Kind durch den tagelangen harten Ritt auf

ihrer panischen Flucht. Ihr erstes Kind, das in drei Monaten zur Welt kommen sollte.
Schmerz und Trauer zerrissen sie.
Sven umklammerte ihre Schultern, lehnte seinen Kopf gegen ihren und flüsterte verzweifelt: »Vergib mir.«
Eine neue Welle von Krämpfen und Blut veranlasste die einzige weitere Frau in ihrer Gruppe, die Männer beiseitezuscheuchen – Adeles resolute, rundgesichtige Leibdienerin, die etwa so alt war wie sie.
»Das ist hier nichts für Eure Augen! Betet, dass wenigstens Eure Königin überlebt, wenn schon nicht ihr Kind!«, kommandierte die normalerweise fröhliche blonde Dienerin und ließ alle gebotene Demut fahren. Die zählte jetzt nicht, das hier durfte kein Mann sehen.
Sofort wandten sich Svens Begleiter ab und traten ein paar Schritte zurück.
Janne hob vorsichtig Adeles weiten Rock etwas an, sah das blutverschmierte Etwas, das der Körper ausgestoßen hatte, und begann nun auch zu weinen.
Gequält drehte sie sich zu den Männern um.
»Ich brauche kaltes Wasser! Und Leinen, irgendein Kleidungsstück, wenn sich nichts anderes findet.«
Sie sprach die Worte für die Nottaufe und verhüllte die Totgeburt. Dann schob sie Adele ein Untergewand zwischen die zusammengepressten Beine, damit es das immer noch strömende Blut aufsog, und legte ihr in kaltes Wasser getauchtes Leinen auf den Bauch, um den Blutfluss zu dämmen.
Adele begann vor Kälte mit den Zähnen zu klappern. Immer noch fiel Regen auf sie nieder und fauchte der Wind, und sie lag hier wie eine niedergekommene Bäuerin im Morast.
Ohne zu zögern, nahm Janne ihren eigenen Umhang ab und deckte ihre Herrin damit zu.
Mehr hatte sie nicht, um ihr zu helfen.
Sie waren schon seit Tagen auf der Flucht.

Knut und Waldemar hatten sich zusammengeschlossen, um Sven und seine Anhänger zu verjagen, und dafür das Volk gegen seinen König aufgewiegelt.
Mitten in der Nacht mussten sie fliehen, sonst wären sie niedergemetzelt worden. Sie hatten ihre Prachtgewänder gegen schlichte Kleidung und schäbige Umhänge eingetauscht, den Pferden einfaches Zaumzeug angelegt, damit niemand sie erkannte und verriet. So schafften sie es in wildem Galopp, ihren Verfolgern zu entkommen und Dänemark zu verlassen. Doch sie waren längst noch nicht weit genug von der Grenze entfernt, um sicher zu sein.
Und nun das.
Sven fuhr sich verzweifelt durch das schulterlange blonde Haar. Sein Kind! Sein Sohn! Und wenn nicht ein Wunder geschah, würde auch noch Adele sterben, im nassen Gras verbluten. Sie mussten so schnell wie möglich weiter und einen Medicus oder eine weise Frau finden.
Aber er konnte seine Liebste jetzt unmöglich auf ein Pferd setzen!
»Ich würde dich ja auf Händen tragen, bis wir in Sicherheit sind«, klagte er, als er wieder zu ihr durfte. »Doch zu Fuß sind wir zu langsam.«
Ratlos sah er sich um, überschlug Entfernungen, rang mit sich und befahl schließlich: »Gunvald und Birge, ihr sucht ein Rittergut in der Nähe und kauft ein Pferd und einen Karren, auf den wir unsere Königin legen können. Bezahlt den Mann gut dafür, dass er uns nicht verrät. Beeilt euch! Dann reiten wir zur Siegesburg und bitten den Grafen von Holstein um Hilfe. Segeberg kann höchstens fünf Meilen entfernt sein.«
Unter anderen Umständen würde er die Hauptburg ausgerechnet dieses Grafen um jeden Preis meiden, denn vor zwei Jahren hatte er ihn bekriegt: die Holsten aufgestachelt, gegen ihren Herrn vorzugehen, weil der sich für Knut Magnusson als dänischen König erklärte. Und Sven hatte nicht nur Gebiete an der

wagrischen Küste verwüstet, sondern auch Oldenburg und Segeberg angegriffen. Graf Adolf war gezwungen gewesen, vorübergehend Schutz bei Heinrich dem Löwen zu suchen.
Jetzt musste er sich vor dem Mann demütigen, dessen Ländereien er überfallen hatte. Doch in dieser Notlage konnte er auf seinen Stolz keine Rücksicht nehmen. Es ging um Adeles Leben, womöglich um ihrer aller Leben.
Wie viele Verfolger mochten ihnen auf den Fersen sein? Den Thronräubern Knut und Waldemar musste daran liegen, ihn und seine paar verbliebenen Getreuen für immer aus dem Weg zu räumen.
Während sich die beiden Ritter kurz über die vielversprechendste Richtung austauschten und dann anritten, fragte Sven Janne so leise, dass es niemand außer ihr sonst hören konnte: »Wird sie überleben?«
»Mein König, das weiß niemand außer Gott dem Allmächtigen«, antwortete die Frau bedrückt. »Sie verlor viel Blut. Aber ich glaube, langsam lässt die Blutung nach. Doch Ihr seht ja selbst, Eure Gemahlin braucht dringend Wärme, Ruhe, ein Bett und eine erfahrene Wehmutter … Sollte sie auch noch das Fieber bekommen, sind wir machtlos.«
Sie bekreuzigte sich und wandte sich dann wieder ihrer Herrin zu.
Mein König? Bin ich denn noch ein König?, fragte sich Sven verbittert.
Ich werde Titel und Krone nicht aufgeben! Mein meißnischer Schwiegervater wird mir helfen. Und auch Friedrich wird mir helfen. Er kann nicht dulden, dass zwei Thronräuber seinem königlichen Beschluss zuwiderhandeln. Sie hatten doch Frieden geschworen!
Er würde sein Land zurückerobern und sich an den Verrätern rächen. Doch jetzt galt seine größte Sorge Adele, seiner Gemahlin und innig Geliebten.
Um vor fremden Blicken geschützt zu sein, führten sie die

Pferde in das nahe Wäldchen und richteten dort ihr notdürftiges Lager ein. Sie tränkten die Tiere in einem Bach, ließen sie grasen und warteten unruhig und voll düsterer Gedanken.
Es mochte wohl fast eine Stunde vergangen sein, als Birge und Gunvald zurückkehrten und tatsächlich einen Karren brachten, der von einer klapprigen Mähre gezogen wurde.
Die rohen Bretter waren mit einer Handbreit Stroh bedeckt. Darauf betteten sie nun vorsichtig ihre Königin, die immer noch in Jannes Umhang gehüllt war und so bleich mit geschlossenen Augen dalag, dass Sven verzweifelt seine Hand auf ihr Brustbein legte, um zu spüren, ob sie überhaupt noch atmete.
Dies war der finsterste Tag in seinem Leben. Und er war noch lange nicht zu Ende.

Der Graf von Schauenburg, Holstein und Stormarn las gerade die Abschrift eines philosophischen Werkes, als ihm der Anführer der Wachmannschaft meldete: »Eine Gruppe Reisender steht vor dem Tor und besteht darauf, zu Euch vorgelassen zu werden. Doch sie wollen ihre Namen nicht nennen. Sie haben sich abgetragene Umhänge über ihre deutlich besseren Kleider geworfen, reiten gute Pferde mit schlechtem Zaumzeug, und ihr Anführer hat sein Gesicht verhüllt.«
»Wie viele?«, fragte der Graf.
»Zehn Männer. Dazu eine sehr kranke junge Frau auf einem Karren und eine Dienerin, die sie umsorgt. Die Männer bitten Euch ergebenst um Hilfe für die Kranke … und darum, von Euch empfangen zu werden.«
Graf Adolf klappte das kostbare Buch behutsam zusammen und ließ die Scharniere einrasten, die es geschlossen hielten.
»Einer Todkranken werden wir nicht die Hilfe verweigern. Die hiesigen Frauen sollen sich ihrer annehmen, und jemand muss sofort die Heilerin aus der Vorburg holen«, befahl er. »Die Männer führt zu mir. Falls es eine List ist, werden wir

mit ihnen schon fertig. Doch ich denke, es steckt etwas anderes dahinter.«

»Das finden wir gleich heraus«, meinte der Hauptmann der Wache und ging hinunter, um die Befehle weiterzugeben.

Es dauerte eine Weile, bis die Fremden durch Tor und Vorburg gelangten. Die auf einem Kalkfelsen errichtete Burg war mühselig zu erklimmen. Aus einem der Fenster konnte der Graf beobachten, wie sie sich auf gewundenen Pfaden den Berg hinaufquälten. Der hünenhafte Anführer hatte die Kranke vom Karren gehoben und trug sie auf seinen Armen, bis ihm ein paar Bedienstete entgegenkamen und ihn und die beiden Frauen in eine Kammer führten.

Die Begleiter des Recken warteten geduldig, bis ihr Herr wieder herauskam und sie gemeinsam die letzte Steigung in Angriff nahmen.

Mehr mit Neugier denn mit Misstrauen blickte der Graf den Männern entgegen, die in seine Halle geführt wurden, geleitet von zwei Dutzend seiner Wachen.

Die Waffen gaben sie auf ein Zeichen ihres Anführers widerspruchslos am Eingang der Halle ab.

Der – groß und breitschultrig – hatte sein Gesicht immer noch verhüllt, als er vor dem Grafen auf ein Knie sank. Erst dann zog er die Gugel zurück und gab sich zu erkennen.

»König Sven! So erhebt Euch doch, Ihr solltet nicht vor mir knien!«, forderte der Graf ihn auf, nun hellwach und mit einer ziemlich genauen Vorstellung davon, was er gleich zu hören bekommen würde.

Sven jedoch verharrte kniend.

»Graf, obwohl ich einst gegen Euch kämpfte, komme ich heute als Bittsteller in großer Not und ersuche Euch um Hilfe. Knut Magnusson und Waldemar haben sich zusammengeschlossen, um mir den Thron zu stehlen. Mit wenigen Getreuen musste ich fliehen, um unser Leben zu retten. Und auf der Flucht verlor meine innig geliebte Gemahlin, Königin Adele, vor der Zeit ihr Kind. In ihrem Blut bringen wir sie hierher in der verzweifelten Hoffnung auf Rettung. Ich flehe Euch an, habt Erbarmen, selbst mit einem einstigen Feind …«

Sven senkte den Kopf, die glatten blonden Haare fielen ihm ins Gesicht, und der Kummer ließ ihn verstummen.

»Auch wenn ich nicht wusste, wer da kommt – ihr wird bereits Hilfe zuteil«, versicherte Adolf von Holstein. »Eine weise Frau ist auf dem Weg und nimmt sich Eurer Gemahlin gleich an. Selbstverständlich gewähre ich Euch allen Unterkunft, bis sie wieder reisen kann. Doch nun erhebt Euch endlich, tut mir den Gefallen!«

Das tat Sven denn auch, erleichtert über Graf Adolfs rasches Eingreifen und sein Entgegenkommen trotz der Feindseligkeiten, die er – Sven – noch vor gar nicht langer Zeit gegen ihn begangen hatte.

»Ihr werdet darüber schweigen, wer unsere Besucher sind«, befahl Adolf von Holstein allen in der Halle. »Bringt Bier und ein gutes Mahl für unsere Gäste! Und Ihr seid so gütig und begleitet mich in meine Kammer, damit wir unter vier Augen sprechen können.« Das war an Sven gerichtet.

»Ich bin Euch zu größtem Dank verpflichtet«, beteuerte der.

Sven hätte dem Grafen nicht verübeln können, wenn der ihn mit den Worten »Das ist der Fluch der bösen Tat!« abgewiesen hätte. Schließlich hatte er sogar Segeberg angegriffen – den Ort, an dem er nun Hilfe suchte.

Doch Adolf von Holstein war als ein zweitgeborener Sohn im Kloster erzogen worden. Milde und Vergebung bedeuteten ihm etwas.

In der Kammer ließ er sich berichten, was geschehen war.

So einseitig wie der in seiner Ehre gekränkte Sven sah er die Sache allerdings nicht.

»Ihr habt Euch mit Erzbischof Eskil von Lund angelegt«, hielt er dem Dänen nüchtern vor. »Und angesichts der maßlosen Steuererhöhungen fiel es Euern Gegnern leicht, das Volk gegen Euch aufzubringen.«

Er sagte das nicht aus Rachsucht oder Häme, sondern damit der junge Herrscher begriff und lernte. Sven und vor allem seine Frau hatten heute einen hohen Preis für seine schlechte Regentschaft bezahlt.

Natürlich verfügte der Holsteiner über Spione, die ihm sagten, was in der Nachbarschaft vor sich ging. Dafür hatte er mehr als einen Grund. Nicht nur wegen Svens Feindseligkeiten vor zwei Jahren. Erzbischof Eskil plante, in Nidaros ein riesiges Erzbistum zu errichten, das neben Dänemark und Norwegen fast ganz Skandinavien umfasste. Solch eine Machtfülle konnte dem Erzbischof von Bremen nicht recht sein, der seine Einflusssphäre selbst bis hoch in den Norden ausdehnen wollte.

Der gestürzte dänische König schnappte kurz nach Luft angesichts dieser Vorwürfe, dann strich er sich die Haare zurück und schüttelte den Kopf.

»Ich habe mein Kind verloren!«, klagte er.

Graf Adolf schob ihm den Becher Wein hin, den sein Gast bisher nicht angerührt hatte.

»Trinkt, beruhigt Euch, so gut Ihr könnt! Eure teure Gemahlin ist hier sicher und in kundigen Händen. Sobald die weise Frau mehr über ihren Zustand sagen kann, werden wir es umgehend erfahren. Dann dürft Ihr auch gleich zu ihr gehen. Und Euer Kind könnt Ihr hier in geweihtem Boden begraben.«

Den Dänen noch mit »Majestät« anzusprechen, fand er im Moment etwas unpassend. Sven könnte sich verhöhnt fühlen.

»Was habt Ihr vor? Wohin soll Eure Reise führen?«, erkundigte sich der Graf.

»Sobald meine liebste Adele dazu in der Lage ist, werde ich sie nach Meißen bringen, zu meinem Schwiegervater. Dort kann sie genesen. Und ich werde Verbündete suchen, um meinen Thron zurückzuerobern. Der König wird nicht dulden, dass seine Entschlüsse umgestoßen und die vor ihm geschworenen Eide gebrochen werden.«

Außerdem ist Friedrich mein Freund, dachte Sven. Er *muss* mir helfen! Und er wird es tun. Er wird ein gewaltiges Heer aufstellen, damit mir Gerechtigkeit widerfährt.

Es schien, als habe der Holsteiner seine Gedanken gelesen; der Graf war ein guter Menschenkenner.

»Der König bereitet seinen Romzug vor. Er hat dem Papst geschworen, ihm Zutritt und Verbleib in der Stadt zu sichern. Nur dann wird er zum Kaiser gekrönt. *Dafür* sammelt er Truppen«, erklärte er ruhig.

»Er *muss* mir aber helfen, er kann das den Thronräubern nicht einfach so durchgehen lassen! Das wäre ein Angriff auf seine Ehre und die Ehre des Reiches!«, erregte sich Sven.

»Oh, Friedrich hat in letzter Zeit so viele Angriffe auf seine Ehre und die des Reiches hinnehmen müssen, dass er gar nicht weiß, gegen wen er zuerst Krieg führen soll«, meinte der Graf von Holstein lakonisch.

Den ungeheuerlichsten lieferten die Mailänder, als sie das Pergament mit dem königlichen Befehl zu Boden warfen und das königliche Siegel mit Füßen traten. Friedrichs Wutausbruch beim Bericht des Gesandten war furchterregend, der Graf hatte ihn miterlebt. Das versprach nichts Gutes für den Italienzug.

»Geleitet erst einmal Eure teure Gemahlin nach Meißen, sobald sie hinlänglich genesen ist«, riet er. »Soll ich Euerm Schwiegervater einen Boten schicken und ihm Eure bevorstehende Ankunft mitteilen?«

Bevor Sven antworten konnte, klopfte es.

»Die Heilerin schickt eine Nachricht«, rief der Burgverwalter durch die Tür.

Ihm wurde gestattet, einzutreten, und nach einer Verneigung vor beiden Männern richtete er aus, die Kranke sei jetzt in der Lage, ihren Gemahl kurz zu empfangen.

»Erlaubt Ihr, dass ich zu ihr gehe?«, bat Sven.
Sein Gastgeber nickte verständnisvoll.
Mit langen Schritten folgte der große Däne dem Verwalter in die Kammer, in der Adele bleich und matt im Bett lag.
»Sie wird überleben – fürs Erste, sofern nicht noch das Fieber kommt«, erklärte die weise Frau.
»Du wirst reich belohnt werden«, versicherte Sven, schickte sie hinaus und kniete an Adeles Bett nieder, um ihre Hand zu nehmen. Sie war eiskalt.
»Liebste! Verzeih mir, dass du dies alles durchleiden musstest! Liebste … verlass mich nicht! Bleib bei mir!«, flehte er. »Wenn es dir besser geht, reiten wir nach Meißen zu deinem Vater. Du ruhst dich aus, und ich stelle ein Heer auf und hole mir mein Königreich zurück.«

Fürstlicher Zorn

Konrad, Otto, Hedwig, Dietrich; Meißner Burgberg und Eilenburg, November 1153

Ihn plötzlich überkommende Unruhe trieb den Markgrafen von Meißen trotz seiner Schmerzen ans Fenster seines Privatgemachs.
Die Kälte und Nässe des Herbstes machten ihm zu schaffen. Obwohl er das weder zugeben noch sich anmerken lassen würde, spürte der Markgraf immer deutlicher die Last seiner bald sechzig Jahre und eines Lebens überwiegend im Sattel bei Wind und Wetter oder auf kalten, zugigen Burgen. Seine Gelenke und Knochen schmerzten, und die linke große Zehe war wieder einmal glasig und geschwollen von der Gicht.
Sein Haar wurde grau und dünn; das seiner Schwester Mathilde, die nach Seeburg zurückgekehrt war, sobald sie die

jungvermählte Hedwig für fähig hielt, ihre Aufgaben zu bewältigen, lugte sogar schon schlohweiß unter dem Schleier hervor.

»Es ist gut, du kannst gehen!«, befahl Fürst Konrad der heilkundigen Josefa, die ihm lindernde Salben und Kräutersude gebracht und einen Umschlag aus warmen, gekochten Blättern um die geschwollene Zehe gebunden hatte. Das tat gut und zog den Schmerz heraus.

Doch langsam kühlten die Blätter aus, und es hielt ihn nicht länger in seinem reich verzierten Stuhl.

»Wie Ihr wünscht, Durchlaucht.«

Josefa verneigte sich, packte in den Weidenkorb, was sie wieder mitnehmen wollte, und zog sich die Gugel tief ins Gesicht. Wenn sie ungesehen durch den leeren Gang und die Treppe hinunterkam, würde man sie mit etwas Glück für irgendeine Frau aus der Marktsiedlung halten, die einen Korb Eier in die Küche geliefert hatte.

Seit einiger Zeit legte der Markgraf größten Wert darauf, dass niemand von den Besuchen der Heilerin erfuhr. Ganz besonders nicht Otto, sein ältester Sohn. Denn die Anzeichen mehrten sich unübersehbar, dass der nun schon über Dreißigjährige es kaum noch erwarten konnte, Macht und Titel von seinem Vater zu übernehmen. Und er gierte nach *beiden* Markgrafschaften; sollten sich doch die jüngeren Brüder mit kleinen Landsitzen begnügen.

Aber Otto hatte sich gefälligst zu gedulden. Und keinesfalls würde er alles Land bekommen. In den Augen seines gestrengen Vaters war er nicht der Mann, der weise über ein Fürstentum herrschen konnte, geschweige denn über zwei. Noch nicht. Vielleicht würde er es noch lernen. Auch mit Hilfe seiner jungen Frau.

Zu seiner eigenen Überraschung hatte Konrad eine hohe Meinung von Hedwig gewonnen, in der er anfangs nur ein kleines Mädchen aus bestem Hause sah, noch nicht einmal reif genug,

um ein Kind auszutragen, lediglich ein Faustpfand für das Bündnis mit dem unberechenbaren Bären.
Aber trotz ihrer Jugend bekam Hedwig nicht nur ihre Pflichten verblüffend gut und schnell in den Griff.
Mit größtem – und heimlichem – Vergnügen beobachtete der Markgraf, wie geschickt sie ihren Gemahl beeinflusste, ohne dass der es zu merken schien.
Vielleicht würde die kluge kleine Hedwig ihrem Schwiegervater eine zuverlässigere Verbündete sein als all die Männer um ihn herum, die ihm Treue geschworen hatten und denen er jetzt nicht mehr traute.
Ächzend beugte sich der alternde Markgraf vor, um die feuchten Blätter von seiner Zehe abzustreifen, sobald die Kräuterfrau fort war. Das war der Nachteil, wenn man die Dienerschaft hinausscheuchte! Doch Misstrauen trieb ihn dazu, wenn die Heilkundige kam. Er verdächtigte sie allesamt, den Truchsess und seinen Marschall ausgenommen, sich dem künftigen Markgrafen von Meißen mit vertraulichen Auskünften anbiedern zu wollen. Vermutlich bezahlte Otto sie sogar dafür.
Konrad gab sich keinen Illusionen hin, was seinen Sohn und dessen gar nicht so geheime Pläne anging. Irgendwann würde er laut behaupten, sein Vater sei zu alt und zu krank, um länger zu herrschen, und Land und Titel von ihm fordern.
Aber, dachte Konrad wieder einmal grimmig, solange ich noch allein aufs Pferd komme, kann er mich nicht beiseitedrängen!
Leider wurde ausgerechnet seine linke große Zehe immer wieder besonders gichtig und war dann furchtbar schmerzempfindlich. Und ein Reiter stieg nun mal mit dem linken Bein zuerst aufs Pferd.
Mühsam fuhr Konrad in einen der weichen Filzschuhe, die er sich wegen seines Leidens hatte anfertigen lassen, und warf den Klumpen feuchter Blätter in die Feuerstelle. Es zischte, flackerte, dann waren die Spuren seiner Behandlung beseitigt. Die Tiegel mit Salbe und die Kräutersäckchen versteckte er in einer

Truhe. Dann humpelte er zum Fenster, wobei er mit dem schmerzenden Fuß ganz vorsichtig auftrat.
Der Blick auf den Burghof und weit ins Land hinaus – *sein* Land! – hatte stets etwas Beruhigendes und Erhabenes für den Herrscher zweier Fürstentümer. Er beflügelte ihn beim Nachdenken.
Kalte Luft drang durch die Fensteröffnung. Hoch oben kreisten Falken über den Zinnen des Turmes, unten wirbelte farbiges Laub durch die Luft. Die Weinstöcke, die noch der alte Bischof Benno hatte anpflanzen lassen, waren längst zurückgeschnitten und kahl.
Doch bald sah und hörte Konrad einen Boten in ziemlich hartem Tempo auf den Hof reiten. Jemand, den er nicht kannte, soweit er es aus dieser Entfernung beurteilen konnte. Seine Augen wurden auch nicht besser.
Er hatte den ganzen Tag schon ein ungutes Gefühl gehabt. Jetzt *wusste* er, dass ihn gleich schlechte Nachrichten erreichen würden. Fremde Boten in großer Eile brachten höchst selten gute Neuigkeiten.
Grimmig zwängte er den Fuß mit der geschwollenen Zehe in den ledernen Schuh, setzte sich wieder in seinen Stuhl und wartete, dass ihm der Besucher gemeldet wurde.

Der Markgraf von Meißen und der Lausitz galt als Muster kaltblütiger Beherrschung. Als ihn der Gefolgsmann des Grafen von Holstein über Svens und Adeles Vertreibung und ihr baldiges Kommen in Kenntnis setzte, mahlte sein Kiefer, doch er sagte kein Wort. Mit geballten Fäusten stellte er dem Mann viele Fragen, von denen der Bote kaum eine beantworten konnte.
Dass sich in Dänemark etwas zusammenbraute, hatte Konrad bereits durch die Berichte seines Spions geargwöhnt. Er hatte dem Schwiegersohn sogar eine Warnung geschickt.
Sein Spion – das war der rothaarige Spielmann, dessen Vortrag

über den traurigen König Ludwig den König und die Fürsten in Merseburg so maßlos belustigt hatte.
Konrad ließ ihn gleich am nächsten Tag zu sich rufen, nahm ihn für die Hochzeitsfeier von Adele und Sven in Dienst und beauftragte ihn, in Dänemark zu verweilen und gegen guten Lohn Augen und Ohren aufzusperren, bis er aufbrechen musste, um rechtzeitig zur Vermählung von Otto und Hedwig in Meißen zu erscheinen.
Seitdem hatte der Markgraf keine Kunde mehr von den Geschehnissen in Dänemark.
Doch was genau in jener Nacht geschehen war, als Knut und Waldemar die Macht an sich rissen, wie viele Tote es gegeben hatte und wann seine Tochter und ihr Gemahl hier eintreffen würden, konnte ihm auch der abgehetzte Reiter nicht sagen.
Konrad schickte den Boten fort, damit der etwas zu essen bekam, sammelte sich einen Moment und befahl dann, unverzüglich seinen Hengst zu satteln, eine Geleitmannschaft zusammenzustellen und Otto und Hedwig zu ihm zu schicken.
Das junge Paar erkannte schon an der Dringlichkeit des Befehls, dass etwas Unerwartetes oder gar Schlimmes geschehen war, und erschien umgehend. Otto mit einer Daune auf dem Umhang, denn er war in der Falknerei gewesen, Hedwig mit dem Geruch von Rauch und Salz in den Gewändern. Offenbar hatte sie gerade die Fleischvorräte für den nahenden Winter überprüft.
Konrad informierte sie mit einem einzigen schroffen Satz über das Unglück.
Otto erstarrte, Hedwig schlug sich entsetzt die Hand vor den Mund.
Dann hieb der Markgraf mit der Faust auf den Tisch und brüllte, was er sonst höchst selten tat. Ein harter Blick aus seinen eisgrauen Augen erzielte normalerweise die gleiche Wirkung. Doch nun wollte er nicht sein Gegenüber in Angst und Schrecken versetzen, sondern er musste seine maßlose Wut

abreagieren. Die sonst für ihn typische kalte Beherrschung war verflogen.
»Dieser Narr! Hat sich sein Königreich stehlen lassen und das Leben *meiner* Tochter gefährdet!«, tobte der Markgraf.
Einen Moment lang herrschte Stille.
Otto durchdachte rasch die möglichen Folgen für ihn.
Doch Hedwig wagte zu fragen: »Erlauchter Vater, wisst Ihr, wie es Adele geht?«
Die Sorge um die Schwägerin und Freundin schnitt ihr kalt ins Herz.
»Ich weiß nicht einmal, ob sie noch lebt«, gab Konrad mit rauer Stimme zu. »Graf Adolf ließ sofort eine weise Frau zu ihr rufen, wofür ihm die Heilige Jungfrau danken möge. Doch ob eure Schwester noch lebt … und wenn ja, wie sie die weite Reise hierher übersteht … Die letzte Kunde über sie ist sechs Tage alt. Sie hat ihr Kind verloren, meinen Enkel! Wir können nur beten, dass sie überlebt.«
Hedwig nahm sich sofort vor, in den Dom zu gehen, sobald ihr Schwiegervater sie entließ. Und dann waren eine Menge Dinge für die Ankunft von Sven, Adele und ihren Begleitern vorzubereiten. Dies war nun ihre Aufgabe als künftige Markgräfin und ranghöchste Frau am Meißner Hof, auch wenn sie erst vierzehn Sommer zählte. Wie beruhigend wäre es, jetzt Mathilde an ihrer Seite zu haben!
Der Markgraf rieb sich übers schmale Gesicht und verkündete: »Otto, du hast die Befehlsgewalt über Meißen, bis ich zurück bin. Hedwig, du bereitest alles für die Aufnahme meiner Tochter und dieses entmachteten Königs vor! Und ich reite unverzüglich nach Eilenburg.«
Dass sein Vater nicht Dietrich zu sich beorderte, wie es üblich gewesen wäre, zeigte Otto: Er hatte nicht die Geduld, auf ihn zu warten, sondern musste in seinem maßlosen Zorn sofort etwas unternehmen.
Da braut sich ein gewaltiges Donnerwetter über meinem Brü-

derlein zusammen, dachte Otto und grinste innerlich. Immerhin hat Dietrich diese königliche Hochzeit empfohlen und angebahnt.
Hedwig hingegen malte sich in schlimmsten Szenen aus, wie es Adele ergehen mochte. Seit dem Aufbruch des Boten von Segeberg war fast eine Woche vergangen. Inzwischen konnte viel Schlimmes geschehen sein – nach all dem Schrecklichen, was bereits geschehen war.
»Ich bin in größter Sorge um Adele. Sie wird vermutlich sehr krank sein, zumindest geschwächt, selbst wenn sie sich vor dem weiten Ritt hierher einige Tage Ruhe gönnt, um zu genesen«, begann sie und beobachtete ihren Schwiegervater genau, bevor sie ihm ihren Vorschlag unterbreitete.
»Erlauchter Vater, vielleicht sollten wir ihnen ein paar Reiter entgegenschicken, zusammen mit dieser weisen Frau aus dem unteren Viertel – Josefa? So könnte sie sich schon unterwegs um Eure Tochter kümmern.«
Hedwig zögerte, dann fügte sie leise hinzu: »Wenn das Fieber kommt … muss schnell Hilfe zur Stelle sein.«
Falls es überhaupt noch Hilfe gab.
Konrad bezwang kurz seinen Groll und nickte seiner Schwiegertochter anerkennend zu.
»Gut vorausgedacht, Tochter! Beten wir zur Heiligen Jungfrau, dass dieser Kelch an Adele vorübergeht. Otto, sorge dafür, dass ihnen ausreichend Männer zum Schutz entgegengeschickt werden – mitsamt der weisen Frau. Sie soll gut entlohnt werden.«
Dann stemmte sich Konrad hoch und ging wütend und mit ausholenden Schritten hinunter in den Hof. Der Schmerz war fast vergessen. Oder genauer: Er kümmerte ihn jetzt nicht mehr. Unten warteten bereits sein gesatteltes Pferd und das Geleit auf ihn, das sich in aller Eile versammelt hatte und nur noch den hastig vom Küchenmeister zusammengestellten Proviant entgegennahm.

Dann ritten sie an und galoppierten gen Eilenburg, wo Dietrich weder ahnte, was passiert war, noch, was ihn erwartete.

»Lasst uns besprechen, was wir tun können, um alles für ihre Ankunft vorzubereiten, liebster Gemahl«, brach Hedwig das Schweigen, als sie mit Otto in der markgräflichen Kammer allein war. »Und dann würde ich gern in den Dom gehen und für unsere Schwester beten.«

Otto erwiderte nichts, sondern stand auf und setzte sich ohne die geringsten Bedenken auf den Stuhl seines Vaters.

Er tat dies zum ersten Mal, und ein fast berauschendes Machtgefühl durchdrang ihn. Schließlich war ihm die Befehlsgewalt übertragen. Wenn auch nur vorübergehend.

Überhaupt fand Otto, dass sein Vater so betagt war, dass er ihm endlich die Regentschaft übergeben sollte. Als ältester Sohn wartete er schon seit Jahren darauf, inzwischen war er Mitte dreißig! Wie lange sollte er sich denn noch gedulden? Adelchen hatte vor ihrer Hochzeit gescherzt, an seinen Schläfen würden sich schon erste graue Haare zeigen. Das konnte er nicht nachprüfen, die Spiegel aus poliertem Kupfer gaben solche Feinheiten nicht wider. Sollte er erst als Grauschopf die Herrschaft übernehmen?

Die eherne Regel galt: Wenn ein alternder Ritter nicht mehr aus eigener Kraft von einem Trittstein aufs Pferd kam, musste er Land und Titel an seinen oder seine Erben übergeben.

Allerdings konnte Otto nicht bestreiten, dass sein Vater – zäh und hager – immer noch gut bei Kräften war und mühelos in den Sattel stieg, wenn ihn nicht gerade die Gicht besonders schlimm plagte. Aber dieses Übel machte selbst ihm, Otto, schon häufig zu schaffen.

Hedwig war befremdet und erschrocken über die Selbstverständlichkeit, mit der ihr Gemahl im väterlichen Stuhl Platz nahm. Dass er ständig daran dachte, wusste sie. Aber dass er es jetzt einfach tat, kaum dass der Markgraf zur Kammer hinaus war …

Sie musste ihn eiligst hier hinauslocken, ehe noch jemand diese Szenerie sah und ihren Schwiegervater darüber informierte.
Triumphierend lehnte sich Otto zurück, umfasste mit beiden Händen die Armlehnen, räusperte sich und genoss die neue Perspektive. So würde er thronen, wenn er erst Markgraf war, und alle mussten vor ihm knien oder stehend auf seine Befehle warten.
Er wusste hinter sich die zwei Stickereien mit den Turnierszenen, den Lobgesang auf die Heldentaten seines Bruders. Daraus konnten die Mägde Putzlappen machen, wenn er erst das Sagen hatte. Dann würde er das Mauerwerk hinter sich mit *seinem* Banner schmücken.
Mühelos erriet Hedwig die Machtfantasien ihres Gemahls. Sie kannte auch seine Absichten hinsichtlich der kostbaren Stickereien. Er hatte sie oft und laut genug kundgetan, wenn sein Vater und seine Brüder nicht dabei waren. Also würde sie die Bilder retten und in ihren Truhen verbergen, bis sich irgendwann ein geeigneter Platz dafür fand.
»Liebster«, begann sie und lächelte ihn an, wenn auch nur kurz. Schließlich war Schlimmes geschehen.
»Wir sollten die weise Frau rufen und auch einen Boten zu Gräfin Mathilde schicken. Sie wird wissen wollen, wie es Adele geht. Ich lasse ein ruhiges Gemach für unsere Schwester herrichten, wo sie gepflegt werden kann. Und die größte Gästekammer für König Sven. Sagte Euer erlauchter Vater, wie viele Männer mit ihnen kommen?«
»Sven ist kein König mehr«, berichtigte Otto verächtlich. »Er hat sich davonjagen lassen, und kein Dutzend Kämpfer folgt ihm jetzt noch. Was für ein König soll das sein? Er kann sich glücklich preisen, wenn wir ihn überhaupt aufnehmen und nicht im Stall schlafen lassen. Es wundert mich, dass Vater offenbar bereit ist, ihn in die Burg einzulassen.«
»In der Familie steht man einander bei«, sagte Hedwig sanft.

»Wie sähe es denn aus, wenn der Markgraf von Meißen und der Lausitz seinem eigenen Schwiegersohn den Schutz verwehrte?«
»Das ist noch längst nicht entschieden«, versicherte Otto. »Wie ich Vater kenne, will er erst einmal genau hören, was in Dänemark geschehen ist. Weshalb sonst, Liebste, reitet er so eilig zu Dietrich, noch dazu bei diesem abscheulichen Wetter, statt zu warten, bis mein Bruder durch einen Boten geholt wird?«
Nun räusperte sich Hedwig.
»Meint Ihr nicht auch, mein teurer Gemahl, dass es der Ehre des Hauses Wettin gut ansteht, einen gesalbten König würdig zu empfangen, selbst wenn er gerade einige Schwierigkeiten hat?«, fragte sie, so harmlos sie konnte.
»Schwierigkeiten?«
Otto konnte sich ein Lachen nicht verkneifen. »Kann man es noch so nennen, nachdem ihn gerade sein Volk aus dem Land gejagt hat?«
»Das wissen wir nicht. Und er wird den Thron zurückerobern wollen«, stellte sie klar.
»Nicht mit mir!«, verkündete Otto sofort.
»Außerdem wäre es keine Überraschung, wenn Knut und Waldemar bald selbst übereinander herfallen«, ergänzte Hedwig, ohne sich von dem Einwurf aus der Fassung bringen zu lassen.
Mit offenem Mund betrachtete Otto seine blutjunge Frau.
Da saß sie ihm gegenüber, zierlich und von eher kindlicher Statur, noch nicht einmal fähig, ihm einen kräftigen Erben auszutragen – und bewies gerade, dass sie durchaus in der Lage war, nicht nur den Haushalt der Burg zu führen, sondern auch politische Gepflogenheiten zu verstehen.
Sie überraschte ihn immer wieder aufs Neue.
Umso mehr sehnte er die Zeit herbei, wenn er endlich jede Nacht das Bett mit ihr teilen konnte und sie die Mutter seiner Söhne wurde.
Gut, die Brautnacht hatte stattgefunden, die Ehe war vollzogen, dafür war sie alt genug. Er würde sie auch gar nicht wieder

aus seinem Bett lassen, sie Nacht für Nacht mit Inbrunst nehmen … Hätte es da nicht ein ungeheuerliches, unangenehmes und überaus ungebührliches Gespräch zwischen ihm und ihrer Mutter gegeben, Markgräfin Sophia. Die ihre letzte Kraft zusammengerafft hatte, um ihre Tochter zu schützen, und ihn mit dem einhelligen Urteil zweier weiser Frauen – Josefa und Sunhild – konfrontierte, dass eine baldige Schwangerschaft mit großer Wahrscheinlichkeit Hedwigs Tod bedeuten würde. Als er seine künftige Schwiegermutter entrüstet und fassungslos zugleich anstarrte, begannen die Wehmütter ihm im Detail zu schildern, was passierte, wenn die Gebärende noch zu jung und so zierlich gebaut war, dass das Kind im Becken feststeckte.
Details, die zu hören er sich strikt verbat. Es ziemte sich einfach nicht, so ein Thema vor Männern auszubreiten.
Doch schon die ersten Sätze hatten ihn mit Schaudern erfüllt.
Es war nun mal etwas anderes, einen Gegner in der Schlacht in Stücke zu hauen, als eine kreißende Frau bei lebendigem Leib aufzuschlitzen, damit das Kind herausgeholt und getauft werden konnte.
Er war der süßen kleinen Hedwig längst so verfallen, dass er sich lieber geduldete und sich vorerst mit Huren und Mägden tröstete. Mit jedem Sonnenuntergang rückte der Tag näher, an dem er sie in sein Bett holen und mit ihr Kinder zeugen würde. Viele Kinder. Seine Mutter hatte elf zur Welt gebracht, ihre dreizehn. Er würde ein Dutzend starke Söhne und hübsche Töchter haben und sie mit bedeutenden Adligen vermählen und dadurch seinen Einfluss mehren.
Nur mussten ihre Brüste noch größer werden, bis er ihr Kinder in den Leib pflanzen konnte. Wie lange konnte das noch dauern? Sie war nicht spürbar gewachsen seit ihrer Vermählung, und durch das Kleid zeichneten sich ihre Knospen immer noch kaum ab.
Er sehnte sich so danach, tief in sie einzudringen, sie ganz und gar zu besitzen. Und ahnte nicht im geringsten, wie sehr es

Hedwig davor graute – so sehr, dass sie am Essen sparte, um nicht zu schnell zu wachsen.
»Familie ist wichtig! Du hast ja so recht, meine Liebe«, stimmte er zu.
Hedwig, der Ottos Blick auf ihren noch winzigen Busen nicht entgangen war, sehnte sich im Moment nach etwas ganz anderem: dass sie so schnell wie möglich die Kammer des Markgrafen verließen, ehe jemand eintrat und Otto auf dem Platz seines Vaters sitzen sah. Ihr Schwiegervater würde wenig erfreut sein, davon zu hören.
»Wollen wir gemeinsam in den Dom gehen und für Adele beten?«, fragte sie sanft und deutete auffordernd zur Tür. »Alles andere können wir danach veranlassen. Am dringendsten braucht sie jetzt Gottes Segen.«
Otto blickte von seinem Platz zum Fenster, durch das von hier aus nur graue Wolken zu sehen waren.
Also gut. Immerhin ging es um seine Schwester. Und darum, vor Hedwig einen guten Eindruck zu machen. Er stand auf, umrundete den Tisch, warf noch einmal einen verächtlichen Blick auf die Stickereien hinter sich an der Wand und reichte Hedwig die Hand, um sie hinauszugeleiten.

Als Konrad am späten Nachmittag des nächsten Tages die Eilenburg erreichte, war Dietrich zur größten Erregung seines Vaters nicht dort, sondern bei Kunigunde.
»Bringt meinen Sohn sofort hierher – wenn es sein muss, im Unterhemd!«, brüllte er den Hauptmann der Eilenburger Wache an, der nach einer Verbeugung sofort kehrtmachte und sein Pferd holte.
Dobroniega hatte durch das Gebrüll und einen Blick aus dem Fenster den überraschenden Besuch ihres Schwiegervaters mitbekommen und hastete auf den Hof hinaus, um ihn zu begrüßen. Ihr Verhältnis zu Dietrich war nach wie vor frostig und ließ sich wohl auch nicht mehr ändern. Aber spätestens seit dem

Besuch auf der Brandenburg bemühte sie sich nach Leibeskräften, einen guten Eindruck bei seinem Vater zu hinterlassen.
Der alte König Konrad von Staufen hatte es nicht geschafft, ihren verhassten Halbbruder Wladislaw wieder als Herzog von Polen einzusetzen. Doch dieser neue König Friedrich zeigte erstaunlicherweise Interesse daran, dies zu tun. Obwohl sie nicht verstand, weshalb. Vielleicht wollte er nicht für die immensen Kosten von Wladislaws Hofhaltung in Altenburg aufkommen?
Nun brauchte sie das Wohlwollen Konrads von Wettin und auch des Markgrafen der Nordmark, damit beide Fürsten ihre Brüder Bolislaw und Mieszko unterstützten, sollte der neue König nach seiner Kaiserkrönung einen Krieg gegen Polen führen wollen.
Sie hatte Bolislaw zwar nicht verziehen, dass er sie gegen ihren Willen aus dem Kloster geholt und zur Heirat mit einem zweitgeborenen Markgrafensohn gezwungen hatte.
Aber gegen Wladislaw mussten sie zusammenhalten: Bolislaw, Mieszko, ihre Schwester Judith und ihr kleiner Bruder Kazimir.
»Mein Gemahl wird gleich hier sein, erlauchter Vater!«, versprach sie und setzte zur Begrüßung sogar ein freundliches Lächeln auf.
»Kommt in den Palas, macht es Euch am Feuer gemütlich, ich lasse sofort Würzwein und Braten bringen. Ist Euch nach Wild zumute? Oder hättet Ihr lieber Schinken?«
Konrad war nicht in Stimmung für Gemütlichkeit am Feuer. Aber was blieb ihm zu tun, bis sein Sohn endlich eintraf?
»Fisch und Starkbier«, knurrte er. Das hatte ihm Josefa geraten, wenn ihn die Gicht zu sehr plagte: kein Fleisch, kein Wein. Am besten Gemüse und Brei, doch das war unter seiner Würde.
»Ich habe ein Gelübde abgelegt, zu fasten, bis meine Tochter heil in Meißen eintrifft«, erklärte er seinen ungewöhnlichen Speisewunsch, um möglichem Gerede vorzubeugen.

Ob wohl Dietrich auch auf seinen Rücktritt wartete?
Während Konrad mit Dobroniega über den Hof schritt, musterte er mit kritischen Blicken die Baufortschritte auf der Burg. Dietrich hatte die Außenmauern beträchtlich verstärken lassen, der Turm gewann immer mehr an Höhe. Also lag er nicht nur bei seiner Gespielin herum, der Bursche.
Dietrich erschien tatsächlich sehr kurze Zeit später; sogar vollständig bekleidet. Er hatte einen Ausritt mit seinem Sohn vor sich im Sattel geplant, doch der Bote erreichte ihn noch in Gundas Gehöft. So gab er dem enttäuschten Söhnchen und der Liebsten einen Kuss, verabschiedete sich und ritt zur Burg.
Der kleine Dietrich weinte vor Kummer, und Gunda biss sich auf die Unterlippe. Aber wenn sein Vater selbst nach Eilenburg kam und noch dazu in solcher Stimmung, dann musste etwas Schlimmes geschehen sein.
Kaum betrat Dietrich die Halle, da fuhr sein Vater schon auf.
»Dein *Freund*, dieser Wikinger, dieser blonde Schönling, vom dem du meintest, ich könnte ihm unbesorgt eine Tochter anvertrauen …«, brüllte Konrad und musste erst einmal nach Luft ringen vor Erregung, »war so einfältig, sich von seinen Rivalen verjagen zu lassen, und ist auf der Flucht! Deine Schwester verlor ihr Kind dabei, und nur Gott allein weiß, ob sie Meißen lebend erreicht.«
Dietrich wurde bleich vor Schreck.
»Aber sie sind beide entkommen? Obwohl sich Knut *und* Waldemar gegen sie verschworen haben?«, vergewisserte er sich.
Als sein Vater nickte, sprach er aus, was ihm sofort durch den Kopf ging: »Dann hatten sie beide Glück im Unglück, der Jungfrau Maria sei's gedankt!«
Mehr musste er nicht sagen.
In deutschen Landen gab es auch diesen und jenen Mord in höchsten Kreisen im Kampf um die Macht – aber meistens diskret, mit Gift, nicht nachzuweisen. So etwas wie die Bluttat an den Winzenburgern, Hedwigs Verwandten, blieb die Ausnahme.

Bei den Wikingern dagegen galt Giftmord als verachtenswert. Man ging nach altem Brauch mit Schwertern aufeinander los, und auch Mord in der Familie war eine lange – um nicht zu sagen: bewährte – Tradition im Kampf um den Thron. Da Adele schwanger gewesen war und Svens Erben in sich trug, hätte man sie und das Ungeborene getötet, wäre sie den Feinden in die Hände gefallen.
Doch ohne jeden Zweifel hatte Sven seinen Untergang selbst provoziert.
»Ich folge Euch nach Meißen und reite ihnen dann entgegen«, beschloss Dietrich gleich. So konnte er herausfinden, was genau geschehen war, und sich um seine Lieblingsschwester kümmern, die vielleicht sehr krank, auf jeden Fall aber zutiefst erschüttert war, vielleicht sogar in Todesangst schwebte.
Er schickte einen Getreuen zu Gunda, der ihr ausrichtete, dass er für längere Zeit fortreiten musste, und instruierte den Hauptmann der Wache, Dobroniega während seiner Abwesenheit nicht aus den Augen zu lassen.
Unter dem Vorwand, bei Morgengrauen aufbrechen zu wollen, zogen sich alle zeitig in ihre Betten zurück.
Dietrich hatte keine Lust, sich das Gebrüll und die Vorwürfe seines Vaters anzuhören, Konrad war überhaupt die Laune restlos verdorben, und Dobroniega wollte von dem Streit der Männer nichts wissen. Sie hatte ihre eigenen Sorgen.
Doch schlafen konnte keiner von ihnen in dieser Nacht.

Hochzeit im Schnee

Adela und Dietho; ein Dorf nahe Ravensburg, Dezember 1153

Große weiße Flocken schwebten durch die Nacht, als eine kleine Gruppe von Hochzeitsgästen Adela und Dietho in ihr künftiges gemeinsames Heim geleitete.

In einem Zustand merkwürdiger Betäubung hatte Adela die jüngsten Ereignisse überstanden. Die Wochen seit Diethos Werbung, in denen die baldige, sehr ungewöhnliche Vermählung *das* Gesprächsthema auf der Burg war – hauptsächlich hinter ihrem Rücken. Wochen, in denen sie mit ihrem Bräutigam kein einziges Wort mehr hatte wechseln dürfen. Die Eheschließung vor der Burgkapelle St. Veit. Das anschließende Fest, das der Herzog in seiner Halle ausrichtete und bei dem der Bräutigam ganz und gar nicht glücklich wirkte.

Nun ritten sie durch den Schnee zu dem Dorf und dem Haus, wo sie von jetzt an leben würde. Keine Burg, kein steinerner Palas, sondern vermutlich eine Hütte aus Holz, im besten Fall doppelt so groß wie die Katen der Bauern.

Diesmal war ihr Hochzeitsgewand nicht aus leuchtend roter Seide und nicht mit Goldfäden und Edelsteinen verziert, sondern bestand aus warmem grünen Tuch mit schlichter Blumenstickerei. Über dem Umhang trug sie ein Fuchsfell auf den Schultern, ein Geschenk Utas.

Voran ritten einige von Diethos Freunden mit Fackeln, deren Licht sich in den weiß glitzernden Schneeflocken wie Gold ausnahm.

Der Herzog und seine Gemahlin sowie der Kaplan auf einem Maultier folgten ihnen. Adela fragte sich, ob sie es taten, um ihrer Wiedervermählung mehr Würde zu verleihen, oder ob Friedrich gefordert hatte, dass sie den Vollzug der Ehe bezeugten.

Sie wäre erstaunt gewesen, mit wie viel Sorgfalt vor allem Uta die Details dieser Hochzeit geplant hatte, um Adela vor weiteren Demütigungen zu schützen.

Die Herzogin hatte ihren Gast nicht nur aus Mitgefühl unter ihre Fittiche genommen und weil das Verhalten des Königs sie empörte, sondern auch aus Prinzip: Adela entstammte einer Fürstenfamilie, sie war die Tochter eines bedeutenden Markgrafen, und mit Angehörigen dieses Standes ging man nicht so um. Ihre Würde musste gewahrt bleiben. Wohin sollte das sonst führen?

Auf Utas Weisung begleitete auch keiner der Ritter und keine der edlen Damen von der Burg die kleine Gruppe zur Brautlegung, damit sich niemand anschließend darüber auslassen konnte, in welch ärmliche Verhältnisse die Tochter des Markgrafen auf dem Nordgau und einstige Erbin des Egerlandes nun geriet. Auch Diethos Freunde waren unter Androhung strenger Strafen angewiesen, jegliche derben Streiche und anzüglichen Sprüche zu unterlassen, die Frischvermählte normalerweise über sich ergehen lassen mussten.

Die Situation war so schon heikel genug für das Hochzeitspaar. Immer wieder setzten sich Schneeflocken auf Adelas Wimpern fest, die sie mit ihren behandschuhten Fingern fortwischte. Niemand sollte denken, sie weine.

Ab und zu warf sie einen vorsichtigen Blick auf Dietho, der nun ihr Ehemann war, was sie immer noch kaum fassen konnte. Mit bleicher Miene ritt er an ihrer Seite, und an seinen Gesichtszügen war nicht das Geringste abzulesen. Schon gar nicht Zuneigung, wie er bei der Brautwerbung so glaubwürdig versichert hatte, bevor er seine Einwände aufzählte: Er sei wegen seines niederen Standes ihrer nicht wert, er könne ihr nicht das Leben bieten, das sie gewohnt sei und das ihr zustehe, in Reichtum und mit großer Dienerschaft. Doch sei ihm befohlen worden, um ihre Hand anzuhalten.

Als er damals vor ihr kniete und sein Werben vortrug, da

glaubte sie, Bewunderung und Hingabe in seinen dunklen Augen zu sehen. War sie schon wieder einem riesengroßen Irrtum erlegen, so wie einst bei Friedrich?
Gern hätte sie in den zurückliegenden Wochen mit ihrem Zukünftigen gesprochen, um ihn etwas besser kennenzulernen. Doch mehr als dieses eine Gespräch unter vier Augen wurde ihnen nicht zugestanden. Und es war einfach undenkbar, diese Dinge im Beisein anderer zu erörtern.
Schließlich lernten viele adlige Bräute ihren Gemahl erst bei und nach der Hochzeit richtig kennen, manche sahen ihn sogar bei der Trauzeremonie zum ersten Mal.
Wenn sie Dietho anschaute, musste sie sich eingestehen, dass sie es – abgesehen von seinem niedrigen Stand – viel schlechter getroffen haben könnte.
Der begabte Schwertkämpfer und Waffenlehrer der Knappen mochte ungefähr in ihrem Alter sein, war schlank gebaut, aber muskulös, fast einen Kopf größer als sie, mit dunkelbraunem Haar und gut aussehend.
Und was den Stand betraf: Sie war mit einem König und künftigen Kaiser vermählt gewesen, höher hinaus ging es wirklich nicht. Doch brachte ihr das nur Unglück ein.
Wieder sah sie heimlich zu Dietho, der starr geradeaus blickte, die Miene wie versteinert.
Wenn er mich angeblich verehrt und sogar liebt, warum schenkt er mir nicht einen freundlichen Blick, ein gutes Wort?, fragte sie sich bang. Wird meine zweite Ehe genauso entsetzlich kalt und lieblos wie die erste, dazu noch in ärmlichen Verhältnissen?

Im Fackelschein erreichten sie das Dorf, dessen Herr Dietho vor ein paar Wochen geworden war. Die Bewohner hatten sich trotz des Schneefalls eingefunden, um das Brautpaar und natürlich Herzog und Herzogin mit Segensrufen willkommen zu heißen.

Dietho warf kleine Silbermünzen in die Menge der Jubilanten, Uta hatte im Gefolge mehrere Dienerinnen mitgebracht, die nun aus Körben großzügig Speisen von der Festtafel verteilten.
Das Herrenhaus des Dorfes war größer, als Adela erwartet hatte; der Duft von frisch behauenem Holz verriet, dass es erst in den letzten Wochen errichtet worden war. Die einstige, viel kleinere Wohnstatt des Dorfherrn diente nun als Stall und Quartier für die Knechte. Üblicherweise lebten in Bauernhäusern Tiere und Menschen in einem Raum zusammen, nur durch ein paar Balken voneinander getrennt.
Das Tor zum Gehöft und die Haustür waren mit Girlanden aus duftendem Tannengrün umwunden.
Vor dem Haus erwartete sie das Gesinde, kniete nieder und hieß das Fürstenpaar und den neuen Herrn mit seiner Braut willkommen.
Als die Stallburschen und der Großknecht kamen, um ihnen die Pferde abzunehmen, half Dietho seiner Braut aus dem Sattel und reichte ihr seine Hand als Geleit und Schutz. Sie bemerkte, wie verkrampft er war, seine Hand zitterte sogar.
Bei einem so guten Schwertkämpfer? Fror er?
Der Jungvermählte bat seine Gäste ins Haus, doch die bestanden darauf, dass nach gutem altem Brauch zuerst das Brautpaar über die Schwelle sollte.
Dietho richtete einen Blick auf Adela, den ersten seit dem »Ja« vor der Kapelle.
»Wenn Ihr erlaubt, Gemahlin …«
Schon hatte er sie auf seine Arme genommen und trug sie mühelos über die Schwelle, damit ihr böse Geister nichts anhaben konnten.
Die Dörfler applaudierten, seine Freunde johlten.
Während Dietho den Kaplan und das Fürstenpaar in den größten unteren Raum bat, wo Speisen bereitstanden und unter Aufsicht der Köchin in einem Kessel heißer Würzwein dampfte, ließ Uta kleine Geschenke an das Gesinde verteilen.

Dann stießen sie auf das Glück der Neuvermählten an.
Verstohlen sah sich Adela in ihrem künftigen Zuhause um, während sie trank.
Es war ein schlichtes Holzhaus, aber geräumig und mit Sorgfalt eingerichtet: Schnitzereien an den Balken, Girlanden aus duftendem Tannengrün um die mit Schweinsblasen abgedichteten Fenster, kupferne Kessel über der Kochstelle, in der ein Feuer munter prasselte, bemalte Truhen an der Wand, schön verzierte irdene Becher und Krüge – vielleicht ein Geschenk des Herzogs. Bienenwachskerzen erfüllten den Raum mit warmem Licht und leichtem Honigduft.
Doch als die Becher geleert waren, spürte sie, wie sich ihr Magen verkrampfte.
Zeit für die Brautlegung.
Friedrich würde in seinen Befehlen darauf bestanden haben. Und abgesehen davon, wie fremd ihr Dietho war, wie abweisend er wirkte und gar nicht glücklich … Der Gedanke, vor den Gästen nackt ausgekleidet zu werden, trieb ihr die Schamröte ins Gesicht.
Außerdem war sie ohnehin schon fast zu Eis erstarrt vom Ritt und aus Angst vor dem, was nun kam.
»Kaplan, habt die Güte, das Brautbett zu segnen!«, forderte Welf den Geistlichen auf, einen Mann mit kugelrundem Bauch, aber von erstaunlicher Flinkheit.
Sie stiegen die Treppe hinauf, wo in der Dachkammer die Schlafstatt eingerichtet war. Hier waren die Fenster mit Stroh zugestopft, um die Kälte draußen zu halten.
An der Wand standen die zwei Truhen, die sie hatte mitnehmen dürfen; eine voller Leinen und Tuch, die andere mit ihren schlichteren Kleidern.
Die Prachtgewänder hatte sie Uta überlassen. Sie würde sie nicht mehr brauchen.
Auf einem schmalen Tisch sah sie ein geschnitztes Kästchen mit schönen Verzierungen stehen, vermutlich ein Geschenk an

sie und für ihr Nähzeug gedacht, daneben ein Krug, aus dem es noch ein wenig dampfte, und zwei Becher.
Auch hier sorgten Kerzen für tröstendes Licht und brachten geronnene Harztropfen an den Holzwänden zum Glitzern.
Doch alle Blicke richteten sich auf die Schlafstatt: groß, mit zwei Federbetten – sie hatte ihres ja mitnehmen dürfen, es gehörte zu ihrem Leibgedinge – und Fellen als wärmende Unterlage.
Die Kammerdienerin, die Adela zugestanden worden war, schlug die Federbetten zurück. Dann schritt der Kaplan zur Tat, besprenkelte das Laken mit Weihwasser und sprach einen Segen für die Frischvermählten und das Haus.
Bangen Herzens machte sich Adela darauf gefasst, nun vor allen entkleidet zu werden.
Doch zu ihrer Überraschung verhinderte das Herzog Welf.
»Angesichts der Kälte überlassen wir es dem Brautpaar, die Kleider nach und nach abzulegen, am besten unter der Federdecke«, entschied er mit einem Lächeln und warf Uta einen fröhlichen Blick zu. Sie würde heute zufrieden mit ihm sein und es ihm im Bett gewiss lohnen.
Zur Belustigung der Gäste ergänzte er: »Sie sind jung und wissen, was zu tun ist; da bin ich mir sicher.«
Mancher war enttäuscht, das Schauspiel zu verpassen, doch der Herzog hatte gesprochen. Nach vielen guten Wünschen für das Brautpaar zogen sich sämtliche Zeugen zurück.
Die Jungvermählten hörten draußen die Tür klappen und die Pferde schnaubend lostraben, auch wenn der Schnee alle Geräusche dämpfte. Aus den unteren Räumen drang noch kurz Gemurmel und ein regelmäßiges Scharren; das Gesinde räumte auf, jemand fegte den hereingetragenen Schnee hinaus, ehe alle ihre Schlafplätze aufsuchten.
Dietho ging und verriegelte die Tür der Kammer.
Dann wandte er sich Adela zu.
»Mir ist wirklich kalt«, gestand sie bibbernd.

Er kam auf sie zu, nahm ihr Umhang, Schleier und Schapel ab und sagte: »Dann legt Euch gleich im Kleid ins Bett, damit Ihr rasch warm werdet.«
Sie streifte die Schuhe ab, sah, dass ihre Beinlinge an den Fußspitzen durchnässt waren, wagte aber nicht, die auch auszuziehen, sondern kroch wie befohlen unter die wärmende Decke.
Auch Dietho legte seinen Umhang ab. Er füllte sich einen Becher mit dampfendem Würzwein und einen für sie, den er ihr reichte.
»Das hilft«, sagte er – und ließ offen, ob gegen die Kälte oder die Beklommenheit, die sie beide empfanden.
Er leerte seinen Becher zügig im Stehen und verkündete zu ihrer maßlosen Verblüffung: »Ich schlafe in der Kammer nebenan. Keine Sorge, Ihr bleibt ungestört.«
»Dietho!«
Adela richtete sich in ihrem Bett auf, sah ihm ins Gesicht und nahm allen Mut zusammen.
»Bin ich Euch so zuwider? Verabscheut Ihr mich? Weil ich Euch aufgezwungen wurde? Weil ich eine geschiedene Frau und keine Jungfrau mehr bin? Das stimmt, doch ich kann Euch versichern: Der König hat mein Bett nie wieder aufgesucht …«
Dietho war bei ihren Worten zusammengezuckt.
»Ich verabscheue Euch nicht, Herzogin!«
»Ich bin keine Herzogin mehr«, berichtigte sie.
»Aber eine Markgrafentochter«, beharrte er stur und atmete tief durch. »Wie könnte ich Euch verabscheuen? Ihr seid liebenswert, schön und klug, Ihr habt mit so viel Würde Euer schweres Los ertragen. Doch es steht mir nicht zu, Euch zu lieben, Euch zu begehren.«
Er zögerte einen Moment und sagte dann leise und mit gesenktem Blick: »Auch wenn ich es tue. Verzeiht mir die Ungebührlichkeit, Euer Durchlaucht.«
Er stellte seinen Becher ab und wandte sich zum Gehen.
Im Nu war sie aus dem Bett, trat auf ihn zu und streckte ihre

Hand nach seiner Schulter aus, um dann eine Winzigkeit davor zu verharren.

»Dietho«, sagte sie leise. »Mein Leben bei Hof ist Vergangenheit. Und glaubt es oder glaubt es nicht: Ich wünsche es mir nicht zurück. Mein Leben ist nun hier. Als Eure Frau.«

»Ich kann Euch nicht den Reichtum bieten, den Ihr gewohnt seid. Seht Euch doch um!« Verzweifelt deutete er mit dem Arm durch den Raum.

»Werden wir hungern?«, fragte sie.

»Nein. Ich werde dafür sorgen, dass Ihr immer zu essen habt, ein Reittier und Kleider und Schuhe, auch wenn sie nicht so prächtig sind wie Eure Gewänder bisher. Ich werde Euch schützen und behüten mit meinem Leib und meinem Schwert. Das habe ich heute vor Gott und Euch geschworen. Ich stehe zu meinem Eid.«

»Und was ist damit: ein Leib zu werden?«, fragte sie leise. »Schwort Ihr das nicht auch? Haltet mich nicht für unkeusch. Meine Erfahrung in dieser Hinsicht beschränkt sich auf einen einzigen kurzen, lieblosen Akt. Seitdem führte ich jahrelang ein Leben … als sei ich unsichtbar. Ohne jede Berührung, ohne ein einziges gutes Wort, einen freundlichen Blick. So will ich nicht mehr leben! Ich kann es nicht, sonst erstarre ich innerlich noch zu Eis. Und liebend gern tausche ich die Herzenskälte eines Königs gegen die aufrichtige Zuneigung eines guten Mannes, sei er auch von geringerem Stand.«

Dietho wirkte wie vom Donner gerührt.

Nach einem tiefen Atemzug nahmen seine dunklen Augen den Ausdruck sanfter Zärtlichkeit an.

»Ihr friert«, sagte er und deutete auf die Gänsehaut an ihren Unterarmen.

»Dann wärmt mich!«

Vorsichtig, als könnte sie zerbrechen oder es sich jeden Moment anders überlegen, zog er sie ein winziges Stück näher zu sich heran und legte seine Arme um sie.

Lange standen sie so, einander umklammernd.
»Das tut gut. Noch nie hat mich ein Mann so gehalten«, hauchte Adela.
Sie hob den Kopf ein wenig und sah ihm direkt in die Augen.
»Ich fühle mich wohl in Euren Armen. Und ich glaube, ich bin auf dem besten Weg, mich in Euch zu verlieben …«
Ihre Lippen fanden sich zögernd zum Kuss, jeder schmeckte noch den Wein und die aromatischen Gewürze im Mund des anderen, und Diethos Umarmung wurde inniger, als Adela sie erwiderte.
»Auch das hat noch nie zuvor ein Mann mit mir getan«, gestand sie mit gesenkten Lidern, und er fragte sich, was für ein Grobian und Narr dieser Friedrich wohl gewesen sein musste, der ja immerhin das Brautbett mit ihr geteilt hatte.
»Ich denke, Ihr bekommt Ärger, wenn wir die Ehe nicht vollziehen. Und … ich möchte es gern«, gestand Adela.
Abgesehen von ihrer hastigen und schmerzhaften Entjungferung hatte sie keinerlei Erfahrung in diesen Dingen, sie kannte nur das Gewisper der verheirateten Frauen.
Die meisten sagten: »Lieg still und lass es über dich ergehen, wie der Priester es verlangt!« Aber einige deuteten an, Glück dabei zu empfinden. Sie wollte es herausfinden.
Gern hätte sie ihre Freundin Gunda danach gefragt. Doch auf Hagenau durfte sie keine Briefe empfangen – und schon gar nicht von einer Witwe, die die Geliebte eines verheirateten östlichen Markgrafensohnes war.
Unversehens ließ Dietho sie los und wirkte auf einmal sehr verlegen.
»So sehr ich es mir gewünscht habe, seit langem schon … Ich hatte nicht damit gerechnet …«, stammelte er, während seine Gedanken durcheinanderwirbelten.
Es erschütterte ihn, was sie über ihr Eheleben angedeutet hatte. So gern wollte er ihr seine Liebe schenken. Doch was sie vermutlich eigentlich ersehnte, war Zärtlichkeit.

Also musste er langsam vorgehen, sie die Liebe lehren.
»Versprecht mir, dass Euer früherer Gemahl in unserem gemeinsamen Bett nie wieder auftauchen wird, nicht einmal in Euren Gedanken«, forderte er. »Vergesst diese Zeit!«
Plötzlich fand er den Mut zu sagen: »Ihr seid jetzt *meine* Frau. Und ich möchte Euch glücklich machen.«
Zutiefst gerührt sah sie ihn an und nickte stumm. Auch sie wollte Friedrich kein einziges Wort mehr widmen, erst recht nicht jetzt.
Ob sie ihn allerdings aus ihren Gedanken streichen konnte, bezweifelte sie. Die Jahre ließen sich nicht einfach auslöschen.
So standen sie einander nun gegenüber, unsicher über den nächsten Schritt.
Schließlich ging Dietho zur Tat über, löste die Schnüre ihres Kleides, wobei sie ihm behilflich war, zog ihr das Gewand über den Kopf und legte es sorgfältig auf eine Truhe.
»Nun huscht schon unter das Federbett, ehe Ihr zu Eis erstarrt!«, sagte er lächelnd, weil sie sicher zu schüchtern war, um auch noch das Unterkleid abzulegen.
Sie schlüpfte erleichtert unter die Bettdecke und zog sie bis zum Hals hoch. An das Fußende hatte zwar eine gute Seele einen heißen Stein gelegt, doch der Rest des eiskalten Bettes versetzte ihr erst einmal einen Schreck.
Dietho legte Bliaut und sämtliche Unterkleidung ab bis auf das Hemd.
»Soll ich die Kerzen löschen?«, fragte er, um ihr etwas von ihrer Scheu zu nehmen.
»Nein, ich möchte Euch sehen!«, antwortete sie zu seiner Überraschung. Sie erstaunte ihn schon wieder.
»Auch ich würde Euch gern sehen«, gestand er lächelnd und stieg auf seiner Seite ins Bett. »Kommt zu mir, ich wärme Euch.«
Sie rutschte hinüber, nun lagen sie aneinandergeschmiegt, und er begann, ihren Hals zu streicheln, ihre Wange und ihr Haar

zu küssen. Durch die Wärme seines Körpers hörte sie endlich auf zu zittern, und seine Hände wanderten tiefer. Liebkosten ihre Brüste, was ihr sichtlich gefiel, glitten hinab zu ihrer Hüfte. Viel länger konnte er nicht warten.

Er legte sich auf sie, küsste sie erneut innig, und weil sie seinen Kuss erwiderte, wagte er sich mit seinen Händen an die Innenseiten ihrer Beine vor und fühlte, dass sie ihn erwartete. Dann drang er in sie ein – erst so vorsichtig er konnte, dann immer schneller und leidenschaftlicher. Er hörte sie stöhnen, und nun konnte und wollte er seinen Höhepunkt nicht länger hinauszögern.

Mit einem glücklichen Ächzen sank er über ihr zusammen, rollte sich zur Seite, küsste ihre Wange und legte seinen Arm um sie.

Sie drehte das Gesicht zu ihm, sah ihm in die Augen, die im Kerzenlicht fast schwarz wirkten, und lächelte zaghaft.

Gern hätte sie ihm gesagt, dass sie dergleichen noch nie erlebt hatte. Aber würde sie damit nicht wieder den Gedanken an Friedrich heraufbeschwören? Er hatte in diesem Bett ein für alle Mal nichts zu suchen.

Zärtlich blickte sie Dietho an und konnte der Versuchung nicht widerstehen, durch sein dunkles Haar zu streichen.

»Ich bin sehr glücklich«, sagte sie leise, gerade laut genug, dass er es hören konnte.

»Ich auch«, raunte er strahlend. »Ein glücklicher Mann, gesegnet mit einer wunderbaren Frau, für die ich Gott dem Herrn danke.«

Mit einem Mal hatten sie beide keine Angst mehr vor der gemeinsamen Zukunft.

Was auch kommen mochte – sie hatten einander.

Unfrohe Weihnacht

Sven, Adele, Konrad, Mathilde, Hedwig, Otto, Dietrich; Meißner Burgberg, Dezember 1153

Angesichts der freudlosen Strenge von Markgraf Konrad galt der Meißner Burgberg weithin nicht gerade als Hort von Fröhlichkeit. Doch so gründlich schlecht gelaunt wie in den letzten Tagen des Jahres 1153 war die markgräfliche Familie noch nie gewesen. Und das galt für jedes einzelne Mitglied dieser Familie.

Konrad grollte, weil sein Schwiegersohn Sven sein Königreich verloren hatte und partout nicht einsehen wollte, dass er diese schmähliche Niederlage zu beträchtlichen Teilen selbst zu verantworten hatte. Und als sei das nicht schon demütigend genug, hatte ihm der Gescheiterte auch noch vorgeschlagen, seine Rivalen Waldemar und Knut unter Zusicherung freien Geleits nach Meißen einzuladen und hier zu ermorden! Ein ehrloses Verhalten, das Konrad empört abgelehnt hatte und das ihn seitdem mit Verachtung für den jungen König erfüllte, den er als Gemahl für eine seiner Töchter ausgewählt hatte. Was er inzwischen zutiefst bereute.

Sven grollte, weil ihn der Schwiegervater mit Vorwürfen überschüttete, statt ihm ein Heer samt Flotte aufzustellen, damit er sein Land zurückerobern konnte. Allerdings erst, seit Josefa mit ihrer Heilkunst Adele dem Tode entrissen hatte. Solange seine geliebte Frau hochfiebernd darniederlag und es kaum noch Hoffnung für sie zu geben schien, war er in Schmerz und Selbstbezichtigungen versunken. Doch Konrad behandelte ihn wie einen Aussätzigen, während Sven Rachepläne schmiedete.

Adele, immer noch geschwächt, genas nur langsam, verwand aber den Verlust ihres Kindes nicht und warf ihrem Gemahl vor, seine Vertreibung durch maßlose Steuererhöhungen und unklug gewählte Feindschaften provoziert zu haben. Sie wollte ihn nicht einmal sehen. Und dabei wusste sie gar nichts von Svens Plan, seine Blutsverwandten in eine Falle zu locken und unter Bruch des Gastrechts zu ermorden!

Dietrich war bedrückt über das dänische Desaster, das seine Lieblingsschwester und seinen Freund in tödliche Gefahr gebracht hatte, und über den Streit, den sein Vater und Adele mit Sven hatten. Außerdem vermisste er Gunda, die er mit seinem Sohn auf ihrem Gut in Eilenburg zurücklassen musste.

Dobroniega trug die übliche eisige Miene zur Schau. Derzeit würde sie keine Sympathien bei ihrem Schwiegervater sammeln können. Ohnehin beachtete kaum jemand sie.

Otto regte sich darüber auf, dass sich jetzt alles um die dänischen Exilanten drehte statt darum, wann ihm sein Vater endlich die Macht übertrug. Außerdem hatte es ihn in Momente tiefer Nachdenklichkeit gestürzt, seine Schwester Adele bei ihrer Ankunft und in den Tagen danach so nah dem Tod zu erleben. Lange schien ungewiss, ob sie das verzehrende Fieber überstehen würde – alles infolge der Fehlgeburt. Seitdem sah er das empörende Gespräch mit Markgräfin Sophia bezüglich seines ehelichen Beilagers mit Hedwig in anderem Licht.

Dedo hatte es nach dem strengen Fasten an den ersten Weihnachtstagen erneut nicht geschafft, beim großen Festmahl maßvoll zu essen, und war vom Vater wieder einmal dafür heruntergeputzt worden. Seine jüngeren Brüder Heinrich und Friedrich versuchten einfach nur, dem Vater aus dem Weg zu gehen.

Mathilde fühlte sich zermürbt von der Reise und der Sorge um ihre Nichte. Auf Dietrichs Betreiben waren Sven und seine letzten paar Getreuen über Seeburg nach Meißen geritten, damit Adele unterwegs ein paar Tage Bettruhe und Pflege bekam. Den Rest der Strecke konnten sie auf der Via Regia zurücklegen, auf breiten Straßen. Der Graf von Seeburg, Mathildes Sohn, teilte ihnen ausreichend Schutzgeleit für den Fall zu, dass immer noch eine Gruppe Meuchelmörder die Fliehenden verfolgte.

Mathilde war mit dem jungen Paar nach Meißen gekommen, auch wenn das nasskalte Wetter nicht gerade zum Reisen einlud, schon gar nicht eine Frau in ihren Jahren, und litt nun unter starken Gelenkschmerzen.

Und die junge Hedwig war zwar dankbar für Mathildes Beistand, fühlte sich jedoch an ihre Grenzen getrieben, ständig zwischen all den gereizten Familienmitgliedern vermitteln zu müssen. Zumal im Herbst einige adlige junge Mädchen am Meißner Hof aufgenommen worden waren, um deren Erziehung sie sich zu kümmern hatte. Zusätzlich zu all ihren anderen Pflichten.

So ging die markgräfliche Familie in der mit Tannengrün geschmückten Burg dem Ende eines ereignisreichen Jahres entgegen: missgestimmt, grimmig, todtraurig, zerstritten, überlastet.

Das Gesinde mühte sich nach Leibeskräften, den übellaunigen Herrschaften nicht aufzufallen und ihnen jeden Wunsch von den Augen abzulesen.

Einzig bei den jüngeren Knappen gab es fröhliche Momente: abends, wenn sie sich in ihrem kargen Quartier auf dem Stroh zum Schlafen niederlegten.

Jeder von ihnen war nun einem Ritter zugeteilt worden, dem er zu dienen hatte. Wenig überraschend hatte Christian den schlimmsten Herrn bekommen: den hochmütigen Erben beträchtlicher Ländereien, dessen Vater »der alte Fuchs« genannt wurde und vermutlich sehr bald an Auszehrung sterben würde. Sein Sohn, der »junge Fuchs«, war launisch und gerissen, prahlte bei jeder Gelegenheit, dass sein Weib ihm jedes Jahr einen Sohn gebar. Er rief Christian nie beim Namen, sondern stets nur »Bastard«.

Wie jeder Knappe, vor allem die jüngeren, wurde auch Christian beim geringsten Anlass von den Rittern beschimpft und geschlagen und dermaßen mit Arbeit eingedeckt, dass er kaum zum Luftholen kam. Doch er wusste, der Fuchs hatte ihn

wegen seiner Fähigkeiten im Sattel und im Schwertkampf gewählt. Und die Knappenzeit war für keinen der künftigen Ritter ein Honigschlecken.
An diesem Abend kam Christian als Letzter ins Quartier, weil er sich noch bis in die Nacht um Sattel, Zaumzeug und Sporen seines Ritters hatte kümmern müssen.
Raimund, Gero und Richard, seine besten Freunde, saßen im Stroh auf dem Boden und teilten sich einen Krug Bier, den Raimund aufgetrieben hatte und den er ihm sofort wortlos entgegenstreckte, während sie Richards Prahlereien lauschten.
Nach dem Ende des strengen Fastens – am ersten Weihnachtstag gab es sogar nur Brot und Wasser – war dessen Herr schnurstracks ins nächste Hurenhaus geritten. Richard musste davor warten und auf das Pferd des Ritters aufpassen, und dabei war ihm eine der Huren lächelnd entgegengekommen, hatte seine Hand ergriffen und auf eine ihrer Brüste gelegt.
»So wunderbar groß und warm und weich …«, schwärmte er zum wiederholten Mal. »Und ich stehe da wie ein Tölpel, ohne die kleinste Münze im Almosenbeutel, während die Hure sieht, dass ich … ähm …«
Betreten kratzte er sich am Schädel.
»… morgen wieder die Sünde der Selbstbefleckung beichten muss, wie wir alle so oft, dass es der Kaplan nicht mehr hören kann«, ergänzte Raimund belustigt. »Zehn Vaterunser und zwei Tage fasten. Wir würden allesamt bis zu unserer Vermählung kein Fleisch mehr zwischen die Zähne kriegen, wären da nicht ein paar willige Mägde.«
»Sie lachte mich auch noch aus!«, stöhnte Richard und verdrehte die Augen. »Und ich besaß nicht einmal einen halben Pfennig. Dafür hätte ich vielleicht …«
Er unterbrach sich mitten im Satz und stellte neidisch fest: »Du hast es gut, Raimund, dein Vater ist wohlhabend.«
Die Zwillinge Gero und Richard waren die anerkannten, aber unehelichen Söhne eines Ritters und durften froh sein, am

Meißner Hof ausgebildet zu werden. Land würden sie keines erben, ganz im Gegensatz zu Raimund, dessen Vater über größere Ländereien an der Mulde verfügte.

Bedauernd breitete Raimund die Arme aus und grinste.

»Geld fürs Hurenhaus wird er mir wohl kaum geben. Sonst würde ich es sofort mit euch teilen.«

»Dann müssen wir es uns mit besonderen Taten verdienen«, überlegte Gero laut. »Vielleicht beschließt der Markgraf doch noch, den König mit einem Heerbann nach Rom zu begleiten. In den italienischen Städten soll es unvorstellbaren Reichtum geben. Und die schönsten Frauen.«

»Der König wird erst nächsten Sommer oder Herbst nach Rom aufbrechen, um zum Kaiser gekrönt zu werden. So lange kann ich nicht warten«, beanstandete Raimund, und die Zwillinge prusteten los.

»Habt ihr euch die Mädchen angeschaut, die in den letzten Wochen am Hof aufgenommen wurden?«, fragte er. »Vielleicht werden wir jeder einmal eine von ihnen heiraten.«

»Erstens sind sie ja noch viel zu jung zum Heiraten«, hielt Gero dagegen.

»Wir aber auch«, fiel ihm Raimund ins Wort.

»Gewiss, doch dein Vater wird keine Schwierigkeiten haben, dir eine schöne Braut aus gutem Haus mit stattlicher Mitgift auszuwählen«, wandte Richard ein und setzte Geros Rede an seiner statt fort. Das taten die Zwillinge oft und gern – offenbar wusste jeder, was der andere dachte.

»Denn zweitens: Welches anständige Mädchen will schon einen Bastard? Mein Bruder und ich, wir haben wenigstens einen Vater, der uns anerkennt und vielleicht mit ein wenig Silber ausstatten wird. Aber schaut euch den armen Kerl da an! Er ist ganz still geworden, seit du von Heiratsaussichten schwafelst …«

Sarkastisch wies er auf Christian. Der schien völlig in eigene Gedanken versunken, seit Raimund das Gespräch auf die Mädchen gebracht hatte, die nun unter Aufsicht der jungen Fürstin Hedwig erzogen werden sollten.

Heute Morgen hatte er einer von ihnen aus der Not geholfen, einer zierlichen Neunjährigen, die erst gestern von ihrem Vater auf den Burgberg gebracht worden war. Zwischen den vielen schneebedeckten Gebäuden hatte sie sich verlaufen. Plötzlich stand einer der Jagdhunde bellend vor ihr und erschrak sie fast zu Tode, so dass sie rückwärts stürzte. Christian ging sofort dazwischen, vertrieb den Hund und streckte ihr seine Hand entgegen, um ihr aufzuhelfen.

»Habt Ihr Euch verletzt?«, fragte er höflich und besorgt.

Kreidebleich schüttelte sie den Kopf, rappelte sich hoch und wischte sich dabei hastig die Tränen ab. Ihre geröteten Augen verrieten, dass sie schon vor dem Zwischenfall geweint hatte. Sicher aus Heimweh.

»Wohin solltet Ihr gehen? Kann ich Euch dorthin geleiten?«, bot er an.

Normalerweise ließ man die hochgeborenen Mädchen nicht allein umherlaufen. Sie hatte sicher irgendeinen Auftrag bekommen, etwas auszurichten oder zu holen, und sich dabei tränenblind in der noch fremden Umgebung verirrt.

Tapfer sah sie sich um, erkannte wieder, wo sie war, verneigte sich dankend und drehte sich in die Richtung um, aus der sie soeben ungeduldig gerufen wurde.

»Luitgard, wo bleibst du denn?«

Sie dankte ihm noch einmal mit einem Knicks, dann lief sie los, und Christian sah ihr nach.

Luitgard. Klein, zart, mit kastanienbraunen Zöpfen. Sie hatte es ihm sofort angetan. Gern würde er sie beschützen. Doch eine Tochter aus gutem Hause durfte sich nicht mit einem Bastard abgeben.

Hedwig atmete tief durch und sammelte sich, bevor sie die Tür zur Kemenate öffnete. Dort drinnen warteten die Mädchen auf sie, deren höfische Erziehung zu ihren Aufgaben gehörte. Ein Dutzend junger Dinger zwischen sieben und vierzehn Jahren, schwerer zu hüten als ein Sack Flöhe. Und die noch anstrengenderen Damen der Ritter bei Hofe. Die waren durchweg deutlich älter als sie, hielten die Schwiegertochter des Markgrafen für zu jung und zu unerfahren und stritten hinter ihrem Rücken, wer von ihnen nach Stellung und Reichtum des Gemahls die Bedeutendste war, wer die Schönste, wer das prächtigste Kleid trug … Und dergleichen Eifersüchteleien mehr.

Bei Hedwigs Erscheinen erhoben sich alle auf der Stelle und sanken in einen tiefen Knicks, die kleinen Mädchen ebenso wie die Damen der Ritter.

Doch die künftige Markgräfin erfasste auf den ersten Blick, dass es ein Vorkommnis gegeben haben musste.

Die kleine Luitgard, die noch ganz neu am Hof war und vor Heimweh und Schüchternheit fast verging, wirkte verängstigt und den Tränen nah, während eine der Hofdamen das Kinn triumphierend reckte: die Herrin von Korwitz. Eine verbitterte alte Frau, die vor Gehässigkeit nur so triefte.

Nun gut, du böses altes Weib, du willst es ja so haben!, dachte Hedwig grimmig und ging auf die Korwitzerin zu, die sicher gerade das neue Mädchen wegen irgendeiner Kleinigkeit heruntergeputzt hatte.

»Meine Liebe, Ihr seht sehr blass aus. Ihr werdet doch nicht etwa krank?«, fragte sie scheinbar besorgt.

Völlig verblüfft starrte die Frau sie an, die von den Mädchen heimlich »die alte Schniefnase« genannt wurde.

»Nein, Durchlaucht, bestimmt nicht! Ich danke Euch für Eure Fürsorge …« Vor Überraschung musste sie sich räuspern.

Hedwig neigte den Kopf ein wenig zur Seite und sah ihr mit strahlendem Lächeln ins Gesicht.

»Ihr seid ja so tapfer!«, lobte sie in falscher Liebenswürdigkeit und legte sogar die Hand aufs Herz. »Ich bin zutiefst gerührt,

wie eifrig Ihr Euren Pflichten nachgehen wollt. Doch kann ich nicht zulassen, dass Ihr ernsthaft erkrankt, weil Ihr Euch zu viel zumutet. Ich habe Euch doch schon gestern husten hören.«
Was nicht unbedingt etwas zu bedeuten hatte; um diese Jahreszeit hustete fast jeder, und sei es vom Qualm des Feuers, der durch den Palas zog.
Hedwig klatschte in die Hände und winkte eine Dienerin herbei.
»Richte dem Küchenmeister aus, er soll für die Herrin von Korwitz stündlich einen Sud von dem Hustenkraut brühen, das ich ihm bringen ließ. Und etwas Honig hineingeben.«
Das Mädchen knickste und lief los, während sich Hedwig mit gespielter Herzlichkeit wieder der verblüfften »Kranken« zuwandte.
»Ihr dürft Euch in Eurer Kammer einen Tag der Erholung gönnen. Ich bestehe darauf! Sorgt Euch nicht um mich, ich bin hier von hilfsbereiten Seelen umgeben. Legt Euch zu Bett, nehmt die Arznei und kommt erst wieder, wenn Ihr Euch völlig bei Kräften fühlt. Ich werde Euch einen Krankenbesuch abstatten, sobald ich die Zeit dafür finde.«
»Aus tiefstem Herzen danke ich Euch für Eure Güte und Großzügigkeit, Durchlaucht«, stammelte die überrumpelte Korwitzerin, knickste und stakste zur Tür. Vermutlich fühlte sie sich nun wirklich ein wenig krank.
»Wir anderen haben heute etwas Besonderes vor«, sagte Hedwig noch, bevor die Herrin von Korwitz zur Tür hinaus war – damit diese nicht etwa dachte, sie könnte sich nun einen gemütlichen Tag gönnen. Gemäß der Anweisung ihrer jungen Herrin musste sie ihn im Bett verbringen, scheußliche Kräutersude trinken und darüber nachgrübeln, was sie wohl Besonderes verpasste. Und irgendwann würde die künftige Markgräfin auch noch kontrollieren kommen, ob sie wirklich im Bett lag.
Kaum war die Tür wieder geschlossen, begutachtete Hedwig

bei einem flüchtigen Rundgang die Stickereien der Mädchen. Vor Luitgard blieb sie stehen und beugte sich etwas tiefer über deren Handarbeit.

»Oh, du kannst schon den Knötchenstich«, lobte sie und winkte die anderen Mädchen herbei. »Kommt alle her und seht euch an, wie ordentlich unsere Luitgard diesen Stich hier ausgeführt hat.«

Sie sah, dass sich die Kleine über das Lob freute, und auch auf den Gesichtern der anderen Mädchen, die gehorsam näher traten, erkannte sie mehr Mitgefühl als Neid. Also musste die alte Schniefnase wirklich etwas sehr Boshaftes gesagt oder getan haben.

»Du heißt Luitgard nach der verblichenen Markgräfin, der Gemahlin Markgraf Konrads?«

»Ja, Durchlaucht, sie war meine Taufpatin«, hauchte das Mädchen.

»Eine sehr fromme und tugendhafte Frau«, erklärte Hedwig. »Leider starb sie schon vor Jahren während der Pilgerreise ihres Gemahls nach Jerusalem, so dass ich sie nie kennenlernen durfte.«

Sie legte eine kurze Pause ein, damit sich jede wieder auf ihren Platz setzen konnte, und wies zum Fenster, das mit einer Schweinsblase abgedichtet war, damit die winterliche Kälte nicht ungehindert eindrang.

»Zum Sticken haben wir heute kaum genug Licht, und zur Berechnung der Vorräte sind einige von euch noch zu jung. Das nehmen wir uns im nächsten Jahr vor. Deshalb dachte ich mir: Nutzen wir diesen Vormittag, um über die Tugenden der Markgräfin Luitgard zu sprechen, die uns allen ein Vorbild sein sollte. Mehrere der Hofdamen haben ihr noch gedient und können uns sicher erbauliche Geschichten erzählen. Außerdem bat ich den Kaplan, heute Vormittag zu uns zu kommen und mit uns über die verblichene Markgräfin zu sprechen. Ich denke, er wird gleich erscheinen.«

Erwartungsfroh legten die Mädchen ihre Stickarbeiten zur Seite.
Wie aufs Stichwort klopfte es. Doch nicht der Kaplan wurde angekündigt, sondern ein Kammerdiener überbrachte die Nachricht, der Markgraf wünsche seine Schwiegertochter zu sehen.
»Dann könnt vielleicht Ihr mit Euren Erinnerungen beginnen?«, forderte sie die älteste ihrer Hofdamen auf, die sich geschmeichelt zurechtsetzte und strahlend nickte.
»Mit größter Freude, Durchlaucht!«
»Richtet dem Kaplan aus, ich komme zurück, sobald ich kann«, sagte Hedwig noch im Gehen, nachdem ihr die Kammerfrau den Schleier zurechtgezupft hatte.
Während sie dem Boten durch die Gänge und die Treppe hinauf zum Gemach des Schwiegervaters folgte, huschten ihr vielerlei Gedanken durch den Kopf.
Niemand würde es wagen, auch nur ein respektloses Wort über die verstorbene Luitgard zu sagen. Doch sie musste eine ähnlich freudlose und strenge Person wie ihr Gemahl gewesen sein, hatte viel Zeit in den Klöstern auf dem Petersberg und Gerbstedt verbracht und zwölf Kinder geboren, von denen alle bis auf das erste überlebten.
Hedwig konnte sich die Ehe des alten Markgrafenpaares nur als furchtbar trostlos vorstellen. Anders als in Ballenstedt. Ihr Vater mochte ihre Mutter sehr. Doch glücklich war Sophia mit diesem unberechenbaren Gemahl auch nicht. Das wusste Hedwig als kluge Tochter genau, ohne dass es ihre Mutter je ausgesprochen hätte. Was sie übrigens auch nie tun würde. Fürstliche Hochzeiten wurden nicht zum Glücklichsein, sondern für politische Allianzen geschlossen, für Bündnisse zwischen mächtigen Häusern.
Was Hedwig unweigerlich wieder zu der bohrenden Frage führte, wie sie ihre Ehe mit Otto für sich erträglich machen konnte. Ihr ganzes künftiges Leben. Ein Gedanke, bei dem ihr graute.

Doch jetzt konzentrierte sie sich wohl besser darauf, was der Schwiegervater von ihr wollte. Denn nun stand sie vor der Tür seines Gemachs, und Hedwig hatte nicht die geringste Ahnung, worum es im bevorstehenden Gespräch gehen würde. Das machte sie nervös. Markgraf Konrad war ein gefährlicher Mann mit vielen geheimen Plänen. Und ihn konnte sie nicht um den Finger wickeln wie ihren Vater.

Zwiegespräche

Konrad, Hedwig, Adele, Sven, Dietrich, Mathilde; Meißen, Ende Dezember 1153

Auf die übliche grimmige Miene ihres Schwiegervaters war Hedwig vorbereitet. Doch dass er ihr nach ihrer ehrerbietigen Begrüßung anbot, ihm gegenüber Platz zu nehmen, brachte sie zum Staunen.

»Kind, du weißt, dass der König Winzenburg jüngst auf einem Hoftag nicht deinem Vater, sondern Heinrich dem Löwen zugesprochen hat«, begann der Markgraf seine Eröffnungen.

Hedwig bejahte, und ihr Herz krampfte sich zusammen. Dass ihr Oheim Hermann von Winzenburg und seine schwangere Frau vor fast zwei Jahren nachts in ihren Betten ermordet wurden, war ein ungeheuerliches Verbrechen, das immer noch für Aufsehen sorgte.

»Damit fiel dem Welfen auch die Pflicht zu, den Mord an deinem Oheim und deiner Tante zu rächen«, fuhr Konrad fort.

Hedwig nickte und brachte kein Wort hervor. Es brauchte viel Zeit, bis sie endlich die schrecklichen Bilder verdrängt hatte, wie jemand seinen Dolch in den Leib einer Schwangeren stieß, wie Unbekannte den Bruder ihrer Mutter und seine Gemahlin abschlachteten.

Sie musste schlucken und fühlte, dass ihr Mageninhalt zu brodeln begann.
»Ein Bote überbrachte mir gestern eine Nachricht, die nun im ganzen Reich verbreitet wird«, fuhr der Fürst fort, wobei er sie genau beobachtete. »Auf dem Hoftag in Köln im vergangenen Monat hat der Löwe den Täter vorgeführt, einen Hildesheimer Ministerialen. Der Mörder wurde öffentlich enthauptet. Der Tod der Winzenburger ist gerächt. Du und deine Mutter, ihr könnt nun wieder ruhig schlafen«, versicherte Konrad und ließ dabei fast so etwas wie Trost durchklingen.
Hedwig hätte am liebsten hysterisch aufgelacht.
Ruhig schlafen? Nachdem ihr Konrad das zerstückelte Ungeborene, die im eigenen Blut liegenden Verwandten wieder vor Augen gerufen hatte? Und als Zugabe warf er ihr – bildlich gesprochen – auch noch den abgeschlagenen Kopf dieses Ministerialen vor die Füße. Wie gütig!
Das durfte sie natürlich nicht laut aussprechen, sonst würde der Markgraf ihr für eine solche Unverschämtheit vermutlich eine schallende Ohrfeige versetzen. Obwohl er sie bisher stets ausgesucht höflich behandelte. Ganz sicher ihres Vaters wegen. Sie war das Faustpfand für das Bündnis beider Häuser, und Hedwig verstand genug von Politik, um zu wissen, dass Meißen und Anhalt nun zusammenhalten mussten, da der König die mächtigen Welfen – ihre Feinde – zu seinen engsten Verbündeten auserkoren hatte.
Also beherrschte sie sich und fragte skeptisch: »Es war nur ein einzelner Täter? Der beide und das Ungeborene ermordet hat?«
»Ein Ritter namens Bernhard«, bestätigte der Markgraf. »Kennst du ihn?«
Sie überlegte kurz und schüttelte den Kopf. Oft war sie nicht in Winzenburg gewesen.
»Und seine Schuld ist zweifelsfrei bewiesen? Es gab keine Mittäter?«

Konrad hob die Augenbrauen, womit er wohl seine eigenen Zweifel ausdrückte.
»Unter der Folter gesteht ein Mann normalerweise alles, was man von ihm hören will. Der Löwe wollte beweisen, dass er als neuer Herr von Winzenburg schnell und hart durchgreift. Ob er den wahren Mörder erwischt hat, wissen nur Heinrich und dieser Bernhard in der Hölle. Und seine Auftraggeber, wenn es welche gab. Ich werde meinen Neffen Wichmann bitten, diesbezüglich Nachforschungen beim Bischof von Hildesheim anzustellen. Aber hier kannst du sorglos schlafen, meine Liebe. Und auch deine Mutter wird beruhigt über diese Nachricht sein.«
Das bezweifelte Hedwig sehr. Spätestens jetzt würden die Alpträume ihrer Mutter wiederkehren. Wenn sie überhaupt je aufgehört hatten.
Doch sie bedankte sich höflich und wurde aufgefordert, sich nun wieder ihren Pflichten zuzuwenden.
Nach diesen Neuigkeiten verspürte Hedwig nicht die geringste Neigung, zurück zu den Mädchen und Edeldamen in der Kemenate zu gehen. Stattdessen lenkte sie ihre Schritte in den Teil des Palas, wo sich Adeles Krankenzimmer befand.
Sie besuchte die Freundin jeden Tag. In der ersten Zeit nach ihrer Rückkehr hatte die junge Königin so hoch gefiebert, dass jedermann um ihr Leben fürchtete.
Hedwig verbrachte viele Stunden am Bett der Todkranken, legte ihr kalte Tücher auf die Stirn und flößte ihr fiebersenkende Sude ein, hielt einfach Wache und betete still um Genesung für Adele.
Inzwischen war Svens junge Frau dem drohenden Tod entronnen. Doch lag sie immer noch im Bett: geschwächt von den verzehrenden Fieberanfällen, gequält vom Entsetzen über die Umstände ihrer Flucht und verzweifelt über den Verlust ihres Kindes.
Hedwig war besorgt, wie hohlwangig, matt und hoffnungslos Adele aussah.

»Wie geht es dir heute?«, fragte sie lächelnd, ohne sich ihre Sorge anmerken zu lassen, und stellte gleich darauf missbilligend fest: »Du hast die Honigküchlein gar nicht gegessen, die ich gestern brachte. Du musst essen, Liebes! Soll ich etwas anderes holen lassen? Worauf hast du Appetit?«

Adele bewegte nur kraftlos die Hand.

»Ich esse sie nachher ...«

»Da lasse ich nicht mit mir feilschen!«, widersprach Hedwig energisch.

Sie half der Freundin, sich aufzusetzen, strich ihr das schweißfeuchte Haar zurück und nahm den Deckel von dem Topf mit einer unlängst gebrachten Mahlzeit.

»Oh, das ist ja noch warm ... und es riecht köstlich! Probiere diese Fischsuppe!«

Sie hielt eine Hand unter den vollen Löffel, damit keine Suppe auf ihr Kleid tropfte, und gab Adele zu kosten.

»Lass uns einen Handel abschließen: Wenn du eine halbe Schüssel davon isst, erzähle ich dir, welchen Streich ich vorhin der alten Schniefnase gespielt habe«, versprach die Jüngere mit schelmischem Lächeln.

Diese Ankündigung und der verführerische Duft der Suppe brachten etwas Leben in Adeles Miene

»Das hast du? Diesem Drachen? Um das zu hören, würde ich vielleicht sogar eine ganze Schüssel ausessen.«

»Nur langsam ... und hör gut zu dabei!«, meinte Hedwig mit vielversprechendem Grinsen und tiefer Erleichterung.

Zur selben Zeit saßen Dietrich und Sven in einem verschneiten Wald, und wieder einmal schüttete Sven dem Freund sein Herz aus: über sein verlorenes Königreich klagte er, und dass sein Schwiegervater nicht das Geringste tat, ihm zur Rückkehr zu verhelfen.

Sie hatten dieses Gespräch schon so oft geführt – nachts mit zerrauften Haaren, tags bei Ausritten oder auch in Dietrichs

Kammer. Nicht selten hatten sie sich dabei gemeinsam betrunken und waren doch weder nüchtern noch im Weinrausch zu einer Einigung, geschweige denn zu einer Lösung gekommen. Inzwischen konnte Dietrich Wein kaum mehr sehen; mit der Trinkfestigkeit seines verbitterten Wikingerfreundes vermochte er nicht mitzuhalten.
Deshalb waren sie heute ausgeritten, obwohl das Wetter nicht dazu einlud. Eisiger Wind fegte winzige Graupelkörner durch die Luft. Doch hier im Wald waren sie vor den schneidenden Böen geschützt. Dann und wann fielen Schneehaufen mit dumpfem Klatschen von den überladenen Ästen.
»Sven, zum hundertsten Mal: Wenn mein Vater Truppen für einen Kriegszug hätte, müsste er sie mit dem König nach Rom schicken. Er kann dir nicht helfen. Ich kann dir nicht helfen. Niemand kann es außer dem König, und der wird es erst tun, wenn er von seiner Krönung zum Kaiser zurückgekehrt ist. Sofern er es überhaupt tut.«
»Das dauert vielleicht noch zwei Jahre!«, protestierte der vertriebene König von Dänemark. »So lange kann ich nicht warten. Bis dahin hat mein Volk mich vergessen.«
Dietrich verkniff sich die Bemerkung, dass dieses Volk ja eifrig mitgeholfen hatte, seinen Regenten zu vertreiben, nachdem der trotz Armut und Hungersnot die Steuern massiv erhöht hatte. Auch das hatten sie schon etliche Male erörtert.
»Du brauchst die Unterstützung des Königs – und eine Flotte.«
»Ja, ja, ich weiß!«, fauchte Sven ungeduldig und hieb wütend gegen einen Baumstamm, so dass noch mehr Schnee auf sie beide herabfiel.
»Eine Flotte hat nur Niklot, dieser Pirat, der ständig über meine Küste herfällt. Er untersteht dem Löwen. Welcher ein großer Freund meines Feindes Knut ist. Wie hoch ist die Wahrscheinlichkeit, dass ausgerechnet diese beiden mir helfen?«
Seine Stimme triefte vor Hohn.

Dietrich lächelte verhalten. »Wenn Friedrich es befiehlt, der dann unser Kaiser ist … Krieg schafft immer wieder erstaunliche Verbündete.«
Sven warf ihm einen finsteren Blick zu, nahm kurz seine Kappe vom Kopf und schüttelte den Schnee ab. Dann setzte er sich auf einen umgestürzten Baumstamm und rieb sich mit den Händen übers Gesicht, stand wieder auf und wanderte ruhelos hin und her. Dunkle Ringe unter den Augen und Bartstoppeln ließen ihn älter wirken; von dem strahlenden Turniersieger und König war kaum noch etwas zu erkennen.
»Als Adele auf den Tod lag, da wollte ich einen Handel mit Gott schließen«, gestand Sven mit gesenkter Stimme. »Ich bat ihn: Lass sie leben, Allmächtiger, und ich werde alles besser machen. Ich werde mir Rat holen, klüger regieren, wenn ich erst mein Land zurückerobert habe. Und ich *werde* es zurückerobern, auch wenn ich noch nicht weiß, wie … Deine Schwester lebt, meine geliebte Frau und Königin. Doch sie will nicht mit mir sprechen. Wie soll ich über ein ganzes Volk herrschen, wenn mich nicht einmal meine eigene Gemahlin sehen will, der Mensch, den ich am meisten liebe?«
Seine letzten Worte gingen fast in einem Schluchzen unter.
»Warum sollte ich Dänemark zurückerobern, wenn sie nicht mit mir kommt? Wenn sie dieses Land nicht mehr ertragen kann nach allem, was geschehen ist?«
»Sie liebt dein Land«, versicherte Dietrich. »Das hat sie mir immer wieder gesagt, wenn das Fieber einmal nachließ. Sie erzählte von seiner Schönheit, von den freundlichen Menschen, vom Meer und wie sie sich müht, eure Sprache schnell zu lernen. Und offenbar mochten die Dänen sie auch.«
»Also kann sie *mich* nicht mehr ertragen?«, schlussfolgerte Sven bitter.
Eher können die Dänen dich nicht mehr ertragen, dachte Dietrich. Adele hatte ihm einiges über Svens Regentschaft erzählt. Kaum gekrönt, war er der Macht verfallen. Er missachtete die

Sitten seines Landes und die Armut der Menschen, wollte seinen eigenen Hof mit solchem Glanz führen, wie er es am staufischen Hof erlebt hatte. So bestand er trotz der Hungersnot auf prächtigen Gewändern und üppigen Speisen statt einfacher Landeskost, forderte mit Singvögeln gefülltes Wild statt Heringe und Krabben und stieß einen Verbündeten nach dem anderen vor den Kopf.

»Ich rede mit ihr«, versprach Dietrich. »Auf mich wird sie hören … vielleicht. Aber bedränge sie nicht. Gib ihr noch etwas Zeit, das Geschehene zu verwinden.«

Ohne ein weiteres Wort ritten sie zurück.

»Ich will ihn nicht sehen.«

Abweisend ließ sich Adele zurück in ihr Kissen sinken. Die Suppe hatte sie fast aufgegessen und mit Hedwig über die Korwitzerin gelacht. Doch als Dietrich sich zu ihnen gesellte, wich ihre Freude über seinen Besuch schlagartig, nachdem er seine Bitte geäußert hatte. Ihre Miene verschloss sich, und sie zog sich die Bettdecke bis zum Hals hoch.

Dietrich tauschte einen Blick mit Hedwig, die verstand, ihm zunickte und ging.

»Er ist dein Gemahl und dein König. Du hast geschworen, zu ihm zu halten, in guten und in schlechten Zeiten«, mahnte der Bruder.

»Ich hielt ja zu ihm!«, widersprach sie leidenschaftlich und mit einer Kraft, die aus Bitterkeit rührte. »Ich bin mit ihm übers Meer in die Fremde gesegelt, in ein Land, dessen Sprache ich erst lernen musste, wo ich nicht einen einzigen Menschen kannte! Ich ging fast jeden Tag mit Körben voll Brot und Stockfisch zu den Armen, als ich sah, welche Not das Volk dort leidet. Die Dänen liebten mich dafür. Und ich hoffte, sie würden auch ihn dafür lieben. Doch er war taub und blind für ihre Nöte. Und dann legte er sich noch mit dem mächtigsten Mann im Lande an, Erzbischof Eskil von Lund. Sven hat es Knut und

Waldemar sehr leicht gemacht, ihn zu vertreiben. Und ich musste dafür bezahlen.«
Sie stockte, ehe sie leise sagte: »Es war ein Junge. Ein Sohn. Er hatte schon Hände und Füße und alles … Doch er war viel zu klein, nur eine Handvoll Leben …«
Nun rannen ihr die Tränen übers Gesicht.
Dietrich trat näher und strich seiner Schwester übers Haar, suchte nach ihrer Hand und streichelte sie.
Dann räusperte er sich und sagte leise: »Sven hat auch ein Kind verloren. Er trauert um euren Sohn kaum weniger als du.«

Seit Konrad Witwer war, hatten er und seine Schwester sich angewöhnt, in der letzten Nacht eines jeden Jahres noch ein Weilchen zusammenzusitzen und über Vergangenes und Kommendes zu sprechen. Gerade fragte sich Mathilde, wie oft sie das wohl noch tun würden können.
»Du weißt, ich wollte gar nicht hier sein. Das Reisen fällt mir immer schwerer. Aber wegen Adele …. Das arme Ding«, sinnierte die Gräfin von Seeburg. »Sie kann nicht ewig so tief trauern, sonst versinkt sie noch in Schwermut. Fast jede Frau verliert einmal ein Kind oder sogar mehrere, auch wenn es beim ersten immer am schmerzhaftesten ist. Und die Umstände … Wenigstens hat sie überlebt, der Herr sei gepriesen.«
»Sie soll sich gefälligst aussöhnen mit ihrem Mann, dann ist das nächste Kind bald unterwegs. Hast du sie zu so viel Aufsässigkeit erzogen?«, kritisierte der Markgraf.
»Soll Sven ihr etwa als König befehlen, ihn in ihre Kammer zu lassen? Damit würde er sich lächerlich machen«, hielt Mathilde energisch dagegen.
Ihr Bruder schnaubte abfällig.
»Er macht sich schon lächerlich, indem er ständig prahlt, was er alles tun wird und wie er Rache an seinen Feinden nimmt, wenn er erst sein Königreich zurückerobert hat. Dabei hat er gar

keine Ahnung, *wie* er es zurückerobern will. Ohne Männer, ohne Flotte.«

Mathilde zuckte mit den Schultern. »Sein Freund Friedrich wird ihm schon helfen, wenn er erst aus Rom zurück ist und die Kaiserkrone trägt«, meinte sie schnippisch.

Ächzend stemmte sie sich aus ihrem Stuhl am Feuer und öffnete eine Fensterlade, weil die Luft in der Kammer stickig war und sie den Himmel sehen wollte. Er war sternenklar. Unweigerlich musste sie an eine Nacht vor ein paar Jahren denken, als große Flocken vom Himmel schwebten und sie von diesem Fenster aus beobachtete, wie Dietrich die hochschwangere Gunda in den Dom begleitete. In jener Nacht wurde der kleine Dietrich geboren, Konrads erster Enkelsohn. Ein Bastard.

Auf einen königlichen Enkel würde er nun auch länger warten müssen. Doch dass Otto mit Hedwig noch keinen Erben gezeugt hatte, schien ihren Bruder nicht zu sorgen.

Mathilde wusste, warum.

»Denkst du, dass sich Otto gegen dich erheben wird? Er scharrt kräftig mit den Füßen.«

»Wenn er schlau ist, unterlässt er das besser«, murrte Konrad.

»Mir scheint, die kleine Hedwig ist die Klügere von beiden«, meinte Mathilde gelassen.

»Zweifellos. Ich beobachte mit Freude, wie geschickt sie trotz ihrer Jugend die Zügel in die Hand nimmt, ohne dass er es zu bemerken scheint.«

Der Markgraf stellte seinen Becher ab und trat zu seiner Schwester ans Fenster.

»Die Nacht ist sternenklar. Und doch spüre ich mit jeder Faser, dass sich dunkle Wolken zusammenziehen. Ich weiß nicht, wie viel Zeit mir Gott noch hier gewährt. Jetzt kommen die Jungen, die nächste Generation, und wollen alles besser wissen, uns um unsere Macht und unseren Einfluss bringen …«

Dass er dieses Eingeständnis aussprach, verwunderte seine

Schwester. Doch gleich bekam sie die Erklärung, was ihn so wurmte.
»Dieser Gerung ist kaum ein Jahr Bischof von Meißen und hat schon geschafft, was ich seit langem will: Lokatoren auszusenden und flämische Siedler anzuwerben. Sie werden nächstes Jahr hier eintreffen und seine Dörfer reicher machen, nicht meine«, grollte der Markgraf. »Meinem ältesten Sohn kann ich nicht trauen, mein Schwiegersohn hat mich blamiert – lässt sich die Krone stehlen! Die nächste Tochter werde ich mit jemandem verheiraten, der wirklich Macht und Silber hat.«
»An wen denkst du?«, fragte Mathilde neugierig.
»An einen der mächtigen Grafen in Thüringen, an einen von denen, die sich gegen diesen jungen Landgrafen stellen, der so gut Freund mit dem König ist.«
»Schwarzburg? Tonna? Henneberg?«, mutmaßte seine Schwester. »Es wäre gut, einen Verbündeten in der Nähe von Camburg zu haben.« Das war wettinischer Besitz in Thüringen. »Aber das sind alles Königstreue.«
»Königstreu sind wir auch«, behauptete Konrad, ohne mit der Wimper zu zucken. »Ich ziehe nur in Erwägung, dass unter diesem König ein gefährliches Ungleichgewicht der Kräfte im Reich eintreten könnte. Und für diesen Fall braucht es ein paar entschlossene Männer, die ihm gemeinsam entgegentreten und die Wahrheit ins Gesicht sagen.«
»Hm.«
Mathilde runzelte die Stirn, als sie überdachte, was hinter den Worten ihres Bruders stand und was daraus folgen könnte.
»Du weißt, dass mir das nicht gefällt. All die Jahre bist du gut damit gefahren, dich nach Kräften aus der Reichspolitik herauszuhalten. Und willst du dafür eines deiner Mädchen aus dem Kloster holen? Sieh dir bei Dobroniega an, wie das ausgeht!«
»Darauf kann und werde ich keine Rücksicht nehmen«, entgegnete der Markgraf schroff. »Wozu habe ich sechs Töchter, wenn ich sie nicht zum Vorteil meines Hauses verheirate?«

Diese Unverblümtheit verschlug seiner Schwester erst einmal die Sprache. Was nicht oft vorkam. Manchmal vergaß sie einfach, dass solches Glück wie ihr nur sehr wenigen Frauen vergönnt war: ihren Gemahl lieben zu können und von ihm geliebt zu werden. Ehe sie sich für eine Antwort sammeln konnte, sprach Konrad schon weiter.

»Wir müssen uns wappnen. Bevor der König nach Rom zieht, wird er den Löwen zufriedenstellen müssen, dem er Bayern versprach. Sonst hat er nicht genug Truppen. Stell dir vor, über welch riesige Gebiete dieser Jungspund Heinrich dann herrscht. Zwei Herzogtümer! Das ist schlecht für uns, ganz schlecht.«

Dem konnte Mathilde nicht widersprechen. Sie schwiegen beide eine Weile und starrten in die Nacht.

»Weißt du eigentlich, was aus der Vohburgerin geworden ist?«, platzte die Gräfin irgendwann heraus, der das Thema »unglückliche Ehen« weiter durch den Kopf geisterte.

»Meine Spione sagen, der König hat sie soeben wiederverheiratet. Mit einem Ministerialen.«

»Mit einem *Ministerialen?*«, wiederholte Mathilde fassungslos. »Die Tochter eines Markgrafen, die jetzt eigentlich Königin sein sollte? Das ist wahrlich ein tiefer Fall … Ungeheuerlich. Stell dir vor, es wäre eine deiner Töchter!«

»Eine meiner Töchter *hat* einen König geheiratet und zieht nun mit einem Bettler durch die Lande«, erinnerte ihr Bruder. »Deshalb sage ich ja: Nächstes Mal suche ich mir einen Schwiegersohn, der wirklich Macht und Silber hat.«

Doch Mathildes Gedanken wurden wie von Widerhaken zu einer Äußerung gezogen, die ihr Bruder kurz zuvor gemacht hatte.

»Spione?«, fragte sie stirnrunzelnd. »Bei diesem König kannst du keine Spielleute als Spione unterbringen. Er verabscheut das fahrende Volk.«

»Spielleute nicht«, bestätigte der Markgraf trocken. »Aber Huren.«

Tausend Schwerter und zwei Sorgen

Friedrich I., Heinrich der Löwe, ein Medicus und eine teure Hure; Kaiserpfalz Goslar, Juni 1154

Friedrich merkte, dass seine Hände zu zittern begannen und eine unheilvolle Kälte von den Füßen bis zu den Haarwurzeln in ihm aufstieg.

Heiliger Lazarus von Bethanien – nicht jetzt!, flehte er still und ließ sich wie beiläufig auf einen Stuhl sinken, um den Anflug der Krankheit zu verbergen.

Denn gerade stand Heinrich der Löwe vor ihm und forderte erneut und unerbittlich Bayern.

»Jasomirgott ist zum dritten Mal deiner Ladung nicht gefolgt, um die Übergabe Bayerns an mich zu verhandeln«, erklärte der junge Herzog von Sachsen triumphierend. »Also kannst du ihn bannen.«

Er verschränkte die Arme vor der Brust und erinnerte rachsüchtig: »So wie es einst der alte Stauferkönig Konrad mit meinem Vater tat.«

Als könnte Friedrich das je vergessen! Schließlich hatte er auf Seiten von Heinrichs Vater gekämpft, *gegen* seinen königlichen Oheim, da war Heinrich noch ein Kind gewesen.

Hielt der Löwe die plötzliche Blässe seines Vetters und Königs für Schwäche? Oder bemerkte er sie gar nicht, weil er sich ganz seinem Traum von zwei Herzogtümern hingab?

Der Tag war hell und freundlich, die prächtige Kaiserpfalz in Goslar besaß große Fensteröffnungen, die viel Licht einließen. Von draußen drang der Lärm des Zeltlagers herein, das die Teilnehmer am Hoftag auf dem freien Gelände vor der Pfalz errichtet hatten.

Dieses Gespräch führten Friedrich und sein deutlich jüngerer Vetter im Wohnhaus des Kaisers oder Königs, das sich direkt an den riesigen Saalbau anschloss.

Friedrich hatte sich einen Platz im Halbdunkel gesucht, als er einen der Fieberanfälle nahen fühlte, die ihn gelegentlich heimsuchten und meistens mehrere Tage andauerten. Das Sumpffieber, wie der Medicus meinte, doch nur in einer leichten Form. Niemand durfte es bemerken. Ein König konnte es sich nicht leisten, Schwäche zu zeigen.
Meistens genügten bislang ein Aderlass, Ruhe und etwas Schonung, damit es ihm bald besser ging. Doch hatte er am Beispiel seines Oheims Konrad von Staufen aus nächster Nähe erlebt, welche zerstörerischen Ausmaße diese gefürchtete und unheilbare Krankheit annehmen konnte.
Den alten König hatte die Krankheit auf dem Kreuzzug heimgesucht und nie mehr ganz aus ihren Klauen entlassen. In seinen letzten Lebensjahren war Konrad oft monatelang ans Bett gefesselt, machten ihm Fieber- und Schwächeanfälle das Regieren unmöglich, verwandelten einen kraftvollen, kampfgestählten Mann in einen hilflosen Greis. Die erschütternden Bilder standen Friedrich immer noch vor Augen.
Nicht jetzt!, flehte er stumm. Nicht bei diesem Hoftag!
Und schon gar nicht, bevor und während ich über die Alpen ziehe, um mich zum Kaiser krönen zu lassen. Genau das hatte mein Oheim auch vor, als ihn vor zwei Jahren das Wechselfieber dahinraffte.
Werde ich so jämmerlich enden wie er? Wochenlang aufs Krankenlager gestreckt, unfähig, auf ein Pferd zu steigen, ausgezehrt, kraftlos, im Fieberwahn gefangen?
In derart unheilvolle Gedanken versunken, hatte er auf Heinrichs Ansprache noch nichts erwidert. Und so ging der kaum fünfundzwanzigjährige Herzog zu unverhüllten Drohungen über.
»Seit zwei Jahren warte ich darauf, dass du endlich dein Wort hältst und mir Bayern gibst! Dafür, dass ich deine Wahl zum König unterstützte, statt selbst Anspruch auf den Thron zu erheben. Wo bleibt der Dank? Und sag: Mit *welchem Heer*

willst du dich nach Rom durchschlagen? Ich versprach dir tausend Schwerter und die dazugehörigen Männer, wenn Bayern mir gehört. Was denkst du, wie groß dein Heerbann sein wird ohne sie? Niemand kann dir so viele Kämpfer stellen wie ich. Ohne mich und meine Männer bleib besser hier, sonst verspotten dich die Römer!«
Drohen ließ sich ein König Friedrich von Staufen aber nicht, nicht einmal im Fieber.
»Heinrich, es reicht!«, sagte er scharf, während sich seine Hände um die Lehnen des Stuhls krampften.
»Du bekommst Bayern. Morgen schon. Also gib Ruhe! Du erhältst es vorerst auch nur nominell zugesprochen. Sonst lösen wir einen Krieg im Reich aus, kaum dass wir ihm den Rücken zudrehen. Wir werden länger jenseits der Alpen sein, vergiss das nicht!«
Heinrich tat dieses Argument mit einer lässigen Geste ab.
»Meine Clementia ist eine tüchtige Frau. Ich habe ihr schon mehrfach die Regentschaft anvertraut, wenn ich fort war, und sie herrscht weise wie ein Mann.«
»Kann sie das auch ohne deine tausend Schwerter und die Männer, die sie führen?«, konterte Friedrich mit zusammengezogenen Augenbrauen. »Sei kein Narr, Vetter! Du weißt, ich muss mit Jasomirgott eine Einigung finden, damit seine Ehre gewahrt bleibt. Andernfalls verbündet sich das halbe Reich gegen uns: die Babenberger, die Sulzbacher, dazu sämtliche sonstigen Anhänger des alten Königs Konrad. Und auch mancher sonst wird dir zwei Herzogtümer nicht gönnen.«
Er legte eine kleine, aber wirkungsvolle Pause ein und sagte als Rache für die Drohung genüsslich: »Wenn ich es recht bedenke, Vetter: *Niemand* unter all den Fürsten gönnt dir zwei Herzogtümer. Also lass es uns auf meine Weise machen!«
Er sah, dass Heinrich nach Luft schnappte, und zwang sich zu einem Lächeln.

»Ich sagte doch: Du bekommst noch ein besonderes Geschenk als Entschädigung fürs Warten.«
»Willst du mich mit einem Ross oder einem goldenen Ring abspeisen? Dem Wegerecht durch einen Wald?«, fragte der Löwe verächtlich.
Friedrich verlor langsam, aber sicher die Geduld mit diesem störrischen Herzog, dem die Gier aus den dunklen Augen leuchtete.
»Vetter, ich habe dir Goslar gegeben, das bedeutet fuhrenweise Silber vom Rammelsberg«, erinnerte er streng. »Ein König macht königliche Geschenke. Und dies wird ein königliches Geschenk. Also gedulde dich und zeig dich für heute zufrieden. Und nun hinaus mit dir, gleich erwarte ich die nächsten Besucher!«
Heinrich begriff, dass er dem König im Moment nicht mehr entlocken konnte, verzichtete auf weitere Gegenrede und verabschiedete sich.
Kaum war der Herzog von Sachsen und künftig auch Bayern fort, befahl Friedrich, seinen Leibarzt zu holen.
Der war ein dürrer, hochgewachsener Mann mit langem Bart und blutverschmierter Kleidung. Ihm folgte ein Gehilfe, der eine Kiste schleppte: mit blutigen Messern, Sägen für Amputationen, Zangen, Schüsseln für den Aderlass und anderen furchteinflößenden Utensilien. Außerdem war er mit mehreren Taschen behangen, in denen Phiolen und kleine tönerne Gefäße klirrten.
Der Leibarzt untersuchte den König, bestätigte einen leichten Anfall des Sumpffiebers und verordnete Aderlass und Ruhe.
Die italienische Tinktur, die er dem König verabreichen wollte, lehnte dieser jedoch brüsk ab.
»Habt Ihr die Pflanzen selbst gezogen, die Mischung selbst gebraut?«, fragte der ungeduldige Patient misstrauisch.
»Hoheit, die Arznei kommt aus Italien, von einem mir vertrauten Apotheker und mit den besten Empfehlungen für Euer Majestät.«

»Ihr solltet sie in die Oker schütten, sofern Ihr sie nicht auf Gift prüfen könnt«, forderte Friedrich.
Der Medicus hob entrüstet die buschigen Augenbrauen.
»An mir jedenfalls werdet Ihr sie nicht testen«, beharrte der König. »Vielleicht wollt Ihr sie ja selbst probieren. Doch tut es lieber nicht; gute Ärzte sind rar. Es gibt derzeit eine Menge Menschen in Italien, denen mein Ableben so sehr zupasskäme, dass sie es gern beschleunigen würden.«
Abgesehen davon hatten die italienischen Tinkturen, die seinem Oheim Konrad verabreicht wurden, dessen Leiden eher verschlimmert als gelindert. Daran erinnerte sich Friedrich noch genau.
Erschrocken und kopfschüttelnd übergab der Medicus die Phiole seinem Gehilfen. »Pack sie nicht zurück zu den übrigen! Ich werde einige Untersuchungen der Mixtur vornehmen.«
Der Gehilfe, ein gleichfalls magerer Bursche mit eitrigen Pusteln im Gesicht, wagte nun kaum, nach dem verdächtigen Behältnis zu greifen. Mit ausgestrecktem Arm hielt er es weit von sich und stellte es so vorsichtig auf einem Tisch ab, als könnte es jederzeit zerbrechen und mit seinen Dünsten jedermann im Raum töten.
Der Medicus nahm eine Schale und die Fliete, ein spezielles Aderlassmesser, und setzte den Schnitt, was der König über sich ergehen ließ, ohne eine Miene zu verziehen.
Ich sollte den Kaiser von Byzanz um die Kräuter und Essenzen bitten, die dort gegen das Sumpffieber verwendet werden, dachte Friedrich, während er zusah, wie sein Blut aus dem Arm in die Schüssel rann. Die hatten meinem Oheim wirklich Besserung gebracht.
Doch wenn ich Manuel und Irene schreibe, drängen sie nur wieder, wann endlich Konrads Sohn seine Schwertleite bekommt. Beim Heiligen Georg, der Junge ist kaum zehn, wie kann ich ihn da zum Ritter machen?
Aber irgendetwas muss ich tun, damit mir niemand vorwerfen

kann, ich lasse den kleinen Königssohn bewusst in Vergessenheit geraten.
Der Arzt verband ihm den Schnitt, und Friedrich zog die Ärmel von Untergewand und Bliaut wieder herunter, damit niemand etwas davon sah.
»Viel Schlaf und Ruhe sind nötig, damit das Fieber schnell abklingt«, mahnte der Arzt.
Friedrich verzog abfällig das Gesicht.
Bei einem Hoftag, wo alle paar Augenblicke jemand etwas anderes von mir will!, dachte er gereizt. Und wo ich morgen die Fürsten dazu bringen muss, dem Schlag gegen Jasomirgott zuzustimmen und den Löwen zum mächtigsten Mann im Reich zu machen. Nach mir, versteht sich.
»Nächsten Monat führt Euch Eure Reise nach Aachen. Dort solltet Ihr unbedingt die heißen Quellen aufsuchen, um Eure Gesundheit zu stärken«, riet der Medicus beflissen. »Das warme Wasser bekämpft das innere Feuer des Fiebers.«
Dann winkte er einen Diener heran, der die mit Blut gefüllte Schale hinaustrug. Sein Gehilfe wickelte das verschmierte Messer in ein von getrocknetem Blut verfärbtes und verklebtes Leinentuch, packte dieses und die anderen Utensilien in die Kiste. Unter tiefen Verbeugungen verabschiedeten sie sich.
Friedrich beobachtete noch, wie der Gehilfe die Phiole mit Stoff umhüllte, damit er sie beim Hinaustragen nicht womöglich berührte.
Etwas später trat Ulrich von Lenzburg ein, bemerkte die Blässe des Königs und einen frischen Tropfen Blut auf dem Boden und zog besorgt die Augenbrauen hoch.
»Das Fieber?«
Friedrich nickte verdrossen.
»Ausgerechnet jetzt!«, stöhnte Ulrich. »Wie kann ich helfen?«
»Wartet da draußen noch Sven auf seinen nächsten Versuch, mich zu einer Invasion in Dänemark zu bewegen?«
»Ja, und er ist sehr ungeduldig.«

»Hol ihn herein, aber bleib bei mir!«

Sven schien um ein Dutzend Jahre gealtert, seit ihn Friedrich vor fast genau zwei Jahren gekrönt hatte. Doch er wirkte durch seine Größe und die breiten Schultern immer noch imposant. Sofort ging er vor dem Jugendfreund auf ein Knie.

»Lass mich nicht im Stich, Friedrich! Ich beschwöre dich bei unserer gemeinsamen Zeit als Knappen. Bei meiner Krönung gelobte ich dir Treue. Nun hilf mir, meine Krone zurückzugewinnen … Ich bitte dich, ich flehe dich an!«

»Sven.«

Friedrich lehnte sich mit leichtem Schwindelgefühl in seinem Stuhl zurück. Der Aderlass hatte ihn geschwächt, und das Fieber tat ein Übriges.

»Sven, ich brauche jeden Kämpfer, jedes Schwert in *Rom!*«, sagte er zum wiederholten Mal. »Wir sind ohnehin schon zu wenige angesichts dessen, was uns dort erwartet. Nach allem, was ich höre.«

Er holte mühsam und rasselnd Atem und dachte daran, wie leichtsinnig Sven die Krone verspielt hatte. Bevor er nicht seine Lektion lernte, dass sich ein König Verbündete suchen und diese mit großzügigen Geschenken bei Laune halten musste, mit Land und Titeln, würde jeder Versuch vergebens sein, ihm die Rückkehr zu ermöglichen.

»Solange ich samt meinem Heer in Italien bin, wird nichts, das ich sage, Knut und Waldemar auch nur im geringsten beeindrucken. Du musst dich gedulden, bis wir zurück sind. Sven, lass es mich nicht zum zehnten Mal wiederholen: Bleib in Meißen, zeuge einen Sohn und Erben mit deiner jungen Frau! Und nach meiner Rückkehr werden wir sehen, wer dir helfen kann. Du brauchst ja nicht nur Truppen, du brauchst auch eine Flotte.«

»Verzeiht, wenn ich Eure Geduld erschöpfe, Majestät«, erwiderte Sven kalt und enttäuscht. Er stand auf, wandte sich ohne ein weiteres Wort um und ging – oder schlurfte eher – mit gesenktem Kopf und hängenden Schultern hinaus. Unter Verzicht auf die üblichen Formalitäten, wenn man den König verließ.

Weil er eigentlich selbst ein König sein sollte? Oder weil ihm in seiner maßlosen Enttäuschung alles gleichgültig war?

Friedrich und der Lenzburger tauschten einen Blick, dann hob der Staufer resigniert die Schultern. »Ich kann ihm nicht helfen. Es wird schwierig genug, den Frieden hier im Land zu wahren, während ich jenseits der Alpen bin. Und was mich dort erwartet, weiß nur der Allmächtige allein.«

Ein neuerlicher Anfall von Schüttelfrost überkam ihn.

»Heißen Würzwein!«, befahl er ächzend seinem Schenken, der nach einer erschrockenen Entschuldigung den lauwarmen Rest aus dem Krug in den Becher goss und sofort anwies, neuen Würzwein zu bringen, richtig heißen.

»Du solltest dich ins Bett legen und ruhen, damit du morgen beim Hoftag auf eigenen Beinen stehen kannst«, gab Ulrich voller Sorge zu bedenken.

»Ja, hilf mir dort hinüber!«, bat Friedrich und ließ sich von ihm stützen, bis ihn der ältere Freund unter das Federbett bugsiert hatte.

»Schlaf ein wenig. Ich halte Wache, damit dich niemand stört.«

Friedrich deutete mit zitternder Hand zum Fenster.

»Es ist helllichter Tag. Es wird Gerede geben, wenn der König tagsüber im Bett liegt. Gerede, das ich mir vor einem Kriegszug nicht erlauben kann. Zumal die meisten Fürsten noch Konrads furchtbares Ende vor Augen haben.«

Ulrichs Schweigen sprach Bände.

»Soll ich sagen, du seist in Geheimverhandlungen? Zum Beispiel mit italienischen Gesandten?«, bot er nachdenklich an.

»Die Lüge würde schnell aufgedeckt, das Gerede wäre nur noch schlimmer«, widersprach Friedrich, der spürte, dass ihm gleich die Augen zufielen. »Lass eine von den Huren kommen, diese Salome«, schlug er vor. »Damit ist hinlänglich erklärt, wieso ich mitten am Tag im Bett liege, und niemand wird uns stören.«

Ihm gelang sogar ein schiefes Grinsen.
Im Gefolge des Hofes reisten zahllose Huren, und in jedem Ort erwarteten Frauen dieser Profession die große Schar von Männern, die dem König folgten. Heruntergekommene für die mit schmalem Geldbeutel, Jüngere mit guten Zähnen und Kleidern, die ihre Vorzüge unübersehbar zur Geltung brachten, für die besser Betuchten. Und dann gab es noch eine Gruppe besonders hübscher, geschickter und teurer Huren für die hohen Herren, die am Hoftag teilnahmen.
Wie Salome, eine zarte Schönheit mit blonden Locken und wohlgeformten Brüsten, seit einiger Zeit Friedrichs bevorzugte Gespielin.
Natürlich war Salome nicht ihr wahrer Name; er hatte sie eines Tages danach gefragt, sobald die erste Erschöpfung vom Liebesspiel verflogen war.
»Ihr wollt nicht mit einer Hure ins Bett, die wie eine Milchmagd heißt, Euer Majestät«, hatte sie abgewehrt und mit verheißungsvollem Lächeln vorgeschlagen: »Doch ich kann Euch einen Tanz mit sieben Schleiern zeigen, wenn Ihr es wünscht.«
»Sofern es nicht damit endet, dass du jemandes Kopf in einer Schale von mir verlangst!«, meinte er damals belustigt. Sie lächelte verführerisch, schob sein Gewand erneut hoch und setzte sich rittlings auf ihn. »Was ich von Euch möchte, Euer Majestät, ist etwas ganz anderes.« Langsam ließ sie sich auf sein aufgerichtetes Glied sinken. »Das hier … in der warmen Schale zwischen meinen Beinen.«
»Ich schicke nach ihr«, versprach der Graf von Lenzburg und ging vor die Tür.
»Hol diese Salome, aber schnell! Es kümmert mich nicht, wenn du sie aus einem anderen Bett zerren musst«, befahl er einem der Männer, die dort Wache hielten.
Und beschloss sofort, mit ihr auszuhandeln, dass sie bis auf weiteres ausschließlich für den König zur Verfügung zu stehen habe.

Friedrich hatte gar nicht gemerkt, dass er eingeschlafen war. Ein leise plätscherndes Geräusch weckte ihn. Mühsam öffnete er die Augen und versuchte zu erfassen, was er im Kerzenschein sah. War etwa Nacht?

Neben ihm saß Salome auf der Bettkante und wrang ein nasses Tuch über einer Schüssel aus. Und ein Blick zum Fenster bestätigte ihm: Es *war* Nacht.

»Erschreckt nicht, es ist kalt, aber es wird Euch guttun. Ihr seid ganz heiß vom Fieber.«

Sanft legte sie ihm das Tuch auf die Stirn und schlug das dicke Federbett zurück.

»Holt bitte etwas Kühles zu trinken für Seine Majestät … und eine leichtere Decke. Er darf nicht frieren, aber er hat jetzt genug geschwitzt«, rief sie dem jungen Welf zu. Der Knappe, der auf seinem Stuhl eingenickt war, sprang sofort auf.

»Es ist dunkel draußen«, meinte Friedrich verwundert. »Wie lange habe ich geschlafen?«

»Den ganzen Tag und die Nacht hindurch. Der Morgen bricht bald an. Wie fühlt Ihr Euch, Majestät?«

»Ohne Saft und Kraft.«

Salome gluckste. »Die Doppeldeutigkeit überhöre ich; Heldentaten hätte ich heute ausnahmsweise auch nicht von Euer Majestät erwartet.«

Nun bekam ihre Stimme einen warmen Klang.

»Wir waren in Sorge um Euch: Graf Lenzburg, Euer treuer Knappe und ich … Sie sagen, Ihr habt einen äußerst wichtigen Tag vor Euch und braucht dafür all Eure Kraft, mein König.«

Sie griff nach seinen Händen, legte ihren Handrücken sanft und prüfend an seine Wange.

»Ich denke, das Fieber ist gewichen, der Jungfrau sei Dank. Die ganze Nacht habe ich Euch kühlende Umschläge aufgelegt. Seid Ihr hungrig?«

Friedrich dachte kurz darüber nach und verneinte.

»Aber trinken solltet Ihr etwas, Euer Majestät.«

Sie half ihm, sich aufzusetzen, flößte ihm stark verdünnten Wein ein und fragte: »Meint Ihr, dass Ihr bis zum Morgengrauen noch ein wenig schlafen könntet? Es würde Euch sicher guttun.«
»Liebend gern«, seufzte er erleichtert. »Wenn du dich zu mir legst.«
Fragend hob sie die Augenbrauen.
»Mein König, ich fühle mich sehr geehrt ... Und Ihr wisst, dass ich eine große Schwäche für Euch habe, besonders für ...«
Sie verstummte und warf einen vielsagenden Blick auf den jungen Welf, den Knappen, für dessen Ohren der Rest des Satzes nicht geeignet war, und lächelte den König auf so anzügliche Art an, dass sie die Worte gar nicht aussprechen musste.
»Doch so gern ich jeden Eurer Wünsche erfülle – vielleicht solltet Ihr Euch nach diesem Fieberanfall besser noch etwas schonen.«
Nun war es an Friedrich, zu lächeln.
»Geht schon raus, ihr alle, schlaft noch ein wenig bis zur Dämmerung!«, befahl er matt.
Der junge Welf dachte an sein erstes Mädchen und wo er wohl mitten in der Nacht eines für sich auftreiben könnte. Und Ulrich wusste zu seiner Beruhigung mit ziemlicher Sicherheit, dass in diesem Bett heute nichts Aufreibendes stattfinden würde.
»Ich will dich nur neben mir haben, meine Schöne«, gestand der König. »Um nicht allein zu sein. Und für den Fall, dass der Schüttelfrost zurückkehrt ...«
»Dann wärme ich Euch gern«, versicherte die Hure, stieg mit ihren hauchdünnen Kleidern an seine Seite und rutschte so dicht zu ihm, dass ihre Körper aneinander ruhten. Er legte seine Hand auf ihre wunderbar weiche Brust und fühlte tiefen Frieden über sich kommen.
Eine Erinnerung stieg in ihm auf ...
An eine ausgesucht schöne, muntere schwarzgelockte Hure,

die ihm der Kaiser von Byzanz geschickt hatte, als er sich in Konstantinopel aufhielt. Sie kam zu ihm an einem Tag, an dem er mit sich und dem Schicksal haderte. Und nach dem Liebesspiel redete er sich ganz offen seine Zweifel an diesem Kreuzzug und diesem König von der Seele – in dem beruhigenden Wissen, dass die Hure ihn ja nicht verstand.

»Soll ich Euch eine Geschichte erzählen, damit Ihr besser einschlafen könnt?«, bot Salome an.

»Mir ist nicht nach Zuhören zumute. Das muss ich den ganzen Tag schon tun, und das meiste davon ist ermüdend, anstrengend und lästig.«

»Weshalb?«, fragte sie, wohl mehr aus Höflichkeit als aus Interesse.

»Weil von all denen keiner je den Hals voll bekommt! Weil jeder jeden bekämpft, wenn er nur einen Vorteil für sich sieht. Weil ich dem Reich nicht den Rücken zuwenden kann, ohne dass sie gegenseitig übereinander herfallen. *Und* weil ich morgen diese Meute Fürsten dazu kriegen muss, dem jungen Löwen ein zweites Herzogtum zuzusprechen, obwohl sie ihn aus tiefstem Herzen hassen. Doch ohne ihn und seine tausend Schwerter komme ich nicht nach Rom.«

»Mein armer König«, hauchte sie, stützte sich auf einen Ellenbogen und strich zärtlich durch sein Haar, während sie ihm in die Augen sah.

Die Kerze brannte noch auf einem Eisendocht mit breitem Gestell, das zum Schutz gegen Funkenflug von einer dünnen Lage Rohhaut umgeben war. Das Licht sollte die Nacht hindurch brennen, damit die Hure sofort reagieren konnte, wenn es dem König schlechter ging.

Im warmen Kerzenschein sah er ihre Augen und ihr Lächeln und vergaß, wer sie war.

Die paar Stunden Schlaf bis zum Sonnenaufgang hatten Friedrich wohlgetan.

Er fühlte sich gut, als er erwachte. Ein wenig matt noch, aber dem konnte mit einem kräftigen Frühmahl nach der Morgenmesse abgeholfen werden. Das Fieber war verflogen, allen Heiligen sei Dank.

Er ließ den Leibarzt und auch Salome großzügig entlohnen und richtete dann all seine Gedanken auf die bedeutenden Ereignisse, die er an diesem Tag in Gang setzen wollte.

In aller Form, damit ihm niemand etwas nachsagen oder später noch Einsprüche anbringen konnte.

Und in aller Kürze.

Nicht aus Angst, das Fieber könnte wiederkehren, was nicht auszuschließen war. Sondern weil er über seine Entschlüsse keine Debatte zulassen wollte. Denn so sicher wie das Amen in der Kirche würde den Fürsten ganz und gar nicht gefallen, was er heute tat. Außer einem, dem Löwen.

Die Großen des Reiches und ihre ranghöchsten Begleiter erwarteten ihn bereits im Sommersaal im zweiten Stock der Kaiserpfalz. Ein imposanter Anblick – sowohl der Saal, geräumig wie ein Kirchenschiff, als auch die Fürsten in ihren farbenfrohen und von Gold und Edelsteinen leuchtenden Gewändern.

Das gewaltigste Gefolge hatte natürlich wieder einmal Heinrich der Löwe mitgebracht. Er liebte es sehr, vor den anderen mit seiner Macht und seinem Reichtum zu prahlen, so wie einst schon sein Vater. Und befanden sie sich jetzt nicht in *seinem* Herzogtum?

»Heinrich von Babenberg, genannt Jasomirgott, Herzog von Bayern durch königliche Gnade, ist zum dritten Mal trotz ausdrücklicher Ladung zum Hoftag nicht vor seinem König erschienen.«

Mit diesen Worten eröffnete Friedrich die Beratung.

»Nach altem Brauch und dem Urteil von Euch, den Fürsten des Reiches: Wie ist solche Nichtachtung zu ahnden?«

Die Antwort konnte nur lauten: mit dem Verlust des Herzog-

tums. Landgraf Ludwig von Thüringen sprach es aus, den Friedrich vorher mit Bedacht dazu bestimmt hatte. Sein junger Schwager war einer der wenigen, denen der König traute.
Das Urteil der Fürsten fiel aus wie erwartet.
Wenngleich widerstrebend, stimmten sie ebenfalls zu, Bayern Heinrich dem Löwen zuzusprechen, nachdem Friedrich in aller Deutlichkeit betont hatte, dies sei vorerst nur ein formaler Akt.
»Vor einer festlichen Belehnung und der Huldigung durch die bayerischen Edlen ist noch vieles zu klären. Auch muss Jasomirgott die Möglichkeit bekommen, sich in dieser Angelegenheit zu äußern.«
Diese Einschränkung und die damit verbundene Zusicherung verringerten das Murren im Saal deutlich.
Friedrich konnte sich keinen offenen Bruch mit dem weitverzweigten Babenberger Teil seiner Familie leisten, mit Konrads Halbbrüdern und ihrem Anhang. Schon gar nicht, bevor er außer Landes ging. Er wollte immer noch eine Lösung, bei der Jasomirgott das Gesicht wahren konnte und nicht leer ausging. Doch der verhinderte das, indem er konsequent vermied, dem König zu begegnen.
Jetzt allerdings musste Friedrich handeln. Er brauchte in Italien die tausend Kämpfer des Löwen.
Mit seiner halbherzigen Lösung hatte er Jasomirgott noch nicht entmachtet und Heinrich nur bedingt zufriedengestellt. Also bedurfte es einer Zugabe für seinen machtgierigen Neffen.
Friedrich strich sich durchs Haar, atmete tief durch und ließ seinen Blick über die Gesichter der Männer schweifen, die vor ihm standen und wähnten, die leidige Angelegenheit sei damit vorerst abgeschlossen.
Bisher hatte er ihren Protest noch kleinhalten können. Das würde sich gleich ändern.
»Außerdem erteile *ich*, König von Gottes Gnaden …«, begann er in aller Feierlichkeit und mit unmissverständlichem Hinweis auf seine Position.

»… unserem *geliebten* Fürsten Heinrich, Herzog von Sachsen …«

Schlagartig herrschte Stille in dem großen Saal.

Nicht einmal zu husten wagte jemand, selbst die Vögel draußen schienen zu verstummen, und jedermanns Blick richtete sich auf den König. Was würde der dem ohnehin schon übermächtigen Welfen noch alles zuschanzen?

»… für das Land nördlich der Elbe, das er durch *unsere Großzügigkeit* aus *königlicher Hand* empfangen hat …«, deklamierte Friedrich, um seinen Vetter daran zu erinnern, wem er verpflichtet war. Und um klarzustellen, dass die eroberten Wendengebiete nördlich der Elbe zu *seinem* Königreich gehörten, nicht zum Privatbesitz des Löwen.

Dann endlich kam er zum Kern der Sache.

»… das Recht, Bistümer und Kirchen zu gründen, sowie das Recht, in den Bistümern Oldenburg, Mecklenburg und Ratzeburg Bischöfe einzusetzen und mit weltlichen Gütern auszustatten.«

Damit war die Katze aus dem Sack.

Sofort brach im Saal Tumult los.

»Das ist Königsrecht!«, protestierte lautstark Erzbischof Hartwig von Bremen, ein erbitterter Feind des Löwen, der sich hier eindeutig in seinem Einfluss und seinen Plänen beschnitten sah. Der ganze Norden sollte *sein* Erzbistum werden, bis hoch nach Skandinavien.

»Majestät, Ihr verleiht ihm damit königsgleiche Macht!«, rief ungehalten Bischof Ulrich von Halberstadt, der sein Temperament wieder einmal nicht zügeln konnte. »So etwas hat es noch nie gegeben!«

Den Widerspruch genau dieser beiden Geistlichen hatte Friedrich zuerst erwartet. Was sie fürchteten, lag auf der Hand: Da lauerte vor ihrer eigenen Haustür ein schier unüberwindlicher weltlicher Gegenspieler, und der durfte ihnen nun auch noch in kirchliche Angelegenheiten hineinregieren.

Doch einen Dämpfer für ihre eigenen Ambitionen und Dreistigkeiten hatten sie verdient. Außerdem würde er genau durchzählen, wie viele Männer sie auf dem Romzug mitbrachten.
Friedrich pries sich glücklich, dass weder Albrecht der Bär noch sein wettinischer Freund Konrad auf diesem Goslarer Hoftag anwesend waren.
Und ebenso wenig der neue Erzbischof von Magdeburg. Er hatte Wichmann als Gesandten zum Papst geschickt, damit er sich endlich in seinem Amt bestätigen lassen konnte. Im dritten Versuch. Nachdem Eugen es abgelehnt hatte und Anastasius darüber gestorben war, saß nun erstmals ein Engländer auf dem Heiligen Stuhl: Hadrian IV.
Mit dem würde er bald auch noch dies und jenes auszufechten haben, selbst wenn er Wichmann offiziell als Erzbischof anerkannte. Doch jetzt musste er erst einmal diesen Tumult hier beenden. Sofort.
»Was Königsrecht ist, sollen diese Bischöfe aus der Hand des Herzogs empfangen, als käme es vom König«, stellte er mit erhobener Stimme klar. »Doch es bleibt ein Recht des Königs. Es ist dem Herzog nur anvertraut.«
Das sollte auch sein Vetter nicht vergessen.
Friedrich fand, mehr musste dazu nicht gesagt werden, und beendete die Zusammenkunft abrupt.
Sonst würden die Männer noch stundenlang streiten und sich immer mehr in Rage bringen. Sollten sie sich heute Abend beim Wein die Köpfe heißreden, bis sie über den Bechern zusammensanken, und dann morgen mit dröhnenden Schädeln in ihre Ländereien reiten, ehe sie noch zu konspirieren begannen. Er hatte hier seine Ziele erreicht.
In ein paar Tagen wurde er in Dortmund erwartet, danach in Köln. Und im Juli würde er den Hoftag in Aachen nutzen, die berühmten Heilquellen aufzusuchen. Es blieben nur noch wenige Wochen bis zum Sammeln des Heeres für den Italienzug. Da konnte er sich keine Krankheit leisten.

Verschwörertreffen

Erzbischof Wichmann, die Markgrafen Konrad und Albrecht der Bär und andere; Burg Giebichenstein bei Halle, September 1154

Wichmann von Seeburg wollte hoch hinaus. Daran zweifelte niemand, der von seiner regen Tätigkeit als Bischof in Naumburg-Zeitz und seiner überraschenden und leicht regelwidrigen Ernennung zum Erzbischof von Magdeburg durch den König gehört hatte.

Erst recht bezweifelte das niemand, der diesem Mann je persönlich begegnet war. Der Sohn Mathildes von Seeburg war von beeindruckender Größe, stets prächtig gewandet und mit stattlichem Gefolge; einer der klügsten Köpfe des Reiches, und selbst wenn andere heftig miteinander stritten, fand er Worte des Ausgleichs.

Taktvoll und bedacht hatte er der Verlockung widerstanden und sich zwei Jahre zurückgehalten, als Erzbischof aufzutreten. Doch nun durfte er es mit vollem Recht. Papst Hadrian höchstselbst hatte ihm vor wenigen Wochen das Pallium angelegt, das mit Kreuzen bestickte Band aus der Wolle gesegneter Schafe, das nur der Heilige Vater verleihen durfte und das seinen Träger als Erzbischof auswies. Womit Hadrian Wichmanns Ernennung endlich offiziell machte.

Sofort nach seiner Rückkehr aus Italien hatte der neue Erzbischof von Magdeburg eine Synode nach Halle einberufen, um mit den ranghöchsten Geistlichen seines Erzbistums und der angrenzenden Gebiete zu beraten und sich ihnen mit der respektheischenden Schärpe zu zeigen.

Er trug sie zur Messe in der viertürmigen Kirche des Klosters Neuwerk, dessen Gästehaus auch die vornehmsten Teilnehmer der Synode beherbergte. Sehr zum Verdruss des Propstes, der verpflichtet war, jedes Mal für die Besuche des Erzbischofs und

seiner Gäste aufzukommen und sie mit allem Nötigen zu versorgen.
Doch Neuwerk war reich, besaß viel Land, Salzquellen, etliche Mühlen an der Saale, einen riesigen Klostergarten und die Hoheit über alle Kirchen in Halle.
Während die meisten Teilnehmer der Tagung bereits abgereist waren, blieben einige hochgeborene Herren – geistliche wie weltliche – noch zwei Tage länger. Wichmann hatte sie zu einem besonderen Mahl eingeladen, um ihnen seine Pläne für die neue Burg Giebichenstein vorzustellen: direkt auf der Baustelle, auf der höchsten Bergkuppe nahe Halle, wo gerade erst die Grundmauern errichtet wurden.
Das zumindest war die offizielle Begründung für dieses Treffen.
Und hier erlebten seine Gäste, wie hoch hinaus auch im wörtlichen Sinn Wichmann wollte.

Der weite Ausblick aufs Land rundum raubte dem sonst schwer zu erschütternden Meißner Markgrafen den Atem, als er und die anderen Eingeladenen die Anhöhe erklommen hatten, von der aus einmal die neue Burg ins Land ragen sollte.
Von hier kann ich bis zum Lauterberg blicken, zu meinem Hauskloster!, dachte Konrad. Wenn erst der Wohnturm und der riesige Palas fertig sind, dann thront mein Neffe an diesem Platz höher als ich auf meinem Burgberg.
Kurz packte ihn der Neid, bis er sich wieder zur Ordnung rief. Wichmann gehörte schließlich zur Familie. Und auf jedem hohen Berg in der Gegend sichtbar für alle eine Burg oder ein Kloster der Wettiner – das war eine Machtdemonstration seines Hauses, die Konrad sehr gefiel.
Doch hatten sie hier und heute Wichtigeres vor, als Wichmanns Baustelle zu begutachten. Auch wenn die zweifelsohne beeindruckend war. Das Festmahl in luftiger Höhe war lediglich ein Vorwand. Und Konrad hoffte inständig, dass diese Erklärung

harmlos genug erschien. Ihrer aller Zukunft und vielleicht auch Leben konnten davon abhängen.
Der Erzbischof von Magdeburg hatte die Steinmetzen und Maurer heute fortgeschickt und zwischen den entstehenden Mauern Tische und Bänke aufstellen lassen. Unzählige Bedienstete sowie Truchsess und Schenk sorgten dafür, dass es den Gästen an nichts fehlte. Mathildes Sohn hatte umgehend alle bedeutenden Hofämter mit Ministerialen besetzt.
Konrad saß neben seinem alten Freund Albrecht, der zwar wie üblich kräftig aß und trank, aber zunehmend ungeduldig auf seinem Platz hin und her rutschte. Wann endlich kamen sie zum eigentlichen Thema?
Beruhigend legte ihm der Markgraf von Meißen und der Lausitz die Hand auf den Arm, zog eine Augenbraue hoch und blickte warnend zu den Bediensteten, die die letzten Gänge brachten und Wein nachschenkten.
Sie saßen unter freiem Himmel; das bot den Vorteil, dass niemand sie unbemerkt belauschen konnte. Doch noch schwirrten zu viele Leute um sie herum, die alles mitbekommen würden, was geredet wurde.
Und wenn Konrad eines gelernt hatte in seinem Leben, dann dies: Traue niemandem.
Zumal Wichmann ja durch die ungewöhnliche Berufung in das begehrte Amt – er war vom König eingesetzt worden, statt von den Domherren gewählt zu werden – sicher nicht nur Freunde in seinem Erzbistum besaß. Klugerweise hatte er die beiden Kandidaten, die sich erfolglos zur Wahl gestellt hatten, auf ihren Posten belassen: Dompropst Gerhard und Dekan Hazeko. Seine Feinde behielt man besser im Auge.
Konrad ließ den Blick über die Tischgesellschaft schweifen. Der Bremer Erzbischof Hartwig, Bischof Ulrich von Halberstadt, fast alle anderen sächsischen und östlichen Bischöfe waren hier. Außer dem Meißner Bischof Gerung, dem der Markgraf nicht über den Weg traute.

Aber auch drei weitere, gerade erst eingetroffene edle Herren saßen bei Tisch, die niemand auf einer Provinzialsynode in Halle erwarten würde und die auch nicht im Kloster Neuwerk, sondern in der Stadt Quartier genommen hatten: der quasi abgesetzte Herzog von Bayern, Heinrich Jasomirgott von Babenberg, König Konrads Schwager Gebhard von Sulzbach und Herzog Vladislav von Böhmen. Sie waren ohne Banner angereist, und Konrad hoffte, dass niemand von den Dienern diese drei Gesichter kannte. Deshalb hatte sein Neffe für den heutigen Tag klugerweise nur junge Dienerschaft eingesetzt.
Denn wenn jemand erkannte, wer hier alles beisammensaß und mehr oder weniger angespannt den Ausführungen des Gastgebers über seine Bauvorhaben lauschte, dann wusste er sofort: Hier ging es nicht um die neue Burg Giebichenstein. Hier saßen die erbittertsten Feinde von Heinrich dem Löwen vereint. Der soeben mit dem König nach Italien aufgebrochen war, aber noch nicht einmal die Alpen überquert hatte.
Und mit dem Sulzbacher, Jasomirgott und dem Herzog von Böhmen waren auch noch drei Oheime des jungen Friedrich von Rothenburg zugegen, dem übergangenen Sohn König Konrads. Alles zusammengenommen blieb kein Zweifel daran, dass hier eine Verschwörung im Gange war.
Sobald alle gesättigt schienen, erhob sich der Erzbischof von Magdeburg.
»Ich hoffe, es hat Euch edlen Herren gemundet. Nun möchte ich noch einen Gang ankündigen, einen ganz besonderen.«
Er lächelte und wies einladend in die Richtung, wo der Getreidespeicher der neuen Burg entstand. Dort war die Bauhütte eingerichtet.
»Ein Wortspiel, wenn Ihr erlaubt. Geht mit mir dorthin, und ich zeige Euch die Musterstücke der Säulen, mit denen ich den Palas verzieren will, zwischen dessen Grundmauern wir gerade sitzen. Ich möchte nicht prahlen, das wäre eine Sünde. Doch meine ich, es sind außergewöhnliche Kunstwerke.«

Mühsam oder ungeduldig stemmten sich die Teilnehmer des Mahls hoch. Sie waren schließlich nicht um der Kunst willen hier.
Wichmann bedeutete der Dienerschaft mit einem Wink, sich um die Tafel zu kümmern, und die Fürsten folgten dem Erzbischof ohne jegliches Geleit zur angegebenen Stelle.
Bei Albrecht fanden sich drei seiner Söhne ein, die mitgekommen waren, bei Konrad sein Ältester, Otto. Dietrich hatte er lieber in Eilenburg gelassen, denn er war sich nicht sicher, ob dessen Loyalität in dieser Angelegenheit der Familie oder dem König gelten würde. Und wenn der Plan, den sie gleich besprechen würden, scheiterte, konnte er seinen Söhnen die Konsequenzen vielleicht ersparen, und sein Haus würde fortbestehen.
Der Wind blies kräftig hier oben auf der Bergkuppe, doch der Rundblick so weit ins Land hinein war atemberaubend: die Saale und ihre Nebenarme, dichte Wälder, Felder, die alte und reichlich befahrene Salzstraße nach Böhmen, die Salinen, denen Halle seinen Reichtum verdankte …
Konrad packte seinen Sohn am Arm und zeigte ihm den Lautersberg – oder Petersberg, wie er inzwischen auch nach dem Namen des dort errichteten Augustinerstifts genannt wurde.
»Sieh, Otto, unser Familienkloster! Dort liegt deine Mutter begraben und dein Oheim, dort werde auch ich einmal meine letzte Ruhe finden. Und ich wünsche, dass du diese Tradition fortsetzt, wenn du die Herrschaft übernimmst: St. Peter als Grablege für das Haus Wettin.«
»Ja, Vater«, erwiderte Otto gehorsam. Das interessierte ihn heute herzlich wenig. Stattdessen fragte er sich, was bei diesem Verschwörertreffen herauskommen würde und ob es klug oder töricht von seinem Vater war, sich daran als einer der Wortführer zu beteiligen.
Die Säulen waren wirklich wunderschön. Nicht nur an den Sockeln und Kapitellen üppig verziert, sondern auch auf dem

Schaft mit Rautenmustern, Lilien und diversen geometrischen Formen dekoriert.
Nachdem die hohen Herren sie angemessen bewundert hatten, verschränkte Wichmann die Hände vor dem Leib, trat einen Schritt zurück und ließ seinen Blick über die Runde der Versammelten schweifen.
Das war eindeutig.
Der Moment, sich dem eigentlichen Thema ihres Treffens zuzuwenden.
Sie waren aufgrund Wichmanns brillanter Idee nun völlig unter sich, ohne Dienerschaft oder andere Zeugen und damit unbelauscht, ohne dass es verdächtig erscheinen konnte. Doch der Erzbischof würde nicht als Erster das Wort ergreifen.
Ehe es der ungestüme Albrecht tat, trat Konrad einen Schritt nach vorn. Auch wenn er damit gegen sein Prinzip verstieß, sich nach Möglichkeit aus Konflikten herauszuhalten und abzuwarten, bis sich die Fronten geklärt hatten, um dann die für ihn vorteilhafteste Position zu wählen.
Doch diesmal galt es, Stellung zu beziehen, eindeutig Farbe zu bekennen. Und lieber gab er die Richtung vor, als es dem polternden, unberechenbaren Bären zu überlassen.
»Ihr alle – ob wir nun dabei waren oder nicht – habt gehört, was der König in Goslar verkündete: Er gibt dem Löwen nicht nur Bayern als zweites Herzogtum, sondern verleiht ihm auch das Investiturrecht für drei nördliche Bistümer. Damit erlangt Heinrich eine königsgleiche Macht«, begann er mit klarer, ruhiger Stimme.
»Durch diesen Zuwachs an Titeln, Land und Rechten wird der Löwe mächtiger als der König. Und wie wir den jungen Herzog kennen« – nun zog er einen Mundwinkel verächtlich herab –, »wird er diese Macht ohne Skrupel einsetzen. Gegen uns. Wir sind in Gefahr; unsere Ländereien, Titel und Vorrechte sind es.«
Konrad sah Zustimmung auf allen Gesichtern, sah den Bären

die Fäuste ballen und schon Atem holen, um seine Wut in die Runde zu brüllen.
Aber wenn sie alle heil aus dieser Sache herauskommen wollten, musste eines laut und deutlich gesagt werden: Es ging nicht gegen den König. Sonst wären sie Hochverräter.
Deshalb bedeutete er dem Bären mit einem Blick, sich noch zurückzuhalten, und erklärte eindringlich: »Haben wir nicht Friedrich die Treue geschworen, damit kein Welfe auf den Thron kommt? Waren wir nicht deshalb auch allesamt treue Gefolgsleute von König Konrad, Gott hab ihn selig? Ich sehe mich in meiner Loyalität gegenüber dem Haus Staufen betrogen.«
Das waren harte Worte, aber es war noch die mildeste Art, um auszudrücken, was die hier Versammelten empfanden und befürchteten.
Konrad trat einen Schritt zurück in die Runde.
Und nun brach der Sturm los.
Nacheinander und durcheinander schrien die Fürsten heraus, wie sie von dem Löwen angegriffen, geprellt, geschädigt wurden und dass den Welfen nun gar nichts mehr in seiner unstillbaren Gier nach Macht und Land zurückhalten würde.
Der Bär zuerst.
»Bayern sollte Euer bleiben, Jasomirgott, und Sachsen sollte mein sein!«, brüllte er. »Was wird sich dieser Welpe noch alles rauben? Und niemand fällt ihm in den Arm. Das können wir nicht zulassen!«
Jedem hier – vielleicht außer Vladislav, dem Böhmen, aber der verfolgte eigene Interessen – war von dem Löwen Schaden zugefügt worden. Oder er musste damit rechnen, dass es geschah. Eine solche Machtfülle jenseits der Krone hatte es im Reich noch nie gegeben.
Als der Tumult gar nicht enden wollte, bat Wichmann mit einer Geste um Ruhe. Es trat nicht gerade Stille ein, aber das Geschrei wurde weniger, so dass Gebhard von Sulzbach, der Schwager

König Konrads, deutlich zu verstehen war, als er vortrat und das Wort ergriff.

»Wenn Friedrich sich gegen den Welfen nicht durchsetzt, wenn unsere Einwände nicht gehört werden, der Frieden des Reiches nicht gewahrt werden kann … Ich erinnere daran, dass es noch jemanden gibt, der berechtigten Anspruch auf den Thron hat: mein Neffe Friedrich von Rothenburg, König Konrads Sohn. Der eigentlich nach Konrads Willen zum König gewählt und gekrönt werden sollte.«

Nun war es heraus. Schlagartig trat Stille ein.

Ehe sich diese Stille schwer auf die Schultern der Anwesenden senken konnte, griff Erzbischof Wichmann ein.

»Nun, guter Graf Sulzbach, wir alle sind uns gewiss, dass der junge Königssohn in Eurer Obhut und als Herzog von Schwaben sehr gut aufgehoben ist«, erklärte er ruhig und mit einem Lächeln.

Auch das musste zu ihrer aller Sicherheit gesagt sein, damit ihnen niemand Hochverrat vorwerfen konnte. Denn hinter den Worten des Sulzbachers stand für jeden klar und deutlich die Botschaft: Wenn Friedrich nicht auf uns hört … Wir könnten auch seinen kleinen Vetter auf den Thron bringen.

»So wie wir hier zusammenstehen, sollten wir gemeinsam vor den König treten und unsere Bedenken vortragen, wenn er aus Italien zurückkehrt«, fuhr Wichmann ruhig fort, als hätte nicht eben jemand offen vorgeschlagen, den König zu stürzen. »Die bayerische Frage ist ohnehin noch nicht endgültig entschieden. Und die Einwände des Klerus hinsichtlich des Investiturrechts sollten wir gemeinsam dem Papst mitteilen.« Er nickte dem Erzbischof von Bremen zu.

Dann schloss Wichmann die heikle Unterredung mit den Worten: »Warten wir den Romzug des Königs ab. Bis Seine Majestät in einem Jahr als Kaiser gekrönt zurückkehrt, kann noch vieles geschehen.«

Die Männer nickten, und den meisten stand der innige Wunsch

ins Gesicht geschrieben, der ehrgeizige Löwe könnte bei dem an Kämpfen sicher nicht armen Heerzug nach Rom fallen. Oder sich heftig mit dem König zerstreiten, was noch wahrscheinlicher schien. Ein so enges Verhältnis wie zu dem sechsten Welf hatte Friedrich zu dem Löwen bislang auch nicht.
Doch da täuscht sich mein Neffe, dachte Konrad von Wettin, während sie zurück zur Tafel gingen. Eines weiß ich aus Erfahrung: Der Krieg schweißt die Männer zusammen, die Seite an Seite kämpfen. Aus Rom werden der Staufer und sein welfischer Neffe als beste Freunde wiederkehren. Sofern sich der Löwe nicht völlig danebenbenimmt.
Als sie sich wieder den mit Weinkrügen beladenen Tischen zwischen den Grundmauern des neuen Palas näherten, packte er Albrecht am Arm und raunte: »Er wäre weise, mein alter Freund, wenn dieses Treffen ein streng gehütetes Geheimnis bliebe. Deshalb suche bitte künftig deine Trinkgesellschaften sehr sorgfältig aus!«
Wichmann hatte so klug arrangiert, dass niemand lauschen konnte, und der Kreis der Beteiligten war sorgfältig ausgewählt. Einen Verräter konnten sie sich nicht leisten. Der König würde das als Verschwörung werten, wenn nicht gar als Hochverrat.
Schlagartig fiel dem Markgrafen wieder ein, dass die alte Burg Giebichenstein unten in Halle auch als Staatsgefängnis für hochgeborene Gefangene gedient hatte. War das ein schlechtes Omen? Aber Friedrich würde sie wohl eher hinrichten lassen, wenn er von ihren Plänen Wind bekam.

Italienische Differenzen

König Friedrich I., Heinrich der Löwe und Stefano, ein Dolmetscher; Sutri nördlich von Rom, 7. Juni 1155

Zögernd näherte sich der junge Übersetzer, der Friedrich während des Italienzuges diente, dem Prunkzelt des Herrschers. Ihm folgte mit energischen Schritten ein reich gekleideter Mann mittleren Alters mit schwarzem Haar und scharf geschnittenen Gesichtszügen.
Die Wachen, die ihnen den Zutritt zum größten Zelt des Heerlagers versperrten, hatten Order, Stefano jederzeit anzuhören und seine Mitteilungen sofort weiterzugeben. Denn der junge Mann sprach fließend Deutsch, Italienisch und Latein, und ständig trafen irgendwelche Abordnungen ein, die den König zu sprechen wünschten. Friedrich selbst würde entscheiden, ob und wann er sie empfing – je nachdem, wie wichtig er sie einschätzte. Aber heute, einen Tag vor der lang erwarteten ersten Begegnung mit Papst Hadrian, konnte alles dringend sein.
Drinnen im Zelt bekam Wibald von Stablo als Erster Stefanos Nachricht von einem der Leibwächter zugeraunt.
»Die Bürger Roms schicken einen Gesandten, um dem König ein Angebot zu unterbreiten.«
Wibald winkte den jungen Übersetzer zu sich herein.
»Er heißt aber nicht zufällig Wezel, dieser Kerl da draußen?«, fragte der Abt in deutlicher Entrüstung.
Gleich nach der Krönungszeremonie in Aachen hatte Wibald im Auftrag Friedrichs nicht nur ein Schreiben an den Papst verfasst, sondern auch eines an den Senat von Rom. Worauf jener unbekannte Wezel in größter Unverschämtheit zurückschrieb, einzig die Stadt Rom habe das Recht zur Kaiserkrönung, und der König von jenseits der Alpen möge sich gefälligst diesbezüglich mit dem Senat arrangieren. Bereits die Erinnerung daran ließ den Leiter der königlichen Kanzlei vor Zorn schnauben.

»Nein, ehrwürdiger Abt, er heißt Severino«, versicherte Stefano, der ahnte, dass gleich ein äußerst heikles Gespräch bevorstand. Schon sammelte sich der Schweiß auf seiner Stirn. Und das nicht nur, weil die Luft im Zelt noch viel heißer war als draußen auf dem Feld, wo das Heer lagerte.

Stefano di Stella war der sechste Sohn eines römischen Adligen. Seine Mutter stammte aus Trier, deshalb beherrschte und liebte er beide Sprachen, auch wenn die meisten Italiener das »tedesco« für barbarisch hielten. Er mochte den ruhigen Fluss des Deutschen, der sich so deutlich von der lebhaften Satzmelodie und den vielen überbetonten Silben im Italienischen unterschied.

Da ihn sein Vater nicht mit großen Ländereien ausstatten konnte, hatte ein Freund der Familie ihn dem König als Übersetzer empfohlen, der Graf von Gravina. Der erfahrene und geschätzte Diplomat traute dem jungen Mann zu, eine ähnliche Laufbahn wie er einzuschlagen, wenn er sich jetzt vor Seiner Majestät bewährte.

»Wünscht Ihr den Kerl zu sprechen?«, fragte Wibald den König zweifelnd, weil er ebenso wie Stefano Ärger witterte.

Friedrich zuckte mit den Schultern.

»Wir sollten wohl nichts unversucht lassen, die Römer freundlich zu stimmen, damit wir *und* Seine Heiligkeit ohne Blutvergießen in die Stadt kommen.«

Seit Jahren verjagten die Römer den Papst immer wieder aus der Stadt, weil sie Rom zur Republik erklärt hatten. Hadrian hegte ebenso wie seine Vorgänger natürlich größtes Interesse daran, dort wieder seinen Platz einzunehmen.

Abgesehen davon hatte sich Friedrich zwar in Pavia zum König der Lombarden krönen lassen. Doch seine Krönung zum Kaiser sollte in St. Peter in Rom stattfinden. Wie es sich gehörte. Und nirgendwo sonst.

Stefano ging erneut kurz nach draußen, um den Abgesandten des Senats höflich in das Prunkzelt zu bitten.

»Ihr befindet Euch vor einem König. Ihr solltet niederknien«, raunte er drinnen dem Mann auf Italienisch zu, da dieser keinerlei Anstalten unternahm, dem Herrscher den gebotenen Respekt zu erweisen.
Der Römer sah Stefano mit sehr viel Widerwillen auf dem Gesicht an, ging aber schließlich doch zögernd auf ein Knie.
Ohne zum Sprechen aufgefordert worden zu sein und ohne den Blick zu senken, ohne jegliche ehrerbietige Anrede schmetterte er: »Ich überbringe die Grüße des Senats der ruhmreichen Stadt Rom und ein großzügiges Angebot.«
Erschrocken rief sich Stefano rasch noch einmal die Ratschläge des Grafen von Gravina in Erinnerung. Denn er steckte schon in der Zwickmühle, bevor er diese ersten Worte ins Deutsche übertrug.
»Übersetze wörtlich, das ist deine Pflicht«, hatte der erfahrene Unterhändler gesagt. »Sofern es die Situation erlaubt, natürlich. Doch sind Wörter und Sätze … auslegbar, es gibt immer verschiedene Möglichkeiten, den Inhalt wiederzugeben. Manchmal kannst du mit einer etwas freundlicheren Formulierung einen Krieg verhindern. Das ist Diplomatie.«
Dann sah er seinem jungen Schüler tief in die Augen.
»Und manchmal kannst du mit einer unfreundlichen Formulierung einen Krieg auslösen. Das ist Politik.«
Nicht noch mehr Blutvergießen!, dachte Stefano und suchte fieberhaft nach den geeignetsten Worten. Auf dem Weg hierher hatte es schon so viel Gemetzel gegeben, so viele zerstörte oder völlig niedergebrannte Städte, dass ihn bei dem Gedanken daran schauderte.
Er wusste zwar, dass der König kein Italienisch sprach. Aber galt das auch für sämtliche anderen Anwesenden? Da konnte er nie sicher sein.
Eigenmächtig flocht er dezent ein paar höfliche Begrüßungsformeln in die Übersetzung ein und sah am sarkastischen Lächeln des Königs, dass dieser es durchaus bemerkte. Man

musste nicht Italienisch beherrschen, um in der Ansprache des Römers den königlichen Titel zu vermissen.
Doch Friedrich war gewillt herauszufinden, was dieser unhöfliche Kerl da wollte, ehe er ihn hinauswarf. Also bedeutete er Stefano, den Besucher nach dem erwähnten Angebot zu fragen. Sobald Stefano übersetzt hatte – diesmal Wort für Wort, es ging nicht anders –, sahen alle außer dem Gesandten des Senats drein, als habe soeben der Blitz ins Zelt eingeschlagen.
»Sie wollen *was?*«, rief der König fassungslos.
Friedrich schüttelte leicht den Kopf; er glaubte, sich verhört zu haben. Vielleicht hatte dieser Stefano es auch falsch verstanden? Der Graf von Gravina hatte den gut aussehenden jungen Mann zwar ausdrücklich empfohlen, doch dies war sein erster Einsatz, und gerade eben trat er unsicher von einem Fuß auf den anderen.
»Die Bürger Roms bieten Euch an, Euch zum Kaiser zu krönen«, wiederholte Stefano, ohne eine Miene zu verziehen.
»So …«, meinte Friedrich gedehnt und lehnte sich zurück.
»Wer verleiht ihnen denn das Recht dazu? Seit Jahrhunderten wird jeder Kaiser vom Papst gekrönt.«
»Rom ist wieder Republik und wird schon bald in alter imperialer Herrlichkeit erstrahlen«, verkündete der Abgesandte der Senatoren selbstbewusst. »Und wie in alten Zeiten erwählen und feiern wir Römer unseren Kaiser selbst.«
Stefano übersetzte, doch Friedrich hatte schon an der hochnäsigen Miene des Abgesandten erkannt, was er zu hören bekommen würde.
Was erdreisteten sich diese Kerle? Das römische Imperium war vor hunderten von Jahren untergegangen. Eine Republik – welch absurde Idee! Das Volk wollte herrschen? Das konnte nur ins Chaos führen, das verstieß gegen Gottes Ordnung der Welt. Und waren es nicht Senatoren gewesen, die ihren Cäsar abgestochen hatten wie einen Hund?
Er würde sich vom Papst krönen lassen, dem Stellvertreter

Gottes auf Erden, wie es seit Ewigkeiten Brauch war. Und nicht von einem römischen Olivenhändler oder Kastanienröster.
»Soll ich ihn mit meinem Schwert hinausjagen?«, bot Otto von Wittelsbach grollend an, Friedrichs Bannerträger, der von Statur und Temperament Albrecht dem Bären glich, nur deutlich jünger war – etwa Mitte dreißig wie Friedrich.
Aber der sonst so leicht in seiner Ehre zu kränkende König zügelte seinen Zorn und bedeutete ihm mit einer Handbewegung, das schon halb gezogene Schwert wieder in die Scheide zu schieben. Vorerst.
Er hoffte immer noch, kampflos in die Stadt zu gelangen. Ein veritables Blutbad würde den Glanz seiner Krönung zum Kaiser doch merklich trüben.
Und bisher war sein Italienzug ein ziemliches Desaster; er hatte jede Menge Ärger mit den oberitalienischen Städten gehabt. Dreistigkeiten und Beleidigungen erlebt, die er sich als König und künftiger Kaiser nicht bieten lassen konnte und die somit unweigerlich zu blutigen Racheakten und der Zerstörung ganzer Städte führten.
Die halbherzige Entschuldigung Mailands für das zertretene Siegel konnte er auch nicht akzeptieren. Doch Mailand würde er sich bei anderer Gelegenheit gründlich vornehmen.
Jetzt musste er erst einmal nach Rom, um sich krönen zu lassen.
Von Hadrian, dem neuen Papst. Welcher sich kurioserweise nach einem römischen Kaiser benannt hatte, der selbst in erbittertem Streit mit dem Senat lag. Dies wusste Friedrich von Wibald. Vielleicht hätte Hadrian IV., der eigentlich Nicholas Breakspear hieß, besser einen anderen Namen gewählt.
Unaufgefordert hatte der Besucher aus Rom erneut das Wort ergriffen, was die Anwesenden sichtlich entrüstete. Doch Friedrich blieb nach außen ruhig – noch. Er wollte wissen, worauf das alles hinauslief.

Auch diesmal übersetzte Stefano Wort für Wort.
»Eine Krönung durch den Senat würde Euch ganz nebenbei das Steigbügelhalten und andere Unterwerfungsgesten vor dem Papst ersparen«, stellte Severino mit breitem Grinsen in Aussicht.
»Und … was würden die Senatoren der Stadt Rom dafür von mir erwarten?«, erkundigte sich Friedrich scheinbar gelassen.
Er *würde* sich vom Papst krönen lassen, das stand außer Frage. Und natürlich würde er diesem Engländer nicht den Steigbügel halten. Er war doch kein Pferdeknecht!
So tief hatte sich Lothar von Süpplingenburg erniedrigen lassen, um Kaiser zu werden. Doch er beabsichtigte dies nicht. Papst und Kaiser sollten, ja *mussten* einander ebenbürtig sein.
»Wenn Ihr vor Rom eine Abordnung des Senats empfangt, werden sie Euer Majestät ihre Vorstellungen mitteilen«, übersetzte Stefano nach kurzem Zögern wissentlich verkürzt.
Friedrich sah ihn mit hochgezogenen Augenbrauen an, verkündete aber, er werde die Senatoren empfangen und sich ihre Worte anhören.
Dann beendete er mit einer Geste die Audienz.
Mehr Zeit würde er diesem unverschämten Kerl und den bizarren Ideen des Senats von Rom nicht widmen.
Nach dem leisen Hinweis des Übersetzers entfernte sich Severino mit einer Verbeugung.
Als er fort war, sank Stefano vor dem König auf die Knie.
»Verzeiht, Majestät, ich habe seine letzten Worte bewusst nicht vollständig übersetzt. Ich tat es, um eine Katastrophe zu verhindern. Wenn Ihr meint, mein Handeln sei falsch gewesen, und eine solche Entscheidung stehe mir nicht zu, dann bestraft mich.«
Er neigte den Kopf und starrte zu Boden.
»Was hat er denn nun wirklich gesagt?«, erkundigte sich Friedrich milde.
Stefano holte tief Luft und hob den Blick ein wenig.

»Wenn Ihr eine Abordnung des Senats vor Rom empfangt, werden sie Euch *den Preis* für Eure Krönung mitteilen«, repetierte er und fügte noch leise hinzu: »Fünftausend Mark Silber.«

Der hünenhafte Wittelsbacher schnaufte, und Stefano sah sich schon in Fesseln auf seine Bestrafung warten oder in Schande davongejagt. Vielleicht auch beides nacheinander.

Warum war er nur nicht zu Hause geblieben und hatte weiter Briefe im Auftrag reicher Kunden geschrieben und übersetzt?

Doch zu seiner Verblüffung brach der König in schallendes Gelächter aus.

»Bei aller Unverschämtheit – mir das vorzuschlagen, war mutig von dem Kerl«, befand Friedrich. »Warum habt Ihr mir das vorenthalten, Stefano?«

»Ihr hättet ihn wahrscheinlich sofort hinausgeworfen, Euer Majestät. Und das Treffen vor Rom wäre nicht nur geplatzt, sondern der Senat würde Truppen gegen Euch aufstellen«, begründete der junge Sprachmittler sein Handeln und hoffte das Beste. »Aber so findet sich vielleicht eine Einigung – nicht über Krönung und die geforderte Summe, sondern für Euren friedlichen Einzug in die Stadt, Majestät. Mit Worten zu sprechen ist besser als mit Schwertern.«

»Jetzt weiß ich, warum Gravina so überzeugt davon ist, dass Ihr für eine diplomatische Laufbahn geeignet wärt«, meinte Friedrich mit einem Lächeln, das jedoch schnell erlosch.

»Ihr habt gut daran getan. Aber von nun an haltet Euch an diese Regel: Ich will es wissen, wenn sich jemand solche Frechheiten mir gegenüber herausnimmt. Damit ich so etwas nicht ahnungslos durchgehen lasse. Eure Beweggründe waren diesmal berechtigt, ausnahmsweise. Doch wenn wir die Senatoren vor Rom treffen, dann übersetzt gefälligst Wort für Wort – ohne Rücksicht darauf, ob es Streit gibt! Ich bestehe darauf.«

Denn der Streit mit diesen größenwahnsinnigen selbsternannten Senatoren war unvermeidlich, und Friedrich wollte sie in

aller Deutlichkeit in die Schranken weisen. Er freute sich schon darauf.
Stefano schwor dem König, sich daran zu halten, und wurde für den Rest des Tages von allen Diensten befreit.
»Sucht Euch ein schattiges Plätzchen und gönnt Euch kühlen Wein in dieser Hitze! Oder eine hübsche Hure …«, gab ihm der König noch mit auf den Weg, gleichermaßen amüsiert und beeindruckt von dem Vorgehen des jungen Mannes.

Als Stefano das Prunkzelt verließ, klebte ihm die Kleidung schweißnass auf der Haut. Wie der König das nur aushielt? Aber der trug Seide, die kühlte. Und er feines Leinen, das sich mit Feuchtigkeit vollsog.
In einem Heerlager einen schattigen und ruhigen Platz zu finden, war kein leichtes Unterfangen. Während seiner Suche malte sich Stefano schon in düsteren Szenen aus, wie der Streit vor Rom eskalieren würde und es zur Schlacht käme. Ihn schauderte trotz der Hitze.
Seit er für den König übersetzte, hatte er so viel Grauenhaftes gesehen, dass ihn Nacht für Nacht Alpträume heimsuchten. Von Gehängten, Geköpften, von abgeschlagenen Gliedmaßen, aufgedunsenen Toten, brennenden Städten, schreienden Menschen …
Friedrichs Heer war kaum über den Brenner, da stürmte er nach einem Streit mit dem Veronesen die Burg Rivoli und hängte zur Abschreckung ein paar Gefangene auf, sogar Männer von Rang. Wegen des Zerwürfnisses mit Mailand wurde Rosate geplündert und in Schutt und Asche gelegt, Brücken und Burgen zerstört, Chieri und Asti gebrandschatzt, Tortona nach zweimonatiger erbarmungsloser Belagerung dem Erdboden gleichgemacht – wobei das allerdings mit großer Begeisterung die Pavesen übernahmen.
Schon bald war das Heer so verroht, dass der König bestimmte, jeder würde die Schwerthand oder gar das Leben verlieren, der im Lager eine Rauferei begann. Erst ein paar abschreckende

Urteilsvollstreckungen brachten etwas Ruhe in den kampflustigen Haufen.
Stefano war ein freundlicher junger Mann. Er liebte beide Sprachen und beide Länder, obwohl er noch nie jenseits der Alpen gewesen war. Aber seine Mutter hatte ihm viel über ihre Heimat erzählt. Die Sommer waren dort nicht so sengend heiß wie hier, und nirgendwo rauchten Vulkane oder bebte die Erde. Wie beschaulich musste es sich dort leben! Und wie schön war Italien! Doch jetzt gab es nur Feindschaft und Blutvergießen schlimmster Art. Das erschütterte ihn bis ins Mark.
So saß er schließlich gegen einen uralten, knorrigen Olivenbaum gelehnt, leerte nach und nach einen Krug billigen Wein, den er sich bei den Trossweibern besorgt hatte, und versank in Träumen, in denen die Menschen friedlich miteinander auskamen.

Friedrich hatte sich über die Vermessenheit der Römer noch eine Weile abwechselnd amüsiert und echauffiert. Als aber der Abend hereinbrach, schickte er alle hinaus bis auf Heinrich den Löwen.
Morgen würde er dem Papst begegnen, und ihr erstes Zusammentreffen war von außerordentlicher Wichtigkeit.
Doch statt sich darüber zu Tode zu grübeln, wollte er lieber mit einem Freund plaudern und sich etwas ablenken. Um die reibungslosen Abläufe der morgigen Zeremonien kümmerten sich bereits genug Leute.
Otto von Wittelsbach war gerade auf einem Rundgang, um sich der Disziplin im Lager zu versichern, und der sechste Welf war nicht hier. Ihn, Landgraf Ludwig von Thüringen und den neuen Mainzer Erzbischof Arnold von Seelenhofen hatte er daheim gelassen, damit sie seine Gegner während seiner Abwesenheit im Auge behielten.
Also wollte er einen Becher mit seinem jungen Vetter Heinrich leeren, dem Löwen. Die Distanziertheit zwischen ihnen hatte sich seit dem Goslarer Hoftag aufgelöst. Der Krieg schuf tiefe,

unverbrüchliche Männerfreundschaften. Auf dem Weg hierher hatten sie bereits viele Kämpfe geführt.
Ohne Heinrichs tausend Streiter wäre das kaum möglich gewesen. Ihr gesamter Heerbann umfasste nicht einmal viertausend Mann, von denen kaum die Hälfte Waffen führte. Der Rest war Tross. Sie hatten unzählige Grafen, Bischöfe und noch höhere Herren dabei, die jeder einen ganzen Schwarm von Bediensteten mit sich führten.
»Es könnte so schön sein«, meinte Friedrich irgendwann beim zweiten Becher. »Ich meine das hier, Italien. So viele große und reiche Städte. Kein Vergleich mit zu Hause …«
»Aber jeder ist mit jedem verfeindet. Und die Seestädte überbieten alles«, meinte Heinrich.
»Die sind unvorstellbar reich und mächtig geworden durch Kreuzfahrer, Pilger und Handel«, sagte Friedrich und schnaubte verächtlich. »Allein was eine Überfahrt kostet! Und Pferde … Viele Pilger müssen ihre Tiere dringend verkaufen, bevor sie auf ein Schiff gehen. Und andere brauchen dringend ein Pferd, wenn sie das Schiff verlassen, weil ihres vielleicht auf See krepiert ist.«
Heinrich ließ sich von einem Knappen nachschenken.
»Seehandel – das erinnert mich an etwas. Weißt du, was ich mit Inbrunst tun werde, wenn ich wieder heimkehre?«
»Sag es mir.«
Der Löwe lächelte und beugte sich etwas vor.
»Zuerst den Erzbischof von Bremen verjagen.«
Die Vorfreude darauf leuchtete ihm aus den Augen.
Kaum hatten sie die Alpen überquert, hatte Friedrich auf den Ronkalischen Feldern eine Heerschau veranstaltet, um festzustellen, wer von weltlichen und geistlichen Fürsten dabei war und wer nicht. Und siehe da, der Erzbischof von Bremen und Bischof Ulrich von Halberstadt fehlten unentschuldigt samt ihren Truppen. Friedrich hatte ihnen zur Strafe sofort ihre Regalien entzogen, also alles, was sie vom König zur Ausübung ihrer weltlichen Herrschaft bekommen hatten.

»Du wirst mit Freuden Hartwig von Bremen verjagen, das sehe ich schon vor mir. Und dann?«

»Mit Clementia einen Erben zeugen. Seit Jahren gebiert sie mir nur Töchter«, grollte der Löwe.

Sein erstgeborener Sohn und Erbe war im Säuglingsalter bei einem Sturz vom Wickeltisch gestorben.

»Hast du schon einmal über Scheidung nachgedacht?«, regte Friedrich an. »So etwas eröffnet wunderbare Möglichkeiten.«

Clementia war eine Zähringerin, und ihr Haus konkurrierte mit ihm in Alemannien. Er hätte es gern gesehen, wenn sich Heinrich ihrer entledigte.

»Dass sie dir keinen Sohn schenkt, dürfte als Grund genügen. Immerhin herrschst du nun über zwei Herzogtümer. Du brauchst einen Erben.«

»Ich grüble gelegentlich darüber nach«, gab Heinrich zögernd zu. »Aber so schlecht ist sie eigentlich nicht. Ich kann ihr bedenkenlos die Regentschaft anvertrauen, wenn ich im Krieg bin. Ihr und dem Holsteiner.«

Friedrich kommentierte das nicht. Früher oder später würde Heinrich Clementia loswerden wollen und sich eine jüngere Braut suchen. Eine von höherem Stand.

Doch der Löwe war mit seinen Gedanken schon weiter.

»Und da ich hier sehe, welch ungeheuren Reichtum der Seehandel Städten einbringt, ist mein drittes Vorhaben: Ich werde dem Holsteiner Lübeck nehmen! Die Stadt blüht durch den Seehandel in einem Maße, das ist kaum zu fassen. Und *mein* Bardowick verliert immer mehr an Bedeutung. Auch meine Lüneburger Salinen bringen neuerdings weniger Gewinn, weil der Holsteiner eigene aufgemacht hat. Die muss ich ihm auch abnehmen. Ich habe schon befohlen, sie zuzuschütten. Doch sie halten sich einfach nicht daran.«

»Adolf von Holstein war dein wichtigster und treuster Berater, als dein Vater starb«, erinnerte Friedrich mahnend. »Du warst erst zehn damals. Welf und deine Großmutter Richenza bewahrten dir Sachsen. Aber der Holsteiner und Heinrich von Weida halfen dir als Erzieher und Ratgeber bis zur Mündigkeit. Und sie tun es heute noch.«

»Dafür muss ich dem Kerl doch nicht bis ans Lebensende dankbar sein, wenn er jetzt Reichtümer scheffelt zu meinen Lasten!«, entrüstete sich Heinrich.

»Du wirst schon nicht verarmen«, spottete Friedrich.

Dann lenkte er das Gespräch darauf, wie sie am besten zur Krönung nach St. Peter gelangten, sollten ihnen die Römer den Zutritt zur Stadt verwehren. Zwei erfahrene Heerführer wie sie würden die Lage schon meistern, ganz gleich, was sie erwartete.

Die Feinheiten des Protokolls

König Friedrich I. und Papst Hadrian IV.;
Grassano nahe Sutri, 8. bis 11. Juni 1155

Der Ort für die schicksalsträchtige erste Begegnung des Königs mit dem Papst war in wochenlangen Vorgesprächen ausgehandelt worden: genau in der Mitte zwischen Sutri, wo Friedrichs Truppen lagerten, und Nepi, wo Hadrian übernachtet hatte.

Also zog Friedrichs Heerbann ein paar Meilen ostwärts und errichtete sein Lager dort neu.

Als das Nahen Seiner Heiligkeit und der Kardinäle angekündigt wurde, versammelte der Erzbischof von Köln eine große Zahl bedeutender geistlicher und weltlicher Fürsten, um mit ihnen dem Papst entgegenzureiten und ihn in höchster Feierlichkeit ins Lager zu geleiten, wie es Sitte war.

Die Sonne strahlte, kein Wölkchen zeigte sich am Himmel, und jedermann blickte erwartungsfroh der hohen Gesandtschaft entgegen. Jeder wollte einen Blick auf den Papst erhaschen, den Stellvertreter Gottes auf Erden, der schon bald dafür sorgen würde, dass endlich wieder ein Kaiser an der Spitze des Reiches stand.

Doch im Gewimmel der Kardinäle und Bischöfe und der weltlichen hohen Herren konnte kaum jemand das Gesicht Hadrians erkennen; nur die Spitze seiner hohen Tiara blitzte da und dort auf.

Erzbischof Arnold von Köln brachte vor Ergriffenheit kaum ein Wort heraus, als er den Papst und die Kardinäle zum Zelt des Königs geleitete und ihn bat, auf dem davorstehenden breiten Stuhl Platz zu nehmen.

Warum Hadrian dabei so irritiert blickte, verwunderte den Kölner ein wenig.

Doch war er zu beschäftigt, um länger darüber nachzudenken. Vielleicht die Sonne, die selbst am Morgen schon kräftig sengte.

Friedrich trat aus seinem Zelt, aufs Prächtigste gewandet, sank vor dem Papst zu Boden und überwand sich zum Fußkuss.

Was tat man nicht alles, um Kaiser zu werden! Um dieses Ritual kam er leider nicht herum.

Dann erhob er sich und erbat den Friedenskuss.

Es gab ein wenig Hin und Her wegen der Übersetzerei, die Wibald von Stablo übernahm: Friedrich sprach und verstand kein Latein, Hadrian kein Deutsch.

Doch als es in beiden Sprachen heraus war, waren die jeweiligen Lager im Schrecken erstarrt.

Der Papst verweigerte den Friedenskuss, denn der König habe ihm zu seiner *außerordentlichen Betrübnis* den Stratordienst verweigert. Schließlich sei es Brauch, dass ein König dem Papst entgegenschritt, das Pferd ein Stück am Zügel führte und ihm dann beim Absteigen behilflich sei, indem er den Steigbügel hielt. Ohne dieses Zeremoniell könne er den Friedenskuss nicht geben. Das erfordere die Ehre und die Würde seines

Amtes, welches schließlich schon die Apostel Petrus und Paulus innegehabt hatten.

Friedrich war drauf und dran, wütend herauszuplatzen, seit wann denn dieser merkwürdige Brauch in Mode sei.

Doch Arnold von Köln, Eberhard von Bamberg und auch Wibald von Stablo warfen sich buchstäblich dazwischen und schnitten ihm das Wort ab.

Nach langem lateinischen Disput mit den Kardinälen erklärten sie, sich gegenseitig ins Wort fallend: »Hier liegt ein Fehler in den Vorverhandlungen vor.« – »Die Einzelheiten sind nicht richtig geklärt.« – »Die Begegnung wird abgebrochen und erst von neuem stattfinden, nachdem alle Einzelheiten exakt ausgehandelt sind.«

Auch die Kardinäle nickten zustimmend.

Ihr Papst brauchte Friedrich so sehr, wie der den Papst brauchte. Sie wollten endlich nach Rom zurück, und das schafften sie nicht ohne das Heer dieses rothaarigen Schwaben.

Die Kardinäle halfen dem Papst aus dem Stuhl und führten ihn zu seinem Pferd, und Friedrich wurde gebeten, sich wieder in sein Zelt zu begeben.

»Diese Begegnung hat nie stattgefunden«, erklärte der völlig aufgelöste Arnold von Köln beschwörend. »Majestät, alles wird neu verhandelt. Wir werden zusammen mit den Fürsten beraten, bis eine Lösung gefunden ist.«

»Gut«, meinte Friedrich, den diese Entwicklung allmählich zu amüsieren schien. »Ich nehme derweil ein Bad.«

Während der nächsten Stunden und den ganzen nächsten Tag über herrschte größte Geschäftigkeit im Heerlager.

Immer wieder wurden neue Ratgeber hinzugerufen, Pergamente konsultiert, sogar Augenzeugen gesucht und aufgespürt, die persönlich miterlebt hatten, wie Lothar von Süpplingenburg vor seiner Kaiserkrönung Papst Innozenz II. diese Demutsgeste in Lüttich erwies.

Abgesandte und Vermittler ritten permanent von einem Lager zum anderen, von Friedrichs zu Hadrians und umgekehrt, um neue Einwände und Vorschläge zu überbringen.
Friedrich ließ sie gewähren. Sie würden ihm das Ergebnis schon mitteilen.
Papst Hadrian wollte nach Rom. Mit Friedrichs Heer. Und was Lothar in Lüttich getan hatte, lag noch keine fünfundzwanzig Jahre zurück. Da konnte nun wirklich niemand von einem *uralten* Brauch sprechen.
Er hatte nicht die geringste Lust, sich dermaßen zu erniedrigen. Papst und Kaiser mussten sich einig sein, aber auch einander ebenbürtig.
Schließlich, fast zwei Tage nach dem gescheiterten ersten Treffen, wurde der König in einen Rat von weltlichen und geistlichen Fürsten gebeten, um das Ergebnis der Verhandlungen zu erfahren.
Die Mienen der Männer vor ihm wirkten eher ängstlich als hoffnungsfroh.
»Die erste Begegnung hat nie stattgefunden«, bekräftigte der Erzbischof von Köln nach verlegenem Räuspern. »Wir machen alles noch einmal, das festliche Einholen des Papstes und so weiter, und zwar an einem anderen Ort: am Lago de Monterosi, nur ein kleines Stück südlich von hier. Damit wirklich alles anders ist.«
»Gut«, meinte Friedrich gelassen.
Und dann schärfer: »Wird der Engländer mir diesmal den Friedenskuss geben? Er ist ja noch nicht sehr lange im Amt, kaum ein halbes Jahr, und war vorher Legat in Skandinavien. Womöglich kennt er die Gepflogenheiten der Kurie nicht so genau. Ich hoffe, Ihr als meine Ratgeber und klügsten Köpfe des Reiches konntet sie ihm erklären.«
Seine Stimme wurde immer drohender. Aber insgeheim amüsierte er sich über das betretene Schweigen und die verlegenen Mienen der Männer.

Wibald hüstelte und nahm es auf sich, zu gestehen: »Majestät. Leider ist der Stratordienst unvermeidlich.«
Er rollte einige sichtlich uralte Pergamente auf dem Tisch aus, obwohl er wusste, dass Friedrich nicht lesen konnte, und zeigte auf diese oder jene Stelle, in der das Zeremoniell bereits erwähnt sei. Nach Friedrichs Ansicht hätte es auch eine frivole Geschichte über unzüchtige Mönche und Nonnen sein können.
»Unglücklicherweise besteht Seine Heiligkeit darauf, dass Ihr ihm den Steigbügel haltet. Und zuvor sein Pferd einen Steinwurf weit am Zügel führt.«
»Doch wir wissen ja, du wirfst wie ein Mädchen«, raunte Heinrich der Löwe seinem Vetter spöttisch ins Ohr.
»Tut es nicht Hadrian zuliebe, sondern aus Ehrfurcht vor den Aposteln Peter und Paulus!«, beschwor ihn der kluge Bischof Eberhard von Bamberg.
Alle starrten Friedrich an und warteten auf sein Einlenken. Doch so leicht wollte er es ihnen nicht machen, sonst würden sie ihm nicht glauben.
»Das ist also der Dank Hadrians, dass ich ihm Arnold von Brescia ausgeliefert habe, den Aufrührer und Umstürzler!«, rief er wütend. Der rebellische Prediger, der eine Kirche in Armut forderte, war ihnen in der Toskana in die Hände gefallen, und Hadrian hatte ihn umgehend erhängen und seine Asche verbrennen lassen.
»Brecht das Lager ab, wir reiten zu diesem See!«, befahl der König schnippisch und verließ das Ratszelt.
Sollten sie aufatmen und sich den Schweiß von der Stirn wischen. Doch so einfach würde er nicht klein beigeben.

Am Lago de Monterosi vollzog sich zunächst das gleiche Eröffnungsritual, das feierliche Einholen des Papstes. Erneut ritt der überaus erleichtert wirkende Erzbischof von Köln voran.
Doch diesmal kam Friedrich dem Papst nicht aus dem Zelt, sondern aus anderer Richtung auf seinem Schimmel entgegen.

Als sie sich auf einen Steinwurf einander genähert hatten – so weit, wie ein Mädchen einen Stein werfen würde –, saß er ab und nahm das Pferd des Papstes beim Zügel. Ein paar Schritte weit. Bis sie vor seinem Zelt und dem bereits aufgestellten Faltstuhl standen.
Friedrich wusste, dass nun alle Blicke auf ihn gerichtet waren. Hadrian ruckelte bereits im Sattel hin und her, um absitzen zu können, sobald ihm der König den Steigbügel hielt.
Der bückte sich leicht, um genau das zu tun – und erntete verwunderte Blicke, sogar ein unterdrücktes Kichern.
Ein Reiter stieg mit dem linken Fuß auf und mit dem rechten zuerst ab.
Friedrich aber hielt dem Papst den *linken* Steigbügel. Falls Hadrian jetzt den rechten Fuß herauszog, würde der Sattel herunterrutschen.
Konsterniert wies ihn der Papst darauf hin.
Friedrich, der begnadete Reiter, tat ganz verwundert.
»Ihr müsst mir verzeihen, Eure Heiligkeit, ich bin völlig unerfahren in diesen Dingen. Dergleichen haben ich noch nie tun müssen.«
Bedauernd breitete er die Arme aus, schritt mit Schelmenlächeln um das Pferd herum und griff nach dem rechten Steigbügel.
Der Papst saß ab, und Friedrich durfte den Friedenskuss empfangen.
Jedermann atmete auf, so mancher mit einem versteckten Grinsen.
Und endlich konnten Papst und König Pläne schmieden: für die Krönung und darüber, wie der Papst die Herrschaft über Rom zurückerlangen würde.

Kaiserkrönung

Kaiser Friedrich I., Papst Hadrian IV., Herzog Heinrich der Löwe, römische Senatoren und Stefano, der Übersetzer; vor Rom und in St. Peter, 16. bis 19. Juni 1155

Was für ein trauriger, verängstigter alter Mann! Zu dieser Erkenntnis über Papst Hadrian gelangte Friedrich, während sie gemeinsam Richtung Rom ritten.

Das fand er überaus erstaunlich, denn schließlich wusste er aus eigener Erfahrung, dass jemand nur an die Macht kam, der das auch wirklich wollte – um jeden Preis.

Und da sich Hadrian laut Wibald von Stablo aus schlichtesten Verhältnissen emporgearbeitet hatte, sollte man ihm eigentlich beträchtlichen Ehrgeiz und Skrupellosigkeit unterstellen dürfen.

Doch jedes Mal, wenn Friedrich in diesen Tagen dem Papst begegnete, ermahnte ihn der alte Mann mit traurigen Augen und kläglicher Miene, seinen Schwur aus dem Konstanzer Vertrag einzuhalten und das rebellische Rom endlich zu unterwerfen.

Bald dämmerte Friedrich, dass der alte Mann *wirklich* betrübt gewesen war, ihm bei der ersten Begegnung nicht den Friedenskuss geben zu können. Denn der neue Papst stand vor riesigen Schwierigkeiten.

Die Römer hassten ihn, und zwar noch mehr, nachdem er den Tod Arnolds von Brescia befohlen hatte, und verweigerten ihm den Zutritt zur Stadt. Hadrian musste zudem die militärische Macht des neuen Königs von Sizilien und dessen Normannen fürchten: Wilhelm, der nach Rogers Tod erst kürzlich den Thron seines Vaters bestiegen hatte. Und das Misstrauen des Papstes gegenüber dem König jenseits der Alpen war so groß, dass er sich erst schwören ließ, er könne unbehelligt dessen Lager bei Sutri betreten und auch wieder verlassen.

Wibald hatte Friedrich unter dem Deckmantel der Verschwiegenheit verraten, das Hadrian gegenüber Freunden gelegentlich äußere, wie sehr er es bedaure, dass er dieses Amt angenommen hätte, denn es sei voller Stacheln und Dornen. Den künftigen Kaiser amüsierte diese Indiskretion insgeheim: Sein Kanzleileiter versuchte immer noch, sich unentbehrlich zu machen.
Und gerade breitete sich in Hadrian die nächste Furcht aus: dass der König das Angebot der Römer annehmen könnte, ihn zu krönen.
Doch da durfte ihn Friedrich mit reinem Herzen beruhigen.
»Eure Heiligkeit, seid ohne Sorge! Welchen Wert hätte das wohl? Nicht den geringsten. Seit Jahrhunderten werden die Kaiser vom Papst gekrönt. Mit dieser von Karl dem Großen begründeten Tradition werde ich nicht brechen. Ich denke sogar, Karl der Große sollte heiliggesprochen werden. Was meint Ihr dazu? Ich gebe Euch mein Wort: Diese sogenannten Senatoren empfange ich nur, um die Römer nicht von vornherein zu verprellen. Hören wir uns doch einmal an, was sie vorzubringen haben.«
Er zeigte sein einnehmendstes Lächeln.
»Ich würde ja sagen: Seht es Euch selbst an und genießt die Szene! Aber das brächte mich in den Verdacht, nicht aus freiem Willen zu entscheiden.«
Hadrian hatte ohnehin nicht vor, sich dabei blicken zu lassen. Denn er fürchtete sich auch vor diesen Römern. Vielleicht würden sie ihn erschlagen? Deshalb brauchte er ja diesen Stauferkönig so sehr! Und sein Heer natürlich.

Das Treffen mit den Senatoren kurz vor Rom wurde zu genau dem Desaster, das Stefano befürchtet hatte.
Unter einem Baldachin in sengender Sonne erwartete der König die Abordnung des römischen Senats. Er saß auf seinem reich verzierten Thron, um ihn herum standen die Männer seines Gefolges, die Leibwachen dahinter.

Den meisten von ihnen rann der Schweiß übers Gesicht, denn sie trugen trotz der Hitze Kettenhemden und darunter die dicken Gambesons. Nur Friedrich hatte auf die Rüstung verzichtet und zeigte sich in einem prächtigen Bliaut aus purpurfarbener Seide mit üppigen Goldstickereien. Doch sein Schwert trug er gegürtet. Vor den Römern würde er sich nicht waffenlos zur Schau stellen, nicht als Adler ohne Flügel und Fänge, nicht als Löwe ohne Krallen und Zähne. Selbst wenn dies eine Verhandlung war und die Senatoren sämtliche Waffen abgeben mussten, ehe sie vor den König traten. Was zwar ein Ausdruck großen Misstrauens war, doch in Stefanos Augen klug und sowohl der Sitte als auch der Lage entsprechend.

Zwölf Männer waren gekommen, zumeist angesehene Adlige der Stadt. Der junge Sprachmittler kannte sie alle, zumindest vom Sehen. Severino war nicht dabei, was ihn erleichterte, doch nur im ersten Moment. Denn diese Senatoren hielten es nicht einmal für nötig, vor dem König auf die Knie zu gehen.

Selbstbewusst und hochfahrend nannten sie Friedrich den König Rotbart, *Barbarossa.*

Zu seinem Leidwesen war Stefano strengstens angewiesen, diesmal wörtlich zu übersetzen. Er brachte den Spottnamen kaum über die Lippen. Und wenn er sah, wie verächtlich ihn die Römer musterten, weil er dem fremden König diente, wurde ihm noch kläglicher zumute.

Sein ganzes Leben hing von dieser Mission ab! Wenn sie gelang, hoffte er vom künftigen Kaiser so großzügig entlohnt zu werden, dass er endlich seine geliebte Giulia heiraten konnte. Ihretwegen hatte er auch alle Einladungen der Lagerhuren ausgeschlagen, die ihn als gutaussehenden jungen Mann immer wieder zu betören versuchten. Aber wenn das hier weiter so verlief wie bisher, konnte er nicht nur alle Heiratspläne in den Wind schreiben, dann würden ihn die Römer auch noch aus der Stadt hinausprügeln. Vielleicht mussten sogar noch sein Vater und die übrige Familie darunter leiden.

»Hat er eben wirklich *Rotbart* gesagt?«, knurrte Wibald von Stablo und Corvey und deutete auf den Wortführer der Senatoren. »Heißt der Kerl da Wezel?«
Der Abt hatte den unverschämten Brief nach wie vor nicht vergessen, den dieser Wezel verantwortete.
»Wezel, ja, das ist mein Name!«, bestätigte ein hakennasiger Mann, der sich demonstrativ in königliches Purpur gehüllt hatte und so opulent mit Schmuck behangen war, dass vermutlich jede Römerin bei diesem Anblick vor Neid erblasste. Sein Barbier hatte ihm so gründlich oder stümperhaft an den Wangen herumgekratzt, dass dort mehrere frische Schnitte und Rötungen zu sehen waren, die unter dem Schweiß schrecklich brennen mussten.
»Wir bieten Euch eine große Ehre an: die Kaiserkrone vom römischen Volk zu empfangen«, verkündete der Eitle mit herausforderndem Blick. »Zahlt fünftausend Mark Silber …«
»Ich werde die Krone nicht *kaufen!*«, fuhr ihm Friedrich kategorisch ins Wort. »Welche Legitimation hätte das?«
»Die Legitimation durch das Volk von Rom, durch die Republik – nach der alten *lex regia*«, erwiderte Senator Wezel arrogant. »Und selbstredend müsst Ihr dem Volk von Rom einen Eid schwören, seine Rechte und Gewohnheiten zu achten. Wie es die Kaiser in der glanzvollen Zeit des römischen Imperiums taten.«
Spätestens bei diesen Worten verlor Friedrich die Geduld. Doch für Otto von Wittelsbach war der Punkt sogar noch eher erreicht.
»Soll ich dem da den Kopf abschlagen?«, schlug der Hüne wütend vor und hatte bereits die Hände an Schwertgriff und Scheide.
»Sie sind Gesandte, wir haben ihnen freies Geleit zugesichert«, wies Friedrich ihn zurecht, wenn auch mit stillem Bedauern.
Dann lehnte er sich in seinem Thron zurück und verkündete: »So sehr ich mir Frieden und Eintracht mit dem Volk von Rom

wünsche, Euer Ansinnen ist abgewiesen. Es widerspricht jeder heute gültigen Tradition, und ich werde mir die Krone weder kaufen noch dem Volk einen Eid schwören!«
»Barbarossa! Barbaro!«, rief Wezel verächtlich und wandte sich ab. Spätestens für diese Beleidigung hätte er bestraft werden müssen.
»Er ist Gesandter!«, rief Friedrich die Männer zurück, die die Schwerter zogen. Und fügte ebenso laut und mit drohendem Blick auf die Senatoren an: »Was ich sehr bedaure, was aber Euer Glück ist, Wezel! Fordert dieses Glück nicht noch einmal heraus. Ihr dürft Euch entfernen – alle!«
Heftig gestikulierend und naserümpfend drehten sich die Senatoren um und gingen. Doch nach ein paar Schritten wandte sich der schmuckbehängte Wezel noch einmal um und wiederholte: *»Barbarossa! Barbaro!«*
Erneut wurden Schwerter gezogen, doch Friedrich rief seine Gefolgsleute einmal mehr zu Besonnenheit auf, obwohl er innerlich kochte. Der Hauptmann der Leibwache umklammerte einen seiner Männer, damit der den Römern nicht nachstürzte und sie angriff.
Friedrich wartete, bis die Abordnung außer Hör- und Sichtweite war. Dann drehte er sich zu seinen Begleitern und den Kardinälen um, die Augenzeugen der Begegnung waren.
»So sehr ich es bedaure – wir kommen wohl nicht ohne Blutvergießen nach Rom. Doch ich will und ich werde in St. Peter zum Kaiser gekrönt werden. Ich berufe den Kriegsrat ein, jetzt sofort.«
Da sah Stefano die letzte Hoffnung schwinden.
Vermittler wollte er sein zwischen beiden Völkern, die er liebte. Jetzt drohte das nächste Blutbad, und noch dazu in *seiner* Stadt. Würde Giulia ihn noch wollen, wenn sie von dem hier erfuhr?

Etliche erfahrene Heerführer gehörten dem Kriegsrat an, doch die erfolgreichsten und angesehensten waren Friedrich selbst und Heinrich der Löwe, obwohl dieser erst fünfundzwanzig Jahre zählte. Seine Familie war berühmt für das Kampfgeschick ihrer führenden Männer, und der Heerbann des Löwen war nicht nur der mit Abstand größte auf diesem Feldzug, sondern auch hervorragend bewaffnet und ausgebildet.

Sie erwogen und verwarfen einige taktische Varianten, um unbehelligt in die Leostadt und wieder herauszukommen, das Gebiet um St. Peter. Bis Heinrich einen Vorschlag unterbreitete.

»Überraschende Krönungen sind doch eine Spezialität deines Hauses«, meinte er grinsend zu seinem königlichen Vetter. Diese Anspielung darauf, dass die schnelle, unerwartete und mehr oder weniger heimliche Wahl und Krönung Konrads seinen Vater um den Thron gebracht hatte, konnte sich der Welfe nicht verkneifen.

Friedrichs Augen verengten sich ein wenig. Ehe er die angestaute Wut dieses Tages abreagierte, fuhr der junge Herzog rasch fort: »Jedermann erwartet, dass die Krönung am Sonntag stattfindet. Was, wenn wir schon in der Nacht zum Sonnabend in die Leostadt ziehen, die Engelsbrücke sichern und die Krönung einen Tag eher stattfindet als erwartet?«

Dieser Vorschlag fand sofort die Zustimmung der Kardinäle, die als Beobachter am Kriegsrat teilnahmen. Einer von ihnen suchte eiligst den Papst auf, um dessen Einverständnis zu diesem Plan einzuholen, und unterdessen feilte der Kriegsrat des Königs die List noch ein wenig aus.

Als er vor zwei Jahren in Aachen zum König gesalbt und gekrönt worden war, da hatte die Zeremonie Friedrich mit großer Festlichkeit erfüllt, war er von der Erhabenheit jedes einzelnen Augenblicks durchdrungen und kostete sie aus.

Mehr als drei Jahre hatte er seither dem großen Tag entgegengefiebert, an dem er endlich auch zum Kaiser gekrönt wurde – etwas, das seinem Vorgänger und Oheim Konrad während seiner gesamten Regentschaft nicht gelungen war. Und etwas, was seinem Vater zugestanden hätte, wäre jener nicht zugunsten Lothars um die Krone betrogen worden.

Doch nun, da es so weit war, da dachte Friedrich während der feierlichen Gebete vor allem eines: Beeilt euch! Geht es nicht etwas schneller?

Das kam nicht nur daher, dass er diesen Papst als ängstlich erkannt hatte und deshalb nicht mehr so achten konnte, wie er sollte. Vor allem sagte ihm sein militärisches Gespür, dass sich da draußen etwas zusammenbraute. Die Römer würden seine List mittlerweile entdeckt haben und bald angreifen.

Wie vom Kriegsrat beschlossen, waren in der Nacht zum heutigen Samstag tausend gut bewaffnete Kämpfer von Kardinal Octavian durch ein kleines Tor in die Leostadt geführt worden, um das Kloster und die Kirche St. Peter zu sichern. Im Morgengrauen zog zuerst Papst Hadrian samt Kardinälen und weiterem Gefolge in die Leostadt. Wenig später, gegen neun Uhr, ritt Friedrich durch das Goldene Tor zur Peterskirche, während der Rest seines Heeres an der Engelsburg zurückblieb, um die Engelsbrücke und die Umgebung der Kirche abzuriegeln.

Auf den Stufen der Kirche legte Friedrich Waffen und Rüstung ab und wurde in die Krönungsgewänder gehüllt. Feierlich schwor er dem Papst den Krönungseid und noch zusätzlich einen Eid für die Wahrung der Sicherheit des Papstes – Hadrians Forderung und zweifellos Ausdruck seiner Ängste.

Dann betraten Papst, König und die gesamte Prozession die Peterskirche, es folgten die für die Kaiserkrönung vorgeschriebenen Gebete. Beim dritten salbte ihn der Kardinalbischof von Ostia, nachdem sich Friedrich wie gefordert zu Boden geworfen hatte.

Und wieder dachte er: Was tut man nicht alles, um Kaiser zu werden! Dieser Sarkasmus und vor allem seine Ungeduld beraubten ihn der Chance, die Erhabenheit dieser Stunde zu genießen, der er drei Jahre entgegengefiebert hatte.

Es folgte die festliche Messe, die kein Ende zu nehmen schien, während Friedrich lauschte, ob zwischen den Gesängen und Gebeten schon Waffengeklirr von draußen zu ihnen durchdrang.
Endlich war es so weit: Der Papst überreichte ihm Zepter und Schwert und setzte ihm die Krone auf den Kopf.
Tosender Jubel brach unter Friedrichs Männern aus, und nun konnte sich auch der Gekrönte der Größe des Augenblicks nicht entziehen.
Ich bin Kaiser, dachte er triumphierend. Kaiser wie Karl der Große. Kaiser des Römischen Reiches wie einst die großen Imperatoren. Wie große Männer vor mir. Und mein Oheim nicht. Ich trage die Krone der Welt. Ich bin Kaiser und werde nie vergessen werden.

Ins Lager auf den Neronischen Feldern nahe der Leostadt zurückgekehrt, hatte Friedrich nach all dem Jubel und den Glückwünschen befohlen, ihn allein zu lassen. Er wollte diese Stunde für sich, um sich noch einmal jeden einzelnen Augenblick des Tages vor Augen zu rufen. Und weil er auf schlechte Nachrichten wartete.
Es war noch nicht einmal drei Uhr nachmittags, als er das Kampfgeschrei hörte, noch ehe der Unglücksbote sein Zelt erreichte. Er sprang auf, griff nach seinem Schwert und rief seine Knappen, damit sie ihm die Rüstung anlegten.
»Mein Kaiser … sie wissen es … Das Volk sammelt sich, aufgehetzt von den Senatoren …«, stammelte der bestürzte Bote. »Sie stürmen Richtung Leostadt, die Ersten sind schon an der Peterskirche. Es gibt Tote, Angriffe auf die Kardinäle …«
Ach ja, ich bin jetzt Kaiser, dachte Friedrich einen kurzen Moment lang verwirrt angesichts der Anrede, weil er bereits alle Gedanken auf den bevorstehenden Kampf ausrichtete. Am liebsten hätte er nach Herzenslust geflucht. Der Papst befand sich im Palast neben der Kirche, dem Vatikan.

Und er hatte heute Morgen geschworen, Hadrians Leben zu beschützen.
Noch während die Knappen – diesmal nicht der siebte Welf, sondern Söhne von Adligen, die kurz vor der Schwertleite standen – ihm die Kettenbeinlinge am Gürtel befestigten, die Schnallen am Helm verschlossen und die Sporen anlegten, kamen Heinrich der Löwe und Otto von Wittelsbach ins Zelt gestürzt, beide voll gerüstet und in Waffen. Unter den Kettenhauben waren sie nur noch durch ihre Statur und den Zierrat an Scheide, Schwert und Gürtel zu erkennen.
»Meine Männer sind kampfbereit. Wie gut, dass ich ihnen befohlen habe, die Rüstung den ganzen Tag über nicht abzulegen!«, rief der Welfe selbstzufrieden.
Friedrich hingegen pries sich glücklich, dass er angewiesen hatte, bei der Feier anlässlich seiner Krönung nur mäßig Wein und Bier auszuschenken. Bei dieser Hitze läge sein Heer sonst sturzbetrunken am Boden.
Doch so sah er überall zum Kampf bereite Männer, als er vor das Zelt trat.
Der Marschall führte seinen schon gesattelten Hengst herbei. Friedrich stieg auf, zog sein Schwert, reckte es in die Höhe und rief: »In die Leostadt! Retten wir den Papst!«

Es wurde ein schreckliches Gemetzel. Friedrichs Männer waren zwar an Waffen und Kampfgeschick überlegen, doch von der Anzahl den aufgebrachten Römern weit unterlegen.
Als die Nachricht kam, dass sie nicht nur von der Engelsburg her angegriffen wurden, sondern auch noch von zweiter Seite, vom Fischmarkt in Trastevere her, da dachte Friedrich: Wir sind verloren.
Jeder seiner Kämpfer und er selbst, längst zu Fuß, hieben seit Stunden mit ihren Schwertern um sich. Doch für jeden, den sie niederstreckten oder in die Flucht jagten, strömten neue Gegner nach. Er hatte keine Ahnung, über wie viele Männer er

noch verfügte und wie viele Angreifer sich ihnen noch entgegenwarfen, denn mittlerweile war die Nacht hereingebrochen.

Ein Mann in guter Rüstung, blutbefleckt wie sie alle, schlug sich durch die rasende Menge mit dem Schwert zu ihm durch und brüllte: »Wir schlagen sie, Seite an Seite!«

Durch den Lärm aus Schmerzensschreien, Kampfrufen und Waffengeklirr erkannte Friedrich die Stimme von Heinrich dem Löwen. Erleichtert nickte er ihm zu, und Rücken an Rücken stellten sie sich auf, um sich gegen die Schar der Angreifer zu behaupten.

Stefano hatte Stunden der Angst im Lager auf den Neronischen Feldern verbracht. Es war weniger die Furcht um sein Leben, die den jungen Mann schüttelte, sondern das Entsetzen über den gebrochenen Frieden. Wie viele Tote mochte es inzwischen geben? Wie blutig würde die Zukunft aussehen? Hatte der Kaiser überlebt? Würden seine Familie und seine geliebte Giulia überleben, wenn sich die Kämpfe auf die ganze Stadt ausdehnten?

Ein grauhaariger Mönch erkannte, wie es um den begabten Übersetzer bestellt war, und ging auf ihn zu.

»Beten wir gemeinsam um ein schnelles Ende der Kämpfe!«, sagte er. »Um das Seelenheil der Toten, auf dass es davon wenige gebe, und um Frieden.«

Gemeinsam sanken sie auf die Knie, falteten die Hände, senkten den Blick und richteten ihre Worte an den Allmächtigen.

Sie knieten immer noch, als die Nacht hereinbrach und der Kampflärm langsam verebbte. Längst schmerzten Stefano alle Muskeln, doch er wagte es nicht, mit dem Beten aufzuhören.

Die Sterne glänzten schon am nachtklaren Himmel, als jemand aus Friedrichs engstem Gefolge auf die Knienden zueilte, das blanke Schwert immer noch in der Hand, Rüstung und Gesicht über und über mit Blut verkrustet.

»Folgt mir, der Kaiser benötigt Eure Dienste!«, befahl er.
»Ist der Kampf vorbei?«, fragte Stefano und quälte sich hoch.
»Ja, oder hört Ihr noch etwas davon?«, erwiderte der Kämpfer schroff. »Unsere Verluste sind gering, anders als beim Gegner, und jetzt muss Seine Kaiserliche Majestät die Übergabebedingungen für die römischen Gefangenen verhandeln.«
Nach *geringen Verlusten* sah es für Stefano nicht aus, als sie sich zu Fuß und im Schein einer Fackel der Leostadt näherten. Der Tiber war voller Leichen, und links und rechts des Weges lagen zerstückelte Menschen in ihrem Blut. Vor Schmerz schreiende Verwundete krochen ihnen entgegen, flehten um Hilfe, um Gnade. Als sie an einem sich krümmenden jungen Mann vorbeikamen, vielleicht noch jünger als Stefano, dem die Eingeweide aus dem Bauch quollen, nahm einer der vier Männer von Stefanos Geleitschutz sein Schwert und rammte es dem tödlich Verletzten in die Brust.
Stefano stürzte zur Seite und übergab sich, auch wenn nur noch gelbe Galle kam.
»Ich erwies ihm eine Gnade!«, rechtfertigte sich der Bewaffnete, empört über so viel Empfindsamkeit.
Ein paar Schritte später, kurz vor der Engelsbrücke, hörte Stefano plötzlich einen Wutschrei auf Italienisch, und schon drangen ein Dutzend Versprengte auf die kleine Gruppe ein. Stefano wusste nicht, in welcher Richtung er Schutz suchen sollte, sah eine Klinge im Mondlicht aufblitzen, hob abwehrend die Hände – und fühlte einen Moment lang gar nichts mehr, dann einen jähen Schmerz. Instinktiv griff er nach dem Unterarm und umklammerte ihn, doch es brauchte einige Zeit, ehe er begriff, dass er nur noch den blutenden Stumpf seiner rechten Hand hochhielt.
Ihm entging, wie die vier Schwertträger die Angreifer niederschlugen, so abwesend und beinahe fasziniert starrte er auf das spritzende Blut. Dann erst kam der Schmerz zurück und zugleich das Verstehen.

Der Mönch hatte inzwischen das Seil, das er als Gürtel trug, vom Leib geknotet und band ihm damit die Wunde ab.
»Setzt ihn hin, ehe er zu Boden schlägt!«, wies er die Männer an, da sank Stefano schon zusammen.
Als er wieder zu sich kam, lag er auf dem Boden inmitten verletzter, vor Schmerz schreiender oder stöhnender Männer. Sein Stumpf war verbunden, der Mönch saß an seiner Seite und sah ihn voller Mitgefühl an.
»Du hattest Glück, mein Sohn, dass ich zur Stelle war. Sonst wärst du verblutet.«
Glück? Stefano wollte widersprechen, doch jäh aufflammender Schmerz hinderte ihn daran.
Der Schmerz konnte zwar seine Worte aufhalten, doch nicht seine Gedanken. Er hatte seine Hand verloren. Die rechte. Die er zum Schreiben brauchte. Mit der er sich den größten Teil seines Lebensunterhalts verdiente. Verdient *hatte.* Das war nun vorbei. Selbst wenn sich der Kaiser seiner erinnern sollte und ihn entlohnte – er war nun ein Krüppel.
Stefano di Stella hatte keine Ahnung, wie sein Leben künftig aussehen würde. Sofern er nicht heute noch verblutete oder binnen drei Tagen an Wundbrand starb.
Aber eines war gewiss: Giulia würde ihn nicht mehr heiraten. Selbst, wenn sie es wollte … Er durfte es nicht. Er konnte keine Familie mehr ernähren.

»Da Ihr es wünscht, Euer Heiligkeit, übergeben wir die Gefangenen dem Stadtpräfekten«, beendete Friedrich mit einem Machtwort die Verhandlungen. Auch wenn er arge Zweifel daran hatte, dass der Stadtpräfekt den rebellischen Römern gegenüber die Milde zeigen würde, auf die Hadrian anscheinend hoffte.
Es war immer noch Nacht. Doch selbst im Fackelschein sah er das Entsetzen des Papstes über das Blutvergießen der letzten Stunden.

»Ich danke Euch, Kaiser«, murmelte Hadrian auf Lateinisch und schlurfte davon.
Friedrich atmete tief durch und sah sich um. Neben ihm stand, immer noch in blutverkrusteter Rüstung, Heinrich der Löwe. Ohne ihn und seine Truppen hätte er diesen Tag nicht überlebt. In einem jähen Ansturm der Gefühle umarmte er seinen Kampfgefährten und sagte: »Das werde ich dir nie vergessen, Bruder!«

Die Rückkehr

Welf VI., Uta von Calw, Kaiser Friedrich I., Herzog Heinrich der Löwe; Peiting, 20. September 1155

Friedrichs erster größerer Halt, sobald er wieder deutsche Lande erreichte, war Peiting, seit hundert Jahren einer der Stammsitze der Welfen.
Sein Heer hatte er bereits in Ancona aufgelöst. Ein Teil der Anführer samt ihren Truppen wählte den Seeweg über Venedig, er selbst zog an der adriatischen Küste entlang und nahm dann mit dem Rest des Heeres den Weg über den Brenner, den sie sich unerwartet erst freikämpfen mussten. Ein weiterer Teil seiner Mitstreiter war vor ein paar Tagen Richtung Westen abgezogen.
Es herrschte sonniges, klares Herbstwetter, so dass Friedrich und seine verbliebenen Begleiter die alte Burg hoch über der Marktsiedlung schon von weitem in die Landschaft ragen sahen. Wohl jeder der Männer freute sich auf ein gutes Mahl, einen kräftigen Trunk und eine überdachte Schlafstatt. Mehr als ein Jahr waren sie fort gewesen und hatten in dieser Zeit harte Kämpfe bestehen und viele missliche Umstände erdulden müssen: sengende Hitze, Proviantmangel, Verständigungs-

schwierigkeiten und Anfeindungen. Doch die Zeit der Entbehrungen und Kämpfe war nun hoffentlich vorbei.
Es dauerte nicht lange, da kam vom Burgberg eine große Gruppe prunkvoll gekleideter Reiter herab, und sobald sie die Ebene erreichten, galoppierten sie ihnen mit Bannern und Wimpeln entgegen.
»Ich sehe, der Oheim lässt es sich nicht nehmen, dich feierlich einzuholen«, kommentierte der Löwe spöttisch, der seit Rom stets neben Friedrich ritt.
»Er wird dich ebenso feierlich begrüßen«, versicherte dieser. »Welf ist schließlich unser beider Oheim.«
Heinrich entgegnete nichts, denn schon war die Gruppe ganz nah, und sie konnten beide erkennen, dass der sechste Welf höchstpersönlich an der Spitze ritt.
»Willkommen dem Kaiser!«, rief der Herzog von Spoleto und Markgraf der Toskana, riss sich die Kappe vom Kopf und schwenkte sie begeistert. Dann brachte er seinen Hengst zum Stehen und ergänzte: »Willkommen auch dem Herzog von Sachsen und Bayern! Ich grüße euch, Neffen, und ebenso eure tapferen Mitstreiter. Folgt mir auf die Burg, seid meine hochgeehrten Gäste!«
Friedrich und Heinrich dankten Welf, der sein Pferd wendete und nun gemeinsam mit dem kaiserlichen Bannerträger Otto von Wittelsbach vornweg ritt, der schon durch seine schiere Größe Eindruck hinterließ.
In der Marktsiedlung standen links und rechts des Weges die Bewohner und riefen immer wieder: »Vivat dem Kaiser!«, und: »Lang lebe Kaiser Friedrich!«
Friedrich und der sechste Welf ließen kleine Münzen und körbeweise Brot unter den Jubelnden verteilen, die milde Gaben erhofften. Großzügigkeit wurde von einem Kaiser erwartet.
Auf dem Burghof stand Welfs Gemahlin Uta von Calw – schön und elegant wie stets. Mit strahlendem Lächeln und herzlichen Worten reichte sie Friedrich den Willkommenspokal.

Er trank, gab das mit Silberbeschlägen verzierte riesige Horn weiter an seinen Vetter, den Löwen, und nachdem beide ihren ersten Durst gestillt hatten, begrüßte die in Reih und Glied aufgestellte Burgbesatzung sie mit einem donnernden dreifachen »Vivat!«.
Friedrich bedankte sich lächelnd mit einer Handbewegung und stieg aus dem Sattel.
Uta trat zu ihm und sah ihn an.
»Kaiser – du hast es geschafft! Dein Vater wäre stolz auf dich«, sagte sie aus tiefstem Herzen.
»Er hätte auch die Kaiserkrone tragen sollen. Nun erfülle ich sein Vermächtnis«, erwiderte Friedrich feierlich.
Er überhörte absichtlich, dass Heinrich murrte: »Auch *mein* Vater hätte die Kaiserkrone tragen sollen.«
Die Dinge waren nun einmal so, wie sie waren; die Vergangenheit ließ sich nicht mehr ändern. Und Heinrich besaß wahrlich keinen Grund zu klagen bei der Machtfülle, mit der Friedrich ihn ausgestattet hatte – nicht nur als Gegenleistung für seine Stimme bei der Königswahl, sondern auch als Wiedergutmachung für altes Unrecht. Tatsächliches und eingebildetes.
Während nun auf dem Burghof Gewimmel und Geschrei ausbrachen, wie es typisch war, wenn so viele Männer und Pferde ankamen und versorgt werden mussten, begleitete das Herzogpaar seine beiden Neffen zum Palas.
»Es ist ein Bad für jeden von euch vorbereitet, und sobald ihr euch erfrischt habt, beginnt das Festmahl«, kündigte die rothaarige Uta an. »Mit allem, was Wälder und Flüsse um diese Jahreszeit hergeben.«
Der Geruch von gebratenem Fleisch und Zwiebeln fuhr ihnen immer stärker und verlockender in die Nase. Ein paar Schritte weiter bot sich denn auch ein verheißungsvoller Anblick: Drei Wildschweine wurden auf Spießen gebraten. Aus der offenen, nur leicht überdachten Küche daneben waberte der Dampf aus großen Kesseln, in denen Fleischstücke gesotten wurden.

»Das wird ein kurzes Bad!«, verkündete Heinrich grinsend. »Mein Magen knurrt und will sich bei diesem Anblick nicht besänftigen lassen, verehrte Tante.«
Uta lachte. »Du sollst nicht darben auf einer Welfenburg, Neffe! So weit lasse ich es nicht kommen.«
Sie schritt hinüber zur Kochstelle, wechselte ein paar Worte mit den Männern am Bratspieß, und die schnitten ein paar gut durchgegarte Fleischportionen herunter. Die damit gefüllte Schüssel brachte Uta höchstpersönlich zu ihren Gästen.
»Dieser Wohlgeruch! Ihr habt an Gewürzen nicht gespart … Und die herrlich krosse Schwarte … Welche Verheißung für das Festmahl!«, schwärmte Heinrich und griff nach dem größten Brocken, um ihn gleich hier zu vertilgen.
Auch Friedrich konnte der Versuchung nicht widerstehen, probierte und verdrehte genüsslich die Augen.
Doch als er seine Kostprobe hinuntergeschluckt hatte, fragte er den Oheim: »Wie geht es eurem Sohn?«
Bewusst hatte er den siebten Welf nicht als Knappen auf diesen Kriegszug mitgenommen – zur maßlosen Enttäuschung des Jungen.
»Er ist immer noch betrübt und gekränkt, dass er nicht mit dir ziehen durfte«, berichtete dessen Vater. »Aber abgesehen davon geht es ihm gut.«
»Er ist dein einziger Sohn und Erbe. Ich hätte es mir nie verziehen, wenn ihm etwas zugestoßen wäre. Womit durchaus zu rechnen war«, wiederholte Friedrich seine Beweggründe. Dann wäre nach Welfs Tod dessen Haus erloschen.
»In Rom nahmen die Rebellen keine Rücksicht und erschlugen sogar Knappen und Fuhrknechte. Außerdem habe ich mich redlich bemüht, ihm klarzumachen, dass es eine wichtige und ehrenvolle Aufgabe ist, dem jungen Königssohn in Rothenburg zu dienen. Zumal er dort einen ausgezeichneten Waffenlehrer in Ulrich von Lauterstein hat.«
»Ja, über Ulrich ist er des Lobes voll, wenn er einmal eine sei-

ner spärlichen Nachrichten schickt«, bestätigte der sechste Welf. »Der junge Königssohn, der Lautersteiner und mein Sohn senden ergebenste Grüße und hoffen auf baldiges Wiedersehen.«

»Ich werde deinen Sohn wieder zu mir rufen«, versicherte Friedrich, ohne sich jedoch weiter festzulegen.

Er hatte den jungen Welf nicht nur nach Rothenburg geschickt, um ihn vor einem möglichen Tod in Italien zu bewahren. Er sollte sich mit Konrads Sohn anfreunden … und ihn und seine Umgebung im Auge behalten. Herausfinden, ob Kräfte am Werk waren, den nun elfjährigen Staufer doch noch auf den Thron zu lancieren.

Das hatte er seinem Knappen zwar nicht ausdrücklich gesagt. Aber er würde es dessen Worten entnehmen können, wenn er ihn nur ausführlich erzählen ließ. Denn der siebte Welf war ein aufmerksamer Beobachter.

Sobald alle Pferde untergebracht waren und sich die edlen Gäste in den ihnen zugewiesenen Quartieren erfrischten, stellten Diener Tafeln und Bänke für das Festmahl in der Halle auf. Wer aus Platzgründen kein Zelt errichten konnte oder nicht als Besucher von Rang eine Kammer bekam, würde dort auch einen Schlafplatz finden. Das war auf Burgen so üblich, sobald nach dem Mahl die Tische leergeräumt waren. Die Holzplatten wurden von den Böcken gehievt und an der Wand gestapelt, die Gestelle zerlegt; so gab es ausreichend Platz für Gesinde und niedere Gäste. Uta hatte eigens für diesen Tag frische Binsen auf dem Boden auslegen lassen.

Es wurde kräftig gefeiert, gegessen und getrunken, immer wieder erklangen Hochrufe auf den Kaiser, die Herzöge und ihre tapferen Männer.

Und nach vielen Sorten Fleisch und Fisch präsentierte der Küchenmeister feierlich die Schaustücke für die Hohe Tafel: Reichsschwert und Krone aus Teig gebacken, mit Pilzen und Käse gefüllt und mit Fruchtsäften gefärbt.

Staunendes »Ah!« und »Oh!« erklang in der Halle, als die Gäste die essbaren Prachtwerke sahen und der Küchenmeister die Füllungen erläuterte. Anstelle von Edelsteinen war die Krone mit in Honig eingelegten Früchten verziert.
Verblüfft starrte Friedrich auf das Backwerk und verglich es in Gedanken mit dem Original.
»Genau so sind die Steine auf meiner Krone verteilt!«, staunte er.
Uta lächelte strahlend. »Ich habe meinen Gemahl stundenlang ausgefragt, damit alles stimmt. Wir wollten dir diese Freude machen, Neffe. Da du nun Kaiser bist …«
Dies war einer der wenigen Momente, wo Friedrich in all den Turbulenzen innehielt, in sich ging und voller Genugtuung dachte: Ja, ich bin jetzt Kaiser. Römischer König, König von Italien und Kaiser. Und die burgundische Krone werde ich mir auch noch holen. Ich habe geschafft, was meinem Oheim Konrad während seiner gesamten Regentschaft nicht gelungen ist. Und ich werde auch den Frieden im Reich schaffen, den er nicht herbeiführen konnte.
Der Kaiser wurde angefeuert, die kunstfertig gebackene Krone anzuschneiden. »Es wäre viel zu schade, dieses schöne Stück zu zerteilen«, entschied er – schwer zu sagen, ob zur Enttäuschung oder Freude des Küchenmeisters.
Nein, die Krone soll erhalten bleiben, dachte Friedrich.
»Niemand rühre meine Krone an!«, rief er.
Es war nicht auszumachen, wie ernst er es meinte. Fürchtete er wirklich ein schlechtes Omen?

Sobald es möglich war, sich zu verabschieden, ohne die festliche Stimmung in der Halle zu verderben, zogen sich Friedrich, sein Neffe Heinrich und sein Oheim Welf mit Gemahlin Uta in die Gemächer des Gastgebers zurück. Wichtige Dinge galt es zu besprechen, und zwar in familiärer Vertrautheit.
Länger als ein Jahr war Friedrich fort gewesen und hatte durch

Boten dieses und jenes darüber erfahren, was in seiner Abwesenheit im Reich vor sich ging – zumeist wenig Erfreuliches. Doch Boten vertraute man nicht alles an, Pergamenten schon gar nicht, und auf diesem Feldzug hielten ihn genug eigene Sorgen in Atem.

Kaum hatte sich die Tür zu Welfs Kammer hinter ihnen geschlossen, fragte Friedrich sofort: »Sag es geradeheraus: Wie steht es im Reich?«

Sein Oheim bot allen Plätze an, und Uta füllte die Becher mit dem Wein, den der Schenk gebracht hatte, bevor er sich weisungsgemäß zurückzog.

»Äußerst betrüblich«, fasste der Herzog von Spoleto zusammen, atmete tief durch, und Friedrich beugte sich angespannt vor.

»Der Königsfrieden wird nicht eingehalten. Es gibt Fehden, Verwüstungen, Wegelagerei …«, begann Welf aufzuzählen. »Besonders am Niederrhein. Der Erzbischof von Mainz führt eine schlimme Fehde mit dem Pfalzgrafen bei Rhein, bei der beide Seiten jedes Augenmaß verloren haben.«

»Arnold von Selenhofen? Was ist denn in den gefahren?«, fragte Friedrich erstaunt. »*Mein* Reichskanzler? Habe ich ihn *dafür* zum Erzbischof gemacht, nachdem wir seinen intriganten Vorganger aus dem Amt jagten? Und Hermann von Stahleck, der Pfalzgraf, der sogar auch mein Oheim ist?«

Nun begann er, sich in Rage zu reden. »Wozu habe ich einen Königsfrieden verhängt, wenn der gebrochen wird, kaum dass ich meinem Reich den Rücken zuwende? Das ist ungeheuerlich!«

»Die Mainzer akzeptieren Arnold nicht als Erzbischof, weil er aus einer Dienstmannenfamilie stammt. Und er versuchte, sich mit allen Mitteln durchzusetzen«, berichtete Welf. »Vor allem der Pfalzgraf hat ihm sehr zugesetzt, verwüstete und plünderte Kirchenbesitz. Weshalb Arnold einen Teil des Kirchenschatzes verpfänden musste, um Truppen aufzustellen. Sogar eine Reliquie soll dabei gewesen sein.«

»Ich denke, ich höre nicht recht!«, entrüstete sich Friedrich. »Nur weiter!«
»Auch in Thüringen herrschten unhaltbare Zustände. Raub- und Diebesgesindel erschüttern das Land. Aber mittlerweile greift dein Schwager Landgraf Ludwig mit eiserner Hand durch. Lass dir das von ihm selbst erzählen, er ist schon auf dem Weg zu dir. Gemunkelt wird, es gab sogar einen Mordanschlag auf ihn. Und es heißt, er schliefe seitdem nur noch in Rüstung.«
»In Gambeson und Kettenhemd? Das wird meiner Schwester nicht gefallen«, scherzte Friedrich lahm, um die Bestürzung über den Mordanschlag zu überspielen. Sofern das Gerücht denn stimmte.
»Sie schenkt ihm jedes Jahr einen Sohn«, berichtete Welf grinsend.
»Wie steht es im Norden? Wie kommt meine Gemahlin Clementia mit dem Holsteiner zurecht?«, mischte sich der Löwe in das Gespräch ein.
»Gut, wie stets. Doch der Erzbischof von Bremen schürt beständig Unruhe.«
»Nicht mehr lange!«, meinte Friedrich grimmig. »Du, Heinrich, wirst schnellstmöglich hinreiten und die von mir verhängte Strafe vollziehen: den Entzug aller weltlichen Güter.«
»Mit Freuden«, versicherte Heinrich. »Du weißt, dass ich schon lange von dem Tag träume. Ich werde ihn vor mir hertreiben und aus dem Land jagen.«
»Noch irgendwelche schlechten Nachrichten?«, murrte Friedrich.
»Dein Oheim Wilhelm von Mâcon ist vor ein paar Tagen gestorben«, berichtete Uta betrübt und bekreuzigte sich.
»Er wollte mir seine Nichte Beatrix aufschwatzen, Beatrix von Burgund«, fiel Friedrich ein, und er erinnerte sich an ein Gespräch bei einer misslungenen Schachpartie.
»Vielleicht solltest du diesen Vorschlag überdenken«, riet der

sechste Welf. »Sie ist bildhübsch und sehr reich. Und nach allem, was ich höre, wird wohl nichts aus der byzantinischen Hochzeit …«

»Ja, ich habe mich mit Manuel überworfen«, gestand Friedrich und zuckte mit den Schultern. »Abgesehen davon, dass er immer wieder drängelt, wann ich endlich den kleinen Rothenburger zum Ritter erhebe … Dabei hat der Junge noch nicht einmal das Knappenalter erreicht! Manuel besteht darauf, dass ich ihm süditalienische Eroberungen und sizilianische Küstengebiete abtrete. Dafür hat er sogar Pergamente gestohlen und gefälscht. Welche Frechheit! Gebietsabtretungen an Byzanz kommen natürlich weder für mich noch für den Papst in Frage. Wie überhaupt Seine Heiligkeit keine Verbindung zu Byzanz wünscht.«

Er trank einen Schluck, streckte die Beine unter dem Tisch aus und fuhr fort: »Darüber kann ich mich schlecht hinwegsetzen, nachdem ich schon zwei Vereinbarungen aus dem Vertrag von Konstanz nicht erfüllen konnte. Ich sollte für den Papst Rom erobern, was mir nicht gelang. Und einen Feldzug gegen Wilhelm von Sizilien führen, was meine Edlen ablehnten. Wie stehe ich jetzt da?«

Wütend ließ er die Hand auf die Tischplatte krachen, dann kratzte er sich im Nacken.

»Erzählt endlich, was in Rom und danach vorgefallen ist!«, bedrängte Welf seine beiden Neffen. »Wir hatten euch nicht so früh zurückerwartet.«

Missmutig berichtete Friedrich von dem Blutbad nach seiner Krönung.

»Schon am nächsten Tag mussten wir die Engelsburg verlassen; es fehlte in der unsäglichen Hitze an Wasser und Proviant.«

Jäh erinnerte er sich an seinen jungen Übersetzer. Auf dem Weg zu ihm war dieser Stefano, so wurde ihm berichtet, schwer verwundet worden, und in der Eile des Aufbruchs hatte er nicht daran gedacht, ihn suchen zu lassen und für seine Dienste zu entlohnen. Ob Stefano noch lebte? Er sollte ihm oder seiner Familie eine großzügige Entschädigung zukommen lassen.

»Richtung Süden sind wir dann nicht viel weiter vorgedrungen. Eben weil, wie ich bereits sagte, meine Herren Fürsten einen Kriegszug gegen Sizilien ablehnten. Ach ja, und dein Spoleto musste ich verwüsten«, beichtete Friedrich wie nebenher und rieb sich die Stirn.

Uta riss die Augen auf und starrte ihn an.

»Tut mir leid«, sagte Friedrich, ohne viel Bedauern zu empfinden. »Sie haben meinen Gesandten gefangen genommen und die geforderte Summe teils unterschlagen, teils mit falscher Münze bezahlt. So etwas kann ich als Kaiser nicht durchgehen lassen, wenn ich nicht als Schwächling dastehen will. Das beleidigt die Ehre des Reiches. Also haben wir die Stadt dem Erdboden gleichgemacht. Seid unbesorgt, ich lasse sie wieder aufbauen. Nach nur zwei Tagen mussten wir allerdings weiter.«

»Wegen des Leichengestanks und des Qualms durch die Totenfeuer«, ergänzte Heinrich grinsend, während Uta kreidebleich wurde und würgte.

»Aber wir machten viel Beute. Unten steht noch gut bewacht eine Truhe voll Silber für dich – zum Trost«, ergänzte Friedrich. »Es ist eine überaus reiche Gegend. Aber leider unruhig. Nun musst du noch etwas warten, bis du in deinem Herzogtum Einzug halten kannst.«

Er schwieg einen Moment und resümierte missgelaunt: »Rom habe ich nicht erobert, in Unteritalien ist Wilhelm von Sizilien mächtiger, als sein Vater Roger es je war, über das aufmüpfige Mailand musste ich die Reichsacht verhängen und werde früher oder später mit einem größeren Heer dorthin zurückkehren müssen, um die Stadt zu unterwerfen.«

Nun breitete er die Hände aus.

»Unterm Strich habe ich also auf diesem Romzug fast nichts erreicht – außer der Kaiserkrone, die ich natürlich sehr dringend wollte. Ach, und ich bin jetzt auch König der Lombarden.«

»Womit die Frage steht, wen du zur Gemahlin wählst«, erinnerte Welf, ohne auf die Selbstvorwürfe seines Neffen einzugehen. »Du brauchst einen Erben! Und mir fällt weit und breit keine verfügbare Königstochter ein. Sieh dir diese Beatrix doch einmal an! Sie soll, wie ich schon sagte, bildhübsch und schwerreich sein … und sie brächte dir Hochburgund ein.«
»Beatrix steht nun unter der Vormundschaft deines Schwagers Matthäus von Oberlothringen«, ergänzte Uta, die immer noch von den Nachrichten über Spoleto erschüttert war.
»Ist sie schon im heiratsfähigen Alter?«
Als Welf nickte, lenkte Friedrich ein.
»Gut, dann berufe ich demnächst einen Hoftag nach Besançon. Da werde ich sie wohl zu sehen bekommen.«
Er war noch recht unentschlossen in dieser Angelegenheit, hatte sich in Gedanken schon zu sehr auf die wunderschöne und reiche Maria Komnena eingestellt, die Nichte des Kaisers von Byzanz. Doch statt ihrer würde er nun irgendeine Fremde ins Brautbett geleiten müssen.
An diesem Punkt fiel ihm etwas ein, und die Frage richtete er direkt an die Herzogin.
»Verehrte Tante, was wurde eigentlich aus …«
Er stockte, der Name wollte ihm einfach nicht über die Lippen.
»Aus deiner von dir verstoßenen Gemahlin? Adela von Vohburg?«, fragte Uta streng. »Sprich ihren Namen ruhig aus! Wir haben sie gemäß deiner Anweisung in Ravensburg vermählt. Mit Dietho, der früher der Waffenlehrer unseres Sohnes war.«
Sie biss sich kurz auf die Lippen und sagte dann mit sorgsam verhohlenem Triumph: »Die beiden sind sehr glücklich miteinander. Adela hat ihrem Gemahl schon zwei Söhne geboren.«
Friedrichs Miene zeigte keinerlei Regung angesichts dieser Neuigkeit.
»Sie ist nicht mehr an eurem Hof?«
»Nein. Und wenn es dich beruhigt, Neffe: Sie hat keine Verbin-

dung zu irgendwelchen Personen von Einfluss. Und sie hat auch nie ein böses Wort über dich gesagt«, erwiderte Uta gereizt.
»Gut.«
Einen Moment herrschte Stille in der Kammer. Friedrich blinzelte leicht verwirrt, dann wechselte er abrupt das Thema.
»Stellt euch vor: Auf unserem Rückmarsch lauerten uns oberhalb von Verona *adlige* Straßenräuber auf! Da gibt es ein Raubnest in den Bergen an der Etsch. Sie versperrten uns den Weg in beide Richtungen. Der Wittelsbacher – tollkühn, wie er ist – erkämpfte uns den Zugang zur Burg, und dann gab es kein Pardon. Ich habe ein paar hundert Mann aufknüpfen lassen.«
Als er Utas entgeistertes Gesicht sah, zuckte er mit den Schultern.
»Adliges Raubgesindel – das ist ja wohl kaum zu fassen!«, verteidigte er sich. »Die verdienten nicht einmal den Tod durch das Schwert, sondern nur den Strick wie gewöhnliche Diebe und Mörder. Und ich fürchte, auch hier muss ich mit eiserner Hand durchgreifen …«
»Das ist unumgänglich, wenn der Friede wiederhergestellt werden soll«, bestätigte der sechste Welf.
»Du kannst sie doch nicht alle hängen!«, protestierte Uta.
»Nicht alle. Es gibt auch andere Bestrafungen«, beruhigte Friedrich seine Tante. »Aber wenn es nicht anders geht, dann eben mit Strick und Schwert.«
Nun wandte er sich wieder an seinen Oheim.
»Weißt du von der Verschwörung sächsischer und östlicher Fürsten? Von ihrem Treffen auf Giebichenstein?«
Welf fiel aus allen Wolken.
»Nein! Wer war dabei? Und wie hast du davon erfahren, wenn nicht einmal ich etwas darüber hörte?«
»Wen man erwarten darf, wenn es gegen meinen Vetter Heinrich geht: Hartwig von Bremen, Ulrich von Halberstadt,

Albrecht der Bär, sein Freund Konrad von Wettin, Erzbischof Wichmann … Was mich sehr enttäuscht, denn habe ich ihn nicht in sein Amt gebracht?«

Der junge Löwe war bei dieser Aufzählung unruhig geworden; nun hieb er mit der Faust auf den Tisch und drohte: »Das zahle ich ihnen heim!«

Wegen genau dieser Reaktion hatte Friedrich seinem Vetter bis soeben noch nichts von dem geheimen Treffen seiner Feinde erzählt.

»Es ging wohl weniger gegen dich«, sagte er beschwichtigend. »Natürlich war Jasomirgott dabei, der es wirklich darauf anlegt, dass ich ihm nicht nur Bayern entziehe, sondern ihn auch noch in Acht und Bann schlage. Aber auch Vladislav von Böhmen und der Sulzbacher. Was mir etwas über deren wahre Absichten verrät.«

Nun war Friedrichs Zorn nicht zu übersehen, während Heinrich sich wieder beruhigte. Es waren altbekannte Feinde. Er hatte nicht erwartet, dass sie seine Rangerhöhung einfach so hinnahmen.

Welf stöhnte. »Eine Verschwörung von diesem Ausmaß? Wieso weiß ich nichts davon? Und wie hast du es erfahren? Hat einer deiner Männer sie belauscht? Oder Briefe abgefangen?«

»Nein, dafür sind sie zu schlau vorgegangen«, meinte Friedrich. »Ich denke, der Plan, wie sie es geheim halten wollten, stammt von Wichmann. Ein brillanter Kopf! Ein Unbeteiligter hat mir die ganze Sache verraten. Ihm war etwas aufgefallen, und dann hat er ein bisschen nachgebohrt.«

Er grinste, als Uta und Welf gleichzeitig »Wer?« fragten.

»Jemand, der begriff, dass er seinem König und Kaiser mehr Loyalität schuldet als seiner Familie.«

Als er den Namen nannte, fuhren seine Verwandten erstaunt zurück.

»Morgen breche ich auf«, kündigte Friedrich entschlossen an. »Es wird höchste Zeit, im Reich wieder für Frieden zu sorgen.

Und ich weiß auch schon, wie ich jeden Einzelnen bestrafe, der ihn gebrochen hat.«
Bei diesen letzten Worten zog ein grimmiges Lächeln über sein Gesicht.

Jäher Abschied

Dietrich, Gunda, Dobroniega;
Eilenburg, Ende September 1155

»Ich halte das nicht mehr aus!«, stöhnte Dietrich, sprang auf und tigerte unruhig in Gundas Kammer hin und her, strich verzweifelt mit beiden Händen sein braunes Haar zurück. »Wann kommt endlich Hilfe?«
Seit Tagen litt Gunda an Schmerzen im Bauch, krümmte sich beim Gehen zusammen, und mittlerweile fieberte sie sogar.
Er hatte sie ins Bett geschickt und einen Bader von Eilenburg herbefohlen, der nur einen flüchtigen Blick auf die Kranke warf.
»Das kann viele Ursachen haben, vielleicht eine verdorbene Mahlzeit«, hatte er wichtigtuerisch verkündet. »Ein Aderlass und Gebete sollten Abhilfe schaffen.«
Gunda nahm den Aderlass widerspruchslos auf sich, und gebetet wurde sehr viel in diesen Tagen in dem Gehöft an der Mulde. Doch ohne Wirkung. Also schickte Dietrich seinen engsten Vertrauten nach Meißen: Hilbert, der einst sein Knappe gewesen war und Gunda seitdem kannte.
»Nimm dir zwei Pferde und hole die weise Frau aus dem unteren Viertel hierher, so schnell es geht!«, wies er ihn an. »Und frage meinen erlauchten Vater, ob er dir seinen Chirurgus mitschickt. Ich bin in größter Sorge um Gunda.«
Ohne ein weiteres Wort schwang sich Hilbert in den Sattel und

galoppierte los. Selbst bei größter Eile würde es mindestens drei Tage dauern, bis er mit den Heilkundigen zurück war. Sofern sie überhaupt in Meißen weilten und nicht zu einem Leidenden auswärts gerufen worden waren.

In diesen drei Tagen des Wartens verschlechterte sich Gundas Zustand dramatisch. Nun hatte sie hohes Fieber, lag mit schweißverklebten Haaren und vor Schmerz stöhnend in ihrem Krankenbett.

Dietrich sah sich immer mehr in seiner Ahnung bestärkt, was ihr fehlen könnte, denn er hatte solche Anzeichen schon bei anderen gesehen. Sie waren binnen weniger Tage qualvoll gestorben. Alle.

Würde er Gunda verlieren, die Liebe seines Lebens?

Er wich kaum von ihrer Seite, vernachlässigte seine Aufgaben in Eilenburg und versank immer mehr in Verzweiflung.

Stundenlang saß er an Gundas Bett, hielt ihre glühend heiße Hand, sprach ihr Mut zu, während alle anderen auf dem Gehöft – kaum minder bedrückt – auffallend leise ihrer Arbeit nachgingen und sich bemühten, vor dem nun fast siebenjährigen Dietrich geheim zu halten, wie schlecht es um seine Mutter stand.

Doch der war zu schlau, um das nicht zu bemerken, und weigerte sich trotzig, der Kranken fernzubleiben. Er wollte seine Mutter sehen und kauerte weinend vor der verschlossenen Tür ihrer Kammer, bis sich Agnes seiner annahm.

Sobald Gunda eingeschlafen war, sprach Dietrich mit seinem Sohn und tröstete ihn, obwohl er selbst ohne Trost war. »Deine liebe Mutter braucht Ruhe, um gesund zu werden.«

Nur dieses Argument überzeugte den Kleinen.

»Sie soll gesund werden!«, erklärte er nachdrücklich und stampfte mit dem Fuß auf. Dann ging er los … und verharrte plötzlich wieder. Er wusste einfach nicht, was er tun sollte.

Agnes schritt schnell ein, wischte sich die Tränen aus dem

Gesicht und führte ihn zu ihren Söhnen, damit sie gemeinsam mit ihren Holzschwertern übten.

Dietrich kehrte zurück an das Bett seiner Geliebten.

In ihren fiebrigen Schlafphasen schien sie von schrecklichen Erinnerungen heimgesucht zu werden. Immer wieder fuhr sie hoch oder rief im Alptraum Namen, Warnungen …

Er wusste, sie verlor sich gerade in den schlimmsten Momenten ihres Lebens.

»Die Burg brennt!«, schrie sie gequält im Schlaf.

Manchmal rief sie verzweifelt nach Isa, einer blutjungen Edeldame, die auf qualvolle Art starb, weil sie zu jung und zierlich gewesen war, um das Kind ihres brutalen Mannes zu gebären.

»Schlagt mich nicht!«, keuchte sie im nächsten Fiebertraum. Und Dietrich wusste, Gunda war in ihrer Gedankenwelt gefangen und wieder den Grobheiten ihres viel älteren ersten Gemahls ausgeliefert, dem Grafen Bernhard von Plötzkau.

Hatte sie nicht gesagt, in Plötzkau sei ihr nicht eine glückliche Stunde beschieden gewesen?

»Die Wilderer! Verteidigt die Burg!«, ächzte sie dann und durchlebte offenbar noch einmal den Angriff einer Horde von hunderten Gesetzlosen, die schon im Begriff waren, die damals fast wehrlose Burg Plötzkau einzunehmen. Dietrich, sein Bruder Otto und ihr Vetter Konrad von Seeburg, Mathildes erstgeborener Sohn, kamen gerade noch rechtzeitig, um die Burg und ihre Bewohner zu retten. Doch es wurde ein gewaltiges Blutvergießen, dem während der Belagerung schon tragische Verluste bei der stark unterbesetzten Burgmannschaft vorausgegangen waren.

Als Gunda sich im Fieber schreiend aufbäumte, konnte Dietrich es nicht länger ertragen. Er nahm sie in seine Arme, spürte die Hitze ihres Körpers und rief sie wach.

»Du bist hier, du bist bei mir, Liebste«, redete er ihr mit brüchiger Stimme zu.

Sie blickte sich verwirrt um, mit schweißüberströmtem, gerötetem Gesicht, und ächzte: »Durst …«
Mit einer Hand griff er nach dem Becher mit kühlem Wasser, das Agnes mit einer fiebersenkenden Tinktur versetzt hatte, mit der anderen stützte er sie beim Trinken.
»Wo ist unser Sohn?«
»In bester Obhut«, versicherte er ihr mit einem Lächeln. »Ruh dich erst noch ein wenig aus, bevor wir ihn rufen. Sollen dir die Mägde die Kleider wechseln?«
»Ja«, bat Gunda kläglich. »Mir klebt alles am Leib. Und mir ist, als ob ich innerlich brenne. Mein Kopf dröhnt …«
Dietrich ging hinaus, erteilte Anweisungen und trat dann zum Tor, um zu sehen, ob Hilbert und die Heilkundigen nun endlich kamen. Er hatte von fern Hufgetrappel gehört und fragte sich, ob es doch noch Hoffnung gebe.
Er wünschte es sich so sehr und sandte verzweifelte Gebete zu Gott und der Heiligen Jungfrau.
»Straft sie nicht für meine Sünden«, flehte er. Und: »Maria, hilf!«
Hilbert brachte tatsächlich den Leibarzt seines Vaters und die weise Frau aus Meißen, die sich beide keines Blickes würdigten.
Der Leibarzt ging zuerst in die Krankenkammer und kam nach einiger Zeit wieder heraus.
»Ihr solltet einen Priester rufen«, riet er nüchtern, und seine Worte ließen keinen Platz für Hoffnung. »Manche der Gelehrten nennen es die Seitenkrankheit. Doch ganz gleich, wie es heißt, es gibt kein Mittel dagegen, und es verläuft ausnahmslos tödlich. Ich bedaure.«
Vielleicht fürchtete er auch um seine Bezahlung. Schließlich war er tagelang unterwegs gewesen. Zumindest würde er dem Sohn des Markgrafen das zu Pulver zerstoßene Metall in Rechnung stellen, das er der Sterbenden verabreicht hatte.
Der Blick, den Dietrich nun auf die alte Josefa richtete, sprach

Bände. So inbrünstig hoffte er, von ihr eine andere Auskunft zu hören.

Nach einer schier endlosen Zeit kam auch Josefa zurück aus dem Krankenzimmer. Trauer lag auf dem runzligen Gesicht der weisen Frau.

»Dies liegt jenseits meiner Kunst, Durchlaucht, jenseits unser aller Können. Ruft den Priester und geht wieder zu ihr. Ihr bleibt nicht mehr viel Zeit«, sagte sie schwermütig.

»Wie lange?«, fragte Dietrich, während ihm das Herz zu Eis erstarrte.

»Sie wird die Nacht nicht überleben«, erklärte Josefa leise zu seinem Entsetzen. »Ich gebe Euch noch zwei Tinkturen, die das Fieber und ihre Schmerzen ein wenig lindern werden. Mehr kann ich zu meinem größten Bedauern nicht tun.«

Josefa trauerte ehrlich um diese kluge und mutige Geliebte des Markgrafensohnes. Sie hatte sie kennengelernt, als sie Gundas erstes und einziges Kind auf die Welt holte. Einen Jungen, in der letzten Nacht des Jahres 1148 auf dem Meißner Burgberg geboren. All ihre späteren Schwangerschaften endeten vorzeitig. So etwas kam bei manchen Frauen vor, ohne dass jemand eine Erklärung dafür wusste.

Gundas Sohn würde nun als Waise aufwachsen, wie so viele Kinder, wie auch ihr heimliches Mündel Christian.

Aber die weise Frau vertraute darauf, dass der junge Fürst für seinen Sohn sorgen würde. Auch wenn er nur ein Bastard war. Selten hatte sie ein Paar erlebt, das so viel Liebe füreinander empfand.

Wie auch Christians Eltern Lukian und Hanka, die ihr ans Herz gewachsen waren und die beide in jungen Jahren einen traurigen Tod starben.

Sie musste an diese beiden denken und litt umso mehr mit Gunda und Dietrich.

»Wenn Ihr wünscht, Euer Durchlaucht, bleibe ich so lange hier. Vielleicht kann ich dann und wann doch etwas tun, um ihr

Erleichterung zu verschaffen. Aber jetzt wollt Ihr sicher bei Gräfin Kunigunde sein und Abschied nehmen.«

Josefa wurde von Agnes in das Erdgeschoss des Hauses geführt, bekam Bier und Suppe angeboten. Der Medicus erhielt großzügigen Lohn und ritt auf seinem Maultier von dannen. Hilbert brach auf, um aus Eilenburg den Priester für die Sterbesakramente zu holen.

Und Dietrich ging zurück zu Gunda.

Doch zuvor hieb er mit der bloßen Faust gegen einen Balken, gleichgültig, ob er sich verletzte, und stieß einen Schrei der Verzweiflung aus.

»Ich hätte dir gern noch mehr Kinder geschenkt«, sagte Gunda leise und reumütig, als Dietrich sich wieder zu ihr ans Bett gesetzt hatte und ihre Hand hielt.

»Wir haben Dietrich, damit hast du mir eine große Freude bereitet«, widersprach er leise, und seine Finger strichen zärtlich über Gundas Handrücken. Ihr Körper glühte vor Hitze.

»Die Zeit mit dir war die glücklichste meines Lebens, und ich bereue keine Stunde«, brachte sie hervor, und nun glänzten Tränen in ihren Augen.

Jemand klopfte und meldete durch die Tür die Ankunft des Geistlichen.

Dietrich erhob sich, hauchte Gunda einen Kuss auf die Stirn und ging vor die Tür.

Der Priester würde Gunda die Absolution verweigern, wenn sie ihre ehebrecherische Beziehung zu ihm nicht als Sünde gestand und bereute. Und ohne Sterbesakramente wäre sie zu ewigem Höllenfeuer verdammt.

»Seid barmherzig, Pater, ich bitte Euch! Sie schwindet, sie redet im Fieber, sie kann kaum noch sprechen vor Qual … Sie ist ein guter Mensch und eine fromme Christin. Ich werde Euch eine bedeutende Spende zukommen lassen, damit Ihr Messen für ihr Seelenheil lest.«

Der Priester wusste natürlich von dem sündigen Verhältnis

und missbilligte es, denn es stand im Widerspruch zu Gottes Geboten. Andererseits lebte seine Pfarre in beträchtlichem Maße von den Zuwendungen des jungen Markgrafen. Und er wünschte sich ein neues Altarkreuz, mit Gold verziert ... Alles natürlich zu Ehren Gottes.
Hin- und hergerissen betrat er das Krankenzimmer, breitete seine Utensilien für die Salbung aus und fragte: »Bereust du deine Sünden, Tochter?«
Gundas Lider flackerten. Eine neue Welle von Schmerz ging durch ihren Körper, und sie stöhnte gequält.
»Ich bereue meine Sünden ... Ich bereue, gegen Gottes Gebote verstoßen zu haben ...«, brachte sie mühsam und mit ersterbender Stimme hervor. »Doch vergebt mir, ich kann nicht bereuen, diesen Mann geliebt zu haben ...«
Ihre Stimme brach vor Qual.
Der Pater – schwankend zwischen Pflicht und Geldsorgen – beschloss, die letzten Worte nicht zu verstehen. Sie konnte schließlich auch ihren rechtmäßigen Ehemann gemeint haben, der als Märtyrer auf dem Kreuzzug sein Leben geopfert hatte.
Er bat den jungen Markgrafen herein, ließ ihn zusehen, wie er die Krankensalbung vornahm, und die Gebete mitsprechen. Dann trat er zurück und sagte leise: »Bleibt bei ihr in ihrer letzten Stunde, steht ihr bei.«
Dietrich hatte nichts anderes vorgehabt.
Nachdem er Gunda noch einmal seiner Liebe versichert hatte, ihr tröstend und verzweifelt über Wangen und Haar strich, ließ er seinen Sohn hereinrufen.
Sie wollte ihn sehen, und er sollte Abschied von seiner Mutter nehmen.
»Warum lässt du mich allein?«, warf der kaum Siebenjährige ihr unter Tränen vor.
An Gundas Stelle antwortete der ältere Dietrich.
»Du bist nicht allein. Ich bin dein Vater und werde für dich

sorgen, wie ich es geschworen habe«, versicherte er dem Jungen mit fester Stimme.
Und wenn Gunda auch kaum noch etwas wahrnahm, entlockten diese Worte ihr doch ein sanftes Lächeln.
Bald schwand ihr Bewusstsein immer mehr. Agnes, Judith und ihre Ritter wurden in die Kammer gerufen, um sich von ihr zu verabschieden.
Verzweifelt und entsetzt darüber, wie jäh Gunda aus dem Leben gerissen wurde, standen sie um ihr Bett und beteten still.
Warum nur, Allmächtiger Herrscher im Himmel, warum nur strafst du sie für meine Sünden?, dachte Dietrich verzweifelt und voller Zorn.

Agnes und Judith kümmerten sich um die Totenwäsche und die Aufbahrung.
Eine Menge Volk kam den ganzen Tag über, um Abschied von der für ihre Mildtätigkeit beliebten Gräfin zu nehmen.
Derweil kümmerte sich Dietrich um seinen Sohn, der keinen Schritt mehr von seiner Seite wich, sorgte dafür, dass er zu essen bekam und ins Bett gebracht wurde, und saß stumm dort, bis sich der Kleine in den Schlaf geweint hatte.
Dann ritt er ohne ein Wort fort, wies alle Begleiter ab, obwohl es bereits dunkel war. Er ritt aufs Geratewohl irgendwo Richtung Wald, stieg ab, bevor die Bäume immer dichter standen, und schrie seinen Schmerz heraus. Danach sank er in sich zusammen und saß lange reglos auf dem Waldboden, die Hände über das Gesicht gelegt. Zwischen seinen Fingern rannen die Tränen.
Niemand hätte sagen können, wie viel Zeit vergangen war, als er zu dem Gehöft an der Mulde zurückkehrte.
Dietrich hielt Totenwache, bis ihn nach anderthalb Tagen seine Ritter nötigten, ein paar Stunden zu schlafen.
»Wir wachen bei ihr. Und Ihr müsst auch an Euren Sohn denken, er braucht Euch jetzt.«

Ein paar Stunden Schlaf dank des betäubenden Tranks, den Josefa dagelassen hatte, versetzten den Trauernden halbwegs in den Zustand, sich um Gundas christliches Begräbnis zu kümmern.
Fest hielt er den kleinen Dietrich an der Hand und rührte keine Miene, als nach der Totenmesse die Totengräber Erde über die Frau schaufelten, die er doch von ganzem Herzen liebte. Bald war kaum noch etwas von dem Leichentuch zu sehen, in das Agnes sie persönlich eingenäht hatte.
»Ist Mutter jetzt im Himmel?«, fragte sein Sohn schniefend und mit rotgeweinten Augen.
»Ja, und sie wird dort über dich wachen«, versicherte Dietrich, während sein Inneres zu Stein erstarrte.
»Bleibe ich jetzt allein zu Hause, bei Agnes und Judith?«, wollte der Junge wissen.
Sein Vater hatte auch darüber nachgedacht.
Das Gehöft war sein Geschenk an Gunda gewesen, damit sie auf Lebenszeit ein sicheres Auskommen hatte, auch über seinen Tod hinaus. Nun war sie vor ihm gestorben.
Doch ohne sie sollte das Leben dort nicht einfach weitergehen, als sei nichts geschehen. Er könnte es nicht ertragen, noch einmal dorthin zu reiten, immer in der Hoffnung, seine Liebste zu sehen – und zugleich wissend, dass er vergeblich nach ihr Ausschau halten würde.
»Nein, Sohn. Ich bringe dich nach Meißen.«
»Lasst Ihr mich allein?« Entsetzt blickte der Kleine zu ihm auf.
»Aber nicht doch! Ich werde für eine Weile bei dir bleiben, und dann suchen wir dir einen guten Lehrer. Bald bist du alt genug für den Unterricht, wirst Lesen und Schreiben lernen. Das wird dir gefallen.«
Da Dietrich kein legitimes Kind war, blieb dem Jungen nur eine geistliche Laufbahn, und sein Vater war fest entschlossen, aus ihm einen Bischof zu machen. Das fand auch die Zustimmung seines eigenen Vaters. Markgraf Konrad hielt das Vogtei-

recht über mehrere Klöster und Kirchen, was ihm Einnahmen und Einfluss auf die Vergabe von Ämtern sicherte, und legte großen Wert darauf, bedeutende Positionen mit Familienangehörigen zu besetzen. Doch von seinen Söhnen verspürte keiner die Neigung zu einer geistlichen Laufbahn.

Dietrich hatte seinen Rittern schon gesagt, dass er sie mit ihren Familien jetzt auf der Eilenburg haben wollte. Es bestand keine Notwendigkeit mehr, in dem Gehöft jemanden zu beschützen. Für den Weiterbetrieb des Gutes – vielleicht als Meierhof – würde er einen Verwalter einsetzen.

Doch das war ihm im Moment noch gleichgültig.

Jetzt wollte er nur fort von hier. Als könnte er damit seinen Erinnerungen entrinnen. Und er musste die Zukunft seines Sohnes sichern.

Spät in der Nacht ging Dietrich in die Kapelle der Burg, um eine Kerze anzuzünden und Gebete für Gundas Seelenheil zu sprechen.

Zu seiner größten Verwunderung fand er dort Dobroniega, die vor dem Altar kniete, die Hände zum Gebet gefaltet.

Der Zorn, den er über Gundas Tod empfand, richtete sich jetzt auf seine rechtmäßige und so herzlos scheinende Gemahlin.

Er musste heftig an sich halten, um nicht etwas Abscheuliches zu sagen. Ob sie Gott gerade dafür dankte, dass die Rivalin endlich tot war. Oder Gunda ins Höllenfeuer wünschte.

Obwohl er schwieg, erkannte Dobroniega die unausgesprochenen Vorwürfe in seinem harten, glühenden Blick.

Mühsam stand sie auf; wahrscheinlich hatte sie schon eine ganze Weile gekniet. Dann zog sie eine Kerze aus ihrem Almosenbeutel und entzündete sie.

Und dabei entdeckte er auf ihrem Gesicht Regungen, die er bei seiner Gemahlin noch nie zuvor gesehen hatte: Mitgefühl und Reue.

»Ihr werdet mir nicht glauben«, flüsterte Dobroniega mit ge-

senktem Kopf. »Doch ich fühle mit Euch. Ja, sogar ich trauere um sie! Denn sie schaffte etwas, das ich nie vermochte: Sie hat Euch glücklich gemacht. Ich wünschte, das könnte ich auch. Aber dafür ist es wohl zu spät.«
Sie vergewisserte sich noch einmal, dass die Kerze sicher stand, dann ging sie in großem Bogen und mit weiterhin gesenktem Kopf an ihrem Gemahl vorbei.
Er würde jetzt allein sein wollen. Und ihre Gesellschaft wäre ganz gewiss die letzte, die er wünschte.

Unheil kommt gern zuhauf

Markgraf Konrad, Adele, Dietrich, Hedwig, Otto; Meißen, Anfang Oktober 1155

Wieder einmal sinnierte der Markgraf von Meißen und der Lausitz in seiner Kammer über einem Pergament, das er vor mehren Tagen erhalten hatte.
Das Wetter lud nicht eben zu Unternehmungen im Freien ein; es goss in Strömen. Und dieses Schreiben bot mehr als genug Stoff zum Grübeln.
Ein Mandat des gerade erst aus Italien zurückgekehrten Kaisers, das nichts Gutes verhieß. Unerwartet und nur aus wenigen Worten bestehend, ein knapper Befehl, hinter dem der Untergang seines Hauses lauern konnte.
Ließ sich der noch abwenden? Und falls ja – wie? Dahinter steckte zweifellos Verrat. Aber durch wen?
Konrads düstere Gedankengänge wurden unterbrochen, als seine Tochter Adele ungewöhnlich schüchtern anfragte, ob sie in einer besonderen Angelegenheit seinen väterlichen Rat erbitten dürfe.
Er hieß sie hereinkommen, und angesichts ihrer betretenen

Miene und der dunklen Augenringe schickte er die gesamte Dienerschaft hinaus. Wegen ihrer Schwangerschaft durfte sie auf einem Stuhl ihm gegenüber Platz nehmen.
Svens Gemahlin legte die Hände über ihren gerundeten Leib und schien verzweifelt um Worte zu ringen, während das Rauschen des Regens die Kammer erfüllte.
Sie wird mir jetzt doch nicht mit Weiberkram und Wochenbett kommen!, dachte der Markgraf gereizt.
Doch räumte er widerwillig ein, dass diese Dinge seine Tochter zu Recht sorgen mochten, nachdem sie infolge der Fehlgeburt beinahe gestorben wäre.
Ihre Mutter konnte Adele nicht darüber befragen, denn sie war schon fast zehn Jahre tot, Mathilde weilte kränkelnd in Seeburg, und Hedwig war noch nie in guter Hoffnung gewesen und damit völlig unerfahren in diesen Dingen.
Weil er aber davon nichts hören wollte, kam er der erwarteten Frage gleich zuvor.
»Selbstverständlich holen wir die weise Frau, die auch dir und deinen Geschwistern ans Licht der Welt geholfen hat, wenn deine schwere Stunde naht. Sie weilt nur für ein paar Tage in Eilenburg, weil Dietrich sie dort braucht. Bis du ihre Dienste benötigst, ist sie längst wieder hier.«
Er lehnte sich zurück, verschränkte die Hände auf dem Tisch und schlug vor: »Wenn du so sehr um dich und das Kind bangst, können wir sie auch auf den Burgberg holen, damit sie jederzeit zur Stelle ist.«
Das würde ihm unauffällig Gelegenheit bieten, Josefas Dienste selbst in Anspruch zu nehmen.
»Dafür danke ich Euch von Herzen, erlauchter Vater. Aber das war es nicht, was ich Euch fragen wollte«, sagte Svens Gemahlin und zupfte unruhig an den bestickten Kanten ihrer weiten Ärmel.
Der Markgraf zog überrascht die Stirn in Falten.
»Weshalb bist du dann hier?«

Adele holte tief Luft, was ihr einen stechenden Schmerz im Leib eintrug; das Ungeborene bewegte sich und trat gegen ihre Rippen.
»Da nun der Kaiser zurück ist …«, begann sie.
Schon bei dieser Erwähnung verfinsterte sich das Gesicht ihres Vaters. Doch Adele ließ sich davon nicht aufhalten. Zu sehr bedrückte sie die Angelegenheit.
»Da nun der Kaiser aus Italien zurückgekehrt ist«, wiederholte sie mit fester Stimme, »wird mein Gemahl bei ihm bald um Unterstützung vorsprechen, damit er Dänemark zurückerobern kann. Wenn …«
Sie stockte erneut, biss sich auf die Unterlippe und sah zum Fenster, auf den Schleier aus Regen.
»Wenn Sven den Kampf aufnimmt … muss ich ihn dann begleiten?«
Nun war es heraus.
»Selbstverständlich, du bist seine angetraute Gemahlin!«, antwortete der Markgraf sofort und sehr entschieden.
Etwas milder fügte er an: »Sorgst du dich etwa, in diesem Zustand so weit reisen zu müssen? Das musst du nicht. Dein Kind wird längst geboren sein, ehe dein Gemahl seine Rückkehr erstreiten kann. Vielleicht macht es dann sogar schon die ersten Schritte.«
Er zog einen Mundwinkel leicht nach oben, was bei diesem harten Mann fast als Lächeln gelten durfte, welches aber schnell wieder verflog.
»Der Kaiser hat zunächst viele Streitereien im eigenen Reich zu schlichten, nachdem dermaßen viele Gewalttätigkeiten ausgebrochen sind. Und ob er Sven überhaupt Truppen bereitstellt, wage ich nicht vorauszusagen. Dein Gemahl wird einen langen Atem und viel Geduld brauchen, sollte er je nach Dänemark zurückkehren und dabei eine Krone tragen wollen.«
»Ich weiß«, sagte Adele in das Rauschen des Regens hinein. »Doch er ist entschlossen, es zu tun.«

Sie atmete tief durch und nahm allen Mut zusammen.
»Muss ich dann mit ihm gehen?«
»Kind, ich verstehe diese närrische Frage nicht!«, rügte Konrad streng. »Zumal ihr euch ja unübersehbar versöhnt habt.« Er deutete auf ihren gerundeten Leib.
»Du bist sein angetrautes Weib, du hast ihm Gehorsam geschworen und gehörst an seine Seite.«
Als Adeles Gesichtszüge erstarrten, fragte er: »Fürchtest du etwa, du müsstest ihn in den Kampf begleiten, du könntest in eine Schlacht geraten?«
Schwangere Frauen hatten bekanntermaßen mitunter merkwürdige Gemütsanwandlungen.
»Niemand erwartet, dass du mit ihm aufs Schlachtfeld ziehst«, redete Markgraf Konrad auf seine Tochter ein. »Dort hat eine Dame von Stand nichts zu suchen. Solange Sven blutige Kämpfe bestreiten muss, darfst du hier in Sicherheit verweilen. Dein Gemahl würde auch nicht wünschen, dass du dich erneut in Gefahr begibst.«
Nun straffte sich der Markgraf, und seine Züge wurden wieder streng.
»Doch sobald er seinen Sieg erstritten hat, ist dein Platz an seiner Seite.«
»Ich will nicht.«
Konrad glaubte, sich verhört zu haben. Drohend beugte er sich vor. »Wie bitte?«
»Ich will nicht mit ihm zurück nach Dänemark.«
Eine Zornesader begann an Konrads Schläfe zu pulsieren.
»Darf ich dich daran erinnern, dass du diesen Sven unbedingt heiraten wolltest? Das spielte zwar bei meiner Entscheidung keine Rolle. Aber du warst damals ganz vernarrt in ihn.«
Er lehnte sich wieder zurück.
»Willst du ihm Anlass geben, sich von dir scheiden zu lassen? Das scheint ja neuerdings Sitte geworden unter Königen. König Ludwig von Frankreich hat's getan, Friedrich auch … Willst du

etwa verstoßen werden und den Rest deines Lebens in einem Kloster zubringen? Oder einem Stallknecht zum Weib gegeben werden, wie es der ersten Gemahlin des Kaisers erging, dieser Vohburg? Willst du mir Schande bereiten?«

Adele senkte den Blick. »Nein, Vater.«

»Dann steh gefälligst zu deinem Gemahl, wie es sich geziemt! Sonst jage ich dich aus meiner Burg hinaus. Und vorher lasse ich dich noch für deinen Ungehorsam züchtigen!«

»Ja, Vater.«

Adeles geflüsterte Antwort war im Rauschen des Regens kaum zu hören.

Mit gesenktem Kopf stand sie auf und ging. Ihre Beweggründe, ihre Ängste würden hier kein Gehör finden. Bedrückt zog sie sich in ihre Kammer zurück, um etwas zu ruhen. Sie schlief nachts schlecht, weil sich das Kind in ihrem Leib oft bewegte und weil Alpträume sie quälten. Alpträume von ihrer und Svens Zukunft in Dänemark.

In diesen Träumen sah sie nichts als Blut, Ströme von Blut.

Kaum war Adele hinaus, beorderte Konrad seinen ältesten Sohn zu sich. Er hatte Otto vor ein paar Tagen losgeschickt, um unter einem Vorwand das Dorf zu besichtigen, das flandrische Bauern im Auftrag des neuen Bischofs Gerung errichteten. Voriges Jahr waren sie angekommen, und er wollte wissen, wie sich der Ort entwickelte. Was es zu berücksichtigen galt, wenn *er* Siedler ins Land holte.

Das taten zwar auch etliche andere Fürsten wie der Holsteiner oder der Bischof von Havelberg. Aber deren Neuankömmlinge siedelten dort, wo schon Dörfer gestanden hatten und es bereits Felder gab, auch wenn sie durch Kriegswirren verwüstet waren. Oder wo sie Sümpfe trockenlegen und damit fruchtbares Land gewinnen konnten.

Doch wer hierher kam, in die Mark Meißen, der musste roden und jeden Fußbreit Ackerboden dem dichten Wald abringen;

Bäume fällen und dicke Wurzeln herausziehen, ehe er säen konnte. Das war mühsam, langwierig und von ungewissem Erfolg.
Otto war bereits vor einer halben Stunde eingetroffen und auf den letzten Meilen in den Regenguss geraten. Doch er hatte wenig Lust verspürt, in einem Wirtshaus auf besseres Wetter zu warten, wo es angesichts der zahlreichen, eng beieinandersitzenden Gäste von Flöhen, Wanzen und Läusen nur so wimmeln würde.
Also waren er und seine Begleiter das letzte Stück bis zur Burg durchgeritten. Der Markgraf hatte ihn aus dem Fenster kommen sehen und ihm etwas Zeit vergönnt, in trockene Kleider zu steigen. Doch dann tauchte unerwartet Adele mit ihrem merkwürdigen Anliegen auf – was Konrad seinen dänischen Schwiegersohn mit noch mehr Misstrauen beäugen ließ.
Otto erschien kurz darauf erfrischt und in trockenen Gewändern vor seinem Vater.
»Ich war dort und sprach mit Vogt Siegfried. Gerungs Dorf, dieses Coryn ein paar Meilen südöstlich von Wurzen, ist erbärmlich arm«, berichtete er. »Die flandrischen Siedler konnten noch nicht viel roden und überlebten den Winter nur, weil sie schon zwischen den etwas lichter stehenden Bäumen ausgesät haben. Sie wären schlichtweg verhungert, hätte ihnen der Bischof nicht Korn, Rüben, ein paar Stück Vieh und Werkzeuge geschickt. Es sind sechzehn Familien, die einmal siebzehn Hufen anlegen und bewirtschaften sollen; die siebzehnte natürlich für die Kirche. Doch bis sie den Zehnten zahlen können, wird noch sehr viel Zeit vergehen. Es wird also ein teures Unterfangen, Siedler hierherzuholen, Vater. Und der Erfolg ist ungewiss.«
Was Otto gesehen hatte, erfüllte ihn mit Skepsis: abgearbeitete, zerlumpte Menschen, hungernde Kinder mit klapperdürren Armen und Beinen. Nur die Schweine gediehen dort und fraßen sich im Wald an Eicheln fett.

»Ich bin überzeugt, dass es auf längere Sicht unseren Markgrafschaften guttun wird«, widersprach sein Vater entschieden. »Wir besitzen mehr Wald, als wir je für die Jagd nutzen könnten, und das meiste davon ist nahezu undurchdringlich und menschenleer bis auf ein paar Schmuggler, Wolfsjäger und Zeidler. Denke voraus auf längere Sicht, Sohn! Wenn Bauern dort roden und Äcker anlegen, bringt es uns auf Dauer Gewinn, selbst wenn wir sie anfangs unterstützen müssen. Sie werden hart arbeiten«, äußerte Konrad überzeugt. »Nicht nur, um über den nächsten Winter zu kommen. Für sie ist es die Chance auf eine eigene Hufe Land. Und wir haben genug Ministeriale, Ritter ohne Land, die sich darum reißen werden, Siedler zu werben und hierherzuführen, wenn sie dafür mit eigenen Dörfern samt einer Burg als Mittelpunkt belohnt werden. Auch wenn sie die erst errichten müssen.«

Konrad sah die Zweifel auf Ottos Gesicht, beugte sich über den Tisch und packte ihn an den Handgelenken.

»Sohn, sollte mir etwas zustoßen und ich nicht mehr dazu kommen, diese Pläne umzusetzen …«, sagte er beschwörend zu seinem Erben. »Ich will dein Wort, dass du es tust! Für unser Haus!«

»Warum glaubst du, dir könnte etwas zustoßen?«, fragte Otto scheinbar bestürzt, doch mit heimlicher Neugier.

»Jedem kann jeden Tag etwas zustoßen«, antwortete sein Vater kryptisch.

Dann gab er sich einen Ruck, ließ Ottos Handgelenke los und deutete mit einer Kopfbewegung auf das Pergament.

»Ich bin zum Kaiser befohlen, kaum dass Friedrich zurück ist. Nicht zu einem Hoftag *eingeladen,* sondern zu einem Treffen an der böhmischen Grenze *befohlen.*«

Das beunruhigte Otto sofort.

»Soll ich Euch begleiten?«, bot er an und hoffte inständig auf ein Nein. Wenn sein Vater und der Kaiser zusammenstießen, wollte er lieber weit weg sein.

Konrad schüttelte den Kopf. »Ich halte dich und deine Brüder nach Kräften aus dieser Geschichte heraus. Soll mich die Strafe treffen … wenn nur unser Haus fortbesteht!«

Er rieb sich mit den Händen über das schmale Gesicht.

»Ihr denkt also, er weiß es? Weiß von dem Treffen auf Giebichenstein?«, schlussfolgerte Otto etwas verspätet und wurde blass. »Wie, bei allen Heiligen, kann er davon erfahren haben? Von denen, die dabei waren, wird uns keiner verraten haben. Sie werden schweigen, schon um ihrer selbst willen.«

»Ja, es ist ein lohnender Stoff, sich darüber Gedanken zu machen«, sagte sein Vater bedeutungsschwer, während der bohrende Schmerz in seinem Magen wieder stärker wurde, der ihn in letzter Zeit öfter heimsuchte. »Doch so viele Vorsichtsmaßnahmen wir auch getroffen haben – ich bin mir sicher, dass der Kaiser davon weiß. Und jetzt schreitet er zur Abrechnung.«

»Glaubt Ihr … glaubt Ihr, er könnte uns die Markgrafschaften entziehen, wie er es mit dem Babenberger und dem Herzogtum Bayern getan hat?«, fragte Otto entsetzt.

»Ich weiß es nicht. Das kommt darauf an, wie sein Vorwurf lautet.«

Sein Sohn und Erbe bemühte sich, keinerlei Regung zu zeigen. Wenn Vater beim Kaiser in Ungnade fällt, bin ich der neue Markgraf, dachte er. Allerdings war ich bei dem Verschwörertreffen dabei. Was hat mich da geritten? Ob das der Kaiser weiß? Und wenn er beschließt, das ganze Haus Wettin zu strafen?

Nachdenklich und zunehmend schlecht gelaunt ging Otto in sein Gemach und verspürte das dringende Bedürfnis, sich zu betrinken.

So war es Hedwig, die als Erste in der Familie die Ankunft von Dietrich und seinem kleinen Sohn bemerkte. Sie sah die beiden im immer noch strömenden Regen auf den Hof reiten. Dietrich hatte den Jungen vor sich im Sattel.

Wenn sie bei diesem Wetter *und* unangekündigt kamen, verhieß das nichts Gutes.

Hedwig ließ sich eiligst die Trippen umschnallen und einen Umhang über die Schultern legen, dessen Wolle so gut gewalkt war, dass der Regen davon abperlte. Dann lief sie ihrem Schwager und dessen unehelichem Sohn entgegen.

»Kommt schnell in den Palas!«, rief sie und winkte die junge Hildewa herbei, die besonders liebevoll mit den Kindern umging, die am Hof erzogen wurden. Sie würde auch nicht die Nase rümpfen, weil sie sich um einen Bastard kümmern sollte. Ein Fürstenspross, aber ein Bastard.

»Rasch, sorgt dafür, dass der Junge trockene Kleider bekommt und etwas zu essen. Was er am liebsten möchte«, wies Hedwig die zarte Braunhaarige an, und nach einem skeptischen Blick zum Himmel folgte ihr Hildewa hinaus in den Regen, wobei sie die Pfützen elegant umging.

Der kleine Dietrich sah fragend zu seinem Vater, der seinen Kummer verbarg und zustimmend nickte.

»Deine Tante Hedwig ist sehr freundlich. Geh nur mit ihrer hübschen Kammerdame, lass dich umkleiden und dir ein Mahl vorsetzen!«

Er gab seinem Sohn einen sanften Schubs in Hildewas Richtung und wandte sich ab. Scheinbar, um seinem Hengst den Hals zu klopfen. Er brauchte diesen Moment der Sammlung, ehe er sich zu Hedwig umdrehte.

Die war bereits in einen tiefen Knicks gesunken.

»Seid von Herzen willkommen, lieber Schwager«, begrüßte sie den künftigen Markgrafen der Lausitz. Doch als sie wieder hochkam und Dietrich ins Gesicht sah, der seinen Schmerz nun nicht mehr vor seinem Sohn verbergen musste, da fand sie ihre schlimmen Ahnungen bestätigt.

»Was ist geschehen?«, fragte sie erschrocken. »So sagt doch, um der Liebe Christi willen!«

»Gunda«, war das einzige Wort, das er noch herausbrachte; zu sehr würgte ihn der Kummer. Und niemand konnte mit Sicherheit sagen, ob es Tränen oder Regentropfen waren, die über sein Gesicht rannen.

Hedwig stieß einen Schreckensschrei aus, dann begann sie zu schluchzen, ohne dass sie etwas dagegen tun konnte.

Sie hatte die Gräfin von Plötzkau nur einmal gesehen, vor drei Jahren. Als Gunda nach dem vorzeitigen Verlust ihres Kindes genas und ihr in einem intimen Gespräch viele gute Ratschläge erteilte, die Ehe mit Otto betreffend. Und sie wusste, wie viel Gunda Dietrich bedeutete. Bedeutet hatte und immer bedeuten würde.

»Ich kann Dietrich nicht bei mir auf Eilenburg lassen, nicht unter Dobroniegas hasserfüllten Blicken«, gestand er. »Würdet Ihr ihn hier aufnehmen und für ihn sorgen? Das Pagenalter hat er fast erreicht, aber für eine Klosterschule scheint er mir noch zu jung. Er muss erst einmal mit dem Verlust seiner Mutter zurechtkommen.«

»Natürlich, Ihr habt mein Wort. Ich kümmere mich persönlich um ihn«, versprach Hedwig dem Trauernden.

»Ein paar Tage bleibe ich, damit er sich nicht allein gelassen fühlt. Das tut er jetzt schon, fürchte ich«, meinte Dietrich resigniert und bekümmert. »Dann kehre ich nach Eilenburg zurück. Auch wenn das jetzt der trostloseste Ort auf Erden für mich geworden ist. Ich weiß nicht, wie … wie ich das ertragen soll«, gestand er verzweifelt. »Ohne sie. Doch jetzt will ich in den Dom, eine Kerze anzünden und beten. Und dann zum Bischof. Ich muss ihn überzeugen, dass er eine Messe für Gundas Seelenheil liest.« Was nicht leicht sein würde.

Dietrich wollte sich abwenden und gehen.

Doch in einer jähen Anwandlung griff Hedwig scheu und tröstend mit beiden Händen nach seiner Rechten und sagte mit tränenüberströmtem Gesicht: »Es tut mir so leid für Euch und Euren kleinen Sohn! So leid um sie … Soll ich Euch in den Dom begleiten und ebenfalls eine Kerze für Gräfin Kunigunde anzünden?«

Bevor Dietrich reagieren konnte, erscholl plötzlich Ottos Stimme aus einem der Fenster des Palas, laut und wütend.
»Weib, sofort zu mir! Welche Schamlosigkeiten erlaubst du dir? Noch dazu vor aller Augen!«
Dietrich zog seine Hand zurück und bedeutete seiner Schwägerin mit einem Blick, ihm das Antworten zu überlassen.
»Ich bin es, Bruder!«, rief er zu ihm hinüber. »Und deine Gemahlin war so freundlich, mir ihr Beileid zum Tod …«
Da brach seine Stimme.
»Weib, hierher!«, wiederholte Otto seinen Befehl, vor Rage völlig unbeeindruckt von Dietrichs Erklärungen.
Hedwig warf ihrem Schwager einen flehenden Blick zu, es dabei bewenden zu lassen. Jedes weitere Wort würde ihren Gemahl nur noch mehr reizen. Und Gundas Tod wäre ihm völlig gleichgültig.
Bei niemandem in seiner Familie außer ihr würde Dietrich Trost und Verständnis finden, das wusste sie. Adele war selbst in Nöten, und ihr Schwiegervater und ihr Gemahl fanden, es sei ja wohl nicht schwer, eine Geliebte durch eine andere zu ersetzen, denn nachts sind alle Katzen grau. Der dicke Dedo würde wie immer stumm und traurig umherschleichen und hoffen, dass ihn sein Vater nicht wegen seiner Leibesfülle und seines Ungeschicks dem öffentlichen Spott aussetzte.
Hedwig drehte sich um und schritt durch den Regen zurück in den steinernen Palas.
Dort empfing Otto sie schon am Eingang, packte sie am Arm und zerrte sie mit sich in seine Kammer. Offenbar wollte er den Streit nicht vor der ganzen Burgbesatzung austragen.
Hedwig hatte nichts Verwerfliches getan, aber so grob war Otto noch nie zu ihr gewesen. Es kostete sie Anstrengung, sich ihre Angst nicht anmerken zu lassen.
Er schickte alle Diener hinaus, schlug die Tür zu und packte seine zierliche Frau erneut derb am Arm.
»Da soll ich Rücksicht nehmen, jahrelang auf meine ehelichen

Rechte verzichten, weil du angeblich zu jung bist – und nun erwische ich dich mit meinem Herrn Bruder?«, wütete er.
»Mein Gemahl, Euer Bruder ist gerade erst eingetroffen. Er trauert!«, appellierte sie an sein Verständnis. »Gräfin Kunigunde ist gestorben. Ich wollte und tat nichts weiter, als ihm ein wenig Trost zu spenden in seinem Leid.«
»So!« Otto entließ sie aus seinem harten Griff und stemmte die Fäuste in die Seiten. »Kaum ist sein Liebchen dahin, versucht er es also bei meiner Gemahlin, ja?«
»Ihr solltet Euch schämen, so von Euerm Bruder zu denken, Otto von Wettin!«, protestierte Hedwig. »Und noch viel mehr, so schlecht von mir zu denken!«
Wieder griff er unsanft nach ihrem Arm und zerrte sie zum Bett hinüber.
»Ich lasse mich nicht länger mit Worten von dir abspeisen!«, wütete er. »Diese Zeiten sind ab heute vorbei. Ich fordere meine ehelichen Rechte ein. Auf der Stelle.«
Er stieß sie aufs Bett und schnallte seinen Gürtel ab – ungewiss, ob er sich entkleiden oder seine Frau damit verprügeln wollte.
Hedwig setzte sich würdevoll auf der Bettkante zurecht und nahm alle Kraft zusammen. Sie hatte ja gewusst, dass der Tag kommen würde. Ein Wunder, dass sich Otto überhaupt so lange geduldet hatte. Obwohl er natürlich nicht darbte, sondern genug Gespielinnen hatte, die ihm das Bett wärmten, wenn er es wollte.
Nun musste sie es irgendwie erträglich für sich gestalten. Und das ging nicht, wenn er so zornig war und sie vielleicht sogar verprügelte. Was sein Recht als Ehemann wäre.
»Mein liebster Herr und Gemahl!«, säuselte sie honigsüß und lächelte ihn sogar an. »Natürlich erfülle ich gehorsam meine ehelichen Pflichten, so wie es Euch gebührt. Doch« – nun stand sie auf, deutete auf ihr trotz der Trippen mit Schlamm bespritztes Kleid – »mein Schleier und mein Haar sind triefend nass vom Regen, mein Gewand ist feucht und schmutzig … Und Ihr seid

im Groll. Außerdem ist helllichter Tag. Jederzeit könnte Euer erlauchter Vater nach Euch rufen. Wäre es nicht Eurer Würde als künftiger Markgraf angemessener, das Bett mit Eurer Gemahlin zu teilen, nachdem ich ein Bad genommen und mein Haar gekämmt habe, wir gemeinsam mit allen in der Halle gegessen haben und Euer Zorn verraucht ist? Meint Ihr nicht?«
Nach einigem Zögern und prüfendem Blick auf seine wirklich triefnasse Frau ließ sich Otto überzeugen. Außerdem musste er dringend auf die Heimlichkeit – der viele Wein … Und nur zu Huren stieg man tagsüber ins Bett. Seine Gemahlin verdiente es, wie eine Dame von Stand behandelt zu werden.
»Gut, nach dem Mahl in der Halle! Von nun an wirst du jede Nacht in meinem Bett verbringen, hast du verstanden? Keine Ausreden mehr! Es ist höchste Zeit für mich, einen Erben zu zeugen.«
Denn schon bald konnte die Mark Meißen ihm gehören. Und womöglich die Lausitz noch dazu.
Hedwig lächelte und knickste.
»Wie Ihr wünscht, mein liebwerter Gemahl!«
Bis zum Abend waren seine Wut und sein Rausch hoffentlich verflogen. Dann würde sie – wie alle Ehefrauen – das Unvermeidliche über sich ergehen lassen und ihren Mann dabei ausgiebig bewundern. Das trieb ihn hoffentlich zu etwas mehr Rücksichtnahme und Höflichkeit.
Den schlimmsten Schmerz, den Vollzug der Ehe in der Hochzeitsnacht, hatte sie ja bereits überstanden. Es hieß, man gewöhne sich schon mit der Zeit daran.
Für die meisten Frauen galt das gewiss. Andere gewöhnten sich nie daran. Doch von Gunda – Gott sei ihrer Seele gnädig – wusste Hedwig, dass das Beilager innig verliebten Paaren höchstes Glück verhieß.
Ob sie das je erleben würde?
Als glückliches Paar würde sie Otto und sich nicht gerade bezeichnen. Schon gar nicht nach der heutigen Szene.

Aber sie hatte auch noch die Worte ihrer Mutter im Ohr: Wenn du es klug anstellst, kannst du einen Mann nirgendwo besser lenken als im Bett.
Sie würde alles daransetzen, es klug anzustellen. Nun blieb ihr kein anderer Weg. Und wenn sie ihm erst einen Sohn gebar, wäre nicht nur Otto stolz und überglücklich, sondern es würde auch ihre Stellung auf dem Burgberg stärken.
Und wäre es nicht schön, ein eigenes Kindchen zu herzen?

Als Dietrich durch den Meißner Dom schritt, sah er vor dem Bildnis des alten Bischofs Benno einen Knappen knien, den er sofort erkannte. Der Junge betete oft hier, genau vor diesem gestickten Porträt, welche Beweggründe er dafür auch haben mochte. Ihn hatte er hier in jener Nacht angetroffen, als Gunda niedergekommen war und er für einen glücklichen Ausgang der Geburt betete. Ein paar Stunden später durfte er seinen ersten und bislang einzigen Sohn bewundern, ein winziges Bündel in den Armen der Frau, die er liebte.
Der Gedanke daran, dass er Gunda verloren hatte, erfüllte Dietrich mit abgrundtiefer Leere. So sah er nur durch einen Tränenschleier, dass schon jemand vor dem Altar kniete und betete. Eine Frau.
Er wollte sie nicht in ihrer Andacht stören. Doch als er näher kam, erkannte er seine Schwester Adele.
So kniete er zwei Schritte neben ihr nieder und faltete die Hände.
Von der Seite warf sie einen erstaunten, dann fragenden Blick auf ihn, bekreuzigte sich und ging, um ihm die Gnade der Einsamkeit in diesem Moment der Einkehr zu gewähren.
Doch er wusste, sie würde vor der Tür auf ihn warten.
Schon auf dem Weg über den Hof – nun regnete es kaum noch – hatte Adele alles Nötige in Erfahrung gebracht.
»Bruder, es tut mir so unendlich leid!«, sagte sie, während ihr Tränen über die Wangen liefen. »Ich verstehe, wenn du jetzt

keinen Menschen sehen willst. Lass uns in meine Kammer gehen und gemeinsam um sie trauern.«

Sie umarmten sich still.

Dietrich wollte und konnte jetzt nicht über Gunda sprechen, nicht einmal mit der Schwester, die ihm in seiner Familie am nächsten stand. Nach schier endloser Zeit sagte er deshalb: »Du hast doch selbst etwas, das dich bedrückt. Deine Augen waren schon im Dom rotgeweint. Was ist es, das dir Kummer bereitet?«

Leise gestand Adele: »Sven.«

»Aber ihr habt euch doch versöhnt!«

»Ja, auch dank dir, Bruder. Sven tut alles, um mein Herz zurückzugewinnen. Doch ich kann die Vorstellung nicht ertragen, ihn wieder in Dänemark im Kampf um den Thron zu sehen.«

»Aus Sorge, er könnte sterben?«

»Er wird scheitern.«

»Das weißt du nicht«, widersprach Dietrich matt.

»Doch, das wird er. Wie beim ersten Mal. Das erkenne ich tief in meinem Herzen. Wusstest du, dass er unserem Vater vorgeschlagen hat, Knut und Waldemar hierher einzuladen, um sie dann umzubringen?«

Dietrichs Schweigen war ihr Antwort genug.

»Du wusstest es?«, rief sie entgeistert. »Wieso hast du mir nichts davon gesagt?«

»Ich wollte nicht noch mehr Streit zwischen euch säen«, gestand ihr Bruder. »Vater hat diesen Vorschlag außerdem sofort zurückgewiesen. *Es ist nicht geschehen!*«

»Allein der Gedanke ist schändlich!«, rief Adele angewidert.

»Das Gastrecht so zu missbrauchen? Ja, das ist es«, stimmte Dietrich zu. »Aber in einem hat Sven recht: Drei Männer können sich nicht eine Krone teilen. Das ist noch nie gut ausgegangen.«

Adele starrte ihn entsetzt an.

»Und deshalb würdest du so etwas tun? Deine Gegner unter dein Dach locken und sie meuchlings abstechen?«
»Nein«, versicherte Dietrich. Das ließe seine Ehre nicht zu. »Doch am Ende läuft es immer auf einen Kampf hinaus.«

Als sei an diesem Tag nicht schon genug Unheilvolles auf dem Meißner Burgberg geschehen, kam kurz vor Einbruch der Dämmerung auch noch Otto von Hillersleben aus Aschersleben geritten und wurde auf sein Drängen umgehend beim Markgrafen vorgelassen.
Der engste Vertraute von Albrecht dem Bären trat ein, verneigte sich kurz und platzte sofort heraus: »Der Kaiser weiß es! Er weiß von Giebichenstein! Erzbischof Wichmann und mein Fürst sind vor den Kaiser geladen, schon in ein paar Tagen, auch Bischof Wigger von Brandenburg. Ich vermute, Ihr auch, Durchlaucht?«
»Ja, ich auch«, seufzte Konrad.
»Und Sulzbach. Und Vladislav von Böhmen. Und Jasomirgott. Alle, die dabei waren. Er muss es wissen!«
Graf Otto setzte sich auf die einladende Geste des Fürsten und murrte: »Die Frage ist: woher?«
»Darüber, mein lieber Graf, grüble ich schon seit Tagen nach«, gestand Konrad. Seinen Verdacht, Albrecht könne im Weinrausch etwas ausgeplaudert haben, sprach er lieber nicht aus, um den Hillerslebener nicht zu kränken.
Aber die Frage blieb.
Womöglich würden sie es erfahren, wenn sie sich vor dem Kaiser auf dieser alten Burg Chameregg an der böhmischen Grenze einfanden, wohin er sie befohlen hatte.
»Der Markgraf schlägt vor, dass wir uns im Kloster Chemnitz treffen, dessen Vogt Ihr seid, und von dort aus gemeinsam weiterreisen«, übermittelte der Vertraute des Bären. »Erzbischof Wichmann wird unterwegs zu uns stoßen. Wir haben also Zeit, gemeinsam zu überlegen, wie wir vorgehen.«

»So sei es«, stimmte Konrad zu.
Doch er hegte ernsthafte Zweifel, ob sie sich da würden herauswinden können. Und schon wieder meldete sich dieser bohrende Schmerz in seinem Leib.
Wie gern hätte er jetzt die kluge Mathilde bei sich, um sich mit ihr zu beraten.

Der eiserne Landgraf

Kaiser Friedrich I. und Landgraf Ludwig II. von Thüringen; Anfang Oktober 1155

Freundschaftlich packten sich die beiden mächtigen Männer zum Abschied bei den Armen.
»Nun reite nach Cham und zeige deinen aufsässigen Fürsten, wer im Reich die Befehlsgewalt hat!«, forderte Landgraf Ludwig von Thüringen seinen kaiserlichen Schwager auf.
»Und du zeigst deinem ehrlosen adligen Raubgesindel, dass du mit eiserner Hand gegen jede Missetat vorgehst«, spornte der im Gegenzug an.
Sie hatten sich auf halber Strecke getroffen, als Friedrich von Peiting über Augsburg zur Burg Chameregg an der Grenze zu Böhmen ritt, um sich die Verschwörerbande vorzunehmen, die in Halle eine Revolte gegen ihn und den Löwen vorbereitet hatte.
War Ludwig schon überaus gespannt darauf, was sein Schwager über Italien berichtete, so drängte es diesen noch viel mehr, zu erfahren, ob die Ungeheuerlichkeit tatsächlich stimmte, von der Welf ihm nach ungesicherten Berichten erzählt hatte.

Dem ersten Gerücht konnte Friedrich schon auf den Grund gehen, als er den Jüngeren zur Begrüßung umarmte.

»Kein Kettenhemd unter dem Gewand?«, fragte er mit hochgezogenen Augenbrauen und schob grinsend auch noch Ludwigs bestickten Ärmel ein wenig nach oben, so dass das leinene Untergewand hervorlugte. »Obwohl es doch heißt, du legst es nie mehr ab und schläfst neuerdings sogar darin?«
Er hätte sofort gemerkt, wenn Ludwig ein Kettenhemd unter dem Bliaut verbarg. Üblicherweise trug man es darüber.
Nun grinste auch Ludwig.
»Ich werde doch nicht in Rüstung vor meinen Kaiser treten! Es sei denn, er ruft mich zur Schlacht.«
Dann zuckte der noch junge Landgraf mit den Schultern.
»Es ist eine Legende. Ich setzte sie selbst in die Welt und leiste mein Möglichstes, damit sie auch weithin die Runde macht. Und neuerdings zeige ich mich wirklich fast nur noch gerüstet und gewappnet vor meinen aufmüpfigen Adligen.«
Diener und Knappen hatten inzwischen für den Kaiser und den Landgrafen Tisch und Stühle vor Friedrichs Zelt gestellt, da das Wetter herbstlich mild war. Nun trugen Kellermeister, Schenk und Küchenmeister Wein und kalten Braten auf.
Während die beiden Schwäger Platz nahmen, bot Friedrich seinem Gast eine Vorkostzeremonie an.
»Für die Ehre danke ich dir. Aber wie könnte ich dir misstrauen, mein Kaiser, mein Freund und mein Schwager?«, erwiderte Ludwig feierlich. »Du und meine liebwerte Gemahlin, deine Schwester … ihr seid fast die einzigen Menschen auf Erden, denen ich noch traue.«
»Also stimmen die ungeheuerlichen Dinge, von denen ich hörte? Es gab einen Mordanschlag auf dich?«, fragte Friedrich erschüttert und zornig zugleich. »Dabei glaubte ich, in Thüringen wende sich alles zum Besten, nachdem ich dir auf die Wartburg verholfen habe, die mächtigste Burg im Lande.«
Kann ich als Kaiser nicht einmal ein Jahr meinen Untertanen den Rücken zuwenden, um nach Rom zu ziehen, ohne dass sich mein Reich in Sodom und Gomorrha verwandelt?, dachte er.

»Das glaubte ich auch und wollte mein Land mit Milde regieren«, erwiderte Ludwig verbittert. »Und wie haben die adligen Herren es mir gelohnt? Sie hielten mich für unerfahren und schwach. Mein Vater – Gott hab ihn selig – starb, da war ich noch keine zwölf Jahre alt. Und sie dachten wohl, ich sei immer noch ein Kind und unfähig, zu regieren. Dabei werde ich bald dreißig, und mein Schwager ist der Kaiser. Bist du.«
Er trank einen tiefen Schluck von dem verdünnten Wein, bevor er berichtete.
»Die schlimmste Plage sind nicht gesetzloses Raubgesindel, sondern Männer von Stand. Ritter, sogar Grafen, die sich zusammenrotteten, um ihre Truhen auf Kosten der Händler und Bauern zu füllen, die ihre Ritterburgen in Raubnester verwandelten – zur Schande ihres Standes. Das Volk klagt über vernichtete Ernten, kein Weg ist mehr sicher.«
Flüchtig sah Ludwig auf die Speisen, doch bei diesem Thema verging ihm stets der Appetit.
»Du weißt, was es bedeutet, wenn die Handelsstraßen nicht sicher sind«, fuhr er fort. »Wenn der weithin begehrte kostbare Färberwaid aus Gotha und Erfurt nicht mehr zu den großen Märkten nach Leipzig, Frankfurt oder Görlitz kommt, hungert das Volk, und sein Fürst büßt viel Silber ein. Wobei Erfurt ja zu meinem Leidwesen dem Erzbistum Mainz gehört und diese Verluste Höchstwürden treffen, aber darum geht es jetzt nicht. Ich habe also die Übeltäter verfolgt, gefasst und auf der Neuenburg Gericht gehalten. Ich ließ ihre Burgen schleifen und sie zum Jubel des Volkes je zu viert vor einen Pflug spannen und ein ganzes Feld pflügen. Die Bauern haben den Anblick wahrlich genossen! Danach mussten mir die Grafen ihren Treueschwur erneuern. Ein paar ließ ich auch hängen oder ihnen den Kopf abschlagen.«
»Ja, es geht einfach nicht ohne abschreckende Bestrafungen«, gab Friedrich ihm recht und dachte an die Gemetzel und Strafgerichte in Oberitalien.

Er scheuchte den Mundschenk, der neuen Wein bringen wollte, mit einer Handbewegung fort und strich sich die Locken aus dem Gesicht, die der aufkommende Herbstwind zerzauste. Trockenes Laub in leuchtendem Rot, Braun und Gelb wirbelte über die Lichtung, am Himmel zogen Wolken auf.

»Mit eiserner Hand habe ich es ihnen gezeigt!«, bekräftigte der Landgraf von Thüringen.

»Sie werden dich noch *den Eisernen* nennen«, unkte sein Schwager lächelnd. Der Landgraf verzog keine Miene.

»Besser als *der Springer* wie mein Vorfahre. Oder *der Milde*. Oder *der Tatenlose*. Seine Gegner öffentlich zu demütigen und einige auch exemplarisch hinzurichten, zeigt stets Wirkung.«

»Dergestalt, dass sie nachts mit dem Dolch auf dich losgingen!«, erinnerte Friedrich, und sein Gesicht verdüsterte sich. »Man erzählt sich, du würdest seitdem sogar in Rüstung schlafen …«

Ludwig lächelte versonnen.

»Deine Schwester ist eine begehrenswerte Frau. Der Herr segne sie und den Tag, als du sie mir zur Gemahlin gabst! Sie würde deutliche Einwände erheben, wenn ich mich in Kettenhemd und Gambeson zu ihr legte.«

Sein Lächeln wurde breiter.

»Judith – die Thüringer nennen sie Jutta Claricia – hat mir diesen Sommer schon wieder einen Sohn geboren: den kleinen Hermann. Was für ein Schreihals! Aber das ist gut, er hat kräftige Lungen und wird es weit bringen.«

»Schon der vierte Sohn, du Glücklicher?«, vergewisserte sich Friedrich und ging die Namen laut durch: »Ludwig nach dir, Heinrich Raspe nach deinem Bruder, Friedrich …«

»Ihn benannten wir nach dir und deinem Vater«, fiel ihm sein Schwager ins Wort. »Und nun Hermann. Ja, vier Söhne und Erben! Es wird langsam Zeit für ein Töchterchen, findest du nicht auch?«

Grinsend nahm er seinen Essdorn und spießte sich damit nun doch ein Stück Wild auf.

Ludwig ist sechs Jahre jünger als ich und hat schon vier Söhne, sann Friedrich nach, während sein Schwager genüsslich kaute. Und ich keinen einzigen. Es wird wirklich höchste Zeit, dass ich mich vermähle und einen Thronfolger zeuge! Mit wem es auch sei.

Er verbot sich den jäh aufblitzenden Gedanken, wie der Freund in das Bett seiner Halbschwester stieg, der Tochter seines Vaters mit seiner zweiten Gemahlin, Agnes von Saarbrücken. Dann fiel ihm etwas ein – reichlich spät, wie ihm sofort bewusst wurde.

»Wenn das Beispiel Winzenburg neuerdings Schule macht, dass Fürsten von ihren eigenen Dienstmannen im Bett überfallen werden ... Sag, ist meine Schwester in Gefahr?«

»Sei unbesorgt, auf der Wartburg ist sie in Sicherheit und wird von zuverlässigen Männern beschützt«, beruhigte ihn Ludwig. »Die Wartburg ist nicht einzunehmen. Und ich habe große Pläne mit ihr!«

»Wirklich?«

Friedrich beugte sich neugierig ein wenig vor.

»Ich will dort einen Palas errichten lassen, so schön wie eine Königspfalz und drei Stockwerke hoch. Schöner als alles in Thüringen! Ich habe hervorragende Baumeister hergeholt und will nächstes Jahr mit dem Bau beginnen.«

Friedrich zog die Augenbrauen hoch.

»Schön wie eine Königspfalz? Steckt Neid oder Hochmut hinter diesem Vergleich?«

Ludwig lachte auf.

»Meine Wartburg soll die Würde und den Stand eines Reichsfürsten repräsentieren. Wehrhaft und prunkvoll zugleich. Die Krone Thüringens. Jetzt, mit dir als Kaiser, werden wir dem Reich zu neuem Glanz verhelfen!«

»Das wird teuer«, wandte Friedrich ein. »Und du hast mir gerade vorgebarmt, wie sehr Thüringen verarmt ist. Woher willst du all das Silber für so einen Prachtbau nehmen?«

Seinem Schwager schien das nicht den Schlaf zu rauben.
»Natürlich habe ich die Besitztümer der Raubritter eingezogen. Und ich setze auf den begehrten Waid aus Gotha. Die Händlerwagen rollen nun wieder auf der Via Regia – von Spanien bis in die Kiewer Rus!«
Ludwigs Augen leuchteten, als er von all diesen Plänen sprach.
»Mit deiner Erlaubnis würde ich Gotha gern das Stadtrecht verleihen. Und ich möchte dort schon bald eine Münze einrichten. Gotha ist überaus günstig gelegen: an der Via Regia von West nach Ost und noch dazu an einer Kreuzung von Nord nach Süd. Reich an Waid und fleißigen Menschen.«
»Einverstanden«, bestätigte Friedrich ohne Zögern. »Du bist mein treuer Freund und Verwandter, und ich brauche Thüringen. Schon wegen seiner Lage zwischen Sachsen und Bayern. Es wird einmal Durchzugsgebiet für die Heere, sollte es zum Krieg gegen die Welfen kommen.«
Ludwig nickte nur; so viel konnte er sich schon selbst zusammenreimen.
»Ich stelle mir gerade vor, wie erbärmlich es stinken muss, wenn sie in Gotha und Erfurt überall Bottiche voller Pisse sammeln«, sinnierte Friedrich.
Mit Urin wurde der blaue Farbstoff aus den Waidpflanzen gezogen. Und der Waid aus Erfurt und Gotha ergab ein so intensives Blau, dass es dem unerschwinglichen Indigo nahekam. Deshalb war er so begehrt.
Ludwigs Augen blitzten schelmisch auf, und sofort wusste Friedrich, was er gleich sagen würde.
»Non olet. Pecunia non olet!«, riefen sie im Chor.
Geld stinkt nicht.
Sie schüttelten sich vor Lachen, weil sie beide an einen bestimmten Lehrer am Hof König Konrads denken mussten, wo sie erzogen worden waren.
»Wie hieß noch dieser dicke Mönch, der uns diese Geschichte erzählt hat?«, fragte Friedrich prustend. Er sprach weder La-

tein, noch hatte er viel von all den Belehrungen behalten, sofern sie nicht auf dem Waffenplatz stattfanden. Aber diese skurrile Episode schon: von irgendeinem römischen Kaiser, der mit jenem markanten Satz alle Einwände gegen die von ihm geplante Latrinensteuer vom Tisch wischte.

»Ich habe keine Ahnung! Er hat die Geschichte so oft und so gern und mit so viel Hingabe erzählt, dass wir ihn nur noch *non olet* nannten, wenn er nicht dabei war«, erinnerte sich Ludwig, ebenso prustend. »Der dicke *non olet*. Aber der Kaiser hieß Vespasian. Glaube ich jedenfalls …«

Die Heiterkeit ebbte ab, doch Ludwig konnte sich nicht verkneifen, seinen kaiserlichen Schwager belustigt zu fragen, ob er nicht auch solch eine Steuer erheben wolle.

»Vorerst nicht«, meinte der. »Aber ich werde um Altenburg, Chemnitz und Zwickau ein Reichsterritorium errichten«, stellte Friedrich nun seinerseits Pläne vor.

»Es ist gut, dich beziehungsweise deine Dienstmannen in der Nähe zu wissen«, reagierte der Landgraf erleichtert. »Das stärkt mir den Rücken. Ich bin von Feinden umgeben, und ich habe Mühe, sie im Zaum zu halten: in Erfurt das gierige Erzstift Mainz, die Askanier in Weimar-Orlamünde, die Wettiner auf der Camburg. Und dann noch all die mächtigen thüringischen Grafenfamilien, die mir das Leben schwer machen: Schwarzburg-Käfernburg, Henneberg, die Grafen von Tonna-Gleichen, die Herren von Lobdeburg … Alle nur darauf bedacht, ihre eigene Macht zu stärken, um mir Paroli bieten zu können.«

Wütend hieb er mit der flachen Hand auf den Tisch.

»Graf Sizzo, der Käfernburger, wäscht Gold aus der Schwarza und ist dadurch reicher als du und ich zusammen. Er wagt es, mir den Rücken zuzudrehen! Das ist empörend!«

»Sturm kommt auf«, meinte Friedrich doppeldeutig, denn der Wind blies inzwischen stärker und brachte die Zeltplanen zum Flattern. »Es wird ungemütlich. Brechen wir auf und zwingen

wir unsere Gegner in die Knie. Wenn es nicht anders geht, dann eben mit eiserner Hand!«
»Mit eiserner Hand«, bekräftigte Ludwig von Thüringen.

Unversöhnlich

Friedrich, Albrecht der Bär, Konrad von Wettin, Wichmann von Magdeburg, Vladislav von Böhmen, Heinrich Jasomirgott, Otto von Freising; Burg Chameregg an der Grenze zu Böhmen, Mitte Oktober 1155

Länger als eine Stunde ließ Friedrich die nach Chameregg befohlenen Fürsten vor sich knien, bevor er überhaupt ein einziges Wort an sie richtete. Ungeachtet ihres Ranges und ihres zum Teil beträchtlichen Alters.
Dann endlich gab er mit einer schroffen Handbewegung die Erlaubnis, dass sie sich erheben durften.
Mit Genugtuung beobachtete er, wie der Markgraf von Meißen und der Lausitz Hilfe benötigte, um vom kalten Boden aufzukommen. Konrad war nicht mehr der Jüngste, schon an die sechzig Jahre, und sicherlich quälte ihn die Gicht. Albrecht der Bär musste sich sogar von zwei Männern links und rechts unter die Arme greifen lassen, damit sie seinen schweren, massigen Körper hochhievten.
Dieser demütigende Auftakt der Begegnung mit dem Kaiser würde die Widerspenstigen ganz gewiss nicht versöhnlicher stimmen. Aber Friedrich war wirklich zornig. *Sehr* zornig.
Er hatte den Bischof von Freising als Vermittler vorgeschickt, bevor er sich selbst auf der Burg nahe der böhmischen Grenze einfand, die einmal seinem früheren Schwiegervater Diepold gehört und die er nach der Heirat mit Adela zusammen mit

dem ganzen Egerland als Besitz eingezogen hatte. Hochzeiten besaßen einige Vorzüge, selbst wenn einem die Braut nicht gefiel.
Doch jetzt war nicht die Zeit, darüber nachzudenken.
Otto von Freising sollte vor allem seinem Bruder Jasomirgott und dessen Schwager Vladislav von Böhmen ins Gewissen reden. Und Bischof Otto – ein weiterer der zahllosen Oheime des Kaisers – war sehr darauf erpicht, sich unentbehrlich zu machen. Niemand konnte übersehen, dass der Babenberger Zweig der Familie Konrads von Staufen unter Friedrichs Regentschaft plötzlich auf dem absteigenden Ast saß.
Der fleißige Zisterzienser und Verfasser einer Weltenchronik hatte schon oft erfolgreich vermittelt, sogar mit Byzanz und dem Papst. Nur bei seinem Bruder Heinrich Jasomirgott stieß er auf Granit.
Friedrich hatte ihm eingeschärft, dem Babenberger die feste Zusage des Kaisers zu übermitteln, er werde einen Weg finden, dessen Ehre zu wahren, und Ausgleich an Land und Titeln schaffen, wenn er sich in die Abtretung Bayerns an Heinrich den Löwen fügte.
Doch Jasomirgott blieb stur.
Wie alle, die er jetzt vor sich versammelt sah, ohne dass schon ein einziges Wort gefallen wäre. Die ganze Verschwörerbande vom Giebichenstein. Ausgenommen Hartwig von Bremen und Ulrich von Halberstadt, die er schon von Italien aus gebannt hatte.
»Ihr alle habt mir Treue geschworen!«, begann er, und seine Worte hallten durch den Raum.
Alle außer Vladislav, aber den würde er noch dazu bringen – mit einem netten Geschenk zu Lasten des Fürsten neben ihm, der davon noch nichts ahnte. So würde er die Front der Verschwörer aufbrechen. Die einen an sich binden, die anderen einschüchtern oder abstrafen. Sofern sie nicht auf der Stelle einlenkten und Reue zeigten.

Und so fuhr er mit donnernder Stimme fort: »Doch ich war noch nicht einmal mit meinem Heer aufgebrochen, geschweige denn über die Alpen oder in Rom, da fandet Ihr Euch schon in Halle zusammen, um Intrigen gegen mich und Herzog Heinrich den Löwen zu spinnen! Geschickt getarnt als Mahl auf Wichmanns neuer Burg. Wagt ja nicht, dies zu bestreiten!«
Das versuchte auch keiner. Doch Friedrich sah, dass die meisten nun fieberhaft überlegten, woher er das wusste. Wer der Verräter war. Sie würden nie darauf kommen.
»Euer kaiserliche Majestät«, begann der kluge Erzbischof Wichmann mit sanfter Stimme und mildem Blick, während die Mitangeklagten trotzig oder ängstlich vor sich hin starrten. Bischof Wigger von Brandenburg trat von einem Bein aufs andere, als müsse er sofort auf die Heimlichkeit. Was vielleicht sogar der Fall war. Jasomirgott und der Bär blickten stur, Vladislav lächelte kalt und überheblich, Konrad von Wettin sah zu seinem Neffen Wichmann und verzog wie üblich keine Miene. Er schien nicht einmal zu zwinkern.
Der Meißner würde anders blicken, wüsste er, welche Schlange er an seiner Brust nährt!, dachte Friedrich genüsslich.
Denn es war Sven gewesen, Konrads Schwiegersohn, der von dem Gespräch auf Giebichenstein Wind bekommen hatte, als sich sein Schwager Otto im Weinrausch verplauderte, und ihm zu dieser unschätzbaren Information verhalf. Unbemerkt sandte er Friedrich einen Boten – mit der flehenden Bitte, der Kaiser möge ihm zu seiner Rückkehr auf den dänischen Thron verhelfen, als Lohn für den Verrat und wegen ihrer Jugendfreundschaft.
Nun, darum sollte sich gefälligst Heinrich der Löwe von Lüneburg aus kümmern, gegen den richtete sich schließlich der Hauptstoß der Verschwörer.
»Nicht böse Absicht, sondern die Treue zu Euch und die Sorge um das Reich bewegten uns«, fuhr Wichmann mit butterweicher Stimme fort. »Kein öffentlicher Aufruhr fand statt, ledig-

lich eine private Unterredung. Bei der wir einhellig zu der Meinung gelangten, dass ein bedenkliches Ungleichgewicht entsteht, wenn Herzog Heinrich so viel Macht und Land bekommt – Sachsen *und* Bayern, dazu die Investitur der nordöstlichen Bischöfe. Hat nicht zu Zeiten König Konrads die Machtfülle der Welfen so viel Zwist und Krieg über das Reich gebracht und Euren königlichen Oheim gar in höchste Bedrängnis? Soll sich das wiederholen? Der Welfe hält nun viel mehr Land als Ihr, der Kaiser …«

»Höchstwürden, wollt Ihr damit andeuten, ich sei ein armer Mann?«, fiel ihm Friedrich sarkastisch ins Wort.

Doch den Sohn Mathildes von Seeburg konnte er so nicht zum Verstummen bringen.

»Mitnichten, mein Kaiser! Euer Licht strahlt heller denn je, seit Ihr vom Papst gekrönt zurückgekehrt seid. Eure Untertanen jubeln, endlich wieder von einem Kaiser regiert zu werden«, schmeichelte Wichmann, der es sich nicht hatte nehmen lassen, wie gewohnt in prächtigsten Gewändern zu erscheinen statt in reuevoller Bescheidenheit.

»Aber da Ihr Euer Herzogtum Schwaben so großzügig König Konrads Sohn übertragen habt, Eurem jungen Rothenburger Vetter, und der Italienzug viel Silber kostete …«

Wichmann breitete beschwörend die Arme aus. »Euer Ruhm ist groß, Majestät, Euer Ansehen, Euer Glanz und Euer Kampfgeschick. Doch sollte sich der Löwe gegen Euch stellen – was habt Ihr ihm entgegenzusetzen?«

»Ihr bewegt Euch gerade auf sehr dünnem Eis, Erzbischof«, warnte Friedrich, der die feine Andeutung, es gäbe noch einen Thronprätendenten, sehr wohl verstand. Doch es wäre unklug, darauf einzugehen. Manches blieb besser ungesagt, um nicht schlafende Hunde zu wecken.

Er beugte sich ein wenig vor, seine Stimme troff vor Hohn. »Und um Eure Frage zu beantworten, Erzbischof: Ich hoffe doch, Euer aller Gefolgschaft und Waffen.«

»Natürlich, erhabener Kaiser.«
Wichmann verneigte sich und lächelte überzeugend.
»Hört auf, mir Honig ums Maul zu schmieren!«, entfuhr es plötzlich Friedrich, der für Schmeicheleien nicht empfänglich war. Er hatte sein Leben lang schon zu viele gehört.
»Sachsen und Bayern stehen dem Haus Welf zu. Heinrichs Vater wurde mit List und Tücke darum betrogen. Und ohne meinen Vetter Heinrich wäre ich vielleicht nicht lebend aus Rom zurückgekehrt. Allein das ist Beweis seiner Treue und königlichen Lohn wert – während Ihr Euch allesamt um den Italienzug gedrückt, am heimischen Herd verkrochen und ein verräterisches Süppchen gekocht habt!«

Niemand lenkte ein; die herbeizitierten Fürsten kamen ihm nicht die kleinste Spur entgegen, zeigten keinerlei Reue, sondern beharrten auf ihrer »wohlmeinenden Sorge«.
Stur wie die Ochsen!, dachte Friedrich frustriert und fassungslos. Dafür würden sie bezahlen, jeder in anderer Währung. *Teile und herrsche!* war seit über tausend Jahren ein bewährtes Prinzip.
»Geht mir aus den Augen!«
Dermaßen schroff entließ er die Fürsten, und die zogen empörenderweise grußlos von dannen.
Hätte es noch dieses Beweises bedurft, wie verhärtet die Fronten waren?
»Ich bin sehr enttäuscht, Oheim!«, rüffelte der Kaiser den Bischof von Freising, sobald die Fürsten den Saal verlassen hatten. »Ließ ich Jasomirgott nicht das großzügigste Versprechen überbringen?«
Er wollte nicht all die Babenberger und Sulzbacher gegen sich; es waren zu viele, und sie hatten starke Verbündete.
Traurig blickte ihn Bischof Otto an, ein Halbbruder Konrads aus der Babenberger Linie.
Und Friedrich fühlte sich plötzlich ungewohnt gerührt und sah

genauer hin. Dieser Oheim war zehn Jahre älter als er, doch sein Haarkranz um die Tonsur war nicht nur ergraut, sondern beinahe weiß. Die Zisterzienserkutte spannte über seinem Bauch, sein Rücken war krumm, und seine Augen waren müde geworden vom vielen Schreiben, die Finger voller Tinte.
Jäh tauchte eine Szene vor Friedrichs geistigem Auge auf, eine Erinnerung aus dem Kreuzzug: den seelischen Zusammenbruch seines Oheims, nachdem die Pilger, die er sicher an der Küste entlangführen sollte, fast alle mitleidlos niedergemetzelt worden waren.
Dieses schlimme Erlebnis, der Tod des verehrten Bernhard von Clairvaux und vor allem der Machtwechsel im Land mit neuerlichen Anfechtungen für sein Bistum hatten den Bischof trotz seiner Rührigkeit in einen alten Mann verwandelt.
Und jetzt kämpfte er um seinen Platz, seine Bestimmung.
»So werde ich es in mein großes Werk über Eure Taten schreiben: Man schied voneinander ohne ein Wort«, erbot sich Otto eifrig.
Auch so eine Manie von ihm – alles zu Pergament zu bringen. Immerhin: Eine große Chronik hatte er schon verfasst. Und seine neueste Idee war es, ein Buch über seinen kaiserlichen Neffen zu schreiben. Er hatte sogar schon einen Titel dafür: *Die Taten Friedrichs.* Natürlich in Latein.
Ein durchsichtiger Versuch, sich anzudienen, andererseits jedoch von Vorteil. Otto von Freising war ein Chronist von Rang, und er würde ihn ohne jeden Zweifel im allerbesten Licht darstellen.
»Tut das, lieber Oheim, tut das«, bestätigte Friedrich freundlich, doch eher von Mitleid getrieben. Ein wenig Ruhmsucht war natürlich auch dabei.
»Ja?«, fragte Otto begeistert, und seine müden Augen leuchteten auf einmal. Denn bisher hatte sich sein kaiserlicher Neffe noch nicht zu dem Vorhaben geäußert. Der Bischof erhielt nur selten Zutritt zu diesem Herrscher, viele Dinge musste er

demütigenderweise über Dritte vortragen lassen. Würde sich das jetzt ändern, wenn er in seinem nächsten großen Werk Friedrichs Ruhmestaten für die Nachwelt bewahrte?

»Ja«, versicherte Friedrich.

»Oh, wenn du erlaubst, lieber Neffe, Euer Majestät, dann eile ich sofort und spitze meine Feder«, jubelte der Chronist und zog von dannen, vor Freude fast ein wenig hüpfend statt wie sonst gebeugt schlurfend.

Nun, so hat wenigstens einer seine Freude an diesem unseligen Treffen, dachte Friedrich zynisch.

Ich muss jetzt handeln. So etwas wie heute kann ich mir nicht bieten lassen.

Dem hohen Klerus darf ich nicht trauen. Die Erzbischöfe von Mainz und Magdeburg befolgen meine Befehle nicht, Hartwig von Bremen ist mit dem Löwen zutiefst verfeindet, die anderen stehen schon mit einem Bein im Grab oder lassen sich vom Papst gängeln …

Es wird Zeit, Rainald von Dassel an meinen Hof zu holen.

Und für ein paar Strafmaßnahmen.

Zwei Tage später, auf dem Hoftag in Regensburg, übergab der Kaiser vor den versammelten Großen des Reiches Heinrich dem Löwen das Herzogtum Bayern und verpflichtete den bayerischen Adel, dem Löwen Treue und Gefolgschaft zu schwören.

Hundetragen

Kaiser Friedrich I., Konrad von Wettin, Albrecht der Bär; Worms, Dezember 1155

Die Kunde schlug in Worms ein wie der Blitz, dass und vor allem *wie* der Kaiser die schlimmsten Unruhestifter bestrafen wollte, die in seiner Abwesenheit schwere Verwüstungen im Rheingebiet angestellt hatten.

Wäre plötzlich der sagenhafte Schatz der Nibelungen aus den Fluten des Rheins emporgestiegen, hätte das kaum mehr Aufregung verursachen können. Und womöglich auch kaum mehr Begeisterung.

Als ein Ausrufer das kaiserliche Urteil in der an großen Ereignissen wahrlich reichen Stadt verkündete, sammelten sich sofort Menschen in Trauben, jubelten ohrenbetäubend und schrien sich gegenseitig begeisterte oder hämische Bemerkungen zu.

Hätte der stimmgewaltige Mann als Geleit nicht zwei bewaffnete Wachen dabeigehabt, wäre er von der aufgewühlten Menge auf dem Marktplatz über den Haufen gerannt worden. Denn die Wormser wollten sofort mehr erfahren: wann und wo das Urteil vollzogen würde, wer sich noch alles dem kaiserlichen Urteil unterwerfen müsse …

»Endlich erwischt es mal die feinen Herren!«, jubelte ein stämmiger Fleischhauer mit blutbeschmiertem Kittel, der Frau und Gehilfen an den Fleischbänken zurückgelassen hatte, um die Neuigkeiten zu erfahren.

»Und wie!«, brüllte grinsend sein Nachbar zurück, der Bäcker. »Ein Erzbischof und der Pfalzgraf bei Rhein … Ha, davon werde ich noch lange träumen! Aber sie haben es auch zu schlimm getrieben.«

Er zuckte zusammen, als eine hagere Frau neben ihm gellend kreischte: »Ja, gebt's ihnen!«

Gequält rieb er sich sein malträtiertes Ohr.
»Unser guter Kaiser Friedrich ist zurück und räumt nun auf mit den Kriegstreibern, Brandschatzern, Mordbrennern und dem Raubgesindel«, juchzte ein dürres altes Mütterchen, und ihre Augen leuchteten dabei.
Friedrich war in Worms nicht nur wegen seines kaiserlichen Titels begeistert empfangen worden und weil er in der geschichtsträchtigen Stadt das Weihnachtsfest verbringen wollte. Ihm eilte der Ruf voraus, dass er seit seiner Rückkehr aus Italien auf allen Stationen seiner Reise Gericht gehalten und diejenigen hart bestraft hatte, die das Reich in seiner Abwesenheit mit Krieg und Verwüstung überzogen.
Und die Menschen am Mittelrhein mussten besonders leiden unter der blutigen Fehde zwischen Erzbischof Arnold von Mainz und dem Pfalzgrafen bei Rhein, Hermann von Stahleck. Jetzt würde der Kaiser für ein Ende all dieser Umtriebe sorgen und die Übeltäter strafen. Ohne Rücksicht auf ihren Rang, was wohl für die meiste Verwunderung und Schadenfreude sorgte.
Aus dem Fenster eines der größten Häuser rund um den Markt beobachtete einer der Ratsherren das lautstarke Treiben, ein wohlhabender Silberschmied namens Johann. Er hatte seinen Großknecht ausgeschickt, damit der herausfand, was genau gerade verkündet wurde. Denn die Schreie der Menschen und die geräuschdämpfende Wirkung des Schnees führten dazu, dass er nur wenig von den Worten des Ausrufers verstand und schon meinte, sich verhört zu haben. Es erschien ihm einfach zu unglaublich.
Seine schwangere Frau gesellte sich zu ihm ans Fenster, wegen der Kälte in einen warmen Umhang gehüllt. Gemeinsam beobachteten sie, wie ihr Großknecht zurückkam, dabei vorsichtig über den plattgetretenen Schnee schlitterte, ausrutschte und stürzte, während die tosende Menge dem Ausrufer auf seinem weiteren Weg durch die Stadt folgte.
Noch ehe der Großknecht das Haus des Silberschmiedes

erreichte, bat ein guter Freund des Ratsherrn um Einlass, der Stadtschreiber Rudolf.

Der war offensichtlich schon bestens informiert.

»Stellt euch vor, teure Freunde, was der Kaiser beschlossen hat, um den Pfalzgrafen, den Erzbischof und ihre Spießgesellen zu strafen!«, rief er mit leuchtenden Augen, während er den Schnee von den Füßen stampfte.

»Nun sagt schon!«, drängte die junge Frau des Silberschmieds.

»Ich bringe es kaum heraus vor lauter Staunen und Ergriffenheit.«

Der Ratsschreiber japste, sah nach links und rechts, als ob ihn jemand bestrafen würde, wenn er es aussprach, senkte die Stimme und flüsterte das Urteil dem Ehepaar zu. Nur ein einziges Wort.

»Jetzt muss ich mich setzen!«, rief der Silberschmied fassungslos.

Seine Frau legte die Hand auf ihren gerundeten Leib und wankte ebenfalls einem Stuhl entgegen.

»Damit bestraft der Kaiser einen Erzbischof? Und einen Pfalzgrafen? Ist der nicht sogar ein Verwandter des Kaisers?«, staunte der Ratsherr.

»Ja. Aber wer ist das nicht unter den hohen Adligen?«, meinte der Schreiber leichthin und zuckte mit den Schultern. Dann zog er die Stirn in Falten und überlegte.

»Wenn ich mich nicht irre, ist Pfalzgraf Hermann ein Oheim des Kaisers; vermählt mit einer Schwester des verblichenen Königs Konrad.« Rudolf bekreuzigte sich mit seinen tintenfleckigen Fingern.

»Es ist nur gerecht, wenn der Kaiser darauf keine Rücksicht nimmt«, meinte die junge Frau des Ratsherrn. Dann besann sie sich auf ihre Pflichten, schloss die Fensterladen und befahl der Köchin, dem Gast und ihrem Mann heißen Würzwein zu bereiten.

»Worms hat wahrlich schon viel erlebt und gesehen: Burgunderkönige, Merowingerkönige, Karolingerkönige, salische und staufische … Aber dass sich zwei Reichsfürsten nach dem Urteil des Kaisers dermaßen erniedrigen müssen, das hat es hier noch nicht gegeben«, konstatierte der Stadtschreiber aufgeregt und rieb sich vor Vorfreude die Hände. »Das ist ja noch aufregender als weiland König Heinrichs Gang nach Canossa! Und wir können dabei zusehen und unseren Spaß haben.«

Der Ratsherr hegte Bedenken.

»Ist es wirklich gutzuheißen, wenn Männer von so hohem Stand derartig bestraft werden? Zumal ein Erzbischof?«, wandte er mit gekrauster Stirn ein. »So verliert das Volk den Respekt vor ihnen.«

Seine junge Frau sah das anders.

»Es ist Aufgabe des Kaisers, für Frieden im Reich zu sorgen. Und musste sich je ein hoher Herr für seine Missetaten verantworten?«, widersprach sie vehement. »Dass es diesmal geschieht, wird manchem eine Lehre sein. Hoffe ich zumindest«, sagte sie etwas kleinlauter nach dem strengen Blick des Ratsherrn, der wohl von seiner Frau etwas mehr Unterwürfigkeit erwartet hatte. Doch ein Blick auf ihren geschwollenen Leib stimmte ihn milder. Schwangeren Weibern sagte man ja starke Schwankungen des Gemüts nach. Und er freute sich darauf, endlich einen Sohn oder eine Tochter zu haben.

Der Ratsschreiber überging die Differenzen des Ehepaares.

»Ihr kommt doch mit, um bei dem Spektakel zuzusehen? Das dürfen wir uns nicht entgehen lassen!«

Man sah es ihm an: Am liebsten wäre er sofort losmarschiert, um Zeuge dieses unerhörten Ereignisses zu werden.

Tatsächlich strömten die Menschen in Scharen zu diesem – zumindest für die Unbeteiligten – unterhaltsamen Schauspiel. Nicht einmal der Schnee und die grimmige Kälte in diesem frostigen Dezember hielten sie davon ab. Sie wollten erleben, wie der Kaiser für Gerechtigkeit sorgte und dabei nicht davor

zurückschreckte, Adlige von höchstem Rang zu bestrafen. Wann konnte man so etwas schon einmal erleben?
Friedrich saß in königlichem Purpur und Hermelin mit undurchdringlicher Miene auf seinem Thron und dachte: Ich hätte ein breiteres Podest errichten lassen sollen.
Er hatte etliche der Großen des Reichs nach Worms beordert. Nicht nur, damit sie das Weihnachtsfest mit ihm verbrachten, sondern einige auch ganz bewusst für diesen Tag und diese Stunde. Sie sollten als Zeugen miterleben, wie er jene bestrafte, die seine Befehle missachteten. Als letzte Warnung.
In den vergangenen Wochen hatte er in der Rheingegend mit eiserner Hand gegen Störer des Friedens durchgegriffen, Burgen und Schlupfwinkel zerstören lassen und Todesurteile verhängt.
Was er heute tat, sollte jedem verdeutlichen: Er würde selbst bei Reichsfürsten keine Gnade zeigen, wenn sie nicht begriffen, dass *er* der Kaiser war und *sein* Wort galt.
Von den Fürsten, die im Halbkreis hinter und neben ihm standen, um zuzusehen, wie ihresgleichen abgestraft wurde, hatte er dem Bären und seinem meißnischen Freund einen Platz etwas weiter zu seiner Linken zuweisen lassen, damit er sie genau im Blick behalten konnte.
Der immer noch hünenhafte Albrecht war hochrot im Gesicht, gegen ihn wirkte der Wettiner kreidebleich. Er hielt die Lippen zusammengepresst, und in seinen eisgrauen Augen funkelte etwas, das es Friedrich immer dringender erscheinen ließ, diesen schwer durchschaubaren Mann in die Schranken zu weisen. Auf den Bären konnte er leicht Druck ausüben; der wollte von ihm als Herr der Brandenburg anerkannt werden, am liebsten sogar als Markgraf von Brandenburg. Darauf konnte der Askanier nun noch eine Weile warten, und außerdem würde er ihm einen kaiserlichen Burggrafen auf der Brandenburg vor die Nase setzen.
Aber Konrad von Wettin … Viele Jahre hatte sich der Meißner

nach Kräften aus der Reichspolitik herausgehalten. Wenn er sich jetzt so deutlich gegen ihn und Heinrich stellte, dann wurde es Zeit, ihm die Flügel zu stutzen.
Völlig entmachten konnte er die beiden nicht; er brauchte sie als Gegengewicht im Osten für den Fall, dass sein guter Freund und Vetter Heinrich über die Stränge schlug. Friedrich war erfahren genug im Spiel um die Macht, um diese Möglichkeit einzurechnen. Er würde sie beide genau im Auge behalten. Und sollten sie es auch nur im geringsten an Ergebenheit mangeln lassen, hatte er die Mittel in der Hand, sie empfindlich zu treffen. So, dass es weh tat.
Doch jetzt musste er sich erst einmal den Delinquenten zuwenden, die von Wachen durch die johlende Menge geführt wurden – barfuß und in Bußgewändern trotz Schnee und grimmiger Kälte.
Friedrich erhob sich, was jedermann zwang, vor ihm auf die Knie zu sinken.
Mit schallender Stimme rief er: »Auf dem Hoftag in Regensburg bezichtigten sich diese beiden Fürsten, Erzbischof Arnold von Mainz und Pfalzgraf Hermann von Stahleck, gegenseitig des Landfriedensbruchs während meiner Abwesenheit. Diese Anschuldigungen waren so ungeheuerlich, das ich sie erst prüfen lassen musste. Was sich dabei herausstellte, ist zutiefst betrüblich und verabscheuenswert. So höret: Der Pfalzgraf bei Rhein hat kirchlichen Besitz angegriffen und verwüstet, der Erzbischof Kirchenschätze verpfändet, um Truppen anzuwerben und es seinem Gegner heimzuzahlen. Zu Worms befand das Fürstengericht einmütig, dass beide in schändlicher Weise den von mir verfügten Landfrieden brachen. Also vernehmt das Urteil, das ich, Friedrich, Kaiser und König von Gottes Gnaden, spreche: Diese Friedensstörer haben die Ehre des Reiches verletzt, deshalb verhänge ich eine ehrverletzende Strafe. Ich verurteile sie nach fränkischem und schwäbischem Recht zur Harnescharre!«

Lärm kam in der Zuschauermenge auf, während im Umfeld des Kaisers völlige Stille herrschte. Manche der Schaulustigen schrien verblüfft auf, die meisten jedoch johlten vor Schadenfreude.
Die »Harnescharre« war eine in der Gegend übliche, äußerst demütigende Bestrafung und versprach den Zuschauern ein großes Spektakel. Die verurteilten edlen Herren mussten jeder einen Hund eine Meile weit tragen, der ihnen an den Hals gebunden wurde. Ministeriale hatten einen Sattel zu tragen, Bauern ein Pflugrad.
Friedrich hob eine Hand, um die tosende Menge zum Schweigen zu bringen.
»Auf Bitten mehrerer Fürsprecher, mit Rücksicht auf sein Alter und die Würde seines kirchlichen Amtes stelle ich den Erzbischof von Mainz, Arnold von Selenhofen, von der Bestrafung frei. Ebenso die Edlen, die sich erboten haben, an seiner Stelle diese Schmach zu erdulden.«
Enttäuschtes Raunen ging durch die Menge, und schon wurden Proteste laut, ob wohl der Pfalzgraf auch so einfach davonkäme. Sie waren trotz der Kälte hier, um zu sehen, wie er auf Knien kroch! Was nutzte ein hartes Urteil, wenn es nicht vollzogen wurde?
Mit einer herrischen Geste brachte Friedrich die Menge erneut zum Schweigen.
»Man bringe den Pfalzgrafen bei Rhein und die Übeltäter, die an seinen Machenschaften beteiligt waren.«
Er setzte sich, alle anderen durften sich wieder erheben und klopften sich den Schnee von den Kleidern.
Nun wurde Pfalzgraf Hermann vor den Kaiser geführt, gefolgt von zehn Grafen und etlichen Ministerialen.
Kniend und mit demütig gesenkten Köpfen nahmen sie das Urteil entgegen, das von den Zuschauern mit euphorischem Johlen aufgenommen wurde.
Ja, jetzt wurde ihnen etwas geboten, das es nicht alle Tage zu erleben gab!

Der Pfalzgraf warf von unten einen vorwurfsvollen Blick auf seinen Neffen.
Wirklich, Friedrich?, fragte er stumm. Willst du mir das antun? Wo bleibt die Würde unseres Standes?
Doch der Kaiser erwiderte den Blick mit eiserner Härte. Absolviere diesen Gang, sonst kann ich dich nicht wieder in Gnade aufnehmen!
Die frierenden barfüßigen Delinquenten erhoben sich in ihren Bußgewändern. Ein paar Männer brachten die Hunde und banden die kläffenden und sich sträubenden Tiere den Verurteilten um den Hals.
Jeder der Verurteilten hatte seinen besten Jagdhund ausgewählt in der Hoffnung, das gut abgerichtete Tier würde sich ruhig von seinem Herrn im Arm tragen lassen. Doch weit gefehlt; und es waren zumeist große, schwere Tiere.
Der Pfalzgraf versuchte vergeblich, seinen gefleckten Lieblingshund zu beruhigen, und starrte missmutig voraus. Eine Meile war zu Pferde schnell zurückgelegt, doch barfuß im Schnee mit dieser zappelnden Last, mit bald erfrierenden Zehen und immer in Gefahr, durch das Halsband erwürgt zu werden …
Welche Verrenkungen die hohen Herren da machen mussten, amüsierte die schadenfrohen Zuschauer köstlich. Sie feuerten die Delinquenten mit Spott und Hohn an, bewarfen sie mit Schneebällen, Tannenzapfen und Kohlstrünken – und nahmen so Rache für all das Ungemach, das sie von Höhergestellten sonst still erdulden mussten.
»Auf zur Jagd, Pfalzgraf!«, schrie ein dürrer Mann aus der Menge und ahmte das Signal eines Jagdhorns nach – sehr zur Belustigung der Menschen in seiner Nähe.
»He, da ist der Graf von Katzenelnbogen!«, jauchzte eine Gestalt mit hoher Stimme, deren Gesicht von einer Gugel weitgehend verhüllt war. »Wie vertragen sich Hund und Katze?«
Lautes Gelächter aus den Reihen der Zuschauer war die Antwort, denn der grauweiße Hund Heinrichs von Katzenelnbo-

gen ließ sich kaum bändigen und wollte sich kläffend seinem Träger entwinden.
Auch der dicke Emicho von Leiningen, der im Gesicht hochrote Gottfried von Sponheim, der humpelnde Konrad von Kyrburg und der ansonsten sehr hochnäsige Heinrich von Diez quälten sich mit ihren wütenden Hunden ab und versuchten, der Demütigung und dem Schnee unter ihren nackten Füßen so schnell wie möglich zu entkommen. Was gründlich misslang, denn die Hunde wollten nichts als wieder auf den Boden, und daran hinderte sie der Ledergurt, mit dem sie ihren Herren an den Hals gebunden waren.
Die den zehn Grafen folgenden Ministerialen hatten zwar nichts Lebendiges um den Hals gebunden. Aber einen hölzernen Sattel über diese Strecke zu tragen, war äußerst kraftraubend, und mehrfach stürzten einige der Delinquenten – manchmal auch von den Schaulustigen durch eine kräftige Ladung Schnee aus dem Gleichgewicht gebracht.
Nur der Kaiser und die Edlen auf dem Podest um ihn herum verzogen keine Miene. Die meisten hatten die Täter ja für schuldig befunden. Doch man machte sich nicht mit dem grölenden Volk gemein, wenn Männer von Stand hier so gedemütigt wurden.
Ein Exempel und eine Warnung an alle, die sich nun noch dem Kaiser widersetzen wollten.
Friedrich sah voller Genugtuung, wie der Bär und sein wettinischer Freund mit eisigen Mienen einen bedeutungsschweren Blick tauschten. Sie hatten die Warnung verstanden.
Es dauerte schier endlos, bis die Geplagten ihre Meile samt Hund oder Sattel absolviert hatten. Beschämt und wütend, frierend und schwitzend zugleich durften sie danach vor den Kaiser treten und wurden vom Bann erlöst. Endlich konnten sie Schuhwerk und warme Umhänge anlegen und sich nach einem verbissenen Dank für die wiedererlangte kaiserliche Gnade entfernen.

Friedrich war zufrieden. Sein Triumph würde sich im ganzen Land herumsprechen: Der Kaiser griff hart gegen jeden Störer des Friedens durch. Selbst gegen Männer von hohem Rang. Selbst gegen Verwandte.
Nun konnte er beruhigt Weihnachten feiern. In Worms.
Wo man noch lange von diesem Tag reden würde.

DRITTER TEIL

STRAFGERICHT

Der Kaiser heiratet

Kaiser Friedrich I., Beatrix von Burgund; Würzburg, Juni 1156

»Troubadoure, spielt auf und erfreut uns mit eurer Kunst!«, rief Friedrich bestens gelaunt von der Hohen Tafel quer durch die Halle, die von festlich herausgeputzten Menschen fast überquoll.

Der sechste Welf und Ulrich von Lenzburg tauschten einen verdutzten Blick und begannen dann beide, breit zu grinsen. Uta von Calw entging das nicht, sie lachte leise.

»Befiehlt das der Mann, der all die Jahre über sittenlose Spielleute und ihren fürchterlichen Lärm schimpfte und behauptete, so etwas würde er in seiner Halle niemals dulden?«, spottete sie.

»Genau genommen sind wir ja auch nicht in *seiner* Halle, sondern Gast des Bischofs von Würzburg«, versuchte sich Welf in Spitzfindigkeiten, während seine Frau losprustete und wie ein Mädchen kicherte.

»Wo der Kaiser sitzt, ist er stets in *seiner* Halle«, konterte Ulrich belustigt mit gespielter Strenge. Dabei musste er schon fast schreien.

Denn herrschte ohnehin schon ohrenbetäubender Lärm durch all die seit Stunden fröhlich schmausenden und feiernden Hochzeitsgäste, schlug jetzt noch eine Gruppe Spielleute kräftig ihre Schellenkränze, um in dem Getöse die Aufmerksamkeit auf sich zu ziehen. Dann sangen sie ein deftiges Lied, in dessen Refrain ein Teil der schon mehr oder weniger betrunkenen Hochzeitsgäste grölend einfiel. Bis die Musizierenden endlich zu wohltönenderen Klängen übergingen.

Friedrich erkannte sich selbst kaum wieder. Hatte er nicht all die Jahre das Geklimper und die losen Sitten des fahrenden Volkes verachtet, als störend und eines königlichen Hofes nicht würdig erachtet?
Doch alles veränderte sich, als er Beatrix in Besançon zum ersten Mal sah. Seine wunderschöne Braut und Königin, die heute im Dom zu Würzburg in größter Feierlichkeit mit ihm vermählt worden war und nun neben ihm saß, ihn mit ihrem entzückenden Lächeln und zärtlichem Blick ansah, als er ihr den silbernen Becher reichte, den sie sich teilten.
Sie faszinierte ihn, hatte ihn regelrecht verzaubert vom ersten Augenblick an.
Beatrix war nicht nur bildschön, sondern alles, was er schon immer wollte: jung, kaum älter als zwölf, aber bereits zur Frau gereift, zierlich, mit goldenen Locken, von bester Geburt und überaus reich.
Sie brachte ihm fünftausend Ritter ein, die er wahrlich gut brauchen konnte angesichts der bevorstehenden nächsten Kriegszüge. Dazu viel Gold, die Grafschaft Besançon und die Provence.
Heiraten war wirklich eine einträgliche Sache.
Was war dagegen schon das Egerland? Beatrix' fünftausend Ritter würden ja in dieser Wildnis kaum Platz finden! Eine Einöde, nur interessant als Arrondierung und wegen der nicht genau festgelegten Grenzen zu Böhmen …
Doch was für ihn in diesem Augenblick allein zählte: Er wollte sie wirklich, diese blutjunge, liebliche Beatrix.
So sehr, wie er noch nie eine Frau gewollt hatte.
Wohin er kam, hatten sich bisher stets die Schönsten der Schönen darum gerissen, sein Bett zu teilen. Wieso auch nicht? Er war mächtig, gut aussehend und ein gefeierter Turniersieger. Großzügig dazu.
Doch Beatrix hatte etwas Besonderes an sich, abgesehen von der üppigen Mitgift.

Auf ihren ebenmäßigen Zügen sah er nicht das hemmungslose Schmachten, mit dem ihn andere Frauen ansahen. Sie gab sich sanft, herzlich, liebevoll, schien ihm gewogen zu sein. Doch statt glühender Liebe meinte er, in ihren leuchtend blauen Augen manchmal ein schelmisches Funkeln zu erkennen. Oder war es eher skeptisch?

Lag es daran, dass sie nur wenig älter als zwölf und eine noch unerfahrene Jungfrau war? Das sollte ihre Zurückhaltung erklären. Aber sie wirkte nicht übermäßig eingeschüchtert. Obwohl er ein Kaiser war, mehr als einen Kopf größer, ein gefeierter und gefürchteter Kämpfer.

Beatrix war irritierend klug trotz ihrer Jugend: Sie konnte lesen und schreiben, sprach Französisch, Griechisch und Latein. Dinge, die er nie gelernt hatte, weil er das nicht als nötig erachtete.

Doch wenn er sie anblickte, erkannte er die Herausforderung.

Und um diese Jungfrau musste er werben.

Er wollte sie unbedingt beeindrucken. Er wollte ihr gefallen.

Manches wurde ihm schlagartig klar, als er das höfische Leben in Besançon genauer betrachte, das viel glanzvoller war als an seinem Hof, dem kaiserlichen.

Um sich nicht zu blamieren oder in ihren Augen gar als Barbar dazustehen, hatte Friedrich sofort seine höchsten Beamten – Truchsess, Marschall, Kämmerer und Schenk – sowie seine engsten Ratgeber zusammengerufen, um an seinem Hof fortan alles so einzurichten, dass er dem burgundischen in nichts nachstand.

Seine Männer rauften sich die Haare ob all dieser ausgefallenen Wünsche: Tafeltücher aus Damast für die Hochzeit, silberne und vergoldete Becher, *Mundtücher* – eine völlig neue Mode, um sich das Fett von den Lippen zu wischen, bevor man am Becher nippte … Was für ein Irrsinn! Hunderte Einzelheiten. Und als Krönung all dessen die *Troubadoure*, wie sie am französischen, englischen und burgundischen Hof üblich waren.

Wenn diese Mode nun an Europas Höfen ausgebrochen war wie eine ansteckende Krankheit … Nun, dann konnte er keinesfalls nachstehen, wollte er sich nicht vor seiner schönen Braut blamieren.
Die auf seine Weisung *vor* der Hochzeit von einer Grafentochter zur Königin erhöht worden war. Erzbischof Hillin von Trier hatte sie am Samstag nach Pfingsten in Worms zur Königin geweiht. Und »Kaiserin« ließ er sie bereits nennen.
»Meine wunderschöne und geliebte Königin und Kaiserin«, murmelte er verzückt und nahm ihre zierliche, elegante Hand, um sie zu küssen.
»Mon mari et empereur bien-aimé!«, antwortete sie mit unwiderstehlichem Augenaufschlag. »Mein ver-liebter … ge-liebter Gemahl und Kaiser«, korrigierte sie stockend und mit bezauberndem Akzent.
Das war eines der Probleme, über die er sich keine Gedanken machte. Er sprach weder Französisch noch Latein, sie kein Deutsch. Aber wozu brauchten Liebende Worte? Da Beatrix schon mehrere Sprachen erlernt hatte, würde sie das Deutsche wohl auch noch meistern. Die ersten Worte kannte sie ja schon, wie sich eben wieder gezeigt hatte.
Sittsam senkte sie die Lider und lächelte, ließ sich von ihm einen Bissen süßes Gebäck in den Mund stecken, erwiderte die Liebesgeste mit einer in Honig eingelegten Frucht. Die Art, wie sie sich danach die Finger ableckte, bevor sie sie in einer Schale Rosenwasser reinigte, machte ihn geradezu verrückt vor Begehren. Wann konnte er sie endlich ins Brautbett führen? Wie lange musste er hier noch ausharren vor all diesen lärmenden und trinkenden Gästen von fast allen bedeutenden Höfen Europas, ohne dass ihm Unhöflichkeit oder gar unziemliche Hast nachgesagt würde? Wann endlich ging die Sonne unter, damit er bald die Tafel aufheben konnte?
Über all diesen ungeduldigen, wollüstigen Gedanken hatte er die Spielleute vorübergehend ganz vergessen.

Einer von ihnen war derweil vor die Hohe Tafel getreten, kniete nieder und sang zur Laute ein schlichtes, sehr einfühlsames Lied, wobei er die kaiserliche Braut auf eine Art anschmachtete, die sofort heftigste Eifersucht bei Friedrich hervorrief.
Was nahm der Kerl sich heraus? Und Beatrix schien es auch noch zu gefallen! Ungeheuerlich.
Mit einer schroffen Geste unterbrach er den Gesang und beugte sich hinüber zu Rainald von Dassel, den er gerade erst zu seinem Kanzler gemacht hatte und der im Französischen bestens bewandert war.
»Was jault dieser Kerl da herum, und welche Anzüglichkeiten erlaubt er sich gegenüber meiner Kaiserin?«, fauchte er ihn an, während der Lärm in der Halle deutlich nachließ. Unzählige neugierige Blicke richteten sich sofort zur Hohen Tafel.
»Das ist das Wesen der Minne, welche nun an vielen Höfen Mode ist: die Schönheit und Tugenden der Gemahlin seines Herrn zu preisen, der Hohen Frau. Natürlich ohne jegliches eigenes Begehren«, erklärte Rainald diese verwirrende neue Sitte.
Friedrich würde wohl kaum vermeiden können, so etwas auch an seinem Hof einzuführen. Was für ein lästiger, weibischer Unfug! Und seine Ritter würden ganz und gar nicht davon begeistert sein, wenn sie jetzt auch noch lernen mussten, der Frau ihres Lehnsherrn ein Ständchen darzubringen. Womöglich noch auf der Laute klimpern? Seine Ritter sollten gefälligst die Schwerter klingen lassen!
Aber Beatrix durfte ihn nicht für einen Barbaren halten. Es reichte schon, wenn die Römer dies taten. *»Barbarossa! Barbaro!«,* hatten sie ihn geschmäht.
Wie er allmählich mitbekam, umschwärmte eine ganze Schar von Troubadouren und Geschichtenschreibern seine Braut, um ihre Schönheit zu preisen.
Friedrich fand das ungeheuerlich. Eine Sitte, die wohl auf die eitle, durchtriebene und für ihre Schönheit bewunderte Eleo-

nore von Aquitanien zurückging, die Gemahlin des englischen Königs Heinrich Plantagenet.

Nun, Beatrix war bestimmt schöner als die alternde Eleonore. Und es war ja *seine* Gemahlin, deren Liebreiz da besungen wurde. Nun gut. Aber nicht von diesem Sänger mit den begehrlichen Blicken! Und nicht jetzt!

Deshalb befahl Friedrich lauthals: »Da kaum jemand in der Halle diese Lobpreisungen auf die Anmut und die Tugenden meiner Kaiserin versteht, spielt zum Tanz auf!«

Er erntete lauten Jubel dafür. So hatte er diesen ihn empörenden Vorfall gekonnt beendet.

Er stand auf, was alle zwang, sich ebenfalls zu erheben, streckte seiner Gemahlin einladend die Hand entgegen und bat sie um die Gunst eines Tanzes.

Beatrix lächelte, knickste tief und ließ sich von ihm zu einem eiligst freigeräumten Platz in der Mitte der Halle führen.

Noch so eine alberne neue Sitte! Friedrich hatte eigens dafür heimlich einen Tanzmeister herbeordert, um sich nicht vor seiner Braut zu blamieren, und dabei festgestellt: Seine Talente lagen eindeutig auf anderen Gebieten.

Seite an Seite schritt das frisch vermählte Kaiserpaar durch die Halle und gab den Hochzeitsgästen so Gelegenheit, noch einmal die kostbaren Hochzeitsgewänder aus der Nähe zu bestaunen.

Friedrich trug einen indigofarbenen Seidenbrokat und darüber den königlichen Hermelin, den er für den Tanz abgelegt hatte, Beatrix einen tiefroten Seidenbliaut mit bodenlangen Ärmeln, über und über mit Gold und Perlen bestickt, dazu einen kronenartigen Reif, der mit Edelsteinen besetzt war. Sclbst der Saum ihres Schleiers, den sie nun als verheiratete Frau zu tragen hatte, war mit Perlen verziert.

So hatte das Volk sie schon überschwänglich bejubelt, als sie am Vormittag in einer feierlichen Prozession zum Dom zogen, um getraut zu werden. Und natürlich noch mehr beim Auszug

aus dem Dom, als der Kaiser und seine wunderschöne Gemahlin reichlich Silber unter den Schaulustigen ausstreuen ließen.
Friedrich forderte seine Gäste laut auf, am Tanz teilzunehmen. So stellten sich mehrere festlich gekleidete Paare in einem Doppelkreis auf – die Herren innen, die Damen außen, um auch ja ihre prächtigen Kleider vorzuführen.
Die Paare wandten sich einander zu für eine tiefe Verbeugung, dann zelebrierten sie würdevoll nach der Musik der Troubadoure die vorgegebenen Schritte und Drehungen.
Rechts, links, rechts, links, einen Schritt zurück, mich zu meiner Gemahlin drehen, Verneigung ... Friedrich war die ganze Zeit mit den Schrittfolgen beschäftigt und fürchtete, sich vor Beatrix zu blamieren.
Die merkte das wohl, ließ sich aber nicht das Geringste anmerken und amüsierte sich insgeheim, während sie die Tanzschritte mit großer Eleganz bewältigte.
Beatrix konnte nicht verstehen, weshalb ein Mann wie Friedrich weder lesen noch schreiben konnte und bei allen seinen Verhandlungen auf Dolmetscher angewiesen war. Lieferte er sich damit nicht diesen Leuten aus? Und der Minne konnte er auch nichts abgewinnen. Die hasste er sogar, obwohl er das ihr gegenüber nicht eingestand.
Doch sie gab sich keiner Täuschung hin: Ihn deshalb auszulachen wäre verhängnisvoll. Das würde er ihr nie vergeben.
Und er war zwar mehr als zwanzig Jahre älter als sie, aber wirklich ein gut aussehender Mann. Der Kaiser. Höher hinauf konnte sie nicht heiraten. Und der Kaiser hätte auch alt, fett und kahl sein können.
Außerdem war er vollkommen vernarrt in sie. Sie würde mit allem Geschick dazu beitragen, dass dieser Zustand anhielt. Als Gemahlin des Kaisers hatte sie mehr Freiheiten als unter der Vormundschaft ihres Oheims, wenn sie es nur geschickt anstellte.
Der Tanz war zu Ende, zu Friedrichs großer Erleichterung.

Das hier fand er schweißtreibender als einen harten Kampf mit dem Schwert.

Da er definitiv keinen zweiten Tanz wünschte und außerdem sein Begehren kaum noch zügeln konnte, gab er seinem Truchsess ein Zeichen.

Der verständigte sich kurz mit dem Erzbischof von Trier und verkündete dann mit tönender Stimme: »Werte Gäste! Das Brautpaar hofft, dass Ihr alle Euch wohl unterhalten habt bei Speis und Trank, bei Musik und Tanz. Und Ihr seid eingeladen, weiterzufeiern. Doch Seine Kaiserliche Majestät hebt die Tafel nun auf, und wir gehen zum noch ausstehenden Höhepunkt dieses unvergesslichen Festes über: der Segnung des Brautbettes und der Brautlegung des jungvermählten Paares.«

Die Troubadoure lärmten mit ihren Instrumenten, die Gäste johlten, und nun drängten sich alle Richtung Gang in der Mitte der Halle.

Hillin von Trier schritt voran, Friedrich bot seiner jungen Gemahlin die Hand, und gemeinsam zogen sie zu ihrem Gemach, gefolgt von einer Schar spektakelnder Gäste, die mit Anzüglichkeiten nicht sparten.

Doch Friedrich hatte vorgesorgt. Niemand würde seine Gemahlin unbekleidet zu sehen bekommen.

Das hatte Beatrix bereits durch ihre Hofdamen erfahren. Und wenn auch gerade in ihrem Bauch ein mulmiges Gefühl aufkam: Sie war hundemüde nach dem anstrengenden Tag. Ihre Augen brannten vom Qualm der Kerzen und Fackeln, ihre Ohren dröhnten von all dem Lärm, das wegen der vielen Edelsteine und Perlen etliche Pfund schwere Gewand lastete auf ihr, und der Stirnreif bereitete ihr schon seit Stunden drückende Kopfschmerzen. Die Aussicht aufs Bett hatte also durchaus etwas Tröstliches für sie – auch wenn sie erst noch einen Kaiser beglücken und ihre Jungfräulichkeit verlieren musste.

Der Erzbischof segnete das Brautbett, mehrere Kammerfrauen zogen Beatrix behutsam das kostbare Hochzeitsgewand aus,

nahmen ihr Schapel und Schleier ab. Und dann durfte sie im Unterkleid unter die aufgeschlagene Decke schlüpfen.
Friedrich seinerseits hatte zwar eigentlich keine Bedenken, seinen stattlichen Körper und seine Männlichkeit aller Welt zu zeigen, dafür musste er sich nicht schämen. Aber das Volk sollte seinen Kaiser nicht nackt sehen. Sonst verlor es den Respekt. Und so blieb auch er vorerst im Unterhemd.
Nach einem weiteren Segensspruch und gemeinsamen Gebet wurden alle hinausgeschickt, und Friedrich sah sich am Ziel seiner Wünsche. Endlich!
Gleich würde diese zauberhafte Jungfrau sein werden, ganz und gar, mit Haut und Haar. Er würde sie zur Frau machen, ihr alle Tage beiliegen und Jahr für Jahr einen Sohn mit ihr zeugen. Am liebsten hätte er sich sofort auf sie gestürzt, sie leidenschaftlich geküsst, ihre Brüste umfasst und sie mit aller Kraft genommen. Doch das ziemte sich wohl nicht. Er wollte sie nicht verschrecken, sondern erobern.
Es hätte Friedrichs Gedankenwelt wohl in Trümmer gelegt, wüsste er, dass die künftigen Bräute am burgundischen Hof nicht so völlig ahnungslos ins Hochzeitsbett geschickt wurden wie die Jungfrauen hierzulande.
Natürlich war Beatrix noch unberührt. Doch erfahrene Frauen hatten sie unterrichtet, wie sie ihrem Gemahl die größte Freude bereiten konnte, ohne gegen die Gebote der Kirche zu verstoßen, die weibliche Lust für eine Sünde hielt.
Aber wo endete der Wille, dem Gemahl zu gefallen, was ja gleichzeitig Pflicht war, und wo begann die Lust?
Beatrix jedenfalls nutzte ihre Hochzeitsnacht, um den Kaiser gänzlich in ihren Bann zu ziehen.

Heimliche Pläne und unheimliche Pläne

*Kaiser Friedrich I., Königin Beatrix,
Rainald von Dassel, Friedrich von Rothenburg,
der sechste und der siebte Welf, Wichmann
von Magdeburg; Würzburg, Juni 1156*

Die Messe am Morgen nach der Hochzeit musste verschoben werden, denn das Brautpaar kam nicht aus den Betten. Was von den Gästen mit großer Heiterkeit und frivolen Scherzen kommentiert wurde.

Viele hatten sich vor dem Brautgemach versammelt, vor allem die Großen des Reiches, um dabei zu sein, wenn die blutbefleckten Betttücher vorgezeigt wurden – als Beweis für die Tugendhaftigkeit der Braut vor der Hochzeit und den Vollzug der Ehe.

Bald forderten die anwesenden Zeugen lautstark skandierend das Erscheinen des jungvermählten Kaiserpaares. Denn sie waren neugierig und hungrig. Und das Morgenmahl würde es erst nach der Frühmesse geben.

Dem Tumult vor der Tür konnten sich Friedrich und Beatrix bald nicht mehr länger entziehen, obwohl sich der Bräutigam noch wohlig im Bett rekelte und am liebsten seine Gemahlin ein weiteres Mal genommen hätte.

Sie war so weich und süß und unschuldig, sie duftete so wunderbar! Er liebte es, durch ihr glänzendes blondes Haar zu streichen, über ihren weichen Leib. Und wenn er in ihr Gesicht sah – die leuchtend blauen Augen, die ihn liebevoll anblickten, ihr bezauberndes Lächeln, das ihre makellosen weißen Zähne enthüllte … Er konnte gar nicht genug von ihr bekommen!

Doch bei dem Tumult da draußen verschob er das wohl lieber auf später. Mit Bedauern. Sein Körper war eindeutig anderer Meinung als sein Verstand.

Er und Beatrix riefen die Bediensteten aus der benachbarten

Kammer herein, ließen sich ankleiden und das Haar ordnen, und dann befahl Friedrich schicksalsergeben, die Tür des Hochzeitsgemachs zu öffnen, um sich der Meute zu stellen.
Mit Glückwünschen, Vivatrufen und auch anzüglichen Scherzen wurde das Paar empfangen, das dies alles über sich ergehen ließ und sich dabei verliebt anlächelte. Eine Kammerfrau trat näher und hielt das Laken empor, wobei Beatrix mühelos ein sittsames Erröten zustande brachte.
Während sich die meisten Anwesenden in Gratulationen, Segenswünschen und Komplimenten ergingen, sah der Magdeburger Erzbischof Wichmann mit besorgtem Blick über die hier Versammelten. Wie er es auch schon gestern immer wieder während der Feierlichkeiten getan hatte. Aus einem ganz bestimmten Grund.

Nach Messe, Frühmahl und der Morgengabe an die Braut erwartete die Hochzeitsgäste eine weitere Attraktion.
Sie zogen zu einer Wiese, auf der ein gewaltiges golddurchwirktes Prunkzelt errichtet wurde, das Geschenk des englischen Königs Heinrich Plantagenet an den Kaiser anlässlich seiner Vermählung.
Es war so groß, dass es nur mit Hilfe von Maschinen aufgerichtet werden konnte: mit Seilwinden und Kranen. Zu Hunderten, ja zu Tausenden kamen Menschen herbeigeströmt, um das Wunderwerk zu sehen und zu bestaunen.
Heinrich und Leonore lassen sich wirklich keine Gelegenheit entgehen, um mir unter die Nase zu reiben, wahre höfische Lebensart gäbe es nur bei ihnen, dachte Friedrich verdrossen. Aber heute konnte nichts seine gute Laune lange trüben.
Mit Beatrix' Hilfe – und ihrer Mitgift – würde er ihnen schon noch beweisen, dass ein Kaiser in jeder Hinsicht über einem König stand. Und vielleicht hatte er schon in dieser Nacht oder heute Morgen einen Erben in den Schoß seiner Gemahlin gepflanzt.

Während Beatrix mit ihren burgundischen Hofdamen den Aufbau des Zeltes und seinen üppigen Zierrat wortreich bestaunte, hatte Friedrich seinen jungen Vetter zu sich gerufen, Konrads Sohn, Friedrich von Rothenburg und Herzog von Schwaben.
Freundschaftlich schlug er dem Elfjährigen auf die Schulter.
»Vetter, bald machen wir dich zum Ritter! Deine Tante Irene und ihr Gemahl, der Kaiser von Byzanz, bedrängen mich schon andauernd deshalb ... Bis du bereit?«
»Jederzeit, sobald Ihr ruft, Majestät!«, versicherte der Junge treuherzig.
»Nicht zu eilig!«, warnte Friedrich milde. »Sobald du Ritter bist, wirst du in der Schlacht voranreiten. Und da sollst du doch überleben. Deshalb muss ich dich noch mindestens ein Jahr der Obhut des tüchtigen Lautersteiners überlassen. Lernst du fleißig bei ihm?«
Als der junge Königssohn eifrig nickte, fragte der Kaiser den Lautersteiner: »Und seid Ihr zufrieden mit Eurem Schüler, Ulrich? Fühlt Ihr Euch noch in der Lage, ihn an den Waffen auszubilden? Ich sehe, Euer Hinken ist stärker geworden ...«
»Verzeiht, Euer Majestät, das ist nur ein kleines Übel wegen des nahenden Wetterumschwungs. Ich habe weitere gute Schwertmeister für die Ausbildung von König Konrads Sohn hinzugezogen. Er ist begabt und schnell und ein hervorragender Reiter.«
Der junge Friedrich strahlte über das Lob.
Doch Ulrich hegte im Herzen immer noch unstillbaren Grimm gegen den Kaiser – wegen Adela. Immerhin wusste er, dass sie glücklich mit Dietho war und ihr drittes Kind erwartete. Er hatte es sich nicht nehmen lassen, das heimlich in Erfahrung zu bringen.
Doch er musste sich hüten vor diesem Kaiser, das wusste er genau. So wie er auch den jungen Rothenburger vor ihm beschützen musste.
»Er kommt ganz nach der Familie, mein Kaiser: Sein Vater,

Euer Vater und Ihr selbst wart und seid jedem Ritter ein Vorbild an Kampferfahrung und Geschick«, schmeichelte er.
Die einzig unverfängliche Art, daran zu erinnern, dass sein Schützling der einzige Sohn und Erbe König Konrads war.
Friedrich schluckte diese Bemerkung, ohne sich etwas anmerken zu lassen.
»Du stehst in der Tradition tapferer Krieger, Junge, dessen bist du dir doch bewusst?«, fragte er scherzhaft.
»Selbstverständlich, Euer Majestät«, bekräftigte der Junge mit leuchtenden Augen.
»Dein Bruder Heinrich-Berengar – Gott sei seiner Seele gnädig – hat mit dreizehn Jahren schon seine erst siegreiche Schlacht geschlagen«, ermunterte ihn der Kaiser.
Dabei verschwieg er, dass der Junge damals nicht an der Schlacht beteiligt gewesen war, sondern hinter den Linien gewartet hatte, und der Ausgang des eher kleinen Reitergefechts vorher abgesprochen war. Damals lag der König schwer erkrankt am Sumpffieber darnieder, und sie mussten den jungen Heinrich-Berengar zum Hoffnungsträger der Dynastie aufbauen. Was auch gelang. Bis er kurz darauf eines plötzlichen, sehr rätselhaften Todes starb.
»Aber jetzt hätte ich gern meinen Knappen Welf zurück. Kannst du auf ihn verzichten?«, fragte Friedrich seinen Vetter.
Der junge Welf war zu sehr von ritterlichen Idealen erfüllt, um den Rothenburger schlichtweg auszuspionieren. Sie hatten sich angefreundet.
Höchste Zeit also, ihn von Friedrich zu trennen. Wobei es ja eigentlich für ihn sprach, wie gut er für den kleinen Königssohn sorgte.
Apropos Königssohn. Bis Beatrix ihm den ersehnten Erben gebar, war der Rothenburger der einzige Königssohn. Doch dann musste er sich für den Jungen etwas einfallen lassen. Sollte er in Rothenburg bleiben. Doch auf Schwaben konnte er als Kaiser nicht ewig verzichten. Im Moment verwaltete er es noch

als Vormund für den Jungen. Doch bevor dieser volljährig wurde, musste er es sich zurückholen. Er brauchte die Einnahmen für seine künftigen Söhne und Töchter – und für eine zukünftig noch viel prächtigere Hofhaltung.
Vertrackte Hinterlassenschaft.
Aber er hatte jetzt Rainald an seinem Hof und ihn zum Kanzler gemacht. Dem würde schon etwas einfallen. Ihm fiel immer etwas ein.
Der brillante Kopf hatte nicht nur einen Weg gefunden, den widerspenstigen Böhmenherzog Vladislav für den Kaiser zu gewinnen, sondern auch eine geniale Lösung für das bayerische Problem ersonnen, die beide Heinriche – den Löwen und Jasomirgott – zufriedenstellen dürfte. Über genau so etwas hatte er die ganze Zeit gegrübelt, hatte auch schon in diese Richtung gedacht, doch noch ohne überzeugendes Ergebnis. Aber Rainald erschuf in wenigen Sätzen ein Konstrukt, das beide Seiten akzeptieren konnten und das ihm selbst, dem Kaiser, noch einen bedeutenden Nebeneffekt einbrachte.
Unersetzlich, der Mann!

Der siebte Welf war hin- und hergerissen von der Aussicht, seinen Rothenburger Freund zu verlassen und wieder als Knappe dem König zu dienen, der inzwischen sogar Kaiser war.
Natürlich war das ein Befehl, kein Wunsch. Dennoch sah er unentschlossen zu seinem Vater.
Das brachte den blendend gelaunten Friedrich auf einen Gedanken.
»Wenn dein Sohn wieder an meinen Hof kommt, mein guter Freund …« Er grinste und tauschte einen Blick mit Uta, die hinter ihrem Gemahl stand. »Dann werden sie dich den alten Welf nennen und ihn den jungen.«
Der sechste Welf konterte, ebenso grinsend: »Und dich irgendwann den alten Friedrich, wenn du einen Sohn hast, der deinen Namen trägt.«

»Das nähme ich gern in Kauf, wenn ich nur erst einen Sohn hätte«, gestand der Kaiser. »Ich kann es kaum erwarten. Vielleicht schon in neun Monaten! Das würde mich nicht wundern …«

Aus dem anzüglichen Grinsen wurde ein verträumtes Strahlen. »Ich hätte nie gedacht, dass ich verheiratet so glücklich sein würde. Sie ist wunderbar.«

Das trug ihm sogar ein verzeihendes Lächeln von Uta ein. Aber nur deshalb, weil sie wusste, dass auch Adela ihre Liebe gefunden und die schlimmen Jahre hinter sich gelassen hatte.

»So viel ungetrübtes Glück ist ja kaum zu ertragen«, brach Friedrich dann selbst den Zauber des Moments. »Kommt, sehen wir nach, ob wir irgendetwas zu beanstanden haben an dem protzigen Geschenk des englischen Königs …«

Beatrix hatte sich inzwischen mit seiner Erlaubnis in ihre Kammer zurückgezogen, um zu ruhen. Sie hat in der Nacht auch wirklich wenig Schlaf bekommen, dachte er stolz. Vielleicht fand er bald eine Gelegenheit, mit einer Ausrede von hier zu verschwinden und erneut das Lager mit ihr zu teilen. Jäh überkam ihn die Lust … Sollten sich doch die anderen an dem Zelt des englischen Königs ergötzen!

Und wieder sah Erzbischof Wichmann unter den hohen Gästen, die hier die Geschenke bestaunten, von einem zum anderen und machte sich seine Gedanken.

So gut wie alle Großen des Reichs und viele Gesandte von ausländischen Höfen waren zur kaiserlichen Hochzeit eingeladen und auch erschienen. Sogar der in Worms zum Hundetragen verurteilte Pfalzgraf Hermann von Stahleck, der sich offenbar wieder in kaiserlicher Gnade befand. Ebenfalls – wie auch er selbst – fast alle Teilnehmer des Mahls auf Giebichenstein, obwohl sie bei dem Treffen an der böhmischen Grenze ohne Gruß vom Kaiser geschieden waren, ein äußerst ungewöhnlicher Vorfall.

Albrecht der Bär weilte hier mit Sophia und einigen seiner Söhne, unbekümmert wie stets. Sogar Vladislav von Böhmen war zu Gast. Es fehlte von allen Verschwörern nur sein Oheim Konrad von Wettin …

Der Markgraf von Meißen und der Lausitz war nicht eingeladen worden, und das war äußerst beunruhigend.

Heinrich Jasomirgott fehlte ebenfalls. Doch Wichmanns Spione hatten ihm geflüstert, der frisch als Kanzler eingesetzte Rainald von Dassel habe mit dem Babenberger insgeheim eine Einigung bezüglich Bayern erzielt, die auf dem nächsten Hoftag umgesetzt werden sollte, in Regensburg.

Wichmann hegte den höchsten Respekt vor der Klugheit des neuen Kanzlers. Sie waren etwa gleich alt, und beide hatten sicher den Lebenslauf des anderen sehr aufmerksam verfolgt.

Wenn es Rainald gelungen war, den Löwen und Jasomirgott zu einer einvernehmlichen Lösung zu bewegen …

Dann musste er schlussfolgern, der Böhmenherzog werde mit einer großzügigen Gabe auf die Seite des Kaisers gezogen. Und da der Markgraf von Meißen und der Lausitz so offenkundig bei dieser Hochzeit unerwünscht war, würde er womöglich die Zeche zahlen. Teile von Konrads Herrschaftsgebiet ließen sich äußerst günstig an Böhmen angliedern.

Wichmann ließ sich von den jubelnden und johlenden Hochzeitsgästen mittreiben und beschloss, bei nächster unauffälliger Gelegenheit ein Gespräch mit seinem guten Freund Bischof Daniel von Prag zu führen, der Vladislav hierher begleitet hatte, zusammen mit seinem Propst Gervasius von Vyšehrad.

Er erwartete erhellende und alarmierende Neuigkeiten und überlegte schon, wie er seinen Oheim unauffällig warnen konnte. Eine Reise nach Meißen kam für ihn nicht in Frage, das wäre zu auffällig. Und wenn es stimmte, was er sich zusammenreimte und befürchtete, dann konnte er auch keinen Boten schicken.

Der lange Arm des Kaisers

Wichmann von Magdeburg, Konrad und seine Söhne, Hedwig, der Graf von Seeburg; Kloster St. Peter, Ende Juni 1156

Ungewöhnlich schweigsam näherte sich die meißnische Reisegesellschaft dem wettinischen Hauskloster auf dem Petersberg.

Konrads Neffe Wichmann, der Erzbischof von Magdeburg, hatte seine Verwandten hierhergerufen, damit sie gemeinsam am Grab seiner Mutter beten und er eine Messe für Mathildes Seelenheil lesen konnte.

Die resolute Gräfin von Seeburg war Anfang des Jahres gestorben, und ihr zweitgeborener Sohn Wichmann hatte wegen seiner vielen Reisen und ausgedehnten Aufenthalte am kaiserlichen Hof nicht zum Begräbnis seiner Mutter kommen können. Deshalb nun diese überraschende Einladung an die markgräfliche Familie. Wichmanns Boten waren erst vor einer Woche in Meißen eingetroffen und kamen direkt vom Hoftag des Kaisers in Würzburg.

Dieser Umstand und die ungewöhnliche Eile ließen Konrad sofort argwöhnen: Dahinter steckte nicht nur die Sorge seines erzbischöflichen Neffen um das Seelenheil seiner Mutter! In Würzburg, bei der Hochzeit des Kaisers mit Beatrix von Burgund, musste ihm etwas zu Ohren gekommen sein.

Etwas, das es dringend machte, den weiten Weg hierherzureiten, statt dem Kaiser von Würzburg aus gleich weiter nach Regensburg zu folgen.

Etwas so Geheimes und Wichtiges, dass sein Neffe ihm höchstselbst berichten wollte und nicht wagte, die Einzelheiten einem Boten oder gar einem Pergament anzuvertrauen.

Das verhieß nichts Gutes. So viel schien Konrad gewiss.

Jeder aus der markgräflichen Familie hing seinen Erinnerungen an die bemerkenswerte Mathilde nach, während ihre Pferde den sanft ansteigenden Pfad hinauf zum Hauskloster der Wettiner trabten und freudig schnaubten; sie witterten die nahen Ställe mit frischem Heu.

Beharrlicher Nieselregen legte einen grauen Schleier über die Landschaft und zwang die Gesichter der Reisenden nach unten – ein Grund mehr, sich in Gedanken zu verlieren.

Da ihre Herrschaften schwiegen, bemühten sich auch die Ritter, Knappen und Pferdeknechte, nicht durch unnützes Geschrei Anstoß zu erregen.

Mathilde war keineswegs still und einsam auf ihrem Witwensitz in Seeburg von dieser Welt gegangen; das hätte ihr kaum ähnlich gesehen. Als sie den Tod auf leisen Sohlen, aber unerbittlich nahen spürte, hatte sie ihre Familie zu sich gerufen. Und bevor sich alle ums Sterbebett versammelten, um ihr Trost zu spenden und zu beten, hatte sie mit jedem Einzelnen noch unter vier Augen gesprochen.

Worüber, verriet keiner von ihnen.

Der deutlich gealterte Markgraf Konrad vermisste seine Schwester mittlerweile viel mehr als seine vor zehn Jahren verstorbene Gemahlin, deren Bild in seiner Erinnerung längst verblasste.

Auch Luitgard lag in der Kirche des Augustinerstiftes auf dem Petersberg beigesetzt. Sie war ihm eine stille, gehorsame Gemahlin gewesen und hatte ihm viele Söhne und Töchter geschenkt. Beispielhaft für eine Fürstin.

Mathilde hingegen nahm nie ein Blatt vor den Mund, was Konrad normalerweise keiner Frau zugestand. Doch seine Schwester war nicht nur klug gewesen und mit den Jahren immer weiser, sondern auch ungewöhnlich gut darüber informiert, was im Reich vor sich ging. In letzter Zeit sogar besser als er – sehr zu seinem Missfallen.

Mathilde hatte ihn schon vor zwei Jahren eindringlich davor

gewarnt, sich mit diesem Kaiser anzulegen, mochte der Staufer auch über die Alpen ziehen und erst einmal in der Ferne beschäftigt sein.

»Friedrich vergisst nie eine Kränkung oder den geringsten Kratzer an seiner Ehre. Sei vorsichtig, Bruder! Der Rotbart ist von anderer Art als sein königlicher Oheim Konrad, der stets auf Ausgleich angewiesen war.«

Diese warnenden Worte hatte Mathilde gewählt, als er ihr von dem geplanten Treffen auf Burg Giebichenstein erzählte.

Und während er ihr vor einem halben Jahr von dem Hundetragen zu Worms berichtete, zu dem er ausdrücklich hinbefohlen worden war, hatte sie die Stirn gerunzelt und skeptisch gefragt: »Du glaubst, damit seist du davongekommen? Nur mit dem Anblick als unmissverständliche Warnung, dass Friedrich nicht davor zurückscheut, selbst Fürsten öffentlich auf diese Art zu demütigen und zum Gespött fürs Volk zu machen, wenn sie nicht gehorchen?«

Sie hatte die Kante des Tisches umklammert, als wollte sie daran Halt suchen, und ihm mit größter Besorgnis in die Augen gesehen.

»Gib dich nur keiner Täuschung hin, Bruder! Es ist noch nicht vorbei. Der Kaiser, so befürchte ich, ist mit dir noch nicht fertig.«

Nun war Markgraf Konrad – im Gegensatz zu fast allen anderen bedeutenden Reichsfürsten – weder zur Hochzeit Friedrichs mit Beatrix eingeladen worden noch zu dem wichtigen Hoftag, der für September in Regensburg angesetzt war. Dort sollte das bayerische Problem endlich auf versöhnliche Weise gelöst werden.

Er war also am Hof des Herrschers nicht mehr erwünscht. Anders formuliert: in Ungnade gefallen.

In welchem Ausmaß und was ihn sonst noch erwartete, das würde ihm vermutlich gleich Wichmann mitteilen, der nicht nur an Hochzeit und Hoftag in Würzburg teilgenommen hatte, sondern über mehr und bessere Spione im Umfeld des Kaisers verfügte als Konrad. Und viele Geheimnisse – das durfte man nie vergessen – bekam Wichmann als Erzbischof mit eigenen Ohren zu hören.

Der Abt des Augustinerklosters erwartete sie bereits im äußeren, auch Besuchern zugänglichen Bereich des Stiftes und hieß sie mit vielen Verbeugungen und wohlgesetzten Worten willkommen.
»Durchlaucht, Euer erzbischöflicher Neffe ist schon hier und betet vor den Gräbern seiner Mutter und Eurer Gemahlin in der Kirche«, berichtete er beflissen und schlug ein Kreuz.
Konrad beschloss sofort, auch dorthin zu gehen, sobald er sich etwas erholt und die steif gewordenen Glieder gelockert hatte. Das Reisen fiel ihm zunehmend schwerer, Gicht und Darmträgheit setzten ihm arg zu, und das Stechen und Bohren in seinem Magen wurde auch immer grässlicher. Er wagte sich ja kaum noch an ein Stück gebratenes Wild heran, obwohl er noch fast alle Zähne besaß. Weich gesotten bekam es ihm besser.

Derweil stapfte Konrads ältester Sohn Otto los, um seiner jungen Frau eigenhändig aus dem Sattel zu helfen.
Seit er Hedwig in einem Anfall von Wut in sein Bett befohlen hatte, lag er ihr fast in allen Nächten bei, in denen die Kirche es nicht verbot. Insgeheim war er seiner Gemahlin nachträglich dankbar, dass sie ihn beschwichtigt hatte, damit er nicht im Groll zu ihr kam, sondern sanft begann, bis ihn die Leidenschaft überwältigte.
Das Bett mit ihr zu teilen, bereitete ihm größte Freude, obwohl Hedwig alle gebotene Zurückhaltung und Sittsamkeit einer edlen Frau zeigte. Wenn er sich danach atemlos in die Kissen fallen ließ, lobte sie seine Stärke und Manneskraft, strich über seine muskulösen Armes, verwickelte ihn in bemerkenswerte

Gespräche, die ihn zum Staunen über seine zarte Gemahlin brachten, bevor ihn die Erschöpfung in den Schlaf riss. Worüber sie sich alles Gedanken machte und was sie alles wusste! Ganz erstaunlich für eine Frau, noch dazu für eine so junge.

Mit seinen kräftigen Armen half er Hedwig von ihrem Lieblingspferd Goldmähne, das er ihr an dem Tag geschenkt hatte, an dem sie als seine Braut in Meißen Einzug hielt.

»Fühlt Ihr Euch wohl, meine Liebe?«, erkundigte er sich besorgt.

Graziös ließ sie sich auf dem Hof absetzen, wobei Otto sie aufmerksam auch noch über eine schlammige Pfütze trug.

»Ein wenig durchgefroren, mein Gemahl«, antwortete Hedwig lächelnd. »Aber Eure Güte und Freundlichkeit wärmen mich schon wieder.«

Güte und Freundlichkeit waren normalerweise keine Worte, die man mit Otto von Wettin in Verbindung brachte, den bulligen, unbeherrschten Markgrafensohn mit dem kantigen Kinn. Aber die kleine Hedwig bewirkte dieses Wunder.

Im Frühjahr war sie zu Ottos größter Freude schwanger geworden. Doch ihr Leib hatte sich noch nicht einmal gerundet, als sie das Ungeborene verlor.

Otto war untröstlich, Hedwig trauerte. In ihrem tiefsten Innern war sie aber auch erleichtert, nicht jetzt schon eine gefährliche Geburt nach der anderen überstehen zu müssen wie ihre Mutter oder Markgräfin Luitgard.

Sie ahnte, dass Mathilde auf dem Sterbebett ihren ältesten Neffen gemahnt hatte: Schone deine zarte Gemahlin noch eine Weile, wenn du gesunde Erben willst! Hedwigs Mutter und auch deine waren ein paar Jahre älter, als sie vermählt wurden, und nur dadurch kräftig genug, jedes Jahr ein Kind auszutragen.

Denn seitdem war Otto zurückhaltender mit seinen ehelichen Zuwendungen geworden, obwohl sein Begehren nicht zu übersehen war. In solchen Nächten stand er auf und verließ die Kammer, um seine Lust mit einer Magd oder jungen Witwe zu stillen.

Was Hedwig nur recht war. Sie konnte seine Nähe kaum ertragen, nicht einmal seine Berührungen, und das wurde auch nicht besser. Er tat ihr weh, wenn er in sie eindrang, wenn er mit seiner Körpermasse ihren Leib quetschte.

Doch war es die Pflicht einer Ehefrau, das zu ertragen.

Zum Glück hatte Josefa ihr heimlich eine Salbe zugesteckt, die – diskret an ihrer verborgensten Stelle aufgetragen – den Akt für sie angenehmer machte und Otto das Gefühl gab, sie sehne sich nach seiner Manneskraft.

»Du trägst manchmal einen Luchspelz«, hatte Mathilde Hedwig auf dem Sterbelager zugeflüstert. Der Pelz war ein Geschenk Jaczas von Köpenick gewesen, eines Wahlverwandten ihres Vaters. Und wie einst Jacza sagte ihr nun auch die weise Mathilde: »Sei wie ein Luchs! Klug, aufmerksam beobachtend und viel stärker, als man es ihm zutraut. Halte dir deinen Gemahl gewogen und sorge dafür, dass er mit seiner Launenhaftigkeit kein Unheil anrichtet! Und fühle dich nicht schlecht dabei, wenn du ihm etwas vorspielen musst. Das tun fast alle Frauen – wenn sie klug sind. Wenn sie überleben wollen, ohne ständig grün und blau geprügelt zu werden, weil der Herr Gemahl schlechter Laune ist oder zu tief in den Weinkrug geblickt hat …«

Mathilde hatte geseufzt und gewispert: »Vor meinem Gero musste ich mich nie verstellen oder fürchten. Er hat mich geliebt und ich ihn. So wenigen Paaren ist dieses Glück vergönnt! Bald bin ich wieder bei ihm, bei meinem Gero …«

Still hatte Hedwig am Bett gesessen, Mathildes inzwischen knochendürre Hand gehalten und die Tränen unterdrückt.

Sie konnte sich ihre Tante kaum als junge, verliebte Braut vorstellen. Doch sie hatte Dietrich und Gunda miteinander erlebt. Und so sehr sie Gundas Tod betrauerte – ihr Sehnen wurde

immer stärker, einmal so geliebt zu werden und so lieben zu können wie die Gräfin von Plötzkau.
Mit ihrem Gemahl würde sie das nie erleben.

Für Otto hatte Mathilde noch einen zweiten eindringlichen Rat: »Sei deinem erlauchten Vater eine Stütze, kein Rivale! Auf euer Haus kommen womöglich Zeiten zu, in denen ihr Besitz und Titel verteidigen müsst. In denen es ums Ganze geht – um alles oder nichts.«
»Gegen den Löwen?«, hatte der künftige Markgraf von Meißen sofort gefragt.
»Nein. Gegen den *Kaiser*. Bietet ihm keinen weiteren Anlass, euch zu entmachten!«, so Mathildes Warnung. »Das Wohl unseres Hauses steht auf Messers Schneide.«
Man wird sehen, dachte Otto, während ihm die Worte seiner Tante wieder durch den Kopf gingen, wissend, dass er gleich vor ihrem Grab stehen würde.
Er hielt Mathildes Schwarzseherei für weibliche Grillen. Doch sollte es *wirklich* so weit kommen, überlegte Otto in seiner plumpen Gier nach Macht, kann ich vielleicht den gesamten Zorn des Kaisers auf Vater lenken und gehe als neuer Markgraf zweier Marken aus allem hervor.
Die Zukunft würde also spannend werden.
Wie erfreulich!
Aber jetzt bot er erst einmal seiner Gemahlin die Hand, um sie ins Gästehaus des Klosters zu geleiten. Ihr hübsches Pferd Goldmähne schnaubte und schüttelte den Kopf, bis Hedwig ihm noch einmal lobend den Hals tätschelte und einen Apfel gab. Erst dann ließ sich Goldmähne in den Stall führen. Derweil schleppten Diener und Kammerfrauen die Truhen und Kästchen ihrer jungen Herrin zur Herberge.

Kaum trat Otto wieder aus dem Gästehaus des Klosters für die markgräfliche Familie heraus, kam ihm mit großen Schritten sein Vetter über den Hof entgegen, der Graf von Seeburg, der nach seinem Oheim auch Konrad genannt worden war.

»Otto! Dietrich! Kommt her und lasst euch umarmen!«, brüllte er mit sonorer Stimme über den ganzen Hof und strahlte. »Wisst ihr noch, wie wir einst zu dritt mit unseren Mannen geritten sind, um Plötzkau von dieser Bande Wegelagerer zu befreien? Was für ein erfrischendes Gemetzel! Dabei trafen wir faktisch im letzten Augenblick dort ein, sonst hätte das Lumpenpack die Burg gestürmt.«

Dietrich, der gerade erst abgesessen war, hätte seinem Vetter am liebsten das Maul mit der Faust gestopft.

Nachdem Otto über den sichtlich gewachsenen Leibesumfang von Mathildes Erstgeborenem gespottet hatte, erkannte dieser endlich an Dietrichs finsterer Miene seine Taktlosigkeit.

Sofort verschwanden Prahlsucht und Leutseligkeit vom Gesicht des Seeburgers.

»Die schöne Gräfin von Plötzkau … Stimmt es, was ich hörte? Dass sie dahingeschieden ist?«

Dietrich brachte kein Wort heraus. Er nickte nur und ließ die Beileidsbekundungen seines Vetters über sich ergehen.

Er trauerte immer noch um Gunda, und sein gedankenloser Verwandter hatte in die blutende Wunde Salz gestreut.

Das machte es ihm noch schwerer, sich die letzten Worte der warmherzigen Mathilde an ihn zu Herzen zu nehmen.

»Ich weiß, wie sehr du sie geliebt hast. Wenn es jemand nachempfinden kann, dann ich … In deinem Herzen wird immer ein Teil von dir um sie trauern. Um deine wunderbare Geliebte.«

Mathilde hatte Tränen in den Augen bei diesen Worten.

Dann fuhr sie leise fort: »Sie ist dahin, und du wirst sie erst nach deinem Tod im Himmelreich wiedersehen, wenn der Allmächtige dir gnädig ist. Da ich dir ein langes Leben wünsche, nimm also einen Rat von mir an, auch wenn du ihn nicht hören willst.«

Sie legte eine Pause ein, holte mühsam Atem und sah ihm in die Augen.

»Söhne dich mit Dobroniega aus, Neffe!«
Man widersprach einer Sterbenden nicht. Aber Dietrich konnte nicht an sich halten.
»Wie sollte ich das? Bei all ihrem Hass? Über all die Jahre?«, platzte er verzweifelt heraus.
Mathilde hatte nur müde den Kopf geschüttelt.
»Du brauchst einen Erben. Erfülle deine Pflicht!«, sagte sie.
Als sie seine abweisende Miene sah, umklammerte sie seine Hand und zwang ihn, sie anzusehen.
»Dobroniega bereut«, sagte Mathilde zu Dietrichs Erstaunen. »Sie bereut lange schon, was sie gesagt und getan hat … Doch sie wagt nicht, es zu zeigen, weil sie deinen Zorn und deinen Hass fürchtet.«
»Ich werde sie nicht schlagen, falls sie davor Angst hat«, entgegnete Dietrich kühl. »Aber wie soll ich in ihr Bett steigen nach allem, was geschehen ist?«
»Frage dich einfach, ob ihr euch weiter bis ans Ende eures Lebens in Eiseskälte anstarren wollt. Sie war jung und von ihren Brüdern gegen ihren Willen aus dem Kloster gerissen worden für diese Heirat. Vielleicht verbarg sie hinter diesem Hass nur ihre Angst. Doch das ist Jahre her. Sie bereut. Geh ihr entgegen …«
Dietrich richtete seinen Blick dorthin, wo gerade Dobroniega und Adele aus den Sätteln geholfen wurde. Die beiden jungen Frauen waren – für ihn unerklärlich – die ganze Stecke nebeneinandergeritten und hatten geplaudert. Worüber nur?
Seine temperamentvolle Lieblingsschwester und seine eiskalte Gemahlin, die Eisprinzessin?
Adele war wieder schwanger, was Sven überglücklich aufgenommen hatte, bevor er loszog, um Truppen für seine Rückeroberung Dänemarks aufzutreiben.
Doch während Sven von einem Erben träumte, betete Adele inständig: Gütige Jungfrau Maria, lass es ein Mädchen sein!
Sie hatte kein Vertrauen mehr in die Kriegspläne und das

Kriegsgeschick ihres Mannes. Wenn Sven scheiterte … Aber auch, wenn sich andeutete, er könnte Erfolg haben …
Dann würden seine Feinde alles tun, seinen künftigen Erben als möglichen Thronfolger aus dem Weg zu räumen. Und wenn sie ihn im Mutterleib abstachen. Unwillkürlich legte sie die Hand schützend über ihren Leib.

So war bei der Messe, die der Magdeburger Erzbischof für das Seelenheil der Gräfin von Seeburg las, jeder ihrer Verwandten in eigene Gedanken vertieft – sei es wegen Mathildes Mahnungen oder wegen der Unwägbarkeiten, die die Zukunft bereithielt.
Die Schwester des Markgrafen war an Luitgards Seite vor dem Altar beigesetzt worden. Zwischen beiden würde dereinst Konrad die letzte Ruhe finden.
Nach den Gebeten und dem gemeinsamen »Amen« wechselte Wichmann nur die Kleider, um sich umgehend mit seinem markgräflichen Oheim unter vier Augen zu besprechen. Ein weiteres Anzeichen dafür, dass er keineswegs nur wegen seiner Mutter gekommen war. Messen für ihr Seelenheil hätte er ebenso im Magdeburger Dom lesen können, der viel prachtvoller war als die erst halbfertige Stiftskirche auf dem Petersberg.
Wichmann hielt sich auch gar nicht erst mit Vorreden auf, als er sich dem Markgrafen von Meißen und der Lausitz gegenüber zum vertraulichen Gespräch auf einem Stuhl niederließ.
»Es gab in Würzburg am Rande der kaiserlichen Hochzeit ausgiebige Geheimabsprachen mit Vladislav, dem Herzog von Böhmen. Unter tätiger Mitwirkung des Prager Bischofs Daniel und des neuen Kanzlers Rainald von Dassel«, begann er.
»Mit gütlicher Einigung?«, argwöhnte Konrad, dessen mulmiges Gefühl sich noch verstärkte.
Immerhin hatte es Vladislav nach Friedrichs Krönung vehement abgelehnt, vor ihm zu erscheinen. Der Böhme gehörte

zum Kreis der Verschwörer auf dem Giebichenstein und war die stärkste Stütze für den widerborstigen Jasomirgott.
Wichmann nickte.
Sofort zog Konrad, der gewiefte Stratege, die richtigen Schlussfolgerungen.
»Der Kaiser hat unsere Front gegen den Welfen aufgebrochen«, resümierte er und war auf einmal wieder hellwach. Er durchschaute den Plan.
»Friedrich holt Vladislav mit großen Versprechungen auf seine Seite. Womöglich bietet er ihm die Krönung an? Jasomirgott stellt er in Regensburg auch auf irgendeine ausgeklügelte Art zufrieden, wodurch der ganze Babenberger Familienzweig Ruhe geben wird. Und den Bären zähmt er mit der Aussicht, ihn offiziell als Herrn von Brandenburg anzuerkennen … oder auch nicht.«
»Richtig«, konstatierte Wichmann, aufs Neue beeindruckt, wie schnell sein Oheim die Lage erfasste. Konrad kannte sich aus in höfischen Ränken. Doch das Entscheidende wusste er noch nicht, konnte er noch nicht wissen.
Der für seinen aufwendigen und sehr weltlichen Lebensstil bekannte Erzbischof trank einen Schluck Wein und sortierte seine prächtigen Gewänder. Noch während er überlegte, wie er dem geehrten Oheim die schlechte Nachricht schonend beibrachte, legte Konrad schon den Finger auf den wunden Punkt.
»*Was* hat er dem Böhmen versprochen?«, fragte der Markgraf schneidend und äußerst beunruhigt. Sein Ländereien grenzten an Böhmen, und alles, was dort vor sich ging, war für ihn von größtem Belang.
»Budusin – das Land Bautzen. Die Burg und das dazugehörige Land«, antwortete der Erzbischof. Es brachte nichts, lange um den heißen Brei zu reden.
Einen Augenblick lang herrschte tödliche Stille in der Kammer. Dann fuhr Konrad auf: »Das Land Bautzen gehört *mir!* Es wurde mir von König Konrad übertragen! Dort habe ich meine

Münze, eine starke Burg und den Spreeübergang auf der Via Regia, was mir einträgliche Einnahmen bringt.«
»Der Kaiser gibt es dem Böhmen«, wiederholte Wichmann bedauernd. »Es ist so vereinbart und Friedrichs unabänderlicher Wille. Vladislav wird von Friedrich zum König gekrönt, unterstellt sich dafür seiner Herrschaft und beteiligt sich mit einem Heer am nächsten Italienzug.«
Konrad fehlten die Worte; seine Kiefer mahlten.
»Das ist immer noch nicht alles«, fuhr sein Neffe unerbittlich fort. »Friedrich entzieht dir auch die Vogteirechte über die Naumburger Bischofskirche und das Chemnitzer Benediktinerkloster.«
»Das kann er nicht tun!«, widersprach Konrad erbleichend.
»Er kann und er wird. Er ist der Kaiser«, stellte Wichmann nüchtern fest. »Dagegen bin ich machtlos. Offiziell weiß ich noch nicht einmal davon. Zum Glück verstehe ich mich bestens mit dem Bischof von Prag.«
Der alte Markgraf lehnte sich in seinem Stuhl zurück und schloss die Augen.
»Dieser …« – gerade noch hielt er ein grobes Wort zurück – »nimmt mir vor dem gesamten Reich, vor allen Fürsten mein Land, meine Rechte! Solche Demütigung, solch ein Ehrverlust … Wie soll ich das ertragen?«
Jäh öffnete er die Lider und sah seinen Neffen an, der zu den klügsten Männern seiner Zeit gehörte. Und zu den einflussreichsten.
Er hat die Augen und die Weisheit seiner Mutter, dachte Konrad. Ganz im Gegensatz zu seinem Bruder. Sie protzen zwar beide gern, aber das müssen wir alle: unseren Stand durch prächtige Gewänder kundtun. Weiß Wichmann einen Ausweg für mich?
»Alle werden sich von mir abwenden«, sah der Markgraf schon voraus. Und sie würden sich noch ins Fäustchen lachen.
Zu seiner Bestürzung nickte sein Neffe.

»Aber *ich* werde dich unterstützen, ganz gleich, was du auch beschließen magst«, versicherte er. »Nur umstimmen kann ich den Kaiser in dieser Sache nicht.«

»Und wenn ich mich ihm zu Füßen werfe, so schwer mir das auch fiele? Oder Dietrich zu Gesprächen schicke, der doch einst so gut Freund mit ihm war? Ein Heer für den nächsten Feldzug zusichere?«

»Nichts würde etwas ändern. Es ist entschieden.«

Bedrückt sah Wichmann, wie sein Oheim litt.

Konrad schwieg eine Weile, doch auf seinen sonst zumeist reglosen Zügen arbeitete es.

»Ich grübele schon sehr lange, wer uns verraten hat. Du hattest beste Vorkehrungen getroffen, Neffe. Es kann nur jemand aus unserem Kreis gewesen sein. Ich argwöhne, der Bär hat wieder einmal im Weinrausch geprahlt … Deshalb kommt er auch so glimpflich davon.«

Am liebsten würde er dem alten Kampfgefährten die Faust ins Gesicht rammen und ihm die Freundschaft aufkündigen. Was hatte der Haudrauf wieder angerichtet in seinem Leichtsinn? Hatte er ihn nicht sogar ausdrücklich gewarnt, seine Trinkgefährten weise auszuwählen?

Zu Konrads Überraschung schüttelte Wichmann den Kopf.

»Nein. Es war nicht der Bär. Der Verräter kommt aus deinem eigenen Haus.«

Fassungslos starrte Konrad ihn an.

»Dietrich?«, fragte er tonlos. »Er fühlt sich dem Kaiser verbunden seit ihrem gemeinsamen Turniersieg in jungen Jahren. Deshalb hatte ich ihn nicht mitgenommen, ihm nichts darüber gesagt, was wir wirklich planten.«

Er wollte schon aufstehen und seinen zweitältesten Sohn herbeibrüllen, doch der Erzbischof hob beschwichtigend eine Hand.

»Nein, nicht Dietrich.«

»Otto?«, fragte Konrad entsetzt. »Will er mich auf diese Art beiseitedrängen und sich beide Marken vom Kaiser geben lassen?«

Was hatte er für eine undankbare Brut herangezogen!

»Nun, Otto trifft insofern Schuld, als er im Weinrausch eine Andeutung zu viel fallen ließ«, erklärte Wichmann. »Doch aufgeschnappt, weiter nachgeforscht und alles haarklein dem Kaiser berichtet hat dein Schwiegersohn Sven. Damit wollte er sich beim Kaiser ein Heer für die Rückeroberung Dänemarks verdienen.«

Konrad ließ die flache Hand auf den Tisch fallen, eine Ader an seiner Schläfe trat deutlich hervor. Sven konnte von Glück sagen, dass er weit fort war. Vermutlich an der Spitze von Truppen, die er als Judaslohn bekommen hatte.

Mit aller Beherrschung, die er noch aufbringen konnte, sagte der Markgraf schließlich: »Neffe, ich danke dir für die Warnung … Dass mich das Unheil, die öffentliche Demütigung nicht unvorbereitet trifft. Jetzt lass mich bitte allein. Ich muss nachdenken.«

Der Erzbischof nickte und erhob sich.

Er konnte nur Trost anbieten, keine Lösung aus dem Dilemma. Der Kaiser hatte entschieden.

Wichmann durchschaute Friedrichs Plan ebenso wie sein Oheim. Der Kaiser zog einen einstigen Gegner auf seine Seite und stutzte zugleich den Meißner zurecht, ohne ihn vollkommen zu entmachten. Er musste die östliche Grenze des Reiches gesichert wissen.

Mochte Böhmen nun auch auf Friedrichs Seite stehen – gegen Polen würde es schon bald Krieg geben, denn Bolislaw Kraushaar und sein Bruder Mieszko verweigerten dem Kaiser Anerkennung und Tributzahlungen. Und er hatte ja auch noch den von ihnen vertriebenen ältesten der polnischen Herzöge als unnützen Esser in Altenburg, dessen Hofhaltung Unsummen verschlang.

Die ganze Nacht hindurch verharrte Konrad in seinem Stuhl

und starrte vor sich hin, grübelte, ersann und verwarf Handlungsmöglichkeiten.
Er konnte den Kaiser nicht daran hindern, ihm sein wertvolles Land zu nehmen und es auf dem Hoftag vor allen Fürsten einem anderen zu übergeben. Aber er konnte diese öffentliche Demütigung auch nicht einfach so hinnehmen. Und die Häme seiner Gegner. Das würde er nicht ertragen.
Seinen Söhnen durfte er nicht mehr trauen. Keinem!
Um seiner Ehre willen – welchen Ausweg gab es?
Die antiken Helden hätten sich in solcher Lage in ihr Schwert gestürzt, um ihre Ehre zu wahren. Doch einem frommen Christen blieb dieser Weg verwehrt. Selbstmord galt als schlimmste aller Sünden, weil sie nicht mehr bereut werden konnte, und führte zu ewiger Verdammnis.
Wenn nur die kluge Mathilde noch an seiner Seite weilte!
Still und einsam grübelte der Markgraf von Meißen und der Lausitz vor sich hin. Und erkannte, dass ihm wohl nur eines zu tun blieb, um dem Ehrverlust zu entgehen.
Doch bevor er einen unwiderruflichen Beschluss verkündete, musste er genau wissen, mit welcher Finte und auf wessen Kosten Friedrich in Regensburg den Löwen *und* Jasomirgott zufriedenstellen wollte, die schließlich beide den Titel des Herzogs von Bayern beanspruchten.
Nach der Frühmesse fragte er seinen Neffen: »Kann ich in deinem Gefolge vorübergehend einen meiner Knappen unterbringen? Er besitzt das Talent zu einem guten Spion. Ich muss unbedingt genau erfahren, was in Regensburg geschieht. Und wir beide können uns nicht so bald schon wieder treffen, das fiele auf.«
Wichmann stimmte ohne Zögern zu.

Überraschende Reise

Wichmann von Magdeburg, Otto von Hillersleben, Christian; Petersberg, Ende Juni, und Regensburg im September 1156

Bastard, komm her!«, brüllte der junge Fuchs seinen Knappen Christian quer über den Klosterhof herbei. »Was hast du Schwachkopf nun schon wieder angestellt?«
»Nichts … nichts Ungehöriges, Herr«, antwortete Christian, der sich diesmal wirklich keiner Schuld bewusst war. Jedenfalls keiner, für die ihn sein Ritter jetzt noch bestrafen könnte.
Bei der Frühmesse hatte er sich einen Platz ganz hinten gesucht, um der kleinen Luitgard so nah wie möglich zu sein, die heute sehr bedrückt wirkte.
Er war nun siebzehn, und all seine Gedanken drehten sich um Schwertkampf und Mädchen. Die zarte Luitgard musste derweil zwölf oder dreizehn Jahre zählen. Auch wenn sie nun nicht mehr weinte wie bei ihrer Ankunft in Meißen, als er ihr gegen den Hund beigestanden hatte, so fühlte er sich immer noch für ihren Schutz verantwortlich. Obwohl er eigentlich gar nichts für sie tun konnte. Er würde nichts erben und besaß nicht einmal einen halben Silberpfennig, er war noch ein Knappe – und vor allem ein Bastard in den Augen des Meißner Hofes, wo seine wahre Herkunft geheim bleiben musste. Er durfte Luitgard nicht einmal ansprechen, ohne sie in Schwierigkeiten zu bringen.
Heute schien sie aber wieder geweint zu haben; ihre Augen waren geschwollen.
Still betrachtete er von hinten ihr kastanienbraunes Haar und die wunderschönen Stickereien auf ihrem Kleid. Er wusste, sie hatte sie selbst gemacht. Nicht einfach nur gestickte Ornamente, Blumen und Vögelchen – sie erzählte eine kleine, lustige Geschichte in Bildern, was den meisten gar nicht auffiel. So

etwas hatte sonst nur seine Mutter fertiggebracht, die eine herausragende Stickerin gewesen war.

Den Grund für Luitgards Verzweiflung konnte Christian nicht ahnen: Sie war am Vortag zu ihrem Entsetzen zur Frau geworden. Hedwig hatte sich sofort ihrer angenommen – das wollte sie keinesfalls der bösen Schniefnase überlassen – und versucht, sie zu beruhigen.

»Das Bluten hört in ein paar Tagen wieder auf, und solltest du Leibkrämpfe bekommen, haben wir hier einen guten Sud von der alten Josefa.«

Doch Luitgard schluchzte nicht wegen der Leibkrämpfe.

»Jetzt kann mich mein Vater verheiraten«, flüsterte sie Hedwig zu, die Augen vor Angst weit aufgerissen. »Er ist sehr streng und verschuldet und wird mich demjenigen geben, von dem er sich den größten Nutzen verspricht. Selbst wenn mein künftiger Gemahl uralt und zahnlos wäre und ein Grobian. Vater schlug meine Mutter ja auch häufig ohne jeden Grund …«

»Es lässt sich leider nicht geheim halten, dass du nun heiratsfähig bist«, hatte Hedwig mit Bedauern geantwortet. »Aber ich werde auf deinen Vater einreden, dass er sich noch Zeit damit lässt, dich zu vermählen. Die meisten unserer Jungfrauen müssen nicht sofort mit zwölf eine Ehe eingehen …«

Das konnte Luitgard kaum beruhigen, die sich die schlimmste Zukunft ausmalte. Ihr lautloses Weinen bei der Messe in der Stiftskirche St. Petri hielten diejenigen für Ergriffenheit, die es mitbekamen – außer Christian. Was erfüllt sie nur mit so viel Angst und Kummer?, fragte er sich besorgt. Er würde sie gern trösten, wenn er nur dürfte.

Doch von all diesen Gedanken konnte sein Dienstherr, der junge Fuchs, nichts ahnen.

»Nichts angestellt also, hä?«, blaffte der Ritter. »Das wird sich gleich zeigen. Du sollst dich nämlich beim Stallmeister melden. Sofort! Also worauf wartest du noch, Bastard? Hinfort mit dir, Nichtsnutz!«

Hastig verbeugte sich Christian und rannte los, wobei er sich von grinsenden und hämischen Blicken verfolgt wusste. Randolf und seine Kumpane hatten den Zwischenfall natürlich mitbekommen und freuten sich schon auf den Ärger, der ihm zweifellos blühte.

Bei den Reittieren wartete zu seinem Erstaunen nicht der Aufseher über die Pferde des Klosters auf ihn, sondern einer von Erzbischof Wichmanns Stallmeistern.

Er hielt Wichmanns kostbaren Grauschimmel am Zügel, ein wunderschönes Tier, groß, feurig, aber oft so wild und missgelaunt, dass der Geistliche ihm den Namen »Pertinax« gegeben hatte, »der Störrische«.

Ein Mann Gottes sollte eigentlich keinen feurigen Hengst reiten, sondern ein Maultier oder einen braven Zelter, dachte Christian wieder einmal, denn Pertinax bot nicht nur den Knappen ausreichend Gesprächsstoff. Aber natürlich stand ihm kein Urteil über den Erzbischof zu. Und jeder wusste, dass Wichmann bei aller Frömmigkeit einen großen Hang zu weltlicher Pracht hatte.

»Bist du Christian?«, fragte ihn der Stallmeister, der schon recht alt wirkte und durch einen Kropf entstellt war.

Als der Knappe erstaunt bejahte, erklärte der Ältere: »Es heißt, du hattest ein besonderes Talent im Umgang mit Pferden. Dann beweise es! Höchstwürdens Pferdeknecht kann seine Arbeit nicht mehr verrichten; das Biest hier hat ihn gebissen.«

Er deutete auf den Grauschimmel, der stampfte und mit den Augen rollte. »Nun traut sich niemand mehr an ihn heran. Doch seine Hufe müssen ausgekratzt werden. Wagst du es?«

Welche Wahl hatte Christian, da die Werkzeuge schon parat lagen?

Langsam näherte er sich dem Tier von der Seite, damit es ihn kommen sehen konnte, sprach beruhigend auf es ein und hielt ihm dann die Hand unter die Nüstern, damit es sich mit seinem Geruch vertraut machte.

»Komm, du Herrlicher, bestimmt haben sich ein paar Steinchen verfangen, die dir beim Laufen Schwierigkeiten bereiten«, redete er freundlich auf das Pferd ein und führte es mit langsamen Schritten aus dem Stall heraus. Da Pertinax willig folgte, band er ihn draußen an und hob nach weiterem guten Zureden die linke Vorderhand an, um den Huf freizukratzen und den Sitz des Eisens zu überprüfen.
Ohne größere Proteste ließ sich der Hengst dies gefallen, schnaubte nur ungeduldig, als Christian zu den hinteren Hufen überging.
Nach vollendeter Arbeit führte er den schönen Grauschimmel in einem kleinen Kreis und zurück in den Stall.
Der Pferdemeister wirkte zufrieden.
»Das schaffen nicht viele bei diesem Ungetüm«, sagte er anerkennend, hustete, um besser Luft zu bekommen, und verkündete zu Christians Verblüffung: »Du sollst dich bei deinem Fürsten melden, bei Markgraf Konrad. Umgehend.«
Der Knappe verneigte sich, warf Pertinax noch einen bewundernden Blick zu und lief hinüber zum Gästehaus des Klosters. Dabei besah er kritisch seine Hände und den Dreck unter den Fingernägeln. Was war nun schlimmer: verspätet oder von der Arbeit schmutzig vor dem Fürsten zu erscheinen? Rasch strich er wenigstens noch mit den Fingern sein dunkles Haar halbwegs zurecht.
Christians Staunen wuchs noch mehr, als er in der Kammer nicht nur den Markgrafen antraf, sondern an Konrads Seite auch den Erzbischof.
Zögernd trat er ein, sank auf die Knie und blickte zu Boden.
Was wollten sie wohl von ihm?
In Gedanken ging er hastig durch, ob er in den letzten Tagen irgendetwas angestellt hatte, das so viel Missbilligung erregte, dass ihn gleich zwei Reichsfürsten zur Rede stellen wollten. Doch ihm fiel nicht einmal etwas ein, das ein Knappe *überhaupt* tun könnte, um so viel Aufmerksamkeit zu verursachen.

Üblicherweise gab's Prügel von den Rittern oder vom Waffenmeister und Strafarbeiten. Obwohl die Knappen seines Alters weniger zum Zaumzeugputzen eingesetzt wurden als die Neulinge, sondern vor allem zu wirklich harten Waffenübungen. Schließlich sollten sie ihre Ritter bei einer Schlacht im Notfall aus einer brenzligen Situation herausholen. Und in zwei, drei Jahren würden sie selbst Ritter sein, in den Kampf ziehen und sich dabei nach Möglichkeit weder abschlachten noch in Gefangenschaft nehmen lassen, denn das Lösegeld würde ihr Herr zahlen müssen.

»Du darfst dich erheben«, wies der Markgraf ihn an.

Christian kam auf und versuchte, die Lage unter halb gesenkten Lidern einzuschätzen.

Zwei Fürsten, aber keinerlei Dienerschaft – und ein Knappe, nämlich er, dessen Vater einst Markgraf Konrads bester Spion gewesen war. Bis er dafür grausam hingerichtet wurde.

Konrads nächste Befehle bestätigten seine Vermutung.

»Vorübergehend bist du vom Dienst an meinem Hof freigestellt und wirst offiziell mit dem Erzbischof nach Magdeburg reisen und dabei Höchstwürdens Pferd versorgen, da niemand sonst von den Pferdeburschen mit dem Ungetüm zurechtkommt«, erklärte der Markgraf, und sein Neffe Wichmann nickte.

Konrad legte eine bedeutungsschwere Pause ein und sprach dann etwas leiser weiter.

»Inoffiziell begleitest du ihn jedoch nur ein Stück. Höchstwürden wird dich unterwegs mit einem Getreuen von Markgraf Albrecht zusammenbringen, als dessen Knappe du dich ausgibst. Du reitest mit ihm und dem Bären zum Hoftag nach Regensburg und sperrst dort unauffällig Augen und Ohren auf. Danach kehrst du zurück und berichtest mir – nur mir! – ausführlich, was sich dort zugetragen hat und was dir Markgraf Albrecht noch an geheimen Botschaften mitgibt. Hast du verstanden?«

»Ja, Euer Durchlaucht und Höchstwürden.«

»Ich habe den Erzbischof über deine Herkunft aufgeklärt und setze darauf, dass du die Begabungen deines Vaters geerbt hast. Wir verschaffen dir noch eine glaubwürdige Geschichte, so dass du mit geborgtem Namen ganz unauffällig als Knappe in der askanischen Gesandtschaft reisen kannst.«
Viele Dinge gingen Christian durch den Kopf.
Ein Knappe war wirklich unauffällig – solange ihn nicht jemand nach seinem Namen und seiner Herkunft fragte. Doch sollte ihn nicht das tragische Schicksal seines Vaters davor warnen, als Spion aufzutreten? Würde ihn der Markgraf künftig vielleicht sogar regelmäßig mit solchen Aufgaben betrauen? Er wollte gern mit reinem Herzen Ritter werden.
Vermutlich aber war das der Preis, um *überhaupt* Ritter zu werden. Und auch dann wäre er kein freier Mann, sondern ein Ministerialer. Er konnte sich der Forderung nicht widersetzen.
Außerdem standen fraglos wichtige Dinge auf dem Spiel, was Christians Neugier und seine Abenteuerlust herausforderte.
Womöglich sind sie sogar nur deshalb hier auf dem Petersberg zusammengekommen, der Markgraf und der Erzbischof?, ging ihm plötzlich auf. Weil irgendeine Bedrohung in der Luft lag. Etwas, das in Regensburg geschehen würde.
Und wenn er sich hierbei Verdienste erwarb … Vielleicht fand sich ein Weg, der traurigen kleinen Luitgard eine Freude zu bereiten, ihr ein Geschenk mitzubringen.
Überhaupt wurde ihm jetzt endlich bewusst: Er würde zu einem Hoftag reisen! Die Welt sehen, das riesige Regensburg mit dem Wunderwerk, der Steinernen Brücke, den Kaiser und all die Fürsten. Und die junge Kaiserin, von der es hieß, sie sei schöner als jede andere Frau …
»Wir reiten in einer Stunde«, riss ihn Wichmann aus seinen Träumen. »Pack deine Sachen und sattle meinen Hengst!«
»Wie Ihr befehlt.«
Christian verneigte sich tief und ging.

Es tat ihm leid, seinen Freunden nicht dieses große Geheimnis verraten zu dürfen. Aber als er ihnen verkündete: »Ich soll mit dem Erzbischof nach Magdeburg reiten, da sein Pferdeknecht verletzt ist und niemand sonst mit diesem störrischen Grauschimmel zurechtkommt«, war das schon Sensation genug.
Während Raimund ihm auf die Schulter klopfte und die Zwillinge im Chor wünschten, er möge sich nicht von dem graugefleckten Ungeheuer fressen lassen, überlegte er krampfhaft, wie er ihnen wohl nach seiner Rückkehr Magdeburg beschreiben sollte. Er würde es ja gar nicht zu sehen bekommen. Nun ja, viele Kirchen, der Dom, die Elbe … so viel wusste er immerhin; vielleicht reichte das.
Nachdem er seine Sachen zusammengepackt und seinen Hengst gesattelt hatte, einen Braunen, nahm er sich des Grauschimmels an.
Sobald er ihn auf den Hof führte, näherten sich erwartungsgemäß Randolf und dessen engste Freunde, alle aus wohlhabenden, alteingesessenen Familien des Meißner Landes: der rundliche Giselbert und der rothaarige Ekkehart. Deshalb durften sie sich mehr herausnehmen als andere. Zumal Randolf nun dem jungen Markgrafen Otto persönliche Dienste leistete.
»Wir haben gehört, du wurdest zum Pferdeknecht ernannt«, höhnte der Weißblonde. »Da bist du endlich, wo du hingehörst, Bastard!«
Christian hielt zwar den Grauschimmel am Zügel, aber er trat einen kleinen Schritt beiseite, so dass Pertinax sofort drohend auf die drei zustampfte und wütend schnaubte. Blitzschnell wichen die Unruhestifter zurück, denn es hatte sich herumgesprochen, dass diese Bestie gerade jemanden übel zugerichtet hatte.
Grinsend streichelte Christian dem Hengst über Hals und Nüstern.
»Du wirst laut brüllen müssen, Randolf, wenn ich dich bis Magdeburg hören soll«, spottete er. »Ich werde diesen edlen

Grauschimmel bitten, vor den Toren der Stadt eine ordentliche Portion Pferdeäpfel zum Andenken an dich fallen zu lassen. Als Zeichen der Wertschätzung.«

Das Nahen des Erzbischofs beendete das Geplänkel, ehe es in eine Schlägerei übergehen konnte.

Die drei zogen sich zurück, Christian hielt Wichmann den Steigbügel, saß dann selbst auf, und dann ritten sie los, den Petersberg hinab und Richtung Norden, nach Magdeburg.

Nach fünf oder sechs Meilen, kurz vor einer Wegkreuzung, hielt die Reisegesellschaft an. Auf Wichmanns Befehl saßen alle ab, und die Pferde wurden auf eine nahe Lichtung geführt, an deren Rand sich ein Bächlein schlängelte.

Christian wollte den Grauschimmel zur Tränke führen, wurde aber von einem der Begleiter des Erzbischofs aufgehalten.

»Geh lieber pissen, du musst gleich weiter!«

Verwundert befolgte Christian den Rat. Als er zurückkam, war Wichmann seiner prunkvollen Kleider entledigt und trug die schlichte Kleidung eines Ritters auf Reisen. Seine Tonsur hatte er unter einer Polsterhaube versteckt. Schwungvoll stieg er auf ein minder kostbares Tier, einen unauffälligen Braunen, und erklärte Christian: »Weiter vorn an der Wegkreuzung ist eine Schenke, dort werden wir erwartet. Und ich möchte nicht erkannt werden.«

Kaum zweihundert Schritte weiter sahen sie das Wirtshaus, stiegen ab, übergaben ihre Pferde den Stallburschen und betraten die dicht gefüllte und qualmdurchzogene Schankstube, die vor Lärm bald barst und in der es heftig nach Kohlsuppe, Schweiß, verschüttetem Bier und ungewaschenen Kleidern stank.

Ungerührt von der übrigen Gästeschar saß in einer Ecke, allein an dem einzigen sonst leeren Tisch, ein drahtiger Mann mit vernarbter Wange und mehrfach gebrochener Nase, der Aufmachung nach eindeutig auch ein Ritter auf Reisen.

Christian erkannte ihn sofort.

Das war der Graf von Hillersleben, der engste Vertraute von

Albrecht dem Bären: ein Mann von gefürchtetem Ruf, ein hartgesottener Kämpfer.
Er verneigte sich, ohne Graf Otto beim Namen und beim Titel zu nennen, denn offenkundig wollten die beiden Männer unerkannt bleiben.
Der Hillerslebener hielt eine schwer mit Krügen beladene dicke Schankmagd auf: »Bring Bier und gebratenes Huhn für mich und meine Begleiter!«
Als sie nickte und weiterging, bedeutete er Christian mit den Augen, sich neben ihn zu setzen. Sie beide hatten die Wand im Rücken und überblickten den ganzen Raum – soweit sich der in dem Gedränge und Gewühl überblicken ließ: Kaufleute, Bauern auf dem Weg zu einem Markt, Pilger, Männer in Waffen … Ein buntes und lärmendes Gemisch von Reisenden, die alle mehr oder weniger mit sich selbst beziehungsweise ihren Bierkrügen beschäftigt waren.
Wichmann hingegen saß mit dem Rücken zu den Gästen. So wirkten sie wie beabsichtigt: zwei nicht sehr wohlhabende Ritter und ein Knappe.
Christian wähnte den Erzbischof nicht einen Moment in Gefahr. Sollte ihn jemand erkennen oder angreifen wollen – Albrechts bester Mann wäre im Nu von seinem Platz aufgesprungen und würde jeden Kampf gewinnen.
»Wie heißt du?«, fragte der Graf ihn.
»Christian.«
»Gut. Du bist ab sofort mein Bastard, und ich hole dich an den Hof des Markgrafen, um zu sehen, ob du was taugst«, erklärte der Hillerslebener ihren Plan. »Stell dich schon mal darauf ein, dass mein Weib ein tüchtiges Gezänk beginnen wird.«
Er grinste und zeigte dabei eine Zahnlücke, die er sich gewiss bei einer Schlägerei eingehandelt hatte.
»Ich habe zwar ein Dutzend Bastarde, von denen ich weiß, und vielleicht noch ein paar Dutzend, von denen ich nichts weiß, aber ich sorge so gut ich kann dafür, dass ihre Mütter nicht

darben. Doch noch nie holte ich einen zu mir. Was ich auch nicht beabsichtige; schließlich werden sich schon meine im Ehebett gezeugten Söhne nach Kräften um das Erbe streiten.«
Das Grinsen wich einem Stirnrunzeln, aber nur kurz.
»Jedenfalls bietet das meiner teuren Gemahlin Anlass zu mächtigem Gekeife, das du über dich ergehen lassen musst, damit es glaubwürdig wirkt. Dann stellen dir die anderen weniger Fragen. Und sobald wir wissen, was dein Herr wissen muss, gebe ich meiner innig geliebten Bertha nach und schicke dich wieder fort.«
Christian nickte zum Zeichen, dass er verstanden hatte. Er fand diese Geschichte gut ausgedacht. Plausibler konnte er sein Kommen und Verschwinden nicht erklären, ohne sich in Widersprüche zu verwickeln.
Und er war es ja gewohnt – und zugleich leid –, als Bastard beschimpft zu werden, obwohl sein Vater das Spielmannsleben aufgegeben und als Schreiber gearbeitet hatte. In der höfischen Gesellschaft galt der eheliche Sohn eines Schreibers immer noch weniger als der Bastard eines Adligen.
Die schweißüberströmte Schankmagd stellte ihnen krachend drei Becher Bier auf den Tisch und verlangte sofortige Bezahlung. Der Hillerslebener warf widerspruchslos ein paar hiesige Pfennige auf die Tischplatte. Dann zwängte sie sich mit Brot und Käse erneut durch das Gewühl der Gäste und versicherte, die Hühner seien bald gar.
Sobald sie fort war, ergriff Wichmann das Wort.
Seine sonst so sonore Stimme war kaum zu vernehmen, und Christian dachte still bei sich, dass niemand in dieser schlichten Aufmachung den Erzbischof von Magdeburg erkennen würde, den mächtigsten Geistlichen im Osten des Reiches, der für seine prunkvollen Kleider berühmt war.
Dabei ahnte er nicht, dass der vor Jahren verstorbene Erzbischof Albero von Trier fast das Gleiche einmal zu seinem Vater gesagt hatte: Seine prächtigen Gewänder seien auch ein Nar-

renkleid zur Täuschung der Welt. Denn wenn Albero, ein Mann von großer Klugheit und herausragender Begabung im Schmieden von Intrigen, sich barfuß und in verschlissener Mönchstracht mit tief ins Gesicht gezogener Kukulle durch die Gänge einer Pfalz schlich, erkannte ihn niemand. Dabei war er es, der die Staufer auf den Thron gebracht hatte.

»In Regensburg soll endgültig ein Ausgleich zwischen dem Löwen und dem Babenberger geschaffen werden – und es ist noch absolut geheim, wie«, erklärte Wichmann mit besorgter Miene. »Denn keiner von den beiden wird auf Bayern oder den Herzogstitel verzichten. So bleibt die Frage, zu wessen Lasten alles geht und was es als Entschädigung gibt.«

Er schwieg kurz, schob den Bierbecher von sich und zog die Stirn in Falten.

»Es ist zum Haareraufen; niemand weiß etwas«, sagte er dann sehr ernst. »Der Kaiser hat den Bischof von Freising zu Verhandlungen mit Jasomirgott geschickt – offenbar ergebnislos. Dann hatte er ihn doch noch selbst getroffen. Und kurz darauf ritt Rainald von Dassel zu dem Löwen nach Braunschweig. Sie müssen also eine Einigung erzielt haben. Aber niemand, wirklich niemand außer dem Kaiser, Rainald und den beiden Herzögen weiß Einzelheiten. Das ist äußerst beunruhigend. Normalerweise sickert immer etwas durch. Das heißt, es wird in Regensburg etwas Außergewöhnliches geschehen. Ich bin nicht dabei, aber Markgraf Albrecht ist vorgeladen. Also achtet auf jedes Detail, Graf! Es könnte sich in den nächsten Tagen etwas grundlegend in der Reichspolitik ändern. Und darüber hinaus konnte ich auch immer noch nichts Genaueres in Erfahrung bringen, was mit meinem Oheim geschehen soll, Markgraf Konrad. Das sorgt mich zutiefst.«

Offenbar traut der Erzbischof dem Hillerslebener mehr Raffinesse zu als dem impulsiven Bären, dachte Christian. Zweifelsohne zu Recht.

Unter der Hand schob Wichmann dem Knappen zwei Münz-

schalen mit übereinandergestapelten Pfennigen hinüber. »Für deine Rückreise«, erklärte er. »Es sind Regensburger und Meißnische dabei, damit du nicht zum Geldwechsler musst und ein Drittel einbüßt.«
Christian bedankte sich ergebenst und verstaute die kleinen Münzschalen in seinem Almosenbeutel. Nachher, zu Pferde, würde er sich ein besseres Versteck dafür aussuchen. In solcher Enge wie hier oder in großen Städten wie Regensburg musste man sich vor Beutelschneidern hüten.
Von dem Silber, das hatte er sofort beschlossen, würde er etwas kaufen, womit er Luitgard eine Freude machen konnte. Aber was nur?
Ohne auf das Brathuhn zu warten, stand Wichmann auf, um so unauffällig wieder zu verschwinden, wie er gekommen war. Genüsslich machten sich der Graf von Hillersleben und sein neuer Knappe über die Fleischportionen her, ehe auch sie aufbrachen.

So fand sich Christian eine reichliche Woche später im Gefolge des Markgrafen der Nordmark als vermeintlicher Bastard des Grafen von Hillersleben vor Regensburg wieder.
Zu seiner maßlosen Enttäuschung ritten sie nicht in die Stadt, die als größte, schönste und reichste in Bayern galt, sondern zur nahen Burg Donaustauf.
»Regensburg ist das Herz Bayerns. Der Kaiser will nicht innerhalb der Stadt über das Herzogtum verfügen, sonst müsste er Jasomirgott letztendlich aus seiner eigenen Residenz vertreiben, wenn der Löwe Herrscher über Bayern wird«, erklärte Graf Otto, an dessen Seite Christian gerade ritt.
»Siehst du dort unten, ein paar Meilen südlich von der kleinen Kapelle, die vielen Zelte, Pferde und Wimpel? Dort auf den Barbinger Wiesen hat Jasomirgott sein Lager. Also ist niemand in der Stadt, und es wird auch niemand dort hinausgejagt. Eine Seite wird sich zur anderen begeben … Man wird sehen, wer zu

wem. Alles Protokollfragen, mein Junge. Das hier hat ein Meister geplant, keine Frage. Dahinter steckt Rainald von Dassel.«

»Nicht genug, dass du mir deinen Bastard vor aller Welt hier anschleppst, jetzt nennst du ihn auch noch *deinen Jungen?*«, keifte von hinten Gräfin Bertha von Hillersleben, die die ganze Woche schon viel Spaß an diesem Spiel entwickelt hatte.

»Du besitzt genug eigene Söhne, Otto von Hillersleben, die ich dir unter Schmerzen gebar, du undankbarer …«

Sie räusperte sich übertrieben, das Wort »Hurenbock« hing deutlich in der Luft.

Der Graf drehte sich im Sattel zu ihr um.

»Bertha, meine teure Gemahlin! Zum Zeichen meiner Reue darfst du dir in Regensburg Stoff für das schönste Kleid aussuchen, das du je getragen hast«, versprach er ihr grinsend.

»Für diesen einen Bastard oder für *jeden* ein Kleid?«, hakte sie genüsslich nach. »Dann musst du auch noch jemanden zum Schreiner schicken, damit der mir eine neue Truhe anfertigt.«

Der Hillerslebener verdrehte die Augen und gab einen gequälten Laut von sich, aber Christian sah ihn grinsen.

»Wie viele Kleider kann ein Weib schon brauchen?«, fragte er mürrisch anstelle einer Antwort.

Die Gräfin seufzte. Doch als Christian sich umdrehte, zwinkerte ihm Bertha kurz zu – als Zeichen, dass sie ihm nicht gram sei.

Bis hierher war alles mehr oder weniger ein Scherz. Die anderen Knappen hatten ihn unterwegs auch schon zum Zweikampf mit dem Schwert herausgefordert, wobei er sich bewähren konnte, sehr zur Zufriedenheit des Hillerslebeners, als dessen Bastard er schließlich galt. Doch da übermorgen der geheime Ratsbeschluss über das Ende des Streits um das Herzogtum Bayern bekanntgegeben und vollzogen werden sollte, würde spätestens da der Spaß wohl aufhören.

Ein perfekter Plan

Friedrich I., Heinrich der Löwe,
Heinrich Jasomirgott von Babenberg,
Rainald von Dassel, Bischof Otto von Freising,
Theodora und Beatrix; Burg Donaustauf und
Barbinger Wiesen nahe Regensburg, 17. September 1156

»Beschlossen! Verkündet! So wird's gemacht!«
Zufrieden schlug der Kaiser mit der flachen Hand auf den Tisch mit den Urkunden und Karten aus Pergament. Ein Strahlen zog über sein Gesicht.
»Also reiten wir hinunter zu Jasomirgotts Lager!«
Er bedeutete den versammelten Fürsten mit einer Geste, schon vorauszugehen und sich mit ihren Begleitmannschaften zum Ausritt zu sammeln.
Jetzt brauchte er ein paar Momente für sich, zur inneren Einkehr.
Friedrich fühlte eine gewaltige Last von den Schultern fallen. Viereinhalb Jahre hatte er krampfhaft nach einer Lösung gesucht, um das Versprechen einzulösen, für welches ihm sein Vetter Heinrich der Löwe seine Stimme bei der Königswahl gegeben hatte: den Herzog von Sachsen auch noch zum Herzog von Bayern zu machen.
Doch er wollte es unbedingt so arrangieren, dass dabei der bisherige Herzog von Bayern, sein Babenberger Verwandter Heinrich Jasomirgott, weder völlig entmachtet noch gedemütigt wurde. Eine versöhnliche Lösung sollte es geben, das hatte er immer gewollt. Doch es schien unmöglich.
Erst der schlaue Rainald von Dassel, den er seit kurzem als Kanzler zu sich berufen hatte, fand die Lösung. Er griff Friedrichs Überlegungen auf und zauberte daraus ein wirklich kunstvolles diplomatisches Arrangement, das es beiden Herzögen erlaubte, zuzustimmen. Mit gewissem Murren zwar, doch

ein Kompromiss bedeutete schließlich, dass beide Seiten etwas nachgeben mussten.

Anfang dieses Monats war Jasomirgott dank Rainalds Vermittlung endlich bereit, mit seinem kaiserlichen Neffen unter vier Augen zu verhandeln. Und Friedrichs Appell war unmissverständlich: »Lass es uns in der Familie regeln, Heinrich! Sobald ich die Fürsten befragen muss, sind wir an deren Urteil gebunden. Und gegen den Löwen willst du nicht Krieg führen. Du hättest keine Chance.«

Die von Rainald erdachten außergewöhnlichen Zugeständnisse ließen Jasomirgott schließlich unter vier Augen zustimmen. Keine Stunde später ritt Rainald nach Braunschweig, um dem Löwen die Einzelheiten zu berichten und dessen Zusage zu dem Kompromiss zu erlangen. Er musste wohl mit Engelszungen auf den ehrgeizigen jungen Welfen eingeredet haben, damit der sich ebenfalls einverstanden erklärte.

Der Marschall bat um Einlass und richtete aus, des Kaisers Schimmel stehe bereit.

Doch Friedrich drehte sich noch einmal in der Kammer um – zu Rainald, der als Einziger geblieben war und die Karten und Pergamente ordentlich zusammenrollte. Er konnte gar nicht anders, dieser Mann, der Bücher so liebte, dass er sogar über eine eigene Bibliothek verfügte.

Im Gefühlsüberschwang umarmte Friedrich den scharfsinnigen Geistlichen.

»Ich bin Euch so dankbar!«, sagte er dabei aus tiefstem Herzen. »Schlauer hätte das selbst Albero von Trier nicht hinbekommen, Gott sei seiner intriganten Seele gnädig.«

»Ich betrachte das heute einmal als Kompliment«, erwiderte Rainald grinsend.

Dann sagte er schlicht, doch es klang wie ein Schwur: »Ich diene Gott und dem Reich.«

Dieser Moment war nicht für lange Reden bestimmt.

Jemand hatte die Szene mit eifersüchtigen Blicken beobachtet,

als er fast geräuschlos an der halb geöffneten Tür vorbeigeschlichen war: Otto, der Bischof von Freising.
Bei aller Erleichterung über die erlangte Einigung – schließlich hätte es zum Krieg kommen können – nagte an ihm, dass Friedrich doch *ihn* damit beauftragt hatte, einen Kompromiss mit Jasomirgott zu finden, der immerhin sein Bruder war, und die heikle Angelegenheit innerhalb der Familie zu klären. Aber Otto von Freising war gescheitert. Er drang mit Worten nicht durch zu seinem Bruder. Und schon gar nicht zu dessen ehrgeizigem Weib, der Byzantinerin Theodora, Kaiser Manuels Nichte.
Nach seiner Meinung hatten Frauen in der Politik nichts zu schaffen. Doch Theodora schien anderer Meinung, und Jasomirgott war seiner jungen, bildschönen Frau restlos verfallen.
Nun bin ich wohl beim Kaiser in Ungnade, argwöhnte der Bischof von Freising. Ich habe ihn in einer äußerst wichtigen Angelegenheit enttäuscht. So etwas vergisst er nicht. Niemals. Dabei schreibe ich doch schon an meinem großen Geschichtswerk über die ruhmreichen Taten Friedrichs! Wird er es überhaupt noch annehmen?
Aber Otto von Freising vertraute fest auf die Attraktivität von Lobgesängen, die für die Nachwelt niedergeschrieben wurden. Vielleicht wäre Friedrich ihm wieder wohlgesinnt, sobald er ihm das fertige Werk vorlegte.
Bis dahin musste er sich wohl damit abfinden, dass andere Kleriker nun steten Zugang zum Kaiser hatten: Rainald von Dassel und Eberhard von Bamberg zuvörderst.
Aber er nicht.

Es bot ein imposantes Bild, wie sich die riesige Schar festlich gekleideter Reiter, die bedeutendsten Fürsten des Reiches, mit Fahnen und Wimpeln bei schönstem Spätsommerwetter zu Jasomirgotts Lager auf den Barbinger Wiesen bewegte.
Schon dieses Detail gehörte zu den ausschlaggebenden für den

Erfolg des Plans. Regensburg war der Hauptsitz Jasomirgotts, und ihn daraus zu vertreiben, nachdem ihm sein Herzogtum genommen wurde, wäre eine unzumutbare Demütigung gewesen, vielleicht gar ein Kriegsgrund.

So aber suchten der Kaiser und die Fürsten Jasomirgott in seinem Lager auf. Eine große Ehre.

Hier ging es schließlich darum, dass sie nicht nur Land und Titel wahrten, sondern auch und gerade ihre Würde vor den Großen des Reiches.

Mit einem flüchtigen Lächeln erinnerte sich Friedrich an die diplomatischen Verhandlungen, die er auf dem Kreuzzug hatte führen müssen, um die Begegnung zwischen Konrad von Staufen und Ludwig von Frankreich vorzubereiten.

Das war wirklich eine ausgefallene Geschichte, aber nun auch schon wieder zehn Jahre her. Wo war nur die Zeit geblieben? So viel war seitdem geschehen … Als sei ein ganzes Jahrhundert vergangen.

Jasomirgotts Ritter bildeten ein breites Spalier für den Kaiser und die Fürsten und brüllten immer wieder: »Vivat! Vivat! Vivat!«

Der Babenberger ging Friedrich entgegen, begrüßte ihn ehrerbietig und geleitete ihn zu dem festlich geschmückten Podest mit dem golddurchwirkten Baldachin, das er für die Zeremonie hatte errichten lassen.

Neben dem Thronsessel für den Kaiser stand auch einer für die Kaiserin, die sich nun äußerst anmutig und mit einem betörenden Lächeln dorthin führen ließ.

Wegen der Bedeutung des Ereignisses und um dem Ganzen mehr Glanz zu verleihen, waren etliche Fürsten mit ihren Gemahlinnen angereist. Und da für einen Teil der Zeremonie auch Theodora vortreten musste, war die Anwesenheit der Kaiserin unverzichtbar.

Beatrix hätte ansonsten darauf beharrt und ihren Kopf sicherlich durchgesetzt.

Als schließlich jeder an seinem Platz stand, rief Friedrich mit Feldherrenstimme über den Platz: »Lange haben wir beraten, um den Frieden im Reich zu wahren. Und so setze ich jetzt mit Freuden den Beschluss der edelsten Fürsten des Reiches in die Tat um.«
Lange beraten – ja, zumeist im Geheimen, oft unter vier Augen. Von dem ganzen ausgeklügelten Plan hatten die Fürsten erst vor einer Stunde erfahren.
Friedrich hatte zuvor mit Vladislav von Böhmen vereinbart, dass dieser das Urteil der Fürsten – ein klares Ja natürlich – aussprach, ehe womöglich noch jemand zu maulen begann und sich in kleinlichen Einwänden verlor.
Der Böhme hatte das sehr bereitwillig und überzeugend getan. Schließlich winkte ihm das einträgliche Land Bautzen zum Lohn.
Bei all dem, was hier heute stattfinden würde, gab es eigentlich nur einen großen Verlierer: den Meißner. Aber das hatte er sich selbst zuzuschreiben.
Irgendwer musste schließlich die Rechnung zahlen.

Friedrich lächelte seiner Kaiserin bewundernd zu und wurde schon wieder von Begehren gepackt. Aber das musste jetzt warten.
Beatrix zeigte zwar ihr strahlendstes Lächeln, doch irgendetwas an ihr wirkte verstimmt. Das entging Friedrich nicht, obwohl er jetzt den Kopf voll wichtiger Angelegenheiten hatte. Ob ihr kalt war? Sie trug nur einen leichten Seidenbliaut, und unter dem Baldachin war es schattig. Er beugte sich zu ihr hinüber und fragte: »Wünschst du etwas, Liebste? Deinen Umhang? Einen Pelz? Eine Erfrischung?«
Sie lächelte und schüttelte nur den Kopf.
Dann war wohl alles in Ordnung, und er konnte beginnen.
»Heinrich von Babenberg, genannt Jasomirgott, tretet vor!«, rief er mit schallender Stimme.

Der kam und hielt mit beiden Händen sieben Fahnen, eher Wimpel.

»Hiermit gebe ich dem Reich das mir verliehene Herzogtum Bayern zurück. *Ja, so mir Gott helfe!*«

Die meisten Augenzeugen grinsten, denn wie stets hatten sie auf den Spruch gewartet, dem Jasomirgott seinen Beinamen verdankte.

Er überreichte die sieben Wimpel dem Kaiser, verneigte sich und trat ein paar Schritte zurück, um sich wieder neben seine überaus festlich herausgeputzte Gemahlin Theodora zu stellen.

»Heinrich aus dem Hause Welf, genannt der Löwe, Herzog von Sachsen, tretet vor!«, rief Friedrich als Nächstes.

»Zusätzlich zu Eurem Titel als Herzog von Sachsen ernenne ich Euch zum Herzog von Bayern und übergebe Euch diese sieben Fahnen als Symbol für die Reichslehen.«

Heinrich übernahm die sieben Wimpel, doch zwei reichte er umgehend dem Kaiser feierlich zurück und deklamierte: »Symbolhaft für die Markgrafschaft Österreich und die dazugehörigen Grafschaften gebe ich Euch und damit dem Reich diese beiden Fahnen, damit Ihr sie einem anderen verleiht.«

Hierin *musste* Heinrich einlenken; auf Österreich und ein paar angrenzende Gebiete musste er verzichten. »Alles kann man nicht haben, und Ihr seid großzügig abgefunden worden, also willigt ein! Das kommt Euch billiger als ein Krieg und wahrt Eure Würde«, hatte Rainald auf den störrischen Löwen eingeredet.

Der Kaiser rief erneut Jasomirgott nach vorn, diesmal gemeinsam mit Gemahlin Theodora.

»Hiermit – und Ihr alle seid Zeugen – erhebe ich die Markgrafschaft Österreich, auch Ostmark genannt, zum Herzogtum Österreich und ernenne Heinrich von Babenberg, genannt Jasomirgott, zum Herzog von Österreich. Ich gebe ihm und seiner Gemahlin das Herzogtum als erbliches Lehen. Sie können es an ihre Kinder vererben, ganz gleich, ob Junge oder

Mädchen. Und sollten sie keine haben, steht es ihnen frei, einen Nachfolger für Land und Titel auszuwählen.«
Das war neu und wirklich spektakulär!
Privilegium speciale hatte es Rainald genannt, der gern mit lateinischen Begriffen um sich warf.
Friedrich war klar, dass nun bald alle seine Fürsten ihre Lehen als erblich fordern würden … Aber jetzt hatte er erst einmal das bayerische Problem gelöst.
Gemeinsam nahmen Jasomirgott und Theodora die beiden verbliebenen Wimpel.
Das war der Moment, als alle jubelten – außer Beatrix, die gerade sehr üble Laune bekam. Auch wenn sie klug genug war, es sich nicht anmerken zu lassen, sondern ihr huldvollstes Lächeln zeigte.
Theodora, diese byzantinische Schlange, war wirklich so schön, wie man sagte; schwarzhaarig und glutäugig. Und sie war mit Geschmeide behangen, dass es nur so funkelte und klirrte.
Sie beide waren eindeutig die schönsten Frauen weit und breit. Theodora musste allerdings schon Mitte zwanzig sein, aber ihr Gemahl fraß ihr aus der Hand. Wie Friedrich wollte er seit seiner Hochzeit mit ihr mehr Glanz an seinen Hof bringen.
Doch nun würde Theodora nach Österreich abgeschoben. Sie würde Jasomirgott in den Ohren liegen, nicht nach Wien ziehen zu wollen, nachdem schon das für hiesige Verhältnisse reiche Regensburg im Vergleich zu Konstantinopel armselig wirkte. Und ihr närrischer Gemahl – alt und fast kahl – würde ihr alles versprechen, um aus Wien eine wunderschöne Stadt mit einer angemesseneren Residenz zu machen.
Da hatte sie, Beatrix, es besser: Ihr Gemahl war viel jünger und gut aussehend. *Und* er war der Kaiser. Während Jasomirgott quasi mit mehr Glück als Verstand über ein halbes Herzogtum herrschen würde, das eigentlich nur eine aufgeblasene Markgrafschaft war. Wie Theodora diesen verliebten alten Narren wohl im Bett ertrug?

Das sollte nicht ihre Sorge sein. Dafür umso mehr, dass Theodora eindeutig das schönere Kleid trug als sie, die Kaiserin. Und jetzt zupfte sie es auch noch auf sehr auffällige Weise zurecht, um die üppigen, mit Goldfäden eingearbeiteten Verzierungen zu betonen!
Huldvoll lächelten sich die beiden jungen Frauen zu, was Beatrix die Möglichkeit gab, ihre weißen, makellos gewachsenen Zähne zu zeigen. Da konnte Theodora nicht mithalten. Wie jedermann wusste, standen ihre Vorderzähne schief, und einen hatte sie schon verloren.
Natürlich wusste jede der beiden, was die andere dachte.
Während nun diverse Zeremonien vonstattengingen – Belehnung, Eide, Treueschwüre, Glückwünsche –, war Beatrix in Gedanken ganz bei diesem Punkt.
Sie war die Kaiserin und trug natürlich Seidenbrokat wie Theodora auch. Doch deren Seide war feiner, viel prachtvoller durchwirkt und auch noch mit hunderten Perlen besetzt …
Nun ja, Theodora war die Nichte des Kaisers von Byzanz. Und auch einmal seine Geliebte gewesen, wie gemunkelt wurde. Da war es nicht schwierig, an die feinsten und edelsten Stoffe und Geschmeide aus dem Osten zu kommen.
Während ihr Gemahl die Gesandten von Manuel Komnenos bei der Hochzeit in Würzburg nicht vorgelassen hatte, weil er sich an irgendeiner Anrede stieß, die ihm nicht respektvoll genug erschien. Sie hatten bestimmt die schönsten Hochzeitsgeschenke dabeigehabt! Kaiser Manuel war sehr großzügig, um seinen Reichtum und seinen Stand zu beweisen. Er schickte auch immer zwei Listen mit, in Latein und Griechisch, auf denen alle Geschenke aufgeführt waren, damit nichts unterwegs »verloren ging«.
Da die Gesandten nicht erscheinen durften, musste Beatrix für die heutige Zeremonie auf das zurückgreifen, was sich noch in den Truhen fand. Und wenn sie ehrlich war: Burgund war zwar im Vergleich zu ihrer neuen Heimat ein Hort von Kunst, Kul-

tur und Schönheit. Aber gegen Byzanz kam auch Burgund nicht an.

Zu ärgerlich, dieser Triumph Theodoras!, dachte Beatrix und lächelte die Rivalin wieder strahlend an.

Was die junge Kaiserin jedoch tröstete: Sie würde Theodora nicht so bald wiedersehen. Dies war ihr letzter großer Auftritt, denn das Herrscherpaar des neuen Herzogtums Österreich war auch fast ausnahmslos vom Erscheinen bei Hofe befreit. Theodora musste in das kleine, schlichte Wien, würde von nun an rasch altern, denn ihre besten Jahre hatte sie mit Mitte zwanzig hinter sich, und ihr kahler Heinrich würde sich krampfhaft abmühen, einen Erben zu zeugen.

Beatrix wandte die Augen von der herausgeputzten Byzantinerin ab und ließ ihren Blick über die Gemahlinnen der Fürsten schweifen, die mit ihren Ehemännern zu diesem großen Tag gekommen waren. Und sie dachte: Auch hier wird bald eine neue Generation nach vorn drängen, junge Frauen wie sie und Theodora.

Sie musste sich nur die Frau des Löwen ansehen, Clementia von Zähringen, die deutlich älter als ihr Gemahl wirkte und sich beim besten Willen nicht mehr als schlank bezeichnen ließ. Sie sollte angeblich klug sein, diese Clementia. Aber dem Aussehen nach würde sie das gebärfähige Alter bald hinter sich lassen, und spätestens dann würde Heinrich die Scheidung fordern, um mit einer anderen, jüngeren Frau einen Erben zu zeugen.

Oder die Gemahlin von Albrecht dem Bären. Es hieß, er vergöttere sie seit dem ersten Tag ihrer Ehe. Wieso, konnte sie allerdings nicht verstehen: Die Frau an der Seite dieses Hünen, der vor Tatendrang nur so strotzte, wirkte ausgemergelt von zu vielen Geburten wie eine Bäuerin, kraftlos und erschöpft.

Doch es hieß, ihre Tochter sei bemerkenswert.

Nun, sie würde diese Hedwig in nicht allzu ferner Zeit kennenlernen. Denn diese war mit dem ältesten Sohn des Meißner

Markgrafen vermählt, und der würde früher oder später unweigerlich um eine Belehnung mit dem Land seines Vaters vorsprechen.

Eine Frage der Ehre

Christian, Konrad und seine Söhne, Hedwig, Adele und Dobroniega; Burgberg Meißen, November 1156

Sobald Christian wieder zurück auf dem Meißner Burgberg war und sein Pferd eingestellt hatte, ließ er sich sofort beim Markgrafen melden. Er wurde auch rasch vorgelassen und erstattete Bericht. Vertraulich, ohne Zeugen im Privatgemach des Fürsten, wo er zu seiner großen Freude zwei gestickte Bilder entdeckte, die zweifelsfrei von der Hand seiner Mutter stammten: meisterlich gearbeitete Turnierszenen.

Danach schickte ihn der Markgraf hinaus und verpflichtete ihn zum Stillschweigen. Als ob das nötig wäre!

Bevor Christian Ausschau nach seinem Herrn und seinen Freunden hielt, ging er in den Dom, um dort vor einem anderen gestickten Bild seiner Mutter zu beten, dem Porträt des alten Bischofs Benno. In seine Gebete um ihr Seelenheil und das seines Vaters mischte sich der Wunsch, der Markgraf möge aus all den Schwierigkeiten ungeschoren davongekommen. Was er in Regensburg gesehen und erlebt hatte, war überwältigend, doch voller Fallstricke. Und er durfte nicht einmal mit jemandem darüber reden!

Außerdem hoffte er auf eine Gelegenheit, Luitgard das Geschenk zu übergeben, das er sich förmlich vom Mund abgespart hatte, ohne dass sie Ärger bekam.

Diese Gelegenheit ergab sich bereits, als er den Dom verließ, und er dankte der Heiligen Jungfrau für die schnelle Erfüllung

seiner Bitte. Denn gerade liefen die Mädchen unter Führung mehrerer Hofdamen hinüber zum Kräutergarten.
»Ihr habt etwas verloren, edle Jungfrau«, sagte er, bückte sich rasch und tat so, als lese er eine Fibel vom Boden auf, eine ganz gewöhnliche, wie viele sie trugen. Die gehörte nicht ihr, sondern ihm. Aber er brauchte einen Vorwand, um ihr das eigentliche Geschenk zu übergeben: eine sehr feine Nadel aus Metall. Er hatte sie in einen hohlen kleinen Röhrenknochen gesteckt, den noch mit Mustern verziert und ein Ende mit Kerzenwachs verschlossen, das andere mit Leinen zugestopft.
Seine Mutter hatte einst so eine Nadel besessen – sogar aus Silber, ein Hochzeitsgeschenk des Markgrafen – und sehr geschätzt. Die üblichen aus Knochen brachen leicht und hinterließen zu große Löcher im Stoff; mit denen konnte man so feine Arbeiten kaum ausführen.
Luitgard sah ihn erstaunt an, nahm die Fibel, erfühlte den zweiten, verborgenen Gegenstand, schwieg aber darüber und knickste zum Dank. Dann eilte sie der Mädchenschar nach.
Christian war sehr glücklich zumute bei dem Gedanken, dass sie bald sein Geschenk betrachten und sich darüber freuen würde.
Nun machte es ihm auch nichts aus, sich wieder von dem Fuchs als Bastard anschreien zu lassen.

Hedwig wollte eigentlich gar nicht in die Kemenate, denn ihr Schwiegervater hatte nach ihr rufen lassen. Aber als sie daran vorbeilief, hörte sie, dass dort schon wieder ein Tumult zugange war. Also trat sie ein und fragte streng: »Was ist hier los?«
»Euer Durchlaucht, dieses dreiste Ding hier hat in schamloser Weise ein Geschenk angenommen, gewiss von einem Mann!«, keifte die Schniefnase und zeigte mit dem Finger drohend auf die verzweifelte Luitgard.
Die hatte bereits zur Bestrafung die Hände vorgestreckt, Handflächen nach oben, und die Korwitzerin hielt in der Rechten

eine Gerte, um Luitgard die Fingerkuppen blutig zu schlagen. Das Mädchen würde tagelang nicht und dann nur unter Schmerzen sticken können. Und Hedwig wusste, dass diese Handarbeiten dem schüchternen Kind ein Trost waren.

»Wie kommt Ihr zu der Behauptung?«, erkundigte sie sich bei der ältlichen Hofdame.

»Seht Ihr nicht dieses feine Ding, diese metallene Nadel? Die hatte sie gestern noch nicht. Nach all den Jahren wird sie die nicht zufällig auf dem Boden ihrer Truhe gefunden haben! Doch weder ihr Vater noch einer seiner Boten waren hier, um ein solch wertvolles Geschenk abzugeben.«

So etwas wusste die neugierige Schniefnase stets sehr genau.

Hedwig ahnte, woher die Nadel kam, bat in Gedanken die Jungfrau Maria um Vergebung für diese Lüge und sagte: »Die Nadel ist von mir. Als Anerkennung dafür, dass Luitgard zweifelsfrei die beste Stickerin unter uns ist, und als Ansporn für noch schönere Handarbeiten. Herrin von Korwitz, so sehr ich die Gründlichkeit schätze, mit der Ihr über die Tugendhaftigkeit der Mädchen wacht, so muss ich Euch doch für Eure unbegründete Anschuldigung ermahnen. Seid Ihr etwa neidisch?«

Damit war Luitgard erst einmal gerettet und die Korwitzerin zum Verstummen gebracht. Um dem Ganzen ein Ende zu bereiten, rügte Hedwig die Hofdame noch streng: »Ihr überschreitet Eure Vollmachten und verkennt Eure Stellung! Ihr sollt über die Tugend der Jungfrauen wachen. Doch über Bestrafungen entscheide ich. Habt Ihr mich verstanden?«

Gedemütigt senkte die Schniefnase den Kopf, Luitgard durfte auf Hedwigs Geheiß wieder auf ihren Platz und weiter sticken, und Ottos Gemahlin verließ die Kemenate eiligen Schrittes.

Sie hatte jetzt keine Zeit für derlei Gezänk.

Ihr Schwiegervater wollte nicht nur sie umgehend sehen, sondern die gesamte Familie. Und das deutete darauf hin, dass etwas Ernsthaftes geschehen war. Oder drohte.

Markgraf Konrad hatte seine Söhne – diesmal alle fünf –, ihre Gemahlinnen Hedwig und Dobroniega sowie als einzige seiner Töchter Adele auf der Burg zu sich gerufen.
Seine anderen Mädchen sollten ungestört im Kloster Gerbstedt verweilen, wo inzwischen auch Dietrichs und Dobroniegas einziges Kind erzogen wurde, die kleine Gertrud. Konrad hatte seine Töchter seit Jahren kaum gesehen; sie würden nur wimmernd die Augen aufreißen und anfangen zu beten, wenn er seinen Entschluss verkündete. Das konnten sie auch dort.
Über Wichmanns schlechte Nachrichten und die daraus folgenden Konsequenzen hatte er bislang zu niemandem ein Wort gesagt außer zu seinem Marschall Werner von Brehna, mit dem er verzweifelt und letztlich erfolglos nach einem anderen Ausweg suchte. Nächtelang hatten sie gegrübelt, Ideen entwickelt und sofort wieder verworfen.
Der ausführliche Bericht des Knappen Christian über die Ereignisse in Regensburg bekräftigte Konrad eher noch in seinem Entschluss. Mit seinem Opfer musste er dem Kaiser zuvorkommen, damit das Haus Wettin nicht als zu mächtig beurteilt und vollkommen entmachtet wurde.

Die Order des Markgrafen, seine Söhne hätten sich samt ihren Gemahlinnen zu einer wichtigen Ankündigung einzufinden, zauberte zumindest auf Ottos Gesicht ein erwartungsfrohes Lächeln. Würde der alte Mann endlich abdanken und ihm Titel und Land übertragen? Das wurde aber auch Zeit!
Die anderen fragten sich eher nervös und angespannt, was sie wohl zu hören bekämen.
Der Markgraf hatte die Familie nicht in seine Privatgemächer befohlen, sondern in eine größere, etwas schlichter eingerichtete Kammer, in der er sonst mit seinem Kriegsrat oder seinen Rittern tagte. Keinerlei Dienerschaft war da, nur sein Beichtvater, und ein Schreiber stand in der Ecke an seinem Pult, die angespitzte Feder in der Hand.

Was Ottos Hoffnungen beträchtlich nährte. Denn auf Pergament festgehalten wurden fast nur juristische Angelegenheiten, Übertragungen von Rechten. Und Titeln! Vielleicht war er schon in einer halben Stunde am Ziel seiner Träume …
Nachdem seine Kinder der Sitte gemäß ehrfurchtsvoll vor ihm niedergekniet und ihn begrüßt hatten, erlaubte Konrad ihnen, sich zu erheben.
Auch er stand diesmal, statt in seinem thronartigen Stuhl zu sitzen. Aufrecht, die Schultern gestrafft, die Füße leicht auseinandergestellt wie vor einem Schwertkampf, um festen Stand zu haben, die Daumen hinter den mit Silberbeschlägen verzierten Gürtel geklemmt. Er trug einen mit Edelsteinen besetzten Bliaut und wirkte trotz seiner fast sechzig Jahre immer noch wie ein gefährlicher Mann, nicht wie ein gebrechlicher Greis.
Doch sein Haar ist weiß und seine Gestalt schmal geworden, dachte Adele. Sie sorgte sich, was ihr Vater ihnen heute zu sagen hatte. Und ebenso darum, wo Sven wohl steckte – schon mitten im blutigen Kampf um Dänemark oder immer noch auf einem demütigenden Bittgang um Unterstützung?
So wie unlängst Wichmann hielt sich auch der Markgraf nicht mit Vorreden auf.
»Der Kaiser hat *unwiderruflich* beschlossen, das mir einst von König Konrad verliehene Land Bautzen mitsamt der großen Burg dem Herzog von Böhmen zu geben. Und mir die angestammten Vogteirechte in Chemnitz und Naumburg zu entziehen«, verkündete er in die knisternde Stille hinein.
Entsetzen senkte sich über den kleinen Saal. Dann wollte Otto lospoltern, aber sein Vater gebot ihm mit einer herrischen Geste Einhalt.
»Darüber gibt es nichts zu disputieren. Der Entschluss des Kaisers ist unumstößlich. Ebenso meine Entscheidung, wie ich diesem Ehrverlust vor dem gesamten Reich entgehen und die übrigen unserer Ländereien dem Haus Wettin bewahren kann. So Gott will.«

Alle Blicke waren nun auf ihn gerichtet: fassungslose, gierige, fragende, mitleidige, gespielt gleichgültige.
Konrad räusperte sich, um mehr Kraft in seine Stimme zu legen. Keine Reue! Es gab kein Zurück für ihn.
Dann verkündete er seiner versammelten Familie: »Also werde ich die Waffen und alle weltlichen Titel niederlegen und als Laienbruder ins Kloster auf dem Petersberg eintreten. Das Stift, das mein lang verstorbener Bruder einst gründete und das ich erbauen ließ als Hauskloster und Grablege für unsere Familie.«
Er legte eine kurze Pause ein und musterte seine männlichen Nachfahren mit hartem Blick.
»Mein Erbe teile ich unter euch, meinen Söhnen, auf: Otto bekommt die Mark Meißen, Dietrich die Mark Lausitz, Dedo erhält die Grafschaft Groitzsch und das Rochlitzer Land, Heinrich wird Graf von Wettin, Friedrich Graf von Brehna.«
Dann verstummte er und ließ die Worte verhallen.
Es war alles Nötige gesagt.
Nun erwartete der Markgraf einen Tumult, in dem seine törichten Söhne auf ihn einreden wollten.
Doch einzig Otto trat zwei Schritte vor, ballte die Fäuste und schrie ohne den geringsten Respekt vor seinem Vater: »Und *ich* soll also mit dem Ehrverlust leben? *Ich* verliere Bautzen, Chemnitz, Naumburg … Du drückst dich feige, verkriechst dich ins Kloster, und *ich* soll mit *deiner* Schande leben? Nur weil du unbedingt konspirieren musstest? Und wenn wir einmal dabei sind: Wieso erbe ich nicht *beide* Markgrafschaften?«
Sein Vater trat einen Schritt auf ihn zu und versetzte ihm eine schallende Ohrfeige. Dafür reichte seine Kraft allemal.
Rasch nahm Hedwig Adele und Dobroniega bei den Händen und zog sie mit sich rückwärts, bis sie an die hintere Wand stießen. Wenn das hier in eine Schlägerei ausartete, wenn Otto sogar Waffen gegen seinen Vater oder seine Brüder zog … Sie konnten überhaupt nichts ausrichten. Adele legte die Hand an

den Türriegel für den Fall, dass sie die Wachen herbeirufen musste, damit diese einschritten. Was für eine Schande!

Blut tropfte aus Ottos Nase, während sein Vater zurückbrüllte: »Ihr undankbare Brut! Ohne mich wärt ihr allesamt *nichts*, mittellose niedere Adlige in ein paar kleinen Dörfern um Wettin und Brehna. *Ich* habe mit Schwert und Feuer die beiden Markgrafschaften erkämpft, sie mit eigenen Händen erobert! *Ich* habe unser Haus zu einer der mächtigsten Dynastien im Reich gemacht, euch Heiraten in höchste Kreise ermöglicht. Und das ist der Dank?«

Er holte aus und verpasste Otto eine zweite schallende Ohrfeige, die den unbotmäßigen Sohn wanken ließ.

»Hat dir die Gier das Hirn gefressen? Begreifst du in deiner Einfalt gar nicht, dass es hier um Größeres geht als meinen Stolz? Nämlich um den Fortbestand unseres Hauses?«

Konrad holte tief Atem, ehe er nun wieder eiskalt und drohend wie zu seinen gefährlichsten Zeiten fragte: »Und was Giebichenstein betrifft … Warst du nicht mit mir dort? Ich kann mich nicht erinnern, Einwände von dir gehört zu haben. Und damit du es verstehst, du Narr: Ich tue das, um unserem Haus beide Markgrafschaften zu erhalten! Falls dir nicht schon aufgefallen ist in deiner Blindheit: Dem Kaiser beliebt es, große Machtgebilde aufzuspalten, um mögliche Gegner nicht zu mächtig werden zu lassen. Sogar der Löwe musste in Regensburg Einbußen hinnehmen und bekam nur das halbe Bayern, nicht das ganze.«

Er atmete tief durch und starrte seinen Ältesten finster an.

»Angesichts deines unerhörten Benehmens sollte ich dich enterben, Dietrich Meißen geben und Dedo die Lausitz.«

Schon wandte er sich zu dem Schreiber um, der sofort die Feder in sein Tintenfass tunkte.

»Dedo kann gar nicht Fürst der Lausitz werden, weil der Fettsack im Sumpfland versinken würde!«, höhnte Otto.

Nun schritt Dietrich ein, um seinen älteren Bruder zur Räson zu bringen.

Wütend wollte Otto die Hände des anderen abschütteln, aber Dietrich hatte endgültig genug vom ungeheuerlichen Betragen seines Bruders und warf ihn mit einem Ringermanöver schwungvoll zu Boden.

»Kommst du jetzt endlich zur Vernunft?«, fauchte er.

»Verräter!«, fluchte Otto und spie Dietrich vor die Füße. »Vielleicht warst du es ja, der unsere Zusammenkunft verraten hat? Hast deinem feinen Freund, dem Kaiser, heimlich eine Nachricht geschickt?«

Erneut spie Otto vor seinem Bruder aus.

Dietrich zog ihn mit hartem Griff in die Höhe. »Du schweigst jetzt lieber!«

»Sonst?«, schnaufte Otto höhnisch, während ihm Blut aus der Nase und von der Lippe tropfte. Mit dem Ärmel abwischen konnte er es nicht; Dietrichs starke Hände hielten seine Oberarme eisern umklammert.

Hedwig verspürte nicht die geringste Neigung, ihrem Gemahl dabei zu Hilfe zu kommen. Sein Verhalten war abscheulich und würdelos.

»Besinnt euch endlich!«, donnerte der Markgraf. »Solange ich hier noch herrsche, dulde ich solches Benehmen nicht! Und wenn ihr euch nicht sofort erinnert, was ihr euerm Vater und euerm Stand schuldig seid … ich schwöre es beim Heiligen Georg, dann setze ich ein neues Testament auf!«

Als die beiden Brüder endlich voneinander abließen – Otto widerwillig, Dietrich voller Zorn – und halbwegs ruhig nebeneinanderstanden, erklärte Konrad mit Nachdruck: »Dietrich war es nicht, der uns verraten hat. Das ist gewiss. Also will ich keine unbegründeten Anschuldigungen mehr hören.«

»Wer dann?«, verlangte Otto zu wissen, wischte sich mit dem Ärmel das Blut ab und fuhr mit der Zunge an seinen Zahnreihen entlang. Zwei Schneidezähne hatten sich gelockert, so kraftvoll hatte sein Vater zugeschlagen.

»Das geht euch nichts an!«, schnappte Konrad.

Er hatte längst beschlossen, seiner Familie zu verschweigen, wie das Geheimnis dem Kaiser zu Ohren gekommen war. Er wollte der schwangeren Adele den Schmerz ersparen und verhindern, dass sie sich von ihrem Mann lossagte. Das würde nicht abzusehende Schwierigkeiten mit sich bringen.
Und wenn er die Wahrheit enthüllte, würde es noch mehr Streit und vielleicht sogar Blutvergießen in der Familie geben. Das konnten sie sich nicht erlauben, wenn ihr Haus nicht untergehen sollte. Nun schon gar nicht.
»Ihr müsst jetzt zusammenhalten!«, mahnte er seine Söhne. »Und nach meinem Eintritt ins Kloster müsst ihr beim Kaiser um die Belehnung mit Meißen, der Lausitz und Groitzsch vorsprechen.«
Das waren Reichslehen. Normalerweise dürfte Konrad diese gar nicht vererben, doch es gab Gewohnheitsrechte, und dem Kaiser würde es sehr gelegen kommen, wenn die beiden Markgrafschaften an Männer gingen, die eher miteinander stritten, als sich gegen ihn zu verbünden.
Die beiden Grafschaften Wettin und Brehna dagegen waren Familienbesitz, über den er eigenmächtig verfügen durfte.
»Vielleicht kann Dietrich euer Fürsprecher beim Kaiser sein; ich weiß es nicht«, fuhr Konrad fort. »Doch was auch Friedrich für eine förmliche Belehnung fordern mag: Kniefall, Treueeide, Gefolgschaft beim nächsten Kriegszug, selbst wenn der gegen Polen geht, gegen Dietrichs angeheiratete Verwandte – tut es! Sonst ist unser Haus dem Untergang geweiht. Und du, Dietrich: Erfülle endlich deine Pflicht gegenüber deinem Land und zeuge einen legitimen Erben, wenn die Lausitz nach deinem Tod nicht als Reichslehen eingezogen werden soll! Bewahrt gefälligst für unser Haus, was ich erkämpft habe!«
Nach diesen Worten schickte er alle hinaus außer Adele.
Hedwig bekam auf diese Weise Gelegenheit, ihrem Gemahl bei der Versorgung seiner Wunden ins Gewissen zu reden.
Dietrich tauschte einen finsteren Blick mit Dobroniega – ob

nun wegen der Aussicht, gegen ihre Brüder in den Krieg zu ziehen oder in ihr Bett steigen zu müssen.

Dedo war beleidigt über die Boshaftigkeit seines ältesten Bruders. Friedrich und Heinrich waren froh, sich aus der Reichspolitik weitgehend heraushalten zu können, da sie noch nicht die Volljährigkeit erreicht hatten.

Aber sie alle waren betroffen von der Gefahr, in der ihre Familie schwebte, und von der Vorstellung, den Vater schon bald ins Kloster zu geleiten. Und dann seine Verantwortung schultern zu müssen.

»Adele, wie geht es dir?«, fragte Konrad und deutete auf ihren gerundeten Leib.

»Gut, erlauchter Vater. Vielleicht bringe ich diesmal ein gesundes Kind zur Welt.«

Und ich hoffe, es wird ein Mädchen, dachte sie einmal mehr.

Sanft griff sie nach ihres Vaters Hand und küsste sie.

»Gibt es wirklich keinen anderen Weg?«, fragte sie bedrückt.

Konrad schüttelte den Kopf. So schwer ihm auch die Vorstellung fiel, im Dom zu Meißen für alle Zeit die Waffen niederzulegen, sich aus dem Kampf und der Politik des Reiches zurückzuziehen. Sich aus der Welt zurückzuziehen.

Er hatte seinen Teil geleistet: mit dem Schwert zwei Länder erobert und verteidigt, elf kräftige Kinder gezeugt, Siedler werben lassen, er war ins Heilige Land gepilgert …

Nun war er müde, das alles leid.

Er vermisste Mathilde, die ihm vielleicht Rat und Halt gegeben hätte, und er ersehnte die Pflege der heilkundigen Mönche auf dem Petersberg. Denn gegen das Leiden, das ihn seit einiger Zeit von innen her auszehrte, konnte auch Josefa nichts ausrichten. Vielleicht brachten sie ihm Linderung.

Und vielleicht gelang es Adele und Hedwig gemeinsam, die streitenden Brüder zur Vernunft zu treiben.

»Steh zu deinem Gemahl. Aber achte auch auf ihn!«, legte er

seiner Tochter ans Herz. »Da deine närrische Verliebtheit endlich vorbei zu sein scheint, blickst du vielleicht auch genauer auf Svens Schwächen und erkennst, wann du handeln musst.«
Sie sah ihren Vater fragend an, wusste aber bereits, dass er außer diesen kryptischen Worten nicht mehr dazu sagen würde. Nun hatte sie wieder einmal reichlich Stoff zum Nachdenken.
Sie knickste tief und ging mit Erlaubnis ihres Vaters hinaus.
Hedwig wird jetzt schon daran arbeiten, meinen rebellischen Ältesten zu bändigen, dachte Konrad. Auch mit ihr muss ich noch ein langes Gespräch führen.
Doch jetzt war er müde.
Sein Kampf war nun fast vorbei. Sollten sich die Jüngeren mit alldem herumplagen.

Ausgestoßen

Konrad, Albrecht, beider Familien und weltliche Gefolgsleute, Erzbischof Wichmann; Kloster auf dem Petersberg, 30. November 1156

Konrad von Wettin hatte den Tag des Märtyrers Andreas für seinen Eintritt ins Kloster gewählt. Wer sehen *wollte*, würde dies als Zeichen seines Protestes gegen die willkürliche Entscheidung des Kaisers verstehen. Es war ein Opfergang.
Seine Waffen und sämtliche Zeichen weltlicher Macht hatte er schon Tage zuvor feierlich vor Zeugen im Dom zu Meißen niedergelegt.
Nun blieb ihm nur noch seine letzte Reise als Lebender – zum Petersberg. Er fühlte sich entmannt, wenn er gewohnheitsmäßig nach Schwert oder Dolch fassen wollte und ins Leere griff.
Seine Familie begleitete ihn auf dem Weg in das Kloster, das er

nie mehr verlassen würde. Dort war auch eine Grabstätte für ihn vorbereitet.
Nichts konnte seinen tiefen Fall stärker anzeigen als der Umstand, dass von all den Großen des Reiches, mit denen er gekämpft, gestritten, intrigiert und gefeiert hatte, nur sein Neffe Wichmann und sein alter Freund Albrecht der Bär mit Gemahlin und einigen seiner Söhne gekommen waren.
Von allen östlichen Bischöfen war kein einziger erschienen. Sogar Gerung von Meißen glänzte durch Abwesenheit. Herzog und Pfalzgraf von Sachsen, der Landgraf von Thüringen, die Harzgrafen und all die anderen hohen Adligen blieben demonstrativ fern.
Auch wenn mancher seiner Standesgenossen das Schauspiel sicher gern voller Schadenfreude genossen hätte.
Er war ein Ausgestoßener.
Dafür war Burggraf Heinrich von Dohna gekommen, der ihm von den Staufern wie eine Laus in den Pelz gesetzt worden war und der sich südlich von Meißen entlang der Elbe bis nach Böhmen immer mehr Land unter den Nagel riss und mit Burgen sicherte. Gewiss sollte er sich im Auftrag des Kaisers überzeugen, dass Konrad tatsächlich ins Kloster eintrat. Und seine Freude würde er auch an diesem Anblick haben.
Wie er sich herausgeputzt hatte: im leuchtend blauen Bliaut aus feinster Wolle! Mit den Burggrafen von Dohna stand seinen Nachkommen zweifellos noch viel Streit bevor.
Freundlich und stützend führte Erzbischof Wichmann seinen Oheim vor den Altar des Heiligen Petrus, wo Konrad seine Prunkgewänder ablegte. Er würde sie nie wieder tragen. Auch die Ringe und den edelsteinbesetzten Stirnreif nicht. Nur noch das schlichte Gewand eines Laienbruders, in das ihn Wichmann mit feierlichen Worten kleidete.
Konrad sah an sich herab und fühlte sich fremd und verloren. Den mächtigen Fürsten Konrad gab es nun nicht mehr.
Er würde nie mehr zur Jagd reiten, nie mehr ein Turnier erle-

ben, nie mehr einen Kriegsrat halten oder einer Frau beiliegen. Seine Kutte war feiner gewebt als die der einfachen Mönche; schließlich war er der bedeutendste Gönner des Klosters und hatte ihm auch anlässlich dieses Tages bedeutende Stiftungen vermacht. Er würde überdies eine eigene Klause mit einem richtigen Bett haben, statt im Schlafsaal auf Pritsche oder Strohsack zu liegen. Und vielleicht würde er bessere Kost bekommen als die anderen. Aber kein Festmahl. Die Augustiner lebten in größter Bescheidenheit und ohne jeglichen persönlichen Besitz.

Wie sollte er seine Tage von nun an zubringen?

Sicher, er konnte jederzeit am Grab seiner Gemahlin und seiner Schwester beten, auch für sein eigenes Seelenheil. Und die restlichen Stunden? Konrad bezweifelte, dass er Freude an Spaziergängen durch den Klostergarten finden würde. Oder auf seine alten Tage und mit seinen schlechten Augen noch Lesen und Schreiben lernen wollte.

Hinter sich hörte er ein Schluchzen.

Doch er drehte sich nicht um. Das war sicher Adele. Oder Sophia, die treue Gefährtin seines Freundes Albrecht, die nur noch ein Schatten ihrer selbst war, ausgezehrt von den Jahren und dreizehn Schwangerschaften.

Oder Hedwig? Sie kam in vielen Dingen nach ihrer Mutter. Doch sie war aus härterem Holz geschnitzt. Auf Hedwig setzte er große Hoffnungen. Und da spürte er auch schon wieder den Groll auf seine zerstrittenen Söhne in sich aufsteigen. Würden sie sein Erbe zusammenhalten, damit sein Opfer nicht umsonst war?

Zu seinem Erstaunen wich der Groll großer Gleichgültigkeit. Er fühlte sich ausgelaugt und würde sich ins Krankenzimmer begeben, sobald er konnte. Sollten sie sich doch alle gegenseitig die Köpfe einschlagen!

Er hatte das Haus Wettin groß gemacht, es in die Reihe der bedeutendsten Reichsfürsten geführt. Das konnte ihm keiner

nehmen. Und so würden es auch die Mönche vom Petersberg in ihre Chronik schreiben.
Jahrzehntelang hatte er das Spiel gespielt, das Spiel um die Macht, durch kluges Taktieren die Macht seines Hauses gemehrt. Nur einmal hatte er sich zu weit vorgewagt und wurde dafür vom Kaiser hart abgestraft.
Nun mussten seine Söhne zeigen, ob sie seiner würdig waren oder sich zerstritten und damit alles verloren.

Schlacht im Schnee

Sven und Heinrich der Löwe; bei Hadersleben in Dänemark, Januar 1157

Rückzug! Rückzug!«, brüllte Heinrich der Löwe.
Da ihn keiner in dem Schlachtenlärm und unter Polster- und Kettenhaube hören konnte, wenn er auch nur eine Pferdelänge entfernt ritt, reckte er sein blutverschmiertes Schwert in die Höhe und gab dem Marschall das Zeichen, sein Kommando mit Rufen und Wimpeln weiterzugeben.
Er wendete seinen schweißnassen und blutbespritzten Hengst, ritt ein kleines Stück durch den verharschten Schnee, dann drehte er sich noch einmal um, den Blick auf das immer noch heftig umkämpfte Schlachtfeld gerichtet, um zu sehen, ob seine Männer auch wirklich folgten.
Sven, der mit diesem Feldzug seinen Thron zurückerobern wollte, war unverkennbar im Schlachtenrausch. Längst hatte er abgesessen und schlug mit dem Schwert wie ein Berserker um sich, umringt von gleich mehreren Gegnern.
Ein paar seiner Männer – viele hatte er ja nicht – kämpften ihn aus der bedrohlichen Situation heraus und drängten ihn, auf ein Pferd zu steigen und dem Herzog zu folgen.

Die Schlacht war verloren.
Was endlich auch den Dänen wieder zu sich brachte. Er stieg auf ein herrenloses Pferd, denn seines lag irgendwo tot im Schnee, seine Gefolgsleute saßen ebenfalls auf, und nun trieb der Herzog von Sachsen und Bayern sein Schlachtross zum Galopp. Wer von den Kämpfern noch beritten und nicht zu schwer verwundet war, folgte ihm. Der geordnete Rückzug wandelte sich bald zu heilloser Flucht. Wer nicht mitkam, blieb dem Feind und dem Tod ausgeliefert.
Nach einer Achtelmeile drehte sich Heinrich auf einer kleinen Anhöhe noch einmal um. Das Schlachtfeld wirkte wie ein riesiger Fleck aus Rot und Schwarz im zerwühlten Schnee. Blut und Tote …
Doch sie hatten Glück im Unglück.
Der Gegner sah davon ab, sie zu verfolgen. Mit diesem Sieg schien den Dänen Svens Ende besiegelt. Es würde sich schon bald eine Gelegenheit bieten, ihn aufzuspüren und zu töten.
Jetzt stapften Knuts und Waldemars Kämpfer lieber durch den blutgetränkten Schnee, um Beute zu machen, Sterbenden den Gnadenstoß zu geben und Gefangene zu befragen, ob jemand für sie ein Lösegeld zahlen würde. Falls nicht, waren sie nutzlos.
Heinrich führte seine Reiter etwa fünf Meilen südwärts durch das flache, verschneite Land. Dann befahl er einen Halt, auf dass sie rasten, sich um Pferde und Wunden kümmern konnten.
Er stieg von seinem Hengst und winkte zwei Knappen herbei, damit sie ihm den Kinnschutz lösten, die Kettenhaube nach hinten schoben und die Lederriemen um die Handgelenke öffneten, wodurch er die Hände aus den Kettenfäustlingen ziehen konnte.
Sein Gesicht war verschmiert von Schweiß, Blut und Rost. Er griff mit den Fingern in den Schnee, um sie von getrocknetem Blut zu reinigen und sein Gesicht damit abzureiben. Dann riss

er sich die Polsterhaube vom Kopf und strich sein schwarzes Haar zurück.
Er war schweißüberströmt trotz der eisigen Kälte, die jedermanns Atem dampfen ließ.
Heinrich erkannte Sven, der auf ihn zustapfte: ein vor Wut rasender Hüne mit dem blutverschmierten Schwert in der Hand und rotunterlaufenen Augen.
Aus dem Augenwinkel sah der Löwe zu seiner Zufriedenheit, dass sich die überlebenden Männer seiner Leibgarde im Halbkreis hinter ihm aufstellten, um notfalls einzugreifen.
Der junge Herzog war zwar ein ebenso exzellenter Kämpfer wie Sven, aber der überragte ihn um mehr als eine Haupteslänge, und sein wilder Zorn mochte ihm zusätzliche Kräfte verleihen.
Heinrich bedeutete den Knappen mit einem Wink, schleunigst aus seiner Nähe zu verschwinden. Er brauchte Platz zum Kämpfen, falls Sven wirklich …
»Was fällt Euch ein, meinen Truppen den Rückzug zu befehlen?«, brüllte der verjagte Dänenkönig. »Wir hätten noch gewinnen können!«
»*Eure* Truppen?«, fragte der Löwe voller Hohn. »Ich weiß nicht, ob es Euch aufgefallen ist, *Majestät,* aber es waren und sind hauptsächlich meine Männer, die kämpften. Und falls Euch das entgangen sein sollte: Von *Euren* Truppen ist gerade die Hälfte zum Feind übergelaufen!«
Er beugte sich voller Häme ein wenig vor: »Nicht, dass es etwas ausgemacht hätte … Eure paar Mannen können hier wie dort nicht viel ausrichten. Aber seht es endlich ein: Die Dänen wollen Euch nicht als ihren König! Nehmt dies als letzten Beweis …«
Er deutete mit dem Arm in die Richtung, wo sie die Schlacht gegen Waldemar verloren hatten.
Normalerweise trugen Männer ihres Ranges solche Streitereien nicht vor dem gesamten Heer aus. Aber Sven hatte damit ange-

fangen und es sich also selbst zuzuschreiben, wenn er hier öffentlich heruntergeputzt wurde.
Denn allmählich packte auch Heinrich die kalte Wut.
Noch nie in seinem ganzen Kriegerleben hatte er so einen schmählichen Rückzug befehlen müssen. Über seine Verluste mochte er gar nicht nachdenken. Und was es ihn noch kosten würde, die Gefangenen auszulösen.
Das hatte er nun davon, dass er diesem Dänen Truppen gestellt hatte, damit der sein kleines Königreich zurückerobern konnte! Ein guter Kämpfer war Sven zweifellos, aber kein guter Feldherr. Und schon gar kein guter König – nach allem, was Heinrich gehört und gesehen hatte.
Aber sein kaiserlicher Vetter hatte ihn in Regensburg darum gebeten, ihn mehr oder weniger angewiesen, auf diese Art seine Dankbarkeit zu beweisen: indem er dem vertriebenen dänischen König, Friedrichs Freund aus ihrer gemeinsamen Knappenzeit, zur Rückkehr auf den Thron verhalf.
»So erfüllt Ihr also die Befehle Eures Kaisers?«, brüllte Sven und beugte sich nun ebenfalls vor. Sein Schwert hielt er gesenkt und wirkte wie ein wild gewordener Stier, der sich gleich auf den Mann vor ihm stürzen würde.
»Es war die *Bitte* meines Kaisers«, widersprach Heinrich kühl. »Der ich aus Respekt vor Seiner Kaiserlichen Majestät gern nachgekommen bin. Während Eure Leute ja schon nicht einmal mehr gehorchen, wenn Ihr ihnen etwas *befehlt!*«
Sven schien langsam wieder zu sich zu kommen, keuchte schwer und brüllte dann: »Und was ist mit dem Silber, das ich Euch gab? Eintausendvierhundert Mark Silber, um mir wieder auf den Thron zu helfen, der mir rechtens zusteht!«
Es war alles, was er noch hatte auftreiben können. Was er bei seiner Flucht hatte mitnehmen können an Familienvermögen, eingeschlossen Adeles Mitgift. Nun besaß er weder Truppen, wenn er die paar Dutzend seiner letzten Anhänger außer Acht ließ, noch Geld. Und sein kostbares Schlachtross war auch verloren.

»Das Silber?«, fragte Heinrich achselzuckend. »Was denkt Ihr wohl, wo das steckt?«
Erneut wies er mit dem Arm zum Schlachtfeld.
»Dort liegt es. Tote Männer, tote Pferde, verlorene Waffen. Und wenn ich noch Gefangene auslösen muss, zahle ich sogar drauf. Der Feldzug ist vorbei. Gegen Knut und Waldemar zusammen kommt Ihr nicht an. Wir kehren zurück nach Lüneburg. Dort nehmt Ihr Eure Gemahlin und Euren Sohn mit Euch und reitet zurück nach Meißen.«
Die Möglichkeit, dass Adele, die sie hochschwanger auf Burg Lüneburg bei Herzogin Clementia zurückgelassen hatten, ein Mädchen zur Welt bringen könnte, kam weder Sven noch Heinrich in den Sinn.
»Ich gebe nicht auf!«, rief der Wikinger stur.
Heinrich warf Svens engsten Vertrauten – zwei Rittern namens Gunvald und Birge – einen harten Blick zu, der besagte: Bringt ihn endlich zur Ruhe! Und zur Vernunft!
Dann wandte er sich einfach von dem erneut gescheiterten Dänenkönig ab und erteilte seinen Männern Befehle.
»Wir errichten hier das Lager für die Nacht. Stellt ausreichend Wachen auf! Die Baderchirurgen sollen sich um die Verwundeten kümmern. Die Pferde, die niemanden mehr tragen können, schlachtet ihr und kocht das Fleisch, damit jeder eine warme Mahlzeit bekommt.«
Normalerweise würde er kein Feuer machen lassen, damit sich der Feind nicht eingeladen fühlte, den Verlierern nun vollends den Garaus zu machen. Aber in dem hellen Mondlicht und angesichts der tiefen Spuren im Schnee konnte sie auch ohne Feuer jeder mit Leichtigkeit finden, der sich auf die Suche begab.
Die Dänen würden heute den Sieg feiern, die Beute unter sich aufteilen, kräftig trinken und morgen mit schweren Köpfen darüber streiten, ob sie den Feind ganz vernichten oder ihn lieber ziehen lassen sollten. Sven war geschlagen, und mit dem

mächtigen Herzog von Sachsen und Bayern wollten sie sich vermutlich doch nicht ernsthaft anlegen.

Heinrichs Männer gingen ans Werk.

Dieser Feldzug hatte vielversprechend begonnen, weil der Gegner um die Jahreszeit, mitten im Winter, nicht mit einem Angriff rechnete. Schon gar nicht hier, denn Schleswig gehörte Waldemar.

Sie waren rasch nordwärts gezogen, hatten Schleswig und Ripen eingenommen, die Bischofsstädte. Doch in Hadersleben trafen sie auf das inzwischen vereinte und kampfbereite Heer von Svens Gegnern Knut und Waldemar, das noch von zahlreichem Fußvolk begleitet wurde. Viele Bauern darunter, die bereit waren, sogar mit Knüppeln und Dreschflegeln gegen den einstigen König zu kämpfen, der sie durch arge Steuerlasten in den Ruin getrieben hatte.

Er, Heinrich, würde keinen Mann und kein Pferd mehr opfern, um diesem Gernegroß zu helfen.

Während das Lager aufgebaut wurde – inzwischen war auch der Tross zu ihnen gestoßen –, ging der Herzog zu der Stelle, wo die Verwundeten versorgt wurden. Ihre Schreie und ihr Stöhnen waren weithin zu hören.

Klagen und Gebete auf Dänisch und Deutsch, mit ersterbenden Stimmen. Blut, das dampfend im Schnee versickerte. Abgehackte Gliedmaßen. Ein junger Mann, ein Bursche noch, der verzweifelt flehte, man möge ihm sein Bein lassen. Doch der Baderchirurg griff ungerührt nach der Säge und tat sein Werk, während das Leben des Jungen unter seinen Händen erlosch.

Heinrich hatte genug gesehen.

Aber als Feldherr ließ man sich nach der Schlacht bei den Verwundeten blicken und versicherte ihnen, sie würden überleben, selbst wenn sie nur noch wenige Atemzüge vor sich hatten. Und dann bei den Unverletzten, um sie für ihren Kampfesmut zu loben.

Sven ging ihm aus dem Weg. Er stand mit seinem letzten Häuflein Getreuer im Schnee, starrte vor sich hin und sprach kein Wort.

Heinrich war es recht so.

Doch bevor er sich davon überzeugte, dass die Wachen überall auf ihren Posten waren, rief er noch einen seiner Schnellreiter zu sich.

»Überbringe meiner Gemahlin und auch der …« – Königin konnte er sie nun wirklich nicht mehr nennen –, »der kleinen Wettinerin die Kunde: Wir sind auf dem Heimweg, und es geht mir und ihrem Gemahl gut, wir sind unverletzt.«

Außer Sven in seinem Stolz, fügte er in Gedanken an.

»Wünschen Durchlaucht, dass ich gleich aufbreche?«, fragte der Bote. »Das Mondlicht ist hell genug, und der Schnee leuchtet.«

»Schlaf erst einmal ein paar Stunden und such dir dann Kleider, die nicht mit Blut durchtränkt sind, damit die Damen nicht erschrecken«, entschied Heinrich. »Ich denke, wir erreichen Lüneburg in sechs Tagen, wenn uns der Tross nicht zu sehr aufhält …«

Die Frauen und der Krieg

Clementia von Zähringen, Adele,
Sven, Heinrich der Löwe;
Burg Lüneburg, Februar 1157

Adele merkte, dass sie wohl schon eine halbe Stunde über ihrer Näharbeit saß, ohne einen Stich ausgeführt zu haben. Ihre Gedanken schweiften ständig ab.

Mal zu ihrem Töchterchen, das in einem Korb neben ihr

schlummerte und ab und an im Schlaf mit den winzigen Armen zuckte.
Oder zu ihrem Gemahl. Kämpfte er, steckte er gerade mitten in einer Schlacht, oder hatte er den Thron mit Hilfe des Löwen und einer Armee schon erobert?
Lebte er überhaupt noch?
Wie stets an diesem Punkt traten ihr Tränen in die Augen, schnürten ihr düstere Vorahnungen die Luft ab.
»Wie haltet Ihr das nur aus?«, fragte sie schließlich Clementia, die Gemahlin des Löwen, die ebenfalls über eine Handarbeit gebeugt saß, aber im Gegensatz zu Adele ihr Kinderhäubchen schon fast fertig bestickt hatte.
»Das Warten? Wenn sie im Krieg sind? Und wir Frauen nicht wissen, wann und wie und ob sie überhaupt zurückkehren?«, fragte Clementia. Sie wusste längst, was der jungen Frau durch den Kopf ging, die vermutlich noch nicht viele solcher Situationen erlebt hatte.
»Verliert Euch nicht in schlimmen Gedanken, was passieren *könnte*«, riet die Herzogin. »Vertraut auf Gott und das Kampfgeschick unserer Männer. Erfreut Euch an Eurer Tochter und betet, dass Euch Gott beim nächsten Mal einen Sohn schenkt.«
Bitter klangen die letzten Worte Clementias.
Männer wollten Söhne. Erben.
Clementia hatte Heinrich kaum ein Jahr nach ihrer Hochzeit einen Sohn geboren. Doch das Kind war noch im Säuglingsalter durch eine Unachtsamkeit der Kinderfrau beim Wickeln vom Tisch gestürzt. Das Schreckensbild von dem blutigen, aufgeschlagenen Köpfchen konnte sie nicht aus ihrem Kopf verbannen. Fast mit Gewalt hatte man ihr damals den kleinen Leichnam aus den Armen reißen müssen.
Bald darauf war sie wieder schwanger geworden. Und noch ein drittes Mal. Zwei Töchter. Kein Sohn mehr. Allmählich verrann die Zeit, in der sie noch gebären konnte.
Danach würde Heinrich sie verstoßen.

Clementia wusste, dass der Kaiser ihren Gemahl seit Jahren dazu drängte, denn Friedrich führte schon als junger Ritter einen verbissenen Krieg gegen das Haus Zähringen.
Bisher hatte Heinrich ihre Ehe nie laut in Frage gestellt, weil sie in den Zeiten seiner Abwesenheit gut für ihn regierte und seine Gefolgsleute ihren Urteilsspruch akzeptierten.
Obwohl sie älter war als er und Heinrich als Bräutigam noch sehr jung, hatten sie anfangs eine erstaunlich harmonische Ehe geführt. Doch den Tod ihres Erstgeborenen konnten sie beide nicht verwinden. Zumal Clementia keinen Jungen mehr gebar. Die Jahre hatten bei ihr deutliche Spuren hinterlassen; sie war nicht mehr schlank, und unter dem Schleier versteckte sie die ersten grauen Haare. Doch die Sorgenfalten im Gesicht konnte sie nicht verbergen.
Jetzt suchte ihr Gemahl kaum noch ihr Bett auf, was die Aussicht auf einen männlichen Erben weiter reduzierte.
Heinrich lebte sich mit jüngeren Frauen aus, und sie musste noch dankbar sein, dass er es nicht vor ihren Augen tat.
Doch der Tag war nicht mehr fern, an dem er den Einflüsterungen seines Freundes, des Kaisers, nachgab und sich eine Jüngere wählte, eine Schönere aus bestem Haus. Nun, da er über zwei Herzogtümer verfügte.
Sie wusste es einfach.
»Wir hätten einen Sohn gehabt«, flüsterte Adele gramvoll als Antwort auf die Worte ihrer Gastgeberin.
»Ich weiß. Doch Ihr seid jung, Ihr werdet Sven noch viele Söhne schenken«, versicherte Clementia und schluckte ihren eigenen Kummer hinunter. Es brachte nichts, sich über die Zukunft den Kopf zu zermartern.
Zur Mittagszeit bat der Truchsess um Einlass und meldete einen Boten des Herzogs. Sofort verloren beide Frauen das Interesse an ihren Handarbeiten. Sie löcherten den Boten mit Fragen, trösteten sich gegenseitig und gingen daran, alle Vorbereitungen für die Rückkehr der Kämpfer zu treffen.

Adele hatte die Tage bis zu Svens Ankunft mal lachend, mal weinend zugebracht, voll vorgetäuschter Geschäftigkeit.
Sie riss Leinen in Streifen, um Verwundete zu verbinden, und ließ für Sven einen neuen Bliaut, Beinlinge und ein Untergewand nähen. Das Leinen hatte ihr Clementia geschenkt, denn sie selbst besaß kaum mehr als das, was sie auf dem Leib trug. Alles Silber hatte Sven für diesen Kriegszug ausgegeben.
Nun besetzte sie Bliaut und Unterkleid mit schmalen gewebten Borten, wie die Dänen sie gern trugen, und wich dabei nicht vom Fenster, obwohl es draußen eiskalt war. Sie durfte Svens Ankunft nicht verpassen!
»Seid doch vernünftig, Kind«, mahnte Clementia. »Wenn so viele Reiter eintreffen, hören wir es schon. Also setzt Euch ans Feuer und behaltet Euer Töchterchen im Auge.«
Zweifelnd sah Adele sie an. »Kann ich noch irgendetwas helfen, irgendetwas tun?«, fragte sie.
»Ihr seid hier ein lieber Gast«, erwiderte die Zähringerin großzügig. Denn im Grunde genommen kam sich Adele wie eine Bettlerin vor, auf Almosen angewiesen.
»Macht Euch schön für die Ankunft Eures Gemahls! Ich sorge schon dafür, dass alles für die Männer vorbereitet ist«, versicherte Clementia.

Einen halben Tag später kündigte sich die Rückkehr des Heerbanns tatsächlich schon von weitem durch gebrüllte Befehle und das Wiehern der Pferde an.
Adele lief zu einem der nicht zugestopften Fenster und sah, wie sich der Reiterzug den Kalkberg zur Burg hinaufmühte. In der Ferne wand sich die Trosskolonne wie eine riesige Schlange den Weg entlang.
Es waren jetzt deutlich weniger Männer, als aufgebrochen waren. Würden die anderen noch folgen, zu Fuß? Oder lagen sie tot auf einem eisbedeckten Schlachtfeld, und niemand begrub sie in dem gefrorenen Boden?

Zu ihrer großen Erleichterung erkannte sie die hünenhafte Statur ihres Mannes schon von weitem. Aber er ritt nicht mehr sein gutes Marschpferd, sondern einen müden Braunen. Und auch sein Schlachtross konnte sie nicht entdecken.
Adele ließ sich von der treuen Janne einen pelzgefütterten Umhang umlegen und hastete hinunter, um sich neben Clementia aufzustellen, die ihren Gemahl der Tradition gemäß mit einem Willkommenstrunk begrüßte. Einen zweiten, prachtvoll verzierten Becher hatte sie Adele für Sven gegeben. Eigens ihrem Gemahl zur Freude hatte Adele auch ein Kleid angelegt, das mit gewebten Borten geschmückt war, mit bei Däninnen beliebten Farben und Mustern. Und sie trug die langen schwarzen Locken unter dem Schleier offen, wie er es mochte.
Heinrich und Sven ritten zwar nebeneinander an der Spitze der Kolonne, aber ihre Gemahlinnen sahen sofort, dass es Streit zwischen den beiden gegeben hatte. Und zwar heftigen.
Also hatten sie eine Niederlage erlitten.
Sven kam nicht hierher zurück, um sie abzuholen und gemeinsam mit ihr feierlich in Dänemark Einzug zu halten.
Er war gescheitert. Nun mussten sie erneut ihren Vater bitten, ihnen in Meißen Exil zu gewähren. Der Traum von Svens Königtum war ausgeträumt.
Ängstlich hielt Adele Ausschau nach Gunvald und Birge, Svens besten Freunden und treuesten Gefährten, und atmete auf, als sie beide entdeckte. Dann spähte sie nach Aksel, dem Mann ihrer Leibdienerin Janne, die hinter ihr stand und sich schon auf Zehenspitzen reckte, um ihn auszumachen.
Doch Adele konnte ihn nicht sehen. Er ritt sicher weiter hinten …
Sie sank vor dem Löwen in einen tiefen Knicks.
»Herzog, ich freue mich über Eure Heimkehr und bedanke mich für die gewährte Gastfreundschaft!«, sagte sie mit größter Höflichkeit.
Die Formulierung »glückliche Heimkehr« hatte sie gerade

noch hinuntergeschluckt, denn Heinrich wirkte alles andere als glücklich.

Dann begrüßte sie Sven. »Liebwerter Gemahl, mein Herz schlägt vor Freude, Euch lebend und unversehrt zu sehen.«

Es verbot sich, von Siegen zu reden. Der Bericht des Boten war zwar äußerst wortkarg und vorsichtig formuliert gewesen, aber er hatte keinen Zweifel daran gelassen, dass die Männer nach einer Niederlage umkehren mussten und Svens Plan gescheitert war.

Er sah abgemagert aus, hatte sich seit Tagen nicht rasiert, die Augen lagen tief in den Höhlen, und über seine linke Augenbraue zog sich ein verschorfter, kaum verheilter Riss.

Am liebsten hätte sie ihn gleich hier vor allen umarmt und geküsst aus Freude darüber, dass er noch lebte. Sie wollte ihn zur Wiege ziehen und ihm ihr Töchterchen zeigen …

Doch seine finstere Miene hielt sie davon ab.

Sven stieg aus dem Sattel, nachdem er den Pokal in einem Zug leergetrunken hatte.

»Komm, Gemahlin, und zeige mir unseren Sohn!«

Das war alles, was er zu ihr sagte, und nicht in freundlichstem Ton.

Es war sein unabänderlicher Wille gewesen, dass sie trotz ihrer fortgeschrittenen Schwangerschaft und der vorausgegangenen Fehlgeburt mit ihm nach Lüneburg ritt, statt in Meißen zu bleiben und dort ihr Kind in Sicherheit auszutragen.

»Sobald der Sieg errungen ist, hole ich dich, und du wirst an meiner Seite Einzug halten, mit unserem Sohn im Arm. Die Dänen werden uns zujubeln«, hatte er gesagt und sich nicht davon abbringen lassen. Auch nicht von Josefas Warnungen.

Was sollte sie tun? Er war ihr Gemahl, ihr Vormund und ihr König. Sie musste ihm folgen.

Aber dass er sie mit diesen kalten Worten begrüßte, brachte für Adele das Fass zum Überlaufen.

Wo war der Mann geblieben, in den sie sich verliebt hatte?

Aus dem Augenwinkel bekam sie mit, dass Janne ihren Aksel entdeckt hatte und jubelnd auf ihn zulief.
Adele war doppelt erleichtert – weil Aksel lebte, der ein guter Mann war. Und weil die bevorstehende unschöne Szene ohne Zeugen ablaufen würde.
Wie hatte sie sich nach Sven gesehnt! Und nun das …
Sie ließ sich ihre verletzten Gefühle nicht anmerken, sondern ging voraus in ihre Kammer. Die Amme hatte das Kind wohl gerade gestillt, hielt es nun im Arm, klopfte sanft auf seinen Rücken und summte dabei ein fröhliches Lied, ein dänisches Schlaflied für Kinder.
Adele nahm ihr den Säugling ab, dem die Augen zufielen, und schickte sie mit einem Blick hinaus. Rasch erhob sich die junge Frau und huschte fort, bis sie wieder gebraucht wurde.
Begeistert beugte sich Sven über das Kleine.
»Liebster Gemahl! Das ist unsere Tochter. Bildschön und gesund«, sagte sie.
»Ein *Mädchen?*«, fragte er, als habe er gerade nicht recht verstanden, und fuhr zurück.
»Sie hat deine blauen Augen, und ihr Haar wird auch immer heller. Ich ließ sie auf den Namen Lucardis taufen.«
Augenblicklich verlor Sven das Interesse an dem Kind.
Er warf einen Blick in den Krug auf dem Tisch, und nachdem er sich vergewissert hatte, dass dieser Wein enthielt und nicht Wasser, goss er sich einen Becher voll, trank ihn mit einem Zug leer und starrte vor sich hin.
»Ich habe auch versagt, Liebste. Wir konnten Dänemark nicht zurückerobern, und die Hälfte meiner Leute ist zu Knut und Waldemar übergelaufen. Aber ich gebe nicht auf, ich …«
Weiter kam er nicht. Schon nach seinen ersten Worten hatte Adele ihr Töchterchen vorsichtig zurück in den Korb gelegt. Nun stemmte sie die Arme in die Hüften und fragte mit gedämpfter Stimme, um die Kleine nicht zu wecken, aber mit Schärfe: »*Auch* versagt? Worin habe *ich* denn versagt, mein

Gemahl? Ich schenkte dir ein gesundes Kind, eine Tochter! Du hast mich gezwungen, hochschwanger hunderte Meilen zu reiten ... Es ist ein Gotteswunder, dass ich sie überhaupt lebend zur Welt brachte. Und nicht verlor wie den Sohn, den wir hätten haben können, wären wir nicht zu wilder Flucht gezwungen gewesen, weil dich dein Volk nicht als König wollte!«
Schroff zeigte sie zur Tür, während Tränen der Enttäuschung über ihre Wangen liefen.
»Geh! Verlasse diese Kammer«, sagte sie dumpf. »Du wirst mich und dein Kind erst wiedersehen, wenn du zur Vernunft gekommen bist. Und sollte dieser Fall nicht eintreten, schreibe ich meinem Vater und bitte ihn, dass er mich wieder aufnimmt. Denn ich habe ja nun keine Heimat mehr. Weil mein Gemahl als Herrscher scheiterte, *weil er versagt hat* ...«
Sie wandte Sven den Rücken zu, hob ihr Töchterchen aus dem Korb und drückte es an sich, als ob es ihr Halt geben könnte in ihrer Verzweiflung.
Sven versuchte gar nicht erst, nach einer angemessenen Antwort zu suchen. Es gab keine, wollte er nicht noch mehr Streit vom Zaun brechen.
Denn so viel sah er ein, auch wenn er es jetzt nicht zugeben konnte: dass er seine üble Laune über den Misserfolg an Adele ausgelassen hatte. Die er doch liebte!
Also ging er wortlos und ließ die Tür hinter sich zufallen.

Clementia hatte sich inzwischen von ihrem Gemahl berichten lassen, was geschehen war. Heinrich hegte keinerlei Bedenken, solche Angelegenheiten mit seiner Gemahlin zu besprechen. Sie war verständig, musste schließlich auch in seiner Abwesenheit die Regentschaft übernehmen und hatte ihm schon manchen guten Rat erteilt.
So wie jetzt.
Sie wussten beide, Sven würde nicht aufgeben. Und im Hinter-

grund stand immer noch die Weisung des Kaisers, dem Gescheiterten irgendwie zurück nach Dänemark zu verhelfen.

»Über Land ist es natürlich schwer, denn Schleswig und Jütland gehören Waldemar, und der hat viele Anhänger. Außerdem ist er nun auch noch mit Knuts Schwester verlobt. Und um auf dem Seeweg anzugreifen, bräuchte Sven Schiffe«, stieß Clementia die Gedanken ihres Gemahls in eine bestimmte Richtung.

»Ich habe keine Schiffe«, widersprach der Löwe missmutig. »Und wenn ich welche hätte, würde ich sie ihm nicht geben. Dann kann ich sie gleich selbst versenken! Die Dänen besitzen ja auch keine Flotte mehr, die man kapern könnte. Im Wendenkreuzzug haben sie sich alles von den Ranen abfackeln lassen. Und für ein gutes Schiff braucht ein erfahrener Bootsbauer ein Jahr. Noch länger, wenn es groß sein soll ...«

»*Wir* haben keine Schiffe für einen Kriegszug, und die Dänen auch nicht mehr«, pflichtete Clementia ihm bei. »Ganze Kriegsflotten, und zwar beeindruckend gute, besitzen nur die Ranen auf Rügen – und die Abodriten.«

Sie lächelte ironisch. »Schulden dir die Abodriten nicht Tribut und Gefolgschaft?«

Die Zähringerin sah, dass dieser Gedanke bei Heinrich sofort zündete. »Schick Sven zu dem Grafen von Holstein, der wird Niklot schon dazu bewegen«, fügte sie an.

»Die Abodriten haben ihre Piraterie gegen die dänische Küste immer noch nicht eingestellt, obwohl ich es befahl«, fing Heinrich an, sich aufzuregen.

»Eben«, ging Clementia sanft dazwischen. »Aber sie haben sich dir unterworfen. Und Niklot hält sein Wort. Lass ihn doch die dänische Küste überfallen – mit Sven an Bord!«

Sie lächelte erneut, und Heinrich begann sogar laut zu lachen. Er stand auf und küsste seiner Frau die Stirn.

»Du bist einfach wunderbar und unübertroffen!«, sagte er begeistert.

Als dein Marschall, dachte Clementia verbittert, aber nicht als deine Gemahlin und Bettgefährtin. Da willst du mich nicht mehr.
Sie beschlossen, Sven und Adele zu einem gemeinsamen Mahl zu bitten, um ihnen diesen Plan vorzulegen.
Dass weder der Graf von Holstein noch Niklot davon begeistert sein würden, war ihnen beiden klar. Aber wozu war man Herzog, wenn man nicht unliebsame Aufgaben auf Untergebene abschieben konnte?

Clementia hatte dieses private Treffen vor dem großen Mahl in der Halle auch darum vorgeschlagen, weil sie vermutete, dass es gerade heftigen Streit zwischen Sven und seiner bedauernswerten Frau gegeben hatte.
Ja, eindeutig, dachte sie, als sie die vom Weinen geröteten Augen der jungen Mutter sah. Die eisige Stimmung zwischen Sven und Adele schien sogar dem Feuer in der Kammer die Wärme zu nehmen.
Der Löwe schien das nicht zu spüren. Falls doch, war es ihm gründlich egal.
»Ich habe einen Plan, einen genialen Plan, wie es noch gelingen kann!«, eröffnete er großspurig dem vertriebenen Königspaar.
Sven fühlte sich verhöhnt, als der Herzog diesen Plan vorstellte.
»Mit *Niklot?*«, vergewisserte er sich und schaute drein, als habe der Löwe den Verstand verloren. »Der seit Jahren unsere Küsten plündert, unsere Dörfer überfällt, hunderte gefangene Dänen in die Sklaverei verkauft, wodurch manche Landstriche schon fast entvölkert sind?«
Heinrich ließ sich zu einer Erklärung herab, Clementia schwieg. In solchen Dingen duldete sie es immer, dass ihr Gemahl ihre Ideen als seine ausgab, damit sie auch ernst genommen wurden.
Sven fing dann doch rasch Feuer.
»In Schleswig ist Waldemar zu stark«, überlegte er. »In Scho-

nen, das eigentlich mir gehört, hat er auch viele Anhänger, und alles steht unter der Fuchtel von Erzbischof Eskil. Aber Seeland, Fünen und die kleineren Inseln – sie sind schutzlos, verarmt und halb entvölkert durch die Überfälle der Ranen und Abodriten. Dort wird Knut keinen Rückhalt mehr haben. Wenn wir ihnen Schutz versprechen vor den Wenden …«

Nun wandte er sich zu Adele, zum ersten Mal seit ihrem Streit. »Ich sehe es schon vor meinen Augen: Du stehst neben mir am Vordersteven, wirst als Königin mit mir an Land gehen, unsere Tochter im Arm, Prinzessin Lucardis … Und die Dänen werden überglücklich sein, ihr Königspaar zu sehen statt slawischer Piraten!«

Adele wollte widersprechen. Sollte sie jetzt etwa mit in den Krieg ziehen, womöglich noch in eine Seeschlacht? Mitsamt ihrer Tochter und der Amme?

Nur konnte sie nicht ewig weiter bei Clementia verweilen, als entthronte Königin ohne einen Pfennig.

Sie stellte sich das Bild vor: sie am Bug eines Schiffes, auf stürmischer See, und im Arm das erst wenige Wochen alte Töchterchen. Hatte ihr Mann den Verstand verloren?

Sie musste nach Meißen!

Doch ehe sie etwas sagen oder Clementia ihr zu Hilfe kommen konnte, wurde ein Bote mit einer dringenden Botschaft für Königin Adele gemeldet.

»Er soll sofort eintreten!«, befahl Heinrich der Löwe.

Adele erkannte den Mann auf Anhieb. Das war Hilbert, der beste Ritter und Vertraute ihres Bruders Dietrich.

Sein Gesicht kündigte schlechte Nachrichten an. Die er auch gleich vortrug.

»Königliche Hoheit, Euer Vater ist gestorben. Am fünften Tag des Februar im Kloster auf dem Petersberg. Es ging sehr rasch. Eure Familie konnte nicht einmal mehr rechtzeitig hinreisen, um in seiner letzten Stunde bei ihm zu sein. Das Begräbnis hat bereits stattgefunden. In sehr feierlicher Weise.«

Er hielt kurz inne und sagte dann tröstend: »Euer Bruder Dietrich sendet Euch ergebene Grüße. Macht Euch keine Vorwürfe! Ihr vermögt auch hier für das Seelenheil von Markgraf Konrad zu beten.«

Familiäre Differenzen

Otto, Hedwig, Dietrich, Dobroniega;
Meißner Burgberg, Februar 1157

Geschickt hatte Hedwig ihren Gemahl dorthin gelotst, wo sie ihn die nächste halbe Stunde ganz allein für sich haben wollte: in einem Badezuber, mit leicht nach hinten gelegtem Kopf, während sie mit ihrem feinsten Kamm sein nasses dunkles Haar durchforstete.

Angeblich, weil sie eine fette Laus und mehrere Nissen in seinem Haupthaar entdeckt hatte. Eine völlig unverdächtige Feststellung. Das Ungeziefer war allgegenwärtig, und wer viel reiste, lief ganz besonders Gefahr, sich in Wirtshäusern und Herbergen solche Plagegeister aufzulesen. Davor schützte auch adlige Herkunft nicht.

Doch diesen Lausbefall hatte Hedwig erfunden und im gleichen Atemzug angeboten, Otto persönlich davon zu befreien, statt dies dem Barbier oder den Bademägden zu überlassen. Sie wollte ihren Gemahl für ein Weilchen in eine Position bringen, aus der er ihr nicht entkommen konnte. Denn Hedwig hatte vor, ihm ein paar Wahrheiten zu sagen, die er mit Sicherheit nicht hören wollte. Otto würde wohl kaum nackt aus dem Badezuber springen, nur um sich dem unangenehmen Thema zu entziehen.

Bei dem nunmehrigen Markgrafen von Meißen hatte ihre »Entdeckung« dazu geführt, dass er sich sofort am Kopf zu kratzen begann und bereitwillig Hedwigs Angebot annahm.

Damit es glaubwürdig wirkte, trug sie ihr eigenes blondes Haar vollständig unter einem Tuch mit straff verknoteten Enden verborgen. Schließlich war nicht auszuschließen, dass wirklich dieses oder jenes Tierchen auf Ottos dichtem, störrischem Haar herumwanderte. Sie wollte sich keines auflesen.

Nun lag Otto entspannt in dem Badezuber, genoss die Wärme des Wassers und die geschickten Hände seiner jungen Frau, die gleichförmig mit dem Kamm durch seine Haare strich. Beides – das Bad und Hedwigs Kämmen – wirkte beruhigend auf ihn. Wohlig im Wasser sitzend, hatte er die Lider halb geschlossen und gab sich ganz der Fürsorge seiner Gemahlin hin, in Gedanken ihre Tugenden preisend.

»Als meine erlauchte Mutter und ich von Aachen hierherreisten«, begann diese im harmlosesten Tonfall zu plaudern, »hatte sich ausgerechnet die strengste unserer Hofdamen in einer Herberge Ungeziefer aufgelesen. Wir verloren einen halben Tag auf unserer Reise, und sie ließ ihr Haar sogar in Essig waschen, um sich von den Läusen zu befreien. Ich glaube manchmal, den Geruch spüre ich immer noch in der Nase.«

Hedwig hatte die Szene wieder vor Augen und sagte mit so viel Dankbarkeit in der Stimme, wie sie aufbringen konnte: »Fünf Jahre ist es nun her, dass ich als Eure Braut nach Meißen kam. Und Ihr habt so viel getan, um mir einen freundlichen Empfang zu bereiten, mein liebwerter Gemahl.«

Otto ließ ein zustimmendes Brummen hören, während seine Augen angesichts der wohltuenden Behandlung immer kleiner wurden.

Hedwig beließ ihn in diesem Zustand und kämmte weiter nach nicht vorhandenen Nissen.

Als Otto kurz vor dem Einschlafen schien, war für sie der Moment gekommen, das auszusprechen, was ihr wirklich am Herzen lag.

»Es bedrückt mich sehr, mein Gemahl, dass wir nicht zur Bei-

setzung Eures erlauchten Vater gereist sind. Ich hätte ihm gern die letzte Ehre erwiesen.«
Schlagartig war Otto hellwach und wollte aufspringen, doch angesichts seiner Situation – nackt im Badezuber, und hinter seinem rechten Ohr schien seine Gemahlin gerade ein besonders großes Nest von Nissen erwischt zu haben – hielt er sich gerade noch davon ab.
»Es war meine unumstößliche Entscheidung. Schließlich hat mich mein Vater in Schande gestürzt und um einen großen Teil meines Erbes betrogen«, sagte er hart.
»Tat er das wirklich?«, widersprach sie sanft. »Wir wissen es erst, wenn Eure Brüder vom Petersberg zurückkehren und vielleicht Neuigkeiten über die Reaktion des Kaisers mitbringen. Ob Euer Vater ohne Erlaubnis Seiner Majestät über Reichslehen verfügte … oder ob Seine Majestät von ihm verlangt hatte, die Ländereien aufzuteilen, damit niemand mehr über so viel Macht verfügt.«
Sie hatten lange und heftig gestritten, als sich Otto weigerte, zum Begräbnis seines Vaters zu reisen. Dies sei seine Sohnespflicht, beharrte sie, und verwies auf das vierte Gebot: Du sollst Vater und Mutter ehren.
Doch Otto blieb unversöhnlich und untersagte auch seiner Gemahlin die Reise zum Petersberg.
»Ich hätte so gern meinen erlauchten Vater und meine Mutter dort wiedergesehen«, beklagte sich Hedwig. »Mutter wirkte sehr kränklich im November … Ich sorge mich um sie.«
Otto tat diese Worte unwirsch ab.
»Sie wird eben alt.«
»Letzte Nacht träumte ich, am Grab Eures Vaters, seiner Gemahlin und seiner Schwester zu stehen«, fuhr Hedwig leise fort, während sie weiter geduldig seine Haare durchkämmte.
»Im Traum hörte ich eine Stimme, die mir etwas zuwisperte, was mir seitdem keine Ruhe lässt. Vielleicht ist uns noch kein Sohn vergönnt, weil Ihr Euerm Vater kein guter Sohn wart?

Was, wenn der Erbe, den ich Euch eines Tages mit Hilfe der gnädigen Jungfrau schenken werde, sich auch gegen seinen Vater erhebt, gegen Euch?«

Sie verdrängte entschlossen jeden Skrupel, ihm diese Geschichte als möglichen Grund für ihre bisherige Kinderlosigkeit aufzutischen.

Zum einen wünschte sie wirklich keinem fürsorgenden Vater einen so undankbaren Sohn wie Otto, selbst wenn das Wort »fürsorglich« vielleicht nicht so recht zu Konrad von Wettin passen mochte. Aber er hatte für seine Familie gekämpft und sie in dieser kritischen Lage zum Zusammenhalt aufgerufen.

Andererseits hatte ihr das jüngste Wiedersehen mit ihrer Mutter – ausgemergelt von dreizehn Schwangerschaften, die sie jedes Mal einen Zahn und viel Lebenskraft gekostet hatten – die letzten Bedenken genommen, Josefas geheime Tinktur zu verwenden, um *nicht* schwanger zu werden. Auch wenn dies höchst verwerflich war. Doch sie wollte nicht so werden wie ihre Mutter Sophia: still und duldsam, ausgelaugt und gebrochen.

Zwar würde sie ihrem Gemahl auch Söhne gebären müssen, und das wohl bald, er wurde schon ungeduldig. Aber drei oder vier Kinder sollten genügen, sofern sie stark und gesund waren. Und ein oder zwei Jahre sollte sie noch damit warten, hatte ihr Josefa angesichts Hedwigs immer noch zierlicher Statur geraten.

»Weibergrillen, Traumgespinste! Bist du endlich fertig?«, murrte Otto.

Seine gelöste Stimmung war verflogen.

»Nur noch diese eine Stelle hier, mein Gemahl. Dann rufe ich die Diener herein, damit sie Euch aus dem Zuber helfen und Euch ankleiden«, versicherte sie, legte kurz darauf den Kamm beiseite und spülte Ottos Haar mit einem Krug warmen Wassers.

»Vielleicht ringt Ihr Euch doch durch, im hiesigen Dom eine

Messe für das Seelenheil Eures Vaters lesen zu lassen«, schlug sie vor, während sie den Krug absetzte und sich die Hände abtrocknete. »Die Meißner erwarten es von Euch.« Bevor er knurren konnte, es schere ihn nicht, was die Meißner von ihm erwarten, fügte sie nachdrücklich hinzu: »Es *nicht* zu tun, würde nicht nur Eure Frömmigkeit und Sohnesliebe in Frage stellen, sondern auch Euren Feinden signalisieren, dass sie die Angehörigen unserer Familie gegeneinander ausspielen können. Bald kehren Eure Brüder vom Petersberg zurück. Wäre es nicht eine wichtige Botschaft, dass die Familie Geschlossenheit und Zusammenhalt zeigt?«
Ohne eine Antwort ging sie hinaus und überließ ihren Gemahl der Dienerschaft. Sollte er in Ruhe über ihre Worte nachdenken.

Hedwig erwartete Ottos Brüder und ihre Schwägerin Dobroniega von Konrads Beisetzung auf dem Petersberg am Nachmittag zurück; ein Bote hatte sie vorhin angekündigt.
Sie ließ sich in ein schlichtes Gewand kleiden, die blonden Haare zu Zöpfen flechten und hielt am Fenster Ausschau nach der Gruppe Reisender.
Als sie ihre Schwäger und Dobroniega samt Gefolge kommen sah, ordnete sie noch einmal ihre Kleider, zupfte den Schleier zurecht und lief nach unten.
»Seid herzlich empfangen! Ich hätte Euch gern begleitet, um meinem Schwiegervater die letzte Ehre zu erweisen …«, begrüßte sie Dietrich und reichte ihm den Willkommenstrunk. Ottos Bruder hatte dunkle Ringe unter den Augen, der Tod seines Vaters schien ihm schwer zuzusetzen. Oder rührte sein niedergeschlagener, fast verzweifelter Gesichtsausdruck von etwas anderem her als von ausgedehnten Totenwachen?
»Ich weiß es, teure Hedwig«, sagte er. »Gegen die Befehle Eures Gemahls dürft Ihr nicht verstoßen. Doch mein Bruder hat sich sehr unwürdig verhalten.«

Dietrich drehte sich um und reichte den Willkommenspokal an seine überraschte Gemahlin weiter, die vor Hedwig leicht knickste, einen Schluck nahm und den Becher dann Dedo entgegenstreckte.
»Seid alle willkommen nach diesem traurigen Ereignis«, sagte Hedwig in die Runde. »Eure Kammern sind vorbereitet, ebenso ein Bad.« Die Mägde hatten heute viel Wasser zu schleppen. »Erfrischt Euch ein wenig, und in einer Stunde treffen wir uns in der Kammer des Markgrafen.«
»Ja, wichtige Dinge sind zu bereden«, bestätigte Dietrich, der längst wusste, dass Otto sofort nach dem Weggang ihres Vaters dessen Gemach bezogen hatte. Er war nun der neue Markgraf von Meißen – vorausgesetzt, dass der Kaiser nicht noch anderweitig verfügte.
Die Pferde wurden von Stallknechten fortgeführt, Hedwig begleitete die Gäste in den Palas. Dort, wo niemand sie aus dem Fenster beobachten konnte, wandte sie sich zu Dietrich um und drückte ihm ein flaches Bündel in die Hand, das in Leinen eingeschlagen war.
»Die Turnierbilder aus der Kammer Eures Vaters«, erklärte sie leise. »Mein Gemahl wollte sie nicht um sich haben und befahl, sie als Flicken oder Putzlappen zu verwenden. Solch eine Verschwendung kann ich nicht zulassen. Nehmt sie; Ihr werdet sicher in Eilenburg einen angemessenen Platz dafür finden.«
Dietrich bedankte sich, erstaunt und erfreut gleichermaßen.
»Nur seht zu, dass Euer Bruder sie nicht zu sehen bekommt!«, warnte sie, und er hörte eine Spur Angst aus ihren Worten heraus. Otto duldete nicht, dass gegen seine Anweisungen verstoßen wurde. Ob er seine junge Gemahlin wohl schlug?
»Seid unbesorgt, liebste Hedwig«, versprach er ihr und lächelte ihr aufmunternd zu. So aufmunternd er konnte in seiner eigenen Niedergeschlagenheit.

Eine Stunde später versammelten sich die fünf wettinischen Brüder sowie Hedwig und Dobroniega als Gemahlinnen zu einer privaten Unterredung im Gemach des Markgrafen, das Otto nun ganz nach seinem Geschmack umgestaltet hatte.
Die gestickten Turnierszenen waren verschwunden, dafür hingen Schild und Schwert hinter dem thronartigen Stuhl des Fürsten an der Wand. Darüber brannten Fackeln, was zwar ein eindrucksvolles Bild mit dem Markgrafen in der Mitte abgab, die Luft in der Kammer mit den engen, hohen Fenstern aber noch stickiger machte.
Otto thronte auf dem Stuhl seines Vaters und hatte seinen Brüdern niedere Plätze zugewiesen, statt sich mit ihnen um den Tisch zu setzen.
Niemand kommentierte dieses Arrangement. Otto war nun einmal der Älteste des Hauses Wettin. Daran gab es nichts zu rütteln.
Hedwig, immer noch in einem schlichten Kleid in gedeckten Farben, hatte sich diskret einen Platz im Hintergrund gesucht, von dem aus sie Dietrich und die jüngeren Brüder gut beobachten konnte.
»Was hat sie hier zu suchen?«, blaffte Otto und deutete auf Dobroniega, die in pelzverbrämtes Tuch gekleidet war.
»Wichtige Angelegenheiten bespreche ich nicht im Beisein von Weibern. Meine Gemahlin als Hausherrin ausgenommen. Die ich mir heute zwar in Kleidern gewünscht hätte, wie sie einer Markgräfin angemessen sind. Die aber zu schweigen weiß, wie es ihr zukommt.«
Das stimmte insofern, als Hedwig Kritik an Ottos Vorgehen nur äußerte, wenn niemand sonst dabei war. Ihm vor anderen zu widersprechen, würde seine Position schwächen – und ihr eine schroffe Rüge, wenn nicht gar eine Ohrfeige einbringen.
Stolzen Hauptes erhob sich Dobroniega.
»Ich sehe, ich bin hier unerwünscht. Wie stets«, sagte sie kühl, ohne sich die Kränkung anmerken zu lassen. Zu Dietrich ge-

wandt, fragte sie: »Soll ich mich sogleich nach Eilenburg geleiten lassen, Gemahl? Meine Truhen sind sicher noch nicht ausgepackt.«
»Nein«, widersprach dieser entschieden. »Ich wünsche ausdrücklich, dass Ihr bleibt. Was wir heute hier zu besprechen haben, geht auch Euch und Eure Brüder an.«
Scheinbar ungerührt setzte sich die schöne Polin wieder. Doch sie fragte sich, ob wohl eben ein Wunder geschehen war. Nachdenklich betrachtete sie ihren Gemahl und biss sich auf die Unterlippe, ohne es zu merken.
»Die Beisetzung unseres erlauchten Vaters war sehr feierlich«, begann Dietrich seinen Bericht.
»Und war sie auch so *zahlreich* und *glanzvoll* besucht wie sein Eintritt ins Kloster?«, höhnte Otto.
Damals waren von den bedeutendsten Männern des Reiches nur Konrads Neffe Wichmann und sein alter Freund Albrecht der Bär samt Gemahlin erschienen.
Dietrichs Stirn furchte sich, doch er überging die Gehässigkeit in den Worten seines Bruders.
»Der Erzbischof von Magdeburg, der Markgraf der Nordmark und der Bischof von Havelberg waren dabei«, berichtete er ruhig und ernst.
»Oh, das sind schon drei … und damit einer mehr als im November«, fuhr Otto in seiner Häme fort. »Ich sehe, Glanz und Ruhm unseres Hauses haben sich durch Vaters Tod um ein Drittel vermehrt.«
Dietrich, der Otto genau gegenübersaß, hieb mit der flachen Hand auf den Tisch, hinter dem Otto thronte.
»Unterlass diese Boshaftigkeiten, Bruder!«, sagte er scharf. »Sie sind unangebracht und taktlos.«
»Ihr seid bei mir *zu Gast*«, fauchte Otto. »Ich lasse mir in meiner eigenen Burg keine Vorhaltungen machen!«
»Wir sitzen hier als *Familie* zusammen, um zu beraten, wie unser Haus dieser heiklen Situation entgehen und fortbestehen

kann«, hielt Dietrich hart dagegen. »Das Ausbleiben der großen Fürsten bei Vaters Beisetzung zeigt, dass wir mehr oder weniger allein auf weiter Flur stehen. Etliche werden sich schon ausmalen, wie viel sie sich vom großen wettinischen Kuchen holen können. Solange uns der Kaiser nicht offiziell unsere Reichslehen anerkennt, ist die Lage für dich, Dedo und mich und damit für unser Haus völlig ungewiss. Bautzen haben wir schon verloren, ebenso die Vogteirechte über Naumburg und Chemnitz.«

Einen Moment herrschte Stille im Raum.

Dann meinte Otto zynisch: »Du wirst doch gewiss mit deinem *guten Freund*, dem Kaiser, einen Handel abschließen können, Bruderherz?«

Dietrich stöhnte gereizt.

»Es wäre alles viel leichter, wenn du nicht so stur wie ein Ochse wärst«, warf er seinem Bruder vor. »Um sich an der Macht zu halten, bedarf es auch der Diplomatie, nicht nur des Schwertes.«

Zu jedermanns Verwunderung protestierte Otto nicht gegen die Beleidigung, sondern grinste fast geschmeichelt.

»Dann erklär uns *du als Diplomat* doch einmal die Lage und sag, was wir am besten tun sollen!«, forderte er seinen Bruder sarkastisch auf. »Ich für meinen Teil bin Markgraf von Meißen – aus angestammtem Recht. Der Kaiser kann mir eine Belehnung nicht verwehren. Wir müssen nur noch darüber verhandeln, ob mir nicht auch die Lausitz und Groitzsch rechtmäßig zustehen.«

Zufrieden lehnte er sich zurück, obwohl die Fackeln hinter ihm eine solche Hitze aussandten, dass ihm der Schweiß in Strömen über den Körper lief.

»Reichslehen sind nicht erblich«, widersprach zu aller Erstaunen Dedo, der sonst fast nie redete, weil er den Hohn der Älteren fürchtete. Doch wer ihn nur nach seinem Leibesumfang und seinen mäßigen Leistungen im Schwertkampf beurteilte,

der verkannte, dass Dedo über großes Wissen gerade in Rechtsfragen verfügte.
Hedwig war aufgefallen, dass der für seine Dickleibigkeit oft gehänselte dritte Sohn noch keine der Speisen angerührt hatte, obwohl sonst sein Appetit kaum zu zügeln war.
»Sie werden bei einem Todesfall eingezogen und spätestens nach Jahr und Tag nur vergeben. Dass Jasomirgott das neue Herzogtum Österreich als erbliches Lehen bekam, ist ein Präzedenzfall«, fuhr der junge Graf von Groitzsch fort.
»Dedo hat recht«, stimmte Dietrich zu. »Sicher werden jetzt alle Fürsten die Erblichkeit ihrer Lehen fordern. Wir natürlich auch. Aber zunächst müssen wir uns beim Kaiser einfinden und ihn ersuchen, uns offiziell die Lehen zu gewähren, über die Vater herrschte.«
»Das wird dir doch nicht schwerfallen als sein Freund und Turniergefährte«, fuhr Otto in giftigem Tonfall fort. »Darf ich hoffen, dass du bei ihm auch ein gutes Wort für mich einlegst? Und für Dedo?«
Wieder schlug Dietrich mit der flachen Hand auf den Tisch.
»Otto, hör endlich auf, Unruhe zu stiften!«, rief er streng. »Ich sandte einen Boten zum Kaiser, und auch unser Vetter Wichmann sprach bei ihm vor, um herauszufinden, was er von uns erwartet, was er mit Vaters Reichslehen vorhat.«
»Und? Will er die auch noch dem Löwen zum Fraß vorwerfen?«, fragte Otto nun zynisch. »Der hätte dann zu seinen zwei Herzogtümern noch zwei Markgrafschaften dazu.«
Dietrich überging dies.
»Vater hätte aus Friedrichs Sicht nicht allein darüber verfügen dürfen. Seine Entscheidung hat keine Gültigkeit. Da er aber freiwillig seinen Herrschaftsbereich in fünf Teile zersplittert hat, ist der Kaiser geneigt, es dabei zu belassen. Sofern wir um Belehnung vorsprechen, den Treueid leisten – und gewisse Bedingungen erfüllen.«
»Welche?«

Otto blaffte das Wort so in den Raum, dass fast alle zusammenzuckten.
Unbeeindruckt fuhr Dietrich fort: »Es ist ein Feldzug gegen Polen beschlossen, weil Dobroniegas Bruder Bolislaw dem Kaiser beschworene Tributzahlungen und die Ehrerbietung verweigert. Die Truppen sammeln sich Anfang August in Halle. Dort erwartet uns der Kaiser, dort können wir ihn um Belehnung bitten. Und anhand der Größe unseres Heerbanns und unserer Bereitschaft, seinem Ruf zu folgen, will er entscheiden.«
Dietrich holte tief Luft.
»Das heißt, wir müssen gegen unsere eigenen Verwandten in den Krieg ziehen. Gegen Eure Brüder, Gemahlin.«
»Das sollte Euer Gewissen nicht übermäßig belasten, mein Gemahl«, erwiderte Dobroniega zu aller Erstaunen. »Abgesehen davon, dass ich ihnen nicht zu Dank dafür verpflichtet bin, dass sie mich gegen meinen Willen aus dem Kloster gezerrt und in eine Ehe gezwungen haben … Wenn Bolislaw meint, seine Eide und Verpflichtungen vergessen zu können, muss er die Folgen tragen. Es war dumm von ihm, den Kaiser dermaßen zu provozieren. Nun soll er seine Lektion lernen.«
Sie zögerte einen Moment und sagte dann: »Es dauert mich sehr, dass mein Land erneut mit Krieg überzogen wird. Tragt dazu bei, ihn schnell zu beenden, damit nicht so viele Menschen leiden müssen! Wenn meine Brüder Bolislaw und Mieszko erfahren, welch großes Heer da gegen sie ziehen wird, lenken sie vielleicht sogar ein, geben dem Kaiser, was er will, und der Krieg findet überhaupt nicht statt.«
Nun sah sie zu Otto und sagte mit dem für sie typischen Akzent: »Ihr müsst also Euer Gewissen nicht übermäßig belasten, verehrter Schwager!«

Müde von der Reise, den Sorgen und der stickigen Luft in der Kammer beendeten sie die Beratung bald, um vielleicht am nächsten Tag zu Lösungen zu kommen.

Dietrich schlug die Einladung zum abendlichen Mahl in der Halle aus.
Er wolle noch ein Gebet im Dom sprechen und sich dann zurückziehen, sagte er. Aufmerksam studierte Hedwig sein Gesicht und fragte, ob sie ihm einen der Heiltränke Josefas gegen Kopfweh bringen lassen solle.
Sie hatte gesehen, dass er immer wieder mit den Fingerspitzen die Nasenwurzel rieb, sich manchmal auch die Schläfen massierte.
Er nahm dankend an und trat hinaus in die Kälte auf den verschneiten Burghof, um im Dom ein Gebet für seinen Vater und eines für Gunda zu sprechen.
Und den Heiligen Georg um eine Zukunft zu bitten, in der er nicht Krieg gegen seine polnischen Verwandten führen musste. Das würde seine Ehe noch komplizierter machen, als sie ohnehin schon war.
Die kalte Luft vertrieb vorübergehend seine Kopfschmerzen, doch die Stille im Dom ließ sie zurückkehren.
Er gab es auf, innere Einkehr finden zu wollen, und ging in seine Kammer. Dort stand der Heiltrank, und seine liebenswürdige Schwägerin hatte ihm auch noch eine Schüssel mit gebratenem Fleisch bringen lassen.
Dietrich rührte nichts von dem Essen an, sondern ließ sich auf einem Stuhl am Fenster nieder, streckte die langen Beine aus und versank in düsteren Gedanken.
Dies hier war die Kammer, in der Gunda seinen Sohn zur Welt gebracht hatte. Es gab keinen Tag, an dem er sie nicht vermisste. Der Kummer über ihren Tod wurde und wurde einfach nicht geringer, obwohl der nun schon fast anderthalb Jahre zurücklag.
Er konnte auch Eilenburg nicht mehr ohne sie ertragen. Sobald der Kaiser ihn als Markgrafen der Lausitz bestätigte, würde er seinen Herrschaftssitz weiter nach Westen verlegen. Landsberg sollte seine neue Burg heißen.

Denn obwohl Gundas kleines Gehöft nun ein Meierhof war und die Familien ihrer Hofdamen auf der Burg lebten, ertappte er sich immer wieder dabei, plötzlich vor dem Tor zu stehen und nach ihr Ausschau zu halten. Ihre Stimme zu hören, mit der sie seinen Sohn rief. Als würde sie jeden Moment aus dem Haus treten.

Stattdessen schlurfte dann eine krumm gebeugte Milchmagd oder ein hinkender Großknecht über den Hof.

Es zerriss ihm das Herz.

Und all diese Streitigkeiten unter Brüdern!

Die Verletzung, die er Dobroniega zweifellos zufügen würde, wenn er mit dem Kaiser gegen Polen zog …

Es klopfte, und Dietrich rechnete damit, dass ein zweiter Heiltrank gebracht wurde oder ein Diener fragte, ob er noch etwas benötige. Jäh fragte er sich, wo überhaupt die Diener und sein Knappe waren, um ihn auszukleiden. Wahrscheinlich tranken sie in der Halle, statt ihren Pflichten nachzukommen, diese Faulpelze!

Aber er war ja froh über diese Stunde der Einsamkeit. Hatte sie gewollt und gebraucht.

Wer dann jedoch eintrat, war weder sein Knappe noch eine Kräuterfrau, sondern seine Gemahlin Dobroniega.

Erstaunt sah er sie an. Fand sie den Weg zu ihrer eigenen Kammer nicht? Sie schliefen immer getrennt, ganz gleich, wo sie sich aufhielten.

Sie trug eine brennende Kerze, was ihrem wunderschönen, ebenmäßigen Gesicht einen besonderen Schimmer verlieh.

Müde wollte er fragen, wie er ihr helfen könne, doch sie hob graziös eine Hand, um ihm das Sprechen zu ersparen.

»Mein Gemahl …«, begann sie stockend, und die Worte schienen ihr schwerzufallen, nicht nur wegen der Sprache, die nicht ihre Muttersprache war.

»Ich sehe, wie Ihr leidet«, sagte sie ungewohnt sanft. »Grämt Euch nicht wegen meiner Brüder; sie haben es sich selbst zuzuschreiben. Ihr habt schon genug Kummer wegen Eures Vaters … und wegen *ihr.* Der Mutter Eures Sohnes. Ihr könnt sie Euch nicht aus dem Herzen reißen, ich weiß. Sie war eine besondere Frau.«

Dobroniega stellte die Kerze auf einen Leuchter, bohrte sie fest in den eisernen Dorn.

»Selbst mit aller Liebe dieser Welt könnte ich sie nicht ersetzen. Und habe auch mein Anrecht auf diesen Versuch verspielt.«

Dietrich saß immer noch auf seinem Platz und wusste einfach nichts zu sagen angesichts dieser völlig unerwarteten Begegnung, dieser nie zuvor gehörten Worte.

»Doch vielleicht wird Euch etwas leichter ums Herz, wenn ich Euch einen Sohn schenke, einen legitimen Erben«, sagte sie zu seinem unendlichen Erstaunen. »Heute ist ein günstiger Tag. Schließt einfach die Augen und vergesst, wer bei Euch ist …«

Sie kam näher, schob seinen Bliaut nach oben, löste seine Bruche vom Gürtel, hob ihre Röcke und ließ sich auf ihn sinken.

Das muss ein Traum sein, dachte Dietrich, der wirklich die Augen schloss. Wer weiß, was in diesen Trank gemischt war? Etwas, das ihm die Sinne verwirrte, Hirngespinste vorgaukelte. Wenn auch seine Sinne verwirrt sein mochten, sein Körper war es nicht. Nach langer Enthaltsamkeit begehrte er die Wärme einer Frau.

Es ging ganz schnell. Dobroniega löste sich von ihm, ohne ein Wort zu sagen, zog ihre Kleider zurecht und ging leise hinaus, als ob sie nie da gewesen wäre.

Und vielleicht war sie es ja auch nicht?

Benommen ging Dietrich hinüber in sein Bett und verlor sich in unlösbaren Fragen, bis ihn endlich der Schlaf überkam.

Erstaunliche Allianzen

Adolf von Holstein, Niklot, Sven, Adele;
Lübeck und Mecklenburg, Frühjahr 1157

»Es freut mich außerordentlich, Euch diesmal bei guter Gesundheit zu sehen«, begrüßte der Graf von Holstein Adele, und es war ehrlich gemeint. Bei ihrer ersten Begegnung hatte die hübsche junge Frau gerade erst eine Fehlgeburt erlitten und war dem Tod näher als dem Leben – eine Folge der unheilvollen Flucht, nachdem Sven aus seinem Königreich vertrieben worden war.

Der einstige dänische König selbst wirkte gehetzt, in seinen Augen glomm ein leidenschaftliches Feuer.

Hatte er aus seinen Fehlern gelernt? Offenbar nicht, wenn man nach dem schließen durfte, was dem Holsteiner zu Ohren gekommen war.

Er gewährte den Gästen eine Erholung nach der langen Reise, bevor sie gemeinsam tafelten; ein Bad, etwas Ruhe, denn Adele sah erschöpft aus.

Der Graf ahnte längst, weshalb die beiden hier erschienen.

Und als gutem Menschenkenner fiel ihm auf, dass nicht mehr alles zum Besten stand zwischen Sven und seiner Gemahlin. Das war eigentlich betrüblich, denn das Paar hatte sehr verliebt gewirkt, als er es zum ersten Mal sah. Doch vielleicht half Adele ihm dabei, ihren Mann zur Vernunft zu bringen. Er hielt sie für die Klügere und Einsichtigere von beiden.

Zwei Stunden später trafen sie sich zum Mahl in seiner Kammer. Der Graf hatte inzwischen das Schreiben mit den knappen Anweisungen seines Herzogs gelesen – und nur den Kopf geschüttelt.

Auf jeden Fall versprach es spannend zu werden. Wie jedoch zu befürchten stand, leider vor allem wieder auf Kosten der jungen Frau, die er gern vor noch mehr Unheil beschützt hätte.

Nach ein paar Worten des Willkommens kam der Gastgeber deshalb gleich zur Sache.
»Nachdem Ihr und Heinrich der Löwe, ein bewährter und gefürchteter Feldherr, im Winter den Rückzug antreten musstet, wollt Ihr nun mit *meiner* Hilfe versuchen, Dänemark auf dem Seeweg zu erobern?«, vergewisserte er sich ungläubig bei Sven. »Und mit den paar Mannen, die Euch folgen?«
»Ihr sollt nur diesem Slawen Niklot befehlen, dass er mir Schiffe und Mannschaft stellt«, korrigierte Sven hochfahrend.
Seine Gemahlin schwieg. Noch. Ihr Gesicht drückte eindeutig Missfallen und Beschämung angesichts dieser Worte aus, und von den Speisen hatte sie fast nichts angerührt.
Der Holsteiner deutete auf das Schriftstück des Löwen.
»Ich würde es für einen Scherz halten, wüsste ich nicht genau, dass Durchlaucht solche Scherze nicht macht. Deshalb frage ich sicherheitshalber nach. Euch ist bewusst, Sven, dass *dieser Slawe Niklot,* wie Ihr sagtet, eben derjenige ist, der Euch beim Wendenkreuzzug in die Flucht gejagt und Eure Flotte mit Hilfe der Ranen verbrannt hat?«, vergewisserte er sich. »Und über dessen Piratenangriffe auf die dänischen Inseln und die Küste sich *alle* drei Könige beklagen, die gerade den dänischen Thron für sich beanspruchen?«
»Ja!«, erwiderte Sven hörbar gereizt. »Ich brauche eine Flotte! Nur Niklot und die Ranen auf Rügen verfügen über ausreichend seetaugliche Kriegsschiffe. Sie beherrschen das Meer. Die Ranen kann ich nicht bezahlen, außerdem sind sie unabhängig – noch. Aber dieser Niklot ist dem Herzog untertan. Und der Herzog dem Kaiser, der mich krönte und der meine Wiedereinsetzung auf den Thron ausdrücklich wünscht.«
»Was mein Gemahl damit sagen möchte: Wir bitten Euch höflichst um Eure Hilfe bei den Verhandlungen mit Fürst Niklot. Es heißt, Ihr seid miteinander befreundet«, mischte sich Adele ein, nachdem sie ihren Gemahl mit einem vorwurfsvollen Blick bedacht hatte.

»Ja, zwischen uns besteht nun schon seit vielen Jahren ein Freundschaftsbündnis, das sogar den Wendenkreuzzug überdauerte«, bestätigte der Holsteiner. »Niklot ist ein ehrenhafter Mann und geachteter Fürst bei seinem Volk. Durch kluges Handeln hat er es vor der Vernichtung bewahrt.«

»Ehrenhaft?« Sven schnaubte verächtlich. »Er überfällt unsere Küsten, der Pirat!«

»Und doch wollt Ihr seine Hilfe«, hielt der Graf dagegen. »Ich sage es immer wieder: Der Krieg schafft die merkwürdigsten Bündnisse.«

Er wusste, dass Niklots Männer diese Piraterie nicht aus reiner Lust am Plündern und Brandschatzen begingen, sondern eher aus Verzweiflung – weil sie ohne diese karge Beute nicht die hohen Tribute zahlen konnten, die Heinrich der Löwe ihnen abverlangte.

Heinrich und auch die vielen kleinen und mittleren Herren, die er im Abodritenland eingesetzt hatte. Sie alle waren unersättlich. Und die Slawen litten Not.

Wenn Sven so vor Niklot auftrat wie jetzt hier, würde er das Gegenteil von dem bewirken, was er beabsichtigte.

Deshalb hielt der Holsteiner dem gescheitertem Dänenkönig noch einmal vor Augen: »Als Ihr mit dem starken Heer des Löwen Richtung Norden vorgedrungen seid, musstet Ihr trotz anfänglicher Erfolge umkehren. Kaum gelang es Euch, Schleswig einzunehmen, habt Ihr der Bevölkerung härteste Kontributionen auferlegt und außerdem noch alle Waren im Hafen beschlagnahmt, wertvolle Fracht aus Russland, was dem Handel großen Schaden zufügte.«

»Das ist Kriegsrecht!«, schnappte Sven.

»Führt Ihr also Krieg gegen Euer eigenes Volk?«, fragte der Graf vorwurfsvoll. »Kein Wunder, dass es Euch die Unterstützung versagt. Und wieso glaubt Ihr, es wird anders, wenn Ihr über die Inseln geht?«

»Das ist ganz einfach«, meinte Sven, und seine angespannten

Gesichtszüge lockerten sich. Er glaubte wirklich, es sei leicht, so wie er sich die Dinge zurechtlegte.

»Wenn uns die Leute mit der slawischen Kriegsflotte kommen sehen, werden sie einen Piratenangriff fürchten. Vor denen Knut sie nie beschützt hat. Doch stattdessen steigen meine schöne Gemahlin und ich an Land. Sie werden uns zujubeln vor Freude und Erleichterung …«

Zärtlich strich er über Adeles Wange, die bei diesen Plänen keine Miene verzog. Doch sie gefielen ihr nicht, das sah Adolf von Holstein deutlich.

Der hünenhafte Dänenkrieger mochte im Zweikampf unschlagbar sein. Aber seine Vorstellungen von einem Feldzug oder gar Krieg waren wie die eines Kindes: von Wunschdenken bestimmt.

Sei es drum. Der Befehl des Löwen lag vor ihm, und auch Erzbischof Hartwig von Bremen hatte ihn aufgefordert, Sven zu unterstützen, damit Skandinavien unter seine geistliche Vorherrschaft kam, nicht unter die Erzbischofs Eskil von Lund.

»Nun probiert schon von dem Wild!«, forderte der Holsteiner seinen Gast auf, der wie Adele das Essen ganz vergessen zu haben schien. »Ich hörte, das mögt Ihr mehr als die schlichte dänische Landeskost.«

Die Spitze konnte er sich nicht verkneifen.

Svens Verhalten und seine Hochfahrenheit waren eine einzige Herausforderung. Kein Wunder, dass die Dänen lieber Knut und Waldemar folgten.

Alle drei Thronanwärter waren miteinander verwandt, und Kaiser Friedrich hatte auf dem Hoftag in Merseburg vor fünf Jahren Sven zum König gekrönt und den anderen beiden beträchtliche Landesteile zugewiesen.

Doch Sven hatte seinen Untergang nicht nur durch übermäßige Steuererhebungen und Streit mit dem mächtigen Erzbischof Eskil heraufbeschworen, sondern auch durch ein Zerwürfnis mit dem zehn Jahre jüngeren Waldemar. Worauf dieser ein Verlöbnis mit Knuts Schwester einging, Sophia von Minsk. Gegen das Bündnis seiner beiden Rivalen kam Sven nicht an. Zumal sich beide ebenfalls zu Königen erklärt hatten.

Doch es stand dem Grafen nicht zu, dem exilierten dänischen Herrscher Lektionen zu erteilen.

»Ich werde Euch zu Niklot begleiten«, versprach er und sah, dass Adele erleichtert aufatmete. Allein wäre ihr Gemahl wohl kaum mit dem Slawenfürsten zu einer Einigung gelangt. Eher würde die Begegnung in einem Zweikampf auf Leben und Tod enden.

Das begriff Sven aber offenbar auch nicht, sondern spöttelte noch: »Damit mir Euer heidnischer Piratenfreund nicht das Herz bei lebendigem Leib herausreißt und es roh verschlingt?«

Adolf von Holstein seufzte

»Ihr braucht einen Übersetzer.«

Und wenn der Heilige Georg mir beisteht, kann ich vielleicht verhindern, dass ihr euch gegenseitig an die Kehle geht, dachte er, sprach es aber nicht aus.

Drei Tage später standen sie vorm Torhaus der Mecklenburg und begehrten ein Treffen mit Fürst Niklot.

»Mein Freund, wie schön, dich zu sehen!«

Kraftvoll packten sich die beiden Männer – der belesene und sprachkundige Graf von Holstein und der charismatische Abodritenführer – an den Unterarmen.

»Ich sehe mit Freude, du trägst mein Geschenk immer noch.« Zufrieden wies Niklot auf den spiralförmigen Reif, den der Graf über seinen Arm geschoben hatte.

Nachdenklich berührte dieser das Schmuckstück.

»Ich sollte es dir vielleicht zurückgeben. Damit könntest du einen Teil der Tribute zahlen … Oder Saatkorn, das ihr dringend braucht.«

»Auf keinen Fall!«, widersprach Niklot energisch. »Es ist ein Geschenk, ein Symbol unserer Freundschaft, und es soll dich an einen denkwürdigen Tag erinnern.«

Adolf von Holstein lächelte gedankenversunken, weil er die Szene sofort wieder vor Augen hatte, als wäre es gestern gewesen und nicht vor zehn Jahren. Sein und Niklots Heer standen sich zu Beginn des Wendenkreuzzuges gegenüber. Doch statt ihre Männer gegeneinander anrennen zu lassen, was zu einem gewaltigen Blutvergießen geführt hätte, trafen sie sich zwischen beiden Heeren und handelten einen Waffenstillstand aus.

»Ich sehe, du kommst in wunderschöner Gesellschaft«, meinte Niklot und deutete auf Adele, die zwei Schritte hinter dem Grafen neben Sven stand und das Begrüßungsritual interessiert beobachtete. Bisher hatten beide Slawisch gesprochen, doch nun war Niklot ins Deutsche übergewechselt, damit sie ihn auch verstand.

»Hast du dich endlich doch entschlossen, dir eine Frau zu nehmen? Dann meinen Glückwunsch zu deiner Wahl!«

»Das sollte ich wohl tun«, räumte der Holsteiner ein, der sich tatsächlich seit einiger Zeit mit Hochzeitsgedanken trug. »Doch diese Schönheit ist Adele von Wettin, die Gemahlin von …«

»Ach, jetzt sehe ich ihn auch!«

Niklot machte sich einen Spaß daraus, den gescheiterten dänischen König gerade erst bemerkt und erkannt haben zu wollen. »Majestät!«, begrüßte er ihn mit einer spöttischen Geste.

Zu Adeles Erleichterung hielt Sven diesmal an sich. So blieb ihr Gelegenheit, den berühmten Slawenfürsten genauer zu betrachten. Er war sonnengebräunt, wohl sicher um die fünfzig Jahre alt, aber immer noch vor Kraft strotzend; er trug die typische Haartracht der Abodriten, den blonden Bart zum Dreieck geformt, und ein mit Drachen und Wölfen besticktes Übergewand. Seine Waden waren mit breiten gewebten Bändern umwickelt.

Doch das Bemerkenswerteste an ihm: Er war mit jedem Zoll ein wahrer Fürst, ein Mann, der unverkennbar den Respekt seiner Männer genoss.

Während Sven …
Wie hatte sie sich nur so blenden lassen können?
Dass Niklot ihn und seine Gäste immer noch nicht in sein Langhaus gebeten hatte, wie es die Höflichkeit gebot, nahm der Graf als schlechtes Zeichen.
Doch ehe er vermitteln konnte, nahm Niklot es schon selbst in die Hand.
»So sehr ich die Anwesenheit Eurer liebreizenden Gemahlin begrüße … Was führt Euch zu mir, Sven von Dänemark? Wollen wir am Feuer Erinnerungen austauschen? Wie Ihr wochenlang Dobin belagert habt und es doch nicht einnehmen konntet? Wie ich mit meinem Ausfall Eure und Knuts Männer in die Flucht schlug? Damals wart Ihr beide ja noch Verbündete, nicht Gegner …«
Er genoss das Spiel sichtlich, und Adele betete still, dass ihr Mann sich nicht provozieren ließ.
»*Ihr* hättet Euch um Knuts Schwester bemühen sollen, nicht dieser Jüngling Waldemar; dann wärt Ihr jetzt Verbündete. Doch wenn ich Eure liebreizende Gemahlin sehe, kann ich Euch verstehen. Um ihretwillen hätte ich gern auf ein Königreich verzichtet …«
»Prahlt nur mit Euren kleinen, längst vergangenen Siegen, Wende!«, fuhr Sven auf. »Am Ende musstet Ihr Euch doch unterwerfen.«
Niklot gestattete sich ein kleines Lächeln.
»Nein. Am Ende steht *Ihr* heute vor mir, in *meiner* Burg, und wollt mich um etwas bitten. Um Schiffe, vermute ich. Denn Eure und Knuts brannten ja lichterloh in der Schweriner Bucht, den tüchtigen Ranen sei Dank … Es muss ein großartiger Anblick gewesen sein. Schade, dass er mir entging, da ich gerade Dobin verteidigte.«
Adolf von Holstein und Adele sahen sich besorgt an, und der Holsteiner sandte einen flehenden Blick zu Niklot, der besagte: Du hattest deinen Triumph, nun lass es dabei bewenden.

Der reagierte sofort. Auch er wusste, wann ein Bogen überspannt war. Und es stand kurz davor.
»Schöne Adele, König Sven, darf ich Euch und meinen Holsteiner Freund ins Haus bitten, um Euch unter meine Gastfreundschaft zu stellen? Dort können wir auch über den Zweck Eures Besuchs beraten.«
Er wies mit einladender Geste auf das reich mit verschlungenen Schnitzereien verzierte Haus, und der Graf atmete erleichtert auf.
Während Niklot draußen noch ein paar Befehle gab, sah sich Adele neugierig in diesem aus behauenen Balken errichteten Haus um. Es war groß, mit einer Feuerstelle in der Mitte, und so eingerichtet, dass sich hier die Männer zu ihren Beratungen zusammenfinden konnten.
Draußen verfolgte Adolf von Holstein noch beunruhigt, dass Niklot von seinen Wachen gefragt wurde, ob sie ihn begleiten sollten, da der Däne seine Waffen nicht abgelegt hatte. Aber Niklot hielt das nicht für nötig. Innen im Haus hing sein Damaszenerschwert, und sollte dieser Sven wirklich auf einen Kampf aus sein, was er nicht glaubte, würde er ihn mit Sicherheit bezwingen. Jugend und Größe ließen sich im Kampf durch Erfahrung und Schnelligkeit überwinden.
Sie nahmen am Feuer Platz, eine Frau brachte einen Kessel mit Fischsuppe und hängte ihn an einem Haken übers Feuer.
Ein Junge teilte Met aus, die Frau füllte jedem eine Schüssel mit der köstlich duftenden Suppe, eine weitere stellte einen Korb mit Graubrot ab.
Svens Begleiter und Janne wurden draußen mit Brot und Salz bewirtet, was das Gastrecht auch für sie bedeutete. Sie standen damit unter Niklots Schutz.
Sie aßen und tranken, plauderten über Belanglosigkeiten, denn wie der Graf dem jungen Königspaar eingeschärft hatte, galt es bei den Abodriten als unhöflich, gleich mit der Tür ins Haus zu fallen.

Adele ließ ihre Blicke durch das Langhaus schweifen, das auch innen mit schönen Schnitzereien verziert war. Die aufgespannte Haut eines Wildschweins über der Feuerstelle schützte das Reetdach vor Funkenflug, und hinter Niklot hing sein Schwert, das Gerüchten zufolge eine Damaszenerklinge hatte. Also ein sehr wertvolles Stück.

Als die Schüsseln leergegessen und die Metbecher nachgefüllt waren, lehnte sich Niklot in seinem thronartigen Stuhl zurück und fragte seine Gäste nach dem Grund ihres unerwarteten Besuchs.

Der Holsteiner überließ Sven das Reden, was vielleicht ein Fehler war.

Denn nun beugte sich Niklot vor, fixierte den Dänen mit seinen leuchtend blauen Augen und fragte verblüfft, fast zornig: »Ihr wollt *was?*«

»Schiffe. Unterstützung. Damit meine Gemahlin und ich wieder in unser Königreich zurückkehren können.«

Es schien vor allem der letzte Punkt zu sein, der Niklot so aufbrachte – dass der Däne seine junge Frau mit auf einen Kriegszug nehmen wollte, der alles andere als aussichtsreich schien. Und die sogar ihren Säugling bei sich haben sollte. Doch aufgrund ihrer standhaften Weigerung hatten sie die Kleine bei Clementia in Lüneburg zurückgelassen, auch wenn Adele ihr Töchterchen so vermisste, dass sie vor Sehnsucht und Kummer fast verging.

»Unsere Krieger verstecken sich nicht hinter Weiberröcken!«, hielt Niklot Sven schroff vor.

»Ich verstecke mich nicht hinter ihr! Ich führe meine rechtmäßige Königin in mein Land zurück«, fauchte Sven zurück. »Wenn die Dänen sehen, dass ich mit ihr an meiner Seite komme, überzeugt sie das von meinen hehren Absichten, und sie werden uns als das wahre Königspaar anerkennen.«

»Auch Knut und Waldemar?«, wandte Niklot zweifelnd ein, während er den Mut der jungen Frau bewunderte. Sie tat es

nicht aus blinder Verliebtheit oder Gehorsam. Sie hoffte, dies wäre ihre einzige Chance.
»Verwandtschaft kann man sich nicht aussuchen«, wies Sven seine Bedenken schroff zurück.
Das wusste Niklot aus eigener, bitterer Erfahrung. Er hatte drei Söhne. Wertislaw und Pribislaw waren sein ganzer Stolz. Doch der Dritte, über den er nie mehr sprach, war auf Knuts Seite gewechselt, weil er glaubte, dass die Abodriten, ja, die Slawen insgesamt gegen die Übermacht der Christen keine Chance hatten. Vielleicht hatten sie sich bei der Belagerung Dobins sogar gegenübergestanden, ohne sich zu sehen. Vielleicht hatte er seinen Sohn dort getötet. Er wusste es nicht. Eine offene Wunde, die er sorgfältig verbarg. Ein Anführer durfte sich keine Schwäche leisten.
»Ich habe also den Befehl des Herzogs, Euch zu unterstützen«, fasste er zusammen. »Dreißig Schiffe, das muss reichen. Ich denke, mit Rücksicht auf Königin Adele« – bei ihr brachte er die Anrede »Königin« ohne Sarkasmus heraus, sie imponierte ihm – »beginnen wir nicht zusammen von der Wismarer Bucht aus, sondern treffen uns in Lübeck. Ihr reitet mit Euren Männern, ich führe unsere Flotte selbst dorthin. Von Lübeck über Fehmarn können wir von einer Insel zur anderen vordringen. Wir kennen uns durch unsere Plünderfahrten dort gut aus, und viele Gegenden sind halb entvölkert.«
Nun verzog er ironisch den Mundwinkel.
»Ja, das verängstigte Volk wird erleichtert sein, wenn statt grimmiger Piraten sein König an Land geht, zusammen mit seiner jungen, schönen Frau … Doch ich kann das nicht allein entscheiden. Ich muss mich mit meinen Männern und den Priestern beraten. Ich weiß nicht, ob meine Krieger zustimmen, eine Frau mit aufs Schiff zu nehmen. Seid Ihr seefest, Adele?«
Er nickte zufrieden, als Adele zustimmte, und warf dann einen harten Blick auf seinen Holsteiner Freund.

Der wusste, was gemeint war: Wir müssen noch besprechen, was mir der Herzog für diesen Dienst zahlt! Wenn ich schon nicht auf Kaperfahrt gehe, will ich Seezölle erheben.

Die Zeit ist gekommen

Jacza und Agatha; Köpenick und Brandenburg, März 1157

Jacza, der dreißigjährige Herr über die Doppelinsel Köpenick und die angrenzenden Gebiete, trat aus dem Haus, um den Schmied aufzusuchen. Bevor er losging, verharrte er kurz vor der Tür, und wie jeden Tag ließ er zunächst den Blick über die Siedlung schweifen. Ein friedliches Bild bot sich ihm und weitete sein Herz vor Freude: Männer und Frauen, die vor ihren Häusern der Arbeit nachgingen und webten, töpferten, Pfeile befiederten, sich dabei Scherze zuriefen oder vor sich hin sangen. Das Gras war von sattem Grün, gesprenkelt mit kleinen gelben oder weißen Blüten. Der Frühling war zeitig gekommen in diesem Jahr und erfüllte jedermann mit Hoffnung. Fröhliches Kinderkreischen erklang aus der Nähe des Torhauses.

Köpenick, am Zusammenfluss von Dahme und Spree gelegen, war abgesehen von Rügen der einzige Ort weit und breit, an dem die Slawen noch unbehelligt nach ihren Traditionen leben konnten. Das taten die Abodriten zwar auch, aber Jaczas väterlicher Freund Fürst Niklot hatte sich dem Herzog von Sachsen unterwerfen und zu Tributzahlungen verpflichten müssen. Offiziell galten die Abodriten als missioniert. Köpenick aber gehörte Jacza, wie es Spandau und die Brandenburg auch sollten. Seine Ehe mit einer polnischen Adligen und sein Bündnis mit den polnischen Herzögen bewahrten die Insel davor, unterworfen zu werden.

Bisher. Das konnte sich allerdings jederzeit ändern.
Der junge Fürst war noch keine drei Schritte gegangen, als er seinen Sohn Slawomir auf sich zurennen sah. Der Kleine, der bald seinen sechsten Sommer erleben würde, übte sich wieder einmal mit den anderen Jungen im Bogenschießen. Die Pfeile hatte er einfach hinten in den Halsausschnitt seines Kittels gesteckt, bis sie vom Gürtel am Herausrutschen gehindert wurden, was Jacza zum Schmunzeln brachte.
»Vater, Vater!«, rief ihm Slawomir aufgeregt entgegen und kam kurz vor ihm zum Stehen. Sein Hund *Pies,* der ihm nachgerannt war, setzte sich nun brav neben den Jungen und hechelte. *Pies* war das polnische Wort für Hund, und Slawomir war der Meinung, das sei genau der richtige Name, als er den braun und weiß gefleckten Vierbeiner als Welpen bekam. Ein Hund sei nun mal ein Hund.
Jaczas einziger Sohn wuchs dreisprachig auf und wechselte mühelos von einer Sprache zur anderen. Polnisch hatte er von seiner Mutter, die Sprache der Slawen von seinem Vater. Und seine Eltern legten großen Wert darauf, dass er auch die Sprache der Christen in diesem Land lernte. Er musste sich später einmal mit ihnen verständigen können über Handel, Wandel und um mögliche Konflikte zu lösen, wenn Köpenick weiter bestehen sollte.
»Wo ist dein Köcher?«, fragte der Fürst mit gespielter Strenge und deutete auf die in den Kittel gestopften Pfeile.
Sein Sohn ignorierte geschickt die Frage und berichtete stattdessen aufgeregt: »Es sind Gäste gekommen, Vater! Hohe Gäste«, fügte er noch wichtigtuerisch hinzu.
»Woher willst du das wissen?«, erkundigte sich Jacza interessiert.
»Sie tragen feine Kleider und Fibeln, und sie sprechen Polnisch! Sie sind also von weit her gekommen, deshalb muss es eine wichtige Sache sein, die sie zu uns führt«, platzte der Junge heraus.
Jacza lächelte.

»Danke, Sohn«, sagte er. »Ich sehe schon, vor dir kann man nichts verbergen. Und jetzt gehst du deinen Köcher suchen, verstanden? Ehe du ihn nicht gefunden hast, darfst du nicht weiter mit Pfeil und Bogen üben. Ein wahrer Krieger hält seine Waffen in Ehren.«

»Ja, Vater«, versicherte der Kleine treuherzig.

Er runzelte eifrig die Stirn und rollte mit den Augen, um intensives Nachdenken über den Verbleib des Köchers zu demonstrieren. »*Pies* wird mir helfen«, entschied er dann, und Junge und Hund rannten gemeinsam zu dem Platz für die Bogenschützen.

Es waren tatsächlich polnische Gäste: Marek, ein Vertrauter von Agathas Vater Peter Wlast, dem verstorbenen Grafen von Breslau, und mehrere Männer aus dem engsten Gefolge der Piastenfürsten Bolislaw und Mieszko.

Agatha war inzwischen ebenfalls aus dem Haus getreten, um die Besucher willkommen zu heißen. Slawomir hatte sie ja laut genug angekündigt.

Ihre ernsten Mienen ließen Jacza und auch Agatha schon ahnen, welche Nachrichten sie brachten.

Nach der Begrüßung und dem Willkommen mit Brot und Salz gingen sie ins Haus, und Marek bat ausdrücklich darum, dass Fürstin Agafia, wie Agatha in Polen hieß, blieb.

»Es betrifft auch Euch, Fürstin, was wir mitzuteilen haben.«

Sie setzten sich ums Feuer und wurden nach allen Regeln der Gastfreundschaft bewirtet. Doch die Besucher aßen nicht viel. Sie hatten es eilig, ihre Nachrichten loszuwerden.

»Der Tag ist gekommen, auf den Ihr seit sieben Jahren wartet, Jacza!«, verkündete Marek feierlich. »An dem Ihr Euch endlich holen könnt, was Euch rechtmäßig zusteht: die Brandenburg. Mit unserer Hilfe.«

Dann begann er zu berichten. Weder Jacza noch Agatha unterbrachen ihn, sondern sogen jedes Wort förmlich auf.

»Der Kaiser plant schon länger einen Feldzug gegen Polen. Und nun bietet ihm Herzog Bolislaw einen Vorwand: Er lehnte das geforderte Erscheinen vor Kaiser Friedrich ab und verweigerte die Tributzahlungen von fünfhundert Mark Silber. Der Kaiser fühlt sich in der Ehre des Reiches gekränkt und will mit diesem Feldzug den vertriebenen ältesten der Piastenbrüder wieder auf den polnischen Thron setzen.«

»Wladislaw? Der meinen Vater blenden ließ?«, stieß Agatha zornig heraus. »Der ihm das Augenlicht wegbrannte und das halbe Land zerstörte? Er gehört nicht auf den Thron, sondern auf den Richtblock!«

»Seine Einsetzung als Regent ist für den Kaiser auch nur ein Vorwand«, erinnerte Marek. »Er will diesen lästigen Verwandten loswerden, der mit seiner ganzen Sippe in Altenburg sitzt und dessen Hofhaltung Unsummen verschlingt, für die der Kaiser bessere Verwendung hätte.« Wladislaw war mit einer Schwester des alten Königs Konrad vermählt.

»Jetzt, in diesen Tagen, sollen die Fürsten einen Feldzug gegen Polen befürworten, obwohl der schon längst beschlossene Sache ist«, fuhr er fort. »Anfang August sammeln sich die Heere in Halle. Doch Bolislaw und Mieszko wollen ihm mit einem Gegenschlag zuvorkommen, um den Kampfeswillen der Polen zu zeigen. Und Euch bei der Gelegenheit zur Brandenburg verhelfen, die Euer rechtmäßiges Erbe ist.«

Er lächelte ironisch, ehe er weitersprach.

»Albrecht der Bär reist gerade zum Hoftag nach Würzburg. Er wird also eine Weile fort sein. Und wenn er wiederkommt, muss er dem Kaiser einen Heerbann aufstellen und sich mit seinen Kämpfern in Halle einfinden. Inzwischen habt Ihr die Brandenburg längst im Handstreich eingenommen.«

Jacza war hin- und hergerissen.

Seit sieben Jahren wartete er auf diese Gelegenheit. Mittlerweile war er dreißig Jahre alt, und es schien immer unwahrscheinlicher, dass er sie finden würde. Sollte er seinen innersten

Wünschen nachgeben und damit vielleicht den Grundstock für ein neues, größeres Slawenreich schaffen, mit Köpenick, Spandau und Brandenburg als Herz? Durfte er für diesen Traum das Leben aller hier auf Köpenick riskieren, für deren Sicherheit er verantwortlich war?

Er konnte sich nicht Hals über Kopf in diese Sache stürzen – so gern er es wollte.

»Ich habe nicht genug Männer, um einerseits die Brandenburg einzunehmen und gleichzeitig genug Bewaffnete hierzulassen, die Köpenick verteidigen«, gab er zu bedenken. »Was sollte den Bären hindern, hier einzufallen, während meine Bewaffneten die Brandenburg besetzen?«

»Ihr braucht nur dreißig Mann mitzubringen, der Rest bleibt hier und schützt Köpenick. Wir schicken Euch zweihundert polnische Kämpfer. Sie warten jetzt schon gleich hinter Lebus«, enthüllte Marek den Plan. »Sagt ja, und wir treffen uns beim nächsten Neumond vor der Brandenburg. Ihr habt doch immer noch Verbündete dort, nicht wahr?«

Jacza nickte.

Viele auf der Brandenburg teilten seine Meinung, dass diese Burg wie auch Spandau nach dem Tod ihres kinderlosen Fürsten Heinrich an dessen Neffen Jacza hätte gehen müssen. Dass sie slawisch bleiben sollte.

Doch der zum Christentum konvertierte Heinrich – ehemals Pribislaw – hatte Albrecht den Bären zu seinem Nachfolger bestimmt. Der es sich dann nicht nehmen ließ, die Burg mit einer List direkt vor Jaczas Nase zu besetzen und sich zu ihrem Herrscher zu erklären.

»Wenn Eure Gewährsmänner uns nachts die Tore öffnen, kommen wir ohne großes Blutvergießen hinein und können die Brandenburg erobern«, versicherte Marek.

Jacza rieb sich nachdenklich den nach slawischer Tradition zum Dreieck geformten dunklen Bart. Die Verlockung war groß, vielleicht eine einmalige Chance.

Erneut dachte er an die Prophezeiung eines Priesters, als er im Knabenalter bei Niklot auf der Mecklenburg war. Er werde noch große Taten volbringen – doch als erwachsener Mann, hatte der Priester gesagt. Er habe ihn in seiner Vision mit Bart gesehen.

War die Eroberung der Brandenburg diese große Tat?

Er sah zu Agatha, der die Entschlossenheit ins Gesicht geschrieben stand.

Was Wladislaw betraf, so war sie unversöhnlich. Sie hatte ihren Vater nach der grausamen Verstümmelung besucht und konnte die Bilder nie mehr vergessen.

»Ich rufe die Männer zusammen«, entschied Jacza. »Wir müssen beraten.«

»Unsere Zeit ist gekommen!«, eröffnete er die stürmische Versammlung.

Es fand sich kaum jemand unter seinen Leuten, der den Angriff nicht befürwortete, und Jacza konnte unter vielen Freiwilligen auswählen, wen er mitnahm.

»Endlich holen wir uns, was längst unser sein sollte!«, rief Jaro, sein bester Freund und Vertrauter, der eine Abodritin geheiratet hatte. »Denkt an den Slawenaufstand vor mehr als hundertfünfzig Jahren! Unsere Vorfahren schafften es, ihre Gebiete zurückzuerobern und für lange Zeit die Fremden zu vertreiben, die über Elbe und Saale kamen, um uns unser Land zu nehmen!«

Mit der Erinnerung an diesen großen Sieg pflanzte er die Hoffnung in die Herzen, dies könne noch einmal gelingen.

»Wir haben die Polen als Verbündete. Niklot und die Ranen würden sich uns bestimmt sofort anschließen«, meinte Piotr, der beste Bogenschütze auf Köpenick. »Und dann sagen wir diesem rotbärtigen Kaiser Fryderyk, er soll sich sonst wohin scheren!«

Der Tumult nach diesen Worten war ungeheuer; die Männer

lechzten danach, den Kampf aufzunehmen. Da wusste Jacza: Was hier gerade ins Rollen kam, ließ sich nicht mehr aufhalten. Uralte Wünsche, ein langes Sehnen. Der ungebrochene Stolz der Slawen, die jedermann für längst besiegt hielt.

»Ich bete für unseren Sieg«, sagte Agatha lächelnd, und Jacza dankte ihr dafür.

Was er nicht sagte, sie aber zweifellos wusste: Er hatte sich auch mit dem Priester des slawischen Heiligtums auf Köpenick besprochen und den Göttern eine Opfergabe vor den Tempel gelegt. Sie wurde angenommen. Das war ein gutes Zeichen.

»Jaro, du hast in meiner Abwesenheit das Kommando über die Burg«, entschied er unter jubelnder Zustimmung seiner Männer. »Piotr und Mateusz, ihr reitet nach Lebus und holt die polnischen Truppen! Ihr anderen: Schärft die Waffen und bereitet euch vor. Bei Neumond treffen wir uns mit den Polen vor der Brandenburg. Und das Frühmahl nehmen wir drinnen ein!«

Begleitet von vielen guten Wünschen, brach Jacza mit seinen dreißig Männern auf, nachdem er seine Frau noch einmal innig geküsst und seinen Sohn ermahnt hatte, der Mutter nur Freude zu bereiten.

Einen der Ihren war zur Brandenburg geritten, um dort als Händler getarnt, der Nadeln und sich selbst schärfende Scheren verkaufen wollte, Jaczas engste Vertraute über den bevorstehenden Handstreich zu informieren.

Es lief wie am Schnürchen. Niemand entdeckte sie in der dunklen Neumondnacht; diejenigen Wachen, die sich gegen sie wenden würden, waren bereits zum Schweigen gebracht, und so zogen Jaczas Männer und die Polen leise und problemlos durch das für sie geöffnete Tor in die Brandenburg ein.

So lange schon hatte er diesen Moment herbeigesehnt!

Jacza ging zuerst in die Kammer, in der der Hauptmann der Wachen schlief – Thietmar, ein alter Feind –, und setzte ihm das Messer an den Hals.

»Lange habe ich auf diesen Tag gewartet«, raunte er dem aus dem Schlaf Gerissenen zu. »Und du doch auch – nur umgekehrt, gib es zu! Schon Petrissa befahl dir, mir bei erstbester Gelegenheit die Kehle durchzuschneiden.«

»Ich ergebe mich!«, jammerte Thietmar.

Er und seine Leute wurden gefangen genommen und den Polen übergeben. Was zur Hälfte ein Schauspiel war: Denn diejenigen, die Jacza geholfen hatten, würden in Wirklichkeit auf Köpenick eine Bleibe finden, damit sie hier niemand des Hochverrats bezichtigen konnte, sollte die Insel vom Bären zurückerobert werden.

Nachdem die letzten Wachen überwältigt waren, versammelte Jacza am Morgen die Bewohner der Brandenburg und erklärte ihnen die neuen Verhältnisse.

»Nun betet zum Gott der Christen oder zu den Göttern unserer Vorfahren!«, rief er den Bewohnern zu.

Das Leben nahm wieder seinen üblichen Lauf.

Doch jedermann – ob Freund oder Feind des neuen Herrn von Brandenburg – wartete angespannt darauf, dass Albrecht der Bär mit seinen Truppen anrückte und zum Gegenangriff ausholte.

Es dauerte drei Wochen, bis Jacza vom Torhaus aus die Gegner nahen sah. Das waren unverkennbar Albrecht und seine Männer mit dem roten Bären als Banner. Doch er kam nicht allein. Der Anführer des zweiten Heerbanns konnte nur der Erzbischof von Magdeburg sein. Nicht etwa im Ornat und mit Bischofsstab, sondern in Rüstung und mit gegürtetem Schwert. Ein merkwürdiger Priester für einen Christen, dachte Jacza.

Verhandlungssache

Jacza, Albrecht der Bär, Wichmann von Seeburg, Otto von Hillersleben; Brandenburg, 10. und 11. Juni 1157

»Ist das nicht zum Haareraufen?«, schimpfte Albrecht der Bär.

»Wir sitzen hier *seit Wochen* wie der Ochs vorm neuen Tor! Um es genau zu sagen: *vor meiner eigenen Burg!* Weil ich sie so stark ausgebaut und befestigt habe, dass sie wirklich nicht einzunehmen ist. Außer durch Verrat.«

Er schnaufte missbilligend und rieb sich den Nacken.

»Die Welt ist voll von Verrätern. Aber wenn man mal einen braucht …«

Da niemand antwortete, setzte er sein Lamento über das gegenwärtige Dilemma fort.

»Ich könnte zwar alles in Brand schießen – aber das ist meins! Ich bin doch nicht so dumm, meine eigene Burg abzubrennen, samt ihren Bewohnern und sämtlichen Vorräten!«

Seine Begleiter im Zelt, Erzbischof Wichmann und der Graf von Hillersleben, sahen einander an und verdrehten die Augen. Sie hörten diese Litanei schon seit Wochen. Genauer gesagt: seit ihrer Ankunft hier im April.

Und es zeigte sich binnen kürzester Zeit, dass sie nicht auf die Brandenburg kamen, wenn sie nicht in Kauf nehmen wollten, dass alles niederbrannte, mit Mann und Maus. Obwohl sie die Wasserburg von drei Seiten aus belagerten und beschossen; auf der vierten Seite hinderte ein Sumpfgebiet sie daran.

Seitdem flogen Pfeile hin und her, es gab Tote und Verletzte, aber keine Hoffnung für den Bären, auf die Insel zu gelangen. Mit Booten oder schwimmend kam niemand hinüber, ohne sofort von den Bogenschützen getroffen zu werden. Der Wall war ja auch noch zu überwinden. Und die einzige Brücke, die

vom Land auf die Insel führte, war hochgezogen und würde es auch bleiben.
»Außerdem ist diese Belagerung furchtbar langweilig«, murrte der Bär.
»*Jede* Belagerung ist langweilig«, meinte der Graf von Hillersleben, der seine alte Gewohnheit wieder aufgenommen hatte, sich im Messerwurf zu üben, und einen Korb mit Holzscheiten vor dem Zelteingang zum Ziel erkoren hatte.
Das hatte Konrad von Wettin schon immer als nervtötend empfunden, doch der war im Februar dahingeschieden. Deshalb übernahm es sein Neffe, der Magdeburger Erzbischof Wichmann, dem Grafen mit mild strafendem Blick das Messer aus der Hand zu nehmen.
»Wir wollen doch nicht, dass noch eigene Leute zu Schaden kommen«, sagte er sanft, und Graf Otto ergab sich in sein Schicksal.
»Jede Belagerung ist langweilig«, wiederholte er. »Erinnert Ihr Euch noch an Demmin vor zehn Jahren, während des Wendenkreuzzugs? Wir saßen bei sengender Hitze mitten im Sumpfland, und die vermaledeiten Mücken kosteten uns fast mehr Blut als die Abodriten.«
Er nahm nun sein Messer, das er nicht mehr werfen durfte, und stocherte mehr oder weniger geistesabwesend zwischen seinen Zähnen nach einer Fleischfaser.
»Oder im Winter vor Braunschweig«, fuhr er fort, sobald er das störende Stück entfernt hatte. »Wir wollten dem Löwen eins auswischen, der bei Tübingen steckte. Nasser Schnee, kein Kleidungsstück wurde mehr trocken, die Kettenhemden rosteten vor sich hin, der Proviant ging uns aus … Und dann kam Heinrich zu unser aller Verblüffung auch noch in einem Gewaltritt mit seinen Mannen von Tübingen her angeprescht. Sofort zog König Konrad den Schwanz ein und schickte uns alle schnell heim. Wofür wir dem Löwen von Herzen dankbar sein sollten. Ich jedenfalls bin es.«

Eine Weile herrschte Schweigen zwischen den Männern, dann fing der Bär wieder an zu lamentieren.
»Das ist doch wirklich nicht zu fassen! Welche Peinlichkeit, dass ich in meine eigene Burg nicht hineinkomme, weil ich sie so gut befestigt habe! Und die Zeit rennt uns davon. Anfang August erwartet uns der Kaiser in Halle, zum Sammeln für seinen Polenfeldzug. Da muss ich mich mit meinen Truppen blicken lassen, wenn ich nicht in Ungnade fallen und von den anderen Fürsten ausgelacht werden will. Doch wir sitzen ja hier fest …«
»… mit erheblichen Verlusten, früher oder später erwischt uns die Rote Ruhr, und die Männer wollen heim, um die Ernte einzubringen, ehe sie zum nächsten Feldzug aufbrechen«, ergänzte der Graf von Hillersleben.
Wichmann hatte das Gejammer satt.
Obwohl er insgeheim dem Bären die Blamage gönnte. Was Albrecht nicht ahnte: In erster Linie war der Erzbischof hier, um zu verhindern, dass Albrecht nach der Rückeroberung der Brandenburg aus Rache gleich noch Köpenick unter seine Herrschaft brachte. So mächtig sollte der alte Markgraf auch nicht werden.
»Dann geht endlich auf meinen Vorschlag ein!«, forderte er den Bären mit energischer Stimme auf. »Es sind genug Menschen gestorben, vor und in der Burg. Schickt mich als Unterhändler.«
Albrecht sah ihn mit dumpfem Blick an.
»Das sind Götzendiener, die lassen sich nicht von einem *Erzbischof* beschwatzen«, meinte er mit einer unüberhörbaren Spur von Häme.
»Das kommt auf den Versuch an«, widersprach Wichmann, dem das alles hier auch mächtig gegen den Strich ging.
Natürlich konnte er nicht zulassen, dass das Bistum Brandenburg wieder an die Slawen fiel. Aber Jacza befand sich auch unter Zeitdruck. Seit mehr als zwei Monaten hielt er der Bela-

gerung stand. Irgendwann würden ihm die Vorräte ausgehen. Und auch die Bauern, die sich auf die Burg geflüchtet hatten, wollten ihre Ernte einbringen, statt sie den Belagerern zu überlassen.

»Dann tut, was Ihr nicht lassen könnt!«, räumte Albrecht mürrisch ein und fügte bissig hinzu: »Vielleicht könnt Ihr ja Wunder wirken.«

Ein grauhaariger Hauptmann mit weißem Banner wurde zur Zugbrücke geschickt, um den Wunsch nach Verhandlungen zu signalisieren.

»Einer darf herein, wir garantieren ihm sicheres Geleit!«, brüllte eine der Wachen in Jaczas Auftrag vom Torhaus hinüber.

Der einziehbare Teil der Zugbrücke wurde mit Klirren und Knarren heruntergelassen, Wichmann durfte eintreten und wurde von Jacza gleich am Tor persönlich in Empfang genommen.

»Ihr seid der Gottesmann aus Magdeburg«, stellte der junge Fürst fest. »Wieso kamt Ihr in Waffen hergeritten?«

»Jetzt bin ich ohne Waffen – um zu vermitteln und Frieden zu stiften.«

Wichmann breitete seine Arme aus und verwies auf seine Kleidung. Er trug weder Ornat noch Rüstung, auch keines seiner prachtvollen Gewänder, sondern einen schlichten Bliaut.

»Für einen Erzbischof seid Ihr recht jung«, meinte Jacza.

»Ihr für einen Fürsten aber auch«, gab Wichmann zurück. »Ihr seid ein ehrenhafter, tapferer Mann, das höre ich von allen Seiten. Nur von etwas fragwürdiger Haltung in Sachen des rechten Glaubens.«

Jacza grinste. »Seid Ihr zum Missionieren hier? Ich bin getauft, und ich kann das Paternoster aufsagen.«

»Macht das aus Euch schon einen guten Christen?«, zweifelte Wichmann.

»Ihr seid doch nicht gekommen, um mit mir über Glaubensfragen zu disputieren«, beendete Jacza das Thema.
Dann lud er Wichmann mit einer Geste ein, ihn in die Kammer des Burgkommandanten zu begleiten.

Dort orderte Jacza Wein, Met und etwas zu essen.
Der Erzbischof lehnte das Fischgericht dankend ab, nahm aber von Brot und Salz und dem Wein, um sich unter das Gastrecht zu stellen. Die Slawen legten großen Wert auf diese Tradition, das wusste er.
»In ein paar Tagen müsst Ihr abziehen, weil Euer Kaiser zum Sammeln für den Polenfeldzug ruft«, eröffnete der junge Slawenfürst die Verhandlungen.
»Das ist richtig«, bestätigte Wichmann. »Aber auch Euch läuft die Zeit davon. Ihr kennt ja den Bären. Er ist ein beherzter Krieger – aber kein weiser.«
Wichmann legte um der Wirkung willen eine kurze Pause ein.
»Mit ihm kann man nicht reden wie mit einem vernünftigen Heerführer. Wenn ihn die schlechte Laune packt – und glaubt mir, Fürst, seine Laune wird mit jedem Tag schlechter –, dann handelt er unberechenbar. Nicht mit Vernunft, sondern nur von Gefühlen geleitet.«
Nach einer weiteren kleinen Pause legte Wichmann nach: »Er könnte in seiner Wut die Felder da draußen um die Burg abbrennen. Auch wenn es seine sind. Das ist ihm im Moment ziemlich egal. Er will und kann sich vor dem Kaiser nicht blamieren, er muss die Brandenburg zurückerobern und wird es tun. Um jeden Preis, wenn es sein muss.«
Nun sah er Jacza in die Augen.
»Ihr wisst, Ihr könnt Euch nicht auf Dauer hier halten. Über die Rechtmäßigkeit Eures Anspruchs will ich nicht richten. Der Kaiser wird die Piasten, Eure Verbündeten, in die Knie zwingen. Ein Heer von tausenden Schwertern, dazu noch böhmische Panzerreiterei. Es wird eine Frage von wenigen Tagen oder Wo-

chen sein, bis der Polenfeldzug vorbei ist. Und dann wird sich der Kaiser Euch zuwenden. Er hat das Reich mit eiserner Hand geordnet. Wünscht Euch nicht, dass sein Zorn auch Euch trifft. Friedrich vergisst nie eine Kränkung und straft mitleidlos.«

»Aber er hat den Bären auch noch nicht als Markgrafen von Brandenburg bestätigt«, erwiderte Jacza mit feinem Lächeln. »Vielleicht will er gar nicht, dass er zu mächtig wird.«

»Fürst Jacza, ich beschwöre Euch beim Leben Eurer Familie: Wenn nicht Albrecht in seiner Wut jetzt loszieht und Köpenick niederbrennt, wird es der Kaiser tun, solltet Ihr nicht abrücken. Es sei denn, Ihr habt mich als Fürsprecher. Gab es nicht schon genug Tote hier? Und die Ernte droht auf dem Halm zu verkommen oder wird niedergebrannt. Erhört mich, ich bitte Euch. Beendet dies hier!«

Jacza lehnte sich zurück.

»Zu welchen Bedingungen?«

Wichmann lächelte.

»Einigen wir uns darauf, die Belagerung aus Zeitmangel abzubrechen? Weil sowohl Eure polnischen Freunde als auch Markgraf Albrecht zu einem größeren Feldzug aufbrechen müssen. Ich finde, das klingt sehr einsichtig. Und die Vernünftigen hier sind wir beide, Ihr und ich. Nicht der Bär und auch nicht der Kaiser.«

»Freier Abzug all meiner Männer in Waffen«, forderte Jacza.

»Freier Abzug in Waffen. Morgen bei Sonnenaufgang. Der Waffenstillstand wird mit Handschlag besiegelt«, bekräftigte Wichmann.

Und so geschah es. Jacza ließ am nächsten Morgen das Tor öffnen und trat hinaus. Albrecht erwartete ihn, sein Bannerträger rechts von ihm, der Erzbischof links.

Sie wiederholten die getroffenen Absprachen, und Jacza und Albrecht besiegelten den Waffenstillstand mit einem Handschlag.

»Und nun schert Euch wieder nach Köpenick!«, knurrte der Bär.
»Und Ihr macht es Euch wieder auf meiner feuchten Burg gemütlich. Ach nein, Ihr geht ja auf den Polenfeldzug … Da wird Euch noch diese oder jene Überraschung erwarten«, meinte Jacza grinsend.
Dann zogen er und seine Verbündeten ab – ganz unspektakulär, unbesiegt und in Waffen, aber nicht ohne Sorge um Köpenick.
Albrecht befahl sofort, sein Banner auf der Burg aufzuhängen, den roten Bären auf weißem Grund. Das war es, was er gewollt hatte.
Jetzt konnte er dem Kaiser berichten, wie er heroisch die Brandenburg gegen eine polnische Übermacht zurückerobert hatte. Nun würde Friedrich ihn endlich zum Markgrafen von Brandenburg ernennen! Das klang viel besser als Markgraf der Nordmark.
»Lasst das lieber weg mit der polnischen Übermacht«, riet der gewiefte Otto von Hillersleben. »Sonst fragt Euch der Kaiser noch, wie Ihr die Brandenburg behaupten wollt, wenn Ihr nicht einmal so viele Truppen aufbieten könnt wie ein polnisches Hilfskontingent.«

König der Inseln

Sven, Adele, Niklot; dänische Inseln, Sommer 1157

Was bin ich für eine Närrin!, dachte Adele. Worauf habe ich mich nur eingelassen?
Sie stand neben Sven am Vordersteven des Schiffes, das ein Segel und sechzehn Ruderplätze hatte, Gischt durchnässte ihr Gewand, das an manchen Stellen schon von Salz verkrustet

war, der Seewind riss ihren Schleier fast davon, so dass sie ihn als Tuch um den Kopf knotete wie eine Magd.
Wenigstens kam ihr der Mageninhalt nicht wieder hoch.
Warum war sie nicht in Lübeck geblieben, wo der Graf von Holstein sie freundlich aufgenommen hatte, bis sie zum Treffen mit Niklots Flotte ritten?
Warum war sie nicht in Lüneburg geblieben, bei Clementia und ihrer kleinen Lucardis, die sie so vermisste, dass es schmerzte?
Und warum um alles in der Welt war sie nicht in Meißen bei ihrem Vater geblieben, statt hochschwanger noch auf Reisen zu gehen und eine weitere Fehlgeburt zu riskieren? Vielleicht hätte sie ihn in seiner letzten Stunde trösten oder zumindest an seinem Grab beten können.
Die Antwort auf diese Fragen stand groß und blond neben ihr. Sven war regelrecht aufgeblüht auf See. Und Adele begann zu verstehen, warum er in Meißen so unleidlich gewesen war. Nicht nur wegen der erzwungenen Untätigkeit, des demütigenden Exils. Ohne das Meer war ihr Wikinger einfach nicht in seinem Element, war er wie ein Fisch auf dem Trockenen.
Und sein Plan, so irrwitzig er auch geklungen hatte, schien aufzugehen.
Niklots Männer steuerten eine Insel nach der anderen an, und dann spielte sich jedes Mal das gleiche Schauspiel ab.
Die aufgeschreckten Küstenbewohner schlugen Alarm beim Anblick der Abodritenflotte; manche hatten kaum noch ein Eisen, mitunter hämmerte eine Frau einfach mit dem Löffel auf den leeren Topf und schrie sich die Lunge aus dem Hals. Wer konnte, rannte davon und versteckte sich. Auf den größeren Inseln sammelten sich manchmal auch ein paar mit Knüppeln und Messern bewaffnete Fischer.
Niklot, der von ihrem Boot aus die Flotte kommandierte, gab den anderen das Zeichen, die Segel zu reffen und die Ruder einzuziehen, so dass sie ein Stück vom Ufer entfernt blieben

und nur das vorderste Schiff mit dem schön geschnitzten Vordersteven anlandete.
Auch hier auf dieser Insel, die nicht sehr groß sein konnte; Adele hatte den Namen schon wieder vergessen.
Dann stiegen Sven und sie aus dem Boot, schritten den Inselbewohnern Hand in Hand entgegen, und Sven rief: »Fürchtet euch nicht, ihr guten Menschen! Euer König und eure Königin sind zurück, und wir bringen euch Frieden!«
Derweil kletterten auch Janne und die zwei Frauen aus dem Boot, die Niklot Adele noch zur Seite gestellt hatte. Gefangene Däninnen, wie sie beschämt verstand, die als Sklavinnen verkauft werden sollten. Adele hatte sie sofort für frei erklärt und sich damit ewige Dankbarkeit bei den beiden gesichert. Tränenüberströmt hatten sie ihr die Hände geküsst, die junge Bente und die ältere Ida, weil ihnen ihre Königin ein schlimmes Schicksal erspart hatte.
Das Erscheinen des festlich gekleideten Königspaares und der drei Frauen sorgte dafür, dass die Inselbewohner ihr Misstrauen überwanden und sich den Neuankömmlingen vorsichtig näherten.
»Ihr täuscht uns doch! Die ganzen Boote sind voller Wenden, ich erkenne sie an ihren Bärten!«, schrie irgendwann immer einer und zeigte auf die Schiffe, die noch nicht angelandet waren.
»Sie sind Wenden, das stimmt. Aber wir haben Frieden geschlossen. Ihr werdet es sehen, ihr guten Leute: Sie kommen ans Ufer und lassen euch verschont.«
Was die Abodriten dann auch taten. Sie gingen an Land, setzten sich ein Stück abseits des Dorfes, aber in Sichtweite, und holten ihre Vorräte hervor.
Und dann geschah das Wunder: Die geplagten Inselbewohner knieten vor Sven und Adele nieder, hießen sie willkommen und erkannten Sven als ihren König an, obwohl die Inseln doch eigentlich Knut zugesprochen waren.

Adele sah die Not und die Armut auf den Inseln und war zutiefst erschüttert. Sie würde Sven daran erinnern, sollte er wieder einmal ein üppiges Festessen verlangen.
Auch in Seeburg mussten die Bauern hart arbeiten, aber so viel Elend wie hier erlebte sie zum ersten Mal.
Hier teilten die nur in Lumpen gekleideten und von der Arbeit krumm gewordenen Menschen, deren Hände vom kalten Salzwasser rot und aufgerissen waren, ihren letzten Bissen mit ihnen: etwas Stockfisch, eine Suppe aus Brennnesseln und kleinen Krebsen, einen trockenen Kanten Brot. Sie boten ihnen ein Lager unter ihren Reetdächern, sofern diese bei Plünderungszügen nicht niedergebrannt worden waren – auf karger Erde, aber von Herzen.
»Wir werden für Frieden in Dänemark sorgen«, versprach Adele und streichelte einem alten Mütterchen die rauen, knotigen Hände.
Sie hatten einige Geschenke mitgebracht, dem Grafen von Holstein sei Dank.
Kleine Fässer mit gesalzenem Fisch, Flickzeug für die Netze, ein paar Lagen Leinen und Wollstoff, für die Kinder und Kranken Honigfässchen. Am liebsten hätte Adele alles schon im ersten Ort verteilt und auch noch ihre eigenen Schuhe und Beinlinge und den Umhang weggegeben. Doch die Menschen hätten diese Geschenke nicht angenommen.
Der Graf musste zwischen Niklot und seinem Herzog vermitteln, dachte sie, damit die Abodriten nicht durch eigene Not zur Piraterie gezwungen waren. Und der Sklavenhandel musste ein Ende finden. Das war etwas, das sie nicht mehr losließ.
So eroberten sie eine Insel nach der anderen. Etliche Männer schlossen sich ihnen an, viele Getreue warteten noch in Schonen, versicherte Sven, und das Unmögliche schien doch noch möglich zu werden.
»Habe ich es dir nicht versprochen, Liebste?«, triumphierte er und küsste sie leidenschaftlich voller Glück.

Durch den Grafen von Holstein wusste Adele, dass sich Herzog Heinrich der Löwe und Erzbischof Hartwig von Bremen in sehr energischer Form an Knut und Waldemar gewandt hatten, jegliche Kriegshandlungen einzustellen und mit Sven einen Friedensvertrag abzuschließen.
Und je weiter sie in Knuts Gebiet vordrangen, je mehr Männer sich ihnen anschlossen, umso besser standen die Aussichten dafür.
Es würde Verhandlungen geben, und Dänemark würde dreigeteilt: Jütland an Waldemar, die Inseln an Knut, Schonen an Sven.
Lieber nur ein Drittel des Königreiches, wenn dafür endlich Frieden herrscht!, dachte Adele.
»Morgen setzen wir nach Seeland über«, besprach sich Sven mit Niklot. »Ein Friedensabkommen wird geschlossen. Das feiern wir zusammen: Knut, Waldemar und ich. In Roskilde.«

Junge Ritter und alte Bekannte

Christian, Raimund, Randolf, Friedrich, Dietrich, Otto und Dedo; ein Feldlager vor Halle, 1. bis 4. August 1157

Man glaubt es nicht, wenn man es nicht mit eigenen Augen sieht«, brachte Raimund völlig überwältigt heraus.
In sengender Sonne errichtete gerade das wettinische Aufgebot sein Lager inmitten der gewaltigen Heerscharen, die sich hier auf Befehl des Kaisers sammelten. In drei Tagen sollten sie gemeinsam zu einem Polenfeldzug aufbrechen. Dabei waren die Wettiner noch vor dem offiziellen Termin zum Sammeln erschienen, denn Markgraf Konrads Söhne wollten beim Kaiser um ihre Reichslehen nachsuchen. Und übermorgen sollte

die Schwertleite von mehreren Knappen stattfinden – auch die von Christian, Raimund, Gero und Richard. Die Vorstellung, dass der Kaiser ganz nah sein und vielleicht sogar seinen Blick auf sie richten würde, sorgte für helle Aufregung bei den jungen Burschen. Sie fieberten diesem einschneidenden Ereignis entgegen und schmiedeten Pläne für ihr künftiges Leben als Ritter.

Doch heute waren sie noch Knappen und soeben beauftragt worden, Wasser zu holen. Es war mörderisch heiß, Menschen und Tiere dürsteten.

Da im meißnischen Lager noch niemand genau wusste, wie weit es zur nächsten Wasserstelle war, nutzten die vier angehenden Ritter die Gelegenheit, von einer leichten Anhöhe aus den Lagerplatz zu betrachten.

Da standen hunderte Zelte oder wurden gerade aufgebaut. Prachtvolle mit zwei Masten und sogar durch Leinenbahnen abgeteilten Kammern, daneben farbige, vor denen Wimpel und Banner flatterten, und ein Stück weiter die ganz einfachen für die Reisigen: eine Leinenbahn zum Winkel über ein Seil gespannt. Mehrere Koppeln mit jeweils hunderten Pferden umgaben das Lager.

»Ich glaube, ich habe noch nie so viele Krieger auf einem Haufen gesehen«, sinnierte Christian beeindruckt und wischte sich den Schweiß aus dem Nacken.

»Nicht einmal, als du angeblich in *Magdeburg* warst?«, stichelte Raimund.

»Auch dort nicht. Und versuch nicht ständig, mich danach auszufragen! Du weißt, ich musste schwören zu schweigen«, reagierte Christian gereizt.

Tatsächlich war er ja von Markgraf Konrad nach Regensburg geschickt worden, kurz bevor dieser ins Kloster ging und bald darauf starb.

Auch Regensburg hatte Christian zum Staunen gebracht – durch die Größe der Stadt, die enorme Zahl an Menschen,

Pferden, Zelten … Doch das war ein Hoftag gewesen, und dies hier war ein Heerlager und damit etwas ganz anderes.

»Seht doch nur! Das sind hunderte, ja tausende Ritter!«, murmelte Raimund ergriffen. »Dabei sind noch gar nicht alle eingetroffen … Erkennt ihr die Staubwolke ganz hinten im Süden? Da kommen noch mehr! Und Vater sagt, an der polnischen Grenze werden eine große Zahl Böhmen zu uns stoßen: Herzog Vladislav, seine Brüder und die mährischen Fürsten. Es heißt, sie bringen tausende Kämpfer mit.«

Dann strahlte er und packte Christian am Arm. »Und ab übermorgen gehören wir dazu.«

»Zu den Böhmen?«, foppte ihn Christian.

»Zu den Rittern, du Tölpel!«

»Dann schickt uns keiner mehr zum Wasserholen. Soll sich dein grimmiger Fuchs selbst damit abschleppen!«, spottete Gero.

Christian verzog das Gesicht. »Das ist so unwahrscheinlich, dass ich es mir nicht einmal in meinen wildesten Fantasien vorstellen kann.«

Er wandte sich seinen Freunden zu. »Habt ihr euch nun sattgesehen? Wenn wir nicht bald mit dem Wasser auftauchen, überlegt sich irgendwer noch einmal, ob wir würdig für die Schwertleite sind.«

Raimund teilte diese Sorge nicht.

»Wir ziehen in den Krieg. Und weil dann jeder Kämpfer zählt, werden gern Burschen wie wir zum Ritter erhoben, auch wenn wir das nötige Alter noch nicht ganz erreicht haben. Junge Krieger sind besonders bestrebt, ihre Tapferkeit zu beweisen.«

Deshalb werden sie sicher gern und ahnungslos dorthin geschickt, von wo die erfahrenen Ritter tunlichst fernbleiben, dachte Christian sarkastisch, nahm seine leeren Eimer wieder auf und folgte den anderen, um endlich eine Wasserstelle zu suchen.

Markgraf Dietrich ging – kaum vor Halle angekommen – gleich auf die Suche nach seinem Vetter Wichmann, dem Erzbischof von Magdeburg. Denn dieser musste ihm unbedingt eine Audienz beim Kaiser verschaffen. Das war schon in normalen Zeiten nicht einfach, aber noch schwieriger in dem derzeit herrschenden Durcheinander, wo vieles zu regeln war und etliche Männer von Rang den Kaiser sprechen wollten; jeder natürlich ganz dringend.

Mit einem Schmunzeln hatte Dietrich wahrgenommen, dass der Quartiermeister klugerweise die Truppen von Heinrich dem Löwen und Albrecht dem Bären so weit wie möglich auseinandergesperrt hatte. Zwischen den beiden würde es nie Frieden geben, und es wäre ein schlechtes Omen, wenn der Kaiser schon vor dem Abmarsch drakonische Strafen verhängen musste, weil seine Ritter untereinander Raufhändel anfingen.

Das wettinische Lager befand sich direkt neben dem des Bischofs von Meißen, linker Hand errichteten die Thüringer ihre Zelte, die in großer Zahl erschienen waren: nicht nur Landgraf Ludwig, sondern ebenso die mit ihm rivalisierenden thüringischen Edelleute wie Graf Sizzo von Schwarzburg-Käfernburg oder die Grafen von Tonna. Auch sie hatten große Kontingente aufgeboten.

Das gemahnte Dietrich an die Absicht seines Vaters, eine seiner beiden jüngsten Töchter mit einem mächtigen Thüringer zu vermählen. Er selbst würde zuerst den Schwarzburger ansprechen, dessen Truppen für ihre hervorragende Disziplin bekannt waren. Das Haus Schwarzburg-Käfernburg war reich und mächtig durch Goldvorkommen an der Schwarza, und Graf Sizzo hatte Söhne im heiratsfähigen Alter. Gelegenheit zu einem Gespräch mit ihm würde sich schon während dieser oder jener Belagerung finden.

Doch war das Haus Wettin dann noch reich und mächtig genug für die Schwarzburger?

Alles hing von der Entscheidung des Kaisers ab, ob er ihnen die beiden Markgrafschaften überließ oder entzog.
Dietrich war klug genug, sich bei der bevorstehenden Begegnung mit Friedrich nicht auf ihr gemeinsames Jugendabenteuer zu berufen, den Turniersieg in Bamberg. Der lag nun fast zwanzig Jahre zurück, kaum zu glauben! Gerade einmal sechzehn Sommer zählten sie damals, ebenso Sven, der jetzige König von Dänemark, der Dritte in ihrem Bunde und nun Adeles Gemahl. Doch mehr als die verstrichenen Jahre trennten sie die Rangunterschiede.
Dietrich fand das Zelt mit dem Wappen des Erzbistums Magdeburg und erkundigte sich nach seinem Vetter.
Der sei beim Kaiser, beschied ihm ein Schreiber, der trotz der Hitze furchtbar verschnupft war und kaum noch Luft durch die Nase bekam.
Sofort lenkte Dietrich seine Schritte zum Zelt des Kaisers.
Es war nicht das kostbare Geschenk des englischen Königs, trotzdem bei weitem das größte und prächtigste im Lager und von allen Seiten gut zu sehen.
Vor dem kaiserlichen Quartier hatten sich schon etliche Edelleute eingefunden, die sich eine Audienz bei Seiner Majestät erhofften.
Ab und zu kam jemand aus dem Zelt heraus, befragte sie und sortierte vor, wer wohl heute noch vorgelassen würde.
Dietrich hatte seinen Knappen bei sich, den er umgehend losschicken würde, sobald auch Otto und Dedo kommen sollten. Wenn die hier stundenlang warten müssten, würde das ihre Laune nicht heben. Dedo fürchtete sich fast zu Tode, vor den Kaiser zu treten, und Otto war weder für Geduld noch für übermäßige Höflichkeit bekannt. Leider weilte Hedwig, die ihn hätte besänftigen können, in Meißen.
Dem Sonnenstand nach war eine gute Stunde verstrichen, als Dietrich zu seiner großen Erleichterung Wichmann aus dem Zelt des Kaisers treten und in das grelle Tageslicht blinzeln sah.

Er ging auf seinen Verwandten zu und begrüßte ihn.
»Im Moment ist eine polnische Gesandtschaft mit einem Versöhnungsangebot bei ihm«, berichtete der Erzbischof leise, damit ihn sonst niemand hörte. »Was bedeutet, es kann ganz schnell gehen, weil er sie hinauswirft. Oder sie verhandeln stundenlang.«
Bedauernd breitete er die Arme aus.
»Mein leichtsinniger Schwager Bolislaw weigert sich, dem Kaiser zu huldigen und ihm den vereinbarten Tribut zu zahlen«, resümierte Dietrich sarkastisch. »Und er ist selbst nicht hier, um Verzeihung zu erflehen, sondern schickt Unterhändler? Wollen wir wetten, dass die gleich hinausgeworfen werden?«
Schon wenige Augenblicke später sollte er recht behalten; die polnischen Gesandten kamen empört oder beleidigt aus dem Zelt gestapft.
Wichmann legte die Hand auf Dietrichs Arm. »Schick nach deinen Brüdern! Ich sorge dafür, dass du gleich vorgelassen wirst. Aber sprich zuerst allein mit ihm. Und ich erinnere derweil Otto daran, wie man sich vor einem Kaiser benimmt.«
Der Magdeburger ging ins Zelt und kehrte kurz darauf zurück, Dietrich erleichtert zunickend.
Nun zeigte sich Friedrichs Notar Heinrich und ließ seine Blicke über die Wartenden schweifen, von denen einige sich die Zeit mit Würfelspielen oder Schach vertrieben. Offenbar hockten sie schon seit dem frühen Morgen hier. Doch nun sengte die Sonne gnadenlos herab, und sehnsüchtig hielten sie Ausschau nach einem schattigen Platz.
»Dietrich, der Wettiner?«, fragte der Notar, und der Eilenburger trat näher.
»Der Kaiser erwartet Euch. Aber fasst Euch kurz! Er hat heute noch viele bedeutende Angelegenheiten zu regeln.«
Mit einem Blick sandte Dietrich seinen flinken Knappen los, damit der Otto und Dedo holte, und betrat das Prunkzelt des Herrschers.

Im gebührenden Abstand sank er auf ein Knie und senkte den Kopf. »Mein Kaiser!«

Friedrich musterte ihn mit prüfendem Blick.

»Ich sah Euch lange nicht bei Hofe«, eröffnete er die Audienz. »Wusstet Ihr von dem Vorhaben Eures Vaters, als ich nach Rom zog? Von diesem geheimen Treffen ganz in der Nähe, auf dem Giebichenstein?«

»Euer Kaiserliche Majestät, ich wusste, dass er und mein älterer Bruder zur Synode nach Halle reisten. Doch weitere Einzelheiten teilten sie mir nicht mit.«

»Und das soll ich Euch glauben?«, konterte Friedrich und wirkte nicht so, als ob er es tun wollte. »Ernsthaft glauben, *Ihr* wusstet es nicht, aber Euer Schwager Sven konnte es mit Leichtigkeit herausfinden?«

Dietrich hob vollkommen verblüfft den Kopf. Sven war der Verräter? Er hoffte nur, dass seine Brüder und vor allem Adele nie davon erfuhren.

»Ich weiß nicht, was er Euch erzählt hat, Majestät. *Ob stimmt oder nicht,* was er Euch erzählt hat. Aber es muss wohl … interessant genug gewesen sein, dass Ihr ihm dafür zu seiner Rückkehr auf den dänischen Thron verhalft«, sagte er verbittert. Das Wort »Judaslohn« verschluckte er gerade noch.

Doch Friedrich erkannte natürlich den versteckten Vorwurf und wies ihn strikt zurück.

»Der dänische Friedensschluss, der in wenigen Tagen in Roskilde gefeiert wird, hat damit nichts zu tun. Sven unterstellte sich mir bei seiner Krönung und darf also mit meinem Schutz rechnen.«

»Majestät! Ich stehe loyal zu Euch, das wisst Ihr«, beschwor Dietrich den Kaiser. »Mein erlauchter Vater zog sich Euer Missfallen zu und legte Waffen und Titel nieder, um im Kloster zu sühnen. Nachdem er seinen Frieden mit Gott gefunden hat, hoffe ich, er kann posthum auch noch seinen Frieden mit Euch schließen. Er hätte sich nie gegen Euch gestellt!«

»Seid Ihr Euch dessen ganz sicher?«, fragte Friedrich mit skeptisch geneigtem Kopf.
»Er wollte Frieden im Reich – so wie Ihr, mein Kaiser«, beteuerte Dietrich. »Das bestimmte sein Tun in den letzten Jahren. Statt endloser Fehden und Kriege wollte er das Land lieber in Frieden erstarken sehen, durch Siedler Land urbar machen.«
»Er hat eigenmächtig über die Lehen verfügt, die er in meinem Auftrag regierte. Die Reichslehen, über die *ich* bestimme und nicht Euer verstorbener Vater, Gott sei seiner Seele gnädig!«, erinnerte der Kaiser. »Und jetzt wollt Ihr und Eure Brüder natürlich Eure Lehen erneuert haben.«
»Wir bitten Euch ergebenst darum. Zum Zeichen unserer Treue sind wir dem Ruf gefolgt und mit starken Kontingenten hierhergekommen, um mit Euch auf den Feldzug gegen die polnischen Herzöge zu gehen.«
»Die Eure Schwäger sind«, warf Friedrich ein. »Wisst Ihr, dass mein Oheim, König Konrad, auch einmal Euren Vater und seinen guten Freund Albrecht den Bären zu einem Polenfeldzug verpflichtete? Beide führten ihre Heere bis an die Grenze. Doch als dort erst einmal kein Durchkommen war, brachten sie es fertig, Konrad diesen Krieg auszureden und Verhandlungen aufzunehmen. Werden die Wettiner diesmal *kämpfen?*«
Dietrich atmete tief durch. Das ließ sich alles nicht gut an, und er dankte Gott, dass Otto jetzt nicht hier war.
Es befanden sich noch ein Dutzend Menschen in dem kostbar ausgestatteten Zelt: adlige Ratgeber, Schreiber, Geistliche, ein Mundschenk, Bedienstete, der siebte Welf als Knappe … Sie alle wären Zeugen, wenn Otto sich vor dem Kaiser so ungehobelt benahm wie zu Hause. Und der könnte das nicht durchgehen lassen.
»Es ist immer besser, einen Streit durch Verhandlungen beizulegen«, sagte er. »Das rettet Menschenleben, Ernten, Dörfer, Burgen und kostet weniger als ein Krieg. Doch die Beleidigun-

gen meines törichten Schwagers Bolislaw gegen Euch und das Reich sind so schwerwiegend, dass es starker Worte und Gesten bedarf, um sie ohne Blutvergießen aus der Welt zu schaffen. Und wie ich gerade sah, hat Bolislaw diese richtigen Worte und Gesten wohl nicht gefunden.«

»Ja, er hat die Ehre des Reiches in unerhörter Weise angegriffen«, beharrte Friedrich, zunehmend schlecht gelaunt.

»Es würde mich dauern, Euer Majestät, wenn keine friedliche Lösung gefunden wird. Doch das hat dann Bolislaw Kraushaar zu verantworten. Ihr könnt auf mich zählen, auf mich und meine Brüder. Wir sind mit unseren Rittern hier und bereit, Euch Treue und Gefolgschaft zu schwören und dem Schwur auf dem Felde auch Taten folgen zu lassen.«

Friedrich atmete tief durch, dann entspannten sich seine Gesichtszüge.

»Nun steht schon auf, Dietrich, lasst Eure Brüder hereinkommen, die sicher draußen warten. Bringen wir die Formalitäten hinter uns.«

Jetzt lächelte er sogar ein wenig. »Es ist lange her … in Bamberg. Wo sind die Jahre nur geblieben?«

Plötzlich waren Friedrichs Sorgenfalten zu Lachfältchen geworden, sein sonnengebräuntes Gesicht erinnerte wieder an den lebenslustigen Jungritter in Bamberg, und sie kramten einige Anekdoten aus dieser Zeit hervor.

Dann berichtete Dietrich, dass er die Eilenburg verstärkt hätte und als Nächstes eine große Burg in Landsberg errichten wolle, dass seine Gemahlin gesegneten Leibes sei und er hoffe, nun endlich einen legitimen Sohn und Erben zu bekommen.

»Da ist wohl ein Gotteswunder geschehen«, spottete Friedrich. »Jeder Edle im Reich weiß, dass ihr zwei euch ja kaum einmal anseht.«

»Mit Verlaub, Majestät, ich …«

Die Ankunft seiner Brüder rettete ihn aus der peinlichen Lage. Gemeinsam knieten Otto, Dietrich und Dedo nieder und beka-

men zunächst die Strafpredigt zu hören, die Dietrich soeben schon einmal hinter sich hatte.
Dann ließ der Kaiser Dedo vortreten, niederknien, den Treueeid schwören und nahm ihn nach altem Brauch zu seinem Lehnsmann, dem er die Grafschaft Groitzsch verlieh.
Dedo war unverkennbar tief bewegt; er brachte die Dankesworte kaum heraus.
Erleichtert kniete nun Dietrich erneut vor dem Kaiser nieder, bekam symbolisch ein paar Getreidehalme zwischen die gefalteten Hände gedrückt, denn der Kaiser übertrug ihm ein großes Fahnenlehen des Reiches. Friedrich legte seine Hände über Dietrichs, sie schworen sich Lehnstreue und gegenseitigen Schutz, dann durfte sich Dietrich als Markgraf erheben.
»Nennen wir die Lausitz von nun an Ostmark, denn die bisherige Ostmark ist seit kurzem das Herzogtum Österreich«, schlug der Kaiser vor. »Und Euer Vater hat ja stets betont, wie sehr er damit beschäftigt ist, die östliche Grenze des Reiches zu verteidigen …«
Der neu ernannte Markgraf der Ostmark lächelte.
»Wie Ihr wünscht, mein Kaiser!«
Er verneigte sich und trat zurück, denn nun war Otto an der Reihe, der äußerst unzufrieden wirkte, nicht als Erster gerufen worden zu sein.
»Ich schwöre Euch Treue und Gefolgschaft und bitte Euch, mich mit der Mark Meißen und dem Land Bautzen zu belehnen«, erklärte der älteste der wettinischen Brüder zwar kniend, doch mit wenig Demut in der Stimme. Er forderte.
»Über das Land Bautzen habe ich anderweitig entschieden, das wisst Ihr, Otto von Wettin«, erklärte der Kaiser, nun sichtlich missgelaunt. »Es geht an den Herzog von Böhmen, der uns dafür unter anderem mehrere tausend seiner gefürchteten Panzerreiter für diesen Feldzug stellt. Wie viele Männer waren es doch gleich, die Ihr hierherführtet?«

»Zweihundert Ritter, dazu Knappen, Knechte und sonstiges Gefolge«, musste Otto zugeben.
Friedrich musterte Konrads Ältesten streng.
Der alte Markgraf war stets schwer zu durchschauen gewesen, ein kluger Taktierer. Otto hingegen hätte gut und gern ein Sohn des Bären sein können, so ähnlich waren sie sich in ihrer unhöflichen Direktheit. Wobei der Bär ein stürmischer Kämpfer war, ein richtiger Haudrauf, auch heute noch. Wie hatte er gerade erst wieder geprahlt mit der Einnahme der Brandenburg!
Bemerkenswerterweise war es ausgerechnet Sophias Tochter, die diesen Hitzkopf hier bändigen sollte, so wie es Sophia bei dem Bären geschafft hatte. Nur leider war diese Hedwig jetzt nicht hier. Und solche Maßlosigkeit wie eben konnte er natürlich nicht durchgehen lassen.
»Wir werden sehen, wie Ihr Euch auf dem Feldzug bewährt, Otto von Wettin. Und danach entscheide ich, ob ich Euch mit der Mark Meißen belehne oder nicht«, verkündete Friedrich.
Dedo riss die Augen auf, Dietrich wäre seinem Bruder im Zorn am liebsten an die Kehle gegangen, und Otto schien gerade ganz langsam zu begreifen, dass seine Zukunft auf Messers Schneide stand. Seine Brüder waren belehnt worden, und er nicht? Ging die Mark Meißen am Ende sogar an einen anderen?
»Ich werde alles tun, um Euch meine Treue zu beweisen, Euer Majestät«, versicherte er ausgenommen höflich, kaum wiederzuerkennen. Und dann hatten die drei Brüder das Zelt des Kaisers zu verlassen.
»Sag nichts!«, fuhr Otto Dietrich an, ehe der auch nur den Mund öffnen konnte. »Ich habe es begriffen.«
Hoffentlich, dachte Dietrich und ging zu seinen Männern.

Den Tag vor ihrer Schwertleite verbrachten die angehenden Ritter nach altem Brauch fastend. Sie nahmen ein Bad, gingen zur Beichte und wachten nachts betend vor dem Altar.

Die Sache mit der Beichte beschäftigte vor allem die Zwillinge sehr.
»Seht nur, wie viele schon dort anstehen!«, rief Gero und deutete auf das Gebetszelt.
»Das schaffen wir nimmermehr!«, stimmte Richard ihm zu.
»Weil du eigentlich eine Woche bräuchtest, um alle deine Sünden zu beichten?«, fragte Christian. »Dann hast du uns eine Menge verschwiegen.«
Richtige Heiterkeit wollte aber an diesem Tag nicht bei ihnen aufkommen. Jeder war in seine Gedanken vertieft, wollte mit reinem Gewissen in den Ritterstand treten.
»Zum Glück ziehen wir gleich in den Krieg und können uns beweisen«, fand Richard.
»Krieg ist doch kein Glück«, widersprach Christian. »Frieden ist Glück! Wenn niemand verhungert, die Wege sicher sind, keine Felder niedergebrannt werden, kein Unschuldiger abgeschlachtet wird.«
»Du redest wie ein Mönch«, beanstandete Richard. »Gerade du! Vielleicht kannst du im Krieg ein paar wertvolle Gefangene machen und Lösegeld von ihren Lehnsherren oder Familien fordern. Kehrst du als Kriegsheld mit reicher Beute zurück, darfst du vielleicht doch um die Hand deiner Luitgard bitten.«
»Ich weiß nicht, ob aller Reichtum dieser Welt ihren Vater dazu bewegen würde, sie mir zu geben«, meinte Christian verdrossen und stieß einen kleinen Stein mit der Fußspitze weg.
»Für allen Reichtum dieser Welt täte er es sicher«, erwiderte Raimund. »Das Problem wird nur sein, dass du nicht allen Reichtum dieser Welt hast. Selbst wenn du ein paar Gefangene von Rang machst …«
Sie alle hatten sich jahrelang vorgestellt, ihre Schwertleite auf dem Meißner Burgberg zu erleben, die Nacht davor im Gebet im Dom zu verbringen.
Stattdessen fand die Zeremonie nun mitten im Heerlager statt. In glühender Hitze und allgegenwärtigem Staub, während von

allen Seiten so viel Lärm tobte, dass die Redner fast brüllen mussten, wollten sie gegen das Geschrei im benachbarten Lager, das Pferdegewieher und die Klänge von der Feldschmiede ankommen.
Aber die jungen Männer wussten, der Kaiser war vielleicht nur hundert Schritte entfernt, und sie würden allesamt gleich in den Krieg ziehen und ihr Können unter Beweis stellen. War das nicht viel besser?
Christian hatte viel Stoff zum Nachdenken in dieser Nacht. Zweifel, was ihn selbst und sein künftiges Leben betraf.
Doch als dann der große Moment gekommen war …
Bischof Gerung von Meißen persönlich segnete die Waffen der künftigen Ritter, und Raimunds Vater hatte sich bereit erklärt, Christian in die Rüstung zu kleiden und ihm das Schwert zu gürten, da er keine Verwandten hatte.
Ich bin ein Ritter!, dachte Christian voller Stolz, während ihm zwei Männer die Sporen anlegten. Wenn das Vater und Mutter wüssten! Ich hoffe, sie blicken vom Himmel auf mich herab und freuen sich mit mir.
Da er völlig mittellos war, hatte ihm Otto, der von seinem Vater in das Geheimnis von Christians Herkunft eingeweiht worden war, das Kettenhemd geschenkt, Raimunds Vater das Schwert. Eine ausgezeichnete Schmiedearbeit, wie Christian erkannte, der einmal die Lehre zum Schmied begonnen hatte, ehe ihn plötzlich Markgraf Konrad auf den Meißner Burgberg holen ließ. Als Wiedergutmachung dafür, dass Christians Vater in Konrads Diensten einen grausamen Tod gestorben war.
Jetzt stand er also hier, im Heerlager des Kaisers, schwor seinen ritterlichen Eid, der ihn zu einem Mitglied einer aus tausenden Männern bestehenden, verschworenen Gemeinschaft machte.
Trotzdem wäre mir lieber, meine Eltern lebten noch, dachte er. Und ich hätte inzwischen beim Meister so viel gelernt, dass ich mir dieses Schwert selbst schmieden könnte.
Jemand hieb ihm auf die Schulter.

»Komm und lass doch wenigstens an diesem großen Tag dein Grübeln!«, ermunterte ihn Raimund. »Sieh, die Tafel ist gedeckt, wir wollen feiern!«
Tatsächlich wurde es Zeit, dass die Jungritter nach einem Tag des Fastens und einer Nacht im Gebet etwas zu essen und vor allem zu trinken bekamen.
Unter zahllosen Glückwünschen wurden sie zu einem der Baldachine geführt, wo die Tafel für sie errichtet war. Nun durften sie auch bei den Rittern sitzen.
»Da dachte ich, nichts könnte mir jetzt den Appetit verderben – und dann hocken wir genau Randolf und seinen Kumpanen gegenüber«, raunte Raimund ihm zu. »Lass dich ja nicht provozieren!«
Doch Christian schaffte es nicht einmal bis zur Tafel, ohne provoziert zu werden.
Der Waffenmeister hatte jedem der jungen Ritter einen Knappen zugeteilt. Für Christian sollte ein siebzehnjähriger, aufsässiger Bursche namens Gunzelin Knappendienste übernehmen. Ihn hatte der Waffenmeister noch nicht der Schwertleite für würdig befunden.
»Einem Bastard will ich nicht dienen!«, rief er und spie ins dürre Gras.
Christian drehte sich langsam zu dem Burschen um und wusste alle Blicke auf sich gerichtet. Jedermann erwartete, dass er dem Aufmüpfigen eine Ohrfeige verpasste und das Ganze dann in eine deftige Rauferei überging. Worauf nach den Befehlen des Kaisers härteste Strafen standen.
Christian holte auch aus und schlug dem dreisten Burschen ins Gesicht, dann hakte er ihm mit dem rechten Fuß von hinten in die Waden, so dass es Gunzelin zu Boden riss. Unter dem Gelächter der Anwesenden landete er schmerzhaft auf dem Hintern.
»Die Ohrfeige war dafür, dass du mich Bastard genannt hast«, erklärte Christian. »Und dein Sturz dafür, dass du dich einem

Ritter widersetzt hast. Was dich ungeeignet für Knappendienste macht. Der Waffenmeister soll dich als Pferdeknecht einteilen.«

Er wollte sich umdrehen, wusste aber, dass Gunzelin sich schon wütend hochrappelte und angreifen wollte. Also wiederholte er das Manöver, das den anderen prompt ein zweites Mal zu Fall brachte.

»Weißt du Dummkopf eigentlich, welche Strafe der Kaiser über solche wie dich verhängt, die Raufhändel im Heerlager anfangen? Nein? Das hat dir Randolf wohl nicht gesagt, als er dich zu dieser schäbigen Revolte anstachelte.«

Der Gesichtsausdruck des erneut auf dem Boden Liegenden verriet, dass er es wirklich nicht wusste. Was einmal mehr seine Dummheit bewies.

»Dann will ich dich ins Bild setzen, du Tölpel: Dem Unruhestifter wird die Schwerthand abgeschlagen.«

Jäh wurde der Bursche kreideweiß und umklammerte mit der Linken das rechte Handgelenk, als könnte er die Hand so retten.

»Melde dich beim Waffenmeister, erzähle, was du dir herausgenommen hast, und dann soll er entscheiden. Na los, komm hoch! Bist wohl nur mit dem Maul schnell, was?«

Diejenigen, die den Zwischenfall beobachtet hatten, lachten. Wird das wohl je aufhören?, dachte Christian, während ihm etliche Männer auf die Schulter klopften.

»Nun lasst uns endlich an die Schüsseln mit dem Braten!«, stöhnte er und suchte sich seinen Platz an der Tafel der Ritter.

Er war jetzt einer von ihnen. Zumindest offiziell. Oder?

Randolf, dem Markgraf Otto persönlich das Schwert gegürtet hatte, sah ihn feindselig an, dann stand er auf.

»Ich speise nicht in der Gesellschaft von Bastarden«, verkündete er laut. »Kommt, meine Freunde, wir suchen uns einen angemessenen Platz für unsereins.«

»Danke, dass du uns von deiner Gegenwart befreist«, konterte

Christian höhnisch. »Das ist sehr einsichtig von dir, dass wir als Ritter nicht mit solch einem Versager wie dir an einem Tisch sitzen sollten. Wo ich dich doch gerade erst wieder im Schwertkampf besiegt habe. Obwohl du fast einen Kopf größer bist als ich.«

Gelächter klang auf, und Randolf stand kurz davor, die Tischplatte mit allem, was darauf stand, umzureißen.

»Das zahl ich dir heim, Bastard!«, drohte er und zog mit seinen Kumpanen davon.

»Versuch's!«, rief ihm Christian nach.

Doch Raimund stieß ihn an und sagte leise: »Übertreib es nicht! Er ist reich und alteingesessen, und Markgraf Otto hält große Stücke auf ihn. Er kann es dir *wirklich* heimzahlen. Und zwar ohne überhaupt das Schwert in die Hand zu nehmen.«

Drei Könige

Sven, Knut und Waldemar von Dänemark,
Adele; Roskilde, 9. August 1157

»Meine Brüder!«

Leicht wankend erhob sich Knut Magnusson und schwenkte den Becher, bei weitem nicht den ersten, den er schon geleert hatte – wie fast alle anderen Versammelten auch. Da Knut der Gastgeber des Festes war, taten es ihm nicht nur die mit ihm Feiernden in der großen Halle gleich, sondern an der Hohen Tafel auch die beiden anderen dänischen Könige, Sven und Waldemar. Und natürlich Adele und Prinzessin Sophia von Minsk, Knuts Schwester, die Verlobte Waldemars.

»Meine Brüder!«, wiederholte Knut, an die zwei Mitregenten gewandt, um grinsend einzuschieben: »Obwohl wir ja eigentlich alle Vettern sind, Vettern verschiedenen Grades … Aber eine Familie. Wir alle haben königliches Blut in den Adern. Und das macht uns zu Brüdern.«

Er trank einen Schluck, hielt sich mit einer Hand kurz an der Tischplatte fest, die daraufhin beinahe weggekippt wäre, und hob seinen Becher erneut.

»Über drei Jahre lagen wir im Streit, viel Blut ist geflossen, drei Monate wurde verhandelt. Das erfordert es doch, den Friedensschluss mindestens drei Tage lang zu feiern! Was wir hier in aller gebotenen Gründlichkeit tun.«

Daran ließ ein Blick auf die Festgesellschaft keinen Zweifel.

Adele war wieder einmal in hohem Maße erstaunt, wie viel die Dänen vertrugen, auch wenn etliche von ihnen langsam glasige Augen bekamen. Oder längst hatten.

Nur Sven hielt sich mit dem Trinken zurück, was sie freute.

Er wolle seine zweite Regentschaft als ein besserer Mann antreten, hatte er Adele versprochen.

Sie selbst war des Feierns auch leid, so glücklich sie der Friedensschluss und ihre bevorstehende Rückkehr nach Schonen auch stimmten. Vor Müdigkeit fielen ihr die Augen fast zu. Ihr Kopf schmerzte vom Qualm und dem tosenden Lärm, den an die hundert feiernde Wikinger verursachten, obwohl sie selbst ihren Wein nur stark verdünnt trank. Dazu trieben ein merkwürdiges Gefühl im Bauch und lästiges Sodbrennen sie zu der Frage, ob sie vielleicht wieder schwanger war. Janne schien überzeugt davon, doch noch behielten es die zwei Frauen für sich.

Die Tafel verlassen durfte sie nicht; Sven hatte darauf bestanden, dass sie blieb.

»Dein Fehlen würde Misstrauen säen.«

Diese Erklärung machte sie stutzig, aber Sven bot ihr keine Gelegenheit, nachzuhaken.

»Nun lass mich einmal reden, mein lieber Vetter und künftiger Schwager!«, bat Waldemar, mit Mitte zwanzig der jüngste der nunmehr drei dänischen Könige.

Knut gestattete es mit einer weit ausholenden Armbewegung, die ihn erneut ins Schwanken brachte.
»Endlich ist es gelungen, den Krieg und alle Streitigkeiten zu beenden. Dänemark ist dreigeteilt und wird von nun an von drei Königen regiert. Auf Dänemark und seine drei Könige!«, rief Waldemar, hob den Becher, und jedermann im Saal wiederholte seinen Ruf begeistert.
»Auf Dänemark und seine drei Könige!«
Nun konnte Sven natürlich nicht nachstehen und beharrte darauf, gleichfalls einen Trinkspruch auszubringen.
»Auf Dänemark! Auf dass endlich Frieden herrsche! Und auf die schönen Frauen an unserer Seite: meine liebreizende Königin Adele und Knuts bezaubernde Schwester Prinzessin Sophia von Minsk, die Verlobte Waldemars!«
Die Männer grölten Hochrufe auf die edlen Frauen, ließen sich mit viel Getöse wieder auf ihren Bänken nieder und widmeten sich erneut hingebungsvoll den aufgetafelten Speisen und den Schankmägden, die unablässig Wein, Bier und Met in die Becher und Trinkhörner füllten.
Tief durchatmend – soweit das in der stickigen, von Rauch und vielen Gerüchen geschwängerten Luft möglich war – lehnte sich Adele zurück und ließ ihre Gedanken schweifen.
Das war nicht ganz einfach, denn vor ihr stand eine gefragte dänische Delikatesse: Käse aus dem Kloster Esrum, überaus köstlich, aber von einem so deftigen Geruch – um nicht zu sagen, Gestank –, dass sie schon befürchtete, den nie wieder loszuwerden. Oder war sie besonders geruchsempfindlich, weil sie wirklich wieder ein Kind unter dem Herzen trug?
Sie feierten in Knuts Königspalast in Roskilde, einem prächtigen Bauwerk aus hellem Kalkstein rechter Hand des Doms. Links der Kathedrale stand der Palast des Bischofs.
Adele fand Roskilde faszinierend: keine Burg, aber ein Dom und so viele Kirchen und Klöster …
Welche Stadt wäre besser geeignet für diesen Friedensschluss,

um den hart gerungen worden war und für den schließlich Kaiser Friedrich und die Erzbischöfe und Bischöfe des Nordens ein Machtwort sprachen?
Alle drei Könige würden dem Kaiser Gefolgschaft schwören, und der energische Staufer würde schon darauf achten, dass sie sich diesmal an ihre Eide hielten. Sonst drohte ihnen ein deutlich härteres Schicksal als ihrem Vater oder den Hundeträgern von Worms.
Jetzt feierten sie, dann würde sich jeder in seinen Landesteil zurückziehen: Sven mit ihr nach Schonen, Knut nach Seeland, auf die Inseln, und Waldemar mit der faszinierend schönen Sophia nach Jütland, um dort Hochzeit zu feiern.
Adele sandte Sophia, die etwa sechzehn Jahre zählte, ein herzliches Lächeln. Sie hatten sich hier ein wenig angefreundet; nicht zuletzt auch deshalb, weil es ermüdend war, den Männern drei Tage lang bei ihren endlosen Trinksprüchen und Prahlereien zuzusehen und zuzuhören.
Doch Hauptsache, es war Frieden.
»Ihr seid erschöpft, nicht wahr?«, raunte sie der Prinzessin hinter Svens Rücken zu. »Ich sehne mich jetzt auch nach meinem Bett und tiefem Schlaf.«
Sophia, die ein mit Edelsteinen besetztes Kleid aus feinstem blauen Tuch trug, nickte verständnisvoll und richtete ein paar leise Worte an ihren Bruder.
Erneut stand Knut auf und gab bekannt, seine Schwester sei müde und werde sich jetzt in ihre Gemächer zurückziehen.
»Erfreue uns morgen wieder mit deiner Schönheit und Anmut!«, meinte er generös.
Er gab ein Zeichen, und ein halbes Dutzend Kammerdamen huschten herbei, dazu vier Leibwachen, und Sophia durfte die Tafel verlassen.
»Ihr wisst ja, Bräuten soll man vor der Hochzeit viel Schlaf gönnen, damit sie in der Brautnacht ausgeruht sind«, rief Knut ihr hinterher und zwinkerte seiner Schwester zu.

Natürlich lachten alle im Saal – alle außer Sophia und Adele. Die beiden jungen Frauen tauschten einen Blick, der wortlos die Taktlosigkeit angetrunkener Männer beklagte, dann verließ die Prinzessin mit ihrem Geleit die Halle.
Gleich nach ihr konnte Adele natürlich nicht gehen. Statt sechs Kammerdamen hatte sie nur Janne, die für sie sorgte. Die beiden befreiten Sklavinnen waren mit Adeles Erlaubnis überglücklich zu ihren Familien auf Fünen und Seeland zurückgekehrt.
Adele war zwar nun wieder eine Königin, aber immer noch fast bettelarm. Doch Sven hatte Gunvald und Birge nach Schonen geschickt, von wo sie nicht nur fast dreihundert Kämpfer mitbrachten, sondern auch Silber und Edelsteine, die sie bei ihrer Flucht vor vier Jahren versteckt hatten.
So konnten er und Adele sich angemessene Kleider nähen lassen und auch reichlich Almosen beim Kirchgang verteilen, wie es von einem König und einer Königin erwartet wurde.
»Wir werden nicht in Lumpen erscheinen, während die anderen beiden sich mit Gold und Silber behängen!«, hatte Sven befohlen. So trug nun Adele ein Kleid aus kostbarem grünen Tuch, das sie mit Borten in traditionellen dänischen Farben und Mustern verziert hatte, und eine große silberne Fibel mit in sich verschlungenen Knoten.
Erleichtert nahm Adele wahr, dass Knut, der mehrere Plätze von ihr entfernt an der Hohen Tafel saß, sich von einem Knappen diesen streng riechenden Käse bringen ließ.
Also ließ sie ihre Blicke wieder schweifen und betrachtete ausführlich ihre Umgebung.
Der Königspalast von Roskilde war wirklich außergewöhnlich schön; die Wände mit Bannern und Schilden geschmückt, was auf dem hellen Stein wunderbar zur Geltung kam. Unzählige Bienenwachskerzen waren bei Einbruch der Dunkelheit entzündet worden und verbreiteten festliche Stimmung.
Ein Sänger trat vor und wollte ein Ruhmeslied auf sie und Sven vortragen, doch sie gab ihm eine Münze und schickte ihn fort.

»Führt uns Eure Sangeskunst bei anderer Gelegenheit vor – wenn angemessene Stille herrscht«, vertröstete sie ihn. Sie hatte den Mann am Vormittag schon so deftige und auch zotige Verse vortragen hören, sogar auf Deutsch, dass sie kein Verlangen nach weiteren Darbietungen hatte. Sonst würde der Abend vielleicht noch mit einem Blutvergießen enden.
Müde rieb sie sich die Schläfen und blinzelte durch den Rauch und das flackernde Kerzenlicht.
Einer von Svens frisch eingetroffenen Rittern aus Schonen kam zu ihrem Gemahl und flüsterte ihm etwas ins Ohr.
Adele mochte den Mann nicht und wich instinktiv vor ihm zurück.
Die dänischen Ritter waren zwar in der Mehrzahl durch ihre Größe und Kampfeslust zu Recht gefürchtet, doch ihr begegneten sie höflich. Nur dieser hier flößte ihr wirklich Angst ein. Er hieß Fenris, überragte sogar Sven, und um noch bedrohlicher zu wirken, trug er stets einen Wolfspelz über den Schultern. Janne schlug heimlich ein Kreuz oder machte im Verborgenen eine Geste zur Abwehr von bösem Zauber, wenn sie ihn sah.
Sein Blick ging Adele jedes Mal durch Mark und Bein, und sie hatte ihn noch nicht ein einziges Mal lächeln sehen, nur böse lachen hören.
Sein Name passte zu ihm. Janne, die sehr viel über die alten Bräuche ihres Volkes und seine Legenden wusste, hatte ihr erzählt, Fenris sei in der dänischen Sage ein Sumpfwolf, der so gefährlich war, dass ihn die Götter in Asgard mit Ketten und magischen Bannen gefesselt hielten. Doch eines Tages würde er sich befreien, Odin verschlingen und einen Weltenbrand entfachen.
Adele war zwar eine fromme Christin wie Janne auch, aber die Sagen eines Volkes sollte man achten. Und dieser Fenris hatte etwas so Unheimliches an sich, dass ihr ein Schauder über den Rücken lief. Sie beugte sich weit nach vorn über den Tisch, vor-

geblich, um sich den Käse reichen zu lassen, der nun wieder fröhlich vor sich hin stank, nur um ein paar Handspannen Abstand zwischen sich und Fenris zu legen, während der ihrem Gemahl etwas ins Ohr raunte.

Sven nickte zufrieden und schickte den Mann wieder hinaus.

Dann stand er auf und deutete mit einer Handbewegung an, dass alle anderen sitzen bleiben durften.

»Meine Freunde!«, rief er. »Wir haben gefeiert, wie es sich gehört, und werden noch bis tief in die Nacht weiterfeiern. Doch wünscht meine Gemahlin, zu Bett gebracht zu werden. Da meine Dienerschaft fast durchweg betrunken unterm Tisch liegt – was sie morgen doppelt bereuen werden, ich schwöre es –, werde ich meine bezaubernde Königin persönlich in die Kammer geleiten. Doch trinkt inzwischen nicht alle Krüge leer! Ich komme gleich zurück. Und dann geht das Fest erst richtig los!«

Die Männer johlten. Sven bot Adele seinen Arm und führte sie aus der Halle. Janne folgte ihnen.

Im Gehen bekamen sie noch mit, dass dieser aufdringliche Spielmann nun doch begann, seine zotigen Gesänge anzustimmen. Aber das war Adele jetzt egal. Solange sie nicht zuhören musste …

Auf dem Platz vor dem Palast waren noch Tische und Bänke für die einfachen Kämpfer aufgebaut, die nicht mehr in die Halle passten. Es waren fast durchweg Svens Männer, die dreihundert, die Fenris aus Schonen hierhergeführt hatte.

Und Adele sah, dass sie nicht einfach da saßen und feierten, sondern Rüstung und Waffen trugen.

Sven hatte natürlich wie jeder in der Halle sein Schwert dem Marschall übergeben – zum Zeichen dafür, dass der Burgfriede gewahrt blieb.

Jetzt reichte ihm Fenris dieses Schwert, und Sven gürtete es im Gehen, während er seine Gemahlin begleitete – doch nicht zu ihrem Quartier, sondern zu einem ganz anderen Haus.

»Bleib mit Janne hier und schiebt den Riegel von innen vor!«, flüsterte er ihr zu. »Komm erst raus, wenn ich selbst oder einer meiner Männer dich holt: Gunvald, Birge oder Fenris.«

Adele wurde totenbleich.

»Sven, was hast du vor?«, fragte sie entsetzt.

Doch er musste gar nicht antworten.

»Ihr habt Frieden geschworen, ihr seid Blutsverwandte, und ihr habt unter einem Dach das Brot miteinander geteilt!«, rief sie leise. »Du bist auf ewig verdammt, wenn du …«

Er hielt ihr einfach den Mund zu und schob sie in die Kammer.

»Sei still und warte, bis ich dich holen komme. Drei Könige können nicht in einem Land herrschen, das sind zwei zu viel.«

Jäh erinnerte sich Adele an ein Gespräch mit ihrem Bruder Dietrich. Er hatte etwas Ähnliches gesagt. Und dann gemeint: »Am Ende läuft es immer auf einen Zweikampf hinaus …«

Doch Sven plante keinen ehrlichen Zweikampf, er wollte seine dreihundert Männer mit ihren Schwertern auf die Waffenlosen in der Halle jagen. Obwohl auch sie das Gastrecht in Anspruch genommen hatten.

»Sven, ich flehe dich an, tu es nicht!«, beschwor sie ihn und sank sogar händeringend auf die Knie. »Lass uns nach Schonen gehen, dort ist es schön, es ist ein ertragreiches Land, über das du herrschen kannst … Erhebe nicht die Waffen gegen deine Blutsverwandten, deine Vettern! Brich nicht das Gastrecht! Lade nicht so viel Schuld auf dich, dass dir nimmermehr vergeben wird!«

»Dem Sieger wird immer vergeben«, sagte er kalt.

Er wollte sie noch küssen, doch Adele wich vor ihm zurück.

»Wenn du tust, was du vorhast, will ich dich nicht mehr kennen.«

Sven drehte sich um und ging.

Adele verriegelte die Tür nicht, sondern stellte sich dort mit Janne auf, um zu lauschen.

Und dann hörten sie, was sie befürchtet hatten: Waffengeklirr, Kampfgebrüll, Schmerzensschreie.

Wenn Sven seine Mitregenten tötete ... Oder wenn er unterlag ... Oder wenn auch nur einer entkam ... Sie wäre nirgendwo mehr sicher. Weder hier noch sonst irgendwo.
Und wie konnte sie zu einem Mann halten, der eine so verdammenswerte Tat beging, der solch einen Fluch auf sich und sein ganzes Haus lud?
»Wohin, Janne?«, fragte sie verzweifelt ihre Gefährtin mit dem runden Gesicht. »Und sollten wir nicht Sophia warnen?«
Janne schüttelte heftig den Kopf.
»Wenn Sven siegt, wird ihr vorerst nichts geschehen, weil sie noch nicht mit einem Thronfolger schwanger sein kann. Wenn er verliert, wird sie unverzüglich ihren Bruder Knut und ihren Verlobten Waldemar herbeirufen, damit sie die Frau des Verräters töten. Die vielleicht seinen Sohn unterm Herzen trägt. Es gäbe kein Erbarmen für Euch.«
Das war sie nun: die Frau eines Verräters, eines Mannes, der eine nicht zu sühnende Schuld auf sich geladen hatte. Der vielleicht gerade in diesem Moment seinen Rivalen die Klinge in die Brust stieß – oder schon tot war.
»Wir dürfen uns nicht einmal in der Stadt blicken lassen, jetzt nicht und nie wieder, im ganzen Land nicht, wenn das ruchbar wird!«, begriff Adele entsetzt.
»Ja, das wird das Volk weder vergeben noch vergessen«, gab Janne ihr recht. »Man wird Euch für mitschuldig halten, denn Ihr habt es nicht verhindert.«
»Wie denn?«, schrie Adele auf. Dann kauerte sie sich in die Ecke und bedeckte ihr Gesicht mit den Händen.
Sie wollte nach Meißen zu ihren Brüdern, sie wollte nach Lüneburg zu ihrer Tochter. Doch sie hatte kein Geld, nur dieses auffällige Gewand, in dem man sie sofort erkennen würde. Und selbst wenn sie ein schlichtes Kleid anzog – zwei Frauen konnten nicht reisen ohne männlichen Geleitschutz. Und sie musste ja auch noch übers Meer! Niemand würde zwei allein reisende Frauen ohne Vormund und Begleiter auf sein Schiff lassen.

Was sollte sie also tun?
Auf jeden Fall nicht dies: Hier warten, bis jemand kam und sie tötete. Und sie konnte auch nicht mehr zu Sven gehen nach dieser Ungeheuerlichkeit.
»Janne, gib mir eins von deinen Kleidern und hilf mir beim Umziehen!«, flüsterte sie. »Wir müssen hier weg! Je eher, desto besser. Hilfst du mir? Begleitest du mich?«

Fenris ging vor und öffnete die Tür zum Königspalast, so weit es ging.
Sven trat ein, nunmehr im Kettenhemd und mit gegürtetem Schwert.
»Habe ich nicht gesagt, das Fest geht erst richtig los, wenn ich zurückkomme?«, brüllte er in die Halle, um gehört zu werden.
Die Feiernden erstarrten und drehten sich zu ihm.
Da stürmten seine dreihundert Bewaffneten schon herein, Fenris vorneweg und zielstrebig auf Knut zu, den er mit einem einzigen gewaltigen Schwertstreich enthauptete.
Es war der Auftakt zu einem Blutbad ohnegleichen.
Die Angegriffenen hatten zwar ihre Schwerter und Äxte vor der Tür abgelegt, doch ein mehr oder weniger großes Essmesser und einen Dolch trugen sie alle. Einige griffen auch sofort nach Fackeln oder Bänken, um sich zu verteidigen.
Sven stürzte sich auf Waldemar, der sich zwei der großen Messer schnappte, mit denen der gebratene Ochse zerteilt worden war.
Sven griff ihn mit einem Unterhau an und erwischte ihn am Bein. Dann warfen sich mehrere von Waldemars Leibwachen auf ihn, und er hatte zu tun, sie sich vom Leib zu halten. Während er sie tötete oder kampfunfähig schlug, war Waldemar verschwunden.
»Wo bist du?«, brüllte er mit dem blutigen Schwert in der Hand und schritt durch die Halle, über Tote und Sterbende hinweg, deren Blut die Binsen tränkte.

»Verzeiht, mein König, er ist uns entwischt«, gestand Fenris.
Sven drehte sich langsam einmal um sich selbst und hielt Ausschau.
»Wo bist du, Waldemar?«, brüllte er erneut. »Versteck dich nicht! Stell dich zum Zweikampf!«
Er hatte ihn so stark am Bein verwundet, dass er nicht allein geflohen sein konnte. Aber Waldemar schien sich in Luft aufgelöst zu haben.
»Ein Zauber?«, murmelte Fenris.
Noch einmal ließ Sven seinen Blick durch die Halle schweifen. Der helle Stein war an vielen Stellen mit Blut bespritzt, der Boden übersät mit Leichen und Sterbenden, zwischen denen seine Männer jetzt umherschritten und dafür sorgten, dass es bald nur noch Leichen dort gab. Einige waren auch blutüberströmt über den Tischen zusammengesunken, mehrere enthauptet.
Zu seinen Füßen entdeckte Sven in den Binsen Knuts Kopf.
»Du wirst mich nicht mehr einen Bastard nennen!«, rief er ihm zu und stieß den Kopf mit dem Fuß einfach beiseite.
»Sind alle tot?«, rief er seinen Männern zu.
»Ja, mein König. Bis auf ein paar, die entkommen konnten: Waldemar, Absalon und seine Brüder«, berichtete Fenris.
»Wir folgen ihnen unverzüglich«, befahl Sven. »Und wenn ich sie über sämtliche Inseln jagen muss … Aber so weit werden sie gar nicht kommen. Los, Männer!«
Während sie hinausrannten, gab er Aksel den Befehl, der Königin und Janne zu sagen, sie sollten in der Kammer auf ihn warten. Aksel sollte zu ihrem Schutz bei ihnen bleiben.

Stadt in Flammen

Christian, Raimund der Ältere, Friedrich I., Bolislaw Kraushaar; Glogau, 22. August bis Mitte September 1157

So habe ich mir den Krieg nicht vorgestellt«, murrte Richard.

»Das hat wohl keiner von uns«, gab Raimund ihm recht. »Statt gegen lebende Feinde kämpften wir gegen totes Wurzelwerk – und nun das noch!«

Seit sie durch polnisches Gebiet zogen, hatten sie noch keine einzige Schlacht geschlagen, noch nicht einmal ein kleines Gefecht. Wie auch? Kein Gegner ließ sich blicken. Dafür waren alle Wege mit Verhack versperrt: Wurzelwerk und abgeschlagene Bäume, die die Männer erst beiseiteräumen mussten.

Alle Dörfer waren verlassen, kein Proviant war aufzutreiben.

Bolislaw Kraushaar wollte eindeutig keinen offenen Kampf – und schon gar keine Reiterschlacht, seit auch noch die Böhmen in großer Zahl zum kaiserlichen Heer gestoßen waren. Die böhmischen Panzerreiter waren in ganz Europa für ihr Können geachtet und gefürchtet.

Jetzt stand das Heer vor Glogau und musste die Oder überqueren, die hier breit und reißend strudelte, um die als uneinnehmbar geltende Festung zu erobern. Und im Umkreis von Meilen gab es weder eine Furt noch irgendein Boot oder eine Fähre, mit der sie übersetzen könnten.

Doch die Böhmen gingen tatkräftig voran.

Die Ritter, die alle die Kunst des Schwimmens beherrschen mussten, legten nicht nur die Rüstung ab, sondern auch den Gambeson, dessen viele Lagen Stoff sich mit Wasser vollsaugen und so aufquellen würden, dass er sich nicht mehr ablegen ließe.

Die meisten schwammen neben ihren Pferden über den Fluss.

Rüstung, Schilde und alles, was sie sonst noch benötigten, wurde auf Flößen übergesetzt.
Das war riskant angesichts der Tiefe und kräftigen Strömung der Oder hier, aber die einzige Möglichkeit, das Gewässer ohne Schiffe zu überqueren. Auch die Reisigen, Stallknechte und der ganze Tross mussten mit Flößen übersetzen. Doch die ersten Schwimmer hatten ein dickes Seil über den Fluss gespannt, an dem sich die Männer auf den Flößen hinüberziehen konnten.
»Wollt ihr Jungvolk noch lange herumstehen und Maulaffen feilhalten?«, schnauzte einer der älteren Ritter die vier Freunde an. »Sollen uns die Böhmen den ganzen Ruhm stehlen?«
Wortlos gingen die vier Richtung Ufer und begannen, ihre Rüstung abzulegen und zu Bündeln zu verpacken.
Doch als sie ins Wasser steigen wollten, krallte Christian seine Hand in Raimunds Arm.
»Sieh nur!«, rief er entsetzt.
Aus der starken Burg, in der sie heute Abend die Einnahme Glogaus feiern wollten, drangen dicke Rauchwolken. Und schon bald fraßen sich die Flammen durch die ganze Stadt.
»Haben die Böhmen das getan?«, fragte Gero mit offenem Mund.
»Nein, die sind doch gerade erst am Ufer angekommen«, meinte Raimunds Vater, der sich zu ihnen gesellt hatte. »Die Polen haben ihre Festung selbst angezündet, damit sie uns nicht in die Hände fällt. Und die Stadt gleich mit, damit wir uns nicht bevorraten können.«
Fassungslos starrte Christian hinüber. Dann stieg er in die kräftig strudelnde Oder und schwamm los, seinen Hengst am Zügel führend. Als er das andere Ufer erreichte, brannten Burg und Stadt lichterloh, fraß sich der Rauch schon in seine Lungen.
Glogau ging in Rauch und Asche auf. Und die Bewohner hatten angesichts der anrückenden Heere längst das Weite gesucht.

Und so setzte es sich fort, von einem Tag zum nächsten.

Auch die starke Burg Beuthen stand in Flammen, als Friedrich und sein Heer dort ankamen. Da waren sie nur noch zwei Tagesritte von Krakau entfernt.
Die Polen hatten sich dorthin zurückgezogen und ihr eigenes Land entlang der Marschstrecke des kaiserlichen Heeres verwüstet, damit die Feinde keinerlei Korn oder Vieh erbeuten konnten. Rasch machte sich der Proviantmangel bemerkbar: Das Heer hungerte.
Und als wäre das nicht genug, hatten die Piastenbrüder Bolislaw und Mieszko auch noch fremdländische Verbündete angeheuert, die gefürchteten Kumanen. Verwegene berittene Bogenschützen aus weit östlich gelegenen Gebieten, von denen es hinter vorgehaltener Hand hieß, sie würden den Wölfen als Götzen huldigen. Immer wieder beschossen sie das marschierende Heer aus dem Hinterhalt mit Pfeilen, was Friedrich an die verheerenden Seldschukenangriffe auf dem Kreuzzug erinnerte.
Vielleicht waren es diese Erinnerungen, die den Kaiser dazu brachten, den Kriegsrat mit seinen Befehlen zu erschüttern.
»Genug!«, schrie er seine Heerführer wütend an. »Verwüstet die Breslauer und Posener Lande! Und zwar so gründlich Ihr nur könnt. Sengt und brennt und haut alles nieder! Bolislaw soll, muss und wird begreifen, dass er sein Land nicht schützen kann.«
Was sie denn auch taten. Und zwar mit erschütternder Gründlichkeit. Wobei sich der Landgraf von Thüringen besonders hervortat.
Und was Christian so nah an den Rand der Befehlsverweigerung führte, dass ihn nur ein sehr ernstes Gespräch mit Raimunds Vater davon abhielt, sein Schwert niederzulegen und dem Heer den Rücken zu kehren.
»Du wärst ein Deserteur und würdest gehängt«, warnte der erfahrene Ritter.
Christian stand vor ihm mit dem blanken Schwert in der Hand,

die Beine leicht gespreizt, den Kopf gesenkt wie ein Stier vorm Angriff, wobei ihm dunkle Haarsträhnen ins Gesicht fielen.

»Es ist keine drei Wochen her, da habe ich einen heiligen Eid geschworen, die Schutzlosen zu schützen und zu verteidigen!«, schrie er. »Und was tue ich jetzt? Ich jage die Schutzlosen, ich soll sie töten, ihnen das letzte bisschen Nahrung wegnehmen, was das Gleiche bedeutet, wie sie zu töten, nur eben langsamer! Habt Ihr in dem Dorf heute Morgen das Kind gesehen, das verhungert dort lag, und niemand war da, der es begrub?«

»Bolislaw hat uns diese Art der Kriegsführung aufgezwungen. Eine offene Feldschlacht, Mann gegen Mann, wäre mir auch lieber, glaube mir. Doch die will er nicht wagen«, erinnerte Raimunds Vater. »Das ist zwar auch keine angenehme Sache, wenn man erst einmal dem Gegner direkt ins Auge blickt … Glaube das ja nicht! Aber da geht es Mann gegen Mann, Schwert gegen Schwert.«

Dann deutete er auf Christians Bein. »Du humpelst heute schlimmer als gestern. Zeig her!«

»Ein Streifschuss von diesen Wolfsmenschen. Das heilt schon«, wehrte Christian ab.

»Wenn es heilte, würdest du heute weniger humpeln als gestern, nicht mehr. Also zeig her!«

Widerwillig gab Christian nach und löste umständlich seinen Beinling.

Es war wirklich nur ein Streifschuss. Doch die Wunde hatte sich entzündet und eiterte; das Leinen war daran festgeklebt.

»Ab mit dir zum Feldscher!«, befahl der ältere Raimund ohne Gnade. »Wenn du bis morgen wartest, nimmt er die Säge. Wenn du heute hingehst, kommst du vielleicht mit Ausbrennen davon. Ich bring dich hin und passe auf.«

»Auf mich oder den Feldscher?«, maulte Christian.

»Auf euch beide.«

Es war gut, dass der ältere Raimund den Freund seines Sohnes begleitete. Denn der Feldscher warf nur einen flüchtigen Blick auf die Wunde und knurrte: »Ein Pfeil von diesen Wilden? Da liegt ein Wolfszauber drauf, das behandle ich nicht. Sucht Euch einen Priester, der den Zauber löst und für Eure Heilung betet!« Dann wandte er sich dem nächsten Verwundeten zu.

Raimunds Vater ließ Christian zu ihrem Lagerplatz humpeln, brachte sein Messer in den Flammen zum Glühen und brannte die Wunde aus.

»Du hättest sonst dein Bein durch Wundbrand verloren ... und wahrscheinlich das Leben dazu«, sagte er, als Christian die qualvolle Prozedur überstanden hatte. Von Dank wollte er nichts hören.

»Ich verlasse mich drauf, dass du meinem Sohn einmal den gleichen Dienst erweist, sollte es nötig sein.«

Die Polen ertrugen das gnadenlose Wüten des deutschen Heeres zehn Tage lang. Dann erbaten Bolislaw und Mieszko den böhmischen Herzog Vladislav als Unterhändler zur Vermittlung.

Nach langem Hin und Her um die Bedingungen erklärte Bolislaw Kraushaar seine Bereitschaft, sich dem Kaiser zu unterwerfen. In dem Ort mit dem unaussprechlichen Namen Krzyczkowo nahe Posen sollte es geschehen.

Barfuß und im Büßergewand, wie gefordert, trat der polnische Herzog Bolislaw Kraushaar vor den Kaiser, das blanke Schwert in den Nacken gelegt zum Beweis seiner völligen Unterwerfung.

Tausende Zuschauer standen als Zeugen dabei.

Mitleidlos starrte Friedrich auf den Piasten, umringt von seinen Fürsten, vor sich sein Heer.

»Ihr werdet mir schwören, Euren älteren Bruder Wladislaw, der unter dem Beinamen ›der Vertriebene‹ nun schon seit vielen Jahren in Altenburg im Exil lebt, in Polen wieder als Mitherrscher einzusetzen.«

Widerwillig leistete Bolislaw den Schwur. Er hatte nicht die

geringste Lust, den Halbbruder wieder nach Polen zu holen, denn der beanspruchte den ganzen Thron für sich, nicht nur ein Drittel wie vereinbart.
Mitleidlos fuhr der Kaiser fort: »Ihr werdet folgende Zahlungen leisten als Buße dafür, dass Ihr nicht an meinem Hof erschienen seid, um mir den Treueeid zu schwören: zweitausend Mark Gold an mich, tausend für die Fürsten, zwanzig an meine wunderschöne Kaiserin, zudem zweihundert Mark Silber an den Hof.«
Was wohl Dobroniega zu alldem sagen würde?, überlegte Dietrich. Dass ihr Bruder wieder in den Genuss der kaiserlichen Gnade kommt, wird für ihn erheblich teurer als die verweigerten fünfhundert Mark Tribut. Doch während Dietrich dies durch den Kopf ging, setzte der Kaiser die Liste seiner Forderungen fort.
»Außerdem stellt Ihr mir dreihundert Ritter bei meinem nächsten Italienzug und erscheint zum Hoftag Weihnachten in Magdeburg, wo Ihr Euch dafür verantworten werdet, dass Ihr Euren älteren Bruder Wladislaw aus dem Land vertrieben habt.«
Kraushaar nickte ergeben; was blieb ihm im Moment auch übrig?
»Und …«
Friedrich legte eine Pause ein, damit jeder überlegen konnte, was nun noch käme.
»Geiseln!«, forderte Friedrich. »Ich erwarte von Euch hochrangige Geiseln, die ihrem Rang entsprechend behandelt werden, aber in unserer Obhut bleiben, um für Euer Wohlverhalten zu garantieren.«
Jetzt hielten viele die Luft an. Wen würde dieses bittere, aber keineswegs ungewöhnliche Schicksal treffen?
»Als Ersten: Euern jungen Bruder Kasimir«, begann Friedrich erbarmungslos. Bolislaw nickte ergeben. Vielleicht war er sogar froh, einen künftigen Thronprätendenten loszuwerden.

»Außerdem verfüge ich: Da Ihr zusammen mit polnischen Truppen versuchtet, die Brandenburg zu erobern, die rechtmäßig Markgraf Albrecht zusteht, soll auch Jacza von Köpenick nicht ungeschoren davonkommen. Ich fordere seinen Sohn als Geisel.«
Jetzt gab es ein Raunen nicht nur auf polnischer Seite.
Der Herzog von Böhmen trat vor, der über ein kompliziertes Beziehungsgeflecht sowohl mit den Piasten als auch mit Jaczas Gemahlin verwandt war.
Gleich neben dem Delinquenten kniete er nieder.
»Majestät, der Junge ist der einzige Sohn Jaczas und seiner Gemahlin Agatha. Er zählt kaum sechs Jahre. Ich bitte Euch: Lasst ihn seinen Eltern!«
»Ich fordere ihn als Geisel«, beharrte Friedrich. »Doch will ich Euch entgegenkommen und lege fest, dass er am böhmischen Hof als Page erzogen und ausgebildet wird.«
Der Herzog von Böhmen sah ein, dass er mehr nicht erreichen konnte. Seine Majestät war heute nicht in gnädiger Stimmung. Er war schon auf dem ganzen Polenfeldzug nicht in gnädiger Stimmung gewesen.
»Die Geiseln sind unverzüglich zu überstellen und sollen gut bewacht werden«, entschied Friedrich eiskalt. »Das wird Euch lehren, Bolislaw Kraushaar, mir und dem Reich künftig den schuldigen Respekt entgegenzubringen.«
Und weil er das Ganze ja irgendwie beenden musste, gestattete er großzügig: »Nun nehmt Euer Schwert und steckt es wieder in die Scheide, reitet nach Krakow und erfüllt meine Bedingungen!«

Die üblichen Gepflogenheiten

Jacza, Agatha, Slawomir; Köpenick, September 1157

Wieder einmal kam Jaczas Sohn zum Haus seines Vaters gerannt, während ihm *Pies* um die Füße tollte.

»Vater, Vater, es sind Gäste gekommen, bedeutende Gäste!«, rief er mit vor Aufregung glänzenden Augen.

»So«, meinte Jacza und lächelte. »Sprechen sie Polnisch?«

»Einige. Und einige sprechen etwas, das ich nur halb verstehe.«

Da kam auch schon einer der Männer vom Wachhaus, um die Besucher zu melden und das Rätsel aufzuklären.

»Es sind Marek und drei Gesandte des Herzogs von Böhmen.«

Jacza fragte sich, was die Böhmen wohl von ihm wollten, ließ sie aber zu sich führen, um sie als Gäste zu empfangen und zu bewirten.

Er sah, dass sich sein Sohn auffällig unauffällig in der Nähe herumtrieb, weil ihn die Neugier plagte und er seinen gleichaltrigen Freunden gern mitteilen wollte, wer die Besucher waren. Aber nach einem strengen Blick seiner Mutter trollte er sich.

Jacza und Agatha begrüßten Marek, der sehr bedrückt wirkte, was sie der Niederlage Bolislaws zuschrieben. Wie hatte doch der Erzbischof gesagt? Mit diesem Kaiser legt man sich lieber nicht an.

Marek stellte ihnen die Gesandten des Herzogs von Böhmen vor: Vladislavs Haushofmeister Jakub und zwei Ritter, die beide Jindřich hießen. Was diesen Besuch noch rätselhafter machte.

»Habt Ihr Einzelheiten von Bolislaws Kapitulation gehört, *knes* Jacza?«, erkundigte sich der Haushofmeister Jakub.

»Nein, noch nicht«, anwortete Jacza. Das Ereignis konnte ja erst ein paar Tage zurückliegen, und so schnell erreichten ihn die Nachrichten nicht, sofern nicht extra ein Bote geschickt

wurde. Und nun waren da plötzlich vier Boten. Ihm wurde mulmig.
Mit diesem Kaiser legt man sich lieber nicht an.
»Sie war sehr umfassend und kommt Bolislaw im wahrsten Sinn des Wortes teuer zu stehen«, berichtete Jakub. »Bußgang, erhebliche Zahlungen, Schwüre … und er muss Geiseln stellen.«
»Wen?«, fragte Agatha, sofort höchst beunruhigt. Sie hatte schon mit dem Herzen einer Mutter erfasst, was Jacza noch nicht wahrhaben wollte.
»Seinen jungen Bruder Kazimir. Und Euren Sohn«, erklärte Jakub.
Agatha verlor völlig die Fassung.
»Ist dieser Kaiser so rachsüchtig, dass er sogar einen Sechsjährigen als Geisel fordert?«, schrie sie mit Tränen in den Augen.
»Fürstin, mein Herzog hat getan, was er konnte«, beteuerte der Prager Haushofmeister. »Es ist schon als Glück zu bezeichnen, dass er als Euer Verwandter den Jungen zu sich nehmen darf. Und Vladislav wird dafür sorgen, dass Euer Sohn seinem Rang gemäß erzogen wird, dass ihm nichts fehlen wird …«
»Außer Mutter und Vater, außer seiner Heimat!«, fiel ihm Agatha scharf ins Wort. »Wie hartherzig muss jemand sein, um einen Sechsjährigen als Geisel zu fordern?«
»Das können sie nicht ernst meinen«, war alles, was Jacza herausbrachte.
»Morgen früh nehmen wir ihn mit.«
So nüchtern es klang – Jakub war nicht ohne Mitgefühl. Es war ihr einziges Kind, ihr einziger Sohn.
Jacza atmete tief durch.
»Verehrte Gäste, nehmt Platz, esst und trinkt mit meinen Männern, erfreut Euch unserer Gastfreundschaft. Doch versteht, dass ich jetzt einen Augenblick allein mit meiner Gemahlin haben möchte.«

»Selbstverständlich«, versicherten Marek und Jakub wie aus einem Mund.

Die Gäste wurden im Haus des Fürsten untergebracht und mit allem Nötigen versorgt.

Jacza nahm Agatha ohne ein weiteres Wort bei der Hand und ging mit ihr hinter das Backhaus, wo niemand sie sehen konnte. Seine Kehle war wie zugeschnürt.

Er schloss seine Frau fest in die Arme, damit sie den Kopf an seine Schulter legen und sich ausweinen konnte.

Nach und nach bot sein Verstand Argumente auf, während in seinem Herzen alles schrie: »Nein! Nicht meinen einzigen Sohn!«

»Wir hätten ihn sowieso bald an einen befreundeten Hof geben müssen, damit er zum Pagen, Knappen und Ritter ausgebildet wird. Nach Breslau oder Krakau«, sagte er leise. »Das ist fast genauso weit weg wie Prag.«

»Ja, aber nicht als Geisel!«, widersprach Agatha schluchzend. »Sie werden ihn töten, wenn du irgendwie den Unmut des Kaisers erregst. Der ein rachsüchtiges Ungeheuer ist!«

Wieder zog er sie an sich, streichelte sie tröstend.

»Es sind die üblichen Gepflogenheiten«, sagte er bitter, mit rauer Kehle. »Marck und Jakub haben uns zugesichert, dass er gut behandelt wird.«

Doch das machte es nicht besser. Tief in ihm wühlte der Vorwurf, durch sein Handeln an alldem die Schuld zu tragen. Dass Agatha das auch von sich dachte, wusste er.

»Kühle deine verweinten Augen, Liebste. Wir müssen mit dem Jungen reden«, raunte er ihr zu.

»Ja«, schluchzte sie. »Das wird das Schwerste … Hol Wasser vom Brunnen, ja?«

Auf den Ruf seines Vaters kam Slawomir sofort angerannt, wie immer in Begleitung seines Hündchens.

»Slawomir«, begann Jacza ernst.

»Ja, Vater?«

»Als Sohn eines Fürsten musst du bald eine Ausbildung beginnen, wenn du ein Ritter werden willst. Nicht hier auf der Insel mit deinen Freunden, sondern an einem vornehmen Hof und mit den besten Schwertkämpfern.«

»Du bist der beste Schwertkämpfer!«, rief der Junge sofort.

»Vielleicht. Aber ich kann dich nicht den ganzen Tag unterrichten.«

»Sind die Gäste deshalb gekommen?«, schlussfolgerte Slawomir kühn.

»Ja. Du bist eingeladen an den Hof des Herzogs von Böhmen nach Prag. Das ist eine große Ehre.«

»Und wann reisen wir dahin?«

»Morgen.«

»Oh.« Der Junge nagte an der Unterlippe. »Da wird Mutter wohl traurig sein.«

»Ja, das wird sie, so sind Mütter«, sagte Jacza mit wehmütigem Lächeln. »Aber sie weiß, dass du dort viele Dinge lernen kannst, die wir dir hier nicht beibringen können. Zum Beispiel, wie es an einem Königshof zugeht. Du wirst einmal ein großes Schlachtross reiten und nicht nur unsere kleinen Pferde.«

»Hm«, meinte Slawomir. »Darf ich *Pies* mitnehmen?«

»Wenn du gut auf ihn aufpasst.«

»Ich passe auf ihn auf und er auf mich«, erklärte der Junge, bückte sich und umarmte seinen Hund, weil er sein Gesicht verbergen wollte. Ein Junge weinte doch nicht!

»Dann gehe ich wohl besser los, um mich von meinen Freunden zu verabschieden«, erklärte er schließlich mit dünner Stimme und zog mit Erlaubnis seines Vaters davon.

In dieser Nacht ging Jacza nicht ins Bett, auch wenn er wusste, Agatha hätte ihn gebraucht. Das hier *musste* er tun … Im Schein einer Kerze schnitzte er den Griff für die Klinge, die er heute vom Schmied geholt hatte.

Er konnte hören, wie der Junge barfuß zu seiner Mutter tapste, die im Bett lag, ohne Schlaf zu finden.

»Werdet ihr mich besuchen kommen?«, wisperte er.
»Sicher ergibt sich die Gelegenheit«, versprach Agatha mit wundem Herzen. »Und wir können Nachrichten austauschen. Vielleicht lernst du sogar Lesen und Schreiben. Das ist etwas sehr Geheimnisvolles. Die Slawen haben keine geschriebene Sprache. Und du liebst doch Geheimnisse!«
»Hm.«
Plötzlich war es mit der Fassung des Jungen vorbei.
»Darf ich zu dir ins Bett kommen?«
Er umhalste seine Mutter und schmiegte sich an sie, bis sie beide irgendwann Schlaf fanden, getröstet durch die Berührung.

Am Morgen bemühte sich Slawomir tapfer, keine Tränen zu zeigen. Ob er wohl ahnte, dass seine Eltern noch viel mehr mit den Tränen kämpften als er?
Sicher, für ihn kam es plötzlich – aber es sah aus wie ein Abenteuer. Er würde viel von der Welt sehen. Und er durfte *Pies* mitnehmen, seinen Freund.
Bevor Jacza seinen einzigen Sohn und Erben zu Jakub in den Sattel hob, beugte er sich zu dem Jungen hinunter und legte ihm eine Hand auf die magere Schulter.
»Vergiss nie, woher du kommst! Dafür ist das hier.«
Er durfte ihm keine der kleinen Skulpturen ihrer Götter mitgeben, wie sie die Slawen bei sich trugen, die noch dem alten Glauben huldigten. Es durfte kein Zweifel aufkommen, dass Slawomir getauft und christlich erzogen war.
Doch das Essmesser hatte einen besonderen Griff, an dem er die halbe Nacht bei Kerzenschein geschnitzt hatte: dreiseitig in der Form wie Triglav, der dreihäuptige Gott. Auf jeder Seite hatte er ein anderes Tier herausgearbeitet: einen Bären, einen Wolf und einen Fuchs.
»Sei stark wie ein Bär, klug wie ein Fuchs und der Familie treu wie ein Wolf!«

Dann umarmte er seinen Sohn, zerzauste ein letztes Mal das helle Haar des Jungen und lächelte ihm so aufmunternd zu, wie er es unter Aufbietung all seiner Kräfte aufbrachte.
Die Reiter verließen die Insel, Jacza und Agatha sahen ihnen nach, solange sie zu sehen waren.
Und gingen dann Hand in Hand in die Kapelle, um für die glückliche Rückkehr ihres Sohnes zu beten.

»Die beste Lösung«

Hedwig, Luitgard, Randolf; Meißner Burgberg, Ende September 1157

Hedwig stutzte, als sie vom hinteren, kaum beleuchteten Ende des Ganges ein wimmerndes Geräusch hörte. War das ein Kätzchen oder ein Mensch in Not? Sie befahl ihren Begleiterinnen zu warten und ging mit einer Kerze in der Hand dem Wimmern entgegen.
Als sie die Quelle des herzzerreißenden Schluchzens entdeckte, stockte ihr der Atem: In der finstersten Ecke kauerte Luitgard, eines der Mädchen, für deren Obhut und Erziehung sie verantwortlich war.
Krampfhaft umklammerte sie ihr zerrissenes, blutverschmiertes Kleid, ihre Handgelenke waren mit Blutergüssen übersät, das Haar zerrauft …
Es war eindeutig, was diesem Mädchen geschehen war.
Und so leidenschaftlich Hedwig den Übeltäter auch bestrafen wollte – sie musste mit Bedacht vorgehen, damit die Tat nicht öffentlich wurde. Man würde Luitgard die Schuld an allem zuschieben; ihr Ruf und ihr Leben wären zerstört.
Also durfte es keine öffentliche Verhandlung vor Gericht geben.

Das wusste der Gewalttäter auch und frohlockte sicher insgeheim.
Hedwig hockte sich neben ihre Schutzbefohlene und fragte: »Wie konnte das geschehen? Wer hat dir das angetan?«
Sie hatte geglaubt, ihre Mädchen seien jederzeit gut geschützt.
Tränenüberströmt sah Luitgard sie an und schluckte.
»Einer der Pagen richtete mir aus, ich solle zu meinem Vater gehen.«
Der, ein gebrechlicher alter Mann, der große und ertragreiche Güter an der Mulde besaß, weilte gerade auf dem Meißner Burgberg, um eine Vermählung für seine Tochter anzubahnen. Man sah ihm an, dass ihm nicht mehr viel Zeit auf Erden beschieden war. Und da er keine Söhne hatte, nur die sanfte Luitgard als einziges Kind, wollte er ihre Zukunft sichern.
»Hat *er* dich so zugerichtet?«, fragte Hedwig mit skeptisch gerunzelten Augenbrauen.
»Nein!«, flüsterte Luitgard, immer leiser werdend. »Er war gar nicht in der Kammer. Das konnte ich doch nicht wissen! Drinnen wartete Randolf … und … dann …«
Sie brachte es einfach nicht heraus vor Scham und Entsetzen.
Äußerlich ruhig trotz ihres aufwallenden Zorns, wartete Hedwig ab. Sie wollte das Mädchen tröstend in den Arm nehmen, doch Luitgard zuckte bei der Berührung zusammen und fuhr vor ihr zurück.
»Ich wehrte mich … versuchte, mich zu wehren … flehte um Erbarmen … Doch er lachte nur und sagte, nun könne mein Vater gar nicht mehr anders, als mich ihm zur Frau zu geben«, schluchzte sie. »Das Land, das meine Mitgift wäre, würde seine Besitztümer wunderbar abrunden. Es sei denn, ich klagte ihn an, aber dann würde ich als Hure enden. Schließlich sei ich freiwillig zu ihm in die Kammer gekommen, das könne er beschwören.«
Ein neuerlicher Weinkrampf schüttelte das Mädchen, das nun seinen Oberkörper mit beiden Armen umklammerte und sich krampfhaft vor und zurück wiegte.

»Wie kann ich so vor meinen Vater treten – entehrt und in Schande? Entweder bringt ihn der Anblick um, oder er jagt mich davon.«
Maßloser Zorn erfüllte Hedwig.
Geschändete Frauen wurden nur zu gern zu den Schuldigen an der Gewalttat gemacht. Angeblich, weil sie durch ihre Sündhaftigkeit das Verhalten der Männer herausforderten.
Aber selbst wenn man Luitgard von Vorwürfen entlastete – ihr Leben wäre ruiniert durch den Verlust der Jungfräulichkeit, wenn sich die Tat herumsprach. Sämtliche Männer, die eben noch eifrig um ihre Hand und die Ländereien ihres Vaters geworben hatten, würden sich sofort abwenden, die Frauen mit Fingern auf sie zeigen, der Beichtvater sie für ihre Lasterhaftigkeit tadeln. Und ob ein Kloster sie nun noch aufnahm, war ungewiss.
Also durfte die Gewalttat keinesfalls publik werden.
»Warte hier, ich bin gleich zurück!«, flüsterte sie dem Mädchen zu.
Sie legte Luitgard ihren Umhang um, gegen die Kälte und um das zerfetzte Kleid zu verbergen. Dann ging sie ein paar Schritte zu ihren Kammerfrauen, forderte von einer die Gugel und wies eine andere an, dem Markgrafen unverzüglich auszurichten, seine Gemahlin wünsche ihn dringend in einer äußerst wichtigen Angelegenheit zu sprechen. Und zwar allein. Ob er so gütig wäre, sie zu empfangen?
»Richtet das wörtlich aus«, ermahnte sie und befahl den übrigen beiden: »Ihr sorgt dafür, dass mir bis dorthin niemand über den Weg läuft!«
Gehorsam gingen die Hofdamen voraus, wobei sie sich schon in den lebhaftesten Farben ausmalten, welch großartigen Gesprächsstoff sie wohl aus dieser Szene hier ziehen konnten.

Vor Ottos Gemach stand ein Leibwächter, verneigte sich vor der Markgräfin und ließ sie und ihre verhüllte Begleiterin ein. Die tief ins Gesicht gezogene Gugel verbarg Luitgards Antlitz;

die Damen wurden mit striktem Befehl, Stillschweigen zu bewahren, in die Kemenate geschickt.

Während sie eintraten, überlegte Hedwig immer noch fieberhaft, wie sie die kleine Luitgard retten könnte.

Und wenn sie nun auch noch schwanger war?

Dass Ritter sich mit Mägden und Bäuerinnen vergnügten, war Alltag. Fast jede Woche sprach eine bei ihr vor und bat um Hilfe, weil sie geschwängert worden war. Die nahm sie dann für leichtere Arbeiten oder auch als Amme für ihre Hofdamen zu sich. Keine ging, ohne wenigstens ein Almosen bekommen zu haben, einen Korb mit Brot, Käse, Leinen. Und wenn sie den Namen des Ritters preisgaben, ermahnte sie ihren Gemahl, von seinen Männern besseres Betragen zu fordern. Schließlich gab es ein Hurenhaus in der Stadt, wo sie ihre Gelüste ausleben konnten.

Klage zu erheben, wagte keine der Mägde. Sie wussten, es war aussichtslos, auch wenn offiziell Notzucht mit dem Tod bestraft wurde. Männer von Stand konnten sich immer mit Leichtigkeit herauswinden; so war das Gesetz gemacht.

Anders sah es aus, wenn – was deutlich seltener vorkam – eine Jungfrau von Stand geschändet worden war.

Gräfin Mathilde hatte ihr einmal von so einem aufsehenerregenden Fall erzählt, der sich vor etlichen Jahren zugetragen hatte. Auch hier gab es keine Gerichtsverhandlung, um dem Mädchen die öffentliche Schande zu ersparen. Ihre Brüder und deren Freunde waren am nächsten Tag ausgeritten, und seitdem hatte von dem der Tat beschuldigten Ritter nie wieder jemand etwas gehört oder gesehen. Wer weiß, wo sie ihn verscharrt hatten … Sein Name wurde nie mehr erwähnt. Alle taten so, als sei nicht das Geringste vorgefallen, das Mädchen bekam eine reiche Klostermitgift und nahm den Schleier.

Doch Luitgard hatte keine Brüder, und ihr Vater war alt.

Hedwig musste also alles vertuschen, um einen Skandal zu vermeiden.

Doch wie sollte das gehen, wo sicher schon ihre Damen trotz

des Verbotes tratschten? Und würde ihr Gemahl ausgerechnet seinen bevorzugten Ritter bestrafen?

Sobald sie das Gemach des Markgrafen betreten hatten und die Tür hinter ihnen geschlossen war, kniete Hedwig nieder.

»Mein Gemahl, ich bin gekommen, um von Euch Gerechtigkeit zu erbitten. Fällt ein Urteil, aber weder beim Landding noch vor einem öffentlichen Schöffengericht. Sondern hier, in Eurer Kammer, kraft Eures Titels.«

Sie winkte Luitgard zu sich, die noch mit gesenktem Kopf an der Tür stand, und ließ sie Gugel und Umhang abnehmen.

Jetzt, bei Licht, waren die Spuren der Gewalttat noch deutlicher zu sehen. Blutschlieren auf dem zerrissenen Kleid, das sie mühsam mit beiden Händen zusammenklammerte, Blutergüsse, die immer dunkler wurden …

Otto musterte das Mädchen aufmerksam und leicht angewidert und rieb sich den Nacken. Das tat er häufig, wenn er sich nicht wohl bei einer Sache fühlte.

»Ein Notzuchtverbrechen muss ich öffentlich verhandeln«, stellte er schließlich fest.

»Mein Gemahl, dieses arme Kind aus einem Euch treu ergebenen Haus steht hier vor Euch, wie es in diesem Fall das Gesetz fordert: mit zerrissenem Kleid, zerrauftem Haar und tränenden Auges«, erinnerte Hedwig. »Der Übeltäter ist nach ihrer Aussage Randolf von Muldenstein. *Euer Ritter*, der Euch zuvor lange als Knappe diente. Wollt Ihr *das* wirklich öffentlich verhandeln?«

Otto wollte es eindeutig nicht.

Also befahl er, umgehend den Vater des Mädchens und seinen Ritter herbeizurufen.

»Aber gebt ihr Euren Umhang, damit wir hier nicht länger diesen sündigen Anblick erdulden müssen«, beanstandete er.

Was Hedwig nur zu gern tat, denn die unglückliche Luitgard wäre am liebsten ohnehin im Boden versunken.

Nun auch noch zu hören, dass gleich der Mann eintreten würde, der ihr Gewalt angetan und ihr Leben zerstört hatte, und ihr Vater, um von der Schande seiner Tochter zu erfahren, trieb ihre Qual ins Unerträgliche. Ihr wich das letzte bisschen Farbe aus dem Gesicht, und sie fing an zu zittern.

Hedwig trat zu ihr und legte den Arm um Luitgards Schultern, was diese nun zuließ. Sie brauchte die Wärme und den für alle sichtbaren Beistand der Markgräfin.

»Denkt daran: Eure Mutter – Gott hab sie selig – war die Taufpatin dieses armen Mädchens!«, mahnte Hedwig noch ihren Gemahl. Denn der sah zu gern über das Fehlverhalten seines einstigen Knappen hinweg, schon immer. Randolf entstammte einem alten, den Wettinern treuen Geschlecht und konnte im Kriegsfall erhebliche Truppen aufbieten.

Zwei Männer trugen Luitgards Vater herein, der nicht mehr laufen konnte, setzten ihn mit Erlaubnis des Markgrafen auf einem Stuhl ab und wurden hinausgeschickt.

Der alte Herr von Muldenau wollte zu einer Begrüßung des Markgrafenpaares ansetzen, da blieb sein Blick an seiner Tochter haften, und sofort erfasste er die Lage.

Tränen flossen über sein runzliges Gesicht; er bedeckte es mit beiden Händen wie ein Kind, als könnte er ungeschehen machen, was er nicht sah. Vielleicht aber schämte er sich auch seiner Tränen.

»Warum, oh Herr, tust du mir das auf meine alten Tage an?«, wehklagte er mit zittriger Stimme. »Mein einziges Kind!«

Luitgard wollte antworten, ihre Schuldlosigkeit beteuern, aber vor Kummer und Scham brachte sie kein Wort heraus.

Außerdem durften Frauen vor Gericht nicht reden, sondern brauchten einen männlichen Fürsprecher. Dies hier war zwar kein offizielles Gericht, aber dennoch …

Hedwig ignorierte die Regel.

»Eure Tochter ist frei von Schuld«, sagte sie eindringlich zu dem verzweifelten Vater. »Sie kann den Übeltäter benennen, und er wird hier gleich vor Euren Augen seine Strafe vernehmen.«

Der alte Mann nahm die Hände vom Gesicht und blickte Hed-

wig vorwurfsvoll an. Wird das meiner Tochter die Unschuld zurückgeben?, fragte sein harter Blick. Er musste es nicht einmal aussprechen.
In diesem Augenblick wurde Randolf gemeldet und hereingerufen. Schwungvoll trat der Hüne mit dem weißblonden Haar ein und sank vor dem Markgrafen auf ein Knie.
Mit einem Blick durch den Raum hatte auch er die Lage sofort erfasst. Doch das schien ihm nicht das Geringste auszumachen. Im Gegenteil, er lächelte noch. War er so sehr davon überzeugt, dass ihn von Otto keine Strafe erwartete?
Jetzt begrüßte er sogar nach dem Markgrafenpaar noch Luitgard und ihren Vater mit einem infamen Grinsen.
Hedwig hätte es ihm am liebsten vom Gesicht gekratzt.
»Diese Jungfrau hier beschuldigt Euch, ihr gegen ihren Willen Gewalt angetan zu haben. Was sagt Ihr dazu, Randolf?«, eröffnete der Markgraf.
Seinen Ritter schien der Vorwurf kein bisschen in Verlegenheit zu bringen.
»Nun, *Jungfrau* ist sie nicht mehr, wie ich bezeugen kann«, berichtigte er gelassen.
Jedermann im Raum schnappte nach Luft angesichts von so viel Unverfrorenheit.
»Was soll ich sagen, Durchlaucht?« Randolf hob die Schultern und breitete die Hände aus. »Ich begehre dieses Mädchen schon seit langem und bat ihren Vater um ihre Hand. Er konnte sich nicht entscheiden, und meine Ungeduld aufs Brautbett stieg in gleichem Maß wie mein Begehren …«
Nun legte er sogar die Hand aufs Herz und gab sich reumütig. »Ich gebe zu, etwas voreilig gehandelt zu haben. Aber als Mann von Ehre bin ich bereit, Wiedergutmachung zu leisten und diese da zu heiraten.«
Er wies mit dem Kopf auf Luitgard, die vor Entsetzen die Augen aufriss.
»Wobei … Jetzt, wo ich der Retter in der Not bin und sie keine

Jungfrau mehr ist, solltet Ihr bei der Mitgift noch etwas drauflegen, verehrter Schwiegervater.«

»Sie ist keine Jungfrau mehr durch *Eure* Schuld!«, fauchte Hedwig ihn empört an. »Ihr besitzt nicht nur die Frechheit und fordert eine Belohnung für Eure Missetat – das Mädchen soll Euch von nun an jeden Tag auch noch als Gemahl erdulden müssen, nachdem Ihr ihr derart Gewalt angetan habt?«

Hedwig fand einfach keine Worte mehr.

Obwohl sie wusste, dies war eine gängige Verfahrensweise, mit der Männer eine solche Affäre aus der Welt schaffen wollten. Keiner von ihnen schien zu verstehen, was sie damit der gequälten Frau zumuteten.

Otto befahl Hedwig mit einem Blick, zu schweigen. Aber sie hatte ohnehin gesagt, was zu sagen war.

»Das ist sehr ehrenhaft von Euch, Randolf«, sagte er, und Hedwig schnappte erneut nach Luft.

»Natürlich kann ich Euer Betragen nicht gutheißen. Aber Ihr seid gerade aus dem Krieg zurück, da geht es rauer zu. Das habt Ihr wohl noch nicht ganz hinter Euch gelassen … Sei es drum. Ihr steht zu Eurer Tat und ehelicht dieses Mädchen unverzüglich, womit die leidige Angelegenheit aus der Welt geschafft ist. Seid Ihr einverstanden?«

Er warf einen fragenden Blick zu Luitgards Vater, der zitternd die Hände hob, sie dann mutlos wieder sinken ließ und nickte.

»Bestens«, konstatierte Otto geradezu erfreut. »Das Verlöbnis wird heute noch bekanntgegeben und das Aufgebot umgehend bestellt. Die Vermählung findet in drei Tagen statt.«

»Luitgard wird so lange in meinen Gemächern bleiben«, mischte sich die Markgräfin ein. So viel Schutz war sie ihrem Zögling schuldig, wenn sie schon alles andere nicht verhindern konnte.

Otto stimmte ohne Zögern zu. »Dann können die Blutergüsse abheilen, es gibt kein Gerede, und Ihr könnt sie auf ihre Pflichten als Ehefrau vorbereiten«, verkündete er zufrieden.

Hedwig fuhr es wie ein scharfes Messer ins Herz, wenn sie sich jetzt Luitgards eheliche Pflichten vorstellte. Sie selbst ertrug die ihren ja schon kaum. Aber für den Rest des Lebens denjenigen erdulden zu müssen, der einen geschändet hatte, jede Nacht seiner Brutalität ausgesetzt zu sein …

Ihr schauderte. Und sie konnte nichts dagegen tun.

In den Augen der Männer war dies wirklich die beste Lösung.

Maria, hilf!, dachte sie verzweifelt.

Randolf verneigte sich nacheinander vor den Anwesenden.

»Ich danke Euch, Durchlaucht! Und Euch, Schwiegervater – ich darf Euch doch schon so nennen? –, für die Hand Eurer Tochter. Und Ihr, meine Liebe …«

Nun wandte er sich an die kreidebleiche, zitternde Luitgard.

»… verzeiht mir meinen Gefühlsüberschwang vorhin. Ich wollte nur unser Glück etwas beschleunigen. Seht es ein und fügt Euch: Wir gehören zusammen wie unsere Güter an der Mulde. Nun wischt die Tränen ab und freut Euch! Dass Frauen immer so rührselig werden vor Glück …«

Völlig von sich eingenommen, zeigte er an sich herab. »Ich bin jung, gut aussehend, ein bewährter Ritter, vermögend und genieße hohes Ansehen bei Seiner Durchlaucht. Ihr könnt Euch keine bessere Partie wünschen.«

»Randolf, übertreibt es nicht!«, fuhr Hedwig ihn scharf an.

Der weißblonde Hüne musterte sie mit einem Blick, der sogar ihr einen Schauer über den Rücken jagte. Dann verneigte er sich erneut vor dem Markgrafen und ging hinaus. Höchst zufrieden, denn er hatte alle Ziele erreicht: Er bekam die reiche Braut – obwohl sie nicht sein Typ war, aber lange würde sie sowieso nicht durchhalten – samt den Ländereien nach dem Tod ihres Vaters. Und er hatte seinem Erzfeind Christian eins ausgewischt.

Epilog

Herbst 1157

Meißen

Das verwundete Bein wollte ewig nicht verheilen. Doch endlich durfte Christian sein Krankenlager verlassen und auf einen Stock gestützt ein paar Schritte über den Hof gehen. In den letzten Tagen musste sich irgendetwas ereignet haben, was ihm seine Freunde sorgfältig verschwiegen, und er wollte unbedingt wissen, was das war. Abgesehen davon hatte er den Gestank von Urin und faulendem Stroh, die Fieberausdünstungen und das Schreien und Stöhnen der anderen Verwundeten gründlich satt.

Raimund stützte ihn bei seinen ersten vorsichtigen Schritten, und als er auf dem Hof stand, sog Christian genüsslich die frische Herbstluft ein, auch wenn sich der Rauch aus der Küche, der Geruch von frischen Pferdeäpfeln, verbrannter Milch und der Kohlsuppe für die Dienerschaft daruntermischten.

»Es duftet wie Rosenwasser!«, behauptete er grinsend.

Doch die nächsten Worte blieben ihm im Hals stecken, denn er sah Raimund zusammenzucken, der hastig versuchte, ihn in eine andere Richtung zu schubsen. Er folgte mit böser Vorahnung dem Blick des Freundes.

Vor der Tür zum Dom stand sein Erzfeind Randolf und wurde gerade mit Luitgard vermählt.

Er wollte sich losreißen und zu ihr stürzen, doch Raimund und nun auch noch Gero hielten ihn fest.

»Wieso? Wieso ausgerechnet *ihn?*«, fragte er fassungslos.

Dass Luitgards Vater sie nicht ihm geben würde, einem mittellosen Ritter fragwürdiger Herkunft, war ja noch zu verstehen. Doch wieso heiratete sie ausgerechnet diesen Dreckskerl? Er suchte Luitgards Blick – und fand ihn. Kreidebleich und verweint sah sie aus, doch jetzt zuckte sie zusammen und schloss die Augen, presste die Lippen aufeinander.
Ihr Vater hatte sie also gezwungen.
Doch so oder so. Sie war nun Randolfs Frau.

Eilenburg
Schon seit dem Vormittag beriet Markgraf Dietrich mit einem Baumeister über die Pläne für eine mächtige Burg in Landsberg.
Dobroniega hatte sich gleich nach dem Frühmahl wegen eines Unwohlseins zurückgezogen. Sollte sie sich ruhig schonen. Bis zu ihrer Niederkunft konnte es nicht mehr lange dauern.
Es war also doch kein Traum gewesen, dass sie in jener Nacht der Verzweiflung zu ihm gekommen war. Das Ereignis hatte sich nicht wiederholt, aber es war nicht ohne Folgen geblieben.
Sie gingen sich weiter aus dem Weg, doch wenn sich eine Begegnung nicht vermeiden ließ, wechselten sie ein paar freundliche Worte über Dobroniegas Befinden und darüber, was noch für die Geburt des Kindes vorzubereiten blieb. Das war schon viel Herzlichkeit im Vergleich zu den Jahren davor; mehr schien nicht möglich.
»Dort ist ein Steinbruch, so dass Ihr reichlich Baumaterial an Ort und Stelle vorfindet und wirklich eine sehr große Burg errichten könnt«, schwärmte der Baumeister gerade. Er nahm einen tönernen Becher und beschwerte damit eine Ecke des Pergaments mit seinem Entwurf, die sich immer wieder nach oben rollte.
Hastige Schritte draußen ließen Dietrich aufhorchen. Was war dort los?

Noch ehe er es selbst herausfinden konnte, stürzte Hilbert herein, sein einstiger Knappe und bester Ritter.
»Das Kind ist da! Euer Kind ist geboren!«, rief er völlig außer Atem und knetete vor Aufregung die Kappe in seinen Händen. »Es ging alles sehr, sehr schnell …«
Dietrich sprang auf und ließ sich zur Gebärkammer begleiten. Der Baumeister blieb verblüfft zurück.
Als der Markgraf Zutritt zu Mutter und Kind forderte, trat die weise Frau heraus, gefolgt von der Amme mit dem frisch gewickelten Neugeborenen auf dem Arm.
»Meinen Glückwunsch, Durchlaucht, Ihr habt einen Sohn!«, sprudelte sie überglücklich heraus – sicher auch in Erwartung eines großzügigen Lohnes. »Doch zu Eurer Gemahlin können wir Euch jetzt noch nicht lassen; sie hat viel Blut verloren und bedarf unserer Fürsorge. Ich muss auch gleich wieder zu ihr.«
Dietrich trat näher, um seinen Sohn genau zu betrachten.
Noch ganz rot und runzlig war dessen Gesicht; er schlief und hatte die Hände zu winzigen Fäusten geballt, sein Haarflaum war dunkel und dicht.
Ein Sohn, dachte er nur. Ich habe einen legitimen Sohn und Erben.
»Gleich wird der Kaplan kommen und ihn taufen. Welchen Namen soll er tragen, Durchlaucht?«, erkundigte sich die Wehmutter.
Dietrich zögerte keinen Wimpernschlag. Seinen eigenen Namen hatte der Gundas Sohn gegeben. Das war sein Erstgeborener und das Kind seiner unsterblichen Liebe.
»Nennt ihn Konrad nach seinem Großvater. Der Name soll in unserer Familie weitergereicht werden.«
Endlich hatte er einen legitimen Sohn und Erben!

Lübeck

Der Graf von Schauenburg, Holstein und Stormarn sah durchs Fenster, dass sich ein Reiter in scharfem Galopp seiner Burg

näherte. Die Art, wie er im Sattel hing, ließ eine Verletzung vermuten. Er befahl, den Mann sofort zu ihm zu führen. Das sah nach schlechten Neuigkeiten aus.
Wenig später stürmte der Mann unter Missachtung jeder Höflichkeit in die Halle und rief: »Ist die Königin hier?«
»Du meinst Adele?«, vergewisserte sich Graf Adolf. »Nein. Ist sie denn nicht bei ihrem Gemahl?«
»Es gab ein schreckliches Blutbad in Roskilde«, sagte der Mann dumpf, sank nun endlich auf die Knie und neigte sein Haupt. »Knut ist tot, von Svens Männern getötet, Sven verfolgt Waldemar durchs ganze Land und will ihn zum Kampf stellen … Doch die Königin sollte sich schon vorher in Sicherheit bringen, zusammen mit meiner Janne!«
Jetzt erkannte der Holsteiner den verletzten Boten: Es war Aksel, der Mann von Adeles Leibdienerin.
»Wieso bist du nicht bei deiner Königin, um sie zu schützen?«, fragte er scharf.
»Sie lief fort, aus Angst und weil sie niemandem mehr traute!«, rief der Mann verzweifelt. Blut rann aus einer schlecht verbundenen Wunde am Arm. »Mein König Sven schickte mich beiden Frauen hinterher, bevor er sich in den Kampf stürzte. Ich suche sie schon seit Tagen und finde nicht die geringste Spur von ihnen … Ich dachte, die Königin würde auf jeden Fall hierher kommen, zu ihrem Kind …«
»Dem Kind geht es gut, und du solltest deine Wunde versorgen lassen, unsere Heilerin wird sich darum kümmern«, erklärte der Graf. »Doch Adele ist nicht hier. Uns erreichte auch keinerlei Nachricht von ihr. Ich sende umgehend Suchtrupps aus … Beten wir zu Gott und zur Heiligen Jungfrau, dass sie noch lebt!«
Bedrückt bekreuzigte sich der Graf, der in einem Kloster erzogen worden war, und ging in die Kapelle, nachdem er alle nötigen Befehle für die Suche nach der verschwundenen und gewiss von Svens Feinden verfolgten Adele und ihrer Begleiterin gegeben hatte. Wenn sie denn noch eine Begleiterin hatte …

Köpenick

Slawomir würde jetzt stolz verkünden, dass *bedeutende Gäste* kommen, dachte Jacza und lächelte bei der Erinnerung. Er vermisste seinen Sohn schmerzlich und betete jeden Tag um göttlichen Beistand, dass es dem Jungen gut ging. Hochrangige Geiseln wurden in der Regel zuvorkommend behandelt, denn sie stellten eine Garantie für das Wohlverhalten ihrer Familien dar. Doch sein Sohn war noch so klein!

Die Männer vom Torhaus hatten eine Gruppe böhmischer Gesandter angekündigt, die nun prächtig herausgeputzt zu ihm geführt wurden. Gerade hatten sie die zweite der beiden Inseln betreten und sahen sich neugierig um. Nun, hier gab es für sie nichts Interessantes zu entdecken, falls sie spionieren wollten.

Jacza hoffte auf Nachrichten von seinem Sohn und hielt Ausschau nach Agatha, die zu einer der Töpferinnen gegangen war, um neue Muster zu entwerfen.

»Hol deine Fürstin!«, rief er einem der Burschen zu, die sich in der Nähe im Bogenschießen übten.

Agatha kam kurz darauf zu ihm. Ihr schönes Kleid hatte ein paar Tonspritzer abbekommen, aber die würden trocknen und abfallen.

Jacza küsste sie zärtlich auf die Wange, dann wies er mit dem Kopf auf die Besucher, die inzwischen ein ganzes Stück näher gekommen waren.

Nahe genug, um an ihren Gesichtern zu erkennen, dass sie eine sehr ernste Botschaft überbrachten.

Jäh umklammerte Agatha Jaczas Arm und stieß einen Schrei der Verzweiflung aus. »Heilige Jungfrau, steh mir bei!«

Sie barg das Gesicht an der Schulter ihres Mannes, den die gleiche schreckliche Ahnung überkam.

»Befürchte nicht sofort das Schlimmste«, flüsterte er ganz gegen seine Überzeugung. »Komm, sie sind fast da, begrüßen wir sie.«

Nur aus Höflichkeit hielt sich Agatha aufrecht und zeigte ein gefasstes Gesicht.
Die Böhmen stellten sich mit Namen vor, die Agatha sofort wieder vergaß, und kamen direkt zur Sache.
»Fürst und Fürstin von Köpenick. Wir bedauern zutiefst, Euch dies mitteilen zu müssen. Und wir überbringen das Mitgefühl unseres Herzogs Vladislav.«
Bei dieser Ankündigung krallte Agatha ihre Finger erneut in Jaczas Arm und wankte.
»Euer Sohn erlitt einen Unfall. Die Ärzte konnten nichts mehr für ihn tun.«
Agatha Verzweiflungsschrei schien nichts Menschliches mehr zu haben; Jacza nahm sie fest in seine Arme, damit sie ihr Gesicht an seiner Brust bergen konnte. Er kümmerte ihn nicht, ob die Böhmen das als unhöflich auffassen mochten.
Sie hatten ihren Sohn verloren, ihren einzigen Sohn, diesen lieben, aufgeweckten, klugen Jungen!
Unzählige Szenen blitzten in seiner Erinnerung auf. Der Tag seiner Geburt, wie er weinte beim Zahnen, wie er zum ersten Mal auf ein Pferd wollte, all die Streiche und Abenteuer, die kleine Jungen begingen – und doch sich immer seiner Würde als Fürstensohn bewusst. Den ganzen Tag lang stellte er Fragen, wollte alles erklärt haben. Und wie liebte er die alten Legenden von Feuervögeln und Drachen , die ihm seine Mutter und seine Tanten erzählten!
»Wie geschah es?«, fragte er hart. »Ein Fieber? Eine plötzliche Krankheit?«
Viele Kinder starben so. Doch der Böhme hatte von einem Unfall gesprochen.
»Er lief vor ein Pferd, ein Schlachtross, das dafür ausgebildet war, Hindernissen nicht auszuweichen«, erklärte der Mann mit betretener Miene.
Das ist eine Lüge!, wollte Jacza am liebsten schreien.
Sein Sohn war umgeben von Pferden aufgewachsen und

wusste, wie er sich zu verhalten hatte. Er konnte sogar schon reiten.

Entweder hatten die Böhmen nicht gut auf ihn aufgepasst – oder ihn getötet.

Doch wenn er sie der Lüge bezichtigte, könnte dies gravierende Folgen haben. Zum Beispiel den »Unfalltod« weiterer Geiseln nach sich ziehen. Oder der Kaiser beschloss, Köpenick für sich zu erobern, da ja nun nicht mehr Jaczas Sohn als Geisel für das Wohlverhalten der kriegerischen Slawen auf der Doppelinsel garantieren würde …

Der Wortführer der Böhmen erkannte den stummen Aufschrei in den Augen des Slawenfürsten und winkte einen der hinter ihm stehenden Begleiter zu sich. Dieser trug eine mit kunstvollen Beschlägen verzierte kleine Truhe.

»Für ein feierliches christliches Begräbnis Eures Sohnes hat der Herzog großzügig gesorgt. Im Kloster Doxan an der Straße nach Prag.«

»Wir werden den Mönchen eine große Stiftung zukommen lassen, für Festgottesdienste und Gebete zum Andenken an unseren Sohn«, brachte Jacza mit Mühe heraus.

»Wir bringen Euch diese Stücke aus dem Besitz des Jungen zurück«, sagte der Mann mit der Truhe.

Agatha wandte sich um, betrachtete die Truhe mit starrem Blick und überlegte, ob sie hineinschauen sollte oder nicht.

Jacza nahm ihr die Entscheidung ab und schlug den Deckel nach oben. Nun sah er von Agatha bestickte Kleidungsstücke, Slawomirs Holzschwert, ein paar Kleinigkeiten, die der Junge gesammelt hatte: Angelschnur, Wetzstein … Und das Messer mit dem dreieckigen Griff, das er ihm zum Abschied geschenkt hatte.

Nein, er konnte es nicht ertragen. Und Agatha sicher noch weniger. Hatte er seinem Traum seinen einzigen Sohn geopfert, dieses liebe kleine Kerlchen?

Rasch klappte er den Deckel wieder zu, als könnten die Dinge daraus entweichen wie Gerüche oder freigelassene Geister.

»Was ist mit seinem Hund, *Pies?*«, fragte Agatha mit brüchiger Stimme.

»Er rührte sich nicht mehr von der Stelle, an der Euer Sohn starb. Wie mussten ihn … erlegen. Es tut mir sehr leid«, versicherte der böhmische Gesandte.

Jacza räusperte sich mehrfach, um überhaupt noch sprechen zu können.

»Edle Gäste … Ihr werdet verstehen, dass ich diesen Abend und die Nacht gemeinsam mit meiner Gemahlin im Gebet in der Kapelle verbringen möchte«, erklärte er. »Ihr seid trotzdem unsere geehrten Gäste, werdet bewirtet, bekommt Schlafquartiere und Gastgeschenke. Richtet Herzog Vladislav meine Grüße aus und den Dank dafür, dass er Euch schickte, um mir von dem Unglück zu berichten, und nicht nur einen einfachen Boten mit einem Pergament.«

Die Männer verbeugten sich und wurden von Jaro fortgeführt. Er und seine Frau würden sich um alles kümmern.

»Sie lügen!«, zischte Agatha Jacza zu, als die Fremden weit genug entfernt waren.

»Das können wir nicht wissen«, sagte er gegen seine Überzeugung. Er würde in Böhmen Nachforschungen anstellen lassen. Doch zuerst würde er mit Agatha in der Kapelle beten, eine Kerze für sein Söhnchen anzünden und sich seiner Tränen nicht schämen.

Und danach, falls seine geliebte Gemahlin heute noch Schlaf fand, würde er zum Tempel gehen, ein Opfer darbringen und alle Götter bitten, den Tod seines einzigen Sohnes blutig zu rächen.

Ravensburg

Die Dämmerung war längst hereingebrochen, als Dietho von seinem Dienst auf der Ravensburg heimkehrte. Nach einem langen Willkommenskuss zerrte ihn Adela, die Markgrafentochter und einstige Erbin des Egerlandes, in die Kammer, in

der ihre Kinder unter der Obhut einer Amme und einer Kinderfrau tief und fest schliefen, zwei Jungen und ein Mädchen.
»Sind sie nicht wunderschön?«, fragte sie leise, um die Kleinen nicht zu wecken. Dietho nickte und beantwortete die Frage zusätzlich mit einem sanften Kuss auf ihre Schläfe. Adela lächelte. »Sie wirken so harmlos, wenn sie schlafen! Wie kleine Engel … Dabei hättest du sehen sollen, wie die beiden Jungen heute herumtobten und Hände voll buntes Laub über den Hof warfen.«
»Sobald sie groß genug sind, drücke ich ihnen Holzschwerter in die Hand und lasse sie üben, bis sie von allein in die Betten fallen«, versprach der stolze Vater lächelnd.
Leise schlossen sie die Tür hinter sich, ließen die Amme und die Kinderfrau mit Nähzeug und Ammenbier zurück und gingen in ihre Kammer.
»Hast du schon auf der Burg gegessen?«, fragte sie.
»Dann würde ich immer noch dort hocken, der Herzog war heute in Feierlaune. Also habe ich mich entschuldigt und hoffe, du hast wenigstens noch eine Schale Suppe für mich.«
»Mehr als das. Mach es dir bequem!«
Sie drückte ihn auf die Bank, füllte ihm eine Schüssel mit Kanincheneintopf und einen Becher mit Bier, tischte frisches helles Brot auf und eine gebratene Forelle.
»Setz dich doch zu mir!«, forderte er sie auf. »Ich möchte nicht allein essen.«
Sie tat ihm den Gefallen, nahm aber eine Näharbeit zur Hand.
»Ich habe schon gegessen. Und mich überkommt so ein Gefühl: Noch ein Bissen, und ich bringe alles wieder heraus …«
Dietho ließ seinen Löffel sinken, starrte ihr ins Gesicht und rechnete nach.
»Kann es sein, dass du …?«, fragte er und hob anspielungsreich die Augenbrauen. Sofort legte Adela die Hand auf ihren Leib.
»So schnell kann es eigentlich noch gar nicht gehen …«, sagte sie zögernd. »Warten wir ab, bis wir Gewissheit haben.«

Ein heftiges Klopfen und Rufen an der Tür störte die häusliche Idylle.
Dietho bedeutet Adela, sitzen zu bleiben, nahm sein Schwert, das er stets in Reichweite hatte, und öffnete die Tür einen Spalt.
»Wer seid Ihr, was ist Euer Begehr?«
»Ich bringe eine Botschaft und ein Geschenk für die Markgräfin Adela von Vohburg«, erklärte der Fremde.
»Die gibt es nicht mehr«, wies ihn Dietho zurecht.
Der Bote nickte. »Ich weiß. Aber ich habe ausdrückliche Instruktionen.«
»Von wem?«, fragte Dietho misstrauisch.
»Ulrich von Lauterstein.«
»Dann lass ihn ein!«, rief Adela von drinnen. »Ulrich ist ein guter Freund.«
Natürlich kannte Dietho ihn aus Adelas Erzählungen über die Zeit, als sie sich in Nürnberg um die beiden kleinen Söhne König Konrads kümmerte, deren Mutter gestorben und deren Vater auf Kreuzzug gegangen war. Ulrich, der dem König treu ergeben war, hatte sie dabei unterstützt – gegen den Widerstand der nachlässigen Erzieher und der Dienerschaft.
Der Mann trat ein, verneigte sich vor beiden und stellte sich vor: »Bodo von Elsenburg, ein guter Freund Ulrichs.«
»Dann seid willkommen!«, begrüßte ihn Adela, schenkte ihm einen Becher Bier ein und füllte für ihn ebenfalls eine Schale mit heißer Suppe und reichlich Fleisch darin. An den Abenden wurde es schnell kalt um diese Jahreszeit.
»Wie geht es dem Ritter von Lauterstein? Ist er wohlauf und noch bei dem jungen Königssohn?«, wollte sie wissen.
Bodo legte den Löffel beiseite, bekreuzigte sich und sagte: »Ulrich ist von uns gegangen. Doch vor seinem Tod bat er mich inständig, Euch dieses Geschenk und den beiliegenden Brief zu überbringen – sofern es Euer Gemahl erlaubt.«
Sofort stiegen Adela die Tränen in die Augen.
Ulrich war ihr ein guter, zuverlässiger Freund gewesen, über

viele Jahre. Dass er sie liebte, war ein Umstand, über den sie nie sprachen. Es lagen Jahrzehnte Altersunterschied und die Befehle des Kaisers zwischen ihnen.

»Darf ich?«, fragte sie Dietho, ehe sie die Hand nach dem kleinen Bündel ausstreckte, das Bodo ihr entgegenhielt.

»Nimm nur. Sonst platzen wir alle noch vor Neugier!«, meinte er lächelnd.

Dass Adela Lesen und Schreiben gelernt hatte, war außergewöhnlich und trotz des Verbots ihrer Erzieher geschehen. Der junge Königssohn Heinrich-Berengar hatte es ihr heimlich beigebracht, während sie in Nürnberg zwei Jahre auf die Rückkehr seines Vaters warteten.

Adela entknotete die Schnur und wickelte das Päckchen aus. Es enthielt eine Rolle Pergament und zu ihrer großen Verwunderung ein besticktes Kinderhemdchen. Von ihr selbst bestickt, wie sie sich jäh erinnerte. Sie erkannte das Muster. Sie hatte es dem damals noch ganz kleinen Prinzen Friedrich genäht, der der Erbe seines Vaters geworden wäre, hätte sich nicht ihr einstiger Gemahl im kühnen Handstreich die Krone gesichert.

»Wieso schickt dir ein Ritter ein Kinderhemd?«, wunderte sich auch Dietho.

Adela beschloss, Ulrichs Brief gleich vorzulesen. Das würde hoffentlich alle Fragen beantworten.

Und so las sie.

»Verehrte Adela! Wenn Ihr diesen Brief in Händen haltet, bedeutet das, dass ich vor meinen himmlischen Richter getreten bin und über meine Taten richten lassen muss. All die Jahre mühte ich mich, als Mann von Ehre zu leben. Aber niemand ist ohne Sünde. Ich liebte meine Gemahlin und meine beiden kleinen Töchter inniglich. Ich verlor sie alle an einem einzigen Tag und versank im Schmerz. Ihr habt wieder Licht in mein Leben gebracht, und ich hoffe, dass mir Euer Gemahl diese Worte nicht

verübelt. Ihr habt keinen Grund, eifersüchtig zu sein, Dietho von Ravensburg, denn mein Sehnen verschloss ich tief in mir und wusste, Ihr werdet diese wunderbare und gütige Frau glücklich machen. Nichts hat sie mehr verdient.

Was die Beigabe zu meinem Schreiben betrifft, verehrte Adela: Es ist ein Erinnerungsstück. Aus einfachem Leinen, und deshalb wagte ich, es an mich zu nehmen, auch wenn mir das nicht zustand. Gott möge mir vergeben!

Ihr nähtet es in Nürnberg für den kleinen Prinzen Friedrich. Und der Junge wuchs so schnell, dass es bald nicht mehr passte. Gerade wurde er in den Ritterstand erhoben, obwohl er erst dreizehn Sommer zählt. Nur Gott der Allmächtige weiß, wohin das noch führen wird …

Möge Euch dieses kleine Kinderhemd, Eure Handarbeit, an die Zeit erinnern, als wir in Nürnberg gemeinsam die beiden jungen Prinzen schützten – und daran, dass es noch einen Königssohn gibt.

Gott und alle Heiligen mögen Euch und Eure Familie behüten!

In ewiger Treue –

Euer ergebener Ulrich von Lauterstein«

Betroffen ließ Adela das Pergament sinken.

»Er trug seinen Namen zu Recht«, sagte sie leise. »Nun gibt es einen lauteren Menschen weniger …«

Jütland, südlich von Viborg

Sven und seine Männer jagten Waldemar tatsächlich von einer Insel zur anderen und verfehlten ihn jedes Mal knapp. Doch sie waren sicher, er würde nach Jütland fliehen, nach Viborg, wo er einen Hauptsitz genommen hatte. Fieberhaft suchten sie nach ihm, wissend, dass an seinem Bein eine gefährliche Wunde klaffte.

Doch Waldemar war jung, kräftig und schnell. Seine Wunde heilte gut, er heiratete umgehend Sophia und sammelte in Viborg seine Truppen um sich.
Im Oktober schließlich standen sich beide Könige mit ihren Heeren südlich von Viborg gegenüber, in einer Heidelandschaft namens Grathehede.
»Königsmörder!«, rief Waldemar seinem Feind zu. »Wagst du dich zum Zweikampf, Mann gegen Mann?«
»Ich trete nicht gegen einen Verwundeten an, das wäre ehrlos!«, schrie Sven zurück.
Waldemar stieß einen verächtlichen Ruf aus.
»Du hast keine Ehre! Du hast deine Eide gebrochen, das Gastrecht gebrochen, den Frieden der Halle – und deinen Vetter ermordet. *Einen* deiner Vetter! Aber mich wirst du nicht töten!«
Zufrieden sah Waldemar auf das Heer hinter sich, das bedeutend größer war als Svens. In Jütland genoss er hohes Ansehen, und das Entsetzen über den blutigen Verrat hatte viele gegen Sven aufgebracht. Außerdem hatte Waldemar den gefürchteten Esbern als einen seiner Heerführer bei sich und Absalon als geistlichen Berater.
Das sah auch Sven. Doch ergeben konnte er sich nicht. Ihm würde keine Gnade zuteilwerden.
»Dann eben so!«, rief Sven, hob sein Schwert und ließ sein kleines Heer auf Waldemar zuhalten.
Die Schlacht war in weniger als einer Viertelstunde vorbei. Dann lagen fast alle Gefolgsleute Svens tot auf der Heide. Sven selbst lebte noch und suchte sein Heil in der Flucht.
Doch dabei geriet er an eine Gruppe Bauern, die mit Knüppeln, Sicheln und Messern bewaffnet waren.
»Lasst mich vorbei, ich bin euer König!«, schrie Sven sie an.
Die Männer – ausgemergelte Gestalten, in Lumpen, aber von grimmiger Entschlossenheit – taten nichts dergleichen. Aber sie wagten auch nicht, gegen sein blankes Schwert anzurennen.

Da spürte Sven plötzlich einen heftigen Schmerz am Kopf, fühlte warmes Blut von seiner Schläfe über die Wange rinnen. Hatte jemand einen Stein nach ihm geworfen?
Ein zweiter Stein zwang ihn zu Boden, und auf einmal waren all diese Bauern mit ihren Knüppeln über ihm.
»Du bist nicht unser König!«, schrie einer.
»Waldemar ist unser König!«, brüllte ein anderer.
»Du hast uns ins Elend getrieben mit deinen Steuern, und zwei meiner Kinder sind verhungert deinetwegen!«, rief einer, dem Tränen in den Augen standen. Der hieb auch als Erster mit einem Knüppel auf ihn ein, und dann schlugen sie alle zu – mit Stöcken, Dreschflegeln, einer hatte sogar ein Schwert vom Schlachtfeld aufgelesen …
Nach dem ersten Schlag wollte Sven noch befehlen, dann bitten, ihnen Reichtümer versprechen … Doch die Männer waren zu verbittert, um darauf zu hören.
Als sie endlich von Sven Estridsson abließen, blieb nur noch ein blutiger Haufen Fleisch übrig. Von dem Mann, der einmal ein strahlender Turniersieger und König gewesen war.
Ein König, der seine Eide gebrochen, das Gastrecht missbraucht und seinen Vetter getötet hatte.

Besançon
Zur gleichen Stunde, als Sven auf der Grather Heide sein unrühmliches Ende fand, schritt – von alldem nichts ahnend – Kaiser Friedrich zusammen mit seinem jungen Vetter aus Rothenburg zur Turnierwiese. Unzählige Edle folgten ihnen.
Gut gelaunt legte Friedrich dem Jungen eine Hand auf die Schulter.
»Nun, wie fühlt es sich an, ein Ritter zu sein?«, fragte er lächelnd. »Hast du dich schon daran gewöhnt?«
Vor wenigen Tagen, auf dem Fürstentreffen in Würzburg, hatte er Konrads Sohn feierlich in den Ritterstand erhoben und ihm selbst das Schwert umgegürtet. Der Junge war zwar immer

noch nicht einmal im Knappenalter, aber Manuel und Irene ließen nicht locker, deshalb von Byzanz aus zu drängen.
»Ähm ... großartig! In das Kettenhemd muss ich noch ein wenig hineinwachsen. Aber ich bin so stolz, dass Ihr mir höchstselbst das Schwert umgebunden habt, mein Vetter und erlauchter Kaiser!«
Nun strahlte der Junge.
»Einen neuen Waffenlehrer brauche ich. Ich muss noch viel üben, bis ich mit den Waffen so gut bin wie Ihr! Und nochmals danke für das wunderschöne Pferd! Ich weiß gar nicht ... ach, ich rede nur Unsinn ... Die Eindrücke sind zu gewaltig.«
»Dann warte erst ab, bis das Turnier zu deinen Ehren beginnt«, ermunterte ihn Friedrich. »Unter den Siegern wählen wir deine künftigen Lehrer an den Waffen und beim Reiten aus ... Aber richte dich schon einmal darauf ein: Diese oder jene deiner Lektionen werde ich selbst übernehmen, damit ich sehe, ob du einem Kampf gewachsen bist.«
»Danke, Euer Majestät!«, jubelte der junge Rothenburger.
»Und nun lauf schon vor, hol dein neues Pferd! Ich sehe doch, du kannst es kaum erwarten, in den Sattel zu steigen.«
Mit einem Freudenruf rannte der Junge los.
Ein *Königssohn,* dachte Friedrich und sah ihm nach. Bisher der einzige. Aber wenn mir meine liebliche Beatrix einen Sohn gebiert, muss *mein* Sohn der einzige Königssohn sein!
Rainald von Dassel, der einen halben Schritt hinter ihm ging, von der Seite aber seine Gesichtszüge lesen konnte, durchschaute wieder einmal seine Gedanken.
»Alles wird sich finden«, sagte er ebenso beruhigend wie kryptisch.
Friedrich wollte sich jetzt nicht auf dieses heikle Thema einlassen, für das er selbst noch keine Lösung hatte. Jetzt war auch noch nicht die Zeit, nach Lösungen zu suchen. Der Junge war nun ein Ritter von kaum dreizehn Jahren, was niemand ernst nehmen konnte, aber so würden Manuel und Irene endlich

Ruhe geben. Und solange sein Vetter nicht volljährig war, würde er als Kaiser auch weiter das Herzogtum Schwaben und die anderen staufischen Besitzungen verwalten. Rothenburg natürlich ebenso.
Friedrich entschied, für heute von diesem brisanten Thema abzulassen. Es gab genug andere.
»Schließt doch zu mir auf, mein lieber Kanzler!«, ermunterte er Rainald von Dassel, der gerade seinen Umhang raffte, damit sich das kostbare Futter aus Fehwerk nicht mit Schlamm vollsog und ihm den ganzen Tag um die Knöchel schlug.
»Mit gefällt nicht, wie sich die Dinge südlich der Alpen entwickeln«, beanstandete Friedrich. »Der Papst schloss Frieden mit Wilhelm von Sizilien. Das verletzt den Vertrag von Konstanz und gefährdet unsere berechtigten Ansprüche auf Süditalien.«
Nun kniff er die Lider ein wenig zusammen und lächelte.
»Fällt Euch nicht eine Möglichkeit ein, Seiner Heiligkeit ein wenig auf die Finger zu klopfen?«
Rainald von Dassel zögerte keinen Augenblick mit der Antwort. Offensichtlich hatte er die Frage längst erwartet und auch schon eine Lösung parat. Wie immer. Einfach unersetzlich, der Mann!
»Natürlich, mein Kaiser. Eine päpstliche Gesandtschaft erwartet, morgen hier vor Euch treten zu dürfen. Da kann ich mit Leichtigkeit etwas arrangieren, das Seine Heiligkeit in höchste Aufregung versetzt und zum Einlenken zwingt.«
Nun lächelten sie beide, die mächtigsten Männer des Reiches.
In fünf Jahren Regentschaft hatte Friedrich die Ordnung wiederhergestellt. Nun war es an der Zeit, sich neuen Zielen zuzuwenden.
Eine weitere Runde im großen Spiel.
Jetzt wurden die Figuren neu aufgestellt.

Nachwort und Dank

Fortsetzung folgt. Natürlich. Denn nun fragen Sie bestimmt, was aus Adele geworden ist, wie Rainald von Dassel wohl einen Streit mit dem Papst inszeniert, wie es Niklot und den Abodriten ergeht, Hedwig mit Otto und all den anderen Personen. Keine Sorge, ich habe schon mit der Arbeit am vierten Band begonnen; Sie werden all das noch erfahren.

Die Jahre, über die ich hier in *Zeit des Verrats* berichte, waren so voller dramatischer und unglaublicher Geschichten, dass Sie mitunter vielleicht schon wieder dachten: Da hat Frau Ebert ihrer Fantasie freien Lauf gelassen und heftig übertrieben … Doch das »Blutfest von Roskilde« mit dem nachfolgenden schändlichen Tod Svens hat es tatsächlich gegeben, auch das Verschwörertreffen in Halle (selbst wenn man nicht weiß, wo genau sie sich zusammenfanden, aber Giebichenstein wäre durchaus möglich und schlüssig), Friedrichs wegen Protokollfragen abgebrochene erste Begegnung mit dem Papst, seine ironische Vorstellung beim Steigbügelhalten während des zweiten Treffens, das Wormser Hundetragen 1155 – all das hat stattgefunden.

Das macht für mich den Reiz beim Schreiben historischer Romane aus: der Geschichte so eng auf der Spur zu bleiben, wie es nur geht, und dabei solche Dinge auszugraben und szenisch zu gestalten.

Selbst wenn es nur scheinbare Kleinigkeiten sind: Wibald beschwerte sich bei einem Vertrauten tatsächlich schriftlich darüber, wie er vom neuen König abserviert wurde, und hielt dem Bischof von Bamberg sehr von oben herab einen Vortrag, wie man sich als Gesandter dem Papst gegenüber zu benehmen habe.

Hildegard von Bingen beklagte wirklich in einem Schreiben an Friedrich die verkommene Moral vieler Herrschender; Barbarossa erließ dieses Gesetz bezüglich des Korns am Wegesrand; im Ladungsschreiben zum Merseburger Hoftag 1152 steht wahrhaftig der Hinweis, man habe in festlicher Kleidung zu erscheinen, was nicht nur Markgraf Konrad entrüstet haben dürfte …

Es sind in diesem Roman auch schon einige Andeutungen versteckt, die auf Zukünftiges anspielen. Historisch Bewanderte und aufmerksame Leser meiner Bücher werden sich freuen, aber einiges wird jeder erkennen – wie zum Beispiel Konrads Ambitionen, Siedlerzüge in die Mark Meißen zu holen.

Es ist ganz erstaunlich, was sich alles bei den Recherchen findet und einen großartigen Romanstoff abgibt.

So vieles, was wir wissen – bis hin zu den Haarfarben bedeutender Persönlichkeiten.

Und so vieles, das wir nicht wissen und wo man für einen Roman nach plausiblen Abläufen grübeln oder sich einfach auch auf ein Geburtsjahr festlegen muss, weil es nicht exakt überliefert, sondern nur geschätzt ist und die Schätzungen manchmal weit auseinandergehen – wie bei Heinrich dem Löwen.

Fast nichts bekannt ist auch über Adela von Vohburg. Die staufische Geschichtsschreibung hat sich erfolgreich bemüht, jede Spur von ihr zu tilgen.

Fakt ist, dass die kinderlose Ehe 1153 auf Betreiben Friedrichs geschieden und Adela am Jahresende mit dem Ministerialen Dietho von Ravensburg vermählt wurde. Sie und ebenso Friedrich hatten in ihren zweiten Ehen zahlreiche Kinder, was gewisse Schlüsse hinsichtlich der Kinderlosigkeit in ihrer ersten Ehe zulässt. In älteren Abhandlungen wird auch eine Untreue Adelas vermutet, was ich für unglaubwürdig halte. Diese Blöße hätte sich Friedrich nie gegeben, darauf hätte er ganz anders reagiert. Ich glaube, er mochte sie einfach nicht und wollte etwas »Besseres« – sprich: Ranghöheres.

Mangels weiterer Fakten habe ich mir erlaubt, Adela in ihrer zweiten Ehe glücklich werden zu lassen. Und ich denke, Sie, liebe Leser, werden ihr das von Herzen gönnen.
Schwer war es auch, etwas über die dänischen Thronwirren zu finden. Zu Svens Frau Adele findet sich fast gar nichts. Aber Sven war wirklich längere Zeit bei seinem meißnischen Schwiegervater im Exil und fand nach dem »Blutfest von Roskilde« so ein schmähliches Ende.
Andere Lebensläufe sind mit Anekdoten ausgeschmückt oder wurden zu Legenden: wie zum Beispiel Wichmann sein Pallium erhielt (aber der Papst wird es ihm gegeben haben, nicht anders) oder die sogenannte Schildhornsage über Jacza und seine angeblich dramatische Flucht von der Brandenburg. Tatsächlich verließen er und seine Leute die Burg nach verhandelter Übergabe mit Handschlag. Ganz dramatisch wurde es erst später, als er seinen kleinen Sohn als Geisel hergeben musste.
Auch um Landgraf Ludwig von Thüringen, *den Eisernen,* drehen sich viele Sagen, die ich hier einbinde und die man nicht alle wörtlich nehmen kann.
Zu den Ortsnamen: Nidaros ist das spätere Trondheim, das Siedlerdorf Coryn bei Wurzen entspricht dem heutigen Kühren, und der Vatikan war zur Zeit der Romanhandlung nur der Palast neben der Kirche St. Peter, dem heutigen Petersdom.
Und dann muss ich noch gestehen, wo ich ein wenig »an der Zeit gedreht« habe, aber das werden Sie mir hoffentlich nachsehen: Rainalds erste Begegnung mit Barbarossa fand vermutlich schon etwas eher statt, und das Hochzeitsgeschenk von Heinrich Plantagenet an den Kaiser, dieses riesige Prunkzelt, wurde erst ein Jahr später aufgebaut und bewundert. Das musste ich aus dramaturgischen Gründen etwas raffen, aber es ist kein großer Eingriff in die Geschichte.
Ansonsten folge ich den historischen Ereignissen, so gut es in einem Roman geht, denn ich möchte ein Stück unserer Geschichte erzählen. Was ein überaus dramatischer Stoff ist,

spannender, als man ihn erfinden könnte. Vor allem, wenn man weiß: Das hat sich tatsächlich so oder wenigstens so ähnlich zugetragen …
Und Geschichte ist nicht nur spannend und vermittelt etwas vom Leben unserer Vorfahren. Sie lässt uns die heutigen Errungenschaften mit anderen Augen sehen. Und die gilt es zu wahren.

Für Geschichtsinteressierte ist auch der dritte Band von *Schwert und Krone* großzügig mit Bonusmaterial versehen, zusätzlich zu Glossar und Zeittafel mit genealogischen Tafeln und – als Besonderheit – mit Karten, die eigens für diese Romanreihe von Kartografen und Historikern entwickelt wurden.
Das ist schon etwas Besonderes. Und daraus ist sogar Neues entstanden wie zum Beispiel die Karten vom Wendenkreuzzug 1147 im zweiten Band. So etwas gab es zuvor nicht, und mit diesen Karten wird inzwischen sogar an einigen Universitäten gearbeitet.
Auch für Band 3 gibt es einige Novitäten als Karten: den ungefähren Kriegsverlauf in Dänemark, die Truppenbewegungen in Barbarossas Feldzügen nach Italien und Polen und eine Karte seines Königsumritts nach der Krönung, wo die Orte nicht nur mit geraden Strichen verbunden sind, sondern bei der Fachleute darauf geachtet haben, welche Wege und Straßen genutzt wurden.
Den Anstoß zu alldem gab Andreas Kowanda, Kartografieprofessor an der Hochschule für Technik und Wirtschaft Dresden, als begeisterter Leser meiner Romane *1813 – Kriegsfeuer* und *1815 – Blutfrieden*. Er bot an, Karten für meine nächsten Romane zu gestalten.
Dazu haben Professor Andreas Kowanda, Thomas Zimmermann und der Historiker Stefan Auert-Watzik, von dem auch die genealogischen Tafeln stammen, in regem Austausch jedes

Detail einfließen lassen, das sich fand. Auch Dr. Michael Lindner von der Akademie der Wissenschaften Berlin/Brandenburg, der unter anderem ein sehr unterhaltsames Sachbuch über Jacza von Köpenick verfasste, wirkte daran mit. Die Grafikabteilung des Verlags illustrierte das Ergebnis dann so, dass es besser zu einem Roman passt als zu einem historischen Fachwerk.
Überhaupt hätte ich ohne Unterstützung der Fachleute auch dieses Buch nicht so hautnah an der Historie schreiben können.

Damit wären wir bei der Danksagung angelangt.
Zuerst geht mein Dank ganz besonders an die Leser, die mich mit ihrem Interesse für diese Reihe und ihrer Begeisterung dafür immer wieder motiviert haben.
Sie ahnen gar nicht, wie wichtig und ermutigend das ist, wenn man ein ganzes Jahr am Schreibtisch sitzt, sich von früh bis spät durch Fachliteratur wühlt und aus all den Fakten einen berührenden, spannenden und glaubwürdigen Roman machen soll – und auch will! Doch ob es gelungen ist, wie das Publikum es aufnimmt, erfährt man erst viel später.
Erste Indikatoren waren diesmal schon die Begeisterung meines Agenten Roman Hocke von der AVA International, der mir auch den Rücken freihielt, damit ich ungestört schreiben konnte, und der Lektorin im Verlag, Christine Steffen-Reimann, die mir die Manuskriptteile quasi aus den Händen rissen, kaum dass ein Kapitel fertig war.
Danke für eure moralische und jegliche sonstige Unterstützung!
Und dieser Dank schließt auch die gesamte Verlagsmannschaft ein: von Dr. Hans-Peter Übleis, der sich seinerzeit sofort für diese Reihe begeisterte, als wir sie zu planen begannen, über Dr. Doris Janhsen, die nun als Verlegerin das Steuer übernommen hat und mich mit dem Lob überraschte, ob mir überhaupt

bewusst sei, was für eine großartige Erzählerin ich bin (das war es keineswegs, aber ich habe mich sehr darüber gefreut!), bis zu all den fleißigen Menschen in vielen Abteilungen, die dafür sorgen, dass aus einer Textdatei ein Buch wird und dass dieses seinen Weg zum Leser findet.
Und in dem Zusammenhang gleich noch Dank an die Agentur ZERO für das großartige Cover und an Silvia Kuttny-Walser für ihr sorgfältiges Lektorat und die inspirierende Zusammenarbeit.

Ich betrachte es als Ehre und Anerkennung, dass mich Historiker bei meinen Recherchen unterstützen und bereit sind, mit mir Fragen zu diskutieren und mir Fachliteratur zu empfehlen. Ganz besonderer Dank geht deshalb an Dr. Michael Lindner, Akademie der Wissenschaften Berlin/Brandenburg, und an Stefan Auert-Watzik, der auch die genealogischen Tafeln erstellte. Beide lasen das Manuskript, und ihre überschwängliche Begeisterung war mir eine riesengroße Freude und nahm mir auch manche Last von den Schultern.
Noch einmal nennen muss und will ich hier Professor Andreas Kowanda von der Hochschule für Technik und Wirtschaft Dresden, der gemeinsam mit Thomas Zimmermann und den beiden oben genannten Historikern Karten schuf, die es bislang noch nicht gab.
Dem Museum ROMU in Roskilde verdanke ich die aufschlussreiche und schnelle Antwort auf die Frage, wo genau das »Blutfest von Roskilde« stattgefunden haben könnte. Auch dort ist diese Frage mangels Quellen nicht eindeutig geklärt, aber neben dem Dom wurden die Grundmauern eines Palastes aus hellem Stein freigelegt, der in die Zeit passt und mit großer Wahrscheinlichkeit jenem Ort entspricht.

Nach wie vor verdanke ich einen Teil meiner Inspiration – neben der Fachliteratur und den Gesprächen mit Historikern –

dem Reenactment. In der Interessengemeinschaft »Mark Meißen 1200«, der ich seit elf Jahren angehöre, habe ich gute Freunde gefunden. Auch wenn mir das Schreiben dieses Jahr nicht viel Zeit für unsere Zusammenkünfte ließ – ich lerne sehr viel von der Gruppe, was Details zu mittelalterlichen Waffen, Kampftechniken, Gewändern, Tafelzeremoniell und anderes betrifft. Bei unseren Treffen solche Dinge erörtern, praktizieren und miterleben zu dürfen, ist für mich jedes Mal ein Gewinn und eine Freude.
Und mit ihren Auftritten bei meinen Buchpremieren und ausgewählten Lesungen bringen die Mitglieder der »Mark Meißen 1200« das Publikum regelmäßig zum Staunen. In nach historischen Vorlagen von Hand genähten Kleidern und durch die Vorführung historischer Schwertkampftechniken vermitteln sie ein Stück authentisches Mittelalter. Das wird auch bei der Premiere dieses Buches wieder so sein.
Mein Dank geht an die gesamte Gruppe und speziell an Dr. Tino Gottschall für die kritische Lektüre des Manuskripts. Außerdem an Kristina Schulz für die kunstvoll gebackenen Reichsinsignien, die Sie im Buch entdecken werden.

Ganz besonderer Dank an Dr. Christiane Meine für ihren Rat in medizinischen Fragen.

Ich danke den Buchhändlern, die in den vergangenen Jahren meine Romane an ihre Kunden weiterempfohlen haben, und hoffe, dass sie es auch bei diesem Buch gern tun werden. Ganz besonderer Dank an all jene, die liebevoll gestaltete Lesungen organisiert und / oder meine Bücher schön präsentiert haben.

Noch einmal: Die Danksagung ist immer das Schwierigste, wenn das Manuskript erst zu Ende geschrieben ist, weil so viele Menschen Anteil am Zustandekommen und Erfolg eines Buches haben, dass es unmöglich ist, sie alle zu nennen. Ich

hoffe, niemanden vergessen zu haben, der unbedingt erwähnt sein sollte.
Es bleibt meine feste Überzeugung: Mit jedem neuen Buch geht man als Autor seinen Lesern gegenüber die Verpflichtung ein, die vorangegangenen damit noch zu übertreffen. Ich habe mein Bestes gegeben, um diesen ungeschriebenen Vertrag zu erfüllen.
Nun lege ich dieses Buch vertrauensvoll in Ihre Hände.

Sabine Ebert
Leipzig, August 2018

ANHANG

Die Staufer
Stammtafel (1079–1250)

[Auert-Watzik 2018 nach Seibert/Dendorfer 2005, Schneidmüller 2010, Engels 92010, Görich 32011 und Stürner 2018]

2.1
Friedrich II. (um 1090–1147)
∞ 1120/1133
1. Judith v. Bayern (um 1100-1130/31)
2. Agnes v. Saarbrücken
(um 1115–nach 1147)
Hz. v. Schwaben 1105–1147

3.1 **aus 1. Ehe**
Friedrich I. Barbarossa
(1122–1190)
∞ 1147/1156
(1.) Adela v. Vohburg
(vor 1127–nach 1187) [Scheidung 1153]
(2.) Beatrix v. Burgund
(um 1140–1184)
Hz. v. Schwaben 1147–1152
Röm.-Deutscher Kg. 1152–1190
Ks. 1155–1190
Kg. v. Burgund 1178–1190

3.2
Bertha (Judith)
(um 1123–1194/95)
∞ 1139
Matthäus I.
(um 1110–1176)
Hz. v. Lothringen 1139–1176

3.3 **aus 2. Ehe**
Judith (Jutta)
(um 1131–1191)
∞ 1150
Ludwig II. »der Eiserne«
(1128–1172)
Lgf. v. Thüringen 1140–1172

4.12 **ungesichert**
Friedrich
(gest. vor 1189)

Sämtliche Nachkommen aus 2. Ehe

4.1
Beatrix
(1162/63–ca. 1174)

4.2
Friedrich V.
(um 1163–1170)
Hz. v. Schwaben
1167–1170

4.3
Heinrich VI. (1165–1197)
∞ 1186
Konstanze v. Sizilien
(1154–1198)
Röm.-Deutscher Kg.
1169–1197
Ks. 1190–1197
Kg. v. Sizilien 1194–1197

4.4
(Konrad)
Friedrich V.
(1167–1191)
Hz. v. Schwaben
1170–1191

4.5
Gisela
(1168–1184)
∞ 1184
Richard I. Löwenherz
(1157–1199)
Kg. v. England
1189–1199

5.1
Friedrich II.
(1194–1250)
Kg. v. Sizilien
1198–1250
Röm.-Deutscher Kg.
1212–1250
Ks. 1220–1250

5.2
Johanna
(gest. 1205/06)
Erbtochter v. Burgund
1200–1205/06

Margarethe v. Blois übt 1200–1205 die Regentschaft für ihre Töchter aus.

Verwendete Abkürzungen

Äbtn.	Äbtissin	Kg.	König
Bf.	Bischof	Kgn.	Königin
Ebf.	Erzbischof	Ks.	Kaiser
Gf.	Graf	Ksn.	Kaiserin
Gfn.	Gräfin	Lgf.	Landgraf
Gft.	Grafschaft	Lgfn.	Landgräfin
Hz.	Herzog	Mgf.	Markgraf
Hzn.	Herzogin	Mgfn.	Markgräfin
Kf.	Kurfürst	Pfgf.	Pfalzgraf
Kfn.	Kurfürstin	Pfgfn.	Pfalzgräfin

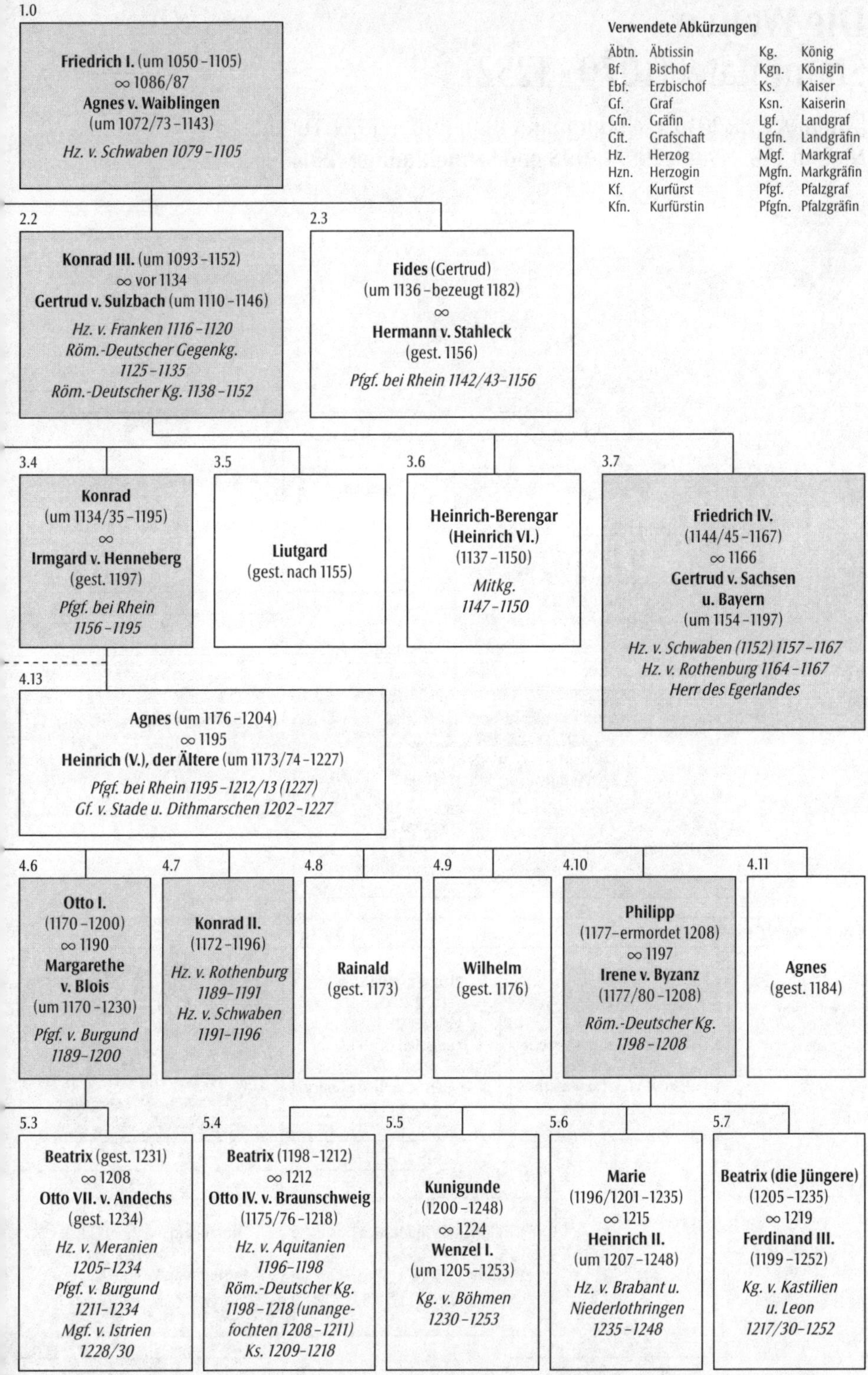

Die Welfen
Stammtafel (1070 – 1252)

[Auert-Watzik 2018 nach Feldmann 1971, Jordan 1979, Luckhardt/ Niehoff 1995, Ehlers 1997/2008 und Schneidmüller ²2014]

2.1
Welf V. (um 1073 – 1120)
∞ 1089 [getrennt ab 1095]
Mathilde v. Tuszien (um 1046 – 1115)
Hz. v. Bayern 1101 – 1120
Hz. v. Tuszien 1089 – 1095 (1120)
Herr v. Canossa

3.1
Heinrich X. »der Stolze«
(um 1102/08 – 1139)
∞ 1127
Gertrud v. Süpplingenburg
(1115 – 1143)
Hz. v. Bayern 1126 – 1138
Hz. v. Sachsen 1137/38
Mgf. v. Tuszien (Toskana) 1136 – 1139

3.2
Konrad
(um 1105 – 1154)
Mönch in Clairvaux

3.3
Judith (um 1100 – 1130/31)
∞ 1119/20
Friedrich II. (um 1090 – 1147)
Hz. v. Schwaben 1105 – 1147

Staufer

ungesichert

4.1
Heinrich der Löwe (um 1132/33 – 1195)
∞ 1147 [geschieden 1162]/1168
1. Clementia v. Zähringen (gest. 1167)
2. Mathilde v. England (1156 – 1189)
Hz. v. Sachsen 1142 – 1180 / Hz. v. Bayern 1156 – 1180
Gf. v. Stade 1145 – 1180/1189 – 1195
Herr v. Braunschweig, Lüneburg u. Haldensleben 1180 – 1195
Exil in England u. d. Normandie 1182 – 1185/1189

4.2
Kunigunde (gest. 1140/47)
∞
Gottfried I. (gest. 1168/72)
Gf. v. Ronsberg

aus 1. Ehe

5.1
Heinrich
(gest. beim Sturz v. Wickeltisch)

5.2
Richenza
(gest. um 1168)

aus 2. Ehe

5.3
Gertrud
(um 1154 – 1197)
∞ 1166/1177
1. Friedrich IV. v. Rothenburg
(1144/45 – 1167)
2. Knut VI. v. Dänemark
(um 1162 – 1202)

Könige v. Dänemark
(Haus Estridsson)

5.4
Richenza (Mathilde)
(1172 – 1209/10)
∞ 1189/1204
1. Gottfried II. v. Perche
(gest. 1202)
2. Enguerrand III. de Coucy
(1182 – um 1242)

5.5
Heinrich (V.), der Ältere
(um 1173/74 – 1227)
∞ 1195/1211
1. Agnes v. Staufen (um 1176 – 1204)
2. Agnes v. Landsberg (1192/93 – 1266)
Pfgf. bei Rhein 1195 – 1212/13 (1227)
Gf. v. Stade u. Dithmarschen
1202 – 1227

6.1
Heinrich II. (um 1196 – 1214)
∞ 1212
Mathilde v. Brabant (1200 – 1267)
Pfgf. bei Rhein 1212 – 1214

6.2
Irmengard (um 1200 – 1259)
∞ um 1217
Hermann V. (gest. 1243)
Mgf. v. Baden 1190 – 1243

Markgrafen v. Baden

Verwendete Abkürzungen

Äbtn.	Äbtissin	Kg.	König
Bf.	Bischof	Kgn.	Königin
Ebf.	Erzbischof	Ks.	Kaiser
Gf.	Graf	Ksn.	Kaiserin
Gfn.	Gräfin	Lgf.	Landgraf
Gft.	Grafschaft	Lgfn.	Landgräfin
Hz.	Herzog	Mgf.	Markgraf
Hzn.	Herzogin	Mgfn.	Markgräfin
Kf.	Kurfürst	Pfgf.	Pfalzgraf
Kfn.	Kurfürstin	Pfgfn.	Pfalzgräfin

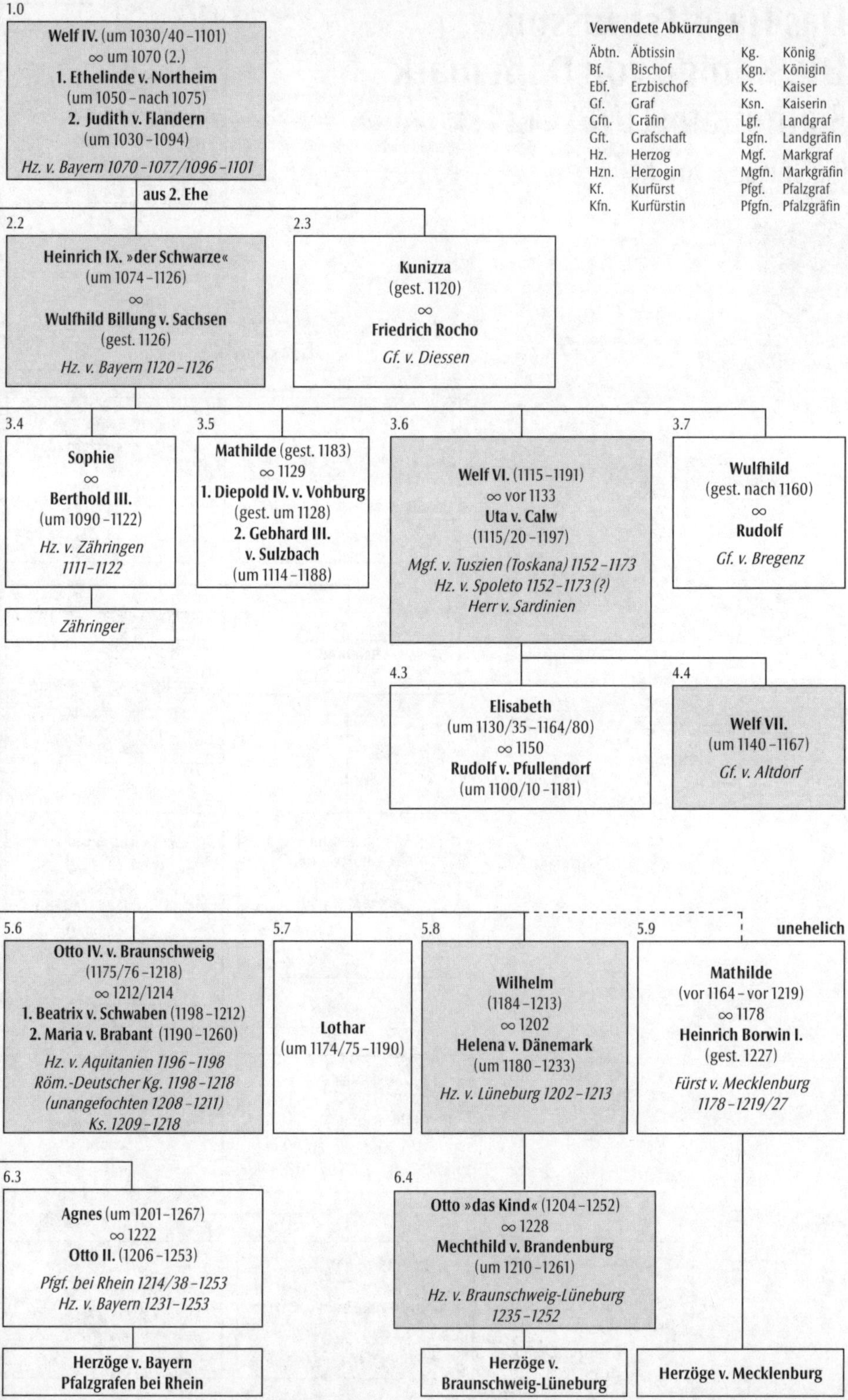

Das Haus Estridsson – Die Könige von Dänemark

Stammtafel (1014–1241)

[Auert-Watzik 2018]

1.0
Harald II.
(um 995–1018)
Kg. v. Dänemark 1014–1018

sämtliche Kinder sind illegitim

3.1
Harald III. Hen
(1041–1080)
Kg. v. Dänemark 1076–1080

3.2
Knut IV. der Heilige
(um 1043–erschlagen 1086)
∞
Adela v. Flandern
(um 1064–1115)
Kg.v. Dänemark 1080–1086

4.1
Ragnhild

4.2
Erik II. Emune (um 1100–1137)
∞ 1132
Malfrieda v. Nowgorod
(gest. 1137)
Kg. v. Dänemark 1134–1137

5.1
Erik III. Lam
(um 1100/05–1146)
∞ um 1145
Liutgard v. Stade
Kg. v. Dänemark 1137–1146
(abgedankt)

5.2 **vmtl. illegitim**
Sven III. »Grathe«
(vor 1120–1157)
∞ 1152
Adela v. Meißen (gest. 1181)
Jarl v. Schonen 1157
(Mit-)Kg. v. Dänemark (1146–)
1152–1157

6.1
Liutgard
∞
Berthold III. (um 1110/15–1188)
Gf. v. Andechs 1151–1188
Mgf. v. Istrien u. Krain 1173–1188

6.2–6.3
weitere zwei Kinder
(darunter ein früh verstorbener Sohn)

6.6
Sophia (um 1159–1208)
∞ 1181
Siegfried III. v. Weimar-Orlamünde (um 1155–1206)
Gf. v. Weimar-Orlamünde
1176–1206

6.7
Knut VI. (um 1162–1202)
∞ 1177
Gertrud v. Sachsen u. Bayern
(um 1154–1197)
Kg. v. Dänemark 1182–1202

6.8
Waldemar II. (1170–1241)
Hz. v. Schleswig 1182–1202
Kg. v. Dänemark 1202–1241

Verwendete Abkürzungen

Äbtn.	Äbtissin	Kg.	König
Bf.	Bischof	Kgn.	Königin
Ebf.	Erzbischof	Ks.	Kaiser
Gf.	Graf	Ksn.	Kaiserin
Gfn.	Gräfin	Lgf.	Landgraf
Gft.	Grafschaft	Lgfn.	Landgräfin
Hz.	Herzog	Mgf.	Markgraf
Hzn.	Herzogin	Mgfn.	Markgräfin
Kf.	Kurfürst	Pfgf.	Pfalzgraf
Kfn.	Kurfürstin	Pfgfn.	Pfalzgräfin

1.1
Knut der Große (um 995 – 1035)
∞
Aelfiga v. Northampton
(um 995 – 1040)
Kg. v. Dänemark 1018 – 1035
Kg. v. England 1016 – 1035

1.2
Estrid
∞ 1015
Ulf Jarl
(gest. 1026)

2.1
Sven II. Estridsson
(um 1020 – 1076)
Kg. v. Dänemark 1047 – 1076

3.3
Olaf I. Hunger (1050 – 1095)
∞
Ingegerd v. Norwegen
(gest. um 1120)
Jarl v. Jütland 1080 – 1095
Kg. v. Dänemark 1086 – 1095

3.4
Erik I. Ejegod (1056 – 1103)
∞
Bodil Thrugotsdottir
(1065 – 1103)
Jarl v. Seeland 1080 – 1095
Kg. v. Dänemark 1095 – 1103

3.5
Niels Svensson
(um 1064 – 1134)
∞
Margarethe v. Schweden
(um 1080 – 1117/30)
Kg. v. Dänemark 1103 – 1134

3.4 – 3.5
weitere 15 Kinder

4.3
Knud Lavard (1096 – ermordet 1131)
∞
Ingeborg v. Kiew
Jarl v. Schleswig 1119 – 1130
Samtherrscher der Abodriten 1129 – 1131

4.4
Magnus der Starke (1107 – 1134)
∞
Rikissa v. Polen
(1116 – nach 1156)
Kg. v. Schweden 1125 – 1130

5.3
Kristin

5.4
Katharina
∞
Pribislav (Prislav)
(um 1115 – 1164/75)
Fürst der Abodriten (verstoßen)
Jarl v. Lolland

5.5
Waldemar I. der Große
(1131 – 1182)
∞ 1157
Sophia v. Minsk (um 1141 – 1198)
Präfekt v. Schleswig 1146 – 1153
Jarl v. Jütland 1157
(Mit-)Kg. v. Dänemark 1146 – 1152
Kg. v. Dänemark 1157 – 1182

5.6
Knut V. Magnusson
(vor 1130 – ermordet 1157)
∞
Helena Svensdotter
(1130 – nach 1158)
Jarl v. Seeland 1152 – 1154
(Mit-)Kg. v. Dänemark (1146 –) 1154 – 1157

6.4
Kanut
(gest. 1183)
Jarl v. Lolland

6.5
Waldemar
(gest. 1184)
Mönch in Paris

6.9 – 6.10
Margaretha
Maria
Nonnen in Roskilde

6.11
Ingeborg (gest. 1237/38)
∞ 1193
Philippe Auguste (1165 – 1223)
Kg. v. Frankreich 1180 – 1223

6.12
Helena (gest. 1233)
∞ 1202
Wilhelm (1184 – 1213)
Hz. v. Lüneburg 1202 – 1213

6.13
Rikissa (1174 – 1220)
∞ 1210
Erik X. (1180 – 1216)
Kg. v. Schweden 1208 – 1216

Die Piasten –
Die Herzöge und Könige von Polen
Stammtafel (945–1202)

[Auert-Watzik 2018 nach Lübke 2004 und Mühle 2011]

Verwendete Abkürzungen

Äbtn.	Äbtissin	Kg.	König
Bf.	Bischof	Kgn.	Königin
Ebf.	Erzbischof	Ks.	Kaiser
Gf.	Graf	Ksn.	Kaiserin
Gfn.	Gräfin	Lgf.	Landgraf
Gft.	Grafschaft	Lgfn.	Landgräfin
Hz.	Herzog	Mgf.	Markgraf
Hzn.	Herzogin	Mgfn.	Markgräfin
Kf.	Kurfürst	Pfgf.	Pfalzgraf
Kfn.	Kurfürstin	Pfgfn.	Pfalzgräfin

2.1 aus 1. Ehe

Boleslaw I. »der Tapfere« (965/67–1025)
∞
(3.) **Emnilda** (um 973–um 1017)
Hz. v. Polen 982–1000/25

3.1

Bezprym (986–1032)

3.2

Reglindis (um 989–1014)
∞ 1002
Hermann v. Meißen (um 980–1038)
Mgf. v. Meißen 1009–1038

5.1

Boleslaw II. »der Kühne« (1042–1081)
Hz. v. Polen 1058–1076
Kg. v. Polen 1076–1079

6.1 aus 1. Ehe

Zbingniew (um 1070–1112)
Hz. v. Polen 1102–1107

1138 Polnische Erbteilung in Groß- und Kleinpolen, Schlesien, Masowien (Kujawien) sowie Einführung des Senioratsprinzips

7.1 aus 1. Ehe

Wladislaw II. »der Vertriebene« (1105–1159)
∞
Agnes v. Österreich (um 1110–1160/63)
Hz. v. Polen und Schlesien 1138–1146

Fürsten v. Schlesien

7.2 aus 2. Ehe

Boleslaw IV. »Kraushaar« (1121/22–1173)
∞
Werchoslawa v. Nowgorod
Hz. v. Masowien 1146–1173
Seniorhz. v. Polen 1146–1173

7.3

Mieszko III. »der Alte« (1126–1202)
Hz. v. Großpolen 1138–1177/79, erneut 1181/82–1202
Seniorhz. v. Polen 1173–1177/ 1198–1202

Fürsten v. Großpolen

7.4

Heinrich v. Sandomierz (1127/31–1166)

1.0
Mieszko I. (um 922 (?)-992)
∞
1. (um 965) **Dubrawka v. Böhmen** (gest. 977)
2. (978) **Oda v. Haldensleben** (vor 962-1023)

2.2
Swietoslawa (um 966-nach 1014)
∞
(2.) **Sven I. Gabelbart** (um 965-1014)
Kg. v. Dänemark 986-1014
Kg. v. Norwegen 986-995/1000-1014

aus 2. Ehe

2.3
Swantopolk (gest. vor 991)

2.4
Mieszko (um 979/984-nach 991)
Fürst der Polanen

2.4
Lambert (um 981 (?) - 991)
Bf. v. Krakau (?)
(urk. erwähnt 1031)

3.3
Mieszko II. »Lambert« (990-1034)
∞ 1013
Richeza v. Lothringen (um 995-1063)
Kg. v. Polen 1025-1032
Hz. v. Polen 1032-1034

3.4
Otto (um 1000-1033)
Hz. v. Polen 1031-1033

3.5
weitere zwei Töchter

4.1
Kasimir I. Karl »der Erneuerer« (1016-1058)
∞ 1041/42
Maria Dobronega von Kiew (vor 1012-1087)

5.2
Wladislaw I. Herman (um 1043-1102)
∞ 1080/1089
2. Judith v. Böhmen (gest. 1086)
3. Judith v. Ungarn (1054-1092/94)
Hz. v. Polen 1079-1102

5.3
Swietoslawa (um 1048-1126)
∞ 1062
Vratislaw II. (um 1035-1092)
Hz. v. Böhmen 1061-1085
Kg. v. Böhmen 1085-1092

aus 2. Ehe

.2
Boleslaw III. »Schiefmund« (1085-1138)
∞ 1102/1114
1. Zbyslawa v. Kiew (1085/90-1112/14)
2. Salome v. Berg-Schelklingen (um 1099-1144)
Hz. v. Polen 1102-1138

aus 3. Ehe

6.3
Agnes (um 1090-1125)
Äbtn. v. Quedlinburg 1110-1125/26

6.4
Tochter (Name unbekannt)

Vermutl. Verwandtschaftsverhältnis

6.5
Adelheid (1090/91-1127)
∞ 1118
Diepold III. v. Vohburg (1075-1146)
Mgf. im Nordgau
Herr des Egerlandes

7.5
Dobroniega (gest. um 1160)
∞ 1142 (?)
Dietrich III. (um 1118-1185)
Mgf. d. sächs. Ostmark 1156-1185

7.6
Judith (gest. 1172/74)
∞ 1148/vor 1176
Otto I. (um 1130-1184)
Mgf. v. Brandenburg 1170-1184

7.7
Kasimir II. »der Gerechte« (1138-1194)
Hz. v. Kleinpolen 1166-1173
Hz. v. Masowien u. Kujawien 1186-1194 (?)
Seniorhz. Polen 1177-1191

Fürsten in Masowien und Kujawien

7.8
Adela (vor 1127 - nach 1187)
∞ 1147/1153/54
1. Friedrich I. Barbarossa (1122-1190)
2. Dietho v. Ravensburg (um 1130-nach 1173/87)
Erbin des Egerlandes
Hzn. v. Schwaben 1147-1152
Röm.-Deutsche Kgn. 1152/53

Die Přemysliden – Die Herzöge und Könige von Böhmen

Stammtafel (1061 –1230)

[Auert-Watzik 2018 nach Prinz 1984, Hoensch 1987 und Kejř 1992]

2.1 **aus 2. Ehe**

Bretislav II.
(um 1062 – ermordet 1100)
∞ 1094
Liutgard v. Bogen
(gest. 1106/12)
Hz. v. Böhmen 1092 – 1100

2.2

Judith (gest. 1086)
∞ um 1080
Wladyslaw I. Herman
(um 1043 – 1102)
Hz. v. Polen 1079 – 1102

2.3 **aus 3. Ehe**

Borivoj II. (um 1064 – 1124)
∞
Gerberga v. Österreich
(gest. 1142)
Hz. v. Böhmen
1100 – 1107/1117 – 1120

3.1

Svantana (Liutgard) (gest. 1126)
∞ 1124
Friedrich IV. v. Regensburg
(gest. 1148)
Domvogt v. Regensburg

3.2

Vladislav II. (um 1110 – 1174)
∞ 1140/53
1. Gertrud v. Österreich
(um 1120 – 1150)
2. Judith v. Thüringen
(1130/35 – 1174)
Hz. v. Böhmen 1142 – 1158
Kg. v. Böhmen 1158 – 1172
(abgedankt)

3.3

Diepolt I. (gest. 1167)
∞ 1153
Gertrud v. Ballenstedt
Hz. v. Böhmen(-Jamnitz)
1147– 1167
(Statthalterschaft für
Vladislav II.)

4.1 **aus 1. Ehe**

Friedrich (Bedrich)
(um 1142 – 1189)
∞ nach 1157
Elisabeth v. Ungarn
(um 1144 – nach 1189)
Hz. v. Böhmen
1172/73/78 1189

4.2

Agnes
(gest. 1228)
Äbtn. in Prag

4.3

Swantopluk
(gest. nach
1169)

4.4

Adalbert III.
(1145 – 1200)
Ebf. v. Salzburg
1168 – 1177/
1183 – 1200

4.5 **aus 2. Ehe**

Vladislav Heinrich
(um 1160 – 1222)
Hz. v. Böhmen 1197
Hz. v. Mähren 1197- 1222

Verwendete Abkürzungen

Äbtn.	Äbtissin	Kg.	König
Bf.	Bischof	Kgn.	Königin
Ebf.	Erzbischof	Ks.	Kaiser
Gf.	Graf	Ksn.	Kaiserin
Gfn.	Gräfin	Lgf.	Landgraf
Gft.	Grafschaft	Lgfn.	Landgräfin
Hz.	Herzog	Mgf.	Markgraf
Hzn.	Herzogin	Mgfn.	Markgräfin
Kf.	Kurfürst	Pfgf.	Pfalzgraf
Kfn.	Kurfürstin	Pfgfn.	Pfalzgräfin

1.0

Vratislav II. (um 1035 – 1092)
∞ 1057/1062
2. **Adelheid v. Ungarn**
(1040 – 1061)
3. **Swietoslawa v. Polen**
(um 1048 – 1126)
Hz. v. Olmütz (Mähren)
1054 – 1059
Hz. v. Böhmen 1061 – 1085
Kg. v. Böhmen 1085 – 1092
Mgf. der Ostmark 1076 – 1081

2.4

Vladislav I. (um 1073 – 1125)
∞
Richenza v. Berg (gest. 1125)
Hz. v. Böhmen
1109 – 1117/1120 – 1125

2.5

Soběslav I. Udalrich
(um 1075 – 1140)
∞ um 1123
Adelheid v. Ungarn
(um 1105 – 1140)
Hz. v. Böhmen 1125 – 1140

2.6

Judith (um 1070 – 1108)
∞ um 1085
Wiprecht II. (um 1050 – 1124)
Gf. v. Groitzsch 1070 – 1124
Mgf. v. Meißen u. d. Ostmark
1123 f.

2.7 – 2.9

weitere drei Kinder

3.4

Heinrich
(gest. nach 1169)

3.5

Soběslav II. (um 1128 – 1180)
∞ um 1173/77
Elisabeth v. Polen (gest. 1209)
Hz. v. Böhmen 1174 – 1178

3.6

Maria (gest. um 1160)
∞
1. **Leopold IV. v. Österreich**
(um 1108 – 1141)
2. **Hermann III. v. Baden**
(um 1105 – 1160)

3.7

Udalrich II.
(1134 – 1177)
Hz. v. Mähren
1173 – 1176

3.8

Wenzel II.
(1137 – 1192)
Hz. v. Böhmen
1191 f.

4.6

Ottokar I. Přemysl
(um 1170 – 1230)
∞ 1178/98
1. **Adelheid v. Meißen**
(nach 1160 – 1211)
2. **Konstanze v. Ungarn**
(um 1180 – 1240)
Hz. v. Böhmen 1192 – 1198
Kg. v. Böhmen 1198 – 1230

Könige v. Böhmen

4.7

Richza
(gest. 1182)

4.8

Diepolt II. (gest. 1190)
∞ 1177/82
Adelheid v. Schlesien
(um 1165 – vor 1213)

4.9

Hedwig (gest. 1211)
∞
Friedrich I.
(um 1142/45 – 1182)
Gf. v. Brehna 1156 – 1182

Grafen v. Brehna
1156 – 1290/1302

Die slawischen Fürsten zwischen Elbe und Oder
Stammtafel (955 – 1227)

[Auert-Watzik/Lindner 2018 nach Kahl 1964, Hermann [2]1985 und Lindner 2012/2014]

1.0
Stoignew (gest. 995)
Samtherrscher (mitregierender Großfürst) der Abodriten

2.1
Mistislaw (gest. um 1018)
Samtherrscher (Großfürst) der Abodriten
Herr der Wagrier u. Polaben
Herr der Mecklenburg

Vermutl. Verwandtschaftsverhältnis

(3.1)
Ratibor (gest. 1043)
Samtherrscher (Großfürst) der Abodriten
Herr v. Polabien
Gründer v. Ratzeburg (?)

3.2
Pribignew (Udo) (gest. 1028)
Samtherrscher (Großfürst) der Abodriten 1018 – 1028

(4.1)
Kruto (erschlagen 1090)
∞
Slawinia
Fürst der Abodriten
Herr v. Wagrien u. d. Burgen Oldenburg (Starigrad) und Plön

4.2
Gottschalk der Wende (um 1000 – ermordet 1066)
∞
Sigrid Estridsson
Samtherrscher (Großfürst) der Abodriten

1.0
Lubemar

1.1
Niklot (um 1100 – 1160)
Fürst (»König«) der Abodriten, Kessiner u. Zirzipanen 1132 – 1160
Herr v. Werle und Dobin

5.1
Budivoj (erschlagen 1071/73 auf der Burg Plön)
Samtherrscher (Großfürst) der Abodriten

2.1
Pribislav (Prislaw) (um 1115 – 1164/75)
∞
Katharina Lavard
Fürst der Abodriten (verstoßen)
Jarl v. Lolland

2.2
Wertislaw (gest. 1164)

2.3
Pribislaw (gest. 1178)
Fürst der Abodriten
Fürst v. Mecklenburg und Kessin

6.1
Pribislaw von Alt-Lübeck (gest. nach 1156)
Fürst der Abodriten
Herr v. Wagrien u. Polabien

Titelkauf bei Kaiser Lothar III. 1128/29

3.1
Kanut (gest. 1183)
Jarl v. Lolland

3.2
Waldemar (gest. 1184)
Mönch in Paris

3.3
Nikolaus I. (vor 1164 – 1200)
Fürst v. Mecklenburg 1178 – 1200

3.4
Heinrich Borwin I. (gest. 1227)
Fürst v. Mecklenburg 1178 – 1227

Vermutl. Verwandtschaftsverhältnis

1.1

Nakon (vor 955–965/67)

Samtherrscher (regierender Großfürst) der Abodriten

1.2

Mistiwoj (965/67–990/95)

Samtherrscher (Großfürst) der Abodriten
Anführer im Slawenaufstand 983

Verwendete Abkürzungen

Äbtn.	Äbtissin	Kg.	König
Bf.	Bischof	Kgn.	Königin
Ebf.	Erzbischof	Ks.	Kaiser
Gf.	Graf	Ksn.	Kaiserin
Gfn.	Gräfin	Lgf.	Landgraf
Gft.	Grafschaft	Lgfn.	Landgräfin
Hz.	Herzog	Mgf.	Markgraf
Hzn.	Herzogin	Mgfn.	Markgräfin
Kf.	Kurfürst	Pfgf.	Pfalzgraf
Kfn.	Kurfürstin	Pfgfn.	Pfalzgräfin

2.2

Tove (gest. nach 980)
∞
Harald Blauzahn (um 910–987)

Kg. v. Dänemark ca. 936/58–987
Kg. v. Norwegen 970–987

2.3

Hodica (geb. um 974)

Äbtn. eines Nonnenklosters auf der Burg Mecklenburg

3.3

unbekannte Schwester

Vermutl. Verwandtschaftsverhältnis

5.2

Heinrich von Alt-Lübeck (vor 1066–ermordet 1127)
∞
Slawinia

Samtherrscher (Großfürst) der Abodriten
»König« der Slawen

1.0

Meinfried (ermordet 1127)

Fürst v. Brandenburg

1.1

Pribislaw (Heinrich) (um 1075–1150)
∞
Petrissa

Fürst v. Brandenburg

Vermutl. Verwandtschaftsverhältnis

6.2–6.4

Waldemar (ermordet 1123)
Mistiwoj (gest. 1127)
Knut (ermordet 1128)

6.5

Swentipolk (ermordet 1128)

Herr in Wagrien

1.0

Jacza von Köpenick (um 1125/30–1176)
∞
Agatha Wlast (um 1135–nach 1203)

Fürst v. Köpenick

7.0

Knud Lavard (1096–ermordet 1131)

Jarl v. Schleswig 1119–1130
Fürst der Abodriten, Wagrier und Polaben 1129–1131
Erbauer der Siegesburg bei Segeberg (um 1130)

7.1

Swinike (gest. 1129)

2.1

Sohn (N. N) (gest. 1157)

2.2

Anna (?)

2.3

Veronika (?)

Die Wettiner – Die Markgrafen von Meißen

Stammtafel (um 1034 – 1221)

[Auert-Watzik 2018 nach Posse 1897, Pätzold 1997, Marquis 1998 und Schlenker 2007]

2.1
Dedo IV. (um 1096 – 1124)
∞
Bertha v. Groitzsch (gest. 1144)
Gf. v. Wettin-Brehna 1104 – 1124

3.1
Heinrich
(jung verstorben)

3.2
Otto der Reiche
(nach 1125 – 1190)
∞ 1147
Hedwig v. Ballenstedt
(gest. 1203)
Mgf. v. Meißen 1156 – 1190

3.3
Oda
(gest. um 1190)
Äbtn. v. Gerbstedt (urk. 1137)

3.4
Bertha
Äbtn. v. Gerbstedt (urk. 1190)

3.5
Dietrich (II.)
(um 1118/vor 1142 – 1185)
∞ 1142 (?)
Dobroniega v. Polen
(um 1128/29 – um 1160)
[**Kunigunde v. Plötzkau**
= außereheliche Beziehung]
Mgf. der sächs. Ostmark 1156 – 1185
Gründung des Klosters Dobrilugk 1165

4.1
Albrecht der Stolze (1158 – 1195)
∞ 1186
Sophia v. Böhmen (gest. 1195)
Mgf. v. Meißen 1190 – 1195

4.2
Dietrich der Bedrängte (1162 – 1221)
∞
Jutta v. Thüringen (1184 – 1235)
Mgf. v. Meißen 1198 – 1221
Mgf. der sächs. Ostmark 1210 – 1221

Markgrafen v. Meißen

4.3
Konrad
(vor 1161 – 1175)
Tod im Turnier

4.4
Gertrud
Nonne in Gerbstedt

Markgrafen der sächs. Ostmark
(erloschen 1185 – übertragen an die Gf. v. Groitzsch 1185 – 1210)

3.7
Adelheid (Adela) (gest. 1181)
∞ 1152
1. Sven III. »Grathe«
(vor 1120 – 1157)
2. Adalbert v. Ballenstedt
(gest. um 1171)

3.8
Heinrich I.
(vor 1141 – 1181)
∞ um 1182
Sophia v. Sommerschenburg
(gest. 1217)
Gf. v. Wettin 1156 – 1181

Grafen v. Wettin
(erloschen 1217)

3.9
Dedo V. (III.)
(um 1121/vor 1142 – 1190)
∞ vor 1159
Mechthild v. Heinsberg (gest. 1189)
Gf. v. Groitzsch, Herr v. Rochlitz 1156 – 1190
Mgf. der sächs. Ostmark 1185 – 1190
Gründung des Klosters Zschillen (Wechselburg) 1168

»Dedoniden«
Markgrafen der sächs. Ostmark
(erloschen 1210)

1.0
Thimo v. Kistritz
(um 1034/1070 – vor 1104/1119)
∞
Ida v. Northeim (um 1050 – 1099)
Gf. v. Wettin-Brehna

2.2
Konrad I.
(um 1098 – 1157)
∞
Luitgard v. Ravenstein
(um 1104 – 1146)
Mgf. v. Meißen 1123/25 – 1156
Mgf. der sächs. Ostmark 1136 – 1156
Gründung des Stifts
Petersberg bei Halle 1124

2.3
Mathilde
(um 1100 – vor 1157)
∞ um 1115/1123 (?)
1. Gero v. Seeburg-Gleuß
(um 1097/99 – 1122)
(2.) Ludwig II. v. Wippra
(gest. um 1151)

3.6
Gertrud
(gest. vor 1180)
∞
Günther II. von Schwarzburg-Kevernburg (um 1130 – 1197)

3.13
Konrad I.
(um 1115 – um 1168/74)
Gf. v. Seeburg

3.14
Wichmann (II.) von Seeburg(-Gleuß)
(um 1116 – 1192)
Propst und Domherr an St. Pauli in Halberstadt 1136 ff.
Dompropst v. Halberstadt. 1146 ff.
Bf. v. Naumburg 1149 – 1152
Ebf. v. Magdeburg 1152/54 – 1192

3.15
Eckbert
(um 1120 – 1155)
Gf. v. Gleuß

aus der Beziehung mit Kunigunde v. Plötzkau

(4.5)
Dietrich
(ca. 1147–1215)
Bf. v. Merseburg 1204 – 1215

Vermutl. Verwandtschaftsverhältnis

4.6
Konrad (II.)
Propst v. Seeburg
(urk. 1191)

(4.7)
Eberhard
Bf. v. Merseburg
1171–1201

Nach dem erbenlosen Tod Dietrichs kauft Dedo V. die sächs. Ostmark als Lehen von Friedrich I. Barbarossa für 4.000 Mark Silber.

3.10
Sophia
(gest. 1190)
∞
Gebhard v. Burghausen
(gest. 1163)

3.11
Agnes II.
(um 1140 – 1203)
Äbtn. v. Quedlinburg 1184 – 1203

3.12
Friedrich I.
(um 1142/45 – 1182)
∞
Hedwig v. Böhmen(-Jamnitz)
(gest. 1211)
Gf. v. Brehna u. Camburg 1156 – 1182
Gründung des Klosters Brehna 1201

Grafen v. Brehna
(erloschen 1190/1302)

Verwendete Abkürzungen

Äbtn.	Äbtissin	Kg.	König
Bf.	Bischof	Kgn.	Königin
Ebf.	Erzbischof	Ks.	Kaiser
Gf.	Graf	Ksn.	Kaiserin
Gfn.	Gräfin	Lgf.	Landgraf
Gft.	Grafschaft	Lgfn.	Landgräfin
Hz.	Herzog	Mgf.	Markgraf
Hzn.	Herzogin	Mgfn.	Markgräfin
Kf.	Kurfürst	Pfgf.	Pfalzgraf
Kfn.	Kurfürstin	Pfgfn.	Pfalzgräfin

Die Askanier – Die Markgrafen von Brandenburg

Stammtafel (um 1080 – 1267)

[Auert-Watzik 2018 nach Schmidt 1973, Heinrich 1985, Partenheimer [2]2003 und Partenheimer 2007]

3.1
Gertrud
∞ 1153
Diepolt I. (gest. 1167)
Hz. v. Böhmen(-Jamnitz)
1147 – 1167

3.2
Otto I.
(um 1130 – 1184)
∞ 1148/vor 1176
1. Judith v. Polen
(um 1132 – 1172/74)
2. Ada v. Holland
Mgf. v. Brandenburg
1170 – 1184

3.3
Hermann I.
(um 1130 – 1176)
Gf. v. Weimar-Orlamünde
1167/70 – 1176

Grafen v. Orlamünde

3.4
Siegfried I.
(um 1132 – 1184)
Bf. v. Brandenburg 1173 – 1179
Ebf. v. Hamburg-Bremen
(1168) 1179 – 1184

aus 1. Ehe

4.1
Otto II.
(nach 1147 – 1205)
∞
Ada v. Holland
Mgf. v. Brandenburg
1184 – 1205

4.2
Heinrich
(gest. 1196)
Gf. v. Gardelegen
1186 – 1196

4.3
Albrecht II.
(vor 1177 – 1220)
∞ 1205
Mechthild v. Landsberg
(um 1190 – 1255)
Mgf. v. Brandenburg
1205 – 1220

5.1
Johann I. (um 1203 – 1266)
∞ 1230/1255
1. Sophia v. Dänemark
(1217 – 1247)
2. Jutta v. Sachsen
(gest. 1266)
Mgf. v. Brandenburg
1220 – 1266

Ältere bzw. Johanneische Linie (Stendal) Grablege im Kloster Chorin (1258)

5.2
Otto III.
(um 1205 – 1267)
∞ 1243
Beatrix v. Böhmen
(gest. 1286)
Mgf. v. Brandenburg
1220 – 1267

Jüngere bzw. ottonische Linie (Salzwedel) Grablege im Kloster Lehnin

5.3
Elisabeth (1207 – 1231)
∞ 1228
Heinrich Raspe IV.
(1204 – 1247)
Lgf. v. Thüringen
1227 – 1239/41 – 1247
Röm.-Deutscher Gegenkönig
1246/47

5.4
Mechthild (gest. 1261)
∞ 1228
Otto »das Kind«
(1204 – 1252)
Hz. v. Braunschweig-Lüneburg 1235 – 1252

Verwendete Abkürzungen

Äbtn.	Äbtissin	Kg.	König
Bf.	Bischof	Kgn.	Königin
Ebf.	Erzbischof	Ks.	Kaiser
Gf.	Graf	Ksn.	Kaiserin
Gfn.	Gräfin	Lgf.	Landgraf
Gft.	Grafschaft	Lgfn.	Landgräfin
Hz.	Herzog	Mgf.	Markgraf
Hzn.	Herzogin	Mgfn.	Markgräfin
Kf.	Kurfürst	Pfgf.	Pfalzgraf
Kfn.	Kurfürstin	Pfgfn.	Pfalzgräfin

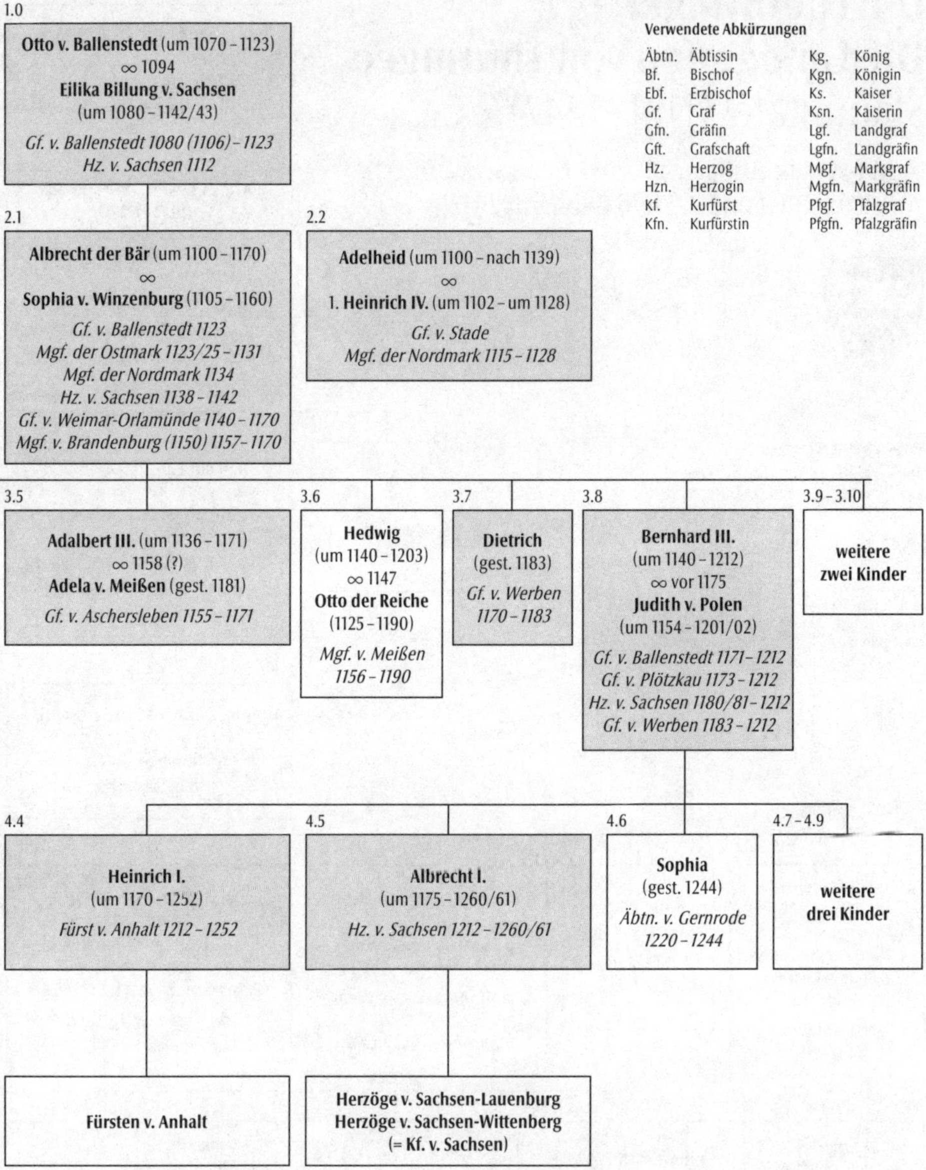

Die Ludowinger – Die Landgrafen von Thüringen

Stammtafel (1131–1247)

[Auert-Watzik 2018 nach Patze 1973 f., Schwarz 1993, Warsitzka 2004 und Raßloff/Gebhardt 2017]

Verwendete Abkürzungen

Äbtn.	Äbtissin	Kg.	König
Bf.	Bischof	Kgn.	Königin
Ebf.	Erzbischof	Ks.	Kaiser
Gf.	Graf	Ksn.	Kaiserin
Gfn.	Gräfin	Lgf.	Landgraf
Gft.	Grafschaft	Lgfn.	Landgräfin
Hz.	Herzog	Mgf.	Markgraf
Hzn.	Herzogin	Mgfn.	Markgräfin
Kf.	Kurfürst	Pfgf.	Pfalzgraf
Kfn.	Kurfürstin	Pfgfn.	Pfalzgräfin

1.0
Ludwig der Bärtige (gest. 1056/80)
∞ 1039
Cäcilie v. Sangerhausen

2.1
Ludwig der Salier (»der Springer«)
(1042–1123)
∞ 1088
Adelheid v. Stade (um 1060–1110)
Gf. in Thüringen
Erbauer der Wartburg (um 1067)
Erbauer der Neuenburg (um 1090)
Gründer des Klosters Reinhardsbrunn 1085

3.1
Hermann
(um 1089–1114/16)

3.2
Ludwig I. (gest. 1140)
∞
Hedwig v. Gudensberg
(1098–1148)
Lgf. v. Thüringen 1131–1140
Gf. v. Gudensberg u. Bilstein (Hessen) 1137/40–1140

4.1
Ludwig II. »der Eiserne« (1128–1172)
∞ 1150
Jutta v. Schwaben (um 1131–1191)
Lgf. v. Thüringen 1140–1172

5.1
Ludwig III. »der Milde«
(1151/52–1190)
∞
1. **Margarethe v. Kleve**
2. **Sophia v. Minsk**
(um 1141–1198)
Lgf. v. Thüringen 1172–1190

5.2
Heinrich Raspe III.
(um 1155–1180)
Gf. v. Gudensberg 1172–1180

5.3
Friedrich (um 1155–1229)
∞ 1185
Lukardis v. Ziegenhain
(um 1160–nach 1207)
Gf. v. Wildungen u. Ziegenhain 1185/86–1229
Domvogt v. Fulda 1229

5.4
Hermann I. (um 1155–1217)
∞ 1182/1196
1. **Sophia v. Sommerschenburg**
(gest. 1189/90)
2. **Sophia v. Bayern** (1170–1238)
Pfgf. v. Sachsen 1181–1217
Lgf. v. Thüringen 1190–1217

6.1 **aus 1. Ehe**
Jutta
(vor 1190–um 1208)
∞
Dietrich
(vor 1190–1207)
Gf. v. Sommerschenburg u. Groitzsch

6.2 **aus 1. Ehe**
Jutta (um 1182–1235)
∞ 1195/97
1. **Dietrich der Bedrängte**
(1162–1221)
2. **Poppo XIII. v. Henneberg**
(1185/90–1245)

Markgrafen v. Meißen

6.3
Hedwig (gest. 1247)
∞ um 1211
Albrecht
(nach 1182–vor 1245)
Gf. v. Weimar-Orlamünde 1215–1245

6.4
Irmgard
(1196–1244)
∞ 1211
Heinrich I.
(um 1170–1252)
Fürst v. Anhalt 1212–1252

Fürsten v. Anhalt

6.5
Hermann
(vor 1200–1216)

unsichere Verwandtschaftsverhältnisse

2.2
Beringer (Berengar)
(1056/57–vor 1100)
Gf. v. Sangerhausen

2.3
Hildegard
∞
Poppo I. (gest. 1078)
Gf. v. Henneberg
1037–1078

2.4
Uta

2.5
Adelheid
∞
Ludwig I.
Gf. v. Wippra

2.5
Dietrich v. Lohra

3.3
Heinrich Raspe I. (um 1095–1130)
∞ 1123
Kunigunde v. Bilstein
(um 1080–1138/40)
Gf. v. Gudensberg 1130

3.4
Udo I.
(um 1090–1148)
Bf. v. Naumburg 1125–1148

3.5–3.8
weitere vier Kinder

4.2
Heinrich Raspe II.
(gest. um 1155)
Gf. v. Gudensberg 1140–1155 (?)

4.3
Ludwig
(gest. 1189)
Gf. v. Gudensberg 1155–1172 (?)

4.4–4.7
weitere vier Töchter

5.5
Jutta
∞
Hermann II.
(gest. 1221)
Gf. v. Ravensberg
1170–1221

6.6
Ludwig IV. »der Heilige«
(1200–1227)
∞ 1221
Elisabeth v. Ungarn (1207–1231)
[Heiligsprechung 1235]
Lgf. v. Thüringen 1217–1227
Pfgf. v. Sachsen 1217–1227

aus 2. Ehe 6.7
Heinrich Raspe (IV.) (1204–1247)
∞
Elisabeth v. Brandenburg
(1207–1231)
Lgf. v. Thüringen 1227–1239/41–1247
Röm.-Deutscher Gegenkönig 1246/47

6.8
Agnes (1205–vor 1247)
∞ 1225/1229
1. Heinrich »der Grausame« v. Österreich
(1208–1227/28)
2. Albrecht I. v. Sachsen
(um 1175–1260/61)

6.9
Konrad
(1206/07–1240)
Hochmeister des Deutschen Ordens
1239/40

7.1
Hermann II. (1222–1241)
∞ 1239
Helene v. Braunschweig-Lüneburg (um 1231–1273)
Gf. v. Gudensberg 1234–1241
Lgf. v. Thüringen (1227) 1239–1241

7.2
Sophie (1224–1275)
∞
Heinrich II. (1207–1248)
Hz. v. Brabant u. Niederlothringen
1235–1248

7.3
Gertrud (1227–1297)
Äbtn. v. Altenberg
1248–1297

Die Wittelsbacher

Stammtafel (1047–1231)

[Auert-Watzik 2018 nach Glaser 1980, Holzfurtner 2005, Körner 2009 und Peltzer 2013]

Verwendete Abkürzungen

Äbtn.	Äbtissin	Kg.	König
Bf.	Bischof	Kgn.	Königin
Ebf.	Erzbischof	Ks.	Kaiser
Gf.	Graf	Ksn.	Kaiserin
Gfn.	Gräfin	Lgf.	Landgraf
Gft.	Grafschaft	Lgfn.	Landgräfin
Hz.	Herzog	Mgf.	Markgraf
Hzn.	Herzogin	Mgfn.	Markgräfin
Kf.	Kurfürst	Pfgf.	Pfalzgraf
Kfn.	Kurfürstin	Pfgfn.	Pfalzgräfin

2.1 aus 2. Ehe

Ekkehard I. (um 1052 – nach 1101)
∞
Richgard v. Krain-Orlamünde
Gf. v. Scheyern 1073 – 1100

3.1

Otto V. (1083/84 – 1156)
∞ 1116
Heilika v. Lengenfeld
(um 1103 – 1170)
Gf. v. Scheyern 1100 – 1113
Gf. v. Wittelsbach 1116 – 1156
Pfgf. v. Bayern 1116 – 1156
Stifter des Klosters Ensdorf 1123

3.2

Udalrich I.
(gest. 1130)
Gf. v. Scheyern 1123 – 1130
Vogt v. Freising u. Weihenstephan

1113 Burg Scheyern wird zum Kloster bestimmt
1116 Umsiedlung von Burg Scheyern (= Kloster) auf Burg Wittelsbach bei Aichach

4.1

Otto (VI.) I. »Rotkopf« (um 1117 – 1183)
∞ 1169
Agnes v. Loon (um 1150 – 1191)
Gf. v. Wittelsbach 1156 – 1183
Pfgf. v. Bayern 1156 – 1180
Hz. v. Bayern 1180 – 1183
Gf. v. Dachau 1180 – 1183

4.2

Otto VII.
(gest. 1189)
∞
Benedicta v. Donauwörth
Pfgf. v. Bayern 1180 – 1189

5.1

Ludwig I., der Kelheimer
(1173 – ermordet 1231)
∞ 1204
Ludmilla v. Böhmen
(um 1170 – 1240)
Hz. v. Bayern 1183 – 1231
Pfgf. bei Rhein 1214 – 1231

5.2

Sophia (um 1170 – 1238)
∞ 1196
(2.) **Hermann I.** (um 1155 – 1217)
Pfgf. v. Sachsen 1181 – 1217
Lgf. v. Thüringen 1190 – 1217

Herzöge v. Bayern
Pfalzgrafen bei Rhein

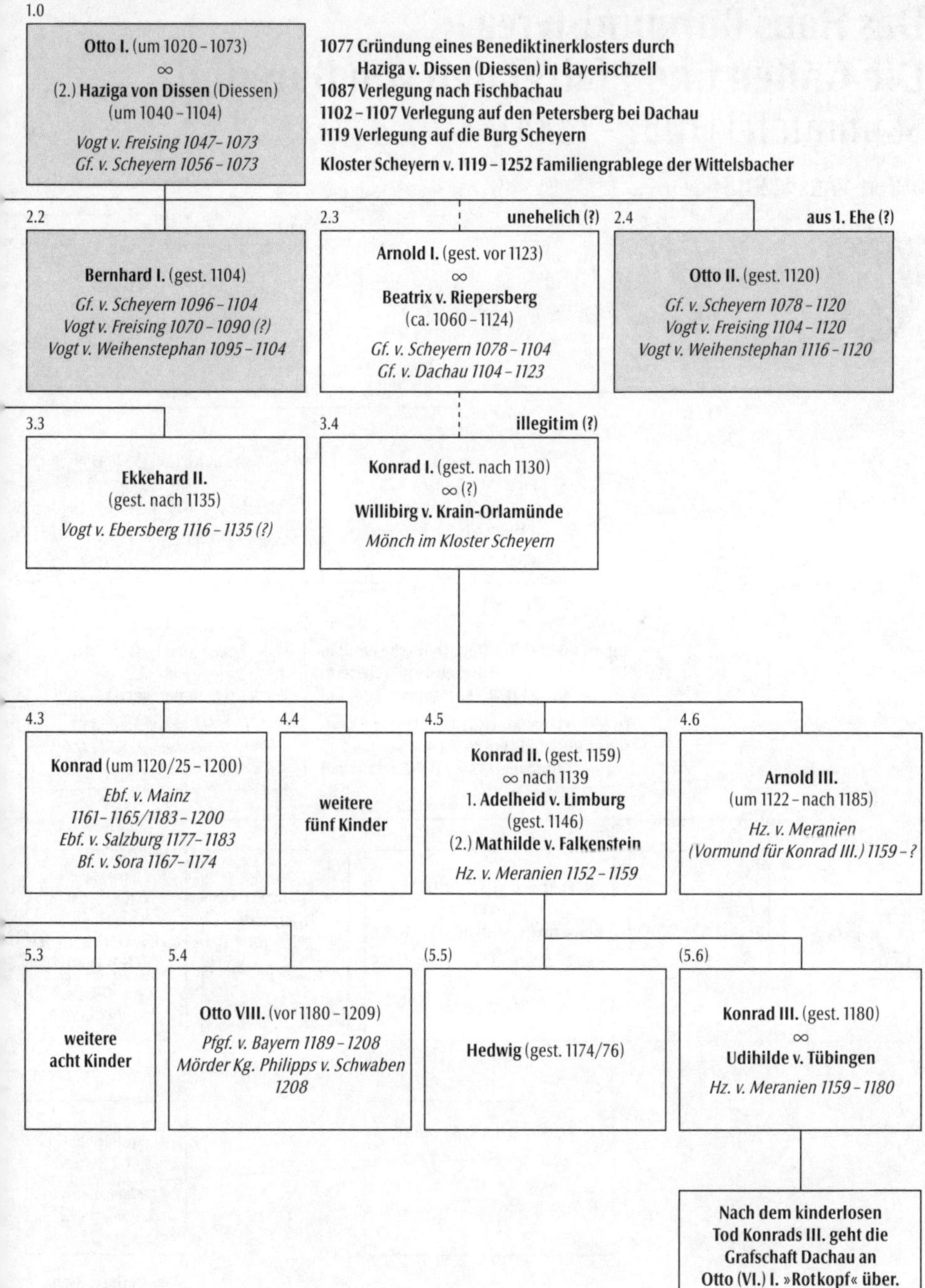
1.0
Otto I. (um 1020 – 1073)
∞
(2.) Haziga von Dissen (Diessen)
(um 1040 – 1104)
Vogt v. Freising 1047 – 1073
Gf. v. Scheyern 1056 – 1073
1077 Gründung eines Benediktinerklosters durch Haziga v. Dissen (Diessen) in Bayerischzell
1087 Verlegung nach Fischbachau
1102 – 1107 Verlegung auf den Petersberg bei Dachau
1119 Verlegung auf die Burg Scheyern
Kloster Scheyern v. 1119 – 1252 Familiengrablege der Wittelsbacher
2.2
Bernhard I. (gest. 1104)
Gf. v. Scheyern 1096 – 1104
Vogt v. Freising 1070 – 1090 (?)
Vogt v. Weihenstephan 1095 – 1104
2.3
unehelich (?)
Arnold I. (gest. vor 1123)
∞
Beatrix v. Riepersberg
(ca. 1060 – 1124)
Gf. v. Scheyern 1078 – 1104
Gf. v. Dachau 1104 – 1123
2.4
aus 1. Ehe (?)
Otto II. (gest. 1120)
Gf. v. Scheyern 1078 – 1120
Vogt v. Freising 1104 – 1120
Vogt v. Weihenstephan 1116 – 1120
3.3
Ekkehard II.
(gest. nach 1135)
Vogt v. Ebersberg 1116 – 1135 (?)
3.4
illegitim (?)
Konrad I. (gest. nach 1130)
∞ (?)
Willibirg v. Krain-Orlamünde
Mönch im Kloster Scheyern
4.3
Konrad (um 1120/25 – 1200)
Ebf. v. Mainz
1161 – 1165/1183 – 1200
Ebf. v. Salzburg 1177 – 1183
Bf. v. Sora 1167 – 1174
4.4
weitere
fünf Kinder
4.5
Konrad II. (gest. 1159)
∞ nach 1139
1. Adelheid v. Limburg
(gest. 1146)
(2.) Mathilde v. Falkenstein
Hz. v. Meranien 1152 – 1159
4.6
Arnold III.
(um 1122 – nach 1185)
Hz. v. Meranien
(Vormund für Konrad III.) 1159 – ?
5.3
weitere
acht Kinder
5.4
Otto VIII. (vor 1180 – 1209)
Pfgf. v. Bayern 1189 – 1208
Mörder Kg. Philipps v. Schwaben
1208
(5.5)
Hedwig (gest. 1174/76)
(5.6)
Konrad III. (gest. 1180)
∞
Udihilde v. Tübingen
Hz. v. Meranien 1159 – 1180
Nach dem kinderlosen
Tod Konrads III. geht die
Grafschaft Dachau an
Otto (VI.) I. »Rotkopf« über.

Das Haus Burgund-Ivrea – Die Grafen und Pfalzgrafen von Burgund

Stammtafel (1057–1234)

[Auert-Watzik 2018]

2.1
Rainald II. (gest. 1098/1101)
Gf. v. Burgund 1082–1097
Gf. v. Mâcon

3.1
Isabella
(um 1090/95 – nach 1125)
∞ 1110
Hugo I. (gest. 1126)
Gf. v. Champagne 1089–1126

3.2
Rainald III. (um 1093–1148)
∞ 1130
Agathe v. Lothringen (gest. 1147)
Gf. v. Mâcon u. Vienne 1102–1148
Gf. v. Burgund 1127–1148

09. Oktober 1156 – Röm.-Deutsche Königin
01. August 1167 – Kaiserin
August 1178 – Königin von Burgund

Friedrich I. Barbarossa trennt 1169 die Grafschaft Burgund vom restlichen Burgund ab und macht sie zur Pfalzgrafschaft

Beatrix (um 1140–1184)
∞ 1156
Friedrich I. Barbarossa (1122–1190)
Hz. v. Schwaben 1147–1152
Röm.-Deutscher Kg. 1152–1190
Ks. 1155–1190

5.1
Beatrix
(1162/63 – ca. 1174)

5.2
Friedrich V.
(um 1163–1170)
Hz. v. Schwaben
1167–1170

5.3
Heinrich VI. (1165–1197)
∞ 1186
Konstanze v. Sizilien (1154–1198)
Röm.-Deutscher Kg. 1169–1197
Ks. 1190–1197
Kg. v. Sizilien 1194–1197

5.4
(Konrad)
Friedrich V.
(1167–1191)
Hz. v. Schwaben
1170–1191

5.5
Gisela
(1168–1184)
∞ 1184
Richard I. Löwenherz
(1157–1199)
Kg. v. England
1189–1199

6.1
Friedrich II. (1194–1250)
Kg. v. Sizilien 1198–1250
Röm.-Deutscher Kg.
1212–1250
Ks. 1220–1250

Staufer

6.2
Johanna
(gest. 1205/06)
Erbtochter v. Burgund
1200–1205/06

Margarethe v. Blois übt 1200 – 1211 die Regentschaft für ihre Töchter aus.

Verwendete Abkürzungen

Äbtn.	Äbtissin	Kg.	König
Bf.	Bischof	Kgn.	Königin
Ebf.	Erzbischof	Ks.	Kaiser
Gf.	Graf	Ksn.	Kaiserin
Gfn.	Gräfin	Lgf.	Landgraf
Gft.	Grafschaft	Lgfn.	Landgräfin
Hz.	Herzog	Mgf.	Markgraf
Hzn.	Herzogin	Mgfn.	Markgräfin
Kf.	Kurfürst	Pfgf.	Pfalzgraf
Kfn.	Kurfürstin	Pfgfn.	Pfalzgräfin

1.0
Wilhelm I., der Große (1020 – 1087)
∞
Stephanie v. Barcelona
(gest. nach 1088)
Gf. v. Burgund 1057– 1087
Gf. v. Mâcon 1078 – 1087

2.2
Stephan I. »Tollkopf«
(1065 – ermordet 1102)
∞ um 1090
Beatrix v. Lothringen (gest. nach 1102)
Gf. v. Mâcon u. Vienne 1087– 1102

2.3
weitere elf Kinder

3.3
Wilhelm III. (gest. 1155)
Gf. v. Mâcon, Vienne und Auxonne
1102 – 1155

3.4
Clemence (gest. 1164)
∞ 1120
Guigues IV. »der Delphin« (gest. 1142)
Gf. v. Albon

Wilhelm III. übt von 1148 – 1154/55 die Vormundschaft über Beatrix aus.

5.6
Otto I.
(1170 –1200)
∞ 1190
Margarethe v. Blois
(um 1170 –1230)
Pfgf. v. Burgund
1189–1200

5.7
Konrad II.
(1172 –1196)
Hz. v. Rothenburg
1189–1191
Hz. v. Schwaben
1191–1196

5.8
Rainald
(gest. 1173)

5.9
Wilhelm
(gest. 1176)

5.10
Philipp
(1177–ermordet 1208)
∞ 1197
Irene v. Byzanz
(1177/80 –1208)
Röm.-Deutscher Kg.
1198 –1208

5.11
Agnes
(gest. 1184)

6.3
Beatrix (gest. 1231)
∞ 1208
Otto VII. v. Andechs
(gest. 1234)
Hz. v. Meranien
1205–1234
Pfgf. v. Burgund
1211–1234
Mgf. v. Istrien
1228/30

6.4
Beatrix (1198 –1212)
∞ 1212
Otto IV. v. Braunschweig
(1175/76 –1218)
Hz. v. Aquitanien
1196–1198
Röm.-Deutscher Kg.
1198 –1218 (unangefochten 1208 –1211)
Ks.1209–1218

6.5
Kunigunde
(1200 –1248)
∞ 1224
Wenzel I.
(um 1205 –1253)
Kg. v. Böhmen
1230 –1253

6.6
Marie
(1196/1201 –1235)
∞ 1215
Heinrich II.
(um 1207 –1248)
Hz. v. Brabant u. Niederlothringen
1235 –1248

6.7
Beatrix (die Jüngere)
(1205 –1235)
∞ 1219
Ferdinand III.
(1199 –1252)
Kg. v. Kastilien u. Leon
1217/30 –1252≠

Pfalzgrafen v. Burgund
Herzöge v. Meranien

Die Zähringer – Stammtafel (um 1000–1218)

[Auert-Watzik 2018 nach Heyck 1891 f., Schmid/Schadek 1986 ff. und Zotz 2018]

Verwendete Abkürzungen

Äbtn.	Äbtissin	Kg.	König
Bf.	Bischof	Kgn.	Königin
Ebf.	Erzbischof	Ks.	Kaiser
Gf.	Graf	Ksn.	Kaiserin
Gfn.	Gräfin	Lgf.	Landgraf
Gft.	Grafschaft	Lgfn.	Landgräfin
Hz.	Herzog	Mgf.	Markgraf
Hzn.	Herzogin	Mgfn.	Markgräfin
Kf.	Kurfürst	Pfgf.	Pfalzgraf
Kfn.	Kurfürstin	Pfgfn.	Pfalzgräfin

2.1 — **aus 1. Ehe**

Hermann I. (um 1040–1074)
∞
Judith (gest. 1091)
Mgf. v. Verona 1061–1074
Gf. im Breisgau

Markgrafen v. Baden

4.1

Adalbert
(um 1135–um 1195)
Hz. v. Teck 1187–1195

4.2

Berthold IV. (um 1125–1186)
∞
1. Heilwig v. Froburg
2. Ida v. Boulogne-sur-Mer
Hz. v. Zähringen 1152–1186
(Hz.) Rector v. Burgund
(1151/)1156–1186

5.1 — **aus 1. Ehe**

Berthold V. (um 1160–1218)
∞
Clementia v. Auxonne
(um 1190–nach 1235)
Hz. v. Zähringen 1186–1218
(Rector v. Burgund 1186–1218)
Stadtgründer v. Bern 1191

Schriftliche Erwähnung v. angeblich ermordeten Söhnen

(5.2) — **illegitim (?)**

Agnes
(um 1158–1239)
∞
Egino IV. v. Urach
(um 1160–1230)

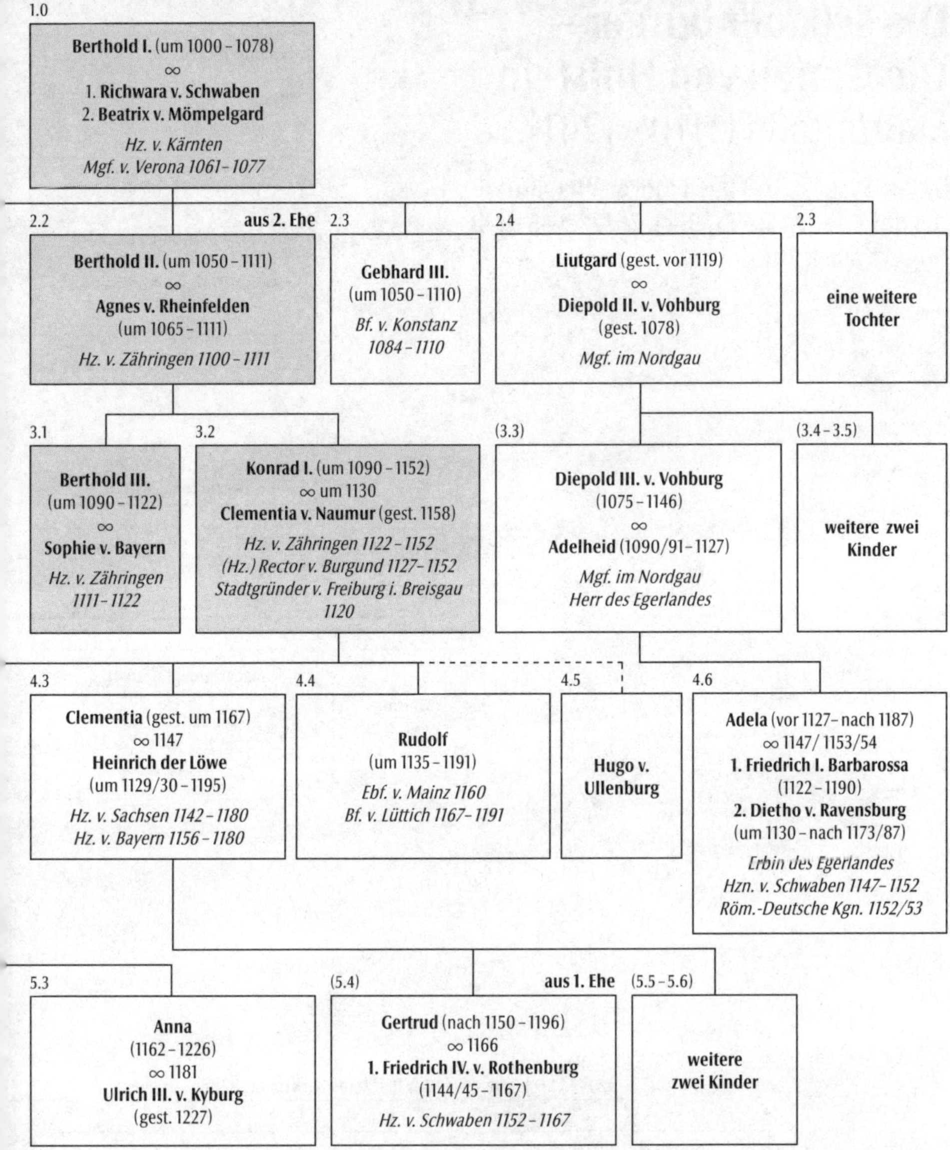
1.0
Berthold I. (um 1000 – 1078)
∞
1. Richwara v. Schwaben
2. Beatrix v. Mömpelgard
Hz. v. Kärnten
Mgf. v. Verona 1061 – 1077
aus 2. Ehe
2.2
Berthold II. (um 1050 – 1111)
∞
Agnes v. Rheinfelden
(um 1065 – 1111)
Hz. v. Zähringen 1100 – 1111
2.3
Gebhard III.
(um 1050 – 1110)
Bf. v. Konstanz
1084 – 1110
2.4
Liutgard (gest. vor 1119)
∞
Diepold II. v. Vohburg
(gest. 1078)
Mgf. im Nordgau
2.3
eine weitere Tochter
3.1
Berthold III.
(um 1090 – 1122)
∞
Sophie v. Bayern
Hz. v. Zähringen
1111 – 1122
3.2
Konrad I. (um 1090 – 1152)
∞ um 1130
Clementia v. Naumur (gest. 1158)
Hz. v. Zähringen 1122 – 1152
(Hz.) Rector v. Burgund 1127 – 1152
Stadtgründer v. Freiburg i. Breisgau
1120
(3.3)
Diepold III. v. Vohburg
(1075 – 1146)
∞
Adelheid (1090/91 – 1127)
Mgf. im Nordgau
Herr des Egerlandes
(3.4 – 3.5)
weitere zwei Kinder
4.3
Clementia (gest. um 1167)
∞ 1147
Heinrich der Löwe
(um 1129/30 – 1195)
Hz. v. Sachsen 1142 – 1180
Hz. v. Bayern 1156 – 1180
4.4
Rudolf
(um 1135 – 1191)
Ebf. v. Mainz 1160
Bf. v. Lüttich 1167 – 1191
4.5
Hugo v. Ullenburg
4.6
Adela (vor 1127 – nach 1187)
∞ 1147/ 1153/54
1. Friedrich I. Barbarossa
(1122 – 1190)
2. Dietho v. Ravensburg
(um 1130 – nach 1173/87)
Erbin des Egerlandes
Hzn. v. Schwaben 1147 – 1152
Röm.-Deutsche Kgn. 1152/53
5.3
Anna
(1162 – 1226)
∞ 1181
Ulrich III. v. Kyburg
(gest. 1227)
(5.4)
aus 1. Ehe
Gertrud (nach 1150 – 1196)
∞ 1166
1. Friedrich IV. v. Rothenburg
(1144/45 – 1167)
Hz. v. Schwaben 1152 – 1167
(5.5 – 5.6)
weitere zwei Kinder

Die Schauenburger – Die Grafen von Holstein
Stammtafel (1110 –1261)

[Auert-Watzik 2018 nach Meyer 1911, Bork 1951, bei der Wieden ²1999, Bock 2012/2015 und Auge/Kraack 2015]

Verwendete Abkürzungen

Äbtn.	Äbtissin	Kg.	König
Bf.	Bischof	Kgn.	Königin
Ebf.	Erzbischof	Ks.	Kaiser
Gf.	Graf	Ksn.	Kaiserin
Gfn.	Gräfin	Lgf.	Landgraf
Gft.	Grafschaft	Lgfn.	Landgräfin
Hz.	Herzog	Mgf.	Markgraf
Hzn.	Herzogin	Mgfn.	Markgräfin
Kf.	Kurfürst	Pfgf.	Pfalzgraf
Kfn.	Kurfürstin	Pfgfn.	Pfalzgräfin

1.0
Magnus Billung (um 1045 – 1106)
∞
Sophia v. Ungarn (um 1050 – 1095)
Hz. v. Sachsen 1072 – 1106

2.1
Wulfhild Billung (gest. 1126)
∞
Heinrich IX. »der Schwarze«
(1075 – 1126)
Hz. v. Bayern 1120 – 1126

Herzöge v. Bayern
Herzöge v. Sachsen

2.1
Hartung
(gest. 1126)

2.2
Mechthild (geb. um 1126)
∞
Ludolf I. v. Dassel
(um 1115 – nach 1166)
Gf. v. Dassel 1153 – 1166

1203 – 1227 König Waldemar II. v. Dänemark im Besitz der Gft. Holstein

aus 2. Ehe

4.1
Adolf IV. (vor 1205 – 1261)
∞
Heilwig v. d. Lippe
(1200 – 1248/50)
Herr v. Schauenburg
Gf. v. Holstein-Stormarn 1227 – 1238
Herr v. Kiel

4.2
Bruno
(um 1205 – 1281)
Bf. v. Olmütz
1245/47 1281

4.3
Konrad
(gest. 1237/38)

4.4
Mechthild
(gest. um 1264)

5.1
Mechthild (um 1220 – 1288)
∞ 1237
Abel v. Dänemark (1218 – 1252)
Hz. v. Schleswig 1232 – 1250
Kg. v. Dänemark 1250 – 1252

5.2
Johann I. (um 1229 – 1263)
Gf. v. Holstein-Kiel
(1239) 1261 – 1263

Abel v. Dänemark übt v. 1238/39 – 1261 die Vormundschaft über Johann I. und Gerhard I. aus.

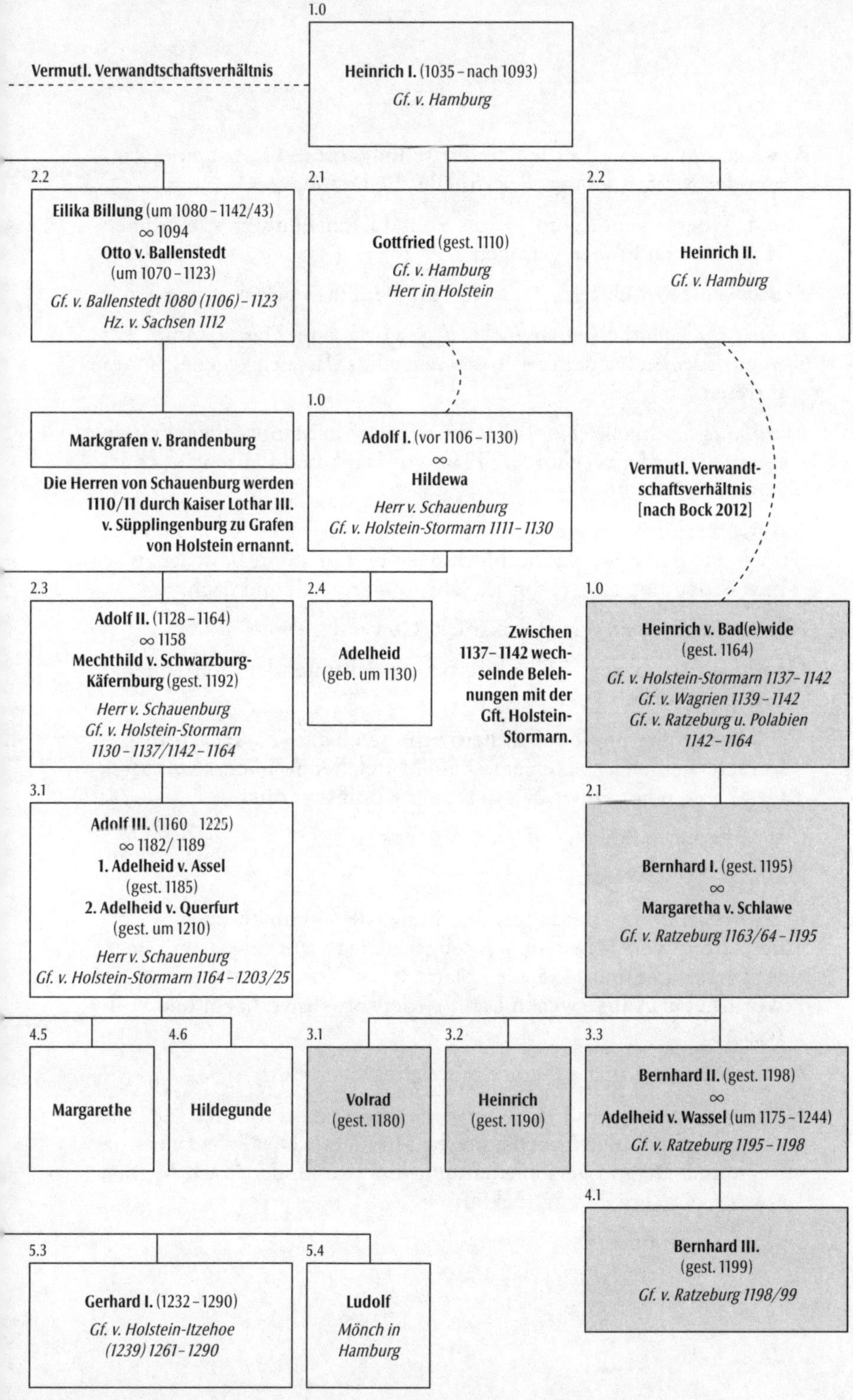

1.0
Heinrich I. (1035 – nach 1093)
Gf. v. Hamburg
Vermutl. Verwandtschaftsverhältnis
2.2
Eilika Billung (um 1080 – 1142/43)
∞ 1094
Otto v. Ballenstedt
(um 1070 – 1123)
Gf. v. Ballenstedt 1080 (1106) – 1123
Hz. v. Sachsen 1112
2.1
Gottfried (gest. 1110)
Gf. v. Hamburg
Herr in Holstein
2.2
Heinrich II.
Gf. v. Hamburg
Markgrafen v. Brandenburg
Die Herren von Schauenburg werden 1110/11 durch Kaiser Lothar III. v. Süpplingenburg zu Grafen von Holstein ernannt.
1.0
Adolf I. (vor 1106 – 1130)
∞
Hildewa
Herr v. Schauenburg
Gf. v. Holstein-Stormarn 1111 – 1130
Vermutl. Verwandtschaftsverhältnis [nach Bock 2012]
2.3
Adolf II. (1128 – 1164)
∞ 1158
Mechthild v. Schwarzburg-Käfernburg (gest. 1192)
Herr v. Schauenburg
Gf. v. Holstein-Stormarn
1130 – 1137/1142 – 1164
2.4
Adelheid
(geb. um 1130)
Zwischen 1137 – 1142 wechselnde Belehnungen mit der Gft. Holstein-Stormarn.
1.0
Heinrich v. Bad(e)wide
(gest. 1164)
Gf. v. Holstein-Stormarn 1137 – 1142
Gf. v. Wagrien 1139 – 1142
Gf. v. Ratzeburg u. Polabien
1142 – 1164
3.1
Adolf III. (1160 – 1225)
∞ 1182/ 1189
1. Adelheid v. Assel
(gest. 1185)
2. Adelheid v. Querfurt
(gest. um 1210)
Herr v. Schauenburg
Gf. v. Holstein-Stormarn 1164 – 1203/25
2.1
Bernhard I. (gest. 1195)
∞
Margaretha v. Schlawe
Gf. v. Ratzeburg 1163/64 – 1195
4.5
Margarethe
4.6
Hildegunde
3.1
Volrad
(gest. 1180)
3.2
Heinrich
(gest. 1190)
3.3
Bernhard II. (gest. 1198)
∞
Adelheid v. Wassel (um 1175 – 1244)
Gf. v. Ratzeburg 1195 – 1198
4.1
Bernhard III.
(gest. 1199)
Gf. v. Ratzeburg 1198/99
5.3
Gerhard I. (1232 – 1290)
Gf. v. Holstein-Itzehoe
(1239) 1261 – 1290
5.4
Ludolf
Mönch in
Hamburg

Glossar

Aquamanile: Gefäß für die Handwaschung, oft in Gestalt eines Tieres oder Reiters, von großer ritueller Bedeutung

Bliaut: Übergewand, vom 11. bis zum 13. Jahrhundert von adligen Männern und Frauen getragen

Bruche: eine Art Unterhose, an der die Beinlinge befestigt wurden

Buhurt (gelegentlich auch *Buhurd* geschrieben): Massenkampf bei einem Turnier, bei dem zwei »gegnerische« Parteien gegeneinander antreten

Bundhaube: schlichte Kopfbedeckung, die von Männern wie Frauen getragen wurde, auch um das Haar vor Staub und Läusen zu schützen

Burgwart: alte Befestigungen im Abstand von Tagesreisen, zumeist noch aus der Zeit, als die Mark Meißen nur dünn besiedelt war. Ihre Bedeutung erlosch im 12. Jahrhundert nach und nach.

Fibel (auch *Fürspan*): Schmuckstück, Gewandschließe

Gambeson: gepolstertes Kleidungsstück, das unter dem Kettenhemd getragen wurde

Gerfalke: größte und bei Falknern sehr geschätzte Falkenart. Insbesondere weiße Gerfalken galten im Mittelalter als höchst kostbares Geschenk, eines hohen Fürsten oder Königs würdig.

Gugel: kapuzenähnliches Kleidungsstück

Hälfling: halber Pfennig

Harnescharre: die demütigende Strafe des »Hundetragens« zur Bestrafung von Missetaten Adeliger, damals vor allem am Rhein sehr verbreitet und 1155 exemplarisch von Friedrich Barbarossa in Worms über Adlige wegen Landfriedensbruchs verhängt und vollzogen

Heimlichkeit: Abtritt auf einer mittelalterlichen Burg

Hufe: mittelalterliches Flächenmaß; beschrieb etwa so viel Land, wie eine Familie für den Lebensunterhalt brauchte. Die Größe war von Region zu Region verschieden und umfasste in der Mark Meißen etwas mehr als zwanzig Hektar.

knes: slawisch für Fürst

Kukulle: Übergewand mit Kapuze, Teil des Habits einiger Mönchsorden

Landding: vom Fürsten einberufene große Landesversammlung, bei der Rechtsstreitigkeiten der Burggrafen, Edelfreien, reichs- und markgräflichen Ministerialen verhandelt und landespolitische Fragen behandelt wurden

Leibgedinge: lebenslängliches Nutzungsrecht an Objekten und Gütern für adlige Frauen, das ihrer Absicherung dient

Lutizenaufstand: Aufstand der Slawen östlich der Elbe im Jahr 983. Unter Führung der Lutizen, die die Bischofssitze Brandenburg und Havelberg zerstörten, eroberten sie noch einmal ihre Unabhängigkeit für rund hundertfünfzig Jahre zurück.

Mark Silber: im Mittelalter keine Wert-, sondern eine Gewichtsangabe; in Meißen wog eine Mark Silber etwa 233 Gramm

Ministerialer: unfreier Dienstmann eines edelfreien Herrn; als Ritter oder für Verwaltungsaufgaben eingesetzt, teilweise auch in bedeutenden Positionen

Ohrlöffelchen: Hygieneartikel, wurde von Damen manchmal sogar als Kettenanhänger getragen

Palas: Wohn- und Saalbau einer Burg oder Pfalz

Pallium: ypsilonförmiges weißes Band aus der Wolle gesegneter Schafe, bestickt mit sechs schwarzen Kreuzen, ausschließlich vom Papst vergeben und von ihm und Erzbischöfen als Zeichen ihrer Stellung über dem Messgewand getragen; musste von den Erzbischöfen persönlich beim Papst abgeholt werden

Pfalz: mittelalterliche Bezeichnung für die Burgen, in denen der reisende kaiserliche oder königliche Hofstaat zusammentrat, aber auch Regierungsstätte beispielsweise eines Grafen oder Herzogs

Pfennigschale: Behältnis zur Aufbewahrung von Münzen. Zu der im Roman geschilderten Zeit waren u. a. sogenannte Hohlpfennige in Umlauf; verschiedene Motive wurden mit einem Stempel in kleine Silberscheiben geprägt. Diese Münzen waren so dünn, dass sie bei loser Aufbewahrung schnell zerbröselt wären.

Privilegium minus: kaiserliche Urkunde, mit der Friedrich Barbarossa 1156 die Mark Österreich zum erblichen Herzogtum der Babenberger erhob; eine der Gründungsurkunden der heutigen Republik Österreich. In einer späteren Fälschung wurde der

Begriff in *Privilegium maius* verändert. Mit dem *Privilegium minus* wollte der Kaiser dem Welfen Heinrich dem Löwen das ihm versprochene Herzogtum Bayern geben und dessen Besitzer Heinrich Jasomirgott von Babenberg zufriedenstellen. Heinrich erhielt nicht das ganze Bayern, Jasomirgott blieb Herzog und bekam Österreich als erbliches Lehen samt Entscheidungsgewalt über seinen Nachfolger und wurde von etlichen Pflichten gegenüber dem Kaiser befreit.

Reisige: bewaffnete Reitknechte

Schapel: Reif, mit dem der Schleier befestigt wurde

Sergent: berittener Kämpfer, der nicht dem Ritterstand angehört

Schwertleite: feierliche Aufnahme in den Ritterstand, für lange Zeit die deutsche Form des Ritterschlags

Skapulier: Überwurf über der Kutte, Teil des Habits vieler Ordensgemeinschaften

Tjost: Zweikampf im Turnierkampf, zu Pferd oder zu Fuß mit Lanze und Schwert

Truchsess: oberster Hofbeamter

Wenden: damals übliche Bezeichnung für die Slawen im deutschsprachigen Raum

Wergeld: Sühnegeld nach altem germanischen und auch mittelalterlichen Recht

Zeidler: Imker; im Mittelalter sammelten die Zeidler Honig und Waben von Bienenvölkern im Wald

Weiterführende Fachliteratur für Interessierte (kleine Auswahl)

Knut Görich: Friedrich Barbarossa. Eine Biographie. München, Verlag C. H. Beck 2011

Michael Lindner: Jacza von Köpenick. Ein Slawenfürst des 12. Jahrhunderts zwischen dem Reich und Polen. Geschichten aus einer Zeit, in der es Berlin noch nicht gab. Berlin, viademica.verlag 2012

Joachim Ehlers: Heinrich der Löwe. Europäisches Fürstentum im Hochmittelalter. Göttingen, Verlag Muster-Schmidt 1977

Bernd Schneidmüller: Die Welfen. Herrschaft und Erinnerung (819–1252). Stuttgart, Kohlhammer Verlag 2000

Christian Uebach: Die Ratgeber Friedrich Barbarossas (1152–1167). Baden-Baden, Tectum Verlag 2008

Stefan Pätzold: Die frühen Wettiner. Adelsfamilie und Hausüberlieferung bis 1221. Köln, Böhlau Verlag 1997 (Neuauflage 2014)

Lutz Partenheimer: Albrecht der Bär. Gründer der Mark Brandenburg und des Fürstentums Anhalt. Köln, Böhlau Verlag 2001

Konstantin Hermann, André Thieme: Sächsische Geschichte im Überblick. Leipzig, Edition Leipzig 2013

Die Slawen in Deutschland. Ein Handbuch, herausgegeben von Joachim Herrmann. Berlin, Akademie Verlag 1985

Gerd Althoff: Die Macht der Rituale. Symbolik und Herrschaft im Mittelalter. Darmstadt, Primus Verlag 2003

Gerd Althoff, Christel Meier: Ironie im Mittelalter. Darmstadt, Wissenschaftliche Buchgesellschaft 2011

Henry Simonsfeld: Jahrbücher des Deutschen Reiches unter Friedrich I.; Erster Band: 1152 bis 1158. Berlin, Verlag Duncker & Humblot/ 2014 (Nachdruck der 1. Auflage von 1908)

Matthias Puhle (Hrsg.): Erzbischof Wichmann (1152–1192) und Magdeburg im hohen Mittelalter. Magdeburg, Magdeburger Museen 1992

Im Zentrum der Macht: Meißner Burgberg und Wettiner im Mittelalter, hrsg. von Staatliche Schlösser, Burgen und Gärten. Dresden, Sandstein Verlag 2011

Zeittafel

9. März 1152: Im Dom zu Aachen (damals noch Marienkirche) wird Friedrich zum römisch-deutschen König gesalbt und gekrönt und regiert von nun an als Friedrich I.

ab 10. März 1152: In den ersten Beratungen mit den Fürsten wird Friedrichs Drängen, rasch nach Rom zu ziehen und sich zum Kaiser krönen zu lassen, mehrheitlich abgelehnt, später auch sein geplanter Ungarnfeldzug.

ab März 1152: Im anschließenden Königsumritt (siehe Karte) bereist Friedrich sein Reich, schlichtet regionale Streitigkeiten und wird als Herrscher akzeptiert.

Anfang Mai 1152: In Goslar erhält Heinrich der Löwe vom König die Reichsvogtei über Goslar und den dortigen Silberbergbau.

18. Mai bis Ende Mai 1152: Wichtige Station und ein Höhepunkt des Umritts ist der festliche Hoftag zu Pfingsten in Merseburg. Friedrich entscheidet u. a. über die Einsetzung Wichmanns von Seeburg als Erzbischof von Magdeburg, vermittelt zwischen den befeindeten Fürsten Heinrich dem Löwen und Albrecht dem Bären und entscheidet im dänischen Streit um den Thron: Er krönt Sven Estridsson, weist aber dessen Rivalen Knut und Waldemar beträchtliche Landesteile zu, um sie zu entschädigen. Möglicherweise wird auch hier die Ehe zwischen Sven und Adele von Meißen abgesprochen.

Pfingsten 1152: Eleonore von Aquitanien heiratet den künftigen englischen König Heinrich Plantagenet, kurz nachdem ihre Ehe mit Ludwig VII. von Frankreich geschieden wurde.

Juli 1152: Auf dem Reichstag in Ulm verkündet Friedrich einen allgemeinen Landfrieden.

September/Oktober 1152: Auf dem Hoftag in Würzburg fällt der Beschluss zum Romzug zwecks Kaiserkrönung 1154.

1153/54: Sven wird als König von Dänemark von seinen Rivalen Knut und Waldemar vertrieben und sucht mit seiner Gemahlin Adele Zuflucht bei seinem Schwiegervater Konrad von Wettin.

März 1153: Auf dem Hoftag in Konstanz wird die Ehe zwischen Friedrich und Adele von Vohburg mit päpstlicher Erlaubnis geschieden. Als Grund wird Verwandtschaft siebten Grades angegeben. Auf seine Anweisung hin wird Adela im Dezember mit dem Ministerialen Dietho von Ravensburg vermählt, weit unter ihrem Stand. Friedrich intensiviert seine Bemühungen um eine Hochzeit mit einer byzantinischen Prinzessin. Im Konstanzer Vertrag beschwören er und der Papst eine Reihe gemeinsamer Ziele.

Juni 1153: Erzbischof Heinrich von Mainz wird auf Betreiben Friedrichs und mit Zustimmung des Papstes abgesetzt. Sein Nachfolger wird Arnold von Selenhofen.

1. November 1153: In Köln wird ein Hildesheimer Ministerialer namens Ritter Bernhard für die Morde an Graf Hermann von Winzenburg und dessen Frau hingerichtet. Er war von Heinrich dem Löwen als Schuldiger vorgeführt worden, kurz nachdem dieser die Grafschaft Winzenburg zugesprochen bekam.

April 1154: Friedrich schickt Wichmann zum Papst, damit dieser endlich sein Pallium erhält und damit sein Amt als Erzbischof von Magdeburg antreten kann.

Ende Mai/Anfang Juni 1154: Nachdem mehrere Versuche Friedrichs zu einer gütlichen Einigung mit dem Babenberger Heinrich Jasomirgott über das Herzogtum Bayern an dessen Nichterscheinen gescheitert sind, vergibt Friedrich in Goslar das Herzogtum an Heinrich den Löwen, ebenso das Investiturrecht als Königsregal für die Bistümer Ratzeburg, Oldenburg und Schwerin.

Juli 1154: Der am Wechselfieber erkrankte Friedrich besucht die Aachener Heilquellen.

19. September 1154: Während der König sein Heer für den Romzug im Lechfeld bei Augsburg sammelt, treffen sich am Rande einer Provinzialsynode in Halle diejenigen Fürsten, die mit der ständigen Bevorzugung und Machtfülle Heinrichs des Löwen unzufrieden sind. Wortführer sind Wichmann von Seeburg, Konrad von Wettin und Albrecht der Bär.

Anfang Oktober 1154: Von Augsburg aus bricht Friedrich mit etwa eintausendachthundert Rittern und entsprechendem Tross zum Ersten Italienzug auf. Das mit Abstand größte Kontingent stellt Heinrich der Löwe.

30. November bis 6. Dezember 1154: Auf einer Heerschau in Roncaglia beanstandet Friedrich das Fehlen von Erzbischof Hartwig von Bremen und Bischof Ulrich von Halberstadt und entzieht ihnen ihre Lehen. Der nun folgende Italienzug führt zu einer heftigen Auseinandersetzung mit etlichen oberitalienischen Städten, von denen Friedrich mehrere zerstören lässt.

April 1155: Nach zweimonatiger Belagerung zerstört Friedrich mit Hilfe der Pavesen die Stadt Tortona.

24. bis 27. April 1155: In Pavia wird Friedrich zum König der Lombarden gekrönt.

Mai 1155: In einem Treffen mit päpstlichen Gesandten sichert Friedrich die Auslieferung Arnolds von Brescia an den Papst zu, die später auch erfolgt.

8. bis 10. Juni 1155: Die erste Begegnung zwischen Friedrich und dem Papst in Sutri scheitert an Protokollfragen – Friedrich weigert sich, das Pferd des Papstes am Zügel zu führen und ihm beim Absitzen den Steigbügel zu halten. Die Begegnung wird abgebrochen und das Protokoll neu ausgehandelt.

11. Juni 1155: Im zweiten Anlauf an neuem Ort (Lago de Monterosi nahe Sutri) kommt es zu Gesprächen zwischen Papst und König über Kaiserkrönung und die Unterwerfung Roms.

16. / 17. Juni 1155: Friedrich empfängt eine Gesandtschaft des römischen Senats, die ihm für fünftausend Mark Silber die Krönung zum Kaiser anbietet. Friedrich weist dies entrüstet zurück.

18. Juni 1155: Friedrich wird in St. Peter von Papst Hadrian zum Kaiser gekrönt. Den Zugang zur Stadt mussten sie sich mit einer List und militärischer Absicherung erkämpfen. Kurz darauf kommt es zu blutigen Auseinandersetzungen zwischen den römischen Stadtbewohnern und Friedrichs Heer. Friedrich entkommt nur mit Hilfe Heinrichs des Löwen; am nächsten Tag muss sein Heer wegen Proviant- und Wassermangels die Stadt verlassen.

27. / 28. Juli 1155: Friedrichs Heer zerstört und plündert Spoleto zur Strafe für verweigerte Steuerzahlungen.

Anfang September 1155: Bei Friedrichs Rückzug aus Italien muss er sich den Weg gewaltsam freikämpfen, insbesondere in der »Veronese Klause«, was in ein Blutbad ausartet.

20. September 1155: Friedrich und sein Oheim und Vertrauter Welf VI. treffen sich in Peiting.

Mitte Oktober 1155: Erneut vergeblich versucht Friedrich, eine Einigung mit Jasomirgott zu finden. An der Grenze zu Böhmen trifft er sich mit den Verschwörern von Halle und stellt sie zur Rede. Man geht grußlos auseinander.

13. Oktober 1155: Auf einem Hoftag in Regensburg ernennt Friedrich Heinrich den Löwen offiziell zum Herzog von Bayern und lässt die Adligen des Herzogtums dem Löwen Treue und Gefolgschaft schwören.

Dezember 1155: In Worms, wo Friedrich auch das Weihnachtsfest verbringt, bestraft er wegen Landfriedensbruchs den Pfalzgrafen bei Rhein und zehn Grafen mit der demütigenden Strafe des Hundetragens (»Harnescharre«).

Januar oder Februar 1156: Mathilde von Seeburg, die Schwester des meißnischen Markgrafen Konrad, stirbt.

Mai 1156: In Boyneburg wird Rainald von Dassel erstmals als Erzkanzler genannt.

5. Juni 1156: Unweit von Regensburg gelingt Friedrich endlich eine Vermittlung mit Heinrich Jasomirgott.

10. bis 17. Juni 1156: Friedrich vermählt sich in Würzburg mit Beatrix von Burgund. Zuvor wurde sie vom Erzbischof Hillin von Trier zur Königin gekrönt. Friedrich verspricht Herzog Vladislav von Böhmen für seinen Seitenwechsel die Erhebung zum König und das Land Bautzen, mit dem bislang die Wettiner belehnt waren.

8. bis 17. September 1156: Friedrich begibt sich mit den Fürsten von seinem Lager Burg Donaustauf nahe Regensburg auf die Barbinger Wiesen ins Lager Heinrich Jasomirgotts. Dieser gibt dem Kaiser symbolisch sieben Fahnen zurück und verzichtet damit auf das Herzogtum Bayern. Diese Fahnen gehen an Heinrich den Löwen, der zwei davon dem Kaiser zurückgibt, die für die Markgrafschaft Österreich und das umliegende Land stehen. Die erhält Jasomirgott, Österreich wird zum Herzogtum erhoben, und Jasomirgott wird Herzog von Österreich. Er erhält es als erbliches Lehen zusammen mit weiteren Privilegien zum Ausgleich.

30. November 1156: Am Tag des Märtyrers Andreas tritt Konrad von Wettin als Laienbruder in das Kloster auf dem Petersberg ein, nachdem er allen Ämtern und Titeln entsagt hat. Nur so glaubt er, sich dem Ehrverlust durch den Entzug des Landes Bautzen und der Vogteirechte über die Klöster Chemnitz und Naumburg entziehen zu können. Land und Titel hat er vorher unter seinen fünf

Söhnen verteilt. Außer seinem Neffen Erzbischof Wichmann und seinem alten Freund Albrecht dem Bären ist keiner der östlichen Großen erschienen.

Dezember 1156/Januar 1157: Sven unternimmt zusammen mit einem Heerbann Heinrichs des Löwen den Versuch, Dänemark zurückzuerobern, und scheitert. Bei Hadersleben müssen sich ihre Truppen vor der vereinten Streitmacht Knuts und Waldemars zurückziehen.

5. Februar 1157: Konrad von Wettin stirbt im Kloster auf dem Petersberg. Otto, sein ältester Sohn, erscheint nicht zur Beerdigung seines Vaters.

April (?) 1157: Mit Unterstützung der polnischen Piastenherzöge und eigener Anhänger erobert Jacza von Köpenick die Brandenburg. Albrecht der Bär und Erzbischof Wichmann belagern die Brandenburg zwei Monate ergebnislos.

April (?) 1157: Otto von Freising lässt Friedrich durch Rahewin sein Geschichtswerk *Gesta Frederici* über dessen Taten überreichen. Persönlich bekommt er auch dafür keinen Zugang beim Kaiser.

11. Juni 1157: Jacza und seine Anhänger müssen die Brandenburg verlassen: Die Aufgabe wird mit Handschlag besiegelt.

Sommer 1157 (?): Mit Hilfe einer kleinen Flotte des Abodritenführers Niklot gelingt Sven im zweiten Versuch die Rückkehr nach Dänemark.

3./4. August 1157: Bei Halle sammelt sich das Heer des Kaisers für einen Feldzug gegen Polen, der Wladislaw den Vertriebenen wiedereinsetzen soll. Auslöser war die Weigerung Bolislaws und Mieszkos, Tribute zu zahlen.

9. August 1157: In Roskilde soll der Friedensschluss zwischen Sven, Knut und Waldemar gefeiert werden. Sven plant insgeheim, dabei seine Rivalen zu töten. Knut wird ermordet, Waldemar entkommt mit einer Verletzung am Bein. Der Tag geht als »Blutfest von Roskilde« in die dänische Geschichte ein.

22. August 1157: Bei Glogau setzt das Heer über die Oder, trifft jedoch auf eine brennende Stadt und Burg. Die Piastenherzöge wollten dem Kaiser weder die Festung Glogau noch irgendeine Beute überlassen und brennen sie selbst nieder. Sie verwüsten ihr Land, damit das feindliche Heer keinen Proviant bekommt.

Ende August 1157: Friedrichs Heer verwüstet die Bistümer Breslau und Posen, um zu zeigen, dass Bolislaw sein Land nicht schützen kann.

Anfang/Mitte September 1157: In Krzyszkowo bei Posen muss sich Bolislaw unter sehr harten Bedingungen unterwerfen. Friedrich fordert auch ranghohe Geiseln: Bolislaws jüngsten Bruder Kasimir und Jaczas einzigen, noch sehr kleinen Sohn. Der Junge, der in die Obhut des Herzogs von Böhmen gegeben wird, stirbt drei Wochen später.

Ende September bis Mitte Oktober 1157: Auf dem Hoftag in Würzburg wird der erst dreizehnjährige Friedrich von Rothenburg in den Ritterstand erhoben – auch aufgrund des Drucks durch den Kaiser von Byzanz. Als Hochzeitsgeschenk des englischen Königs Heinrich an Kaiser Friedrich wird ein riesiges, prachtvolles Zelt bestaunt, das nur mit Maschinenhilfe errichtet werden kann.

23. Oktober 1157: Bei seiner Verfolgungsjagd unterliegt Sven nahe Viborg seinem Rivalen Waldemar. Er flieht und wird auf der Grather Heide von Bauern erschlagen. Das trug ihm posthum den Beinamen Sven Grathe ein.

Ende Oktober 1157: Auf dem Hoftag von Besançon inszeniert Rainald von Dassel das Zerwürfnis von Kaiser und Papst.

Die erfolgreiche Hebammen-Reihe von

SABINE EBERT

bei Knaur

DAS GEHEIMNIS DER HEBAMME
Roman

DIE SPUR DER HEBAMME
Roman

DIE ENTSCHEIDUNG DER HEBAMME
Roman

DER FLUCH DER HEBAMME
Roman

DER TRAUM DER HEBAMME
Roman

»Sabine Ebert gehört zu den wenigen Autorinnen in Deutschland, die so spannende und detailreiche historische Romane schreiben. Sabine Eberts ›Hebammen‹-Romane sind lebendige Geschichtsstunden!«
Denglers-buchkritik.de

»Mit den Hebammen-Bänden hat sie (Sabine Ebert) ein sorgfältig recherchiertes Stück deutscher Geschichte Ende des zwölften Jahrhunderts beleuchtet und dabei den Mut der kleinen Leute und deren Hoffnung auf ein besseres Leben beschrieben.«
dpa

Das erfolgreiche Barbarossa-Epos von

SABINE EBERT

bei Knaur

SCHWERT UND KRONE –
MEISTER DER TÄUSCHUNG
Roman

SCHWERT UND KRONE –
DER JUNGE FALKE
Roman

SCHWERT UND KRONE –
ZEIT DES VERRATS
Roman

»Schreibpäpstin des Mittelalters«
Sächsische Zeitung

»Sabine Ebert versteht es, das ganz große historische Bild aufzublättern, und bei aller schriftstellerischen Freiheit, die Fakten korrekt wiederzugeben und auch einzuordnen.«
MDR Kultur

RÖMISCH-DEUTSCHES KAISERREICH
UM 1157 – SÜDTEIL
0 100 200 km
1. Italienzug 1154/1155
bzw. Romzug 1155
KGR. BURGUND
Rhône
Lyon
Grenoble
Niederburgund
Avignon
Arles
Aix
Marseille
Toulon
Gft. Provence
Nizza
KGR. FRANKREICH
Toulouse
Montpellier
KGR. ARAGON
Barcelona
Momo
Turbigo
Bergamo
Brescia
Galliate
Mailand
Crema
Rivarolo Canavese
Biandrate
Trecate
Lodi
Rosate
Po
Pavia
Roncaglia
Cremona
Casale Monferrato
Piacenza
Turin
Chieri
Asti
Tortona
Lombardei
Genua
KGR. I
Mare Ligustico
(Ligurisches Meer)
Elba
Korsika
(zwischen Genua und Pisa umstritten)
Ajaccio
Bonifacio
Sardinien
(zu Pisa)
Cagliari
Balearische Inseln
(zum Kalifat von Córdoba)
Mare
Mediterraneum
REICH DER ALMOHADEN